郭可慈 郭谦 父子文选

郭可慈 郭谦 著

吉林文史出版社

图书在版编目（CIP）数据

郭可慈、郭谦父子文选 / 郭可慈，郭谦著 . — 长春：吉林文史出版社，2020.10

ISBN 978-7-5472-7216-9

Ⅰ . ①郭… Ⅱ . ①郭…②郭… Ⅲ . ①中国文学 – 当代文学 – 作品综合集 Ⅳ . ① I217.1

中国版本图书馆 CIP 数据核字（2020）第 189017 号

郭可慈、郭谦父子文选

GUOKECI GUOQIAN FUZI WENXUAN

著　　者 / 郭可慈　郭　谦
策划编辑 / 范继义
责任编辑 / 王明智
封面设计 / 人文在线
出版发行 / 吉林文史出版社
地　　址 / 长春市福祉大路出版集团 A 座　　邮　　编 / 130118
网　　址 / www.jlws.com.cn
电　　话 / 0431-81629375
印　　刷 / 天津雅泽印刷有限公司
开　　本 / 787mm × 1092mm　　16 开
字　　数 / 572 千
印　　张 / 29.25
版　　次 / 2020 年 10 月第 1 版　　2020 年 10 月第 1 次印刷
书　　号 / ISBN 978-7-5472-7216-9
定　　价 / 98.00 元

序

在我国文学史上，父子均为作家的现象凤毛麟角、屈指可数。例如，东汉的“三班”：班彪、班固、班昭（女）；三国时的“三曹”：曹操、曹丕、曹植；北宋的“三苏”：苏洵、苏轼、苏辙；清末的“两曾”：曾朴、曾虚白。近现代以来，由于国民教育的发展、“新文化运动”的勃起，以及家庭教育等诸多因素的变化，整个社会文化水平逐步抬升，父子、父女、母女、母子作家蜂拥而出，成为文坛一道道亮眼的风景线。例如，宋春舫与宋淇（林以亮）父子、叶楚伧与叶元父子、老舍与舒乙父子、邹荻帆与邹静之父子、肖复兴与肖铁父子、苗得雨与苗长水父子、丁景唐与丁言昭父女、韩少华与韩晓征父女、李广田与李岫父女、李瑛与李小雨父女、方之与韩东父子等。

父子（女）间、母子（女）间，思想、文化观、读书习惯等彼此相互影响、渗透，子（女）承父（母）业，造就了近现代文学的繁荣，促进了文化的发展。父子（女）间、母子（女）间的故事更是人们喜闻乐见的话题。编选父子（女）、母子（女）文选可以在出版上呈现一种新的特色，为文坛提供珍贵的学习和研究资料，也可以让读者获得两代人不同文笔的异样品味。

我父亲郭可慈先生擅长中、俄、英三种文字的写作，在苏联报纸上发表过俄语文章，出版过十多本英语著作和词典。20 世纪 50 年代，他就开始中文写作，写散文随笔；90 年代，写文史文章、图书评论，在《中国图书评论》《图书广角》《河北日报》《太原日报》等报刊上发表了近百篇书评、书话。受其影响，我也涉猎文学创作、文史研究、文艺评论，在《世纪》《神州》杂志，《作家报》等报刊上发表了一些散文、游记、书评等。2003 年，我在整理父亲郭可慈先生的遗著时，发现了他写作的 20 万字的《现代作家亲缘录》手稿和父亲根据几家出版社的审读意见而写出的修订该书的几点想法，我对遗著进行了修改、扩充，2004 年由云南德宏民族出版社出版，完成了父亲的心愿。

我父亲郭可慈先生生前编过两本文集《花甲文存》《十英斋偶笔》，各印了 500 册馈赠亲友。他还写了一份遗愿，计划正式出版一本文选，编目目录早已拟定好了。此事萦绕在我心头已十八年。每每想到父亲的第二个遗愿还没有实现，我心中总是忐忑不安。

2019 年 9 月底，闲暇时，我想起此事，决心完成父亲的夙愿，出版一套父子文选。11 月初，按照父亲的编目，开始编选他的文集。我请爱人邢志玖打出《十英斋偶笔》的电子稿，把没有收集到书中的书评（已发表到报刊上）也打出电子稿；我还查阅了他的一些没有发表过的原稿，选择了四篇，打成电子稿。2020 年 1 月初，我完成了上卷《郭可慈文选》的编辑工作，上卷分为八个章节：一、闲情漫笔；二、游踪鸿爪；三、文事摭拾；四、书林折桂；五、作家剪影；六、谈书论写；七、文史趣话；八、附录（由我编写的《郭可慈年谱》和《郭可慈五代家谱图系》）。

1 月中旬，我开始编辑自己的文选——中卷《郭谦文选》，下卷《众家评说郭氏父子及著作选》。我的《甘泉清音》文集收录的是 2002—2014 年写作的散文、随笔。这本文选收录的是我 20 世纪 80 年代文学创作时的早期习作，以及 2015—2020 年春写作的散文、游记。《郭谦文选》也分为八个章节：一、早期作品；二、祖国颂歌；三、四季抒情；四、情感汇流；五、阅读山河；六、文坛交往录；七、文史拾翠；八、图书评论。

中卷第一章“早期作品”，是20世纪70年代末，我上了大专中文班，业余创作的一些散文、随笔，1980年春毕业当了中学老师，后因学校需要，我由中文改教英语；到1982年，我文思枯竭，写不出中文文章了；2002年，重新在网络上写散文、诗歌，之后写文史、艺术评论等。第二章“祖国颂歌”，我尝试用白话文创作有韵脚的赋文，歌颂祖国山河。现在不少人用文言文写赋，当代读者读不懂。我创作的颂歌尽力做到言简意赅、通俗易懂、富有韵律、朗朗上口，便于朗诵和传播。第三章“四季抒情”写的是我在春夏秋冬四季的感悟。第四章“情感汇流”，汇集了我创作的关于亲情、友情、师生情、故乡情的文章。第五章“阅读山河”，读万卷书行万里路，行路其实是在读一本山河图书，不仅长我知识，增我思索、智慧，而且从游迹寻踪中可以窥探出我和朋友的交往史。第六章“文坛交往录”，我敞露了历史上几个交往的圈子，“近朱者赤，近墨者黑”，与良师益友交往是很受益的，这也是我成功的秘密之一。第七章“文史拾翠”，写现代文化史、唐代文学史、书法史的相关文章使我成功、成名，我曾想写一本父子、父女、母子、母女作家研究专集，也写过不少这方面的文章，后来因多种原因停笔。现在展示出来的七对父子、父女，可以作为《现代作家亲缘录》《走进世纪文化名门》丛书的延续与补充，让读者分享新的文史知识。

下卷《众家评说郭氏父子及著作》收录了2002—2019年文坛名家和朋友写的有关我们父子的文章。全卷分为两个章节：一、众人眼中的郭氏父子；二、名家评说郭氏父子图书。其中，没有收录《现代作家亲缘录》中陈学勇教授的序言，没有收录《甘泉清音》文集中的序言——石英先生的《唯甘泉有些清音》和张富英总编的《清音美思，甘泉益智》，也没有收录《走进世纪文化名门》丛书中谢明洲、耿建华、朱多锦、张富英诸君的序言，以减轻本书的厚度，避免文章重复出版。

我父亲《郭可慈文选》收录的百分之九十是已经发表在报刊上的文章，他写得简练精雅，我只按现代出版要求删改了一些敏感词。我的《郭谦文选》内的文章百分之四十已发表在报刊、图书上，大部分发表在个人媒体“新浪博客”和网络上，这次筛选后，我对它们进行了较多的删改、润色，以使文字更简练、明快、优美，但博客原文没有变化，保留了历史记录。对下卷《众家评说郭氏父子及著作》中文坛朋友的文章，我只删改了某些错别字、敏感词，其余保持原文原貌。

我对入选的所有文章都注明了写作时间、发表时间，以便读者联系当年的时代背景，更好地阅读理解。对所有的文章都增加了书影、照片（合照、个人照、家庭照）、风景图片、美工设计图等作为插图，并与内容有机结合，使得图文相连、图文并茂。

全书29万余字，图片300余幅。我前后花费了三个多月整理、编辑、修改，书稿杀青，如释重负。

感谢北京人文在线文化艺术有限公司的潘萌总经理、范继义先生长期的合作和支持，感谢出版社编辑的辛劳和帮助，感谢亲友们、同学们、博友们、微友们的关心和关爱。因为有了你们，才有了我的新进步、新成果。

郭　　谦

2020年3月5日写于江苏南通家中

目 录

上卷 郭可慈文选

中卷　郭谦文选

上　卷

郭可慈文选

书林折桂——曹长圻画

一、闲情漫笔

座右铭，两墨宝

我的书桌座右张贴着两件民族英雄的墨宝，当然不可能是真迹，仅是复印件而已。铮铮金石良言伴我晨昏，策我励我，真是不可多得的座右铭。

郑成功书法对联

一件是郑成功手书的对联“养心莫若寡欲，至乐无如读书”。我是从一张用于包装邮包的旧报纸《泉州广播电视》上复印放大而来的，原件为福建安海一人士收藏。去年我随泉州师专（今泉州师范学院）中文系教师去郑成功的故乡石井镇参观“郑成功纪念馆”，该馆左侧碑林大门柱上赫然镌刻着的就是这副对联。

郑成功，在一般人的印象中似乎是个武将，并不是文人。其实不然，郑成功是十足的秀才出身。南安孔庙有他焚烧青衣处的遗迹。他 20 多岁时看到国家多难，决心投笔从戎，就焚烧掉秀才穿的青衣，以誓从此弃文从武，保卫大明江山。从这幅字可以看出他的书法功底之深厚，字写得凝重劲挺，有北宋黄庭坚的笔意。

这副对联并非郑成功自撰，而是传统的文人格言联，我早先就抄录过，只是上联有一字之差，即“清心莫若寡欲”。郑成功自幼到老都是按照此联身体力行的。

去年，我去安海龙山寺观光，路过安海镇古八景之一的“星塔鞭影”。紧靠约三层楼房高的星塔有一所成功小学，是郑成功少年读书处。校门口有一副对联：“星光伴随书声琅，塔影鞭牛掌故传。”当地农人有午夜从池塘里将水牛鞭出的习惯，郑成功少年时每夜常读书至月色西移、塔影东斜、鞭牛声阵阵入耳之际方入睡，可见他苦读而自得其乐。郑成功一生，驱逐荷虏，开发台湾，以国家民族事业为重，早将个人私欲置之度外。他死后迁葬故土时，连他的对头康熙皇帝也不得不撰联表示叹服：“四镇多贰心，两岛屯师，敢向东南争半壁；诸王无寸土，一隅抗志，方知海外有孤忠。”

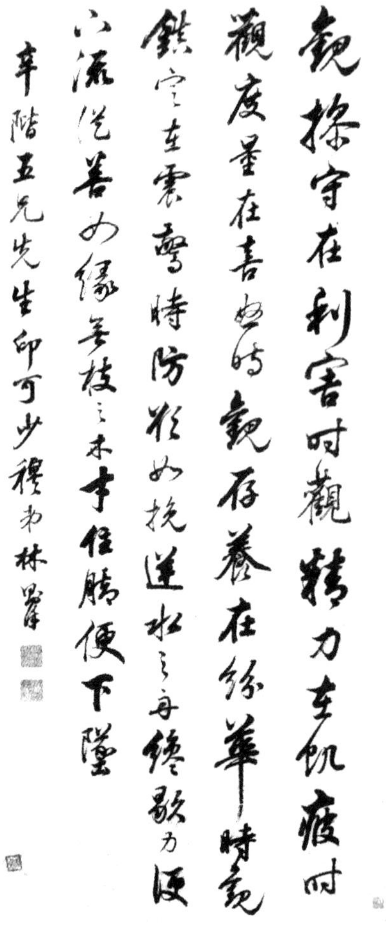

林则徐行书《可观操守轴》

另一件是林则徐的行书条幅，原载今年 4 月号的《收藏》杂志，原件 132 厘米 ×58.6 厘米，是其后人收藏的。林则徐本身是一位文人，能文善书并不奇怪，他的墨迹留存在世的也并不少见。我在淮安关天培祠堂就见过林则徐为支持他禁烟抗英的战友广东水师提督关天培亲笔书写的像侧联：“六载固金汤，问何人忽坏长城，孤注竟教躬尽瘁；双忠同坎壈，闻异类亦钦伟节，归魂相见面如生。”

我也曾看到过他手书的名言：“苟利国家生死以，岂因祸福避趋之。”李元度在《国朝先正事略》中称“公书具体欧阳（初唐欧阳询）”，因此他的字讲究中锋运笔，字字雄健有力，又错落有致，变化无常。

林则徐这幅《可观操守轴》既是陶冶情操的箴言，也是观人论世的镜鉴。“观操守在利害时，观精力在饥疲时，观度量在喜怒时，观存养在纷华时，观镇定在震惊时”，含有深刻的哲理，指出了关键时刻见真情这一颠扑不破的道理。从虎门销烟到谪戍伊犁，都可看出林则徐坚贞的操守、无穷的精力、宽宏的度量、深厚的存养和惊人的镇定。俗语说：“学如逆水行舟，不进则退；心如平原走马，易放难收。”林则徐的“防欲如挽逆水之舟才歇力便下流，从善如缘无枝之木才住脚便下坠”，似乎比前者说得更深刻、更形象，也更击中人的弱点和要害，可见防欲和从善之难。在当今这个物欲横流、利欲熏心的商品经济社会，牢记这两句话，对我们立身处世、砥节砺行是大有好处的，愿与同道者共勉之。

——原载于《岭南松》杂志 1998 年 12 月号和《通州日报》1998 年 9 月 18 日第 8 版

甜蜜的回忆

我一生有过几所母校。在城北小学（现南通市实验小学）读小学时，日寇铁蹄下的生活使幼童蒙垢含辱；在南通县中（现南通市实验中学）读初中时，国民党“戡乱建国”的“内战”叫嚣扰乱了校园的平静；在上海七宝农校（现为上海农学院）读高一时，金圆券的恶风浊浪使无数家庭破产，使莘莘学子的学业难以为继；到 1956 年我进苏州大学深造，一年后反右、“双反”“大跃进”一个接一个的政治运动使我心惊胆战，无心向学。这些学校生活给我带来的只有辛酸、郁闷乃至迷惘。可是，从 1949 年 9 月到 1950 年 7 月，我在通师简师（现为南通师范高等专科学校）就读的一年，在我六十年的人生旅途中不过是短暂的一程，却给了我无限美好和甜蜜的回忆。

建于 1902 年的通州师范（现南通高等师范学校）

那是“解放区的天是明朗的天”的歌声从陕北高原唱到南海之滨、巴山蜀水的年代；那是年轻的共和国在血与火的洗礼中刚刚诞生的年代；那是中国人民站起来了，开始医治战争创伤的年代。全国上下一路春风，一片阳光。当时，通师还在三元桥畔的原址，学校三面环水，两桥飞虹，灰楼绿树，风景宜人。春来四围新柳垂地，夏来后院荷池飘香，秋来濠河秋水澄碧，冬来远山晴日在望。当日张啬公为全国第一所师范学校择址时的确具有一个教育家的远大眼光，成千上万的老校友至今还对它怀着深厚的无法替代的感情。

通师以治学严谨、学风淳朴著称。当时于忱和顾怡生两位老先生还健在，常见他俩在校园甬道上踽踽独行。他们鹤发童颜，精神矍铄，爱护学子，关心校政。作为母校首届毕业生，他们忠诚教育事业的风范，高山仰止，使我们后学钦慕不已。

母校名师荟萃，尤以文科驰名遐迩。主持校政的副校长张梅安为语文教学名家，尤以修辞学见长。北京师范大学曾延聘他为修辞学教授，不就。他给我们上课时用的讲义《修辞讲话》，我至今仍珍藏在箧。师范部的“三王”名噪一时。教师范三年级国文的王少恭（王均）现为中国社会科学院语言研究所研究员，《语文建设》主编，是当代著名的语言学家；教师范一年级国文的王景山现为北京师范学院（现为北京师范大学）教授，鲁迅研究专家；教师范二年级和我们国文的王洁儒为通师高才生，自学成才，文字功底深，口才亦佳，讲课生动活泼，鞭辟入里。我离校后他即以同等学力考取浙江大学中文系研究生，遭遇坎坷，后又回母校任教。而教初中部国文的陆文蔚、唐雪蕉、陈香谷诸先生也是当时名流。我在通师，因得到王洁儒老师的赏识和指导，而爱上文艺，至今仍作为业余爱好，终身不辍。

通州师范（1910 年全景）

通师当时的文艺活动相当活跃。

学校大礼堂后壁的校刊《重华》由校长张梅安亲自主编，很有特色。1950 年春节特刊以载春联为主。我有两联被录用，其中“巩固国防打倒美帝，革新传统学习苏联”一联由母校的书法家顾清渠先生手书，刊于醒目的位置。现在想起来似乎有些浅陋，却是对当时国际国内政治生活的历史反映。

师范部学生上演许幸之改编的《阿 Q 正传》，也曾轰动一时。龚培根扮演的阿 Q 和陈恭悦扮演的假洋鬼子，博得全校师生的交口赞誉。

1950 年五四青年节，王少恭先生在通中操场上指挥我校近百人大合唱的盛大场面，至今历历在目。王老师多才多艺，出身音乐世家，其母、妻当时均在母校执教音乐。排练时，四个声部他都能示范，能用假嗓子一直唱到女高音。指挥时，他身着中式长衫，风度翩翩，以长袖代替指挥棒，上下翻舞，指挥若定，别具一格。这位闻一多、罗常培的门墙桃李使我们一睹了具有“五四”光荣传统的西南联大进步学生的风采。

除了大型的活动外，平时的学校课余生活也丰富多彩，不似现在中小学生整天被困书城（多为练习册、复习资料）那么呆板。春季，我们到狼山、啬公墓远足；夏季，在启秀桥下荡舟（学校备有小划艇）；秋季，在刘子美先生的指点下去郊外写生；冬季，在琴房练弹《进行曲》或在球场一显身手。

母校的图书馆也是令人不能忘怀的。我以前待过的几个学校的图书都少得可怜，学生们几乎都借不到什么书。而通师的馆藏却相当丰富，借阅手续又很简便，看完可以随时调换。当时负责管理图书的是毕业不久、留校工作的张慎延老师。他后来曾担任南通师专马列主义教研室的副主任，一度与我共事。他为人和蔼可亲，工作认真细致。每到新书，他及时用小黑板作介绍，还在借书室内开辟了书评专栏，组织学生自己动手写书评，我也有几篇曾被刊用。在他的鼓励下，我什么都读，特别是读小说简直入了迷。解放区作家赵树理的《李有才板话》、苏联的卫国战争小说《人民是不朽的》，以及中华人民共和国成立后绝迹多年、最近才为人重新提起的徐讦的《风萧萧》等，都是那时候读的。书，使我扩大了眼界，丰富了知识，也由此养成了爱书、购书、藏书、读书，须臾离不开书的习惯，真是终身受用不浅。

俱往矣，四十年前的母校生活只能在睡梦中重温！如今白霜已悄悄爬上两鬓，但我可以无愧地说：我没有辜负母校的教诲，四十年执教鞭而始终不悔，至今还在从事教师进修工作。我要把教鞭、把母校的优良传统传给一代又一代的新人，也祝愿母校宝刀不老，永葆青春，为祖国培育更多的优秀园丁。

——原载于南通师范《银杏忆语》文集 1992 年 4 月出版

“草台班子”与《大戏考》

爱好往往和兴趣是分不开的。兴趣不是天生的，是后天培养起来的。我有幸亲眼看到上海电视台转播的复演《四郎探母》《恶虎村》等四出传统戏的场面。那些老戏迷们听到久别重逢“杨延辉坐宫院……我好比笼中鸟，有翅难飞……”的老唱段时，有的摇头晃脑，有的手舞足蹈，有的用脚打拍子，有的用手击瓷罐，真是各有特色，全场雀跃；而一些在场的年轻人看了却瞠目结舌、莫名其妙，还以为这帮老爷子们有什么毛病。

这帮鬓发花白的老人们其亢奋来源于兴趣。从孩提时代，他们看到的是京剧（那时没有电影或话剧等），耳濡目染，他们对一些传统的剧目都能讲上一段或唱上一段，年纪大了，对戏剧就形成了自己的爱好。

我与《大戏考》发生因缘，是我小时候进城读书时的事。我家里有一本不知从哪儿弄来的大开本《大戏考》的书，厚厚的，彩色的封面，挺诱人的。里面有人物肖像，有整段整段的唱词等，我翻看过两遍，随后丢在一边。

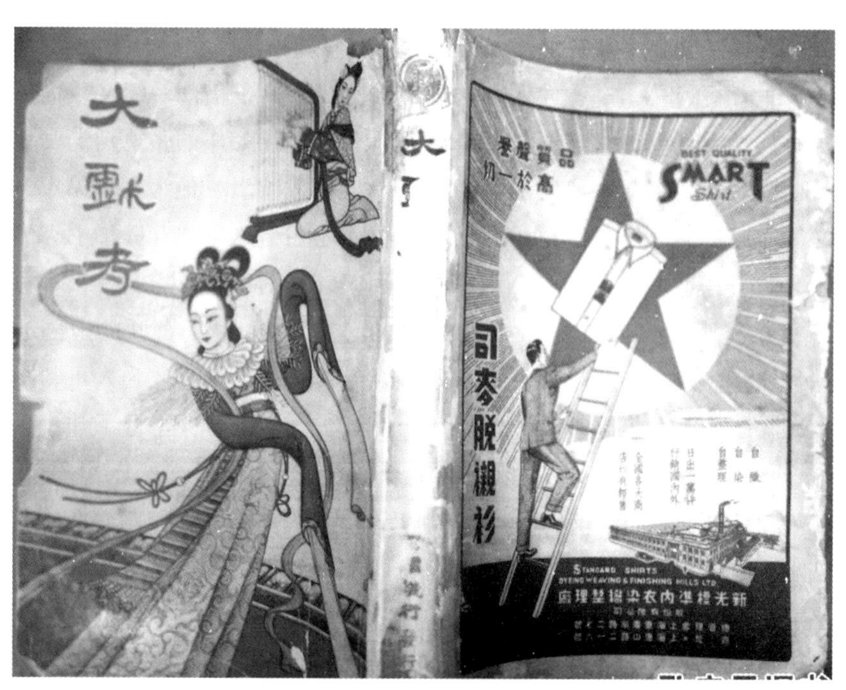

1946 年印制的《大戏考》封面

后来，有一件事让我对它产生了感情。说来话长，我南通老家隔壁大院里有一个当店员的郑大叔，四十多岁，人很随和，会唱京戏。每次与小伙伴们在弄堂里玩，见到郑大叔过来，我们都会围过去，高喊：“大叔，来一出！”

郑大叔也真行，他唱《二进宫》，一个人扮三个角色，又唱又做，生、净、旦都在行。有一次，他唱了一段不知什么戏，我们叫他再来一出时，他却说："你们要能说出我唱的是什么戏，那我就再来一出。"

这下，我们几个小伙伴都蒙了。他走了以后，我就回家翻看《大戏考》，钻研起来。隔了几天，郑大叔又被我们拦住唱戏。这次，他唱了《薛平贵回窑》。他又考我们，没有小伙伴能说出来，我就说："大叔，你唱的是《薛平贵回窑》。"他一惊，拍掌说："你说对了……"这事一下子提高了我在小伙伴中的地位。

《大戏考》内页之一

不过后来有几回，郑大叔唱的，我也说不出唱曲名称。于是，我就回家再看《大戏考》。久而久之，日积月累，我慢慢懂了不少戏。过去，隔壁邻居张家的留声机传来的京剧，我老觉得讨厌，后来，我开始对照《大戏考》，静下心来听得津津有味。

前一段时间，电台播放名旦梅兰芳的《生死恨》、程砚秋的《荒山泪》等，孩子们听了都说好听，唱得也好，就是不懂什么意思。这时，我又想起了《大戏考》，如果这时有那么一本书，对照着听，他们就会懂了。

"草台班子"，是我孩提时代就知晓的事。那时，我们看到的"草台班子"，就是一家人带上几个徒弟的戏班子。他们的道具和戏装放在几只大箱子里，几个人扛着就可以走，根本谈不上舞台、灯光布置之类的。

在农村农闲时，一个村子或几个村子凑钱，请来一个草台班子唱戏。赶集的庙会上也常常有几个草台班子在同时唱戏，有的有庙台，有的在临时拼起来的十几张方桌搭的戏台上唱戏。

看这种戏，孩子们不需要出钱。因此，我与一些伙伴是每场必到的。那时的心情大概与鲁迅《社戏》中描绘的小孩子差不多。可惜，在戏曲方面我是低能的，只会欣赏，自己不会唱。我在上海读高中时，有一个丹阳的同学叫梅英，他也是从小看草台班子戏的，但他却能从青衣的《苏三起解》，一直唱到马派戏《空城计》，一共能唱几十出戏。

现在的农村，草台班子早已绝迹了，县里大剧团又不肯下乡，文化生活很贫乏。所以，我时常怀念草台班子，也回想《大戏考》。

——1981 年初冬写于正场中学

备注：《大戏考》为戏剧、曲艺、歌曲唱片唱词汇编。由苏少卿、郑子褒编，1929 年由上海先声出版社出版。主要内容是京剧的名伶小传、检戏表和剧情说明。共录京剧唱词 517 种，当时发行量很大。

庭院前的白玉簪

外出两个多星期，回家时已是盛夏。刚踏进篱笆门，小院风物依旧，只是庭前的一簇白玉簪开花了。晶莹洁白、玲珑剔透，带漏斗口的管状花束，像长柄一样高高挑起，被青翠欲滴的阔边叶子衬托得更加清亮，时不时地沁发出阵阵幽香。

白玉簪

白玉簪是一种极为平常的花，生命力极强。我家庭院里的白玉簪年年到时候都开花。今年此时，我看着盛开的白玉簪花，不禁勾起无限的遐想：它的同根的分株也该在宝岛台湾的某个庭院里开花了吧？就像海峡两岸的中华儿女都在同一个“根”上衍生远植，花繁叶茂一样。

去年春节刚过不久，天气乍暖还寒，我回家过周末。深夜，迷糊中似乎有人前来借宿。第二天清早，从对门的客房里，走出一个剪短平头、面目清癯的半百老人。我爱人介绍说，他是我连襟的长兄，刚从台湾回来探亲。于是我们就寒暄起来。他出身农家，是中华人民共和国成立前夕被国民党抓壮丁随部队到台湾去的。当时他新婚不久，有个年轻的妻子和一个嗷嗷待哺的儿子。可以想象他被迫离开大陆时那种一步一回首的情景。中华人民共和国成立不久，他一家随他父亲迁居到滨海的一个农村。后来，父亲谢世，妻子改嫁，儿子在老母亲和兄弟的抚养下长大成人，现在也已有下一代了。作为一个老兵，他在台湾回乡无望，复员后就与一个姓林的当地妇女结合，还生了 3 个孩子。本来他不指望今生还能见到故乡和亲人，想不到去年年初“开禁”，他就随着第一批台胞回大陆的洪流，带着穿着一身台装的后妻回来了。这里虽已没有他的家，但有他童年的伙伴，有他熟识的乡邻，还有许多能勾起他回忆的美好东西。

他告诉我，下午他就得走了。有一个一同归来的同伴约好在南通港等他们。要不是他在台湾已有了一个新的家，他会回来定居的。但是再隔两三年，当他积蓄了足够的钱，他还是要回来看看的，看看中国改革开放后又有了哪些新的变化。

当我的连襟——也就是他的弟弟——邀请他和我一同到我岳母家吃午饭时，他欲言又止，转过身和我连襟嘀咕了几句。我连襟当即向我挑明了：原来他想带点儿故乡的泥土和植物什么的到台湾去，作为纪念。那时，我庭院里的花木刚从严冬的萧杀中复苏，只有庭前的白玉簪依然绿油油的，煞是惹人喜爱。我拿起小铲从旁边分出一簇块茎。他满意地用塑料纸包扎好拿走了。这簇白玉簪随着他乘上轮船、飞机，越过海峡，千里迢迢到台湾落户去了，就像无数从大陆去台湾的同胞那样。

庭前的白玉簪，也寄托着我不尽的思念。我唯一的舅父客死在台湾，两个表兄迁居台湾，大表兄在一所大学里当教授，二表兄在一家公司做事。他们曾经通过在美国留学的女儿给留在大陆的幼弟写信，希望有朝一日能回来看看故乡的亲友。40 年了，我魂牵梦萦中的表兄，白霜该已爬上两鬓，但岁月绝不会带走你们对故乡的思念。归来哟，他乡的游子，归来闻闻故乡泥土的芳香，看看祖国的沧桑变化吧！如果愿意，也请带走一簇白玉簪，植在你们的庭院里，聊寄你们的乡思吧！

——原载于《南通日报》1989 年 8 月 29 日《江海》副刊

持螯赏菊

菊花盛开的季节也是河蟹正肥的时候，持螯赏菊，被传为古今美谈。

螃蟹壳坚螯利，色泽深沉；菊花清雅闲淡，秀色可餐，放置一起，相映成趣，是画家绝好的素材。因此，自古以来，蟹、菊入画的甚多。南通博物馆藏清代花卉画中，就有两幅是《菊蟹图》。道光年间，常熟蒋茝生的《菊蟹图》尤为清趣。近处，一盘蒸熟的螃蟹，橙红剔透，似乎散发着诱人食欲的香味。远处，从一个硕大的酒坛后面伸出两丛秋菊，色彩素淡，茎枝挺秀，就好像两个娴静的幼女从门边向外张望，笑容可掬，真是一幅妙趣横生的秋色图。

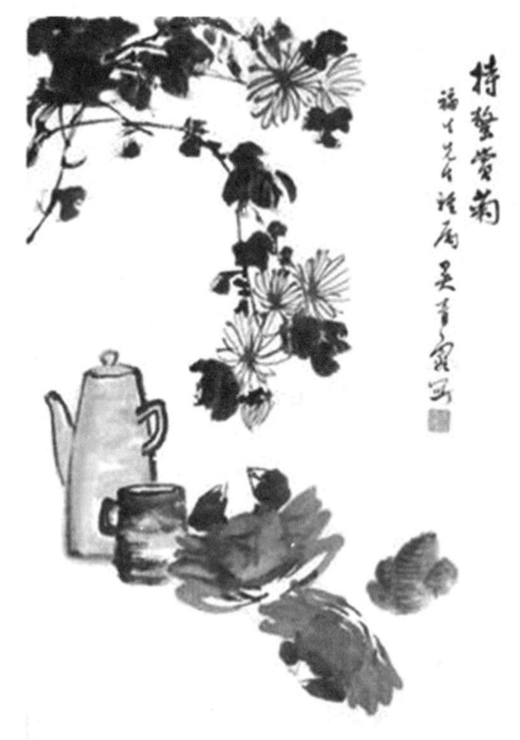

《持螯赏菊》图

过去，持螯赏菊只是文人学士、骚人墨客的雅事，穷百姓衣食不周，即使偶然捉了或网了几只螃蟹，既无余钱沽酒，更无余暇种菊，哪来如此清兴雅趣？而一些达官贵人，东施效颦，更俗不可耐。正如鲁迅在《魏晋风度及文章与药及酒之关系》一文中所说："现在有钱的人住在租界，雇花匠种数十盆菊花，便作诗，叫作'秋日赏菊效陶彭泽体'，自以为合乎渊明的高致，我觉得不大像。"

中华人民共和国成立后，我国人民的物质生活大大改善，文化水平普遍提高，劳动人民持螯赏菊才有了可能。须晴日，工余之暇，邀一二知己，置几盆菊花于案头，边尝河蟹鲜，边赏秋菊美，边谈天下事，还可吟诗作画，舞文弄墨，这何尝不是一赏心乐事？

——原载于《南通市报》1981 年 11 月 14 日《豪滨》副刊

食粥谈趣

每至通都大邑，车站码头附近总有粥摊数个，常常座无虚席，生意兴隆。起初我有些不解，为何旅客对喝粥如此感兴趣？我一到异地，总喜欢品尝当地的风味小吃。一次去扬州，接连两天早上在富春茶社品尝其闻名遐迩、远销东瀛的五丁包子。第三天却再也没有胃口了，就在车站的粥摊上一屁股坐下来。一碗白米稀粥，佐以酱菜，喝下去，回肠转气，浑身舒坦，胜过琼浆美味。这时我才领略到出门喝粥的妙处。

陆游有诗云："世人个个学长年，不悟长年在目前。我得宛丘平易法，只将食粥致神仙。"清曹庭栋在《养生随笔》中讲到空腹食粥的好处："每日空腹，食淡粥一瓯，能推陈致新，生津快胃，所益非细。如杂以甘咸之物，即等寻常饮食。"

粥有多种。据黄云鹄的《粥经》记载，粥有 240 种。粥粗略可分为白米粥、杂粮粥、素味粥、荤味粥和药粥五大类。

煮白米粥最好选用糯性较强的香稻新粳米，食之香甘快胃。白乐天诗曰："粥美尝新米。"

杂粮粥中，北方的小米粥和燕麦片粥营养丰富、价廉物美。江浙农民用井水煮麦屑粥（大麦屑最佳，元麦屑次之），掺以少量白米，既稠又黏，盛出来碗面上浮起一层红红的薄膜，看着舒心，食而有味。

腊八粥

素味粥中以传统的“腊八粥”名气最大。白米掺以花生仁、赤豆、红枣、胡萝卜、菠菜等合烹之，多味杂陈，可咸可甜，视各人口味而定。近年来开发出来的罐装“八宝粥”就是在此基础上发展起来的，以甜味为主，并增加莲子仁、桂圆肉等高档配料，食之甘甜香馥、生津止渴，是老少咸宜的出外旅行佳品。

荤味粥以广州的鱼片粥和上海小绍兴的鸡味粥最为驰名。但此种粥偶尔食之，别有风味，多食则易厌。

药粥是流行的药膳中的大宗。李时珍的《本草纲目》中煮粥之方甚多。较为普及的通常有以下几种：红枣粥具有养脾平胃、益心安神的作用，可用于体虚贫血、急慢性肝炎诸症；萝卜粥有化痰止咳、消食利膈的功效，适宜于气管炎、消化不良、糖尿病患者；枸杞粥具有补精、益肾、壮阳之功，对心血管病、慢性肝病、糖尿病有相当好的疗效；而绿豆粥则可解热毒、利小便，清暑下气，夏令尤宜。

煮粥本身也有讲究，最好根据比例一次放足水（冷水下锅最佳），不再添加。明末清初大戏曲家李渔的经验是“煮饭勿以水多而减，煮粥勿以水少而添，方得粥饭正味”。

——原载于《现代健康卫生报》1992 年 12 月 5 日第 3 版，1997 年重改

寻找过去的足迹

一个旅游门券的热心收藏者，对于未曾去过和今生也许没有机会去的外地景点的门券，还常常千方百计孜孜以求，但一些非常熟悉或曾经亲身到过的景点的门券，有时却付之阙如。你不觉得奇怪而可笑吗？可这却是常有的事，其原因是多方面的。我常为这些门券的短缺而感到无限的遗憾。

郭可慈旅游门券收藏专柜

20 世纪 50 年代末，我在苏州大学读书时，网师园刚修复开放，就在学校近旁。我常带几本书在那儿消磨星期天。可我那时还未开始收藏门券，也记不清当时的门券是什么样子的（肯定比现在简陋得多）。以后多次陪同家人、同事、学生游苏州，都是去虎丘、拙政园等旅游热点，从未涉足偏在一隅的网师园。所以，苏州其他园林的门券，我都基本具备，且品种繁多，独缺此园。直到今年才交换到两种，总算偿了夙愿。从苏大北门去观前街，必经双塔。可我也没有双塔券，因为当时它不对外开放。直到最近我才从苏州门协秘书长张兴富那儿讨得此券，真是观券如见故人。

1991 年去庐山，第二天我一人随旅游车去南线，游了三叠泉、秀峰、白鹿洞书院。返程近九江市时，游客纷纷向导游索要门券。导游说门券忘在了家里，在市梢头下车去取。可到终点站时，老伴儿来接，匆忙中竟忘了此事。所以我也就没这三处的门券，现在只好一张张地补回来。当年我去三叠泉时，正值秋初，见到的是涓涓细流，现在从门券上看到的却是流泉飞瀑的雄姿。

郭可慈收藏的苏州老旅游门券

我退休后在福建工作一年，曾随泉州师专数学系的学生去湄洲湾妈祖庙旅游。因为是“揩油”性质，不必交车费，门券也是班级统一买的（开发票），所以我根本未见到门券是什么样子。回来后，我只好将一张1995年发行的有妈祖像的邮票夹在门券收藏册中，聊以充数，作为曾经“到此一游”的纪念。最近厦门一个券友寄给我一张有妈祖庙全景的精美新券，我当时高兴得心情久久不能平静。

收藏门券，是一种高尚的业余休闲活动，可以增加对祖国大好河山和历史文化的了解和热爱。对老年人来说，又可从中寻觅自己过去的足迹，给晚年生活带来美好的回忆。所以，亲历过的景点门券就显得特别珍贵，势在必得。我还有几处这样的门券至今是缺项：浙江雁荡山灵岩寺、洛阳白居易墓、杭州玉皇山、福建灵武古城、哈尔滨极乐寺、深圳东湖公园，哪位券友能帮助我圆这个梦？

——原载于《夕阳红》券刊1998年第2期

卧游于方寸之间

当前全国掀起了一股收藏热，大至家具、古玩、书画，小至钱币、邮票、火花，什么都有人收藏，但我只收藏旅游门券。

郭可慈收藏的黄山门券

闲暇时，打开收藏册，展视那些亲身到过的旅游景点门券，会勾起许多美好的回忆，给人一种旧地重游的愉悦。这张黄山门券是当年在北海绝顶观日出的明证，那张黄花岗参观券是在花城瞻仰革命先烈墓园的纪念。另一张太阳岛门券则使我联想起几年前乘快艇在松花江上劈波斩浪的豪兴。对于一个曾亲历其境的人来说，门券不再是一张简单的彩纸片，而是具象的、有声息的。门券上回荡着长江三峡万马奔腾的江涛声、西湖净慈寺悠扬的晚钟声，闪现着桂林芦笛岩的溶洞钟乳、普陀佛国的万顷碧波，也散发着南京中山植物园沁人的花香、湄洲妈祖岛沙滩上幽幽的海藻味。

但祖国之大，名胜古迹之多，任何人都无法一一亲历。向亲友索取用过的门券，是最常见、最简捷的途径，一旦他们知道你有此爱好，门券便会源源而来。山东一个同行寄来白雪皑皑的长白山门券，武汉一个朋友邮来有陈毅手迹的皖南云岭新四军军部旧址的参观券。这些地方限于个人的财力和交通的不便，也许今生不可能有机会去了。现在有门券留在我的收藏册中，也可慰我向往之情，供我卧游观赏自娱。

门券像邮票一样，不仅可以增能益智，而且一般都具有很高的美学欣赏价值。大的盈尺，小的比火花还小，有单色的、套色的、彩色的。图像更是异彩纷呈，有照片、国画、图案、书法题词等，不一而足。近几年又出现了嵌币券、异形券、留影券、磁卡券、金箔券等新品种，使门券天地越来越丰富多彩。收藏门券是一种高雅的业余休闲活动，可以增加对祖国大好河山和历史文化的了解。如有幸收集到国外的门券（东南亚和日本的较精致，欧美的则多用电脑文字票），则又可欣赏异邦的建筑艺术和风土人情。

郭可慈收藏的新四军纪念馆门券

收藏门券还可以交友。我通过参加全国性老年人集券组织“中国夕阳红门券收藏研究会”的活动及阅读各种券刊，结识了不少从未谋面的券友，相互以函件往返，交流藏品和集藏心得。我曾乘火车路过广东韶关，但未有机会下车一游。韶关的券友贺天祥就邮来了丹霞山、南华寺等当地名胜的门券，我则以南通沈寿艺术馆、濠河风光游等精券回报。这种礼尚往来的交换，使门券收藏多了一点儿人情味，更含有文化交流的高尚情趣。这也是我不收藏别的，只认定门券一种的一个重要原因。

——原载《通州日报》1997 年 7 月 18 日副刊，广州《红枫》杂志 2000 年 3 月号

门券留玉照　赏玩忆归游

随着人们的美学追求提升和精品意识增强，旅游门券也在不断升级换代，由单色、套色而彩色，由小型张到大型张。近年来，又出现了磁卡门券。还有些景点则别出心裁地开发出了留影门券。有趣的是，我收藏的两枚不同景点的此种门券正好留下我两个外甥女，一对孪生姐妹的倩影。

这种门券是现代高科技的产物，通常在左边留有一长方形空框，用于游客入门时当场摄下他或她的半身像，然后塑封，便于长期保存，供留念赏玩。

华波“世界之窗”留影门券

大外甥女华波的一张深圳“世界之窗”门券是去年寄来的，说明该景点使用此种门券最早。它的特点是小巧精致，只有 6 厘米 ×13.5 厘米，右边三分之二处是一幅有欧美风格的彩色园景图，上面纸卷横栏上有地球图饰和中英文园名。整个门券围以玫瑰红齿形边框。在画与相框间横着打印来园参观的日期，好处是游客在事后可以记起何年何月何日曾涉足此园。

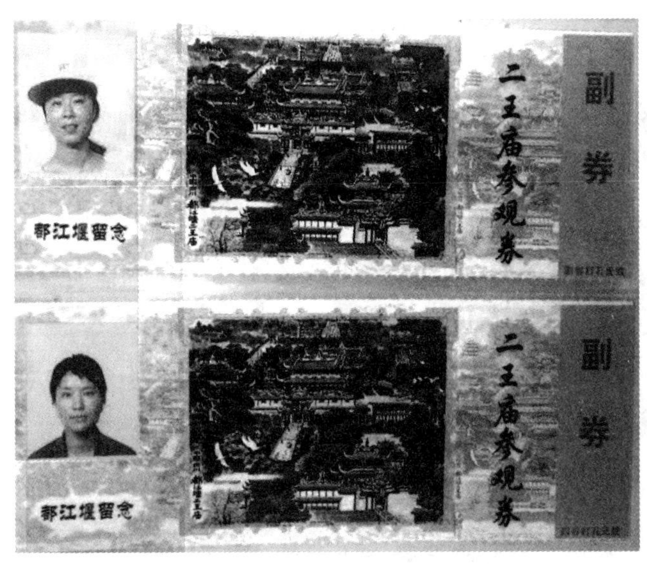

华波、华涛都江堰留影门券

小外甥女华涛给的是一张都江堰二王庙门券，是她今年暑期四川之行后赠予的。二王庙几年前我也曾去过，当时还用的是小型彩券。而这张新券有 7 厘米 ×18 厘米之大，以整个都江堰区全景淡彩画为底色，中为二王庙的深色彩画，右边竖行楷书“二王庙参观券”。在相框下的藕色横条上有隶书“都江堰留念”五字，点明了此种门券的双重功能。

这种留影门券因有个人肖像印在上面，持有者一般不会轻易赠人，除非至亲密友。对受赠者来说，除收藏价值外，还可睹影思人，也有两重作用。

——原载于《东吴券趣》1997 年第 39 期

“祝君好运”的有奖门券

门券可博彩，兼作彩票，实属少见，而我却珍藏着一枚“葛洲坝水利枢纽有奖参观门票”。该门票有 5 厘米 ×12 厘米，为硬纸卡，厚度足足有 1 毫米，属于“即开式”奖券。门票正面为葛洲坝水利枢纽全景彩图，对岸群山凝碧，江上大坝卧波，近处厂房林立，一派繁荣景象。图上套印“有奖参观，祝君好运”八个空心黄色黑体字。图下粉红底色的可揭条框上用隶书印着“中奖即兑，伪造必究”等语。在橘黄色“副券”二字上，加印票价，下为发行单位具名。可能来此参观的外宾和港台游客较多，票面上汉字均用繁体字。

葛洲坝有奖门券

门票背面用简体字印有“葛洲坝水利枢纽参观项目”和“葛洲坝电厂旅游公司营业范围”两项。据此可知，凭此券可参观：①大江电厂或二江电厂，厂房内发电机组定点摄影；②二十七孔泄水闸及定点摄影；③葛洲坝电厂125兆瓦发电机电控模型，大型三峡水利枢纽组电控模型。应该说，这是一项极有意义的科技旅游项目。参观者不仅可以增加关于水力发电、水利建设等方面的知识，还可以进一步了解葛洲坝乃至整个三峡工程的全貌及其对改善我国生态环境和配置动力资源的伟大意义，参观以后你一定会为祖国有这样的宏伟建设而自豪。

此种有奖门票20万张为一开奖组，有4万元的巨奖，中奖面为20.3%。特等奖3888元；一等奖888元；二等奖88元；三等奖8元；四等奖为精美纪念品。票价面额仅为3元，参观也受参观人数的限制，设这样的奖额，可谓不薄，也是开有奖门券之先河。

——原载于《东方集游》2000年第2期

“戏说”也要有度

清宫的故事特别多，也就成了电视剧制作人和编剧挖掘不尽的宝藏。乾隆、慈禧的戏已够多了。上海一台新近又推出了一部45集的电视连续剧《一代皇后大玉儿》。收视率肯定也不低，从我家中可见一斑。每晚我看中央一台《新闻联播》时，老伴儿金亚男总要几次催问：“《一代皇后大玉儿》的播放时间到了没有？”就这样，我也只好天天陪她看这部以庄（庄妃）多（多尔衮）爱情故事为主线的反映清王朝开基创业的新戏。

中视 1992 年《一代皇后大玉儿》电视剧剧照之一

对于清史，我缺少研究，不好说三道四，反正现在的电视剧不管对什么历史故事，都可以“戏说”一番。但不论干什么，都要有个度，超越了这个度，就成了出格。

剧中顺治的生母庄妃大玉儿有个亲妹妹，叫小玉儿，又是多尔衮的福晋。为了不让大玉儿夺走多尔衮，她请教了一个“高明”的巫师，用草人扎针害大玉儿。这边小玉儿疯狂地用针扎向草人，那边大玉儿就痛得在床上大喊大叫，直至昏迷不醒。事情被多尔衮发现后，制止住了，大玉儿才重新苏醒过来。真是神奇灵验得很！中华人民共和国成立初期，我国原文化部（现为文化和旅游部）就明令禁止上映《探阴山》等宣扬迷信的旧剧，最近各地也正在大力打击封建迷信活动。可是，现在这种宣扬神道灵异的镜头却公然在电视屏幕上出现，这与党的十四届六中全会提出的加强社会主义精神文明建设的精神是否符合？它宣传的是唯心论还是唯物论？值得人们深思。

对“近年来为气死历史学家而编制的‘戏说’的所谓历史题材电视剧”（唐振常先生语），无法过于苛求。细节和某些人物只好听任编剧们去胡编乱造，但大的方面也不能完全悖于历史。明末清初如皋才子冒辟疆的红粉知己董小宛，过去曾有传说，她被豫亲王多铎掠去，成为顺治的董鄂妃。早在民国初年，我国著名的历史学家孟心史（孟森）就考证过，清宫祖制不娶汉女，加之董小宛与顺治年岁差距过大（顺治当时还是个小孩子），董鄂妃另有其人。此说一向为当代历史学家所认同，成为定论。南通师专顾启副教授的专著《冒襄研究》对董小宛的晚年也有详尽的阐述。《一代皇后大玉儿》却仍将董小宛和董鄂妃混为一人。当然这里有编剧为增加名人效应的考虑，说到底，无非是为了媚俗。

历来我国大多数人民群众的历史知识多半来自小说和戏剧。一切有良知的当代电视剧制作人员完全有责任向群众传播正确的历史知识，而不能把历史当作一个可以任意装扮的女人，而随心所欲地描画。

——1997 年 1 月 11 日《新民晚报》删节后，以《荧屏不该宣扬迷信》为题刊出

二、游踪鸿爪

僧像荟萃法乳堂

江苏省南通市城南的狼山上有一座新建成的“法乳堂”，堂内壁上有名画家范曾绘制的十八位高僧画像。堂额和廊柱上的对联：“一堂都圣哲，万派齐朝宗”，均出自中国佛教协会会长赵朴初的手笔。

南通狼山法乳堂

堂内正面横额“缅怀古德”为南通籍老画家王个簃所写。两旁楹联是巨赞法师手书：“江海大观，米芾数名山第一；高僧十八，精蓝澍法乳无穷。”

十八高僧彩画用白瓷砖烧制而成，每幅高 2.25 米、宽 1.2 米，分布在堂内两壁上。东墙壁画前有著名学者文怀沙撰写的《南通州广教寺法乳堂碑》，叙述了佛教东渐和在我国的传播及画家范曾作画的过程。

十八高僧瓷砖壁画之一

十八高僧是我国历代的佛学大师，他们经历不同、性格各异，画家笔下的形象也就纷繁多姿，各呈异彩。我在几幅比较熟悉的高僧像前，驻足观赏。只见：鉴真大师与电影《天平之甍》中的银幕形象相似，他双目失明，手掐佛珠，静坐默念。而唐玄奘却远非小说、戏剧中那么俊俏、儒雅、年轻，也没有悟空、八戒等众徒跟随。他竟然是一位须眉皆白的老僧，左手执卷，右手握笔，正在翻译从天竺取来的经文呢！达摩是少林的祖师，把他想象成一个挥拳蹴足的武僧，那是错误的，他向左偏侧着身子，满脸连腮胡子，但目光如炬，显示出他面壁九年、创一代禅宗的坚强毅力。影片《城南旧事》主题歌《送别歌》的词作者弘一大师，身入空门仍是艺术家风度，背操禅杖，潇洒自在。南通市原副市长曹从坡在为壁画写的《跋》中说："观此壁画可以寻历史之踪迹，可以观艺术之神韵，可以悦江山之装点，斯固邦人兴筑之意，抑亦范君眷眷于故土之所寄托欤！"

最近，国家决定将南通列为沿海进一步开放的十四个城市之一。国外客商、港澳同胞来此洽谈商务之余，狼山将成为必游之地。狼山原有支云塔、拓隐台、平倭碑、望江亭诸胜，现在有了法乳堂十八高僧壁画的陈列，更为名山生色、江城增辉。

——原载于《今晚报》1984 年 9 月 8 日《神州纵横》

少林寺记游

1988 年年底应邀去河南平顶山讲学，结束后，邀请单位平顶山矿务局（现为平顶山煤矿集团）教育处派小车送我们去少林寺一游。

少林寺（1988 年左右照片）

少林寺的前半部原毁于战火，前几年才重建。左侧钟楼被焚时，铜钟砸坏了佛像，现在铜钟和佛像残骸依然屹立在废墟中。钟楼对面有两座极有价值的石碑：一为《唐太宗文皇帝御书碑》，又称《李世民碑》，记述了少林十三棍僧救驾的事迹，电影《少林寺》的情节就是据此碑编写的；另一为《混元三教九流碑》，碑的上方有一圆形图画，细看正中为释迦牟尼头像，从左看为老子头像，从右看为孔子头像，象征着儒释道三教合一。

僧人给达摩上香（20 世纪 80 年代）

少林寺《达摩一苇渡江图》拓片

寺院后部三进为幸免于火的明清以前的建筑。方丈室内，中悬《达摩一苇渡江图》，它与后面的立雪亭（也叫达摩亭）还有一段有趣的神话传说。

达摩原为印度高僧，渡海东来，最先到达南京。当时南京有一高僧神光法师正在雨花台设坛讲道。达摩在下边听讲，时而点头，时而摇头。神光见了大为恼火，下来指斥达摩为何摇头。两人发生争执后，达摩拂袖而去。事后别人告诉神光，这个络腮胡子的印度和尚就是达摩。神光后悔不已，当面错过名师，立即跟随而去。追到江边，听说达摩向一老妇人讨了一根芦苇，踏着渡江北去。神光二话未讲，就从那个老妇人手中夺过一捆芦苇。没有想到，他踏上去，芦苇立即下沉，他只好雇船过江。达摩渡江后就在少林寺落脚。神光追到少林寺，请求收留为徒，遭到达摩拒绝。一天夜里下大雪，清晨达摩开门，见门前立着一个雪人，原来是神光。神光再次请求达摩收留为徒，达摩说他心还不诚，如心诚则天降红雪。神光听后立即取刀砍断左臂，鲜血四溅，使整个少林寺的雪地染成一片红。他的真诚终于感动了达摩。达摩收他为徒，取名慧可，后为禅宗二世祖。据说，和尚穿袈裟，披左肩而袒右肩就是由此而来的。

达摩主持少林寺期间，经常升座讲法。僧众中有人时间坐久了，就精神萎靡不振。达摩便把他会的拳路教给他们，起到固精强骨的作用。这套拳路称为“达摩十八手”，少林拳就由此而来。我们看到寺内千佛殿的青砖地上，每隔一米余即有陷坑一个，就是少林僧人练功时双脚踩出来的，电影《少林寺》的练功场面就是在此实地拍摄的。

我们在少林寺内未见到挥拳踢足的武僧，以为憾事。但在返回途中，路过翘檐斗拱、古色古香的“少林武术学校”，却见到路南广场上数百名英姿飒爽的少年正在冬阳下练功，深感少林武术后继有人，少林雄风代代相传。

——原载于《南通大众》1989 年 8 月 4 日第 4 版

漓江烟雨

到桂林的第二天清早，我就去火车站排队买回程票。排在我后面的一个广州旅客问我："阳朔有没有去？"我回答道："准备明天去。"他不无遗憾地说："你们真够幸运！天气预报明天全天有雨，漓江烟雨是最美不过了。我运气不好，昨天去游漓江，太阳当空照，就领略不到漓江的烟情雨意了。"

翌晨，下着小雨。我们夫妇俩只带了一把伞，又临时在街头买了把折叠伞。我们此次来桂林虽在九月，不属枯水季节，但前一天登叠彩山时远望漓江，只见涓涓细流清澈见底，大一点儿的船只根本无法航行。我们只好乘旅游公司的汽车走一半路程，到杨堤再登船。

郭可慈与金亚男在桂林漓江合影

汽车由宽阔平坦的桂阳国道折向通杨堤的山间公路，只见两边雨帘中馒头顶似的青山排闼而来，重峦叠翠，若隐若现，已是美景如画，令人神往。汽车驶到杨堤时，又见江边一字排开几十艘游艇，极为壮观。雨还在淅淅沥沥地下着，沿江堤跑了好几百米，好不容易才找到我们乘坐的713号游艇。

船一开航，我马上离开座舱，爬到顶层去观赏江景了。漓江素称"青罗带"，秀水流淌，碧山夹峙。从杨堤一路过去，只见雨罩山、山映水、水含山，不愧为"水底倒插青芙蓉""青山簇簇水中生"。把苏东坡描写西湖的名句"山色空蒙雨亦奇"移到这里，再恰当不过了。

展现在我们面前的是一幅山奇水秀、烟雨迷蒙的泼墨淡彩中国画长卷，气势雄浑，而又清丽多姿，朦胧幽深，有说不出的韵味。那闻名江浙的嘉兴“南湖烟雨”，有水无山，与之相比，只能算是个不起眼的盆景小品，简直是小巫见大巫了。

郭可慈在漓江留影

这时，我耳边只听到“咔嚓、咔嚓”地按照相机快门的声音。我拉着老伴儿金亚男也抢拍了几个难忘的镜头。在雨中，我这个在平原地区长大的人，还观赏到几个船行深潭、浅滩的惊险场景。从九点半到十一点，我们一眼不眨地时而观山，时而望水，直到游艇过了“狮子骑鲤鱼”，进入平原地带，才依依不舍地回到座舱，去品尝旅游公司提供的午餐，还不忘加一道漓江鱼汤。

到阳朔登岸，雨仍然没有稍停的意思。我们匆匆穿过小商品市场，路过因未能入内而深感遗憾的徐悲鸿纪念馆，再次登上旅游公司接送的汽车。

待我们到达刘三姐唱山歌的大榕树时，已是大雨倾盆。我们擎着伞在那棵硕大无比、盘根错节、枝繁叶茂的大榕树下，请旅伴给我们拍了一张合影留念。大榕树旁的水边浮着一个竹排，还有几个头戴雨笠的年轻姑娘撑着篙，背后映衬着雨中的点点青山，不由得使人想起电影《闪闪的红星》中“小小竹排江中游”的画面，赶快喊过老伴儿，又给她拍下最后一张雨游阳朔的照片。

——原载于《南通大众》1993 年 4 月 9 日《浪淘沙》副刊

雁荡二灵

雁荡山在浙江东南乐清县境内，万山叠翠，千峰峥嵘，号称东南第一山。李石农所书净明寺联云："名山超五岳从外，精舍在二灵之间。"所谓"二灵"，即指雁荡的灵岩、灵峰。

雁荡山灵岩寺

灵岩寺为雁荡十八古寺之一，深藏山坳，四周青山竞秀，古木参天，清幽喜人。寺内建筑古朴典雅，均为半个世纪前的原物，无新近装饰力求豪华的金碧辉煌，却有勾起人怀古幽思的历史风采。寺前有明刻"海外名山，寰中绝胜"八个大字，是这一著名古刹的最好写照。

步出灵岩寺不远处，有天柱和展旗二峰相峙而立，俗称南天门。每天上午十点半和下午两点有人做缓缓攀上高空钢索的表演，美其名为"灵岩飞渡"，为灵岩一大新景观。那天我们由温州乘包车很早到达，游罢灵岩寺，才刚九点半，正好躬逢其盛。只见一红衣少年由展旗峰巅沿着200多米的钢索，像猿猴一样，用双手向前攀缘，至中途又做了些站立、翻身、倒悬、行走等动作，然后便迅捷地向天柱峰攀缘而去，一个红点不久便消失在万绿丛中。虽无在夔门看美籍加拿大人杰伊·科克伦横跨长江三峡走钢丝表演那样惊心动魄，却也给人一种一饱眼福的惊喜，一种此行不虚的乐趣！

灵峰距灵岩景区 4 千米，灵峰与倚天峰两峰并列。白天望去如仙人合掌，故称合掌峰；夜幕下又像一对恩爱情侣，相依相偎，故又称夫妻峰或情侣峰。峰下有观音洞，依岩建屋，上下十层，为国内名山洞窟所罕见。岸壁有邓拓 1960 年来此的题诗一首："两峰合掌即仙乡，九叠危楼洞里藏。玉液一泓天一线，此中莫问甚炎凉。"

灵峰与倚天峰合掌

我们下洞后登阶 377 级，才到达最上层的大厅。大厅中间供有诸佛菩萨，左首有洗心泉，壁有一联："泉可洗心如皎月，峰出合掌礼青天。"游客们纷纷用勺取水大口大口地喝，我也浅尝一口，只觉清凉爽口、沁人心脾。"洗心"不知缘于何说，弘一法师有言："自净其心，有若光风霁月"，大概晶莹的泉水可以洗去尘心俗虑，得到人格的升华吧！

——原载于《通州日报》1996 年 1 月 26 日第 3 版

淮东揽胜醉翁亭

幼习欧阳修《醉翁亭记》，老犹未忘，以未亲访为憾。最近小住南京，南京火车站右侧停车场上有去滁州的中巴，可当日往返，我便做一日之游。

车过长江大桥，经珍珠泉，丘陵起伏，尚属山道。过此，则一马平川，直达滁州。欧公名文首句“环滁皆山也”，被朱熹称为“修改到妙处”的佳句，但实地考察，到滁州周围并未见峰峦嶂影，始信古人著文也有夸大其词的时候。其下文“其西南诸峰，林壑尤美。望之蔚然而深秀者，琅琊也”倒确是实情。由车站到琅琊山国家森林公园大门仅 4 千米，乘车不多时即达。一进山，路边佳木秀翳，野芳幽香；岩下泉水淙淙，水落石出，俨然仍是欧公笔下的景色。

过酿泉桥，即至醉翁亭。醉翁亭景点经历代陆续增修，已非一亭，而是一组古典园林建筑群，包括二贤堂、宝宋斋、曲水流觞、古梅亭、解酲阁等附属建筑。入大门右拐即为醉翁亭，亭的四角翘起，“有亭翼然”四字果然不虚。

滁州琅琊山醉翁亭

通常，亭联多为写景，而琅琊胜景已为欧阳文忠公写绝，后人何敢班门弄斧？现存两副柱联，别开生面，相当别致。一联对欧阳修自号醉翁提出质疑：“饮既不多缘何能醉，年犹未逮奚自称翁？”因欧文中有“饮少辄醉”一语，著文时年仅四十，正年富力强，却自言“年又最高”“苍颜白发”，读之令人解颐。另一长联上联写欧阳文忠公被谪滁州的宽广襟怀，下联则写游人来此凭吊的幽婉心境：“翁昔醉吟诗，想溪山入画，禽鸟亲人，一官谴责何妨，把酒临风，只范希文素心可证；我来凭眺处，怅琴操无声，梅魂不返，十亩蒿莱重辟，扪碑剔藓，幸苏长公墨迹长存。”

范希文即范仲淹，其“素心”就是千古传诵的“先天下之忧而忧，后天下之乐而乐”。苏长公即苏轼，其墨迹指北宋元祐年间他用楷书写的《醉翁亭记碑》，现藏园内的宝宋斋。原碑历经沧桑，已斑驳不全，有重刻新碑可供揣摩观赏。苏轼书体端庄敦厚，锋藏力出，“精彩点点照人”。集欧文苏字二绝于一石的还有《丰乐亭记碑》，因亭在后山，探访不易，又模刻一碑于解酲阁前西壁，使游人无遗珠之憾。

由醉翁亭向上，尚有国内独一无二、藏有1000尊缅甸玉佛的琅琊古寺和南望长江如练带、钟山若青螺的南天门会峰阁，足可登临一游。

——原载于《通州日报》1996年10月18日第3版

湄洲妈祖风情

如果你没有到过湄洲湾的妈祖庙，你就不能算真正到过福建。因为它最能代表八闽的山川形胜和民俗风情，也最能反映闽台文化的同宗同源。

湄洲妈祖

妈祖本名林默娘，为宋莆田县都巡检林愿之女，仅28岁即离开人世。她生而灵异，善操医术，多次冒风浪之险下海救人。在闽浙沿海一带流传着许多她保护海船、拯救渔民的故事，因而成为人民群众心目中的航海保护神。历代都有赠封，清康熙时敕封为天后，后又封为天上圣母。福建各州治、县治差不多都有一座天后宫或妈祖庙；中国台湾现有八百多座，以正对湄洲湾的鹿港妈祖庙规模最大。妈祖文化遍及东南亚各国华人居住区。据统计，全世界信奉妈祖的人数有一亿之多，妈祖庙有二千五百多座。由于林默娘出生地在湄洲屿，因此湄洲岛的妈祖庙为祖庙，香火最盛，每天来此敬香朝圣的人络绎不绝，尤以农历三月二十三日妈祖诞辰日和九月九日妈祖成道日为最。台湾同胞回闽探亲，此处几乎必到。

由福厦公路中段的莆田市折向东，车行 1 小时许即到湄洲湾。只见近处舟楫如云，远处大海扬波，真是一派渔港景象。由此乘轮渡，20 多分钟即达湄洲岛。岛不甚大，方圆约 2 千米；山不太高，海拔几百米而已。牌楼式的正山门凭岩面海，居高临下，气势恢宏，蔚为壮观。两侧的柱联是妈祖历史的生动写照："历代褒封称懿德，寰球利涉赖慈航。"祖庙依山而建，殿宇望去层层叠叠，琉瓦飞檐，金碧辉煌。

在庙前广场上，我们遇到几队由远近渔村来的香客，他们身穿古装彩衣，由一人擎杏黄旗前导，缓缓而行，虔诚而肃穆。这与三三两两一身时装、穿金戴银的台湾香客和大陆新潮青年形成强烈的时代反差，可谓是一种奇特的景观。

湄洲妈祖庙

妈祖庙由于具有独特的文化历史背景，与佛教庙宇大异其趣。一般佛寺进庙门，两侧都有钟鼓二楼。这里却是梳妆楼，大概因为妈祖是女性吧，总要日日梳妆打扮的。

过梳妆楼，右侧的偏殿原为主殿，是明清建筑。殿内只见人头攒动、水泄不通，使我这个外乡人望而却步。原来这里供奉的妈祖像相传是她的真身，谁都想一瞻真容，礼拜求福。1997 年 1 月 24 日，千年妈祖金身赴台百日“绕境巡游”，抬去的就是这尊妈祖像。它牵动了两百多万台湾妈祖信徒的心，又一次维系和加强了海峡两岸人民基于共同信仰的同胞情谊。

其他各大殿除了常见的氤氲香烟绕绕、烛光摇曳外，殿前院中还鞭炮声声、满地开花，这恐怕也是国内寺院中少见的。

还有一件有趣的事，几个大殿供奉的妈祖像都是黑帘遮脸，不现真容；其余一些也褐黑涂面，掩尽秀色。只有山顶上手执朝笏、身披大氅、巍峨高大的巨型妈祖塑像才示世人以秀丽、端庄、慈祥的真面目。1995 年发行的 20 分面值妈祖纪念邮票即用此摄像。

忘不了的还有妈祖庙脚下的沙滩。在这里，可以在软软的沙地上奔跑，可以在清澈的海水中嬉戏，也可以乘游艇来回游弋，更可以极目远眺、思接千古。浩渺的东海在我们面前敞开了它宽广的胸怀，碧波万顷，海天一色，无涯无际。海那边就是我国的宝岛——台湾。这海就如同妈祖文化一样，连接着大陆和台湾，也把大陆人民和台湾同胞的心连在一起。“回归”——这就是海峡两岸人民共同的心声。

——原载于广州《红枫》杂志 2000 年第 1 期

一林风月伴高僧

“长亭外，古道边，芳草碧连天。晚风拂柳笛声残，夕阳山外山。……”

在电影《早春二月》和《城南旧事》中我们都曾听到过这优美动听、意境深远的歌声，但很难把这首歌的词作者与出家当和尚联系起来，可这却偏偏是事实。词作者李叔同是20世纪上半叶的一大奇人。他原籍浙江平湖，出身于天津盐商富家，早年留学日本，为著名的艺术教育家。他是将西方音乐、油画、话剧介绍到中国来的第一人，对中国诗词、书法、篆刻也无一不精。37岁时，他突然在杭州虎跑定慧寺出家，法号弘一，由翩翩佳公子变为布衣芒鞋、茹素念佛的苦行僧。后精研佛学，成为“重兴南山律宗第十一代祖师”。抗战期间避身闽南讲经修诵，1942年圆寂于泉州。

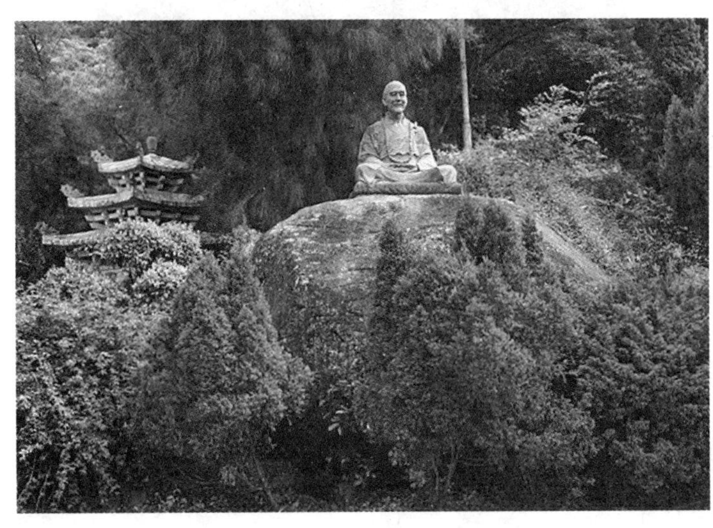

弘一大师像（作于1915年）

当我一踏上“海上丝绸之路”的起点、弘一法师的安息之地泉州，首先想到的就是寻觅大师的遗踪。泉州友人告诉我，北郊三千米处的清源山上有弘一大师的舍利塔。

清源山素有“闽海蓬莱第一山”之称，有36洞天、18胜景。林幽壑奇，含烟凝翠，流泉飞瀑，四季宜人。旅游公路直达山门。沿石道拾级而上，即达千手岩寺。寺内有宋代石雕释迦牟尼坐像及千手千眼观音塑像。路旁有一方石碑，上书“第一山”系宋代著名书法家米芾手迹。由第一山左折，有一岔道，过振衣亭，即达弘一法师舍利塔。墓塔坐落在山腰间，背山面野。四周岩石嶙峋，松枫相间，山风送爽，幽鸟啼树。无怪乎中国佛教协会会长赵朴初说，此处是“千古江山留胜迹，一林风月伴高僧”。

这座仿木结构的花岗岩墓塔里，安放着弘一大师的四十颗骨灰珠。墓塔大门顶上是青石镂刻的“弘一大师之墓”，横批“无相可得”，两边是大师蛰居净山时书写的对联："自净其心，有若光风霁月；他山之石，厥惟益友明师"，含有极深的哲理。塔内正面壁上嵌有一幅辉绿石平面阴刻的法师全身像，是法师门人丰子恺的手笔。丰子恺在其师圆寂五天后接到泉州开元寺的电报，悲痛万分，含泪发愿，要为先师画像一百尊，"分寄给各省信仰他的人，勒石立碑，以垂永久"，这是其中之一。

泉州清源山弘一大师舍利塔

墓塔东南侧有一块巨石，镌刻着弘一大师的临终遗墨"悲欣交集"。这就给后人留下一个难解之谜。著名的散文家郭风在《泉州日记》中这样解说："我想，当一个僧人即将挥手向尘世告别之时，心中还有一种悲哀之情；他没有掩饰自己，他如此表达心境，真切而又感人。"窃念人性相通，即使修持有年的高僧也和常人一样有七情六欲，只是较凡夫俗子易于超脱而已。

墓塔西侧的摩崖石刻中，有当代佛学大师虞愚的一首七律诗，对大师传奇睿智的一生，做了全面而又意味深长的概括，值得回味：

春满花枝不可寻，清源山上柏森森。
悬知诸艺皆余事，直契孤云有本心。
东海学归偏托钵，南山律废赖传音。
际天石塔巍峨在，依约昙云远照临。

——原载于《华东电力报》1997年4月10日第3版《华光》栏

法门古刹瞻舍利

古都西安是历史名城、旅游胜地。东线华清地、秦始皇兵马俑展馆游人如织，其实西线还有不少好去处，法门寺就是其中之一。

法门寺位于陕西省扶风县的法门镇，距西安 120 千米。法门寺始建于东汉桓灵之世，距今已有一千七百多年的历史。它在我国佛教史上曾有显赫的一页。公元 172 年，一枚佛祖释迦牟尼的指骨由印度高僧护送，历经千山万水，到达中国，珍藏于此。为了保存佛骨，法门寺兴建了被誉为“关中塔庙之祖”的释迦如来真身宝塔。从唐太宗开始，每 30 年开启宝塔地宫一次。先后共有 7 位唐代皇帝来此迎送佛骨，尤以唐宪宗、唐懿宗时场面最为盛大：佛骨入长安，车马骈阗，万人空巷，举国狂欢，靡费无数。大文学家韩愈上表谏言，只落得“一封朝奏九重天，夕贬潮阳路八千”。但经历了唐武宗和周世宗的两次灭佛运动，那枚珍贵无比的佛骨就不见了，成为千年来难解之谜。

1981 年真身宝塔因大雨而崩坍。1987 年重建时，在千年固封的地宫中，发现了四枚佛祖指骨舍利，其中之一为“灵骨”，即佛祖焚身时留下的真身遗骨；另三枚为“影骨”，即为保护“灵骨”用玉石模制的仿制品。另外，还在地宫中找到 2000 余件金银器皿、珍珠玉器等稀世珍宝。消息传开，一时轰动世界。日本、东南亚等地佛教徒纷至沓来、朝圣礼佛。

陕西省法门寺

法门寺坐落在 2 米多高的平台上，十三层的真身宝塔从中突兀而起，犹如一柱朝天。由山麓向上，有数十个 3 米多宽的水泥石阶，拾级而上，穿过牌坊，走完 300 米的甬道，才能到达山门。真是开阔旷远、气势恢宏。转身望去，正对面 500 米处，一座有近十层楼高的巨型四面佛像拔地而起，与宝塔遥遥相对，这一新的景观为千年古刹又平添了几分庄严肃穆。

真身宝塔为砖结构，底层正面两侧有下到地宫的通道。环绕原来的唐代地宫，又增建了外地宫，呈圆形，极为宽敞。左边展览了国家领导人和国外高僧来此参观的照片，其中特别让人感兴趣的，有一张照片所示：1988 年 11 月 9 日世界各地高僧、信徒等数万人来寺举行瞻礼法会，晚上 10 时正膜拜时，在第三枚“灵骨”上空，突然出现重影，一时法门寺上空祥云升腾，瑞光流溢，这一奇观真是不可思议。右边橱窗陈列了原来用于藏佛骨的镏金宝函，制作精巧，世所罕见。背面则为供奉佛骨舍利处。舍利置于一长方形玻璃框中，下有电动装置。按顺时针方向缓缓转动，以供瞻仰。钟磬声中，不断有善男信女顶礼膜拜。两旁的对联是最好的旁白：“一礼一拜见舍利，有因有缘是菩提。”

我就近仔细观察了一下。陈列的舍利约有小指粗细，长约 4 厘米，空管状，色白如玉，稍青。据《释迦牟尼指骨出土记》一文记载，灵骨“白中泛黄，并有发霉的骨锈斑点”。显然，这枚舍利并非“灵骨”，而是“影骨”。虽然不无遗憾，但能亲瞻舍利，一开眼界，也算是“有因有缘”。

——写于 1993 年 7 月

静海观钟

6 月 1 日，我们这些参加第十届全国旅游门券收藏展览的代表们，由汤山风景区驱车前去南京西站附近的静海寺。静海寺修葺一新，张灯结彩，上午江苏省暨南京市各界人士刚在这儿举行了警世钟落成典礼。

静海寺原系明成祖朱棣为纪念表彰郑和下西洋而敕建的。1842 年，英军侵犯南京，清政府被迫在此与英议约，形成了《南京条约》的主要条款，其中内容之一就是割让香港。由于历经战火，静海寺已荡然无存。1987 年在东配殿旧址修复时，其面积只及原来的二十分之一。南京人民为迎接香港回归，铭记这段历史而捐资铸建的警世钟钟亭即在静海寺门厅后的院中。我徜徉在小院里，抚摩和观赏着这座青铜铸成的重 3.5 吨的巨钟。钟体设计新颖别致，且寓有深意：上方铸有 12 只和平鸽，象征着我国 12 亿人民热爱和平；下方铸有两条巨龙，代表着母亲河——长江和黄河；四周还有“回”字形图案，表达了华夏人民喜盼香港回归的心情。最值得细读深思的是镌刻在钟的主体四周的 336 字的四言铭文，它叙述了 155 年前中华民族遭受外侮始于此的痛史、恨史，其末段揭示出铸钟警世的本旨：

洪钟长鸣　毋忘当年　落后挨打　前事可鉴

雪耻夙念　终于实现　永志不忘　一往无前

南京市静海寺旧址

钟亭背后的大厅是《南京条约》史料陈列馆。展品以图片为主，从城下之盟静海议约到普天同庆香港回归，内容极为丰富。自7月1日起，里院刚竣工的新馆开放，还将有实物展出。全国人大原副委员长彭冲最近参观时指出，静海寺是一个很好的爱国主义教育场所。

从陈列馆出来，小院已挤满了人，有当地身着迷彩军训服装的中学生，也有慕名而来的外地游客。江苏电视台的记者也专程赶来摄像，他们排开众人，围着洪钟，从不同角度摄下了这个警世励人的庄严形象。

下关区文化局副局长、陈列馆馆长于百忙中在新馆前接见了我们全体代表。他有一句话令人刻骨铭心："在喜迎香港回归的日子里，请别忘记，香港就是在我们脚下这块土地上丢失的！"

我省著名书法家尉天池题在钟亭背后陈列馆门两侧的柱联，也耐人寻味，令人警醒："览史而思可稽可鉴，闻钟以顾当奋当兴。"

——原载于《通州日报》1997年6月20日第八版

从归来堂到漱玉泉边

暑热刚过，秋凉始生，我便开始了计划已久的齐鲁之行。青岛、大明湖、泰山、“三孔”固然是向往的游览地，但我着意寻访的是“冠绝一代”的女词人李清照的遗踪。

由青岛首途青州。李清照在这里曾经度过一生中最幸福、最安定的14年时光，她与丈夫赵明诚夫唱妇随，鉴赏书画古玩，编《金石录》，并写下了《一剪梅》《醉花阴·重阳》等流传千古的词林绝唱。直到晚年，她还念念不忘这个第二故乡，写下了“欲将血泪寄山河，去洒青州一抔土”的诗句。

青州李清照旧居

李清照故居坐落在青州阳溪湖畔，现纳入范公亭公园内。内有词廊、顺河楼、人杰亭、归来堂等建筑。顺河楼傍水而建，相传李清照常在此与当地的文人学士谈诗论文。斗拱飞檐、宽敞明亮的归来堂更是闻名遐迩。李清照在《金石录后序》中曾写道：“每饭罢，坐归来堂烹茶。指堆积书史，言某事在某书、某卷、第几页、第几行，以中否角胜负，为饮茶先后。中即举杯大笑，至茶倾覆怀中，反不得饮而起，甘心老是乡矣。”

徜徉在空旷的堂厅中，我虽再也见不到满壁藏书、案几金石，但仿佛还能听到当年李赵琴瑟和谐、乐在书中的朗朗笑声。端详正面墙上，九十叟肖劳写的堂联：“红雨飞愁千秋绝唱销魂句，黄花销瘦一卷高歌漱玉词”，又使我忆起了词人生离死别、国破家亡的坎坷后半生。没有南渡后的颠沛流离，词人也只能写些闺情离愁，写不出“生当作人杰，死亦为鬼雄”的雄浑诗句，今人也就不会在堂东侧另建一个

“人杰亭”来纪念她了。

第三天我们冒雨由青州来到济南。李清照是济南人，其故宅在漱玉泉、柳絮泉附近。少年时代，她常对泉水梳妆漱洗，她自题的《漱玉集》即由此而来。中华人民共和国成立后新建的李清照纪念堂在趵突泉公园内。门前漱玉泉喷珠吐玉，石栏边垂柳依依，正如郭沫若题联所描写的：“大明湖畔，趵突泉边，故居在垂杨深处。”

李清照故居“归来堂”

纪念堂较青州的故居纪念馆规模略小，有正厅、耳房、叠翠轩、曲廊等建筑，庭院幽静雅致，花木深深。李清照虽生于斯，长于斯，但由于出嫁较早，文名未著，她在济南的一段历史缺少更多的文字记载。李词《点绛唇》：“蹴罢秋千，起来慵整纤纤手。露浓花瘦，薄汗轻衣透。见客人来，袜刬金钗溜。和羞走，倚门回首，却把青梅嗅。”大概就是这个天真活泼的未嫁少女的自我写照。

纪念堂正厅立着李清照白色的全身塑像，旁联为欧阳中石所书：“金石录有几页闲情好梦，漱玉词集多年国恨离愁”，对她的一生做出了全面高度的概括。堂内两侧陈列着她的生平事迹、图像及著作的各种版本。曲廊中有叶圣陶、冯沅君、启功等名家书写的李词墨宝，也值得观赏。

走出纪念馆，回到泉边，我不免也有了清人王大堉一样的感慨：“泉水涌如飞絮，曾居咏絮才人。千古吟魂来否？絮花空舞粼粼。”

——原载于《江海晚报》1997 年 11 月 12 日第七版，《泉州晚报》1997 年 12 月 30 日第七版，广州《红枫》杂志 2000 年第六期

曾侯乙编钟　真品何处寻

7月20日《江海晚报》11版“风景线”发表了朱瑶先生的《大音希声的曾侯乙编钟》。该文对曾侯乙编钟的介绍甚为周详，但对该编钟收藏地点的说明却不够准确。文中说：“现今，这套编钟正静列于岳麓书院的一间西厢房里，接受着黑眼睛、蓝眼睛的凝视，也接受着众多不同语言的惊讶与赞叹。”

笔者今年5月先后去过武汉的湖北省博物馆、东湖磨山和长沙的岳麓书院。我可以负责任地说，岳麓书院陈列的那套编钟并非在湖北随州市西北郊擂鼓墩发掘出来的曾侯乙编钟的真品，而是赝品、复制品。

岳麓书院陈列的编钟

曾侯乙编钟是湖北省博物馆在组织发掘战国曾侯乙墓的过程中发现的，详情见今年第7期《纵横》杂志上郭德维写的《曾侯乙编钟出土面世目击记》。因而这套编钟就成了该馆的镇馆之宝，在改建新馆时，专门为它兴建了一座展览大楼，就在入门不远处。大楼底层分两区，前部有一演奏厅，舞台上架起了一套编钟，每天定时免费为参观者演奏四场。演员均着楚装，笔者有幸在此亲耳聆听了失传已久的楚宫乐曲。演奏时允许拍照，因为这套编钟系复制品，但其音乐效果与真品几无区别。据报幕者说，他们馆应邀去美国纽约演奏时也是用的这套复制编钟。底楼后部则为展览厅，环壁四周陈列着曾侯乙墓出土的各种文物，展厅中心就是65件编钟真品，此处严禁拍照。

翌日，武汉的朋友又陪我去了东湖磨山。当我独自一人登上楚王台二层时，又看到一个小演奏厅，也陈列着一套编钟。几个未化装的女演奏员正在一位男士的指挥下反复排练。我正为编钟何其多而感到奇怪时，旁边一个湖北人告诉我，这编钟共复制了十几套。岳麓书院西厢房的一套也应该是其中之一。它之所以陈列于长沙，是因为岳麓书院可称是绵延两千年的楚文化的胜地，向有“惟楚有材，于斯为盛”的美称。

这就是曾侯乙编钟多处可见的事实真相。如果要想看编钟的真品，那么当你有机会到武汉时，千万别忘了到东湖公园附近的湖北省博物馆走一走，在那里你还可以听到编钟演奏出来的美妙动听的楚乐！

——原载于《江海晚报》1999 年 8 月 3 日《风景线》

武汉楚天台长联

一到名胜之处，我常喜留心各种对联。今年 5 月我去武昌磨山，登楚天台，在三楼看到一副白雉山撰、陈义经书的长联手迹。该联对楚地的人文典实、山川形胜做了概括性地铺叙，文情并茂、气势磅礴。全文如下：

楚也博材，忆屈子骚歌，再扬宋玉；袁郎彩笔，又噪公安。张继情深，感愁眠于渔火；浩然品洁，寄雅韵于鹿门。陆羽茶经，声驰四海；濒湖药典，泽惠寰球。竟陵立派，扫唐汉之士论衰颓；边塞联姻，成明妃之亲和壮举。琴奏知音，钟俞美谈垂简册；枪鸣首义，龟蛇狂舞颂中华。更近世十力原儒，一多红烛，人物展风流，耀古烁今，天遣俊英争授楚。

武汉市“楚天台”

天乎独眷，看雾笼峡坝，景绘万千；帽落龙冈，兴飞重九。禅宗寺老，赞衣钵以递承；炎帝祠崇，喜箕裘以克绍。洲迷草树，鹦鹉晴川；楼恋鹤云，梅花仙笛。地隐茅庐，制曹魏而三分已定；迹遗赤壁，兼文武而双璧同辉。桥连京广，通途南北乐逍遥；舟系蜀吴，商贾东西称便利。况此处群峰耸翠，百卉留春，江山铺锦绣，如诗似画，楚将台阁竞齐天。

这首长联共260个字，比有名的清代孙髯翁撰写的昆明大观楼长联还多80个字，且为嵌字联，首句和尾句三处交叉嵌“楚天”二字，堪称佳构。

上联书史写人。历来有“惟楚有材”之誉，古今三千年，荆楚大地人才辈出。这里提到的古代文人就有楚辞大家屈原、宋玉，唐朝诗人张继、孟浩然，明朝文学流派的代表人物公安“三袁”（宗道、宏道、中道）、竟陵钟谭（钟惺、谭元春）；科学家有“茶圣”陆羽和“药圣”李时珍（号濒湖山人）；知名人物有出塞和亲的王昭君（明妃）和抚琴知音的钟子期、俞伯牙。近人除辛亥首义的革命前辈外，还有著《原儒》的新儒学大师熊十力、写《红烛》的新诗诗人闻一多，真是“天遣俊英争授楚”。

下联绘景揽胜。荆楚大地，千里风光，尽收眼底。这里有气象万千的宜昌三峡大坝，黄梅县的禅宗四祖寺、五祖寺，随州的炎帝神农氏祠，武汉的鹦鹉洲、晴川阁、黄鹤楼，襄阳市古隆中的诸葛亮茅庐，蒲圻（现为赤壁市）的周郎赤壁和黄州的东坡赤壁。还有连接京广的铁路大桥和沟通蜀吴的长江水道，真是“江山铺锦绣”。“帽落龙冈”的典故源自《晋书·孟嘉传》。晋明帝的驸马桓温任荆州刺史时，于重阳节偕陶渊明的外公孟嘉同游龙山，孟贪赏美景，帽子被山风吹落而不觉，传为千古佳话。由此可见，楚地的风景旖旎迷人。

撰写长联较一般对联更见功力，一要有才情，二要有相当的古诗文功底。此长联虽佳，但细审之下，发觉上下联各自内部的骈对尚算可以，不过如果将上下联对照起来看，有些地方对仗并不工整严格。它与相传为张之洞所撰，同样咏楚地风物的屈原湘妃祠长联相比，就稍逊一筹了。由此可见，今人的旧学根底终究比饱读诗书的翰林院侍讲学士要相差一大截。

——原载于《通州日报》1999年12月24日第4版

三、文事摭拾

温雅高贵的朋友

——推荐几本必读的散文集

近几年，掀起了一股“散文热”。书店开始有了散文的专架，排列着令人目眩的古今中外的各种散文集。《文汇读书周报》的“半月热门书排行榜”上总有一两本散文集榜上有名。老作家汪曾祺对散文兴旺的社会、文学的原因曾做过非常透彻的分析：“中国人经过长期的折腾，大家都很累，心情浮躁，需要平静，需要安慰，需要一种较高文化层次的休息。尽管粗俗的文化还在流行，但是相当一部分人对此已经感到厌倦。他们需要品味较高的艺术享受，需要对人生独到的观察，对自成一家的语言的精美的享受。”

我不是文学研究工作者，谈散文完全像汪老所说的只是为了寻求“有文化的休息”和“精美的享受”。在当前书价昂贵、图书经费拮据的情况下，单位图书馆已很少添置新书。为了满足这一需求，尽管囊中羞涩，我还是每月要购进几本新的散文集，慢慢地也能排列成架了。但我有一个购书原则，就是著名的藏书家叶灵凤所介绍的：“小泉八云曾劝人不要买那只读一遍不能使人重读的书。这是一句意味很深长的读书箴言，也是买书箴言。”所以我即使买新书也要“淘”，只“淘”“温雅的安静的书，高贵的启迪的书；那些埋头细嚼，不仅一次而且可以重读多次的书”。

有人买书喜欢成套购买。花城出版社、中国国际广播出版社等都出过散文丛书，当然名气最大、搜罗最广的要数“百花散文书系”了。这些书如果摆在书橱里，整整齐齐的一行，煞是壮观气派。但我是十足的功利主义者，我有自己的志趣爱好，我有自己的美学选择。

我读散文既重内容，又看文笔。我买巴金的散文集，选来挑去，只看中了上海文艺出版社的《巴金六十年文选》，因为它包含了巴老那本讲真话的书——《随想录》的绝大部分篇章。我喜欢周作人于 20 世纪 20 年代写的那些隽永的小品，陕西文艺出版社的（周作人）《知堂小品》一册在手，也足可体会《乌篷船》《故乡的野菜》那种淡雅自然的风格了。徐志摩的诗名盖过文名，花城版的《落叶》有诗有文，可以将《再别康桥》与《我所知道的康桥》对照起来读。“轻轻的我走了 / 正如我轻轻的来 / 我轻轻的招手 / 作别西天的云彩……”和“你如爱花，这里多的是锦绣似的草原。你如爱鸟，这里多的是巧啭的鸣禽。你如爱儿童，这乡间到处是可亲的稚子……”都是佳句名篇，百读不厌。

《朱自清散文精选》封面

《俞平伯美文精粹》封面

把玩一本精美的图书，也是一种艺术享受。所以我购书更讲究书籍的装帧。我最欣赏的封面设计是北大吴小如教授编的《俞平伯美文精粹》，42 开本，封面浅棕黄底，银花饰边，中间是平实大方的竖行仿宋体书名；封底有“作家出版社”社名篆刻一方，均典雅端庄，与俞老古拙绚丽的学者散文珠联璧合、相得益彰。书内插图、装帧及用纸也极其重要。我在桂林买到过一本中国文联出版社出版的《朱自清散文精选》，从扉页到封底全是素雅的单色淡彩画，文字就排印在画面上。在叶子田田、芙蓉出水、青雾浮起的荷塘上，悬挂着一轮淡淡的迷蒙的满月，这不就是我当年无邪少年梦里寻找的《荷塘月色》吗？而在《桨声灯影里的秦淮河》上，垂柳水里摇曳，小船御风而行，连古老的三座门儿的大中桥也高架在水面上。这是文集与画集的合璧，真令人爱不释手。

除美文以外，另有偏好，尤喜搜罗谈文人逸事的回忆文集、讲书报掌故的书话和记山水胜迹的游记。梁实秋为一代文豪，我却只收藏了他一本追述与“五四”以来文化名人交往的《梁实秋怀人丛录》；而对补白大王郑逸梅和老报人徐铸成的各种文集则见书即购。黄裳的《珠还记幸》是三联“读书文丛”的一种，随文附印了特殊年代政治运动劫后幸存的现代文化名人墨宝近30帧，书者多半谢世，极为珍贵。惜乎开本太小，又用普通新闻纸印刷，这是其美中不足之处。而姜德明的《余时书话》，四川文艺出版社不惜工本，用重磅道林纸电脑照排，附图清晰入微，堪称精品。游记多散见于各家文集，专书不多见。余秋雨教授的《文化苦旅》是当代散文集中的畅销书。他的“人文山水”散文，掺和着对中国文化历史命运和中国文人人格的探索，以其不同凡响的深度和力度，叩击着当代读者的心弦。古建筑园林学家陈从周访奇考古，以行家眼光偶尔著文，清新宏博。其所著《书带集》记述江南园林、闽鲁山水，绝非一般浮光掠影的游记可比，大有真学问在。以上这些散文集，读后于艺术享受外，还可开阔眼界，增知益智，远比读那些被“炒”热起来的流行小说要实惠得多。

《梁实秋怀人丛录》封面

这些书排列在我书架上，尽管由于开本不一，显得参差不齐，但五彩斑斓、千姿百态，另有一番风情。工作之余，兴之所至，抽出一册，读上几页，足可赏心悦目，怡情养性，此中乐趣，一言难尽。

——原载于《河北日报》1995年2月19日星期日第8版

民国名人逸事小考两题

名人逸事往往辗转相传，众说纷纭，有些是确有其事的，有些则是不大靠得住的。

岳麓书社《文坛怪杰辜鸿铭》封面

辜鸿铭“茶壶和茶杯”怪论的出处

辜鸿铭幼受西洋教育，却以顽固保守著称。他入民国后不剪辫子，还赞美中国的纳妾制度，极力称道缠足之美，被时人视为“怪物”。他把男人比作茶壶，把女人比作茶杯，宣称一把茶壶该配几个茶杯，以此来证明纳妾多妻的合理性，实属诡辩。

辽宁教育出版社新近出版的《书趣文丛》第一辑谷林的《书边杂写》中有一篇《茶壶和茶杯》也谈到此事，但对这一怪论的真实性存疑，特别是对辗转传抄者表示不满。谷林说：“《文坛怪杰》一书（按：指1988年岳麓书社的《文坛怪杰辜鸿铭》），共收文24篇，其中多篇都详略不同地提到上面这一节奇谈怪论。恐怕大半也是辗转得诸传闻，是以遂如嚼饭哺人，不复存留巧譬妙喻的美感，也全非能使幽深隐微的玄旨奥义让人豁然顿悟的德山棒、临济喝了。”

手头正好有本中国台湾出的《传记文学》杂志第六十二卷第一期，载有陈存仁医师的遗作《女性酷刑缠足考》（中），其中就有“辜鸿铭”一个专节。作者明确指出，这一怪论最早见于早期《北京时事白话报》刊登的一篇译自外国报纸的访问记，他肯定这番话是辜鸿铭在北平中央公园（今中山公园）来今雨轩品茗，答某一英国报纸记者问时说的。当英国记者认为此话不合伦理时，辜又如数家珍地列举英国历史上某某皇帝、某某伯爵拥有多少情妇，予以反驳。陈医生言之凿凿，且绘声绘色，声口毕肖，大抵都符合辜鸿铭那种喜欢发表惊世骇俗的怪论的性格及他善于广引西方经典，“以子之矛，攻子其盾”的论辩方法。关于辜欣赏女人小脚的癖好亦见于此次访谈。

查中国报刊史，在民国初年未见有《北京时事白话报》这一报名，只有共和党——进步党办的《北京时报》《京津时报》庶几近之。希望有人能在大图书馆馆藏中觅得原文，使这一流传极广的逸闻有所着落，得到进一步的证实。

黄侃藐视曲学，与吴梅不睦质疑

国学大师黄侃（季刚）看不起专治词曲的大家吴梅（瞿安），羞与同列教授一事，记得曾在某书刊上看到过。袁鸿寿在《学林漫录》第三辑《吴瞿安先生二三事》一文说得更为具体："……到了南京，黄季刚曾讥讽曲学为小道，甚至耻于与擅词曲的人同在中文系当教授，从谩骂到动武。排课的人只得把吴的课排在一三五，黄的课排在二四六，使他们彼此不相见面。黄侃与系主任汪东都是章门弟子，自然瞿安先生处于下风。"同时受业于黄吴的南京大学程千帆教授在《忆黄季刚老师》一文（转见于上海社科院版《名士风流》）中予以否定。他说："一九三四年、一九三五年，我正在金陵大学读书，也曾陪侍两位老师赋诗饮酒，记得只有一次，两位老师发生了一点口角，也不过是醉后失态，绝不涉及学术问题，当时既未动武，事后也并无芥蒂。"

黄侃与吴梅在北京大学和中央大学（又同在金陵大学兼课）曾两度同事。如果此等事发生在南京，袁文提到的中央大学中国文学系主任汪东应是最好的见证人。近读1987年上海书店出版的汪东遗著《寄庵随笔》，却找不到任何黄、吴不和的蛛丝马迹，反证却有之。首先汪东并无党同伐异之念，对吴梅却推崇备至。他说："吴瞿安治南北曲，稍究声律，自大学设词曲课，瞿安遍历南京，所教甚众，……然合声歌作曲填谱为一手，仍瞿安一人而已。"某次是黄侃自己也并不绝对排斥词曲，还偶尔有作，并曾与吴梅唱和。该书第二十八节记，吴梅效虞伯生作"折挂令"一首，"当时辟疆（汪辟疆）、季刚俱曾同作，不知尚有存稿否"。至于汪东偕黄侃、吴梅结伴同游，诗酒唱和的事更有详细的记载。该书第四十节中说："同系诸子，如王伯沆、吴瞿安、黄季刚、胡小石、汪辟疆、王晓湘，皆以文学名，诗酒之会，月必数聚。"民国十八年（1929年）春假，由黄侃倡议至邓尉探梅，汪东和吴梅是东道主，尽兴而返，"纪游之什，季刚、辟疆为多"。由上可见，黄、吴的关系还是不错的，断不会像袁说的那样恶劣，纵然不是密友，至少也是有共同爱好的文友。程千帆虽非中大学生，所言不谬。

——原载于《河北日报》1996年2月12日第8版

两部未终篇的中国文学史

在章培恒、骆玉明主编的三卷本《中国文学史》以立论新颖，饮誉文坛、风行海内之际，不免想起20世纪以来还有两部论述严谨、卓有新见的中国文学史，因未能终篇，给后人留下了遗憾。

一部是鲁迅的《汉文学史纲要》。鲁迅先生在北大、北京女子师范大学主讲中国小说史，有《中国小说史略》遗世。1926年9月，鲁迅到厦门大学任教，同时开设中国小说史和中国文学史两门课程。小说史"无须豫备"，文学史则"须编讲义"。

鲁迅《汉文学史纲要》

鲁迅在给许广平的信中说：“看看这里旧存的讲义，则我随便讲讲就很够了，但我还想认真一点，编成一本较好的文学史。”(《两地书（四一）》鲁迅自编的讲义初名《中国文学史略》)。翌年1月鲁迅又去广州中山大学，仍用原讲义讲同一课程，但改名为《古代汉文学史纲要》。由于鲁迅在这两个学校工作时间均不长，所以只编完十篇，最后一篇为“司马相如与司马迁”，也就是说截至汉武帝时期。全书删繁就简，突出重点，脉络清楚，论述精辟。20世纪30年代鲁迅在上海时也曾有编一部完整的中国文学史的打算，但终因文艺战线上的战斗频仍，不能分身而未果，该书先生生前未出版，1936年收入《鲁迅全集》始改今名。

另一部则为学界耆宿、南京大学教授胡小石所编《中国文学史讲稿》。胡小石早年在北京师范大学等校讲授中国文学史，其讲义于1928年排印，因只讲到五代文学，故名为上编。该书立论严谨，条分缕析，简明扼要，成为一家之言。1942年胡先生在四川江津国立女子师范学院讲中国文学史，讲到了清明时期。有人曾建议他将上编以后的讲稿付印，俾成全书。而胡先生却说：“元人杂剧、宋元南戏、明清传奇、小说与各种俗文学，目前均有专家研究，成绩斐然，余实无多发明，口述作介绍则可。汇录成书则不可。”由此可见，胡先生治学之严谨，文必己出，绝不抄袭雷同，与当今一些东拼西凑即成皇皇巨著的文抄公不可同日而语。中华人民共和国成立后胡先生执掌南京大学中文系教席多年，亦未续成全书。现收在《胡小石论文集续篇》中的仍是半部中国文学史。

胡小石《中国文学史讲稿》

——原载于《河北日报》1996年12月30日第6版

梁漱溟、沈从文生平经历的一点辩证

被俞伯平老人誉为“熟悉京华故事”的邓云乡先生继《燕京乡土记》《文化古城旧事》等力作之后，最近又有《水流云在琐语》新著问世（收入辽宁教育出版社的《书趣文丛》第二辑）。读后获益良多，甚为钦服。但其中《老城凋谢之思》一文中有一段话似乎与史实略有出入。

邓先生说：“当年北京大学盛传两位投考北京大学未被录取的学人，后来都成了北京大学的名教授，后者是沈从文先生，前者就是梁漱溟先生。而且据传梁老当年投考京师大学堂三次都未被录取。过了不多几年，蔡元培先生便礼聘他去北大任教授，讲印度佛教哲学，其时梁老才二十七岁。”梁、沈两位先后当过北大的教授是确凿无疑的，但是否报考过北大又未被录取，则大有问题。

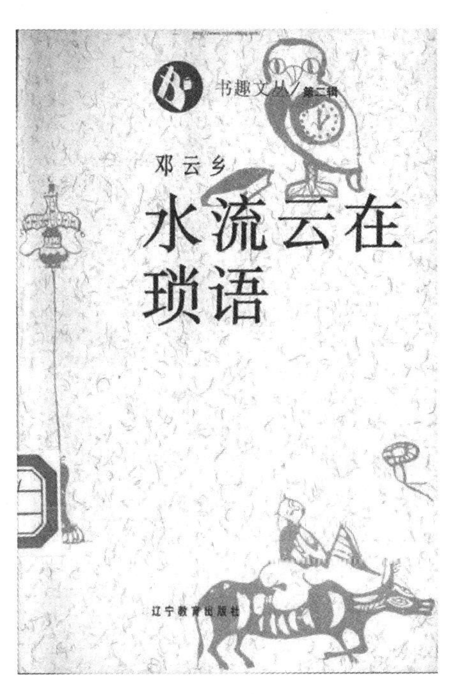

《水流云在琐语》封面

先说沈从文，1922 年他从湘西来到北京，正如《从文自传》末尾所说，目的就是读书。名师荟萃、声望卓著的国立北京大学当然是他的首选目标。但据金介甫《沈从文传》第三章注 8 说，当时“没有中学文凭不能考北京大学”，而沈恰恰“未上过新学”，什么文凭也没有。沈报考燕京大学名落孙山的事，倒是有的，有冯友兰曾为他批过试卷可为佐证，也见于他自己写的《20 年代的中国新文学》。沈后来做过北大不注册的旁听生，领过国义讲义，听过日语课，但不是正式学生，时间也不长。沈是抗日战争期间在西南联大教习作课，胜利复校后转入北大任教授的。在名流学者如林的北大，他是以作家知名，而不是以教授知名。他的学者地位是中华人民共和国成立后从事文物研究，发表《中国古代服饰研究》皇皇巨著而奠定的。

梁漱溟十九岁毕业于顺天中学后，压根儿就没有准备上大学。他在《自述》中说：“我二十岁至二十四岁，即不欲升学，谢绝一切，闭门不出，一心归向佛家，终日看佛书。”关于他考北大未被录取的传言由来已久，1942 年他写的《纪念蔡元培先生》一文中就说道：“近中四川报纸有传我初投考北大未见录取，后乃转而被聘为教授者，非事实。”此文刊出后四十多年，由于有些作者未曾留意或寓目，仍因袭传言，以讹传讹。例如，1988 年北京十月文艺出版社凌宇的《沈从文传》第 188 页仍说："梁漱溟参加入学考试，未被录取，不久则被聘为哲学教授。"邓文说他三次未见录取，更是添油加醋的夸张。

另邓先生所说，梁先生入北大讲印度哲学时年二十七岁，也有误。蔡元培先生邀梁先生入北大，是1916年蔡初掌北大的那一年，当时梁先生因任司法部秘书，公务繁忙，转推许季上先生代课。翌年，许先生大病，开学便缺课，梁先生才正式到任。他在同一篇文章中肯定地说："我初到北大时，实只二十四岁。"

邓先生治学一向严谨。这段话前两句前虽然标有"盛传""据传"等语，但未作钩稽厘正，难免使不明真相、不熟悉内情的读者信以为真。后一点年龄之误，系执笔时单凭记忆，未及时核实之故。

如无以下这段（这些在邓先生新著中只能算是白璧微瑕），为了正本清源起见，应该这样说才符合历史的原貌：梁漱溟和沈从文是两位从未上过大学，靠自学成才，后来成为北大教授，知名学者的学人。

——原载于《中国图书评论》杂志1998年第2期）/《河北日报》1997年9月15日第6版

也谈"谋杀名作家"

去年，余秋雨先生接连推出两本有部分篇目与其代表作《文化苦旅》重复的新书——《文明的碎片》（春风文艺版）和《秋雨散文》（浙江文艺版），引起了一些读者的非议。《中华读书报》发表了北方朔的《余秋雨会不会被"谋杀"？》。由于我孤陋寡闻，起初对作者取这样一个耸人听闻的题目感到不解，后来读了《余光中散文精品选》（山东文艺版），才知道"谋杀"一词源自光中先生的大作《如何谋杀名作家？》。

台湾"谋杀"名作家的手段是编辑和老板的催稿、逼稿，文艺社团频频请作家演讲，使作家应接不暇的读者来信，不法书商的盗版及批评家不分青红皂白地乱发批评等。而在大陆则略有不同，比较突出的是，丛书报刊拼命拉名作家当有名无实的顾问、主编、编委；新作者不管熟与不熟请老作家题签、写序；编辑由约稿进而挖稿，甚至名作家的弃稿、废稿也视如珍宝，席卷而去；还有无穷无尽的笔会、作品讨论会，题词题字、开幕剪彩等。这一切无非是为了拉大旗作虎皮，装点门面。

在当今的"散文热"中更为显眼的是，出版社受孔方兄的驱使一哄而上，炒名作家的冷饭，或旧文新编，或从不同视角选题，什么消闲呀、怀旧呀、幽默呀，甚至猫、狗、鱼、虫都可作为选题。因此，在书店里可以看到同一作家散文作品的许多不同的版本、不同的书名、不同的面孔，可打开来看，雷同的篇目比比皆是。据《中国图书评论》一篇文章统计，市面上梁实秋、林语堂的散文作品集就有60种之多。这就苦了读者，在书价不断上涨的今天，读书人原本大多数囊中羞涩，有的从生活费用里抠点儿钱，有的靠爬格子换点可怜的稿酬来买书，哪堪如此折腾。不买吧，有些未见过的文章读不到，难免有些遗憾；买吧，花冤枉钱读重复文章，心里总有一些不舒坦。

《文明的碎片》（春风文艺版）

作家本身是被“谋杀”的对象，也是受害者。他们明知这样做有损读者利益，但挡不住多出书的诱惑，当作家的谁不想“著作等身”，立名出事业？一向以淡泊自居的张中行老先生继三集《负暄琐话》和《顺生论》之后，最近又出了本《留梦集》（中国文联版）。他对这本集子情有所钟，非常珍视，但自己也发觉有些不尽妥当，所以在其自序中就不无歉疚地说：“最后要谢谢有些读者，书中有不少曾发表的文章，他们也许买过，现在又花一次钱，破费而不怨尤，真可感可敬也。”老先生真是诚实得近乎天真，“破费而不怨尤”的“可敬”的读者恐怕是凤毛麟角。

汪曾祺和张中行老先生一样也是我非常尊敬的作家，他在沈阳出版社出版的《汪曾祺散文随笔选集》的自序中道出了几句真话：“我编这本集子的同时，我还给另一家出版社编了一本随笔选。为了怕雷同得太多，大体上划分了一下，篇幅短小的归入随笔集，篇幅稍长的归入散文集。本来散文、随笔是很难划界的。就这样，也还有两集互见的。我原来很踌躇。出版社的编辑同志说：‘无妨，两本书的读者不是一样的。’如果有读者同时买了两个集子，那就只好请你们原谅了。我没有存心使你们上当。”很明显，编辑的话完全是自欺欺人之谈，汪先生是否全相信，那也不一定。从他“本来散文、随笔是很难划界的”这句话里可以看出；而且所定书名本身既包含散文又包含随笔，与编辑的话显然是相矛盾的，编辑无异自己给自己打了一记无声的耳光。

名作家如何不被“谋杀”，关键还在于作家自己。作家要有自卫能力，要爱惜自己的羽毛，不要轻易让人家炒来炒去。孙犁也是一位散文大家，但他蜗居芸斋，不喜交结，清心寡欲，不声不响地于一年或几年将散在各报刊上的文章编个集子，很少重复，读者以搜罗他的新著为乐事，口碑很好。宋立民在《遗憾（苦旅）叠印（碎片）》一文（《中国教育报》3 月 19 日）末尾套用捷克作家伏尼契的警句，深情地说：“余先生我们爱你，可你也要警惕呀！”

——原载于《河北日报》1995 年 8 月 14 日第 8 版

读作家资料的困惑

最近因著文的需要，阅读了一些有关作家的资料，发现有许多不一致的地方，有的甚至相互抵牾、南辕北辙，使读者无所适从。兹摘录一二，以就正于方家和知情人。

关于钱锺书

1978 年，钱锺书在意大利第二十六届欧洲汉学家会议上的发言是用英语讲的，还是用意大利语讲的？

A 说：孔庆茂《钱锺书传》（江苏文艺出版社）第 209 页：“他的报告不长，是用意大利语发言的，中华人民共和国成立后，他虽然三十多年没有出国，原来也未曾在意大利留学，但他的意大利语却十分流利、纯净……”

B 说：《光明日报》2000 年 12 月 21 日第 3 版马宝珠《“文化昆仑”的巍峨》：“……他以流利的英语演讲，他运用自如地把英、法、德等国的文学典故、民间谚语糅进答问中。”

小识：国际学术会议的通用语言是英语。钱锺书先生早年毕业于清华大学英文系，又留学英伦，中华人民共和国成立后还参加过《毛泽东诗词》的英译定稿工作，其英语水平之高无人不晓。他懂多种外语，也包括意大利语，在演讲时引用一些意大利原作品是有可能的，但完全用意大利语在国际会议上发言，似不可信。爱默《钱锺书传稿》（百花文艺出版社）和张文江《营造巴比塔的智者：钱锺书传》（上海文艺出版社）都有此次会议的论述，但未提到钱用何种语言发言。

关于姚蓬子

一、姚蓬子哪一年出生，哪一年去世？

A 说：阎纯德主编《中国文学家辞典》现代第六分册（四川文艺出版社）第 472 页：“姚蓬子（1905—1969）”，与《全球中文作家网》“作家名录”中的“姚蓬子”条相同。

B 说：叶永烈《姚文元传》（时代文艺出版社）中讲，姚蓬子是 1906 年出生，1970 年去世。

小识：叶著也是经过查阅档案、调查访问后才写成的，有可能是阴阳历换算中出现的问题，未知究竟。

二、姚蓬子入党在何地，由何人介绍？

A 说：倪墨炎《现代文坛散记》（上海三联书店）第 119 页《姚蓬子和作家书屋》：“1927 年由潘汉年介绍加入中国共产党。”叶永烈同书第 99 页：“早在 1956 年当姚蓬子被公安局逮捕审查时，他亲笔写下《我在南京狱中叛变的经过》，白纸黑字，迄今仍保存在公安部的档案中。”叶著一文刊出姚的交代，其中有：“我加入党是潘汉年介绍的。”

B说：《党史博览》2000年第2期陈东林《从冯雪峰给姚文元的一封复信说起》（《作家文摘》369期转载）：“就在此前后（指1927年6月）在浙江担任国民党疆域厅第五科科长的姚蓬子，也由宣中华介绍参加了中国共产党。”

小识：姚蓬子长期在上海工作，与潘汉年结识也在上海，据此入党也应在上海。A说有姚自己的笔证为证，说服力很强，但B说发表在权威性的党史刊物上，且坐实地点，介绍人也是有名有姓的浙江同乡。事实究竟如何，真是茫然、毫无头绪。

三、姚蓬子在何时、何地结识冯雪峰的？

A说：陈上文，“1925年春天，22岁的冯雪峰来到北京大学……在他的周围聚集了来自浙江的10余名爱好文学的穷苦学生，……其中也有同乡青年姚蓬子”。

B说：倪上文，姚蓬子“1924年在上海光华书局当编辑”。叶著持同一说法，并说姚蓬子在北大读书在此之前。书中只提到在“左联”成立前后冯、姚常在一起。

小识：如姚蓬子在1924年已加入上海光华书局，与冯雪峰在北京交往似不可能。冯雪峰于1925年入北大做旁听生，1927年年底方由北京到上海，在其年表中是确凿无疑的。这里显然有矛盾。

关于陆小曼

一、陆小曼和王赓是订婚，还是结婚？在哪一年？

A说：韩石山《八宝箱之谜》（原载于1996年6月1日《文汇读书周报》，后收入中央编译出版社韩著《文坛剑戟录》）：“1920年与王赓结婚，……1926年与王赓离异后，即与徐结婚。”韩在《徐志摩陆小曼情缘考》（《文汇读书周报》2000年2月11版）也说“陆的丈夫王赓”。

B说：刘海粟《我所认识的徐志摩和陆小曼》（原载《人物》1989年第5期，后收入中国广播电视出版社张继华主编的《名人交往录》）：“……小曼尚未成亲”“她在19岁时，由父母做主，与无锡人王赓订了亲”“……王赓终于同意解除婚约”。

小识：刘海粟是徐、陆婚姻的撮合人，对徐、陆双方的婚姻状况不可能不一清二楚。但就当时徐、陆的婚恋闹得北京满城风雨来看，似乎王、陆不像只是未婚夫和未婚妻的“订亲”关系，许多徐志摩的传记和其他文章也大都说“王赓是小曼的丈夫”。不过韩说的“1920年”又有些问题，小曼生于1903年，作为当时比较开通的外交官的小姐，十六七岁就结婚未免太早，存疑。

二、徐志摩去世后，陆小曼有未再婚？

A说：刘海粟同一文章，“至于陆小曼，在徐志摩逝世后也离开了徐家。后来她又结婚了，……”

B说：赵清阁《陆小曼幽怨难泯》（《新文学史料》1999年第2期）：“甚至有人打着照顾朋友遗孀的幌子，乘虚而入，夺朋友之爱……”“她矢志不再嫁人以报志摩的恩爱”。“（赵）家璧更是开门见山劝小曼和‘好友’断绝来往。澄清外间的流言。否则就和他结婚。小曼不以为然，……”“那位‘好友’不仅未离开小曼家，还引进了他和女学生私生的女儿。他死后就由小曼收养，他的妻子不肯接纳”。

小识：赵清阁是陆小曼晚年的密友，相知较深。而刘海粟因出国，去外地工作等诸多原因，与小曼阕隔已久，有些消息可能是闻诸他人的。据赵清阁、赵家璧等人所言，小曼和那个“好友”只是姘居，并未正式结婚，“好友”另有妻室。

上文中的“小识”仅是拙见，也许有错。也就是根据阅读视野所及的材料揆情度理做出的个人判断或推断，没有绝对的把握。有的问题最终也未能解决，还是一头雾水，不知以何说为是。

这些作家所处的时代与我们相去并不远。像钱锺书先生，去世不久，夫人杨绛和一起赴意大利参加那次会议的代表和翻译有的还健在，上面提到的问题本来是可以弄清楚的。至于徐、陆的婚恋详情知道的人更多，姚蓬子这种特殊人物的档案也该保存得好好的。写传记类作品的人没有理由因为自己的一时疏忽大意，而留给历史一些扑朔迷离的谜，让后人甚至当代人费心去猜。

——原载于《河北日报》2001 年 5 月 18 日第 11 版

书籍装帧的表与里

《文林枝叶》封面

随着现代商品意识的渗透，“包装”的重要性越来越为人们所认识并关注。一个歌星一经“包装”，他（她）的盒带、光盘就能卖得俏。日用品、食品、服饰等也无一不需要精美的“包装”。

书籍说到底也是商品，虽无特殊，概莫能外。受这般“包装”热的影响，现在书籍的外封越来越漂亮了，硬精装、软精装、加护封、用勒口的比比皆是，色彩更是五彩缤纷；用纸也越来越精良；版式设计也多有讲究。其中不乏好书，但“金玉其外，败絮其中”的也不在少数。而普遍忽视的是书的内装帧，已经有人批评我国的文学作品大多缺少插图。我觉得，文史类书籍的插图、插页也相当重要。紧密配合内容的插图、插页，不仅可以与文章相得益彰，增加书的可读性、可信性和厚重感，还可以保留一些文化遗存，多一些文化积累。

近期购得一本山东画报出版社出版的书话名家姜德明的《文林枝叶》，为《杂家杂忆丛书》之一。姜德明原本是编辑，称为杂家未尝不可，但其所谈并非太杂，而实实在在还是一本书话。这本书看起来并不起眼，似乎还够不上现代的“包装”标准，封面只在深蓝色布纹纸上用银色印上书名、丛书名和作者名，外加一丛竹叶做装饰，既无护封，又无勒口，再简朴不过了。但其内涵却异常丰富精彩，真是做到了图文并茂，全书收文 60 篇，插图、插页却有 54 幅。其中多帧文化名人的照片、墨宝等固属珍贵，具有很高的欣赏价值，还有许多初版书的书影今天已不复能见到。

《文坛茶话图》中画了茅盾、郁达夫、林语堂、老舍、鲁迅、巴金、周作人、田汉、丁玲、刘半农、徐志摩等。几乎包含当时上海所有的文人，很盛大辉煌

例如，谢冰莹的成名作《女兵自传》就是我 16 岁读高一那年阅读过的本子，一看到书眉《晨光文学丛书》六个凝重的宋体美术字和由四幅作者小照并列组成的别具一格的封面设计，真是如见故人，不免勾起我许多美好的回忆。对中国现代文学有兴趣的朋友，可能都听说过有一幅相传为鲁少飞所画的 30 年代作家漫画群像《文

坛茶话图》，可就是踏破铁鞋无觅处。可喜的是这本书就有收录，还附有原载该图的《六艺》创刊号的说明。虽是漫画，但那些当时的文坛俊彦，从鲁迅到丁玲，个个栩栩如生、神情毕肖，因此颇具史料价值。更为有趣而耐人寻味的是，有些插图还打破了我们心中的偶像和思维定式，还其本来的面目。大名鼎鼎、帮助蔡锷从袁世凯虎口中逃脱的小凤仙，受电视剧、小说等的影响，一般人心目中总以为她定是个绝色美人，但一帧“侠妓小凤仙小影”却使我们看到一个适得其反的真实的小凤仙。著名的左笔书法家费新我，我们只知道他在改用左笔以前是个国画家，却想不到他在40年代初还给“万叶画库”画过一本据巴金《家》改编的水墨连环画。这些异彩纷呈、不易多见的插图、插页，无疑丰富了全书的内容，使它的品位足足提高了一个档次，增加了它的保存和收藏价值，也使某些重要史证不致被湮没。

在我的藏书中，还有一本1987年海峡文艺出版社出版的魏绍昌的《东方夜谈》，也值得称道。除书前有24面30年代影星剧人的照片外，书中也有许多具有历史价值的插图、插页。中华人民共和国成立前上海福州路一览图，使我们复睹当年闻名遐迩的文化街的风貌；巴金故居复原略图，可以使我们想见《激流三部曲》《憩园》等名著中描写的那个封建大宅院的某些场景；《新十八相送》的版权页，可以使我们看出越剧《梁山伯与祝英台》演变的历史轨迹。尤为引人注目、发人深思的是1937年4月26日赵丹、唐纳、顾而已三对新人赴杭结婚时的报刊剪影“火车上的三位新娘”和六和塔下的合影，还有证婚人沈钧儒老先生写的“愿书片语为君祝，山样同坚海样深”的七律诗尺幅，下面清清楚楚有蓝苹等六人的亲笔签名。从中你可以一睹这个给中国人民带来无穷灾祸的“旗手”的丑恶形象。

为文学作品插图，需要找合适的画家专门绘制，是比较麻烦些，但为了提高我国图书的质量，与国际接轨（西方文学名著多有插图），还是值得做的。而文史类图书多一些插图、插页，则相对要容易得多，一般作者都愿意主动提供，编辑也可协助收集，只是多花些制作成本而已。从读者的角度来说，则宁可多花些钱在“内美”上，少一些虚有其表的高档外装帧。如果书内书外能两全其美，价格又比较合理，当然更好。

——原载于《中国图书评论》1998年第7期，该文另用《由图书插图谈起》题目发表于《河北日报》1998年6月8日第6版

插图本大有可为

11 月 16 日《光明日报》“书评周刊”发表了老编辑家叶至善先生给山东画报出版社总编汪稼明的一封信《关于插图本的设想》。他谈到，百花文艺出版社在再版“五四”新文学元老叶圣陶的《小记十篇》时，不仅没有按叶氏父子开出的目录“增添些说明性和艺术性较强的图片”，反而“连原有的照片也取消了”。他无奈地说：“我和父亲都感到失望。”叶老离开我们已十二年了，却带走了这样的遗憾，读起来不免使人心里有点不好受。

差不多在两年前，笔者在《出版广角》杂志 1999 年第 2 期上发表的《书籍装帧的表与里》一文中已指出，“现在书籍的外封越来越漂亮了”，“普遍忽视的是书的内装帧”，而“紧密配合内容的插图、插页，不仅可以与文章相得益彰，增加书的可读性、可信性和厚重感，还可以保留一些文化遗存，多一些文化积累”。这一情况目前并没有多大的改变。

《老照片》杂志照片

山东画报出版社率先推出的《老照片》专辑很有创意，仿效者也就蜂拥而上，在书市上形成了一股图文本的热潮，至今方兴未艾。图文本的大量出现打破了过去图书大多为单纯的文字文本的沉闷局面，受到广大读者的欢迎。但图文本毕竟不同于插图本。图文本是以图为主体，以图释文，而插图本却是以文本为主，插图为辅，做的是锦上添花或者“绿叶扶红花”的事。还有个插图的“插”字看起来也很重要。现代许多“名人”书内正文前都有几十帧名人的生活照，当然有图胜过无图，不过这些照片常常只是一些附着物，并未和文本融为一体，有些还显得除了炫耀之外别无作用，也就是说还没有真正“插”进去。

“五四”以来，大家知道鲁迅是最讲究书籍插图的，巴金主办的文化生活出版社和赵家璧主持的良友公司也很重视插图；中华人民共和国成立后，五六十年代也出过不少相当不错的有插图的文学著作。但是这个传统现在似乎丢了，即使有人呼吁，有些出版家还是不屑做、不愿做，也懒得做。照理，在铅与火的年代，不论图还是照片，动不动就需要制版，而正如叶先生所说：“如今电子排印技术如此先进”，大多只要扫描仪扫一扫就行了，在电脑上你要怎么安排就怎么安排，要多好看就有多好看。可真的要做起来的话，却不会那么顺当，还会有推三阻四的。

过去看到欧美出的书、苏联出的书、中国港台出的书，真羡慕人家印制精良，插图美观，慨叹中国大陆的落后。最近笔者在书市上购得两本新书，就发现我们要是认真做的话，并不比人家差。一本是苏俄文学专家、诗人、画家高莽的《灵魂的归宿：俄罗斯墓园文化》，群言出版社 2000 年 7 月第一版；另一本是台湾留美硕士、自由撰稿人成寒的《推开文学家的门：漫游全世界作家的屋子》，上海文艺出版社 2000 年 10 月第一版。这两本书用重磅道林纸精印，插图与文本珠联璧合，令人爱不释手。可能这两位作者都曾沐浴过欧风美雨，对绘画或摄影又有一定的造诣，因而对自己著作的装帧插图有特殊的要求，但还得有出版社的支持和配合，才能将书做得这么好。

《灵魂的归宿：俄罗斯墓园文化》是一本写俄罗斯名人墓地的书，被著名的翻译家草婴称为“一首首扣人心弦的安魂曲”。它深厚的文化内涵和清新的文笔已深得好评，姑且不论。就它的插图而言，真是精美绝伦、婀娜多姿。扉页有名人墓地雕塑做背景，目录用名人头像做边饰，专栏是整页的装饰画，而每篇文章除了普遍有墓园（包括墓碑、雕塑等）摄像和墓主的画像或自画像外，还穿插着一些墓主的故居照、生活照、书影、绘画作品、手迹等，真是琳琅满目、美不胜收。在有关绥拉菲莫奇一章中，有鲁迅当年为《铁流》中译本选的几幅版画；在有关尼·奥斯特洛夫斯基的一章中，我们看到的是卧床的作家和坐在床边的曾来过中国的夫人赖沙；在有关白银时代著名的女诗人安·阿赫马托娃一章中，作者谈到她生前有个遗愿：要把她的墓建在监狱门口，因为她在那儿伫立了 300 个小时，等候探监，现在我们在插

高莽的《灵魂的归宿：俄罗斯墓园文化》封面

图上就看到一个奇怪的墓碑，上面是十字架，下面有一堵象征监狱的用石块垒成的墙；在有关鲍·尼波列沃依的一章中，有一张他在北京的照片，“说明”特别风趣：“尼波列沃依有生以来第一次骑三轮车觉得比写作吃力”；在有关列宾的一章中，则印了一幅我们熟悉的《伏尔加河纤夫》的油画。如此等等，不一而足。

《推开文学家的门：漫游全世界作家的屋子》似乎比前者更为大气，因为它有许多插图是整页的，636毫米 ×939毫米的开本。既然是写文学家故居的书，这些故居外观和内室的照片是少不了的，还有就是作家的画像、书影、用物照片、手迹等。在有关玛格丽特·米切尔的一文中，还插入1999年美国发行的纪念1936年《飘》居畅销书榜首的纪念邮票和“乱世佳人博物馆”的门票。还有些东西，文字是无论如何描述不清楚的：你见过酒瓶保险锁吗？海明威故居里面就有，成寒就拍了一张酒瓶带锁的照片，放在书里。“马克·吐温的家宛若一艘红色蒸汽船漂荡在绿海洋上。”你能想象是什么样子吗？看了插图就知道了。你可能读过艾米莉·勃朗特的《呼啸山庄》，在一些中译本里将moor译成“泽地”或“沼泽”，其实是错误的，插图上显示的约克郡的moor却原来是由连绵起伏的岩石形成的旷野。格林兄弟的“《不莱梅乐队》从下至上是老驴子，然后是老狗、老猫，最上面则是公鸡，在黑暗中倒像是一头超级大怪兽，吓得强盗屁滚尿流”。虽然这些动物并不陌生，但还是要看了不莱梅市政厅旁的四物相叠的雕塑，才会明白到底是个什么样的怪东西。“安徒生的脸形很长，有点像马脸，所以他总是以为自己像只丑小鸭。”看了安徒生故居档案中的这幅鸭身人头的漫画像，你一定会感到非常滑稽有趣。国外的东西没有见过的多，国内常见的大概没有什么问题吧？其实不然，朱自清《荷塘月色》的荷塘到底是什么样子，想象起来可能会因人而异。到过清华园的人当然不少，但你不一定就是在荷塘飘香的季节去的，这本书里面就有一幅现场的照片。无怪乎叶先生要那么起劲地鼓动出版朱自清的《欧游杂记》和《伦敦杂记》的插图本。插图确实可以弥补文字的不足，插图本确实具有无穷的魅力。

有人会说，插图本的制作成本高，书的售价相应也会提高，其实是物有所值的。上面说的两本书就不仅可供阅读，它还是艺术品，可以欣赏，可以把玩，更可以长久收藏。如果当今的出版家们把用在那些并非绝对需要的硬精装、软精装上的钱用在精制插图上，我相信我国的图书质量会提高一个档次，更容易和国际接轨，更能适应进入WTO后的形势。

——原载于《出版广角》2001年2月，总第五十期

咄咄怪事

我经常收到一些以包销若干册书为前提条件邀约合作出书的信，前几年尚须参加撰写部分内容，这几年已升格到可以一字不写，同样能享受署名权，据包销册数的多少分别任主编、副主编、编委等。最近，我接到从陕西某市发来的一封邀约信，令我大吃一惊——其内容的离奇简直不敢相信，它竟然是出自一位什么“教授”之手。

出书难，学术著作尤甚，是当前图书出版事业的误区。因承受不了包销任务或巨额开印费而将书稿束之高阁的大有人在，更多的作者则在积极多方设法，通过正当或比较正当的手段，寻求解决这一困境的途径。而这位教授却走了另一条道路。他明码标价，将著作权整趸（出资 49000 元即可终身享有）或拆零（根据出资多少，取得不同的署名权）公开拍卖。请看他的一本《美语谚语范围手册》所提出的条件。

一、出资包销书

（1）唯一作者，终身享有著作权，包销总价值为 49000 元的书。

（2）唯一合作者，与我并列署名合著，包销总价值为 39000 元的书。

（3）任第一主编者，包销总价值为 15000 元的书。

（4）依次设第二、第三……主编数名，每位包销总价值为 3000 元的书。

（5）任第一副主编者，包销总价值为 2500 元的书。

（6）任第二、第三……副主编者，每位包销总价值为 2000 元的书。

（7）设编著者数名，每位包销总价值为 1500 元的书。

二、出资不包销书

（1）任第一主编者，出资 10000 元。

（2）任第二、第三……主编者，每位出资 2600 元。

（3）任第一副主编者，每位出资 2200 元。

（4）任第二、第三……副主编者，每位出资 1700 元。

（5）编著者每位出资 1200 元。

当前，不少作者为了维护著作权的神圣和自己的著作权益，运用法律的武器，与侵权者对簿公堂，我对他们肃然起敬。但将著作权当作商品出卖，从中牟利，却是对知识的亵渎。它还干扰了专业技术职称评审工作的正常进行，败坏了社会风气，助长了弄虚作假、投机取巧的不正之风。

——原载于《光明日报》1996 年 3 月 7 日第 6 版

四、书林折桂

读书的情趣

近几年，谈读书的书和文章多起来了。人民文学出版社《漫说文化丛书》中的《读书读书》是一本选文精当而又别开生面的谈读书的书。

《读书读书》封面

陈平原先生画龙点睛、情文并茂的序和柳成荫笔简意深、素雅恬淡的封面画与文集珠联璧合、相得益彰，使人爱不释手。

大凡读书，多数人都带有一定的功利目的。古人即有“书中自有黄金屋，书中自有千钟粟，书中自有颜如玉”之说。当今为文凭、为学历、为博得个“白领阶层”而读书；当然也有为学有所长、术有专攻，然后为祖国做贡献而读书的。不管抱有什么目的，读书总比不读书好。

为求职致仕而读书，虽然在读，往往把读书视作苦役。一旦求得一官半职后，就把书弃如敝屣。即使偶尔找本书来读读，无非是为了消遣或查找资料；读书苦变为读书乐，乐在其中，乐此不疲，乃至嗜书如命，购书成癖，那就要有情趣。

陈平原先生编此书的原则，就是“要求入选的文章起码读出了一点儿读书的情趣”。

这本书中少数是名家的名篇，如鲁迅的《随便翻翻》是百读不厌的，犹如咀嚼，余味不散；还有一些是选自《晦庵书话》《西谛书话》等名书话的精篇、一些鲜为人知、散见于各家文集和《读书》杂志的美文佳篇。这些文章都闪烁着真知灼见，写得清新隽永，各具特色，饶有书情话趣。

老舍的《考而不死是为神》对考试制度的剖析真是鞭辟入里，切中当前时弊，既幽默又深刻。叶灵凤以美术家知名，同时又是一个学贯中西、多才多艺的小说家和书话家。他的文章惜墨如金，字字珠玑，《书斋趣味》一文感情细腻，文采飞扬，读后令人不胜向往之。

当然要懂得读书的门径，东方望的《书读完了》和金克木的《谈读书和“格式塔”》不可不读，这两篇文章完全可以作为新时代《书目答问》式的导读篇。

《读书的风尚》虽写在半个世纪之前，但对畅销书的社会时代背景分析，却入木三分。英语专家许国璋教授的《读书诸相》令我们大开眼界，使我们知道外国竟然有那么多的书痴情种。书中最有趣的一篇可能是作家宗璞写的《恨书》了。“恨”是表面文章，骨子里是面对她父亲哲学史大师冯友兰丰富的藏书，她只恨“今生是没有遍读之乐趣了”。

读书有情趣，逛书店则别有情趣；购到好的版本，再加盖藏书印或贴上藏书票，则是另一番情趣。如若要真正领略读书的情趣，就不妨到书海里去遨游一番。

——原载于《红枫》2001 年 3 月，原题：《要爱读书，也要会读书》

且从书边觅书趣

辽宁教育出版社的《书趣文丛》，是一套高品位的谈读书自得其趣的丛书。第一辑中谷林的《书边杂写》尤能体现文丛的宗旨。

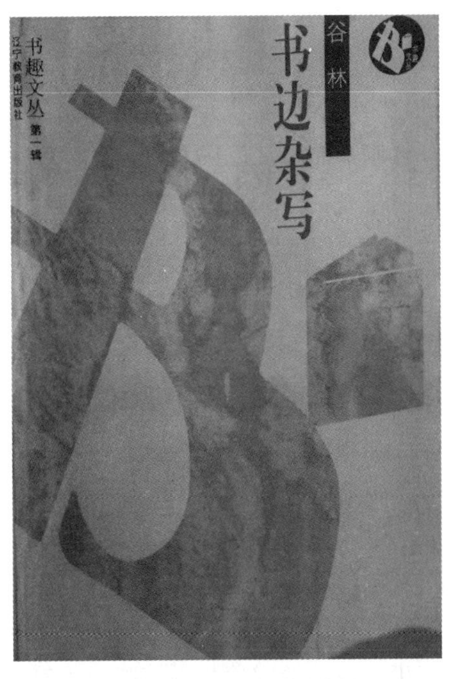

谷林的《书边杂写》封面

歌德说："经验丰富的人读书用两只眼睛，一只看到纸面上的话，另一只眼睛看到纸的背后。"谷林先生读书，就能透视到书的背后，读出它的真趣，领略个中三昧。梁实秋在《利用零碎时间》一文中曾提到，他将陆放翁的"待饭未来还读书"张贴于壁，子女受其影响，待饭时人手一卷。粗心的读者很可能一掠而过，而谷林先生用他的点睛之笔一点，则意境全出："在起居室里，饭桌已经铺陈。全家老少却各把一套，散坐四周，此等景象，思之醉人。"

《劝学文》中的书中自有颜如玉、千钟粟、黄金屋之说，"五四"以来一直认为是封建糟粕，但梁实秋提出独到的见解："这只是说读书自有乐趣，无关功利。"谷林先生的点评更是令人瞠目："此一别解，可谓化腐臭为神奇。"

谷林先生读书涉猎极广，读一书常援引他书进行比较参照，作文时信手拈来，或别出新意，或指谬纠误，或生发开拓，涉笔成趣，使人读后必有所得。以《孟心史》一文为例，就涉及郑孝胥《海藏楼诗集》、孟心史《海藏楼近刻诗序》、周作人《知堂回想录》、黄裳《负暄录·孟心史》诸书，真是纵横捭阖，从不同的角度勾画出了耆年宿学、晚节不衰的一代史学大师的身影。

其中对各书文的驳正之处尤多。如据史料，他指出商鸿逵《述孟森先生》所说"一度作幕广西龙江兵备道署"有误，应为"龙州边防督办署"，并对各书所述孟心史生卒年月不一致的地方予以一一厘定。谷林先生在另一篇文章中深有体会地说："作者的文字，往往只能是个侧面的剪影，读者观览，大抵尚须花上一番拼接。"

谷林先生的文笔特别值得称道。我觉得，它不仅如陈原先生所说，"朴实无华""不尚浮言"，而且文思缜密，用笔老到。谷林先生对台静农情有独钟，其文风与台庶几近之，"丰满而又质朴，理平意长"。

——原载于《河北日报》1997 年 12 月 22 日第 6 版

雨季情怀

记得去年元宵节后返回泉州，正碰上雨季，老天难得睁眼，晴天屈指可数。每天清早打开门，天都是阴沉沉的，近处的清源山笼罩在雾幛里。刚要出门又淅淅沥沥地下起雨来，下得地面返潮，墙壁冒水，下得人透不过气来，下得我这个在“柳丝弄晴”的长江边长大的人心烦意乱。

又是一个雨夜，我蜷缩在湿乎乎的被窝里翻看着新买来的《余光中散文精选》。第一篇就是那篇用作文集名的《听听那冷雨》，一开篇，余教授就说：“惊蛰一过，春寒加剧。先是料料峭峭，继而雨季开始，时而淋淋漓漓，时而淅淅沥沥，天潮潮地湿湿，即连在梦里，也似乎把伞撑着。而就凭一把伞，躲过一阵潇潇的冷雨，也躲不过整个雨季。”写得真好，既是实情，又带点诗意，闽台的雨季就是这个样子。

对雨季的感受，自称“祖籍闽南”“至少是广义的厦门人”（实为泉州市永春人）的余教授，与我这个外乡人是截然不同的。

其一，雨季勾起了住在隔海的余教授的刻骨铭心的乡思，他心蓦然升腾起一种对故园的无限眷恋之情。“二十五年了，一切都断了。只有气候，只有气象报告还牵连在一起。大寒流从那块土地上弥天卷来，这种酷冷吾与古大陆分担。不能扑进她怀里，被她的裙边扫一扫吧，也算是安慰孺慕之情。”“杏花、春雨、江南，六个方块字，或许那片土就在那里面。而无论赤县也好，神州也好，中国也好，变来变去，只要仓颉的灵感不灭美丽的中文不老，那形象，那磁石一般的向心力必然长在。”

《余光中散文精选》封面

其二，就余教授看来，雨并不那么令人嫌恶，它是轻抚婴儿的母亲湿润的手。他说：“雨是女性，应该富于感性。雨气空蒙而迷幻，细细嗅嗅，清清爽爽新新，有一点薄荷的香味，浓的时候，竟发出草和树沐发后特有的淡淡的土腥气，也许那竟是蚯蚓和蜗牛的腥气吧，毕竟是惊蛰了啊。”就余教授听来，雨声也不那么令人厌烦，它是美妙的可以引人无限遐想的天籁。他写道：“雨不但可嗅，可亲，更可以听。听听那冷雨。听雨，只要不是石破天惊的台风暴雨，在听觉上总是一种美感。”“雨是一种单调而耐听的音乐，是室内乐是室外乐，户内听听，户外听听，冷冷，那音乐。雨是一种回忆的音乐……”

恕我连篇累牍地引用余教授的美文佳句，读余教授的散文，的确是一种美的享受。在当今的我国散文界，余光中教授与他同姓的余秋雨教授，犹如两峰，隔海相峙，分别对台湾和大陆的散文创作产生着深远的影响。余秋雨的“人文山水”散文掺和着对我国文化历史命运和文人的人格探索，以其不同凡响的深度和力度，叩击着当代读者的心弦；而余光中的散文则气势恢宏，想象丰富，文笔遒劲，一泻千里，将感情与理性凝成一体，将传统与现代熔于一炉，以其独创性在文坛独树一帜。

随着海峡两岸文化交流日益频繁，余光中教授已访问大陆几次，去年还曾亲临厦门大学的校庆。他作品中的那种“前尘隔海”之感可能慢慢淡化了，他在大陆也获得越来越多的读者。但要真正读懂余光中，还得到闽南来。正像没有亲身经历过闽台的雨季就读不懂《听听那冷雨》那样，如果没有到过湄洲湾的妈祖庙，没有见过成群结队的台湾香客，就不会懂得什么是闽台文化同源；如果没有在鼓浪屿踯躅过，没有在南普陀烧过香，没有见过开元寺的双塔，就无法充分理解余教授那种“乡愁一缕，恒与扬子江东流水竞长”的思乡情结。就在台湾，他的心灵也不断地呼喊着：“也许，真的，将来在重归大陆的前夕，他会跪下来吻别这块沃土。”

——原载于《泉州晚报》1996 年 4 月 6 日第 3 版

曲终风范在

从书店捧回孙犁的近作《曲终集》，心情不免有些沉重，又一个当代有成就的老作家因健康原因要挂笔封刀了。

唐钱起的诗句“曲终人不见，江上数峰青”，现孙犁取前半句诗意，预告他将告别文坛和读者了。

文坛巨擘钱锺书姓钱不爱钱，杜门著述，谢绝采访，不上电视的高风亮节，经过传媒的反复揄扬，人们都已耳熟能详。其实孙犁在这方面完全可以与钱老媲美。作为“荷花淀派”文学流派的创始人、当代散文大家之一，孙犁近十几年来一直蜗居芸斋，默默耕耘，十三年间写出了十本著作。他的文集都是由天津百花文艺出版社一本一本地出的，不像当今不少作家那样，被书商或编辑牵着鼻子走，去“炒冷饭”，搞一文多编的排列组合，变着花样去掏读者口袋里的钱。就这一点来说，他就深受读者的尊敬。

读孙犁的散文，是淡淡的，有如一泓清水，似乎毫无火气，更见不到金刚怒目式的语句。但这个经过革命战火淬炼的一生正直的老人，对当代文坛的一些不正之风深恶痛绝，有时也不免稍带着鞭挞一下，但不愠不火，完全是一个长者苦口婆心的谆谆劝诫。

孙犁自律甚严。他在《文虑》一文中提出“六不”，使人肃然起敬，即一不再为人写序；二不再写书评；三不入编名人录；四不愿人将自己的作品译成外文，以便“走向世界”；五不投稿专登名人作品的期刊，也不掺和此类丛书；六不为大型丛书挂名选稿或写导言。孙犁这样做，固然有精力不足的原因，但主要是针对当前文坛的时弊而言的。他不愿某些人利用他名作家的旗号，去干吹捧炒卖、苟且营私、欺蒙读者的事，反映了他洁身自好、淡泊名利的高尚情操，这并不是所有人都能做到的。

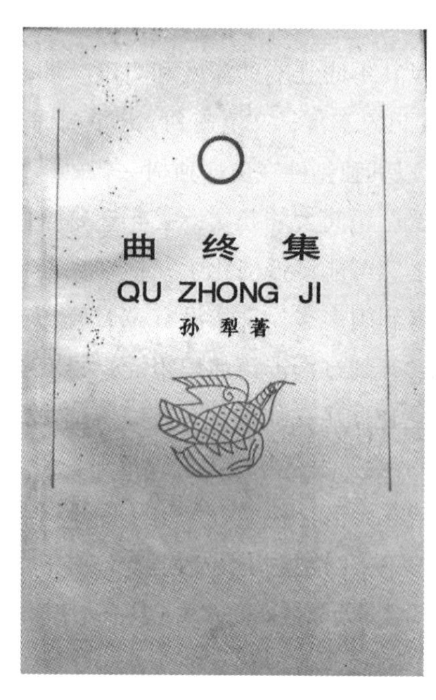

孙犁《曲终集》封面

孙犁绝对不是一个一贯冷漠保守的人。大家都记得，在五六十年代，他曾热心奖掖扶植文学新人。刘绍棠、从维熙、房树民、万国儒等京津知名作家都曾受过他的提携和教益。新时期以来，他也曾多次与贾平凹、铁凝等文坛新秀通信，评文指疵，甚至还为后来有所抵牾的贾平凹写过散文集序言。孙犁也并不一概而论地反对中外文化交流，以前也曾亲自为外文版《风云初记》写序。问题是文坛的现状令他失望，如“文艺评论，变为吹捧”；“文坛上的一些人物，不自爱重，胡作非为”；青年作家批评不得，“凡是提了一些不同看法的，以后的关系就冷了下来”等，不一而足。是客观现实和人生阅历教育了他，使他决心远离文坛，避开是非。但作为一个文艺战线上的老兵，他又并非完全持冷眼旁观的态度。正如他自己所说：“当然有时也关心文艺的前途，因为文艺和国家民族的前途，息息相关。”不然，他又何必写那些针砭文坛时弊，得罪人的文字呢？

作为热爱他作品、尊重他人格的忠实读者，我们祝愿孙犁同志健康长寿，并热望他能像《文集续编序》中所说的那样：“一息尚存，仍当有作”，曲不终，人犹健。

——原载于《文学自由谈》1997年第4期，《河北日报》1998年3月16日《读书》版

历史是不能被忘却的

——韦君宜《思痛录》读后感

近十多年来，我们读到的知识界人士受“左倾”路线迫害的回忆文章、书籍够多的了，从巴金的《随想录》、梅志的《胡风传》到季羡林的《牛棚杂忆》，大都写“十年浩劫”中最远上溯到反胡风集团以来的个人、亲友和文艺圈子里的相关历史。而新近出版的韦君宜《思痛录》（北京十月文艺出版社），所写的时间跨度则更长，涉及的面更广，心理开掘得也更深。

韦君宜的地位和身份与众不同。她是1936年入的党员，1939年的抗日干部，中华人民共和国成立后在北京市委、共青团中央、作协都担任过中层领导，任过两家重要文艺杂志的主编、两家中央级出版社的负责人。从延安的“抢救失足者”运动到中华人民共和国成立后的历次运动，她都亲身经历过。正如她自己所说：“在‘左’的思想影响下，我既是受害者，也是害人者。”她虽然对这些运动的内幕和背景当时也不是很清楚，但比一般人更了解个中的情况，在这本书里她给我们留下了许多鲜为人知的珍贵史料（尤其是许多人的遭遇）。她对历史事件的反思惊人地坦诚，她不讳言自己也曾轻信过、盲从过、矛盾过、犹豫过，“一面牢骚满腹，一面继续做‘驯服工具’”，她坦言自己“继承了那个专以整人为正确的恶劣做法”。

韦君宜《思痛录》封面

“左倾”路线给我国人民尤其是给一代知识分子带来的伤害真是太深了。我最难忘的一幕是，1957年整个暑期大学都是在“反右派”斗争的疾风暴雨中度过的，9月新学期开始了，大一的新生刚入校，第一堂课是“鸣放”。我们这些在红旗下长大的新大学生太天真无邪了，还真心实意地贴大字报，帮助“整风”。最后几十个乳臭未干的毛头小伙子、小姑娘被“引蛇出洞”，落入预先织好的所谓“右派”的罗网。本书中韦君宜对“反右”有一段极为深刻的反思：“从这时候起唯唯诺诺、明哲保身、落井下石、损人利己等极坏的作风开始风行。有这些坏作风的人，不但不受批斗，甚至还受表扬、受重用。骨鲠敢言之士全成了“右派”，这怎么能不发生后来的……”

在那个时代，要说真话可真不容易，倡导说真话的巴金老人曾说：“运动一个接着一个没完没了，每次运动过后我就发现人的心更往内缩，我越来越接触不到别人的心，越来越听不到真话。”极“左”的政治空气造成人性的扭曲是可怕的。最近我在一本书话里读到，建党期间（1922 年）就已经是党员的当时的文化部部长茅盾在 1960 年 1 月 27 日的日记中写道：“看电视转播《林则徐》，此剧甚好。”但随着后来政治形势的变化，他又将“甚好”改为“甚坏”。高压线下人人钳口，读之令人寒心。而韦君宜在这本书中写得最为震撼人心的是这种高压的余威和她自己刻骨铭心的个人感悟。1983 年，经历过“整人—挨整—痛悔”的周扬写了一篇文章参加关于人道主义问题的争论，受到批评。当韦君宜去看他时，周扬问她持何态度，韦却以“不懂哲学”四字打马虎眼。此事发生在党的十一届三中全会召开五年之后，韦不敢讲真话，还不是明摆着心有余悸。韦后来认识到这种世故性的表态“是虚伪的”，很想向周忏悔，但周已患重病，不久去世，再也没有机会了，这也成了她终身的遗憾。无怪乎《文学自由谈》最近一期有文章讲：韦君宜晚年回顾一生说，如今方始明白，参加革命不光要献出自己的身体，有时还要献出自己的良心。

《思痛录》就是这样一部披肝沥胆说真话的书，写它的目的就是“记住历史的教训，不再重复过去的弯路”，也让我们的年轻一代接受教育，珍视今天得来不易的思想解放、政治宽松的好局面！

——原载于《江海晚报》1998 年 9 月 15 日副刊，《河北日报》1998 年 11 月 16 日《读书》版

走近前辈学人谢泳

不到40岁年龄、一身锐气的谢泳，他笔锋犀利、敢想敢说，我们早在（3年前）他的《旧人旧事》（上海人民出版社）中就领教过了。文化艺术出版社新近出版的《逝去的年代——中国自由知识分子的命运》（《草原部落》黑马文丛之一），虽然也收进了前书中的部分篇什，但主题更集中，题材更宽泛，内容更充实，论述也更纵横捭阖，充满一个勇者的智慧和思考。

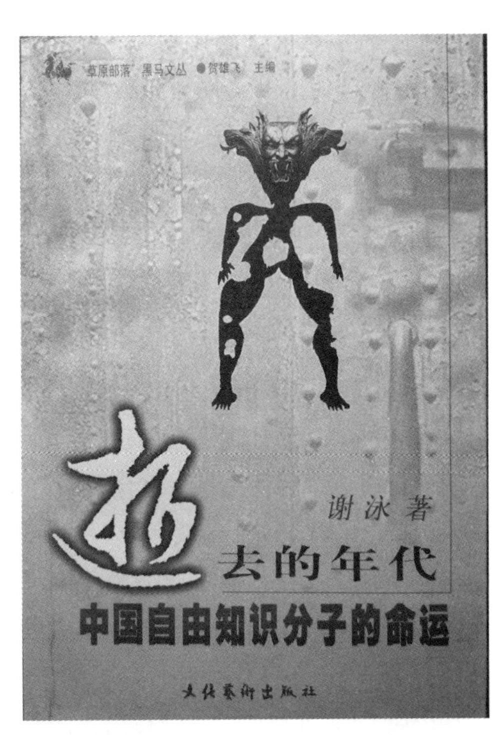

《逝去的年代——中国自由知识分子的命运》封面

谢泳所论述的自由主义知识分子，准确地说只是些“自由思想学人”。他们大多都有留学欧美或受过欧美式教育的背景，而又沉浸于传统文化较久；他们学有专长，有一定的社会地位和经济收入（如为教授、报人等），但又关心国家的前途和人民的命运，他们……尤重学术的自由和思想的自由，也就是陈寅恪所说的“独立之精神，自由之思想”。这些人当中第一代有胡适、陈寅恪、张东荪（逊）等；第二代则为储安平、费孝通、钱锺书等。40年代，他们“在批评国民党腐败、支持学生运动、呼吁停止内战等重要问题上，都表现了中国知识分子的良知”。随着中华人民共和国的成立和政治上的分化，少数人到国外或中国台湾去了，大部分则留在大陆，但在极“左”路线下，不少人遭遇坎坷，受尽折磨，即使个别人尚处顺境，也已非昔日的自我了，在学术上更失去以往的辉煌。《文丛》的主编贺雄飞说得好，谢泳“从故纸堆中淘出那么多学人的倜傥丰采和悲惨命运，然后信手写成学术随笔，展现给我们……他们的伟大和卑微跃然纸上”。

谢泳这本新书确实给我们带来耳目一新的感觉。首先，著书立说贵在要有独特的见解，言他人所未曾言。谢泳思想敏锐，又放胆敢言。虽然他的某些观点你可能不一定完全苟同，但总能在思想上给你一定的启迪，促使你去独立思考。其次，谢泳近年来从事现当代知识分子问题的研究，对西南联大和《观察》周刊用力尤多，在尘封已久的历史资料中爬梳剔抉，从中挖掘出许多鲜为人知的史料，如西南联大的教授阵容、储安平《观察》撰稿人的队伍、中央研究院人文组首选院士的名单等，都弥足珍贵（对这些学人在中华人民共和国成立后遭遇的评说，又使我们看到历史的轨迹）。

还有，从“五四”以来，我们就一直高喊着的“民主”和“科学”的真谛到底是什么，它们“民主”与“自由”究竟有没有阶级的区别，在我们国家应如何体现，对前述的这些自由主义知识分子应如何评价，这些问题都值得我们深思和进一步探讨。

——原载于《河北日报》1999 年 5 月 11 日《读书》版，《太原晚报》1999 年 5 月 23 日副刊

重开的紫罗兰

余生也晚，未及见到民初文坛莺戏蝶舞的景象，但对周瘦鹃的大名早就熟悉。因为新文学家黎烈文接编周主持的《申报》“自由谈”、茅盾从王西神手中接编《小说月报》，同为新文学史上的两件大事。

20 世纪 50 年代中期，我就读于苏州大学，常在《新苏州报》上看到周瘦鹃与苏大的蒋吟秋、一中的程小青、文代局的范烟桥等几个“老蝴蝶”（作家夏阳戏语，见《人物》1982 年第 4 期《解放后的周瘦鹃》）参加苏州文艺界活动的一些报道。这期间，上海文化出版社出版了周瘦鹃在中华人民共和国成立后所写的散文集《花前琐记》《花前续记》《花前小记》等，读来只觉得文笔清新可喜、意趣盎然，与那些干巴巴的标语口号式的时文大相径庭，深为钦服。

1963 年我又重回苏大进修英语，当时的《人民画报》以较大篇幅刊登了周瘦鹃培植的盆景和爱莲堂全景彩色照片，对周作为一个杰出园艺家的成就倍加推崇。听说王长河头的紫兰小竹，俗称周家花园就在苏大近旁。1964 年初春的一日，我曾偕连云港另一个进修教师同访。小园的规模当然无法与那些达官贵人兴筑的古代园林相比，但列石为山，堆土为阜，花木葱茏，竹影婆娑，小亭曲廊，中有一池泓然，颇有情趣。那天周老正好外出，真是缘悭一面。

不过爱莲堂中的流连，总算稍许弥补了我的缺憾。堂中左侧几架上有一精致盆景，小树高只盈尺，但数朵桃花粲然在枝，再衬着小巧玲珑的微型青山绿水、农田村舍，真是一幅绝妙的桃花闹春图，令人叹为观止。

在西首套间（紫罗兰庵）的南窗书桌上，我们又不请自便地翻阅了周老的“嘉宾题名录”，尽情欣赏了周恩来、朱德、陈毅等国家领导人的亲笔签名。过了数载，惊悉周老被迫害投井自沉，不胜伤悼。

1981 年“雨过天晴”，金陵书画社出版了周老的遗著《苏州游踪》和《花木丛

中》，我一见便立即购买，珍藏在架。但此二书已绝版多年，书市不可复觅。

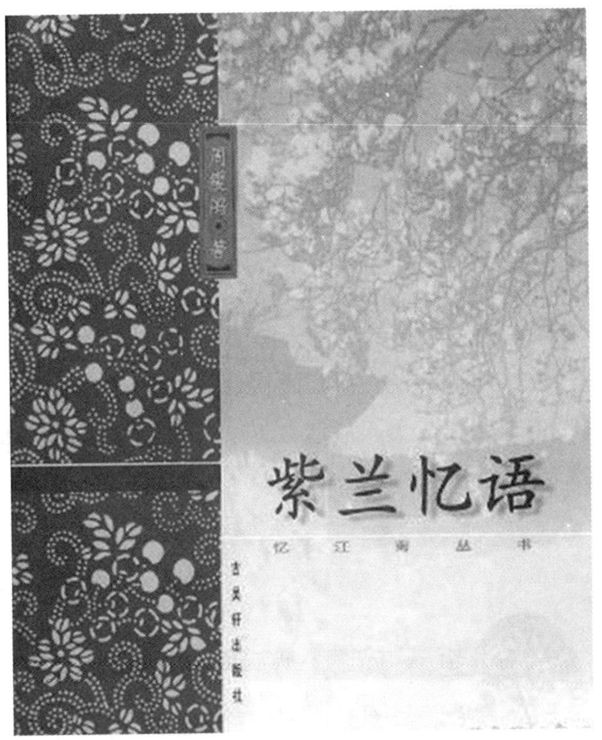

《紫兰忆语》封面

最近又喜见由王稼句编辑的周老旧著新编《紫兰忆语》问世（古吴轩出版社出版）。此书除《苏州游踪》中的大部分篇什外，（又收）辑入未见发表的周老有关苏州的遗作《阊门颂》《苏州好》等；又由于此书是《忆江南丛书》之一，选择面更拓宽，还收进了《放棹七里泷》《雪窦山之春》等浙省游记；殿后一篇则为周老总结自己一生的《笔墨生涯五十年》，此书对全面了解和评价周瘦鹃先生尤有价值。

周瘦鹃的散文，正如与他同岁同月生的老友补白大王郑逸梅所说“清隽有致”；谢孝思的评价则为“清新婉约、情趣横生”八个字。周恩来总理对他的作品也非常赞赏，1963 年春，周总理访问周家花园时，曾当面称赞他：“你的散文也是百花园里一朵鲜花！”（见《人物》1993 年第 1 期李巨川《周瘦鹃的一生》）

有人可能不大喜欢周瘦鹃过多地“掉书袋”，其实这正可以看出他的学养深厚。他对吴中历史、姑苏风情、古代诗词都熟谙于心，信手拈来，涉笔成趣，将知识性和可读性融为一体，颇可益智增闻。

两年前，通州市摄影家协会成员去太湖东、西山旅游，文联的刘伯毅专诚来舍下商借《苏州游踪》一书，回来后一再称赞此书对他苏州一行甚有助益，胜过坊间任何一本介绍苏州风光的旅游图书。

《紫兰忆语》值得称道的，还有它的新颖别致的版式和装帧，此书为 18 厘米 ×14 厘米的 32 开本，呈扁方形。书脊向封面和封底各延伸 5 厘米，用带有民族特色的蓝花布图案；封面左上方为一繁花垂檐的淡彩摄影，书名印在下端；接缝处和书脊中部的"周瘦鹃著"均用红底白字小条框，整体显得古朴素雅。书中正文右边均留有 4.3 厘米的空白，以《忆江南丛书》和页码分隔为二，各页几乎都或上或下地印上配合内容的黑白照片、图画、书影等。其中，今天不易见到的有：历史照片，如 1900 年前后的虎丘、1908 年的宝带桥、1940 的阊门等；古人名画，如唐寅的石湖《行春桥图》、沈周的《赏梅图》等；姑苏民俗风情画，如花贩图、赛灯会图、采茶图、水果摊图等（略有遗憾的是这些图未注明出处）；周瘦鹃的生活、工作照，如青年时代的周瘦鹃、1928 年周瘦鹃在严子陵钓台、《礼拜六》刊影、紫兰小筑、周瘦鹃手制盆景等，真是琳琅满目，美不胜收。这一切当归功于匠心独运的策划人王稼句先生和热心提供资料的周老遗属。

——原载于《河北日报》2001 年 8 月 24 日第 11 版

哲人其萎　涛声依旧

——曹聚仁《听涛室人物谭》读后感

曹聚仁是现代作家中的一个传奇人物。从 20 世纪 30 年代起，就曾活跃于文坛、报界和大学讲坛。他所主编的《涛声》周刊，鲁迅先生曾多次惠稿，并称赞其"文简而旨隐……因而侦探们亦不甚解"，"至今尚存"，"我并不希望《涛声》改浅，失其特色"。（见《鲁迅书信集》）

抗日战争期间，曹聚仁担任战地记者，与国民党军队政界要人多有接触，特别是与蒋经国渊源较深，50 年代移居香港，以笔耕为生，充当了海峡两岸间的"和平密使"，被人称为"谜一样的人物"。

上海人民出版社新近出版的《听涛室人物谭》是曹先生的旧著新编，是由他女儿据他的手稿整理出来的，大部分曾发表于 50 年代末到 70 年代初的香港各报刊。

曹先生"交游遍天下"，对国民党元老吴稚晖、于右任，蒋介石的爱将汤恩伯、顾祝同、戴笠，桂系人物李宗仁、白崇禧，爱国将领程潜、张治中、陈铭枢、蔡廷锴等，都很熟悉，或做过专访，或有交往，或闻诸他人，或撷自报刊。他"以白发老夫，重谈开元往事"，确有许多鲜为人知的珍贵史料，可供增知益智或饭后读助。例如，于右任幼时是个"做炮孤儿"；黎元洪背过盖叫天；陈立夫在纽约卖粽子；常败将军汤恩伯在南口和台儿庄战役中表现不孬，都是过去闻所未闻的。又如，在特殊年代，我在浙江美院的一张小报上看到一幅所谓"黑画"《遗嘱》，是创造社早期成员、写过《画人行脚》等散文集的画家倪贻德所作，画的是孙中山先生临终前国民党元老随侍左右的群像。其中邵元冲这个人，我曾留意多时，未见任何书刊提及，好像一下子从历史中突然消失了。读文集中的《“西安事变”的特客》后才知道，“西安事变”第二天邵住在西安招待所陈诚原来住的那间房间里，一闻变故，他就越窗而逃，被警卫员当场击毙，真是一个令人解颐的历史插曲。

曹聚仁《听涛室人物谭》封面

像曹聚仁那样娴熟现代文坛掌故的人现在恐怕是凤毛麟角了。许多现代文学大师和他非师即友。他和鲁迅、周作人（《知堂回忆录》是他经手在香港出版的）的关系自不必说了，即如朱自清、俞平伯、陈望道、李叔同（弘一法师）等都是他在杭州一师时的老师，而他和徐志摩、郁达夫、徐懋庸都过从甚密，与胡适、郭沫若、梁实秋也打过交道。他对这些人的了解并非道听途说或凭空臆想，而是建立在实际交往的基础上的。

他笔下的许多人物都被他写活了，如“老天真”熊佛西、狂人陈子展，还有那个“带着五四运动初期浪漫气息的文人”田老大——田汉，“田老大请你吃饭，那可比你请他吃饭还可怕”，他上课经常跑错学校，“错来错去，一辈子也不清楚。对他这样的教授，学校当局当然只能聘请一年，便不敢再领教了”。

曹聚仁不只是用这些趣闻逸事来吸引读者，他本身是个史学家，有多部史学著作问世，他信奉王船山在《读通鉴论》中的史识：

流俗之所讥，而大美存焉；事迹之所阂，而天良在为；非秉日月之明所以显之，则善不加劝。故春秋之作，游、夏不能赞一辞，而岂灌灌谆谆，取匹夫匹妇已有定论之褒贬，曼衍长言，以求快俗流之心目哉？

所以他知人论世，评点事理，月旦人物，颇多深刻独到的见解。例如，他对胡适功过是非的评价就比较全面公允；对郭沫若考古的评语也很有见地；对多有绯闻的徐志摩、郁达夫的诗人性格的分析则鞭辟入里；对朱自清和俞平伯文风的比较相当贴切；甚至他对当今大陆走红的陈寅恪的“唐学”和钱锺书的“钱学”，也有精湛的研究，如他提出的“唐宋大文，并不是唐代文化的正统，韩柳古文运动只是传奇小说的副产品”的全新观点；他批评“以往注家，大多是‘卖弄’”，“即是说他们只是有所知并无所见”。从这些都可以看出他的真知灼见。

如果对这本文集“挑刺”的话，那就是写林语堂、梁实秋和王云五的文章火气未免太大，失之偏激，与他一贯的文风大相径庭，倒有些鲁迅战斗杂文的味道了。

曹聚仁的文笔也值得称道。百花文艺版《曹聚仁散文选集》的编者云惟利称他的文章是“十足的报人文章”，并说：“他的文字有历史的识见，有小品文的趣味，还有说部的淋漓尽致。”“跟曹氏同辈的人中，文字有那么流畅的并不多，辈分比他低的人中就更少了。到了现在，几乎已成了绝响了。”试看他对30年代几种刊物的评述：“《语丝》自许是‘流氓’，《现代评论》则是绅士，《新月》当然是才子了。”又如他访游南宋理学大师朱熹和陆九渊论异同的鹅湖书院，触景生情而发出的感慨：“诗歌如春，散文似秋，冬则属于哲理的天地，此景此物，引人入于深思。”

这些如珠妙语不仅言简意赅，一语破的，而且文采飞扬，耐人寻味。

——原载于《河北日报》2000年9月1日第6版

学识与性情的结合

——谈吴小如20世纪40年代的书评

吴小如是北大著名的中国古典文学教授，近年来常在报刊上发表一些学者型随笔，但很少有人知道他在青年时代曾是一个小有成就的文学评论家。他在半个世纪以前写的书评，已找到的有40余篇，除有关古代文学史方面的收入《读书附掌录》外，有关现代文学的则分别辑入《书廊信步》（辽宁教育版）、《今昔文存》（湖南人民版）和《心影萍踪》（上海教育版）三书。

20世纪40年代前期还在抗日战争中，当时指点文坛、卓然大家的书评家，当数李健吾、刘西渭，其次是常风。吴小如踵武其后，开始写书评时，抗战已胜利。他写第一篇书评《读张爱玲〈流言〉》时，还是一个大学一年级的学生。但他家学渊源较厚，旧学根底较深，而又风华正茂、才气横溢，因而出手不凡。

读惯了过去先内容后形式、先概述后总评等一本正经而干巴巴的八股式书评，再读到吴小如半个世纪以前的书评，定会眼前一亮，觉得耳目为之一新，原来书评还可以这样来写！吴小如的书评不拘一格，轻松洒脱，但又思辨周密，文采斐然。这种书评在文风上有点像当今的书话，但又不是书话，因为篇幅较长，论述也较全面。

现代书话体的倡导者唐弢自言，写书话“开始于一九四五年的春天”，吴小如写书评差不多也在同一年。两人对文章的写法几乎都想到一处去了。唐弢在《〈书话〉序》中说：“我曾竭力想把每段《书话》写成一篇独立的散文：有时是随笔，有时是札记，有时也带着一点絮语式的抒情。”吴小如在《读常风先生〈弃余集〉》一文中则说："唯一的希望，乃是想在文字结构与作品风格上有所尝试，能够把书评里加进一点抒情气氛与活泼情调而使之'文'一点，就于愿已足了。"

吴小如的书评有一种基于深厚学养的随意和睿智，正如新闻出版署署长于友先所说："一篇好的书评那就犹如让一位历史学的教授到古埃及金字塔去当导游一样，那纵横捭阖，鞭辟入里，曲径通幽，妙趣横生，让人如饮甘酿一般。"吴小如的文学批评多有真知灼见，如他赞赏巴金的作品"能抓住年轻人的心"，但又指出"文章写得过于奔放，也难免有时使人感到词费"。谈及张爱玲，他说："她叙事的技巧也很好，故写小说亦精彩。但我认为，她的叙事更宜于写散文。"他还常将作家与作家进行比较，且喜用形象的比喻，如他谈起新文学家中记景擅胜者时说："如果朱自清先生的文章像小家碧玉，从温存朴素中露出天真的妩媚；则俞平伯先生，恰似抑郁春闺的少妇，从苦闷中吐露婉娩的风光；而郁达夫先生则如颓放于山巅水涯的酒人，从不拘束中显出落拓的兴致。"吴小如目光敏锐，所评往往有一定的前瞻性，如他在1946—1948年就预见到"汪曾祺的清隽，……十年二十年后也许成为一代宗师"；认为钱锺书先生"一支笔诚足以震撼今后的文坛"。

《旧时月色：吴小如早年书评集》封面

有时，吴小如在书评中还结合着批评当时的政治，如在《读萧乾先生〈南德的暮秋〉》中，他谈及美军“解放”德国，“这同一九四五年我们的‘劫放’大员又何其相似乃尔！”他还常常喜欢扯些看似题外的话，实际都有深意寓焉。例如，在《读钱锺书〈写在人生边上〉》中，他用整整一小节议论新文学有“推陈出新”与“革新”两派，主要是为了更好地说明钱锺书的学兼中西、才通今古。又如在《读师陀〈结婚〉》中，从《里门拾记》入手，大谈了一通乡土文学作家的特色，目的不外乎为下面论述写都市生活并非作者所长做铺垫。

吴小如的书评与时下的人情谀美，商业炒作或恶意攻讦的庸俗书评决然不同，正如他在 1985 年所说，当时还“保留了一点天真淳朴的锐气”。《今昔文存》的《自序》中说得更清楚：“力求立论公允，即使自己所曾受业的恩师，对他们的作品也不一味揄扬赞美，我认为好就说好，认为不足就径直指出。”例如，他称赞沈从文的《湘西》较《湘行散记》内容更丰腴、形象更清晰，但也指出其缺点是“格局狭隘一点，气象不够巍峨”。他批评废名的《竹林的故事》“枝蔓”“生涩与拖沓”；《水边》“晦涩艰深”，并直言“我最不喜欢《桃园》”。他评论卞之琳的《汉园诗草》，“长的不如短的，短的不如顶短的；新的不如老的，却比更老的作品好”。这种直抒胸臆，于平实中蕴真知的切磋之言，真是作者的苦口良药、读者的指路明灯。

我国是个出版大国，但书评却明显滞后。时代呼唤高品位、高质量的书评。郭晓虹在《新闻出版报》上以《纽约时报书评》一百年精选——《西风吹书读哪页》为范例，提出一种“美文书评”，据她说：“即将评论写出较高水准，甚至达到有可能使人会淡忘所评之书的内容，但仍会记住优秀书评文章的境界。”吴小如的书评当属美文是无疑的，但是否已达到上述的境界尚可讨论，我们希望能多多出现这种美文书评。

——原载于《中国图书评论》1999 年第 10 期

冷月诗魂　人间沧桑

——一本关于苏联文学真相的书

近几年，蓝英华教授在《读书》《文汇读书周报》《博览群书》《随笔》等报刊上发表了一些谈苏联文坛往事的随笔，深受众多读者的欢迎和喜爱。现在这些随笔已结集为《寻墓者说》，由汉语大词典出版社收入《书友文丛》出版。这是今年以来我读到的最有开创性、最有新意、最言之有物的新书。

20 世纪 50 年代，在“向苏联学习”的大背景下，我国曾掀起过一个阅读苏联文学作品的热潮。现在五六十多岁的人差不多都曾身历其中，因而对许多流行的苏联小说、诗歌乃至对它们的评价都很熟悉，但心中也有许多疑团：革命的海燕、被日丹诺夫称为“最伟大的无产阶级作家”的高尔基为何自 1921 年起长期逗留在国外？被斯大林赞为“我们苏维埃时代最优秀、最有才华的诗人”的马雅可夫斯基怎么会突然自杀？长期担任苏联作协领导职务的著名作家法捷耶夫难道会死于酗酒？还有像潘菲洛夫的《磨刀石农庄》、巴巴耶夫斯基的《金星英雄》这些反映苏联社会主义建设和新生活的作品是否完全真实？

随着苏联的解体和档案的解密，铁幕开始逐渐揭开。一般读者虽有耳闻，但不知其详。而对俄罗斯文学研究有素，并几次访问过俄国的蓝英年教授通过对原始材料的爬梳剔抉及与俄国学者的交流，掌握了大量鲜为人知的史料。他用清新酣畅的文笔为读者娓娓道来，确实可以使人解困惑、明实情、长见闻。上面提到的一些问题该书均有专文详尽论述，可以令人冰释。

对于当时苏联文坛的一些大事，蓝英年善于从政治着眼，透过现象来揭示它的本质。在我的藏书中有一本 1953 年人民文学出版社出版的《苏联文学艺术问题》，其中日丹诺夫的《关于〈星〉与〈列宁格勒〉两杂志的报告》，中华人民共和国成立初曾被视为“重要文件”。在这个报告中，作为苏联第二号人物、党的掌管意识形态的领导人大骂著名讽刺作家左琴科为“无聊文人和下流家伙”，而事实上，在日丹诺夫任列宁格勒党委书记期间对这些作家是很赏识的。他是为了保护自己、保护下属，才拿这些作家祭刀的。整个事件的背后实际上是一场你死我活的权力斗争。

蓝英年不仅披露和剖析了一些知名的作家如肖洛霍夫、爱伦堡、斐定、索尔仁尼琴等在斯大林时代的沉浮荣辱，还给我们介绍了一些过去苏联文学史绝口不提的白银时代的流亡国外的白俄作家和在苏联“大清洗”中身亡的本土作家。海参崴的二道河子是我曾几次到过的地方，但我不知道诗人曼德尔施塔姆就埋葬在那里，甚至连曼德尔施塔姆这个名字过去也未曾听说过。而蓝英年对他却情有独钟，两次来这里寻访诗人的墓地。曼德尔施塔姆是被叶赛宁称作“天生的诗人”的俄罗斯诗坛怪才，是爱伦堡的挚友。1938年他第二次被捕，被流放到这个滨海城市的劳改营，患精神分裂症，两个月后病死。而使其重入囹圄的告密者却是我们很熟悉的20世纪50年代在我国流布很广的长篇小说《幸福》的作者、四枚勋章的获得者巴甫连柯。由此可见，出卖文友作为自己向上爬的阶梯的无行文人到处都有，中外皆然。

蓝英年的《寻墓者说》封面

读完蓝英年的《寻墓者说》，心情不免沉重，许多有才华的俄罗斯作家在苏联时期或瘐死狱中，或遭际坎坷，或心灵受到扭曲。这些都已成为历史。重要的是我们现在不能再受蒙蔽，而要了解它们的真相。

——原载于《河北日报》1999年10月25日《读书》版

保持新锐　学会宽容

——读余杰部分作品的感想

26岁的北大研究生余杰被书商炒作为“大陆的李敖、北大的王小波第二”，未免有些言过其词，而丁东将其列为“思想界的三匹黑马”之一，还算是实至名归。他的文集《火与冰》《铁屋中的呐喊》《说，还是不说》等及散见在各报刊的文章以思想敏锐、文字犀利见长。他对五四精神和鲁迅精神的阐发、对社会现实和文化弊病的批判，引起了普遍的关注，好评如潮。《南方周末》有文章甚至说：“余杰的出现象征着‘70年代人’浮出历史地表，他的批判工作必定会‘惊风雨’而‘泣鬼神’。”但也不乏批评他的文章，如近期《中国图书评论》《书与人》《中国图书商报·书评周刊》等杂志报纸所载。总的感觉是，认为他勇于探求、敏于思考，文字激越纯真，但年轻气盛，有些地方不免偏激与武断。

余杰的《想飞的翅膀》封面

千禧年初，中国电影出版社推出的余杰新作《想飞的翅膀》(《新青年文丛》之一)，像报春的燕子，让我们进一步看清了余杰的面貌——他的青春萌动和迈向成熟的步伐。

“抽屉文学”是余杰独有的表达思想的载体，并以此知名。文集第一辑收有他440则心灵札记，长短不一，有吉光片羽的语录，也有长达千字的短文，闪烁着余杰过人的睿智和深沉的思考。这里有他对人生的感悟，也有他对历史和现实的评价。但都能给人启迪、发人深省，如“思想的传播比谬误的传播要艰难很多倍。正如健康难以传播，而疾病却能够迅速流行”“历史有可能像碑石上的文字一样被风沙磨洗得模糊不清。……这时，你想辨认历史的真相，便需要一双特殊的慧眼”。

文集其他几辑收录了余杰自1999年以来写的一些书评、剧评、时评杂论及有关俄罗斯文学的随感等，其中不乏值得一读的好文章，如新见迭出的《北大与哈佛》、针砭时弊的《送你们回雍正朝》等。但我最感兴趣，也最欣赏的还是“附录：关于

《昆德拉与哈维尔》的讨论”。

1998年年底，余杰发表了《昆德拉与哈维尔——我们选择什么，我们承担什么》，引起了不同的反响，出现了不少与余杰商榷的文章。现在余杰在征得原作者同意后，将这些表示不同看法的文章集中在附录中发表，既使读者看到这场争论的全貌，也表现了余杰认真对待批评的坦荡胸怀。与当前某些文人听不进半点不同意见，动不动互相攻讦的恶劣风气决然不同，余杰是很有理性的，也很虚心。他说：“我认为，观点之间存在差异是正常的现象。正如法国思想家伏尔泰所说：‘虽然我不同意你的观点，但我愿意用生命来捍卫你表达自己观点的权利。’文化的繁荣、学术的进步，离不开这样的外部氛围。……正是在批评和驳难中，思想闪亮的火花得以产生。”

在这一组文章中，北大教授钱理群《给余杰的一封信》是一篇说理透彻、论述精辟的不可多得的文章，值得细读与玩味。钱理群不愧为一个具有深厚学养和较高理论水平的博士生导师，对余杰的长处与短处又洞察在心。他笔触满含护犊之情，语重心长。他指出：“任何合理性往前多跨出一步，就有可能产生意想不到的问题。”“因此我希望你在今后的写作中，更好地调动与发挥自我生命中的各种因子，既保持批判的激情与锐气，又要以对人的宽厚与理解作底；在坚持某种选择的同时，不但不要轻易地否定不同的选择，而且自己也不妨从这些不同的选择中吸取有益的养料。”

近年来，余秋雨的几本散文集深受读者的喜爱，一直高居畅销书排行榜之首，但对他的批评也不绝如缕。余杰这本新文集中的《余秋雨，你为什么不忏悔》可谓是一颗重磅炸弹。在巴山鬼才魏明伦等友人的斡旋下，近日引发了一场大余和小余的对话，正像金庸平静地对待王朔的挑战那样，成为近期文坛的一段佳话。平心而论，余秋雨在开拓文化大散文领域的建树功不可没，值得肯定；他对自己过去不恰当的言行也应该有所反思，不能一味回避、掩饰，甚至为自己涂脂抹粉，但加之以“××余孽”“才子加流氓”的罪名，似乎有些过头。余秋雨自己也说：“忏悔是个人化的，而强迫别人忏悔可能造成人人自危，却背离了忏悔的初衷。”对中国知识分子人格弱点的批判应该置于当时的政治历史背景的层面上来进行。20世纪80年代以前中国知识分子所处的生存环境，对于过来人来说是刻骨铭心的，但年青一代未必能体会那么真切。

老作家黄裳最近在《万象》2000年第2期一篇文章中说：“劫难之余老朋友重见，常以‘活下来就好’相慰藉，‘虽在堪惊’的惊字下得实在好。可见活下来是多么不容易。”至于这种批判该坚持什么标准，掌握怎样的尺度，当然还可以进一步讨论，但据我看来，某种程度的宽容和体谅还是需要的。

——原载于《河北日报》2001年4月13日《读书》版

书海泛舟　浅酌低吟

——读陈学勇的《浅酌书海》

近几年来，随着散文热的升温和读书人的增多，书话开始受到青睐，不断有出版社推出新的书话系列或丛书。现代书话开拓者唐弢先生这样界定书话这一文体：“我曾竭力想把每段书话写成一篇独立的散文，有时是随笔，有时是札记，有时又带一点絮语式的抒情。”“书话的散文因素需要包括一点事实、一点掌故、一点观点、一点抒情的气息；它给人以知识，也给人以艺术的享受。”

陈学勇的《浅酌书海》封面

对照之下，有些今人写的书话还远远达不到这一要求。有的只是一些书评的汇编；有的冗长、拖沓，缺少文采；有的炒冷饭，没有个人的真知灼见。这些书给人以知识已很难，更谈不上给人以艺术的享受了。

在唐弢先生之后，除书话大家黄裳和姜德明（可惜黄先生近年来转向古籍校勘）以外，能保持唐先生倡导的书话特色的人并不多，南通师院（现为南通大学）陈学勇教授可算是其中的一位。他近年来在《书城》《文汇读书周报》《博览群书》《中华读书报》等读书类报刊上发表了多篇书话，颇受读者的欢迎。2001 年 9 月，江苏教育出版社《读书台笔丛》排名第一的《浅酌书海》是他的又一本书话集。

陈学勇教授对中国现代文学研究有素，尤以研究林徽因和凌叔华知名。他与林徽因的长子梁从诫和凌叔华的爱女陈小滢多有交往，曾在《新文学史料》上发表过林、凌两人的年表［后收入他的另一部著作《才女的世界》（昆仑版）］，还编过辑文较全的《凌叔华文存》（四川文艺版）和林徽因的小说散文专辑《九十九度中》（上海古籍版）。因此，他对林、凌两位女作家的资料的发掘多有别人见不到的地方。例如，他新近发现从未写过中篇的凌叔华在 1942 年前后写过一篇抗日题材的《中国儿女》，使这个 5 万字的中篇不致湮没于文海；他所写的《林徽因与李健吾》引用了不为世人所知的李健吾在多人合集《作家笔会》中写的一篇《林徽因》，勾勒出一个口直心快、谈锋颇健，而又高傲脱俗的林徽因，使我们更全面地看到这个才女的另一面。

陈学勇在钩沉“五四”旧文、考辨文坛往事时，可以见出他读书之多、用功之勤。他从历史烟云中发掘出一些几乎被文坛忘却的人物，如冰心的爱弟短篇小说家谢冰季、“论语派”女杂文家姚颖、前期创造社的干将洪为法、英年早逝的南通籍剧人兼诗人江村等。他还见微知著地从一些名作家身上钩稽出他们不为人知的一面，如以写散文和研究古典文学知名的苏雪林是以新诗登上文学舞台的；新诗人刘半农曾是“鸳鸯蝴蝶派”的一员；以词人享誉文坛的江苏才女沈祖棻能写一手晶莹剔透的新诗；张爱玲除写小说、散文、电影剧本外，还写过话剧，她改编的四幕话剧《倾城之恋》曾轰动申城；以编《新华字典》著称于世的南通籍文字音韵学大家魏建功年轻时也写过小说，他的《傻子们》在《晨报副刊》连载，颇有影响。陈学勇还凭他的真才实学和严谨的治学精神厘正了一些文学史上的谬误和疏漏。例如，1924年泰戈尔访华，在北平演讲，有徐志摩和林徽因陪同，许多徐志摩传记都据吴泳的《天坛史话》的描写，辗转传抄，说是在天坛，连权威性的陈从周《徐志摩年谱》也不能幸免。陈学勇通过查阅当年的《晨报》，始发现有误，于是发声，从而纠正了文学史上的一段公案。

陈学勇早年负笈北大，曾亲炙许多文学大师的教诲。他所写的回忆北京师友的书人书事绘声绘色、清新活泼，尤为耐读。《作家文摘》连续几期转载了本书中的《川岛先生琐记》《吴组缃先生小记》等文章。

陈学勇还是一位写杂文的能手。该书中收入的几篇杂文也未离开文人文事，与书多少有点瓜葛，但只能算是“边缘书话”了。陈学勇的《读杨绛文有感》却独抒异见。将这一事件归之于人的个性。他说：“身为作家的钱锺书和杨绛自有其个性，就像他（她）笔下的富于个性的人物形象。”“斗殴中的杨绛肯定有失儒雅，而著文追记斗殴的杨绛则令人油然生出几分敬意。”这些话倒真说得有一定的道理。

值得一提的还有，陈学勇在此书中提供了几十帧作家照片、手迹、书影和刊影作为插图，使这本书话在唐弢说的四个“一点”外，由于有图可观，又增加了一点图文参照的阅读情趣，也使书的装帧更上档次、更有品位。

——原载于《江海晚报》2002年5月23日副刊

秉笔直书 平实可信

——读朱尚刚的《诗侣莎魂》

华东师大出版社推出的朱尚刚的《诗侣莎魂》是我近年来所读的传记中不可多得的上乘之作。朱的父亲朱生豪是最早将莎士比亚戏剧全面介绍给我国读者的著名翻译家，朱生豪的莎戏翻译经历了半个多世纪，仍然是我国读者最广泛、最获好评的译本；其母亲宋清如则是具有诗歌禀赋的才女，早在20世纪30年代就在施蛰存主编的《现代》杂志上发表过许多清新隽永的新诗。《诗侣莎魂》就是朱尚刚专为父母写的一部合传。

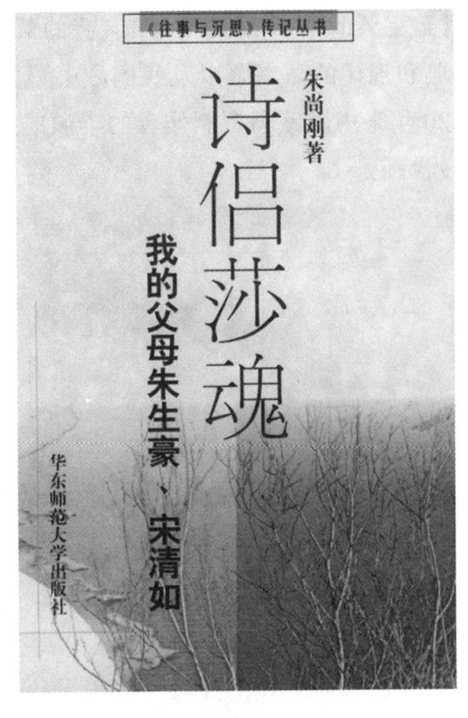

朱尚刚《诗侣莎魂》华师大版本

工科学生和工程师出身的朱尚刚本非文艺中人，虽曾受过家庭的文艺熏陶，只是出于一种为父母写传的责任感，才拿起笔来，“尽可能跟踪了父母亲的成长过程，反映他们的爱情生活，探寻他们的感情世界，将他们作为真实的‘人’展现给读者”。

对于传记文学，《汉书》的作者班固认为，应该写成“实录”：“其文直，其事核，不虚美，不隐恶。”要做到后面两点尤其难。大凡子女为父母写传，比假手他人在占有材料方面有其优势，可信度也高些，但一涉及父母的某些不光彩处或隐私，则讳莫如深，能遮掩则遮掩，能不谈则不谈。如果别人写了，还要百般辩解，甚至威胁要以侵犯先人的名誉权来诉诸法律。而朱尚刚则实事求是、秉笔直书，全不“为尊者讳，为长者讳”。

在朱生豪去世7年后的1951年，宋清如在杭州高级中学工作期间，与大学同学、推荐人骆允治生过一个私生女，宋清如因为对朱生豪的感情太深，又怕儿子受委屈，两人还是分手了。朱尚刚为此专辟了一节《我有了妹妹》来谈这件事，这是常人做不到的，确实难能可贵。稍感遗憾的是，他没有多费些笔墨来深入探讨寡母的内心世界，只一般性地交代了整个事件的过程，使我们对这位才女的这段心路历程缺少进一步的了解。

——原载于《文汇读书周报》2002年8月2日第7版

方寸世界温书情

——《文化人藏书票》欣赏

2001年纪念鲁迅诞辰120周年之际，上海鲁迅博物馆举办了一次文化人藏书票展览，展品后来由上海画报出版社编辑出版了一本《文化人藏书票》，889毫米 ×1194毫米开本，铜版纸精印，真是美轮美奂。如果说中国台湾藏书票收藏家吴兴文的《藏书票世界》（辽教版）和《我的藏书票之旅》（三联版）着重介绍的是欧美各国古典和现代的藏书票以及我国藏书票先行者的部分作品，那么这本书呈现的则是近20年来中国藏书票制作者的丰硕成果，经中西融合，其作品多带有浓郁的中国民族特色。

《文化人藏书票》封面

藏书票本来就是舶来品，其作用与我国传统的藏书印相类似，既是书籍持有者的标志，也是读书人求知爱美、寄意抒情的信物。藏书票最早多为袖珍版画，随着美术和印刷技艺的进步，除了黑白或套色木刻外，还有丝网印刷、铜版、平版，甚至电脑制作，激光、喷墨打印均可。藏书票虽然画幅较小，但方寸之间却涵盖无穷，寄托着制作者的灵感和票主的读书情怀，是一种边缘艺术。它还是读书人孜孜以求的收藏品，在文化交流中起着不可估量的作用。

这本《文化人藏书票》的票主大多为知名的画家、作家、戏剧表演艺术家、电影明星、音乐家等文化人，难能可贵的是还破例收进国家领导人邓小平、李瑞环和香港特首董建华的藏书票。只有少数几位票主，如杨可扬、李平凡、赵延年等，因为本身是版画家，藏书票自己制作，无须假手别人。其余则请人代庖，但不乏名家作品。

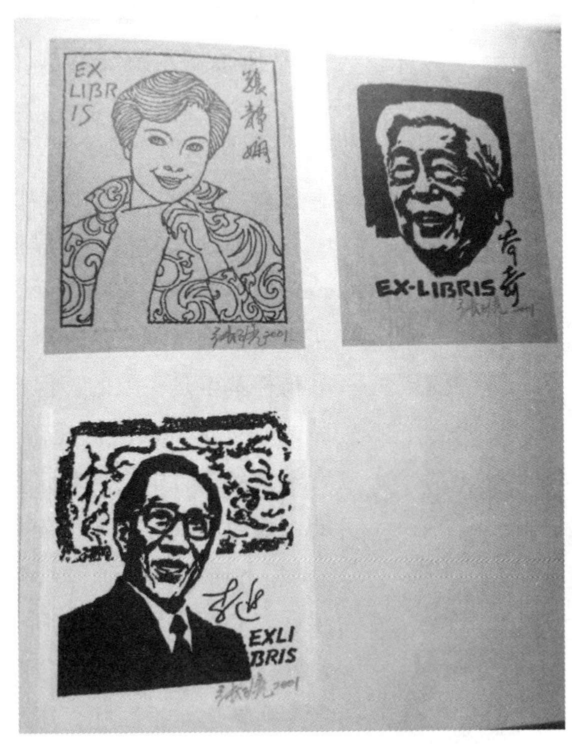

《文化人藏书票》内页

河北日报这本书中藏书票的内容各不相同。有用票主肖像的，如影星乔奇、京剧名演员尚长荣；有表现票主职业身份的，如昆剧名演员梁谷音、音乐家周小燕、舞蹈家吴晓邦；有借物寄情寓意的，如张贤亮的藏书票是一个牧马人，草明的藏书票则是骆驼寓“草”，太阳寓“明”；有以警句策励自己的，如张海迪“书是我生活中的桅杆，扬起我理想的帆”。还有不少藏书票仅仅是一些构思精巧的装饰图案，并不表示任何具体的含义，如刘白羽的两枚藏书票（一梁栋作，一陈雅丹作）和臧克家的“克家藏书”。在艺术风格上更是异彩纷呈，有西洋画风格的，有国画风格的；有古色古香，如写散文著称的余秋雨的“余秋雨藏书”；有民族风情画，有赵奎礼的三枚“奎礼藏书”。真是百花争艳，美不胜收。

藏书票画面简洁、内容广泛，而又耐人寻味，非常符合现代人的审美倾向。

——原载于《河北日报》2002 年 5 月 31 日第 11 版

瓦釜雷鸣一时，黄钟长鸣不已

——读郭沫若《黄钟与瓦釜》杂文有感

《黄钟与瓦釜》是文学家郭沫若先生一篇精湛的杂文，写于1963年9月，发表于1977年10月26日《人民日报》。

这篇杂文取材于楚辞《卜居》。《卜居》相传为屈原所作，它和《渔夫》篇在反抗恶浊现实、追求崇高理想这一点上，与屈原的其他作品精神基本是一致的，但究竟是否是屈原的作品，或者是后人的伪托，至今尚未考证清楚，在学术界仍有争论。郭沫若先生是倾向于否定的，他的观点可见于其杂文。

《卜居》写屈原“蔽障于谗”，在流放三年后“心烦虑乱，不知所从”。前往太卜郑詹尹处，求卜。屈原向郑詹尹一连提出了我是老老实实地忠君报国呢，还是无穷无尽地送往迎来，谄媚事人？我是锄草力耕、自食其力呢，还是奔走权门、博取虚名？我是不怕杀身取祸、直言不讳呢，还是随波逐流、贪图富贵、苟且偷生等八个问题，要求卜出“孰吉孰凶，何去何从”。但接着他又针对当时现实，联系个人遭遇，尽情发泄了自己内心的愤懑：“世溷浊而不清：蝉翼为重，千钧为轻；黄钟毁弃，瓦釜雷鸣；谗人高张，贤士无名。吁嗟默默兮，谁知吾之廉贞！”语意悱恻，一唱三叹，直抒胸臆，似欲卜，又似不欲卜。郑詹尹见此，以龟策不能知此事而推卸。

郭沫若先生摘引了“黄钟毁弃，瓦釜雷鸣”等三句进行评述、引申、发挥，衍成杂文。全文分为三个段落：

第一段（1~4节）首先指出，《卜居》的几句话与屈原的思想大相径庭。然后，以《离骚》《九章》《天问》为例，说明屈原被谗后，曾“默默”，反而“更加把他的直道高扬起来”。接着，以屈原“守正不阿”光耀史册和他的作品“富有生命力”

远播国外，说明屈原并未被人遗忘，即黄钟终究不会毁弃；再以他同时代的“瓦釜”早已湮没无闻，说明瓦釜只能雷鸣一时。以反诘的手法叙述了颠扑不破的真理。郭沫若先生从几个方面论证了《卜居》不是屈原所作，指出“黄钟毁弃，瓦釜雷鸣”一语的片面性，也为下文进一步论述黄钟、瓦釜做了铺垫，定了基调。

瓦釜简图

第二段（5~7 节）是全文的主体部分，郭沫若先生以精辟的饱含哲理的散文语言，指出不同时代有其不同的黄钟与瓦釜，但前者会战胜后者。重点阐述了黄钟与瓦釜的优劣，瓦釜的聒噪使人感到厌恶，黄钟的鸣响却给人愉悦。

第三段（8~9 节）为全文点题作结，揭示了瓦釜终将破灭无存，黄钟必将长鸣不已的规律。第八节以呼告的手法，犀利地讽刺了那些瓦釜师们，正告他们的瓦釜是“垃圾堆”，会被人民抛弃。第九节以四个“响彻”的排比句，从空间到时间描绘出黄钟是宏伟的交响曲，影响深远。最后，文章用“宇宙要充满着真理与正义的和谐”收住全文。既表达了作者对黄钟的讴歌，又反映作者对人类前途无限光明的坚定信心。语意深长，耐人寻味。

郭沫若先生是我国杰出的诗人、作家、学者，是现代的屈原。虽然，他的一生中有过辉煌，有过不少功名，但在特殊的年代还是经历了常人难以想象的坎坷、磨难。他的作品富有生命力，他的名字依然是一面黄钟，会永远光照史册。

——1982 年春写于南通县正场中学

五、作家剪影

水绘园后人冒广生

最近广东人民出版社出版了一套《老与新》丛书:《文汇读书周报》特别予以推荐。其中姜威的《老肖像新打量》收录的绝大多数是中华民族的文化精英，入选极严，南通地区除了家喻户晓的冒辟疆和董小宛这对才子才女外，还有一个冒氏的后人——冒广生。

冒广生肖像

冒广生何许人也?可能南通一带包括他原籍如皋知道他的人并不多。其实，在近百年来的旧诗坛上，南通地区有全国声誉的诗人，在范曾的先祖范当世之后，他是唯一的一个，又是著名的古典文学学者。学林出版社新近出版的厚厚一本《冒鹤亭先生年谱》就是专门写他的，更说明他是一个不应被忘却的人。

冒广生，字鹤亭，号疚斋，生于1873年3月15日，有趣的是他与其先人冒辟疆同日生。幼受业于外祖父周星诒。甲午中举后，又从俞樾（曲园)、孙诒让等学者游，从古文学家吴汝纶受古文，与林纾（琴南）同校刻《古文四象》。但他在科场上并不顺利，应经济特科试时，因在试卷中引用卢梭的《民约论》，遭主考张之洞申斥，当时京中有人作诗戏谑曰:“羸得南皮唤奈何，不该试卷用卢梭，从今卷起书包去，且应明年进士科。”

由上可见，冒广生的思想并不守旧，而是与时俱进的。他积极参加戊戌变法，和康有为、梁启超、林旭等结为挚友，“公车上书”有他一份，并列名“保国会”，梁启超称他“气咄咄若朝日”，以法国大革命时的牟拉巴和日本革新党人中山忠光相比拟。

冒广生在清末即有诗名。他的诗熔铸百家，独树一帜，有《小三吾亭诗集》；他的词颇得宋人精髓，并主张词体解放，不必拘泥于四声。辛亥革命后，他历任广州中山大学、上海太炎文学院等校教授。

冒广生（右一）与家人在温州瓯隐园。前排左一冒景璠，左二冒景琛，左三母亲周太夫人，左四冒景瑜。后排左一冒景琭、左二冒景玮

中华人民共和国成立后，冒广生被聘为上海文物保管委员会特约顾问。1956 年毛泽东邀他到中南海会面，由其子剧作家舒湮陪同。临别时毛泽东请他赠言，他引用佛经故事说，狮为百兽之王，不惧任何猛兽，只怕自己身上长虱子。这和 1945 年黄炎培访问延安时向毛泽东提出要跳出“其兴也勃焉”“其亡也忽焉”的周期率一样，是对中国共产党的忠谏，无怪乎毛泽东连声说：“老先生高论极是！”

冒广生有两方印：一为“成吉思汗子孙”，因冒姓是蒙古族；二为“东林复社后人”，指冒辟疆曾是复社中人。补白大王郑逸梅在《艺苑琐闻》（四川人民出版社 1992 年版）中说：“冒鹤亭（广生）为辟疆直系”，实误。据冒广生儿子舒湮在《扫叶集》（三联书店 1997 年 12 月版）中说：“传至八世祖承祥（双桥），……建置六所住宅，分授六子。我家属长房士振（桂亭）……辟疆的曾祖为三房士拔（月塘）。”由此可见，冒广生并非冒辟疆的嫡传后裔，只是同宗同祖而已。但冒广生对保存冒氏的文化遗存却极有贡献。一是冒辟疆生前居住最久的爱俪园，屡易其主。1917 年，冒广生以 7800 元赎回，修葺一新，基本恢复旧观，其中有冒辟疆宴客观剧（为阮大铖的班底）的得全堂、陈其年住过的陈楼、董小宛所居的艳月楼等建筑。可惜遭到战乱和十年浩劫，已荡然无存了。不然，南通旅游业会增加一个重要的极有吸引力的人文景观。二是冒广生保存和收藏了大量冒氏的遗物，包括冒辟疆的行书诗轴、草书立轴、手稿、书札、画像及《圆圆曲》作者吴伟业有关水绘园的手迹、《浮生六记》作者沈三白的《水绘园图》等，都极为珍贵。1959 年冒广生逝世，1961 年其家属按他的遗愿，将这些冒氏遗物及其他文物包括文徵明的行书诗轴、林则徐的行书七含联等共 900 余件全部献给上海文管会，现保存在上海博物馆内。

1949 年，冒广生（右一）与张氏夫人（右二）、冒景琯（中）、冒马纨素（左一）、冒怀庆（前左一）、冒怀安（前左二）合影

冒广生的后人受家庭的熏陶，也都学有所成，有文名。一子冒效鲁为著名的外国文学专家，曾执教于复旦大学和安徽大学，亦擅长旧体诗词，与钱锺书为诗友，有《叔子诗存》，已去世。一子舒湮，原名效庸，三四十年代活跃于戏剧界，从事话剧创作和评论，中华人民共和国成立后任职于人民银行总行，1979 年重新执笔为文，近年来有《饮食男女》和《扫叶集》两个散文集行世，亦于 1999 年归道山。

——原载于《南通今古》1998 年第 4 期

南通美籍华人作家水晶的风采

几年前我在南京中山东路新华书店二楼的特价部，发现有三联书店香港分店出版的《海外文丛》出售。这套书用纸精良，印制考究，装帧典雅，繁体竖排，与国内的其他书放在一起，简直是鹤立鸡群。《海外文丛》主要收录20世纪中期以后在海外定居的华人作家的新作，体裁多样，有小说、散文、诗歌、游记等，总共有34种，其中有国内知名的钱歌川、聂华苓、陈若曦、施叔青、李欧凡、刘绍铭等人的作品。降价处理已不成套，只有七八种。我挑了三本，其中有一本《五四与荷拉司》，作者水晶，“书后小传”赫然写着“江苏南通人”。真是“最甜家乡水，最亲家乡人”，我冲着“南通”二字，立即买下这本书。

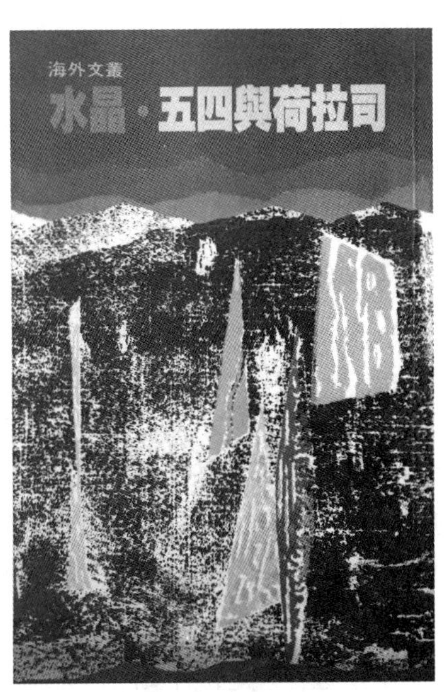

《五四与荷拉司》封面

水晶自言：“我平生为文，初习小说，后试散文，各种体裁我都有兴趣写，唯独不喜写家族亲情。”因此，他到底是南通什么地方人，暂时还无法确知。但根据我这几年留意有关他的资料，可以大概勾勒出他的一生经历和文学成就。

水晶本名杨沂，1935年生。6岁在上海法租界存德小学读书。抗日战争爆发后，他父亲一人去了大后方，在重庆为官，上海家中只留下祖母、母亲和他兄弟姐妹几个。1943年初夏，他父亲派他大舅来接他们。他们全家先回苏北老家南通团聚了一次，然后分成两组：二姐带小弟留在上海照顾祖母；其余便启程入蜀。先乘火车经南京到徐州，然后坐“架子车”，也就是南通的“小车”到达河南界首，穿过日伪的封锁线；改乘小船溯黄河而上抵达洛阳；又乘了一段国统区的火车，进入陕西，最后由宝鸡乘长途公共汽车，真是历尽千难万险才到达战时陪都重庆。在重庆，他进了德精小学，与冰心的女儿吴静宜同校。15岁他才随父母去了台湾，在私立装甲兵子弟中学读书。19岁考入台湾大学外文系。毕业后曾任职“中央”信托局、台湾人寿保险公司、民航空运公司。29岁去南洋的文莱，在中华中学任教，后又转入当地文莱广播电台任翻译。他32岁才去加拿大留学，后转入美国爱荷华大学作家工作室学习，两年后获艺术硕士。36岁与管法式女士结婚，并进入加州大学柏克莱分校比较文学系攻读博士。中途休学两年，到47岁才获得博士学位。他的博士论文有150多页，用西方“派乐弟”文艺理论来研究李渔的《肉蒲团》与《金瓶梅》的关系，可能他是研究中国视为“淫书”而拿到博士文凭的第一人。毕业后，他曾在加州大学圣他克鲁兹分校任教，现是洛杉矶加州大学外文系教授。

20世纪60年代，水晶开始从事短篇小说的创作，成名作为《没有脸的人》，另外还有《青色的蚱蜢》《抛砖记》《钟》等。他的小说深受西方现代小说技巧的影响，手法新颖，技巧娴熟，有人称他是“最有独创力和最有成就的短篇小说家之一”。80年代水晶转向散文。他的散文喜揶揄，好夸张，富有幽默和反讽色彩。他学贯中西，善于联想和生发，下笔不羁，古今中外名篇佳句信手拈来，即成妙文，有《苏打水集》等。他也从事作家作品的研究，有《张爱玲的小说艺术》等论著。

《五四与荷拉司》名为散文集，其实很杂，有访问记、书评、影评、抒情散文及博士论文的答辩文章。其中作者认为“分量较重的”，而国内读者又比较感兴趣的应该是第一辑《五四作家访问》。从1978年开始，国内一些“珍贵的‘出土文物’”纷纷去美国访问，进行文化交流。作者就亲自访问了其中的钱锺书、沈从文、曹禺、萧乾、凤子等人。水晶的访问记与国内常见的那种一本正经、问答式的名人访问大异其趣，写得活泼随意，既生动描绘了中美学人会见时无拘无束的气氛，又如实反映了他们交谈的内容，还穿插自己的感触、联想和看法。例如，他说：“沈老（指沈从文）是明朗的、坦诚的，既没有毕朔望的官味，也无钱锺书的博雅、曹禺的‘羽扇纶巾’、萧乾的侃侃而谈、吴组缃的乡土气息和神出鬼没，但是沈老的机锋亦甚锐利……”这种评论符合实际，又入木三分，还带点调侃的味道。

这一辑中的首篇《侍钱抛书杂记——两晤钱锺书先生》，将钱锺书善于援引背诵、博采中外、妙语连珠、机智幽默的应答刻画得淋漓尽致。此文最初刊于香港《明报月刊》1979年7月号，江苏文艺出版社出版的孔庆茂所著《钱锺书传》，也曾以4页的篇幅转述了该文的记载。人民文学出版社出版的《文化昆仑——钱锺书其人其事》就收了这篇文章，可能是国内出版物中仅见的水晶的作品，读者如有兴趣不妨找来一读，一睹这位海外作家的文章风采。

——原载于《南通广播电视》2002年4月11日，《南通今古》2005年2月总第98期

孙犁的正气与清纯

——读韩映山《孙犁的人品和作品》

在当代文人中，我最为钦服的当数河北籍著名作家孙犁。自1996年出版了封笔之作《曲终集》以后，他当真在文坛上完全消失了，给喜爱他作品的读者带来无限的遗憾和怀念。一个偶然的机会，我在一家书店冷落的书架上发现了韩映山著的《孙犁的人品和作品》（大众文艺出版社1995年1月版），心下的失落，似乎得到了某种补偿。

韩映山《孙犁的人品和作品》封面

近年来，作家传记出得不少。有宏论巨篇的高头讲章，那些可能只有研究文学的专家们对此感兴趣；有充斥文学描写手法的长篇故事，其中不乏作家情爱、隐私揭秘，其真实性和可靠性有些地方不免使人质疑。但韩映山这本用散文笔法写孙犁的小书却十分平实，也清新可读。

韩映山是孙犁提携、培养出来的“荷花淀派”的成员之一。他和孙犁接触较多，可以说是亦师亦友。他这本小书行文不事雕琢，不加粉饰，不胡乱编造，也不任意拔高。正如他所说：“我只凭着自己所见所闻，记下他一些‘无关紧要的小事’，抱着纯朴的写作态度，如实地把孙犁的处世为人的个性，表现出来。”当中也插入一些孙犁与他通信的片段及孙犁自己写的回忆性散文，还有几篇则是他读孙犁作品的感想和理解。展现在我们面前的是一个真实的孙犁，一个人品和文品一致的孙犁。

诸葛亮在《诫子书》中的名言“淡泊以明志，宁静以致远”，常被人奉为座右铭，但要真正做到，确非易事。孙犁在《书箴》中也谈过：“淡泊晚年，无竞无争。抱残守缺，以安以宁。”他却是说到做到，身体力行的。他不喜像当今某些名作家一样到处挂名做顾问、任主编，为人题词、题签，出席各式各样的笔会、报告会、座谈会；近年来甚至拒绝给人写捧场的序言和书评。1981年在石家庄召开的“荷花淀”艺术研讨会、1988年南开大学召开的孙犁作品研讨会、1992年在白洋淀召开的孙犁作品研讨会，他都一概拒绝参加。韩映山慨叹说：“孙犁太‘迂’，人家几次要访问他，并要拍照，他都一一托故谢绝。许多达官名人宴会，邀他出席，把小卧车开到他的门前，他也不去。”

鲁迅、叶圣陶、巴金等前辈作家曾热心扶植和奖掖文学新人，至今为人乐道。但中华人民共和国成立后培养青年作家最多也最有成果的当数孙犁，在他周围经常聚集着一些文学青年。在五六十年代，刘绍棠、从维熙、房树民、万国儒等文学新秀脱颖而出，都得益于孙犁的提携和教诲。

新时期以来，贾平凹、铁凝等人的成长，也离不开他这个老园丁的浇灌，他给他们写信，写评论文章。韩映山的体会尤为深刻，他 17 岁还在读初中时，孙犁就经手发表了他的处女作《鸭子》和《苑苇和小芝》，在一次报告会后还当面提起这两篇稚嫩的作品，并给予指点。韩映山至今还念叨着这件事：“它们的发表，使我高兴非常，给我以莫大的鼓舞和力量，使我增加了走文学道路的决心和勇气。就像白洋淀上空吹过的春风，推动我行进在水面上的白帆。”

孙犁扶植初学写作者，并不要求回报，也不以“恩师”自居。对那些经他扶持而成名的作者，孙犁有个开脱、明智的说法，“如果他平步青云，成了红人，评论者蜂拥而上，包围得风雨不透，就不要去沾边，最好退下来，再去寻找新的青年，新的初学写作者”。由此可见，他有着多么宽广的胸怀，文艺园地的新苗茁壮、万紫千红才是他不懈的追求。

最近一段时期，探讨中国知识分子人格弱点的文章很多，我认为孙犁是个例外。他是一棵参天大树，坚实挺拔，不随风左右摇晃。秦兆阳说他：“几十年来没有整过人，没有‘左’旋右转，没有赶时髦浪头，没有偏离真理，没有趋附投靠，没有搞小圈子，没有拉选票争风头；常常能够头脑清醒地认识周围环境，因而能够自持、自守；特别是，最近几年老当益壮，在混乱的文艺思潮冲击文坛之时，能够挺身而出，该说的就说……这就是孙犁的正气和清纯，唯清纯始能持正，因正气更显清纯。”

虽然，孙犁是 1938 年的“老革命”，但他能正确处理政治与艺术的关系，坚持艺术家的本色，不写违心的文章，不出追风的作品。他说：“我多年的经验就是写东西别投机，别媚世，别图解政策……要按照生活的面目写，看准了，不要变来变去。《风云初记》再版，问我改不改，我说不改。”孙犁作品清新隽永、富有情致的风格一以贯之，从成名作《荷花淀》到晚年的短论概莫能外，正如他自己所说：“风格，简单说即是人格。”

许多人慨叹中国当代中青年作家学养不够，不像鲁迅、朱自清、闻一多等五四时期的作家那样集作家和学者于一身，因而写不出有深度的作品来。孙犁是从战火中成长起来的解放区作家，学历不高，但他勤奋好学，进城以后，更是“古今中外，无不浏览，经史子集，在所涉猎”。他的爱书、修书、精读博览是出了名的。他虽没有留下什么皇皇学术巨著，但他晚年写的《耕堂读书记》《耕堂题跋》却是卓有真知灼见的学术精品。虽然孙犁曾批评：“有人提倡作家学者化，也是一种不切实际的想法。学者和作家，走的不是一条路。由作家而成学者，或由学者而成作家，工作重点都会有转移。”但他还是主张作家要“提高文化修养”。他所走过的道路为原来文化素养不高的作家做了一个很好的表率。

——原载于《河北日报》2001 年 2 月 2 日第 11 版

漫游全世界作家的屋子

阅读作家的作品，都想进一步了解作家生前是在什么样的环境下生活的，怎样从事写作的，从文学史教科书和作家词典里只能读到干巴巴的极为简略的叙述，不可能获得具体而又鲜活的形象。2000 年上海文艺出版社出版的《推开文学家的门：漫游全世界作家的屋子》正好可以满足读者的这一要求。这本书除了林语堂和朱自清两位中国作家外，写的都是欧美作家。

作者成寒是台湾留美硕士生，现为自由撰稿人。她是一个受过欧美文学浸润熏陶的有文化的现代女性。她爱读书、爱旅行、爱看建筑、爱摄影，而又有条件跑遍世界，去寻访她慕名的作家故居。她深有体会地说：“追寻文学家的脚步，走访其故居，等于走入了伟大著作里的世界，一窥堂奥，这种人文式的旅行，是文学爱好者喜欢出外走走的目标。”

此书图文并茂，制作得既精致，又大气，因为它有许多插图是整页的，开本较大（636 毫米 ×939 毫米）。插图除了故居的照片、作家画像、书影、手迹等以外，还有一些作家卧室、书房、用物的照片。在有关玛格丽特·米切尔一文中，还插印着 1999 年美国发行的纪念 1936 年《飘》居畅销书榜首的纪念邮票和“乱世佳人博物馆”的门票。

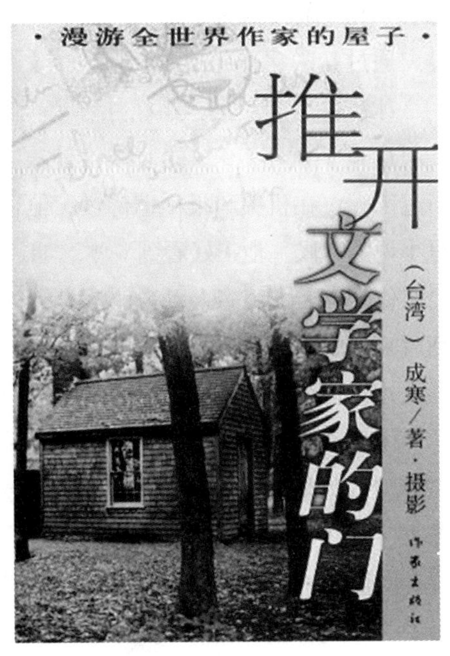

《推开文学家的门》封面

这是一本有趣而又可增长知识的书。你可能不知道《汤姆叔叔的小屋》（最初林纾译为《黑奴吁天录》）的作者史托夫人和马克·吐温是邻居，两者的故居在同一条街上。你可能读过艾米莉·勃朗特的《呼啸山庄》，在一些中译本中将 moor 译成“泽地”或“沼泽”，其实是不准确的，只有你亲眼见到约克郡的 moor（或从本书的插图中看到它的照片)，才知道它原来是由连绵起伏的岩石形成的旷野。你见过酒瓶保险锁吗？欧内斯特·米勒尔·海明威（Ernest Miller Hemingway）故居里就有，成寒就拍了一张酒瓶带锁的照片放在书里。童话大师安徒生写了那么多美丽的童话，他本人却长了个马脸，所以他总认为自己像他作品中的那个“丑小鸭”，看到他故居档案中的一幅鸭身人头的漫画像，你一定会感到非常滑稽有趣。他的祖国首都哥本哈根港口凝望大海的美人鱼雕像是丹麦的象征，但几次头部被盗，被人称作“没有流血的谋杀案”，在这本书里可以看到她完好如初和头部被盗相互对比的两张照片。

朱自清的名篇《荷塘月色》几乎所有识字的人都读过。但他笔下的荷塘到底是什么样子，想象起来可能会因人而异。到过清华园的人当然不少，但你不一定是在芙蓉出水、荷叶飘香的时候去的。这本书里就有一张现场的照片，供你结合那篇美文去仔细体味。

成寒的文笔轻松活泼，挥洒自如，富有情趣，读起来你一定会觉得这是一趟“文化甜旅”，值得潇洒走一回。

——原载于《太原晚报》2001 年 5 月 29 日第 8 版

文学丝绸之路上的拉骆驼者

在美国华人作家董鼎山新千年三部新作的发布会和“东方文学奖”颁奖大会上，总有一位称作全美中国作家联谊会会长的冰凌参加。此人何许人也，以前未曾听说过，通过互联网查觅，他既是中美文化交流事业的名人，也是我南通的老乡。

冰凌本名姜卫民，祖籍江苏海门，20 世纪 50 年代生于上海，在苏州河畔的河滨大厦度过了童年。9 岁的时候，他被支援福建建设的父母接到福州上学。他下过乡、当过工人，在机关和报社也待过，他很早就立定志愿，要走文学之路。70 年代，冰凌写小说的时候，他正好看到一本名叫《冰凌花》的书，他就去掉“花”字，用“冰凌”二字作为笔名。很多人以为他是女的，作家叶文玲给他写信时，就称他为“小姐”，等到后来见面时，见到的却是身高 1.8 米、体重 238 磅的大汉，不由得吓了一跳。

冰凌写小说有股韧劲儿，他曾收到过 300 多封退稿信，直到 1980 年，《北京文学》才发表了他的小说处女作。他自称：“我是个笨手，但我很刻苦。”“我写小说字字计较，如同刻字，不到十分满意决不出手。”冰凌写小说写了近 30 年，写了 100 多万字（连同其他体裁的作品有 300 多万字），最出名的是幽默小说，有《嘻嘻哈哈》《冰凌幽默小说选》《冰凌自选集》等。他的幽默小说别具一格，著名小说家张宇说：“冰凌先生的幽默小说很少夸张，甚至也不准备逗你发笑，好像作家并没有往幽默处用力，只是给你讲一个又一个平平淡淡的故事，却让你感到一种会心的微笑，一种意会的欢乐。”

冰凌（右）给哈佛燕京图书馆赠书

2001年7月，冰凌完成了以边缘文化生活为创作题材的中篇小说三部曲《中风》《同屋者》和《旅美生活》，仍保留幽默的风格，但有一点却与众不同，即留有许多空白，用他的话说：“以便读者参与阅读，进行二度创作。”据透露，他正在创作第二个中篇小说三部曲，是一个情感系列，将会写到“打工仔”的“伟大爱情”，也会写到“博士后”的“贫困世界”。

冰凌是在福建读的复旦大学新闻专业，大概是校外的教学点，故他自称“闽江游击队”，1994年他移居美国，1996年11月在美国创建了全美中国作家联谊会。出名并非由于他的文学创作，而是因为他所从事的弘扬中华文化、促进中美文学交流的活动。他自任全美中国作家联谊会会长以来，进行了“五项工程”：

1. 和著名实业家沈世光夫妇在美国康州建立了“中国作家之家”，专门接待中国作家，被王蒙等称为“温馨之家”。

2. 倡议中国作家向哈佛、耶鲁、哥伦比亚三所美国名牌大学签名赠书，共有海内外400多位中国作家向三校签名赠书2200册。

3. 组织举办“跨世纪的中国著名作家”宣传专栏，在海外主要报刊上发表了几十位中国著名作家的专访长文，他自己带头撰写了十几篇。同时，将中国作家的经典著作推荐给美国汉学家和出版商，进入美国的英文领域。

4. 与中国作协编译中心联合制作《中国著名作家》《中国文坛风景》的互联网页，刊有中国当代400多位作家的文字介绍和照片。

5. 推动成立了诺尔贝文学奖中国作家提名委员会，他与哥伦比亚大学学者王海龙共同担任主席。

开展这些活动都需要有钱，冰凌并不是一个有钱人，日常的会务开支，如电话费、传真费、邮费等都是他个人开支，搞大型活动就得靠拉赞助。他是以一个殉道者的精神为中国文学走向世界、为中美文学交流而做出奉献的，无怪乎人们称他为“文学丝绸之路上的拉骆驼者”。

——写于2002年3月16日

苏派女作家的南通情结

江苏作家协会副主席范小青是一位典型的具有苏州乡土特色的女作家，她擅长写姑苏风情和小巷间里的人情琐事。她的小说像江南古城的小桥流水，淡雅平和，精致滋润，笔下有水乡风韵和三吴遗响。电视观众对她也不会太陌生，她的一些代表作《裤裆巷风流记》《老岸》《费家有女》和《百日阳光》都已先后拍成电视连续剧上映，特别是她参与编剧的22集古装电视喜剧《新江山美人》，写唐祝文周明代四大才子的故事，但又注入了现代人的情怀和思考，风格轻松，更获得广大电视观众的喜爱，收视率极高。

我一直以为范小青是个地道的苏州人。最近，我为了著文的需要，从苏州友人处探得她的地址，便冒昧给她去信一封，主要想了解也是作家、曾任《钟山》杂志副主编、现为电视片独立制作人的她哥哥范小天的情况。这位素无交往的女士竟一点不摆名作家的架子，很快寄来一信，并附上她和她哥哥的简历与全部作品目录，另外还赠送给我一本她的散文集《走不远的昨天》。令我意想不到的是，在她兄妹两人的简历上都赫然写着“祖籍南通”。

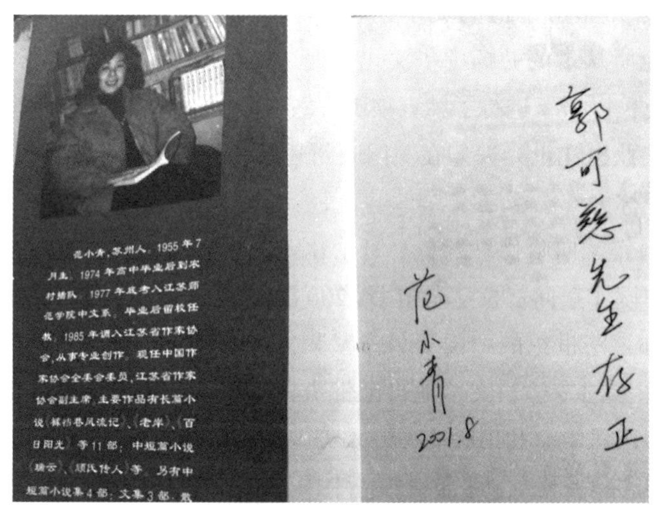

范小青《走不远的昨天》赠书题签

我在表示感谢的复信中，顺便问及她父母府上在南通何处。她又再次来信告诉我，她父亲范万钧是通州市刘桥人，母亲冯石麟家住南通城内中学堂街2号。经我向我的老师、南通乡土专家季修甫老先生电话咨询，得知冯家在南通可是个大户人家，有“州（衙门）后（面）冯”之称。范小青也自述：“从前在南通，大家都知道冯财徐势。”

从范小青赠送的散文集中，我还进一步了解到，她的外曾祖父冯哲庐是燕京大学地理系教授，外公也曾是白面书生，西装革履，风光过一时。她母亲年轻的时候是很高贵的，又是女子师范学校的高才生，而她当时在南通读书的父亲不过是一个乡下土财主的儿子。在书香门第的外公眼里是不屑一顾的。她外公曾坐在堂屋中间高高的红木太师椅上指桑骂槐地骂过她父亲。因此，她父母的恋爱多有曲折，她这样描述：“父亲躲躲闪闪地和母亲接头，母亲也大有私奔的思想。”可是斗转星移，南通一解放，她父母双双参加革命，又随军南下，到了苏南，便由不得冯老先生做主了。后来，她外公因有历史问题一直留在南通老家，直至去世，而外婆却随她一家去了苏州。

范小青是把南通看成自己的“故乡”的。她在《母亲与外公》一文中说：“我第一次回故乡，是在外公去世多年以后的一个雨季。”“我茫然地站在小小的院子里，从小院子里能看到街口的一棵香樟树。我想象着外公每天坐在院子里，看着树上的鸟窝，鸟在头顶飞来飞去……”

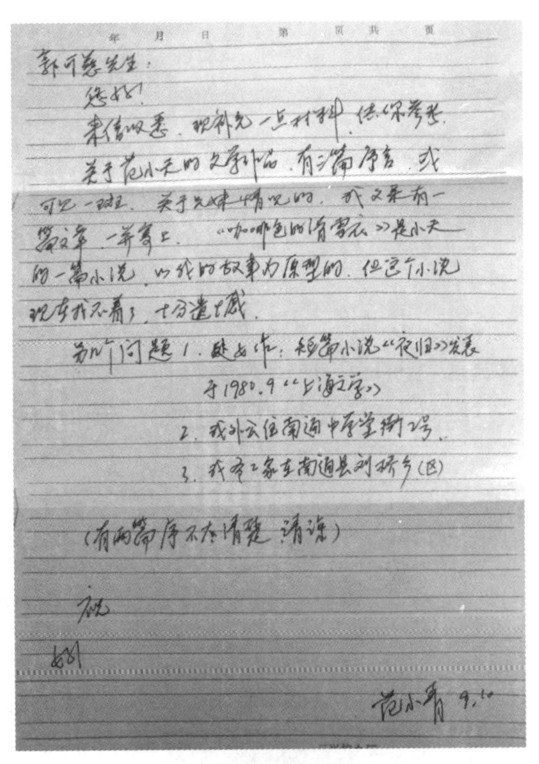
郭可慈先生：
您好！
来信收悉。现补充一点材料，供你参考。
关于范小天的文学作品，有二篇序言，或可见一斑。关于先父情况的，我文集有一篇文章，一并寄上。《咖啡色的滑雪衫》是小天的一篇小说，以我的故事为原型的，但这个小说现在找不着了，十分遗憾。
另几个问题 1. 处女作：短篇小说《夜归》发表于1980.9《上海文学》
2. 我外公住南通中学街2号。
3. 我老家在南通县刘桥乡（区）
（有两篇序不太清楚，请谅）
祝
好
范小青 9.10

范小青致郭可慈的信

范小青女士不厌其烦、几次三番地给我回信不仅是看重乡谊，也不仅因为同是苏州大学校友，主要还是她性格比较柔顺（她父亲如此评价），为人厚道。她对一般的读者也是有信必复的。我原以为她的性格是苏州精巧园林、小桥流水和吴侬软语的灵秀之气铸成的，其实不然。她受南通外婆和母亲的影响更大。她曾自言：“我想，在我小的时候，是柔弱的母亲和善良的外婆塑造了我。后来，我长大了也是这样。”她的自叙散文中多有与外婆和母亲生活在一起、其乐融融的亲切回忆。由此看来，这位秀外慧中、温文尔雅的苏州女作家在性格方面还是我们南通人培育的。

——原载于《南通广播电视》报 2002 年 1 月 24 日

六、谈书论写

书籍——生活的明灯

——读《我和图书》

在《书讯报》上，我曾经断断续续读到几篇《我和图书》的专栏文章。这些文章对我这个几十年如一日酷爱购书、读书的人来说，倍感亲切。我早就盼望它们能结集出版，以便在我的藏书中再增加这样一册有意义的新书。

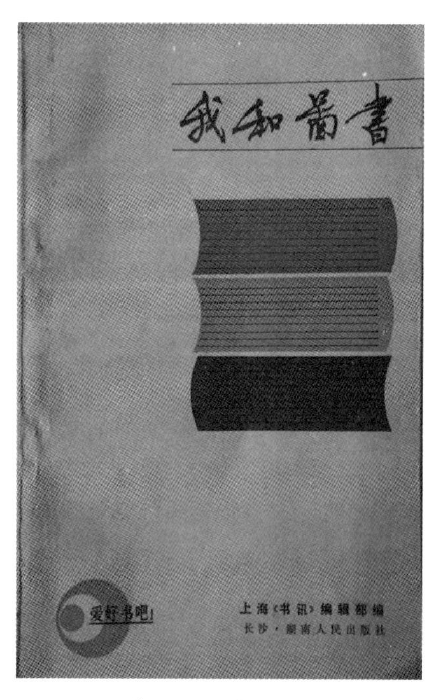

《我和图书》封面

今天，当我从书店捧回一本装帧精美素雅、散发着油墨香味的《我和图书》时，抑制不住由衷的高兴。

《我和图书》是《爱好书吧》丛书的第一种，由《书讯报》编辑部汇编，湖南人民出版社出版。它收有50位知名作家、学者和编辑的文章，每篇都配有作者照片一帧，使人倍感亲切。

书籍，特别是文学书籍，是生活的教科书。它启迪人们思考，教会读者做人。书中记述了这样一些事实：作家吴强、杜埃、陈残云、俞林等就是在革命书籍的指引下，踏上革命道路的；秦牧由一个无知的顽童，通过折节读书，而成为一个知名的散文大师；苏阿芒青年时期几次高考落选，“十年浩劫”又锒铛入狱，他就是从书籍中汲取勇气和力量，克服了前进道路上的无数困难，掌握了多种外语。

书籍给人知识，也给人智慧。作家邓友梅、梁信、李心田等没有进过正规的学校，没有什么学历，都是通过读书而自学成才的。学徒出身的中国保尔——吴运铎同志在革命战争的艰苦岁月里，就是靠着大学教授刘仙洲的一本《机械原理》，在山沟里设计出了鼓风机，制成了枪榴弹……源源不断运往抗日前线。

“爱好书吧——这是知识的源泉！”

——原载于《书讯报》1984 年 7 月 15 日

我读散文

如果您不时到书店走走的话，您会发现琳琅满目的散文集已成为文学书籍中的大宗，悄悄地把港台武打言情小说、古典明清小说等挤到一边。而报纸的副刊和休闲、生活类期刊更是散文纵横驰骋的天地。

对于当前的这股散文热，已故的著名作家汪曾祺曾指出，人们对粗俗文化已经感到厌倦，他们需要品位较高的艺术享受，需要独到的人生观察和个性化语言的享受，而散文正可以提供文化的滋养和精美的享受。

我大概也是怀着这种心态喜欢上散文的。几年来，我已收罗了整整一书橱的散文集。从明清、“五四”到当代，几乎所有的散文大家，至少都有一两本代表作入我橱中。

新时期是散文勃兴的时代，出现了前所未见的大散文。余秋雨的《文化苦旅》

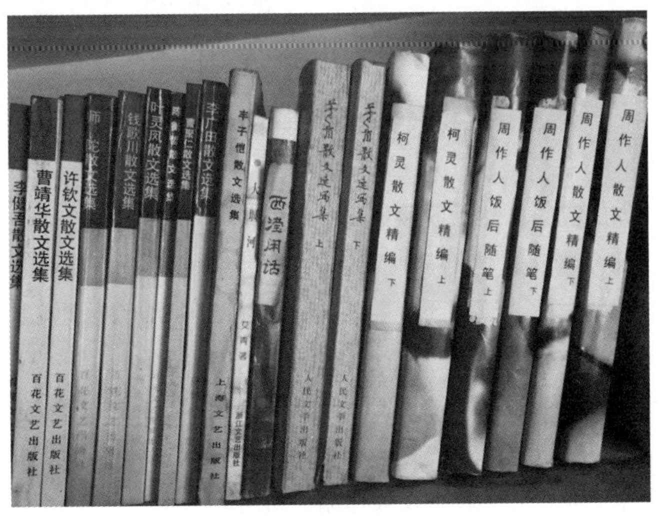

郭可慈书橱内散文一角

和夏坚勇的《湮灭的辉煌》可谓代表。这种“黄钟大吕”式的散文，伴随着对中国历史文化的深层思考，使人高瞻远瞩，获得更多的人生感悟。其行文汪洋恣肆，犹如天马行空，但难免有时旁枝逸出，庞杂铺陈。文学新人写的新潮散文则比较贴近生活，有一定的灵气，但却失之过于琐屑纤细，缺乏深沉。

我比较喜欢学者散文，因为作者有深厚的文化底蕴和丰富的人生阅历，文章都比较耐读，当然他们也各有短长。巴金说真话的文章，直抒胸臆，饱含激情，但一览无余；张中行的散文上承知堂老人，冲淡平和，但不免絮絮叨叨。比较起来，柯灵、孙犁、黄裳等人的文章更为精致，文思缜密、文笔清丽。港台散文大家董桥和余光中的作品也值得一读，前者以凝练严谨、内蕴深厚著称；后者则以笔触遒劲、气势恢宏而著名。不以散文名世的各行专家偶尔为文，也有不少精品。他们从本专业的视角究物论事，颇多真知灼见；又由于并非着意为文，更多的是真情实感，清新自然。例如，画家吴冠中、建筑园林学家陈从周、东方语文学家季羡林、文学翻译家杨绛等所写的散文就是如此。

好的散文如有适当的插图，优秀的散文集如有精美的装帧，更能增辉生色，相得益彰，增加阅读的兴味。所以我收藏和阅读散文集，还很注意书籍的装帧。我曾在桂林买到一本中国文联出版社的《朱自清散文精选》，从扉页到封底全是素雅的单色淡彩画，文字就印在画面上。在叶子田田、芙蓉出水、青雾浮起的荷塘上，悬挂着一轮迷蒙的满月，这不就是我当年无邪的少年梦里寻觅的《荷塘月色》吗？而在《桨声灯影的秦淮河》上，垂柳水中摇曳，小船御风而行，连古老的三座门儿的大中桥也高架在水面上。阅读把玩这种文画合璧的散文集，足以赏心悦目，怡情养性，增知益智。此中乐趣，一言难尽。

——原载于《通州日报》1997 年 7 月 4 日第 8 版

与文学爱好者谈写作

一、先磨快你的宝剑，然后脱颖而出

接触了几个文学青年，他们都对现在的文艺期刊很少发表青年习作，又不提具体意见以退稿了事的做法，感到不满、不平。有的甚至大有千里马未遇伯乐之感慨。诚然现在文艺刊物有一股以名家作品竞相出镜的风。据报载，诗人艾青白天几乎总是忙于接待各地前来约稿、索稿的编辑记者，只有晚间才能握笔。这样一方面就造成老作家和已成名的青年作家穷于应付，以致有时因赶时间无暇对作品进行精雕细刻；另一方面挤掉了许多文学新人发表作品的机会。

但是，从我们文学青年方面来看，也不能老是抱怨别人。我看了有些青年的习

作，不是缺乏新意，就是结构松散或细节经不起推敲，特别是语言技巧上更乏功力。

俗话说：“不怕不识货，只怕货比货。”虽然古今中外压制小人物的事总是难免的，但真金不怕找不到买主。只要你能拿出像样点的作品来，热心奖掖后进的文学前辈和独具慧眼的报刊编辑还是有的。

无名小辈赵梓雄的话剧剧本《未来在召唤》本来已被判处了死刑，但在吴习、曲六乙、于林等同志的支持下，终于被搬上了舞台，并即将在银幕上与观众见面。宗福先的《于无声处》是为一个文化宫的业余剧组写的剧本，卢新华的《伤痕》是贴在一个大学的墙报上的稿件。他们并没有准备拿去公开发表，可是由于他们的作品具有强大的感染力，不胫而走，先是轰动了整个上海，然后是震动了全国文坛，为中国文学史留下了新的一页。

宝剑锋从磨砺出，梅花香自苦寒来

“宝剑锋从磨砺出，梅花香自苦寒来”。要脱颖而出，要为祖国的文艺百花园增添几朵香花，也只有多读书、多观察、多练笔，别无捷径可寻。

要多读古今中外的文学名著，并尽可能地广泛地积累其他方面的知识。茅盾同志 19 岁进商务印书馆的时候，已经熟读了不少的我国古代文化典籍，有坚实的古文底子，并且熟谙英文，能直接阅读和翻译英美的文学名著。这为他后来的创作生涯提供了有利的条件。当代文学青年在特殊年代被耽误了整整十年。学习、扩大知识面，汲取各方面的营养便成为最紧迫的头等大事。夏衍同志说得好："'知识就是力量'这句话是对的，对写作者来说，知识就是作者的实力。"

要学会观察生活，注意积累。没有生活，作品便失去了生命。贾平凹的小说总是散发着一股山村泥土的芳香，而从蒋子龙的笔下，你可以嗅到工厂机油和铁锈的气味，这就是所谓的生活气息。夏衍同志非常重视生活细节的积累。他认为女人吵架、车子相撞、小孩开玩笑等生活琐事，都值得"听一听，记一记"。他还告诫青年："最怕的是什么事都看到一点，而又什么都不留心，头脑里没有刻下印象，等到用时现去抓，就困难了。"

写作实践也很重要。开始写作，不能贪大。刘心武同志有个很好的建议，那就是从"豆腐块"开始。他在早年就一直写这种"豆腐块"文章，包括儿童诗、短小的小说、散文、杂文和电影戏剧评论。没有这些"豆腐块"，就没有后来的《班主任》《醒来吧，弟弟》和《我爱每一片树叶》等名篇。他还提出了一个切实可行的具体方案："每周写一篇至两篇，每月集得十来篇后，择其善者加以反复修改，试着给报纸副刊投投稿。"

成功的诀窍，就是锲而不舍、持之以恒。我们期待，在 80 年代，有更多的文坛新星闪现在祖国的上空。

二、走竹林的道路，写你熟悉的生活

几年前，一个在武汉某部队服役的青年捧着厚厚的一叠手稿，来请我提意见。这是一部描写海岛军民斗争生活的长篇小说。一个从没见过大海的青年，敢于写这样一部几十万字的鸿篇巨著，我不得不佩服他的勇敢。但是，不熟悉大海，不懂得海民，终究只能给作品带来夭折的命运。最近，一个曾下过几年农村的师范学校的学生听到他哥哥讲了一些工厂的事，就准备写一篇反映工厂生活的短篇小说。我提出异议，他却反问我："张扬是个插队知识青年，没有在科研单位工作过，不是也写成功了《第二次握手》吗？"

这个问题问得好。姚雪垠写《李自成》不能要求他回到二百多年前的明王朝去体验生活，李栋、王云高写《彩云归》，也未见得去过香港和台湾。但是他们对他们所写的那个时代、那个环境、那些主人公的生活以至语言，都做过深入的研究，具有精湛的知识。这就非一般初学写作者所能胜任。至于张扬，他因舅父的关系，曾经听到过一些从国外归来的科学家的故事，对他们的生活有所了解。从构思、进一步收集材料到写成手抄本流传，前后十年，三易其稿。最后在一些作家、编辑的帮助下，反复修改，才写成今天这个样子。即使如此，《第二次握手》在描写三四十年代的国统区的生活细节上，也暴露了许多非作者力量所能弥补的弱点。

没有细节的真实，就没有艺术的真实。不熟悉你所描写的生活，就写不出好作品。夏衍同志对此深有体会。他生活在浙江，熟悉浙江的风土人情，在把鲁迅的《祝福》和茅盾的《林家铺子》搬上银幕时，就感到得心应手，非常顺当。改编后的电影，别人看了满意，自己也满意。可是在改编陶承的《我的一家》的过程中，由于作者不懂得30年代湖南的婚姻仪式和风习，于莲结婚那个场面就写得不大像。湖南人一眼就会看出毛病。老作家尚且如此，何况我们刚刚“学步”的文学青年。

我认为，对初学写作者来说，与其走张扬的道路，费那么大的劲儿去写自己不大熟悉的生活，不如走竹林的道路，去写你最熟悉的生活。竹林同志中学毕业后，去安徽农村插队，目睹了一些知识青年的坎坷遭遇，才写出了反映农村面貌和知识青年生活经历的新作《生活的路》。同时，她还利用自己在农村的生活积累，写了若干篇短篇小说和儿童文学作品。

有的同志又会说，我们周围的生活平淡无奇，没有什么可写的。这就看你是否深入生活，是否善于捕捉生活的浪花了。茹志鹃同志很少写什么“重大题材”，她的那些清新隽永描写日常生活的小说，同样给人以美的感受。

生活是写作的泉源。只要你一头扎在生活的海洋里，用双眼去观察，用头脑去思考，灵感就会闪现在你的脑际，题材就会涌现到你的笔下。

三、短些、小些、集中些

一段时间以来，我发现文艺期刊上的短篇小说有些越来越长，动辄万言，几乎无暇毕读。我不是一个文艺评论家，也就没有去研究它的原因。最近有个文学青年送一篇习作给我看。这是一篇写青年爱情不幸的短篇小说。主线是三角关系，而两个女方，其中一个遭到上海纨绔的遗弃。这样，三角形就向外延长了几根辅助线，一下子增加了好几个人物。作品还写了“四人帮”在这个县的触须怎样结帮为非作歹，写了他们对老干部的迫害和对工厂技术革新的干扰。我问作者写这些干什么。他却振振有词地说：“这是背景嘛！”我这才恍然大悟：有些短篇小说之所以拉得那么长的原因就在这里——旁枝逸出。

旁枝逸出，是写作者的大忌。它往往造成主题分散，结构松散，人物庞杂，篇幅冗长。克服它的办法就是写短些、写小些、写集中些。

过去，上海《文汇报》提倡写小小说，《北京日报》也经常发表一种“一分钟小说”。最近又有人在旧话重提，发出“写小小说”的呼吁了。我觉得，初学写作者写这种小小说，最为适宜，最能得益。它既是创作，又是练笔。刘心武同志曾谈道：“我就是通过给他们（指《北京日报》）写‘一分钟小说’锻炼了自己的构思能力，怎么编故事、安排一个悬念，怎么开头，怎么结尾，怎么用两三句话形容一下人物外貌性格，怎么写点简单的对话……最初的小说创作经验，就是通过写这种‘一分钟小说'，点点滴滴积累起来的。"

有的同志又会说，这种小小说、'一分钟小说'是小玩意儿，不登大雅之堂。刘心武在先前写这种小说又没有成名，他的成名之作《班主任》不是很长吗？小说的长短好坏是辩证统一的关系，不能绝对化。鲁迅的《一件小事》、郁德的《最后一课》、安徒生的《卖火柴的女孩》和欧·亨利的《圣诞节的礼物》情节不复杂，文字也简短，该可以划入小小说的范畴。他们不也都是世界名篇吗？一代文学大师契诃夫写了数以百计的短篇小说，不是至今还闪烁着不朽的光辉吗？

小说篇幅的长短决定于作者的艺术构思和情节的发展需要，没有绝对的准尺。确实需要写长些的，我们并不硬性要你缩短。我们的原则是宁短勿长。鲁迅说："宁可将可作小说的材料缩成 sketch，绝不将 sketch 材料写成小说。"他所说的 sketch 是速写、素描，近似我们说的小小说。

以上说的是小说，但也通用于其他体裁的文学作品。对我们青年写作者来说，写诗要练习写几行、十几行的小诗，写剧本要练习写只有几个人物的小戏，写散文要练习写言简意短的几百字短文。

四、要敢闯、敢创，走自己的路

文艺界赶浪头的风气在粉粹"四人帮"以后并没有多大的改变。先是写"四人帮"的狐群狗党、风派人物；然后是伤痕文学，干部特殊化、青少年犯罪，连高价的姑娘也成为争夺的对象；最近最热门而又经久不衰的是写青年之间的爱情故事。有些青年也在后面赶浪头，但又总是赶不上，老是碰车、抓瞎。刚写好一篇作品，一翻最近的文艺期刊，一些与自己写的题材情节大同小异的作品已赫然在目。即使不看行情，突然投寄出去，也是吃回票的居多。有些同志为此感到苦恼。

我劝这些同志在提笔写作之前不要去观风看浪，而是想想：是什么在叩击我的心弦，使我抑制不住写作的欲望，那你就去写什么。要敢于闯、敢于创，走自己的路。

"闯"，需要勇气。刘宾雁和王蒙在 50 年代为了体验生活，曾经付出相当大的代价；卢新华的《伤痕》一开始也遭到"歌德派"的围攻，被扣上"暴露文学""写社会主义阴暗面"等罪名；蒋子龙为了反映当前工厂四化建设中的矛盾和斗争，甚至遭到当地报刊的公开指责和人身攻击。赶浪头不会担任何风险，"闯"却要准备挨大棒、穿小鞋、受白眼。

以前我总是奇怪，文学作品中的"狗崽子"，为什么都是被"四人帮"关过牛棚，而其实并非叛徒特务的老干部的子女。他们确实受过一段时间的委屈，但是一旦父母平反，官复原职，他们也就由"狗崽子"上升到"红五类"。而现实生活中还有比他们多得多的货真价实的"狗崽子"——"地富反"的子女。这些人，在农村，男的三四十岁还打光棍，找不到老婆；在工厂和其他单位，他们再积极也评不上先进，到哪儿都低人一等，命运注定是打入另册的。为什么文学作品不敢描写这些人、反映这些事？说到底，还是因为一个“怕”字。崔德志同志在《报春花》中第一次摸了这个老虎屁股，挖到这个根深蒂固的反动血统论的老根，塑造了白洁这个感人的艺术形象。胆怯，只能踩着别人的足迹向前走；大无畏，才能披荆斩棘、独辟蹊径。

“创”，需要洞察生活，善于思索。有胆还要有识。刘心武在《我爱每一片树叶》中提出了一个为个性落实政策的新问题，批评了我们集体生活中司空见惯但又极不正常的现象。不仅题材新，而且角度新，读后使人耳目一新。其艺术成就并不在《班主任》之下。《班主任》发表后，跟随者比比皆是，《我爱每一片树叶》却不易模仿，就使它成为艺苑中一枝独放的奇葩。但这样一个从未有人涉猎的题材，如果不是有心的人，是会与之失之交臂的。

“闯”与“创”并不是说不能写同一题材，不要效法和师承。鲁迅的《狂人日记》与果戈里的《狂人日记》名字完全雷同，但鲁迅的《狂人日记》是中国的狂人，写的日记也是中国式的日记，矛头指向的是中国旧礼教。因此，重要的是要走自己的路，摒弃食而不化，摒弃人云亦云，摒弃因袭陈言，摒弃亦步亦趋。要不落俗套，篇篇有新意，并在表现形式上做新的探索。

——1980年1月10日写于南通县正场中学

对“来稿不退”制度的质疑

《文汇报》4月13日副刊登载了惠涛同志的《投稿者的苦衷》一文，我深有同感。片面责怪投稿者“一稿两投（或多投）”是“缺少文德”，有人甚至把这和剽窃、抄袭等真正的“缺德”行为等同起来，未免言之过重。“一稿多投”现象的产生，原因是多方面的，责任不全在作者。有的确实是因为某些作者的急功近利、投机取巧，但也与某些编辑部的处理稿件制度有关。

我记得，在20世纪50年代和60年代前期，各报刊对不用的稿件一律退还给原作者，而且都比较及时。不知从什么时候起，很多报刊的“稿约”中出现了“一千字以内的短稿一律不退”或“来稿一律不退，两个月未接到采用通知者，请自行处理”等语。这样一来编辑们可省心多了，千篇一律的连退稿信也懒得发了。

这却苦了投稿者，他们含辛茹苦写成的稿子一去无踪影。既听不到编辑的意见，又得不到应有的鼓励和支持，又再也见不到原稿。如果要改投其他报刊，又得花费时间再去搞重复劳动。有些时间性较强的稿件，因为迁延岁月，已无法再用，或为捷足者先登。更有甚者，有些编辑部对追索原稿者，也置之不理。我有篇稿件，寄给某地方刊物编辑部，等了几个月，杳无音信。去年年初，我不得不重新抄录，改投上海杂志，不久接到编辑部通知，拟在三季度或四季度刊用。我为了避“一稿两投”之嫌，立即去函给第一家杂志，要求退原稿，并表示如该刊准备采用，可以优先，上海方面我负责道歉并收回稿件。但该刊仍不理不睬，真使人为之寒心。

去年，著名作家孙犁在《关于编辑工作的通信》（载《人民文学》10月号）中，深深怀念三四十年代的老一辈编辑时说：“我年轻时投稿，得到的都是刊物主编的亲笔复信，他们是直接看初稿的，从中发现人才。”他也谈到自己当编辑时的情况，“我不愿稿件积压在手下，那样就像心里压着什么东西，我总是很快地处理”“我当编辑时，给来稿者写了很多信件，据有的人说，我是有信必复，而且信都写得很有感情、很长”。这样热心奖掖后进的编辑才真是投稿者的贤师良友，可惜现在已不多见了。

在目前某些编辑部稿件多、人手少的情况下，要求每稿必由主编过目或每稿必复长信，是不现实的。但要求不用稿件及时退还，还是可能而且合理的。这不仅可以堵塞“一稿两投（或多投）”的借口，又可给作者及时另行选择投稿园地的时间。在当前各行各业大讲“改革”的形势下，各报刊编辑部也应像孙犁同志所说的那样，“把编辑工作的好传统，如鲁迅、茅盾的传统，发扬而光大之”，而把“来稿不退”这些不利于文化新闻事业繁荣的新规陋习彻底改除之。

——写于1998年3月

七、文史趣话

唐代名诗人“韦苏州”

凡是读过唐诗的，没有一个不知道“韦苏州”的。韦苏州的真名叫韦应物。他的生平在新旧唐书中都没有记载，直到宋朝沈明远才替他补写了传记，但仍语焉不详。只知道公元736年他生于现在的西安，少年时候做过唐玄宗的三卫郎。玄宗死后，他一改以往的富家子弟习气，发愤攻书。29岁的时候，他才再度出来做官，先后做过京兆府功曹、洛阳丞、滁州刺史、江州刺史、左司郎中等。50岁左右，他来苏州当刺史，退职后也就住在苏州的永定精舍（永定寺）。韦苏州到底是什么时候死的，到现在还是文学史上的一个悬案。据沈明远说，大和（827—835）中，他还活着，那么算起来应该活到一百多岁了。

韦苏州画像

韦应物和白居易齐名，是唐朝中期有影响的诗人。他写的诗很多，仅《韦苏州集》里就收有571首（还有一部分没有收进去）。其中相当大的一部分是在苏州写的，因此把韦应物与苏州联系起来，也是十分自然的。

韦应物虽生于盛唐，但他生活和写作的主要时期还是在唐帝国走下坡路的中唐。诗人面对着安史之乱以后国家黯淡的前途和人民苦难的生活忧心忡忡，但自己又感到没有办法，因此悲观失望，向往着陶渊明那样的田园隐居生活。他曾说："尝爱陶彭泽，慕陶直可庶。"因此，反映在他的诗作上，内容和风格也与陶渊明相近，有人就把他们两人并称为"陶韦"。

韦应物的诗，很多表现出诗人嗟古叹今的感伤情绪，如《阊门怀古》："独鸟下高树，遥知吴苑园。凄凉千古事，日暮倚阊门。"可以想象出诗人当时的心境是何等的寂寞和痛苦！但是他是一个伟大的人道主义者。他对当时人民的疾苦怀着深厚真挚的同情，常常因自己与劳动人民生活悬殊而感到自愧，唱出了"邑有流亡愧俸钱""自惭居处崇，未睹斯民康"等诗句。他在苏州写的《观田家》不仅真实地反映了当时农民的生活面貌，而且鲜明地表现出诗人强烈的爱憎和对现实的不满。该诗语言平实，绝少雕饰。

微雨众卉新，一雷惊蛰始。
田家几日闲，耕种从此起。
丁壮俱在野，场圃亦就理。
归来景常晏，饮犊西涧水。
饥劬不自苦，膏泽且为喜。
仓禀无宿储，徭役犹未已。
方惭不耕者，禄食出闾里。

韦应物是个写景的能手，他写的"春潮带雨晚来急，野渡无人舟自横"等句，千余年来一直被人传诵不衰。就是他写苏州风景的诗，现在读来，也还非常亲切。在《游灵岩寺》一诗中，他用"吴岫分烟景，楚甸散林丘"来写苏州近郊的山岗和田野；在《游溪》一诗中，他用"野水烟鹤唳，楚天云雨空"来写苏州近郊的水泽和天空。着墨不多，但形象是那么真实，意境是那么深远，情调是那么优美，对仗又那么工整！

韦应物善于写五言古诗，与刘长卿的五言律诗被并称为"中唐二绝"。白居易说，韦应物的诗"高雅闲淡，自成一家之体"。苏东坡更把韦应物的诗和白居易的诗进行比较，说："乐天长短三千首，却爱韦郎五字诗。"可见他的诗在艺术造诣上的高超了。他除了写诗外，更是我国较早填词的词人之一，他填的《三台词》《转运曲》等词，至今还在流传。

——原载于《新苏州报》1958年1月15日

岳飞与南通

与南通（旧南通州）有关联的历史名人故事，众口相传并津津乐道的是范仲淹筑堤、文天祥渡海，因有绵亘百里的范公堤遗址可寻，有文天祥的《卖鱼湾》《发通州》等诗可证。

为了纪念这两位历史名人，通州市五总乡建了渡海亭，骑岸镇街心新建了高 15 米的范仲淹巨型塑像。其实，范仲淹并未在通州做官，只是在他初出来做官，监泰州西溪盐仓时，请示朝廷，调四万余民夫，在通泰海三州筑捍海堤，以卫民田，泽被通州，故州志中有事迹记载而无传；而文天祥仅是在抗元途中路过通州而已，《万历通州志》将他列入“流寓”传。

很少有人知道，那个“精忠报国”“百世流芳”的岳飞却是货真价实、地地道道的通州地方官，在《万历通州志》中列名于“名宦”传，并入祀当地贤良祠。

岳飞画像

南宋高宗建炎四年（1130），岳飞任通泰镇抚使兼知泰州，统辖通州，是通州的最高军事行政长官。金兵南侵，岳飞以泰州无险可恃，退保柴墟，战于南坝桥，大败金兵，阻止了金兵东下。只有通州知州吕伸不争气，闻讯金人陷泰州，弃城而逃。

在戎马倥偬、征战频仍的多事之秋，岳飞是否到过通州，不详。史载岳飞到过江淮一带，但通州州志未见记载。民间关于岳家军的传说甚多。如皋有度军井（一说在如皋城西南十里处；一说在白蒲镇某农户门前）。相传建炎四年，岳飞率三千军马追击金兵至白蒲，官兵又热又渴，拥至井旁取水，不久水竭。岳飞见状，猛击井栏道：“我岳飞为保大宋江山抗击金兵至此，井若有知，当溢水相助。”言毕，水如泉涌。明嘉靖《如皋县志》有记载：“旧志，其井虽浅，泉常不竭，汲且竭，击其栏，泉复溢出。宋岳飞经略通泰领兵过此，数千人饮之不竭，因名为度军井。”岳飞是否真的击过这口井的井栏，就不得而知了。还有南通城北濠河外钟秀山（俗称北土山，已平毁）有一老树桩，据当地老人讲，岳飞曾在此系马，因得名“系马桩”。

不管岳飞是否真的到过南通，他终究曾经捍卫过这一方土地的平安，南通人民是不会忘记他的。明嘉靖七年（1528），以给事中言事谪判通州的史立模为“起邦人之瞻，永后学之思”，在通州城内天宁寺，移观音大士铜像于毗卢阁下，塑范文正公和岳武穆王衣冠像，榜楣曰“海邦遗爱”，春秋奉祀。隆庆四年（1570）侍郎陈尧来此，见“观音大士者相距数武，喧嚣特甚”，“祀二公俾大士参之”，“祀之非礼”，商之诸父老，乃买寺东隙地，建堂三楹，改海邦遗爱祠为崇贤祠。明代在狼山半腰间葵竹山房原址还建有四贤祠，祀宋参知政事范文正公（范仲淹）、宝文阁直学士胡文定公（胡安国）、少保枢密使岳武穆王（岳飞）、少保信国公文忠烈公（文天祥）四人。由此可见，岳飞与南通渊源自有，只是现在已遗迹难寻了。

——原载于《南通广播电视报》1999 年 9 月 2 日

红生鼻祖——王鸿寿

南通亦不乏京剧名角，红生鼻祖——王鸿寿就是一个。算起来，他还是梅兰芳的前辈呢！

王鸿寿，1848 年生于南通，艺名“三麻子”，梨园中尊为三老板、三老爹，是麒派创始人周信芳的业师。他是一个文武昆乱不挡的全才演员，唱徽调与唱京剧一样

红生鼻祖——王鸿寿剧照 1

有名。他还是一个有名的编导，曾亲自编导了历史剧、连台本剧、现代时装剧等多种。他会的京剧究竟有多少，他的徒弟也说不清。一次，他与伶界大王谭鑫培在北京崇文门外茶食胡同广兴园后台喝茶，突然谭鑫培站起来提笔在水牌上写了一句："谭鑫培演戏一年不翻头。"王鸿寿跟着也写了："三麻子演三国、列国戏三年不翻头。"由此可见，他的戏路何等宽广。

王鸿寿坐科时学的是武丑，但也善于演老生、武生，尤其在演关公戏方面成就最大。他把"三国"中凡属关公的故事都编成了戏，共有三十余出，并在脸谱、服装、唱腔、造型、身段、念白、大刀式样等方面进行了大胆革新。他跳出了把关公神化的窠臼，在舞台上创造了一个英勇、刚毅、儒雅、肃穆的关公形象，使演关羽为主兼及赵匡胤、关胜、姜维、徐达、常遇春、吴越等，以勾红脸为特征的红生，单独形成了一个行当。因此，被尊为"红生鼻祖"。他的传人，除周信芳已自成一派外，最有名的是南林（林树森）北李（李洪春）。各地演红生戏的演员虽然流派不同，但多遵循着他的路子演。

红生鼻祖——王鸿寿剧照 2

王鸿寿的一生富有传奇色彩。其父曾任清朝官员，平生爱好戏曲，在南通组办了两个戏班。因拒送寿礼，得罪了一个路过南通的阅海官员，结果以"引良为优"的罪名被参，满门抄斩。王鸿寿藏在一个大衣箱中，得以幸免。

王鸿寿在"庚子赔款"后，来到北京。由于他的关公戏誉满京都，被慈禧知道了，非让他进宫当供奉不可。他听到这一消息，便连夜逃走了。

76 岁时，他回到上海，在黄金大戏院演《走麦城》时，裆内骑马瘤迸裂，一卧不起，于 1924 年正月初一病逝。他编了一辈子关公戏，最后竟以不吉利的《走麦城》成谶，做了他的绝命戏。

——原载于《南通日报》1987 年 11 月 29 日

纪昀和刘墉的文友情

电视剧《宰相刘罗锅》在几年前曾风靡全国，万人争看，百口乐道。最近江苏卫视又在白天重播了该剧，收视率仍然不低，退休和工休在家的人一到放映时间，便都打开电视机，等着再睹刘罗锅的机智和幽默。

这部“四不像”的电视剧，只因幕前“不是历史·民间故事”八个大字，就堵住了多少有点儿考据癖的历史家之口，使他们不好说三道四、评头论足。但只要稍具一点历史知识的人都知道，《四库全书》的总编撰并非刘墉（石庵），而是《阅微草堂笔记》的作者纪昀（晓岚）。剧中情节也多有张冠李戴、移花接木的。例如，刘墉当值时谐谑地直呼乾隆为“老头子”，恰逢皇帝撞进来亲耳听到，最后刘墉用巧辩使皇帝解颐，以喜剧收场，也是出自有关纪昀的传闻。

2000 年，《铁齿铜牙纪晓岚》又是一部热播的古装电视剧，纪昀（晓岚）也成为人们闲聊的话题中心。不少人对刘墉（刘罗锅）与纪昀（纪晓岚）混淆不清，说起来常常张冠李戴。

刘墉与纪昀为同时代人，同历乾隆、嘉庆两朝，为一殿之臣，且相知极深，私交甚笃。纪昀在《书刘石庵相国临王右军帖后》中曾说：“石庵今年八十四，余今岁亦八十，相交之久，无如我二人者。”纪昀任《四库全书》总纂是刘父大学士刘统勋举荐的。纪以师事之，在所撰《刘文定公配许夫人墓志铭》中称刘统勋为“先师”，而自署“门下士河间纪昀”。

纪昀画像

刘墉是有清一代著名的书法家。纪昀自称："余不能书，而喜闻石庵论书。"他对刘墉的书法推崇备至，在《石庵相国手书卷子以赠芸楣尚书季子翥升装池芸楣索题为成四绝》之二中说："大令风流接右军，笔图早拟授羊欣。珍藏一卷诗中画，也抵当年白练裙。"大令指刘墉；羊欣者，南朝宋书法家，得王献之真传，独步其后，世称："买王得羊，不失所望。"纪以羊欣推许，称刘的书法是"诗中画"，足见评价之高。纪在北京虎坊桥的寓所阅微草堂的堂联就是刘墉所书："两登耆宴今犹健，五掌乌台古所无。"古六十岁称为耆，"耆宴"是皇帝为德高望重的长者所设的宴会；"乌台"即御史台。刘所言都是纪的平生经历，虽难免有些谀美之词，但也是实录。

最为有趣的是，纪、刘二人都喜爱藏砚，常互通有无，有时也相互竞价争购，但从不伤和气。据纪昀后人收藏的拓片而影印的《阅微草堂砚谱》中有一方（石）砚的款识饶有情趣，可堪一读："余与石庵皆好蓄砚，每互相赠送，亦互相攘夺，虽至爱不能不割，然彼此均恬不为意也。太平卿相不以声色货利相矜，而惟以此事为笑乐，殆亦后来之佳话与？嘉庆甲子（1804）五月十日晓岚记，时年八十有一。"纪昀题此款的当年刘墉卒，文中既表达了中国文人的高尚情趣和两人的旷达性格，也寄寓了对老友纯真情谊的怀念。翌年纪昀也归道山。这篇砚铭也就真成了清代文化史上的一段佳话。

——写于1999年6月，修改于2000年12月

曹聚仁笔下的张謇

曹聚仁是现代作家中的一个传奇人物。从20世纪30年代起，曾活跃于文坛、报界和大学讲坛；抗战时期任战地记者；50年代移居香港，以笔耕为生。他为了祖国统一大业，利用与国民党的渊源，频频往返于香港和内地之间，充当了海峡两岸的"和平密使"，被人称为"谜一样的人物"。

最近上海人民出版社出版了一本他的旧著新编《听涛室人物谭》，是他女儿曹雷根据他的手稿整理出来的，大部分发表于50年代末到70年代初的香港各报刊。

曹先生阅历丰富，交游遍天下。他不仅熟悉现代文坛掌故，与许多文学名家非师即友，而且与不少国民党军政要人多有交往或接触，甚至对民初名人政要的遗闻逸事也知之甚多。他"以白发老夫，重谈开元往事"，确有许多鲜为人知的珍贵资料，可资谈助。他的这本新书是一本可以增知识、长见闻的书，也是一本既有趣又严肃的书，绝非坊间那些以绯闻黑幕为佐料、以媚俗为目的，胡编乱造出来的"名人"书可比。

即以张謇为例，南通人一提起张四先生，无不肃然起敬。张謇“父教育而母实业”的主张在南通实施，造福桑梓，泽被乡里。他兴办大生纱厂、垦牧公司，创设通师、女师、商校（今市十二中）、南通学院（苏北农学院、苏州医学院、南通医学院前身）等，上了年纪的南通人对此耳熟能详、津津乐道。但对张謇在南通以外的业绩就知之不多了。曹聚仁以一个外省人的眼光，从全国大视角来看张謇，虽未有专文论述，但涉笔之处的一鳞半爪，也颇多赞词。

曹聚仁在《河上人语李仪祉》一文中说：“张季直氏主持全国水利，倡办水利专门学校——河海工程专门学校于南京，聘许肇南氏任校长，罗致了许多名教授……”河海工程专门学校即前华东水利学院今河海大学，是我国历史最悠久的水利专家的摇篮。从这段话可以看出，张謇兴实业必先办教育，培养人才的思想由来已久，并一以贯之。而在另一篇《郑洪年与暨南大学》中，曹聚仁提道：“辛亥革命后，那所在南京创办的暨南学堂便停顿下来了。对暨南寄予新生希望的，乃是代表民族资本的江苏省教（学）育会派的巨子张季直、沈恩孚（浮）、黄炎培等，他们一心一意要取得海外华侨的合作，来发展江苏以太湖为中心的民族工业，他们就由赵正平、姜伯韩二先生来把暨南恢复起来。”（后暨南大学迁至上海附近的真如）

张謇肖像

在八十多年前，张謇就看出吸引海外华人回国投资对发展我国国内经济的重要性，可谓深有远见卓识。今天江苏以太湖为中心蓬勃发展的外向性经济带动区域经济腾飞的大好局面，不就是张謇当年的梦想变成了现实吗？

还有些事也是过去知之甚少的，张謇甚至还关心宗教事业的发展。他曾通过当时在南通任教的音乐家刘质平，邀请其在杭州一师时的老师高僧弘一法师（李叔同），来通主持某寺，可惜因故未就，不然在中国佛教史和文化史上，南通又会添上重重的一笔了。

张謇在南通人心目中是一个令人肃然起敬的、只知一心为民办实事的正人君子，既不会玩弄权术，也不擅长幕后的政治交易。但在传奇作家曹聚仁的笔下，张謇也成了个传奇式的神秘人物。

曹聚仁在《辛亥二谈》中谈到，辛亥那年袁世凯被黜，正在故乡彰德韬光养晦，待时而动。张謇原为袁世凯老师，后因袁位尊以后信札中与之称兄道弟，而心存芥蒂。这一年，张謇以数省谘议局和商会总代表身份而入京议事，由武汉取道京汉路北上。途中幕僚雷震以“国家重于皇帝”的大义说服张謇释前嫌而下车访袁。张与袁一夕之谈竟决定了历二百年之久清廷的命运。年底，南京临时政府成立，但未能控制全国局势，立足不稳。翌年南北和议开始，袁世凯派唐绍仪为议和专使。“唐氏临行时，袁氏面嘱其到上海后，先晤张謇探其意旨。唐氏到了上海，先晤赵凤昌，托他代约与张謇晤面。”

所以，曹聚仁最后总结说：“写辛亥革命往事，不可漏了张謇旋转乾坤这段大关目，而南阳路赵氏客厅，乃是诞生的摇篮，更不可一笔抹杀。”更有甚者，连后来的清廷让位的太后诏书，也是出自张謇的手笔。由此可见，张謇在当时的中国是个何等举足轻重的人物，作为南通人，对这段往事不可不知。

——原载于《南通今古》1999 年第 3 期，《南通广播电视报》1999 年 7 月 22 日《紫琅苑》

文怀沙与南通广教寺

文怀沙是被誉为与郭沫若、游国恩三足鼎立的当代楚辞研究专家。50 年代他曾在中央人民广播电台开设讲解和吟咏古诗词的节目，深受广大听众的喜爱。我的箧中至今还珍藏着 1957 年 2 月 8 日北京图书馆编印的，由他主讲的《中国古典诗歌的吟诵和欣赏》的油印稿。尤其令人钦服的是他在特殊年代中的高风亮节。他不为“四人帮”的劝诱所动，写下的藏锋格诗：“沙翁敬谢李龟年，无尾乞摇女主前。九死甘心了江壑，不随鸡犬上青天。”传诵一时，非有大智大勇、铮铮铁骨者不敢为。

1982 年，文老曾应南通人民之请，为狼山广教寺撰写了《南通州广教寺法乳堂碑》，勒石镶嵌在法乳堂东壁南端。碑文不足千字，叙述了佛学东渐和十八高僧的传法殊勋。其文末的“赞曰”更是千古绝唱：

圣相十八，各有千秋。玄奘西去，坚毅之尤；

鉴真东渡，碧海安流。雪山霭霭，鹫岭悠悠。

读过此碑文的大作家无不交口赞誉。丁玲称：“此文定能传世永垂。”聂绀弩的评论更为允当：“自来丛林碑文皆佞佛、媚佛，作者匍伏局促，状若臧获婢妾。惟此文作者不尔，高瞻阔步于菩提树下，持平等法从文化思想史之高度立论，赞佛音妙果与赞范生艺事等论，概括人类举凡大善知识云云，更是字字珠玑，千古未见之奇文也。”峻青除赞此文为“一篇学识渊博见解精辟才华惊人的杰作”“十分难得的传世之作”外，还不无遗憾地说：“到现在为止，这篇鲜为人知的杰作，还没有引起人们应有的重视。”

南通广教寺

读到此处，我们南通人当感到汗颜，不少人甚至不知法乳堂在何处。每天到狼山朝圣拜佛、登山观景的人摩肩接踵，都绕过法乳堂匆匆拾级而上，有的忙于去烧香磕头，有的忙于登支云塔、上望江亭，何曾有几人去寻访和细读此碑文？

南通正利用狼山这两处风水宝地，发展旅游事业。我认为，可称国之瑰宝的文老碑文和十八高僧壁画这两处人文景观，应广为宣传，提高它们的知名度，以吸引八方游客。

——原载于《江海晚报》1996 年 10 月 14 日第 7 版，《南通日报》1996 年 11 月 9 日副刊

历史上通州反酷吏的民谣

民谣是一个时代、一个地区社会生活的反映，也是人民群众的心声。它为历代采风者所瞩目，也是历史学家不可多得的佐证资料。

明末政治腐败，徭重税苛，官逼民反，社会动荡。偏在江左一隅的通州人民也无法安居乐业，多次为酷吏所苦。其中虐民最为狠毒的为崇祯七年（1634）知通州的彭希贤。他构陷无辜，草菅人命，穷敛民财，恣意妄为，“三年间枉陷三百余人致之死，靡费民间金钱数十万”。其凶残程度较之武后朝的周兴、来俊臣等著名的酷吏毫不逊色。邵潜的《州乘资》卷三“宦迹”中有彭希贤传，篇末附收民谣一首，并注明“民谣甚夥，兹特录其尤者”。

这首民谣为长篇叙事歌谣，七字句，全长 560 字，为杜甫《石壕吏》的 4.75 倍，

堪称民谣中的鸿篇巨作。

民谣首先揭露了彭希贤谄媚上官求自保的卑劣行径："只求称说为官好，双膝宁辞跪拜频。"接着斥责了他的横征暴敛，严刑逼供：

催科不按预知单，多寡春间总要完。
入夏又征明岁赋，君王有诏几曾看。
夹棍终朝乱夹人，不分轻重与虚真。
更加边棍频敲扑，屈杀冤民那得中。

以下铺叙了彭希贤借口防所谓"流贼"而"繁兴徭役""无辜科罚""一时贫富总摧残"的详情细节。最后则对彭的滔天罪行进行了愤怒的声讨，联系了冤魂索命的传言和彭猝死任上的下场，人们无不拍手称快。虽然带有某种因果报应的迷信色彩，但字字血泪，句句掷地有声：

杀人三百犯天和，括尽民财送甲科。
冤鬼此时需命急，凭谁关说老阎罗？

历史上通州民风淳朴，但人民爱憎分明，又善于巧妙地用歌谣来表达对不法官吏的愤懑和嘲谑。明清以来，通州人民是不幸的，酷吏连绵不绝，在彭希贤前有杨舜卿、栗永馨等，后有方大猷。《州乘资》亦有记载。

对杨舜卿，"百姓刊二语于市曰'尧谔（宋尧谔，杨之爪牙胥吏）不军（不去充军）天没眼，舜卿再任地无皮'"。对栗永馨，"时人析其名字语曰：'三载流残，真实使民战栗；百年遗臭，岂能永远馨香'"。对方大猷，则"时有'通州百姓苦，来了方老虎'之谣"。

三百多年过去了，灯下读这些民谣，仍令人黯然神伤、心情沉重。但愿生在福中的通州儿女会记住，在我们这一方土地上，我们的祖先曾经有过这样一段辛酸史。

——原载于《通州日报》1997 年 2 月 14 日第 8 版，《江海晚报》1997 年 7 月 23 日副刊

八、附　录

附录 1：

郭可慈年谱

1933 年

9 月 11 日，郭可慈出生于江苏省如皋县丰利区吴凌乡沙家庄（现如东县马塘镇沙庄村）。父亲郭履安，母亲胡绍荣，姨母王剑青。郭履安为遗腹子，唐代名将郭子仪后裔。据清光绪三十一年（1905），郭先培主修的《雉水郭氏宗谱二三十卷》（如皋汾阳堂家谱现存于中国国家图书馆）。如皋郭氏始祖叫郭君章，元顺帝兵乱时期，他曾为武将，弃官隐居如皋。二世祖郭士贤，明朝文官；三世祖郭本学，读书人；四世祖郭允高，明朝文官；五世祖郭鼗公、郭铨，读书人；六世祖郭信菴，读书人；七世祖郭君震，明朝文官；八世祖郭中宇，明朝儒将；九世祖郭绍中、郭公且、郭宗城、郭开生，清代读书人或文官；十世祖郭龙白、郭良杰，清代读书人；十一世祖郭瑞祥，读书人；十二世祖郭楚惟、郭吉菴，读书人；十三世祖郭彬文、郭人也、郭养秋、郭斗南，或读书人，或教书先生；十四世祖郭赓堂、郭春圃、郭瑟亭、郭润齐、郭焕若、郭韵墀，读书人，乡绅……家谱中的十世祖郭良杰，是如东县沙家庄的始祖，家谱中的十三世祖郭养秋、郭斗南是沙家庄的五世祖，家谱中的郭韵墀是沙家庄的六世祖，郭履安为沙家庄第八代后裔。他继承祖产，有良田 1700 亩，靠收租生活。

同年 11 月 24 日，大妹郭可亲出生。

1935 年

7 月 31 日，二妹郭霞飞出生于沙家庄。

1936 年

这一年春，父亲郭履安学习张謇搞民族实业，试图创办棉织九厂。曾带了三船银圆，去（南通县）西亭镇办棉织企业，因地方人士阻挠等原因而失败。

1939 年

8 月 10 日，三妹郭涵秋生。这一年，父亲郭履安在南通东寺街租了一套房，9 月，郭可慈与大妹郭可亲到南通老城（通州）城北小学（现南通市实验小学）读书。

1940 年

2 月 12 日，四妹郭婉香出生于沙家庄。这一年冬，郭履安因是名门望族后裔，与新四军第三纵队司令员陶勇、参谋长张震东、副参谋长梅嘉生等人交往频繁，他积极支持新四军抗战，曾以开明绅士代表参与如皋县民主抗日政府（当时在丰利、马塘）工作。

1941 年

7 月，陶勇与朱岚在沙家庄结婚，当时新四军第三纵队司令部驻扎在郭履安家，郭家人一起协助，帮他们操办了一个简单的婚礼。

1943 年

8 月 2 日，弟弟郭寄生（郭可惠）出生于沙家庄。

1945 年

这一年秋，郭可慈在南通县中（现南通市实验中学）上初中。

1946 年

三妹郭涵秋在南通城北小学上学。冬，父亲郭履安带全家人去上海避战乱，投靠表妹夫（在上海做百货生意），曾在上海一个茶馆做小工，但因身体不适没有做下去。

1947 年

秋，郭可慈在上海七宝农校（现上海农学院）读高一。冬，父亲郭履安和母亲胡绍荣从上海回南通生活。姨母王剑青带二妹郭霞飞、郭婉香、弟弟郭寄生经苏州去嘉兴定居。

1949 年

9 月到翌年 7 月，郭可慈进南通师范学校（简师）求学，当时副校长张梅安主持校政，曹祖清为班主任。因作文好，郭可慈受到国文老师王洁儒的赏识，他敬仰王少恭（王均）、王景山、刘子美（美术）等老师，交好的同学有曹长圻（画家）、张振生、谢侯生、何振华、洪汉清、葛荣顺等人。大妹郭可亲进国立浙江湖州蚕桑专业学校（现浙江农学院）上学（毕业后去山东青州工作和定居）。

1950 年

7 月，郭可慈于南通师范学校毕业后分配到南通县（金西乡）毓秀小学任教。在

《苏北教育》杂志二卷二期发表第一篇文章《我是怎样教一年级国语的》。

郭可慈1950年简师毕业照
（后排中，前排曹长圻左一，夏侯生左二，张振生右一）

1952年

2月，郭可慈调至南通县（正场乡）正场小学任教，校长毛仲甫，同事有徐曼兮、张日芬、汪念珠等人。郭可慈受到学生张武林、刘汉良、潘兆金（现南通金梯四氟公司董事长）、秦德余、邱训芝、姚兆邦、姚美家、姚星等人爱戴，后来与他们成为亦师亦友的朋友。与同校女教师金亚男谈恋爱。郭可慈在《文汇报》“文汇广场”1952年2月2日发表《不要把完整的句子拆开》一文。4月24日郭可慈与金亚男在正场结婚，居住在正场老街十字路口临街朝北的岳母家东屋（一间约9平方米的房间）。岳父金则忠，岳母陆红莲，二妻妹金亦男，三妻妹金葵男，四妻妹金玉珍，妻弟金绍男。金则忠抗日战争期间曾任五乡联保主任，后因会打枪，被南通县保安旅二团征召去当团军需，梁灵光1940年11月从如皋来金沙，代表抗日民主政府接管、改编保安旅，金则忠成为解放军战士。1941年春，金则忠没有随军南下，拿了部队给的路费，回老家正场办布庄。

1954年

10月24日，长子金斌出生。

1956年

5月，郭可慈在正场小学被评为县优秀教师。8月郭可慈考入江苏师范学院（现苏州大学）俄语系学习，同学有曹国权（苏州大学教授）、王恒年（苏州大学教授）、邹淑群（苏州大学教授）、杨汝均（南京师范大学教授）、沈海云（扬州大学教授）等人。

同年，妻子金亚男也考上江苏省工农速成大学。为了解决家庭生计问题，金亚男放弃上学、放弃教师岗位，当起小商贩，从正场运水果、蔬菜去南通市区贩卖。当时的唯一交通工具是一辆小客轮，正场到南通城区约有 30 多华里。金亚男小时候生病跛脚，上下船不方便，很多船员给予帮助。她艰难度日，支持丈夫上学，补贴两边父母生活费等。

这一年年底，郭可慈母亲胡绍荣去世，妻子金亚男去沙家庄料理后事。

1957 年

2 月 1 日（正月初二），次子郭谦出生。

1958 年

9 月，三妹郭涵秋考入南通医校（1961 年毕业后，分配到淮安县人民医院工作，后调至南京武警医院工作与定居）。堂侄郭捷考入江苏师范学院化学系，郭可慈与其交往甚多。

是年秋，父亲郭履安去世，妻子金亚男去沙家庄料理后事。

1959 年

9 月 25 日，长女郭晓燕出生。

在苏州大学学习期间，郭可慈在《江苏师院》相继发表《在前进的道路上》《我们的苏联籍老师》《常州实习散记》等文，在《新苏州报》发表“闲话苏州”“英雄的史诗，生活的教科书”等文，在《光明日报》读书栏发表《〈青春之歌〉笔谈——发人深思的问题》一文，在《新民晚报》发表诗歌《麦收歌谣》、翻译的俄文诗歌《雨花台》、翻译的俄语文章《没有海岸的海》，在《羊城晚报》花地栏目发表俄语翻译文章《祝福》；并在苏联《少先真理报》发表俄语文章。

1960 年

7 月，郭可慈大学毕业，分配到南通市师范专科学校（现南通大学）外语科工作（任教俄语）。

1962 年

7 月，郭可慈带次子郭谦到淮安探望三妹郭涵秋、妹夫华振荣。当时，三妹郭涵秋新婚不久，她在淮安人民医院工作，华振荣在淮安县防疫站工作，他们居住在周恩来故居内。9 月，郭可慈被调至南通地区教研室工作（负责俄语教研）。同年 6 月 3 日，次女金海燕出生。11 月，外甥华鹏出生。

1963 年

1 月，郭可慈被评为“南通地区教研室先进工作者”。这一年中苏关系恶化，南通市师范专科学校撤散，停止俄语教学。9 月，郭可慈回江苏师范学院英语系脱产进修英语。妻子金亚男进（正场）南通县玻璃制品厂当工人，该厂第二年改为南通县塑料制品厂。

1964 年

1 月，《人民教育》杂志刊载郭可慈《谈话法不能滥用》一文。9 月，进修结束，郭可慈调至南通县通海中学任教英语，带长子金斌去张芝山镇上小学。次子郭谦入正场小学读一年级。

1975 年

冬季，南通市组织了通吕运河疏浚拓宽工程。公社发文通知郭可慈限期撤迁搬家，费了三个多月，从通吕运河正场大桥下，搬迁到正场中学（现正场小学）东侧，重建了三间红瓦房。

1976 年

7 月，河北唐山大地震，全国都防地震，8 月南通也有小地震。像其他人家一样自修防震棚居住，三个月后才重新回屋。同年 8 月，长女郭晓燕高中毕业，到（郭谦插队所在的单位）正场公社七大队五生产队插队劳动。

1977 年

5 月，5 岁的妻侄金海山掉进庭院井里，金亚男发现后，喊人呼救，对面理发店马师傅下井救人，周围邻居帮忙拉人，金海山得救。10 月底，次子郭谦参加高考制度恢复后的第一年高考。

1978 年

2 月，次子郭谦被录入江苏省海门师范学校中文班（由南通县师范学校代培）。6 月，长女郭晓燕从农村回城工作，被分配到南通县丝绸厂工作，当检验员。

1979 年

9 月，次子郭谦到正场中学实习（一学期），与父亲郭可慈同事。由于学校缺少英语教师，郭谦由教国文改教初中英语，此时，得到父亲郭可慈教法上的指导。10 月，北师大《中小学外语教学》杂志头版头条发表郭可慈文章《邹韬奋谈外语教学》。12 月，妻子金亚男退休，次女金海燕到正场小学校办厂当工人。

1980 年

1 月，次子郭谦毕业，分配到横港中学任教，正式由教中文改教英语。在父亲郭可慈的指导下，郭谦刻苦自学英语、俄语，钻研国内外英语教材和教学法。这一年春，长子金斌与宋玉华结婚，在正场老家办宴席（三十桌，全家忙前忙后地忙了半个多月。也是唯一一次大型亲友聚会，后来没有超过四桌范围）。12 月，次女金海燕分配到（正场）南通县塑料制品厂当工人。

1982 年

4 月 3 日，孙女郭金珠出生于金沙。

6月，华师大《中小学英语教学与研究》杂志发表郭可慈文章《推荐两项对话试题》，上海教育学院《上海中小学英语教学》杂志连续发表郭可慈《略谈汉语连动式的英译》等四篇文章。9月，次子郭谦开展初中英语教材教改试验，自编英语教材得到北师大李庭芗教授、东北师大王武军教授、华东师大吴棠教授、北京特级英语教师丁洁高度赞扬，教材教改扩大到金西初中、秦灶初中，得到江苏省教委、江苏教育学院、南通市教研室等相关单位支持、鼓励。连续3年，郭氏父子一起参加省、市英语教研会。

1983年

8月，郭可慈被调至江苏通州市教师进修学校（原南通县师范学校）工作，后被评为高级讲师。校长邵观世、杨耀康，副校长金辉、凌宗伟，同事有钱学田、唐才喜、陈学勇、沈志冲等人。分到住房一间（教室隔开的红瓦房）。10月，长女郭晓燕与沈亦武结婚。郭晓燕在南通县丝绸厂当统计，沈亦武在南通县纺织厂计量科工作，沈亦武父亲沈一峰是南通县纺织厂厂长，20世纪70年代从南通大生纱厂调到金沙来创办纺织厂，培养了窦玉（南通县县长、江苏纺织工业厅副厅长）。

1984年

春，教师进修学校分配给郭可慈40平方米左右老宿舍楼房一套。1984年9月—1987年7月，次子郭谦在南通市教育学院大专英语班在职进修，由通州市教师进修学校代培，父亲郭可慈任教大专英语班精读课程，兼任班主任。任课教师还有杭宝桐、何应成、陈学勇、金辉等人。郭氏父子有了第二次师生关系。10月，郭可慈与郭谦去海门一起参加南通市外语教学年会。12月26日，外孙沈诚出生。

1985年

5月，次子郭谦与邢志玖去无锡、南京旅游结婚。6月《中小学英语教学与研究》发表郭可慈《中学英语礼貌语言教育》一文。8月，次子郭谦调至正场初中任教，受父亲影响也研究教学法，从1985年起，郭可慈任通州市职称评审组外语组组长（10年）、南通市外语职称评审组评委、江苏省中等专业学校高级职务任职资格评审委员会外语学科评委。

1986年

3月，次子郭谦在华师大《中小学英语教学研究》双月刊发表《初中英语课文情景教学》一文。3月5日，孙子郭超出生。8月，郭谦调至县城金北初中任教。县人民医院分配10平方米房间一间（急诊大楼三楼）。同月，次女金海燕与马华结婚，马华在南通县塑料制品厂技术科当技术员。11月20日，郭可慈与郭谦一起到如东县掘港参加南通市外语教学研究会二届一次年会。南通县代表还有何应成、姚仰云、张淳、陈玉娥、吴杰。

1987 年

5 月，郭谦在北京师范大学《中小学外语教学》杂志发表《英语总复习中的“九忌”》一文。7 月 11 日，外甥女马丹出生。

1988 年

6—12 月，《初二课程辅导》杂志刊登郭谦《英语学习与记忆讲座》（6 期）。1988 年 9 月—1991 年 6 月，次子郭谦参加南京师范大学教育系函授“学校教育”专业，交好同学有潘健（现南通师范高等专科学校副校长、教授）、蔡群、丛立新、瞿建等人。9 月，郭可慈去上海参加华东地区外语教学研究会。12 月，郭可慈受河南平顶山教育局教研室之邀，前去讲学。

1989 年

8 月，郭可慈在广西教育学院《中学文科参考资料》上发表《英语有指导作文教学初探》一文。

1990 年

2 月，次子郭谦在北京师范大学《中小学外语教学》杂志发表《英语课文复述法种种》一文。妻侄金海山来金沙上初三，住姑父郭可慈家，郭可慈重点辅导其英语。第二年，金海山考上姜灶中学。10 月，郭谦主编图书《中学英语疑难解答——初中部分》由黑龙江教育出版社出版。

1991 年 3 月郭可慈、金亚男、金斌、郭谦带孩子在狼山顶庙前合照

1991 年

2 月，郭可慈出版专著《中学英语书面表达实用教程》（上海外语教育出版社），3 月 5 日，郭可慈、金亚男夫妇与长子金斌、宋玉华夫妇、次子郭谦带孙女郭金珠、孙子郭超前往狼山登山，参观法乳堂、支云塔，在广教寺门前合影。7 月，郭谦出版图书《中学英语学习方法漫谈》（黑龙江教育出版社）。8 月，郭可慈、郭谦主编图书《中学英语疑难问题解答 / 高中

部分》由黑龙江教育出版社出版。同月，郭可慈与杭宝桐（南通大学英语系教授）、郭谦一起到北京参加全国英语教材教法研讨会，父子俩论文分别获得一、二等奖。在这3年期间里，郭氏父子在内蒙古师范大学、华中师范大学、福建师范大学、山西师范大学等十多种中小学英语辅导杂志、报纸发表数十篇文章，在行业内影响较大。

这一年，郭可慈到河南（平顶山）、海南、福建讲学。

1991 年郭可慈与女儿郭晓燕、金海燕带孩子在正场老家合照

1992 年

2 月，郭可慈受南通县新联建筑工程公司之聘，到俄罗斯海生崴市新联建筑工程处担任俄语翻译半年，因生活不适后回国。6 月，受“下海潮”影响，次子郭谦创办校办企业，7 月，郭可慈出版图书《中学英语单词 2000 例释》（海洋出版社 1994 年再版）。8 月，县人民医院职工楼建成，邢志玖、郭谦分配到 65 平方米底层住房一套。11 月，郭谦进合资企业汉森化妆品公司，任供应部经理。

1993 年

3 月 8 日，外甥女沈双出生。6 月，郭可慈自编文集《花甲文存》印行（500

册）；9 月，郭可慈出版图书《英语词语用法精要》（厦门大学出版社），同月，妻侄金海山考入北京中国科技经营管理大学（本科 4 年）。10 月，次子郭谦去广西、海南销售化妆品。

1994 年

1 月，郭可慈出版图书《NMET 交际性试题应试指南》（厦门大学出版社），3 月，次子郭谦任汉森化妆品公司销售部经理、销售副总经理，到杭州、合肥、北京、沈阳等地处理公司销售事务。6 月，福建师范大学《福建外语》发表郭可慈《几组同义情态动词的用法比较》一文。

2 月，郭可慈退休。任通州市《教师与进修》杂志编辑，福建《中学英语报》教师版主编、优秀英语教学论文评委会副主任等职。受泉州师专（现泉州师范学院）《中学英语报》主编庄志兴之邀，郭可慈到《中学英语报》报社担任高中版编辑，春夏之间去泉州工作半年之久。12 月，庄志兴（主编）与杨世廉、郭可慈（副主编）合作主编《全国获奖英语教学论文荟萃》第一集，1996—1998 年，又一起主编了第二、第三、第四集。

郭可慈、金亚男夫妇旅游照

1995 年

5 月，通州市教师进修学校新宿舍楼建成，郭可慈以教龄最长、评分最高，第一个选择新房，重新分配到 80 多平方米新房一套（东楼 301 室）。妻子金亚男卖掉正场旧居，她和次子郭谦因装修新居忙了两个多月，年底住进新房。11 月，次子郭谦在南通姚港路创办南通食品批发公司（半年后因多种原因停办）。1995—2001 年，郭可慈在《河北日报》《光明日报》《太原晚报》《泉州晚报》《江海晚报》《中国图书评论》《出版广角》《文学自由谈》等期刊发表文艺评论 50 多篇，加入中国图书评论协会、南通市作家协会。

1996 年

4 月，天津翻译出版公司出版郭可慈图书《学生英语学习之友（高中版）》。9 月，次子郭谦回校上课，开始搞邮票、粮票、古钱币、报纸等收藏。11 月，郭可慈开始搞门券收藏。

1997 年

3 月，大连外国语学院《英语知识》月刊发表郭可慈《……句型的倍数表达问题》一文。10 月 3 日，次女金海燕、女婿马华在正场老街撤建新房时，因建筑事故摔伤住院；11 月 17 日，长子金斌出交通事故身亡。这对郭可慈夫妇心理打击很大，一周后，郭可慈头发变为花白。

1998 年

3 月，次子郭谦开始创作《李白的故事》一书，得到父亲郭可慈的支持，重庆出版社原计划出版，后因当时流行出版套书，而改变出版计划，搁浅。10 月，郭氏父子合著的《初中英语活用词典》，由湖北辞书出版社出版。

1999 年

5 月，岳母陆红莲在正场病故，金亚男主持操办后事。10 月 1 日，妻侄金海山与王敏结婚。郭可慈当证婚人。

2000 年

4 月，郭可慈自编文集《十英斋偶笔》印行（500 册），郭可慈编著的《高中英语活用词典》由湖北辞书出版社出版。5 月 17—19 日，郭可慈到苏州参加“苏州大学百年校庆”，60 届外语系同学曹国权为联系人。在这次活动中除与同班同学高树森（无锡市教育学会副秘书长）、陈一峰（丹阳）等人相聚外，好友沙君明（新沂市市中原校长、原数学系学生）及妻子刘金如（金亚男小学同学、密友）也去参加校庆，相谈甚欢。6 月，郭可慈、金亚男夫妇带次子郭谦、孙子郭超去嘉兴探望生病的姨母王剑青。

7 月，时任南通大学中文系主任的陈学勇教授来金沙拜访，交谈中，陈学勇、郭谦劝郭可慈写一本有关现代文坛著名文化家庭的书，从此，郭可慈开始着手写作

《现代作家亲缘录》一书。8月，孙女郭金珠考入南京理工大学镇江分院。1998—2001年，郭可慈在《世纪》《红枫》等杂志相继发表文史文章《杨沫一家的文学生涯》《先后触电的兄妹作家》十多篇，与著名作家范小青、韩石山、龚明德、陈学勇、王稼句、谢泳成为笔友，互相赠送图书、互有书信来往。

2001年

3月，次子郭谦购买电脑炒股，6月3日，姨母王剑青在嘉兴去世。郭可慈、金亚男去嘉兴参加追悼会。7月，郭可慈购买电脑，开始用电脑打字写作。11月，在市教师进修学校组织的退休人员体检中，郭可慈被发现得了肝癌。心理压力大，一周后头发全白。次子郭谦去上海中医院龙华医院向专家施志明求药方医治。12月，郭可慈去南通医学院肿瘤科住院一个月，妻子金亚男、次子郭谦等陪同。

2002年

2月，次子郭谦开始在网络上写作诗歌、散文，一年创作诗文两百余篇。5月，妻子金亚男陪郭可慈到无锡，找肿瘤专家求中医药方医治，郭可慈坚持用西药医治，想开刀。10月，妻子金亚男陪郭可慈到北京301医院找专家问诊。因怕影响子女工作，郭可慈不同意郭谦陪同。郭可慈同妻子从南京转车到北京，郭谦从常州转车到北京。获悉情况不妙，郭谦在北京现身，再次陪父母到301医院问诊。301医院3位专家会诊，确定郭可慈病情无法开刀，劝说其早回南通。郭谦买飞机票让父母先回南通，自己去山西太原、汾阳，到汾阳王郭子仪坟地祭拜，期望先祖保佑父亲能过完年。

妻子金亚男、女儿郭晓燕陪郭可慈在南通医学院又住院半个月，见起色不大，11月10日带郭可慈回金沙家中。22日，郭可慈在金沙通州市人民医院病逝。三妹郭涵秋从澳大利亚赶回，很遗憾，还是相差一个多小时（哥哥郭可慈已经断气）。

24日，郭可慈追悼会在金沙火葬场举行，亲朋好友三百余人参加，通州市教师进修学校十任校长邵观世、杨耀康、张连祖等都到场出席追悼会。

2003年

春，次子郭谦整理遗物，发现父亲郭可慈有一份关于修改《现代作家亲缘录》一书的遗书，找到了20万字的遗著。5月，次子郭谦13篇散文、随笔入选中国文联出版社《时代精品文集》，30多篇散文、诗歌相继在《作家报》《江海晚报》《南通广播电视报》等十多家报刊发表，进入了第一次文学创作高潮。7月，郭谦在《作家报》总编张富英、自由撰稿人杂志主编秦佃刚等人的鼓励下，扩大遗著资料收集范围，到上海、武汉、北京、南京买相关参考书一千多本，把这本书稿扩大到45万字，精心修订，年底完稿。

2004年

3月，《现代作家亲缘录》（郭可慈、郭谦合著）由云南德宏民族出版社出版（印刷两万册），郭谦完成了父亲郭可慈的出版心愿。之后，郭谦在《现代作家亲缘录》的研究基础上，扩大研究到整个文化领域，写出了《走进文化名门》丛书：《影响中国的文化世家》《感动中国的文化家庭》《震撼中国的文化伴侣》《闪耀中国的文化星座（兄弟姐妹）》130万字，2006年9月由海南出版社出版（印刷两万套）。从此，郭谦走上了宽广的文学、文史等方面的研究、著述大道。

附录2：

郭可慈五代家谱图系

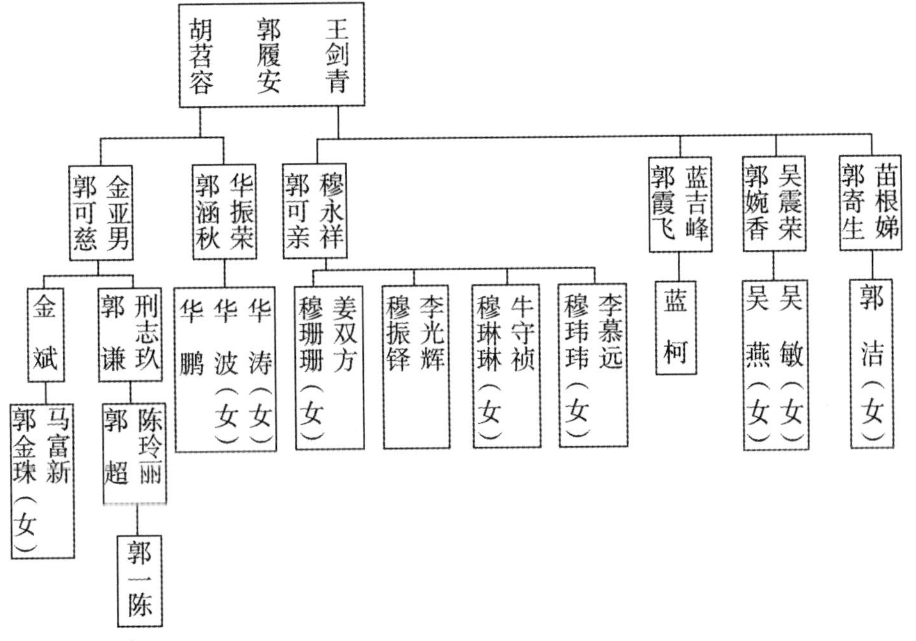

备注：

1. 郭可慈长子金斌（1954—1997），曾任南通县（现南通市通州区）造船厂生产技术科科长，创办私营船厂，孙女郭金珠曾任北京国家级出版社副社长，孙女婿马富新为北京某公司总经理。

2. 次子郭谦为《作家报》副总编，妻子邢志玖曾任北京三家民营医院护士长，三家医院总护士长，孙子郭超与孙媳陈玲丽在南通创办食品批发公司。

3. 长女郭晓燕曾任南通县丝绸厂检验员，女婿沈亦武曾任南通县纱厂计量科技术员。

4. 次女金海燕（郭玉林）曾为南通县塑料厂工人，女婿马华曾任南通县塑料厂、防腐管道厂技术员，深圳、苏州多家工厂技术副厂长、总工程师。

5. 大妹郭可亲曾任山东青州蚕桑育种场任生产技术科科长。1983 年荣获“国家农业渔业部荣誉证书”。妹夫穆永祥（1934—2015），曾任青州蚕桑育种场副场长、场长等职（该场现为山东广通蚕种集团有限公司），大外甥穆振铎为广通集团下属厂干部，二外甥女穆琳琳曾任中学教导主任，女婿牛守祯为潍坊工程学院中文系教授。

6. 二妹郭霞飞曾在杭州干部疗养院工作，妹夫蓝吉峰曾在上海建筑局杭州办事处工作（已故），外甥蓝柯曾在杭州之江饭店后勤科工作。

7. 三妹郭涵秋曾任南京市省武警医院主任麻醉师、麻醉科副主任；妹夫华振荣（1935—2009），曾任南京玄武医院检验科主任；外甥华鹏为南京 29 中教育集团正教授级高级教师，华波旅居新西兰，经商；华涛为省党校教授，硕士生导师。

8. 弟弟郭寄生（郭可惠）曾在嘉兴开饭店，在南京开服装店。

中　卷

郭谦文选

文史摭拾——曹长圻画

一、早期作品

夜观星空

登狼山观初秋夜的星空如观节日的焰火，很是壮观。

中秋的一天傍晚，我和几个朋友专程登上狼山，想观赏一下星空夜景。郁郁葱葱的狼山，洒满夕阳的余晖，翠柏松树一片青绿。一条弯弯曲曲的小路，从山南坡像一条彩带一样挂下来。在南山腰，我们抚摸着记载戚继光事迹的平倭碑。遥望南天，平静的江面上，一条条五色光带与彩霞互相辉映，真是“落霞与孤鹜齐飞，秋水共长天一色”。江那边，暮霭中隐隐约约可以看到常熟的福山。福山和狼山在长江的最宽处遥相对峙，像一座大闸门锁住长江。

南通狼山夜景

爬上山顶，来到宋代人兴建的巍峨耸立的支云塔下，狼山景区的五山全景尽收眼底：东边是剑山、军山，西边是黄泥山、马鞍山。剑山露着似刃的嵴，至今还相传为秦始皇东巡时试剑的遗迹。陡峭的军山，高耸挺拔，有人称是秦始皇的屯兵处。马鞍形的黄泥山，披着一身红装，分外妖娆。黄色的马鞍山，濒江而立，别有一番神采。狼山景区的五山呈弧形排列，真像一把张开的大弓。

上山不多时，夜幕渐渐降临。西天出现了一颗又大又亮的金星，一颗微红的土星。一瞬间，星星眨巴眨巴地闪着眼睛全出来了。南天蜿蜒排列着一组巨大的天蝎星座，天蝎星座里，有颗引人注目的星叫大火星，古代就是根据它的方位来判定季节，用以指导农业生产的。这颗星亮度出众，闪着红光，又称“心宿二”，传说为二十八宿之一。隔着银河与天蝎星座相望的是人马星座。人马星座中，著名的南斗像北斗那样排列着。它与北斗一南一北，遥遥对峙。

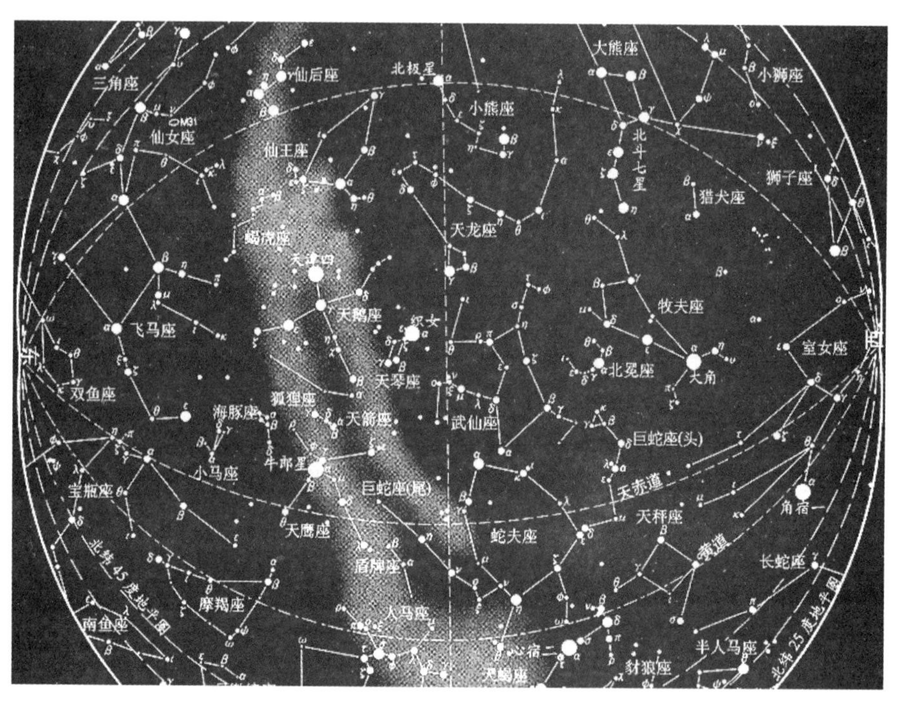

星空图

顺着轻纱般的银河向北望，鼎足而立的牛郎、织女、天津四尤为引人注目。牛郎星旁，有两颗小星平排，像条扁担。据说，这两颗扁担星是牛郎的儿子和女儿。每年农历七月初七的晚上，牛郎挑着这对儿女与织女在鹊桥相会。白里透蓝的织女星周围，许多小星密布成一只宝瓶，荧光四射；天津四是天鹅座中最亮的星，它左右各有一颗亮星，前后有四颗，排成了个“十字架”，又像只大天鹅。它伸长头颈，展着双翅，安详地浮在银河的水波上。从天鹅星座向北，我看到明亮的北斗斜挂在西北高空。

北斗是我幼年就结识的大熊星座中的七颗星。记得小时候，外祖母讲了这样一个故事给我听：很久以前，黄海边住着个老渔翁，他有个美丽的女儿。渔翁用血汗打来不知多么船鱼，交给了渔霸。偶然一次，渔霸看到了他的女儿，想抢去做小老婆，老渔翁一怒之下杀死了渔霸，之后他便遭到官府通缉。他只好带着女儿在海上漂流，找不到落脚处。一天夜里，海上刮起了大风，浪头翻滚，像一座座小山压来，大有吞没小渔舟之势。父女俩与海浪搏斗一阵之后，筋疲力尽，眼看无望，不由得痛哭起来，哭声冲上九霄，惊动了上方神仙。正在父女俩哭到最悲伤之时，忽然飘来一阵仙风，风平浪静。海面上走来一位白发仙人，仙人给了老渔翁两粒仙丹，说："北斗下有蓬莱，世间人可脱灾。"随后腾云驾雾隐去。渔翁父女吃了仙丹不觉饥寒，变得身上有力了。他们就瞧着北斗前行。果然找到了蓬莱岛，也成了仙。后来，老渔翁在蟠桃会上，又遇见那位救命仙人，才知他是天罡星（北斗）。

这个故事曾引起我对苍穹的奥秘产生好奇心，使我爱上了北斗。虽然现在我已明白外祖母讲的故事不是真实的，但我已知道从北斗的天璇、天枢星平行方向上可找到北极星，根据它的斗柄指的方向可判断四季，辨别南北东西。从内心来说，我更喜爱北斗了。

秋夜的江风袭入皮肤，使人感到异常清凉。在狼山东北的题名坡上，我倚着一块历代文人骚客题诗作赋的石碣。向北望去，奔腾的飞马星座，"W"形的仙后座，勺子式的小熊座……忽然，我眼前光影缭乱，与天际交界处的南通市区的电灯亮了，有微红的，有橘黄色的，有深蓝色的……密密麻麻，远处近处的电灯如一片片春花争艳，它们连成一片，分不清哪儿是星星，哪儿是电灯，恍惚天上地下撒满了夜明珠。

面对这片奇观，我不由得感叹：灯光啊，灯光！你给我们带来多美好的夜晚啊！有多少盏的灯像星星一样闪亮，有多少颗红心随着灯火跳动。灯光下，一张缜密的图纸，一叠叠精深的文稿，一页页优秀的答卷，一道道复杂的演算，一次次反复的实验……明灯千盏万盏，灯下人成千上万，大家都在发热放光。万点灯火交相辉映，构成了迷人的夜景；灯下人为了祖国的未来，贡献着自己的智慧和才能。啊！我爱璀璨的星空，我更爱美丽的灯火。

——写于 1979 年 10 月海门师范南通县中文班（此文为学生时代的作文）

周瘦鹃与梅花

周瘦鹃是我国著名的现代作家和园艺家，他曾仿效陶渊明归隐故里苏州，陶醉于花木丛中。他认为梅花开在百花之先，先天下而春，品格居于第一位，因此特别爱好梅花，可谓是一个爱梅成癖的人。

平日，他的紫罗兰庵里陈列着磁、铜、木、石、陶等梅花古玩，四壁张挂着香雪梅、探梅图、梅花诗等旧书画，素雅幽静。梅花时节，香阁中摆满了盆梅和瓶梅，生机盎然。而在他梅丘梅花书屋的门窗上，贴的尽是梅花图案，并挂着银杏木雕的画梅。屋中有浮雕梅花六角几，几上有插着红梅的古陶坛。屋前屋后屋旁有各种梅树、梅桩：绿萼梅、玉蝶梅、白梅、淡红梅、日本鹿儿岛梅……种类繁多，自成丽瞩，人称“小香雪海”。

周瘦鹃与盆景

周瘦鹃一生培植了很多名贵的梅花品种，同时写下了许多优秀的梅花赋文，如《梅花时节》《问梅花消息》《邓尉探花》《天竹红鲜伴蜡梅》《梅花时节话梅花》《记义士梅》《杨梅时节到西山》《探梅香雪海》《奋步梅亭展望遥》。他的文章清新婉约，情趣横生，深受广大读者的喜爱。

周瘦鹃的梅花诗众多，在诗坛上也是罕见的。他口头常吟的梅花诗有四首：

一

冷艳幽香入梦闲，红苞绿萼簇回环；
此间亦有巢居阁，不羡逋仙一角山。

二

屋小屏深膝可容，隔帘花影一重重；
日长无事偏多梦，梦到罗浮四百峰。

三

合让幽人住此中，敲诗写韵对梅丛；
南枝日暖花如锦，掩映湘帘一桁红。

四

闻香常自掩重扃，折得梅花插玉瓶；
昨夜东风今夜月，冰魂依约上银屏。

诗中，他把梅的贞洁多姿、耐寒独放的品性生动地描写了出来，也把他自己的隐逸清高之气表现得淋漓尽致，这些诗称得上是周瘦鹃的诗歌代表作。

周瘦鹃特别喜爱的梅花叫“义士梅”，此梅来历不凡。明代有“颜、马、沈、杨、周”五位义士，他们为反对暴政而惨遭杀害，后人为了纪念，在他们墓畔种了一株梅，名为“义士梅”。“八一三”日寇攻陷苏州，“义士梅”遭劫，落入上海花贩手中。当时周瘦鹃靠卖花、卖诗度日，但为了不让它再遭惨伤，他不惜百金，买下了这株老梅，并为之赋诗十首以宠之：

铁干虬枝绣古苔，群芳谱里百花魁；
托根曾在五人墓，尊号应封义士梅。

嵌空刻骨老弥坚，花寿绵绵不计年；
……

对梅花如此痴迷，周瘦鹃爱梅之举被文坛传为佳话。仔细品读一下周瘦鹃的诗文，总能让人觉得词意风趣，雅韵欲流，富有特色。义士们的英魂、梅的形象，以及他踌躇满志的欢快情绪从诗中自然流露出来。读周瘦鹃的诗，我受到了感染，从此，也爱上了梅花。我想周瘦鹃丰富多彩的梅花诗文与绚丽多姿的梅花一样，给这个世界增添了迷人的景色。

——写于1981年1月12日

郑板桥与菊花

郑板桥是清代享有盛名的诗画家，为“扬州八怪”之首。他爱菊，晚年，他效仿陶渊明种菊归隐。他的菊诗别具风味，引人注目。

郑板桥画菊

例如他的《菊花》诗：“菊花盘里是明珠，金碗红心翠叶铺。凉气未来霜未落，秋风富贵尽堪图。”此诗对菊花进行了细致入微、形象生动的描写，赞扬了菊花的高洁、雅逸。可谓言中有物，诗中有画，妙趣横生。

他的《十日菊》诗云：“十日菊花看更黄，破篱笆外斗秋霜。不妨更看十余日，避得暖风禁得凉。”一幅篱笆旁菊花傲霜独开，作者悠然自得的赏菊画面呈现在人们的眼前。

又如他的《橘菊》：“橘皮香与菊花香，都入陶家漉酒缸。醉后便饶春意味，不知天地有秋霜。”诗中把橘和菊糅合在一处，橘之清香、菊之芬芳，从纸上腾起，使人欲醉。

郑板桥是康熙年间的秀才，雍正年间的举人，乾隆年间的进士。从小家庭贫苦，他中了秀才卖画，中了举人卖画，中了进士当过县太爷后还卖画，是个地道的贫儒。他原抱有当“清官”，做一番事业之志。想不到当了“七品芝麻官”后，他才知道“宦途跼蹐”，有才而无发挥之地。于是，他对世态冷淡忧郁，常常吐露退隐之性。他的《画菊与某官留别》诗中写道：“进又无能退又难，宦途跼蹐不堪看。吾家颇有东篱菊，归去秋风耐岁寒。”他的清高、隐逸之情从诗中真实自然地流露了出来。

郑板桥爱菊，与他人不同。对菊的偏爱另有见识，他的题画诗《菊石》中写道：“南阳菊水多耆旧，此是延年一种花。八十老人勤采啜，定教霜鬓变成鸦。”他不限于观色，还深究其药用，从另一侧面宣传和肯定了菊花，使菊花更受人喜爱。

——原载于《南通市报》1982 年 11 月 14 日第 3 版，为报刊上发表的第一篇文章

不可丢弃文字里的梦

（日记一则）

我是一个爱在书页上做梦的人。好的诗歌会让我产生丰富的联想，走进诗歌里，我可以体会到那种刻骨铭心的真情。我经常把自己化为诗歌中的人物，随着诗歌的韵律波动，我歌、我笑、我悲、我泣。

好的散文会让我无限遐思，我的心会随着主人翁去观览景色。一石、一草、一松、一花都会在我眼帘留下美丽的痕迹，让我在冲动之余时常梦游。有时熬不住，在炎热的夏日，我也会突然下决心千里奔波，去书中描述的地方，去观赏魂牵梦萦的美景。

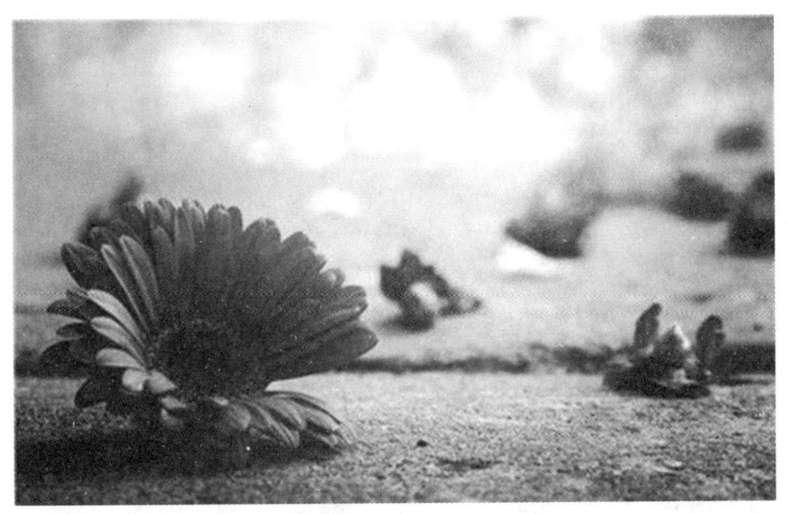

好的故事、小说会让我的心境跟随着情节而起伏跌宕，时而激动，拍案叫绝；时而紧张，人汗淋漓；时而悲痛，泪珠流下。

的确，精妙的文字能触动我的每一根情思，引起我莫名的冲动，我的心是鲜活的，会浸在文字的泉水里如鱼一般地游动，在游动中画出一个个梦圈。

金银珠宝我可以丢弃，可我不会丢弃对文字的感觉。我经常在心中对自己说：要永葆热爱文字的好心境。有了这份好的心境，我就能到诗词的海洋里去沐浴，到妙文的奇峰上去承受雨露，到故事的世界里去吸收氧气，而让自己的梦、自己的追求变得五光十色。

每天，我也在不停地记录自己内心的感受，记录内心每一个冲动的片刻和思想的絮片。我不断地推敲、修饰着梦中的语言。在梦里，我常常想写出引起别人冲动、微笑、做梦的文字。

文字美化了我的世界，我也希望我的文字让世界美化。

——写于 1982 年 12 月，修改于 2002 年 12 月 5 日

初恋的花飘落到了江南

我曾在没有读懂爱情的少年时代，被爱情迷惑，咽下了一枚很涩、很苦的果子，尝到了等待、思念、悲痛的酸味。

我好早、好傻地背起了沉重的爱，把自己交给了命运之神，一切听从命运的安排和摆布。

上初中时，家里很穷，我很羡慕别人的新书包、新文具盒、好钢笔……母亲用两块旧布为我缝了一个包，作为书包，我从小学用到初中，一直没有用过文具盒。一天早晨，我到校后，忽然发现课桌里多了一个新文具盒，上面还印着一幅红山河的地图。

花飘江南

“这么好的文具盒是谁的，怎么会跑到我桌子里面来？”尽管我心里很喜欢这个文具盒，可理智告诉我该交到老师那儿去。于是，我拿起文具盒走出教室，好奇心又让我想看看文具盒里有什么。

打开后，我吃了一惊，里面有一张纸条。上面写着：“谦谦，你这次数学考了全班第一，送你一个礼品。”下面还抄了一段语录：“好好学习，天天向上。”

真奇怪，这是谁送给我的？我思索了好久好久，没有答案。怎么办？我到语文课代表那儿，翻作文本查字迹。语文课代表用惊讶的眼神瞧着我问：“你怎么啦？怎么有心情一篇一篇地读别人的作文？难道你还想做一个语文第一？”他的嚷嚷声引来了一片目光，我顿时觉得脸上火辣辣的。立即岔开了话题，掩饰过去。

礼品虽让我感受到了一份特殊的友谊，但也带来了烦恼。我不知道送这份大礼的人是谁，怎么会有心情去用它呢？可能是忧思挂在我脸上，那几天，天上乌云密布，老天也挂着泪水呢。正当我百思不得其解的时候，又一张纸条飞进了我的桌里。纸条上写着：“谦谦，别像侦探那样查人啦，我坐在你后面。”

转身瞧了下身后，一双明亮的眸子映入我的眼帘。我感到很吃惊，那是我们班最漂亮的女孩，班长呀！过去我们虽然是小学同学，可从来没说过话。男女授受不亲的思想笼罩着每一个人，那时，我们班上的男女生是不交往的。

她个子比我高，坐在我身后两三排。她不但成熟、美丽，而且成绩也是班上的前几名。男孩子们在背后谈到她，总会流露出神秘古怪的色彩。她是一个乡干部的女儿，我是一个“黑五类”的子孙。许多同学瞧不起我这个又矮又瘦、家庭成分不好的人，她怎么会对我那么好呢？

一时间，我想不明白是怎么回事。不过我心里有一种特别的感觉，好快乐。从那以后，每当我课上正确抢答了老师的问题，都会不自觉地转身看一下，我总能看到她的脸上流露出的一丝丝满意而深情的笑。

她家离学校很近，老师把班级门的钥匙交给她保管。从弄明白是谁送礼给我以后，我每天早晨早早到校，除了写了一张“谢谢你”的纸条外，我们打破了男女禁区，也开始了谈话。我们俩谈的内容很简单，无非是问一下：“你在看些什么书？能借给我看吗？”

话语虽然平常，我们的心理距离却拉近了许多。她常常借一些当时禁读的《青春之歌》《野火春风斗古城》《红楼梦》之类的小说给我看，这也满足了我当时的读书欲望。但其他同学一到校，我们就立即中断了谈话，友谊在悄悄地发展着。

上高一时，我身体开始发育，可能是受《红楼梦》《西厢记》等书的启发，我慢慢知道了有一种感情叫“爱”，我想我可能爱上她了。我觉得她与我彼此心心相印。虽然，我把爱的词语藏在心底，从没向她吐露过一丝爱的情意，没说过一句爱她的话语。可梦里，我不知与她谈了多少话，我曾梦见我牵着她的手，顺着文具盒上的地图，漫游着祖国大地。

梦，忽然破碎了。一天早晨，她没有来校。我听见一些女同学在谈论她的名字，不知出了什么事？她病了吗？还是她家里有什么事？还是她在生我的气？前一天，我课桌里有一张她写来的纸条，约我晚上在学校操场的银杏树下见面。因为母亲生病，我没有去。

听了女生半天的窃窃私语，我才搞明白，她父亲被调到了二十多里外的大镇上工作。她走了，留下了我的追悔，带走了我的一串串牵挂。我曾想过给她写信，可不知她家的地址；我曾想过去找她，但那时连自行车都少见，交通不便，也不知怎么走到她身边；又怕让父母、同学得知，搞得满城风雨，会出现难堪的结果……当时有太多的顾虑，让我不敢做出疯狂的举动。那时，我心里一直期望着，期望有缘分与她再见。

高中毕业，我下乡插队，听说她也插队了。一次到县里（金沙镇）开县知青积代会，我见到了她。我正打算找她说说话，她却被同伴叫走了。我沮丧，没能与她表白我的心。过了不久，我听说她被推荐去上大学，还听说她身边有一位追求她的人，也去了同一城市去上同一所大学。

面对冷酷的事实，我心中难受，整整叹息了两个月。我想将来找机会上大学，改变身份后再去追求她。1976 年，在“工农兵学员”推荐中，我遭遇了挫折，没有能实现上大学的梦想。我又多了几分苦涩，痛苦了几个月。1977 年高考制度恢复，我参加了高考。我本以为这一年可以重写人生，会有去找她的资本。可是命运还是开了我的玩笑。高分低录取，我没能上理想的大学，只进了中师学校。我获知以后我只会被分配到一所农村中学工作，而她在大学里工作。地位之间的悬殊，让我深深感到不对称……再也无法鼓起勇气去找她、追她了。

有一年，她回到我的老家正场街，探望一个亲戚。路上，我与她邂逅，她惊鸿一瞥间，我看出她眼睛里流露出一寸寸深情的甜蜜。她依然说话那么亲切，对我十分关切。可我内心的痛，让我找不到合适的言辞去表达爱意，更谈不上做出那爱的举动。

要命的是，我不知那是我最后的机会。没过一年，我听说她结婚了。我这才想到她已有二十五岁了，男大当婚，女大当嫁，我想再等命运改变以后去追她，可时间不饶人呀。后来她曾捎口信让我去找她。我觉得很遥远，便把对她的爱深深地藏入心底。

一段彩云般的情，久久地在我的天空飘荡，成了难忘的回忆。我的初恋的花从此失落到江南，我的心飞不过长江。

——写于 1980 年秋，修改于 2002 年秋

二、祖国颂歌

祖 国 颂

可爱的祖国——中国，一个美丽而宽广的国度，悠久的历史滋养了伟大的民族。数千年的狂风吹不折你挺拔的脊背，坚韧不拔的精神抵挡住了百年内忧外患，经受住岁月的蹉跎。

祖国，搏动的心脏牵动着五千年的脉搏，涌动的血液奔腾着长江、黄河的浪波，黄色的皮肤印着祖先留下的颜色，黑色的眼睛流露着谦逊的笑窝，坚强的性格挺拔起泰山的气魄，辽阔的海疆装满了人民的寄托。

改革开放四十年，我们中华民族把自己的命运牢牢掌握，用雄厚的科技实力，刷新了一项项世界纪录；用迅猛高效的建设速度，改变了山河旧貌；用勇往直前的进取精神，不断开拓，气势磅礴。祖国日新月异，一日千里，成为世界的翘楚，让世人不得不为之惊叹而佩服。

当今，我们的祖国用智慧设计规划，用一带一路连通了五洲四海，用共赢、合作扬起了世界和平的旗帜，促进着人类文明的发展和进步。

阳光、欢乐、希望布满了我们的田野、河川、山谷，我们自豪，我们骄傲，我们的祖国握住了二十一世纪前进的航舵，引领我们走向昌盛之路。

又到十月金秋，社会繁荣，人民幸福，普天同歌七十华诞，我们祝愿祖国永远朝气蓬勃！

——写于 2019 年 9 月 5 日

临沂书法名家赵义成书写的郭谦散文《祖国颂》书法长卷局部

泰山颂

巍巍岱宗，横亘齐鲁四百余里；层峦叠嶂，拔地通天；万壑争流，千崖竞秀。北倚黄河，南眺江淮，东临沧海，西接太行。独尊于五岳，雄霸于九州。

泰山照片

秦皇竖碑，汉武植桧，唐宗纪铭，宋祖筑殿。古往今来，代代君王，感天之高，封禅求安；文人骚客，登高望远，胸襟豁朗，镌志吟咏。当今盛世，百姓游山，时已平常，赏景而识博，恋山而爱国。泰山包容众生，赐予来者不一般的启迪、陶冶和滋养。

泰山之奇，妙在晨曦浴山，晚霞染翠，云雾缥缈，松涛滚滚，气象万千。

泰山之美，美在四季。暮春，桃花满谷，连翘遍野，梨杏争艳，芬芳四溢；夏草铺地，彩花镶美，丛林茂盛，大树参天，绿色似海；秋山，霜叶火红，松柏青翠，野花斑斓，相互映衬。朴素中蕴含秀美，端庄中不失热烈；寒冬，皑皑白雪，蒙蒙雾气，树枝、房屋隐隐约约，山和云融成白茫茫一片。雄浑中兼有明丽，静穆中透着神奇。

泰山之伟，伟在峰高，伟在厚重，伟在万物祥和、四海皆安。

——写于 2019 年 5 月 2 日

北（京）通州颂

通州，一个具有悠久历史的城市！首都的东大门，长安街延伸线的东端。建城两千多年，它曾是秦汉的渔阳郡、潞县，元明清的通镇、通县、通州。一提到京畿要地，人们就会想起“一京、二卫、三通州”。通州文庙、佑胜教寺、紫清宫、燃灯塔构建了古代“三庙一塔”的胜景，北齐长城遗址、清真寺、御制石道碑、通运桥……汇集成通州古史长卷；考古新挖掘的八百多座战国墓、汉墓，展现了恢宏的历史气象。

郭谦夫妇在北通州三庙一塔景区留影

通州，一个具有丰沛水源的水文化城市。它是漕运第一重镇，京杭运河的北起点。城内古塔凌云，长桥映月，二水汇流，柳荫龙舟；千舟竞发，商贾云集，盛极一时。漕运盛而古通州兴，仓廪实而天下安。站在古运河畔凭吊，微波荡漾出万千思绪，可以打捞出历史的沉船；漕运史、盐运史、兵运史、文化史等一一浮现在眼前，可以追踪出李贽、王世贞、曹雪芹等文化名人留下的脚印。

现代的通州以水为主线，以水为灵魂。密布的水网，大河、小河，河沟相通。长期护河治水，水质优良。人们用水、爱水、玩水、乐水，对水有一种特殊的情感。大运河蜿蜒，势若游龙；潮白河碧波千顷，渔歌唱晚。三河绿色长廊，蔚为壮观。北运河大桥“千荷泻露”，景观全钢大桥“青叶伏波”，东关大桥“光彩耀眼”，玉带河大桥“破浪冲天”，邓家窑大桥“彩虹横空”，温榆河大桥“白鹅鸣唱”，一座座新运河大桥，承接了古代的土桥、八里桥、萧太后桥、永通桥、通济桥的声势和辉煌，多姿的形态让风光娇美，丰富的色彩让夜景充满梦幻，展示出时代的新气息和通州人改天换地的巨大能量。

玉带河大桥“破浪冲天”

通州，一个风景秀美的城市。宽阔的运河文化广场，巧思精妙，富有深刻的内涵。纵深十里的大运河森林公园，林水相依，园中有园，让人迷恋。张家湾公园、运河水梦园、台湖万亩游憩园、花仙子万花园、西海子公园与未来的北京环球主题公园，一片片遥相呼应的迷人绿洲，一个个“绿肺”世纪工程，一道道风景线，为副中心城市名片增添了知名度和含金量。

通州，一座艺术气息浓厚，有文化情怀的城市。养育了当地名作家刘白羽、王梓夫、刘绍棠，文化名人高占祥、房树民、周祥、张源。吸引了黄永玉、冯其庸、韩美林等数万作家、艺术家来筑巢，拱起一个世界闻名的文化重镇——宋庄。数千个艺术工作室、数十个大型艺术区和三十多家大型艺术场馆，形成了宋庄一片片特殊艺术街区和景观，随处可见油画、国画、版画、书法、剪纸、陶艺、雕塑、古玩。精品琳琅满目，处处展示奇妙，时时让人思绪蹁跹。游客不仅可在行中学，还可在艺术作坊进行新体验。每两年一届的中国艺术品产业博览会，让通州连接五湖四海，成了著名的艺术原创摇篮。

一首通州颂，几行翰墨情。讲不尽通州的美丽，道不完通州的故事。通州将会汇聚更多的游客，包容更多的游子，让我们一起努力建设通州新城——北京副中心，通州的未来会更加繁华、绚丽！

——写于 2019 年 8 月 10 日

南（通）通州颂

通州，南通市的主城区之一，长江三角洲东北翼。东临黄海，西枕长江。隔江可眺望上海、苏州、无锡，东南背靠海门，西北与如东、如皋接壤。

多少潮起潮落，多少春来秋往，历史源远流长。唐宋时，通州的祖先奏响了第一步开发曲——建立了一个个盐场，海水煮盐，凿河运盐，盐业支撑了南通的早期兴旺；明清时，通州人筑坝圩，改造土壤，种植麦黍、高粱，从此农业成了改天换地的主战场；近现代，通州人跟随著名实业家张謇先生的脚步，进军纺织工业，棉织、蚕丝、化纤、印染、家纺逐一闪亮登场。通州家纺畅销而名扬五洲四洋。

改革开放四十多年，通州人不断砥砺奋斗，开拓进取，沧桑巨变换了人间。纺织服装、机械、轻工食品、化工医药、电子信息、冶金、建材、船舶、电力能源，九类工业齐头并进，行业规模不断增长，每年实现产值两千多亿元。

通州南山湖边遥望南山寺

从揣一把泥刀讨生活到千亿级支柱产业，通州建筑业实现了凤凰涅槃。“啃硬骨头”创优质工程、创奇迹是通州建筑叫得响的一张名片。“中国建筑看江浙，江苏建筑看南通，南通建筑看通州”，通州建筑铁军累计荣获55项“鲁班奖”，成为全国城乡建设的排头兵，遍布“一带一路”的最前沿。

绿化城市、装点家乡每一处道路、家园，成为通州又一支主旋律，激荡江海平原。南通洲际绿博园每天花开果香，似梦似幻；开沙岛如江中仙岛，景色秀美，淳朴自然；南山寺殿宇巍峨，楼台亭阁俱全，烟火缭绕，肃穆庄严；南山湖微波荡漾，渔歌唱晚，划舟惬意而舒畅；石港卖鱼湾，水道九曲十八弯，河曲、树繁、草茂、鸟多、水清、境幽，令人遐思不断，流连忘返；忠孝文化园，不仅让人欣赏明清江南园林，还让人饮水思源，不忘祖国，不忘祖先，不忘家乡；鲜花小镇、余西古镇、南通家纺城、通吕运河世纪公园……一处又一处“绿肺工程”（绿地、小公园）走进了市民的生活圈。

通州，人杰地灵，文学、书画、曲艺人才辈出，文化生活丰富多样。白天，亚细亚广场晨练人群随音乐起舞，图书馆座无虚席，文化馆歌声唱响……晚上，城东万达影城电影上映，南山湖湖畔歌舞晚会精彩开演，文博中心剧场戏韵悠扬。二十四年来 24 届“通州之夜”大舞台在 4 个街道、12 个镇轮番上演，五千多场镇乡文艺团队会演，送戏下乡，观众人数多达两百多万。

“第八届古沙读书节”郭谦捐赠成为重头戏

通州八年举办了 8 届“古沙读书节”，这是通州文化的第二品牌。以阅读为出发点，促进了书香通州、全民读书的活动蓬勃发展。多种文化形式、繁荣盛景一步步提升了通州百姓的幸福感。

如今的通州，四季分明，雨水充沛，气候温爽；地势平坦，具有丰富的资源。粮棉油丰收高产，农林牧渔业齐发展。东社开心田园生态农场、二甲金土地生态农业园，蔬菜满棚，瓜果飘香；西亭、十总、骑岸、石港等地，四处可见养猪场、养鱼场、对虾养殖场、河蟹养殖场……农贸市场里各类食品丰富，通州人不仅可以品尝小河沟里的虾蟹、鱼香，还可以品味长江里的江鲜、黄海里的海鲜。

通州是全国著名的“纺织之乡”“建筑之乡”“曲艺之乡”“文化教育之乡”，是当代中国市场经济最为活跃的地方，是一个经济发达、人民富裕的乐园。通州宜居、宜旅游，也是长寿之乡。今天娇美的通州将走向更绚丽的明天！将会让世人更加向往！

——写于 2019 年 11 月 25 日

如东颂

如东，以古城如皋之东乡而得名，历史悠长，可追溯到春秋、秦汉。宋代范仲淹来此兴建海堤，文人墨客纷至沓来，赞美诗篇不绝史卷。而今，大堤树木葱郁、绵延，宛如一条绿色的巨龙景观。清代时，如东造园成风，名园里的翘楚丰利文园，吸引了郑板桥、袁枚、刘墉等名流来挥毫泼墨，诗酒酬唱。抗日战争时，如东是苏中根据地的中心，为新四军的发展、壮大做出了杰出的贡献。

中华人民共和国成立七十年，如东人以“海子牛”精神围海造田，改造出良田一片又一片。如今，如东已成为江海平原的稻米之仓。

如东小洋口风景区照片

如东，南与通州为邻，北与海安毗连，西枕长江，东临黄海。沙洲星罗密布，滩涂宽广；百里海岸，风光无限。紫菜、虾蟹、海鱼品种繁多，文蛤享誉海内外，被称为“天下第一鲜”。洋口港为长江北翼的深水新港，航路直通太平洋，它使南通的对外开放展翅飞翔。

如东，秉承吴风楚韵，人杰地灵，亮点频现，书画家群体崛起，民间绘画活跃，风筝、跳马夫（舞蹈）、龙舟、杂技如“海星花”一样向五洲绽放。现在的如东已成为著名的“中国现代民间文化艺术之乡”。

如东人勇立潮头，改天换地，精心打造出一张张城市名片：“绿色能源之都”“黄海旅游胜地”“全国县域经济百强县”……

如东之美，美在港城日新月异，通衢广陌，崇楼、巨厦交错于蓝天；城市广场芳草如茵，休闲公园繁花似锦，一片片绿林碧海迎风荡漾。

沐浴凉爽的海风，脚踩松软的沙滩，小洋口景区滩涂踩文蛤——“海上迪斯科”让人心旷神怡，这是如东最炫的民俗民风！访国清古寺，逛三馆（图书馆、文化馆、科技馆）咬合、迷彩多姿的文化中心，游东湖主题乐园，揽“范公堤”海风，这些构成了如东旅游风景线的大观。

如东，民风淳厚质朴、谦和好客、勤劳善良。它以大海的情怀欢迎四面八方的来宾、游子观光。沿海高速、沿海铁路使如东成为沪后花园，成为江海平原最美妙的地方。如东的“海风、海鲜、海韵”将香飘北国、江南，如东的明天将会更加璀璨、辉煌。

郭谦《海子牛》画作

——写于 2019 年 11 月 6 日

南通师范颂

一百多年前，近代先贤张謇倡导以实业救国、教育救国的方略和理念，1902 年，他在古通州城创办南通师范，被誉为中国第一师范。1905 年，他又创办了南通女子师范，开女子教育的先河，立教育新模式与标杆。

国学大师王国维、艺术巨擘陈师曾、教育名家方还、江谦……一批批名流来掌教，名师如云。学校配备了女工传习所、附属农场，学习生活丰富多样。师范两所附小、艺徒预教学校（现港闸区实验小学）、五山小学、陆洪闸小学、初等商业学校（现启秀中学）、南通中学、南通医专和南通纺专（现南通大学）相继创办，如春笋般涌现。第一附小走出了艺术家赵无极、科学家杨乐、电影艺术家赵丹……南通中学培育出名人魏建功、袁翰青、袁运甫、范曾、陆侃如、沙白、丁芒……这些百年老校推动“平民教育”“乡村教育”“职业教育”，一浪高过一浪，开创了一派新景象，南通教育经验被全国推广。

抗日战争时，日寇炮火毁灭了南通两师学堂，学校被迫迁往金沙、丰利、上海和滨海边。于枕、顾怡生等人在危难中办学不辍，得到了抗日民主政府的嘉奖。

南通师范照片（20 世纪 60 年代）

中华人民共和国成立后，两师合一，海师（海门师范）加盟，如师（如皋师范）合并。南通师范在条件、规模等上不断地提升和发展。全国教育看江苏，江苏教育看南通，南通教育看师范。南通师范走出了一批又一批名师，加强了成千上万的中小学教育力量，为社会培育了数以万计的杰出人才，从幼儿园到大学，撑起了南通的教育半边天。

南通师范高等专科学校新校区照片

面对未来，南通师范人以开拓的胸襟，锐意进取，将会再展宏图、再创辉煌，为祖国的教育事业繁荣与昌盛做出更大的贡献。

——写于 2019 年 11 月 12 日

青州颂

青州，历史文化名邑，华夏古九州之一，七千多年前“东夷文化”的发源地。境内现存北辛文化、龙山文化、大汶口文化等两百多处遗址。五千年的历史，有十二年的国都辉煌，两千多年的府州纪事。残垣断垒，石街古巷，处处凸显出不同时代侵蚀的印迹。

青州浏阳河河畔

青州文化，灿烂源于诗，可上溯到《诗经·齐风》成篇之时。唐代青州诗人崔国辅、李邕与李白、王昌龄等人更唱迭和，名动一时。宋代青州大师云集、群贤毕至：寇准、范仲淹、欧阳修、苏轼、黄庭坚、李清照……游目骋怀，口吐华章，夯实了“千年诗城”的基石。元代诗人郝经、曹伯启；明代诗人王世贞、李开先、“海岱七子”；清代诗人蒋天枢、李远、季文藻父子等……激情吟咏，纵笔抒情，增添了一道道历史文化的痕迹。历朝历代，青州诗人遍地都是，不足为奇。前有“北海四冯”开路，后有刘昺与刘珝父子、刘澄甫与刘渊甫兄弟、赵执信等人接踵而来，络绎不绝。五千多篇古诗词在世间流传，终古不息。现代文化名人赵朴初、屠岸、启功、孔孚、耿林莽、柯原、阿红、苗得雨……在报纸杂志上发表了大量歌咏青州的诗，给当代诗坛留下了青州的种种印记。本土诗人孙瑞、张景孔、张雯、巴天……精品诗文层见叠出。泥腿诗社、草根诗人，方兴未艾，比比皆是。诗歌是青州千年文化的主体，城乡遍地流淌着诗意。青州伴着无数墨客才子的吟唱和世代文迹，再现诗城繁华的今生前世。

青州，物华地丰，钟灵毓秀，四季分明，寒暑相宜。西南群山叠翠，东北沃野千里。古城内外，春花秋月，名胜繁密——“云门拱壁、范井甘泉、驼岭千寻、书院松涛、晚钓洋溪、凝翠晓钟、劈峰夕照、花林野趣”。古八景依旧耐人寻味，新美景让人称奇：偶园奇石不凡，玲珑山秀色可餐，仰天山红叶染透万山，蓝溪谷景色怡然，黄花溪飞瀑壮观；井塘古村建筑独特，历经岁月的打磨，刻满了神奇和沧桑；范公亭公园楼台参差，溪流蜿蜒，古木、竹柳成荫，曲径通幽，得趣天然；顺河楼彩窗临水，垂柳斜掩；王府游乐园集娱乐、休闲和教育于一体，寓教于乐，寓观光而受熏陶、影响；青州博物馆佛教造像群、出土文物色彩斑斓，内容丰满……青州，无疑是一个值得世人去观光的好地方。

郭谦与牛守祯教授在青州龙兴寺门前广场上赏景

青州，素有“东方花都”之名，举办过第七届中国花卉博览会，是北方最大的花卉、盆栽集散中心、物流中心，被称为“中国花木之乡”，拥有全国唯一的花卉学院、花卉经济开发区、花卉创业园。青州红丝砚、石雕、花毽、满族八角鼓、挫琴、剪刀、花边大套等“非遗”文化，美名天下传。青州宋城书画城、泰丰古玩市场、明清古街、中晨艺术小镇令人关注，成为全国书画市场的风向标和指南。

当代青州人杰地灵，广厦如林，高楼入云；街道宏阔，车水马龙；佳木芳草，万紫千红；古城与新貌同辉，人文与山水交融；万众精神抖擞，气贯长虹；七十年披荆斩棘，七十年风雨兼程，踏先人之肩头，创现代之伟业；将书写今日之文明，承继历史之恢宏。开元青州、盛事青州、文史青州、文学青州、艺术青州、物华青州、旅游青州、花卉青州、和美青州……大美青州，将蒸蒸日上，日兴月隆。

——撰于庚子年三月五日

平遥颂

神州赤县平遥，中外闻名。平遥之贵，贵在史韵。古生物化石成群，新石器遗址世间难寻。秦皇封为平陶，北魏始定其名。战国廉颇、汉帝刘恒和刘启、东晋孙绰、元朝梁瑛、明代刘基……雄才辈出，人杰地灵。它曾是清代两百年间财富的中心，票号林立，商贾云集。日升昌竖起金融史上的丰碑，雷掌柜叱咤风云，一言九鼎。平遥商帮，胸怀万里，汇通天下，信义千载扬名。

平遥之秀，秀在山川。它位于晋中平原，抱太行而拥吕梁；南连介休，北接文水，东邻祁县，西靠汾阳；东南群山环绕，中部丘陵起伏，西北地势平坦；汾河、惠济、柳根、滩涧、昌源，五水盘亘，水源丰满；四季分明，气候温和，是一个宜居和休闲的好地方。

平遥县城景色

平遥之美，美在城内。衙门街、书院街……四大八小，条条街道纵横相通；校场巷、阎家巷……个个有由来，七十二条巷子曲直相连。众多街巷，构建了完美的城市交通网。文庙、城隍庙、县衙、镖局、清虚观……景色各异，处处令人迷恋；迎薰门、拱极门、太和门、永定门……三千垛口，七十二堞楼，巍巍横亘的斑驳城墙、高高耸立的瓮城角楼，相映生辉，长相守望。明清小院，星罗棋布；古朴门楼、褪色画梁、雕花窗棂、精致牌匾、砖刻石像以及青砖灰瓦布满历史的风霜，它们原汁原味地诠释城郭，散发着各自的奇彩光芒。往事如烟，世事无常，但古城古风古韵犹存，依旧令人感动和喜欢。20世纪末，它被联合国列为“世界文化遗产”，与云南丽江古城、四川阆中古城、安徽歙县古城并称四大古城，全域旅游，吸引世人的眼球不减当年。

平遥之丽，丽在郊野。瀴溪晚照、超山林泉、五曲波影、白云古刹、段村古韵、南良温泉、梁村新风、孟山野趣……层峦叠翠，处处妩媚多姿。双林寺彩塑、镇国寺梁架，皆世之瑰宝，无与伦比。

2016年郭谦与张富英在平遥古城墙上

平遥煤质优良，铁铝、石灰岩等矿产众广；冠云牛肉、长山药粉、推光漆器，让平遥特产盛名天下扬。满街百年老字号，遍地名庄和名店；小吃迷人，米醋留香；风情民俗、曲艺杂要，林林总总，让人眷恋。

今日平遥，古今共荣；农林工商，并驾齐驱；聚天下英才，集八方投资；国际摄影节、全球电影节、世界雕塑展、平遥中国年……届届有主题，年年有新意，古城充满着青春活力。一张张文化新名片，让平遥大步走向国际旅游名城、科技智慧城市。

未来平遥，新思想引领新征程，新时代扬帆再起航。欣逢盛世，上下奋进，开放图强，必将谱写新华章，再创新辉煌！

——写于2020年4月10日

大西安颂

古之长安，今之西安，十三朝古都，千年历史名城。走近它，走进它，就能感受到它的前世今生。

盛大西安，地处关中平原核心。八水环绕，沃野千里；北濒渭河，南依秦岭。冷暖干湿，四季分明。远古蓝田猿人在此繁衍，半坡人在此开荒，周武王在此建都，秦始皇在此统一六国，汉高祖在此夺天下，大唐在此演绎兴衰，这里是丝绸之路的起点，更是世界政治、文化、经贸中心。

西安景点之大雁塔

文化西安，文脉恒昌。老子在此著《道德经》宝典，司马迁在此撰写《史记》一百三十篇；司马相如、张衡、“班扬”在此谱写的汉赋传遍塞北江南；李白、杜甫、王之涣、孟浩然、贺知章等在此筑起唐诗殿堂，对千古文化产生了深远的影响；欧虞褚薛柳颜、狂素颠张在此创立了书法史上的一根根新标杆；吴道子、阎立本、王维、韩幹、周昉在此开辟了一道道新画风，引领绘画多形式发展；汉服唐装在此流行，戏剧鼻祖秦腔在此向外推广，梨园、宫廷乐舞在此始创；灞桥纸、千阳墨、蒙恬笔、半坡砚在此挥毫泼墨；周钟鼎、秦石鼓、汉碑汉简汉瓦当在此呈现。国粹精华集聚八百里秦川，西安称得上是中华文明的摇篮。

西安古城冬景照

今日西安，大美西安，古韵新装。华岳仙掌眺望着万古沧桑，雁塔晨钟播送着千载吉祥，灞桥杨柳飘荡着昔日风流，骊山晚照见证着今日辉煌……老八景美色不减当年；城里城外，古迹遗址遍地，楼观台、未央宫、五陵塬……上万处景点，流泻出一片片秦风唐韵、大汉风光。大明宫为东方园林艺术的翘楚，也是城市的“中央花园”；华清池风光旖旎，山泉温暖；临潼兵马俑列为世界的奇迹，也是一张西安的金字名片；西安古城历史久远，绵长不断，正楼、角楼、垛口、城河、城墙，处处都是标志性景观；芙蓉园气势恢宏，让人梦回盛唐；不夜城火树银花，热闹非凡；浐灞生态园河湖相连，滴翠秦岭文旅潜力无限。

未来西安，欣逢盛世，继往开来，已高奏起时代奋进的凯歌，向国际化大都市转变。这里将是大西北商贸、物流、经济、文化中心，也将成为国际航空大枢纽；这里将拥有全国最完整的“米”字形高铁枢纽网，也将建成创新之城、宜居之城、教育之城、工业之城、旅游之城、文化之城……西安加西咸新区，将成为陕西自贸区核心区、国家服务贸易创新发展试点；丝路城市圆桌会议、欧亚经济论坛将让西安与世界对接、相连。西安的城市集聚力、辐射力、竞争力和国际影响力将不断增强，不久的将来，西安将携带阎良、临潼、鄠邑三个副中心，带动关中城市群齐发展。西安将越做越大、越做越强，未来必将更加灿烂辉煌。

——写于 2020 年 4 月 20 日

三、四季抒情

早春听鸟鸣

阳光普照的早春清晨，小区花圃里翠柏青松郁郁葱葱，树下有一片蝴蝶花，五颜六色，甚是好看。我漫步过去，发现枯黄一片的草地里吐出了绿色的嫩尖，驴蹄草零零星星地闪着光，还有一些叫不出名字的野花灿烂地散发着闲韵。凝视良久，我觉得花圃朴雅素静，这一片春色谈不上多么美丽，但也能让人咀嚼出静谧的美味。

“叽叽喳喳”“叽叽喳喳”，四只喜鹊最先飞到草地，有时衔泥巴，有时衔枝丫，飞到一棵高树上，那儿还残留着一个鸟窝，这些喜鹊似乎在忙着修理家园。两只乌鸦、一群麻雀也飞下来了，它们在草地里寻觅着小虫，一会儿又绕着草地周围的树木上下翻飞，婉转啼鸣。瞬间，空中充满了鸟儿们此起彼伏的歌声。这一声声鸟鸣，叫醒了春天，让沉闷了一个冬季的大地变得亮堂起来，叫得人心也明媚起来。

小鸟在树枝上高歌

有一对小鸟站在一棵还没有萌发新叶的树枝上引吭高歌，企图压过其余鸟儿的声音。这对小鸟均是一身淡黄色，很俊俏，我不知道它们是不是黄鹂鸟。一会儿，它们唱累了，忽地拍拍翅膀向上空飞去，又飞下来，似波浪翻滚地远去，最后消失得无影无踪。

一对白头翁在树枝上上下对鸣

我有点儿失望，树枝颤动了一下，飞来一对白头翁，一上一下地站着，一只鸟扭着脑袋向下叫了两声，停下；另一只昂着头也叫了两声，停下；前一只鸟再叫……上边的白头翁飞到下面的白头翁身边，用嘴轻轻地在伙伴身上舔了一下，又亲昵地鸣叫了一下。此时，我突然明白，那是一种求偶的鸣叫，好温馨啊！当我颇有兴趣地观察时，它们却一起飞了起来，在空中追逐着、嬉闹着，前呼后应，渐渐地飞远了，离开了我的视线。

春天的鸟鸣是美丽的风景，无论是欣赏还是聆听，都会在心田里产生憧憬，产生快乐。待到仲春时，百花齐绽，百鸟争鸣，鸟儿们的讴歌会让春天更加朝气蓬勃；热烈的春光会让万物充满生机，让世界变得更加美丽、灿烂。

——写于 2020 年 2 月 12 日

徘徊在唯美的夏雨里

春雨潮湿，秋雨寒冷，冬雨冰凉，唯夏雨清凉酷爽，烟雨迷蒙，仙雾缭绕，给人美一般的意境。

夏日，新雨初霁，荷叶叠翠，坐在湖边小屋的窗口，泡一杯茶，静静地读书，看唐诗宋词，看千年前的夏日烟雨如何飘飘洒洒地落进古人的诗歌里：

青草湖中万里程，黄梅雨里一人行。

愁见滩头夜泊处，风翻暗浪打船声。（白居易《浪淘沙》）

梅实迎时雨，苍茫值晚春。

愁深楚猿夜，梦断越鸡晨。

海雾连南极，江云暗北津。

素衣今尽化，非为帝京尘。（《梅雨》柳宗元）

……

夏雨中的景致

唯美的诗歌让我度过了一段段惬意的时光。夏雨似乎是有灵魂的，这雨好像在等待知己，它下给能懂的人看，等他抬望眼，挥毫成诗，它就有了最好的归宿。他的一生一直在追求邂逅，他的爱人、知音、宠物……会触动他心灵美感的任何事物，包括这一场雨，一场只属于他笔下的唯美的雨，唯美如诗，诗意唯美。

雨，轻轻地飘洒，是一种优雅，它是一种穿透岁月的美丽。雨，慢慢地倾诉，倾诉的是一种心语、一种情怀，它是一种涤荡岁月的精彩。它给有心的人浪漫情趣，它让用心的人快乐和悠然。在雨中我们可以独享天籁之音，接受大自然的赐福。

沉浸在雨的柔情蜜意里，我爱夏雨，更爱人生。

——写于2016年7月15日

浪漫的夏天

（散文诗）

夏天，生命进入了最茂盛的时候，鲜活而热烈，多姿而多彩。花草、丽阳、蓝天、白云、绿荫，各有各的色彩；蝉鸣、蛙声、鸟语，各有各的情致、味道。赏花、观云、听蝉鸣、闻鸟语，都有一份舒适的惬意。

夏天美图

夏雨蒙蒙，湿润了绿柳，染红了樱桃，翠绿了田野。有时，细雨斜斜地密织出层层帘雾，以轻盈的姿态飘洒，偶尔挽起轻风的玉手，扭动出印度舞的腰姿，诠释出夏日的万种风情。有时，大雨瓢泼，激荡出山泉喷涌，小桥流水潺潺，清凉酷爽。真是一场雨，一种情调，一种神奇。雨，也是一种心语：它能幻化成一种倾诉，氤氲成一种情怀，美丽成一曲心音。

夏风，不像春风妩媚，不像秋风萧瑟，不像冬风凛冽，温馨中多了一分调皮。它托起孩子们的笑声，荡起女人们的长发，拍打出小河里的层层浪花，送来槐花的阵阵幽香，……夏风伴着花香、凉意，让人清爽、舒坦。

无论身处农村还是城市，当我们一抬眼，就看到蔚蓝的天空，一望无际，蓝得透亮、清纯；或见到悠悠的白云，飘荡着，在九霄上舒展出千姿百态；或发现彩虹绚丽、高悬，辟出一条神奇的天路……你就会觉得自己邂逅了夏天的美丽，从此，对夏就有了一份眷恋。

（其实，春夏秋冬，各地都有不同的恶劣。北京的春天，飘飞的柳絮像下雪，几乎不能出门。北京的夏天灼热，让我朝西的文化工作室陡增了八摄氏度，难以居住。秋天虽然不错，但是太短。冬天，雾霾常常令我厌倦。家乡南通的春秋很美，但冬天湿冷，容易感冒。初夏梅雨季节，淅淅沥沥的雨水下个不停，霉味覆盖了房间的空气，有时也让人心烦。

不管我们是否叹息、惆怅、快乐、忧伤，日子总是要过，人生的路还得走。月圆月缺，潮起潮落，世事不可能样样美满。如果我们有平和的心境，顺其自然，淡然面对一切的不如意，学会捕捉身边的美，嗅到身边的弥香，把它们留在心底。就会欣然地面对生活，面对四季。）

——写于2019年6月19日南通家中

在秋色里兜风

天高云淡，落日成金，壮美的秋季身披炫目的色彩款款而来，风姿绰约，仪态万千。

凭窗远眺，范公堤以东沿海，茫茫一片似雪花般的芦花在风中摇曳，滚出一叠叠波浪，与黄海飞溅的浪花遥相呼应，富有诗意。

秋风在吹，吹出了一枚枚红叶，一朵朵黄菊，一串串紫莹莹的葡萄，一颗颗粉红色的石榴……秋风携带着花果的清香，将一缕缕思绪吹远、飘散，一场美丽的邂逅，在冥冥中悄然而至。

蔚蓝的天空，没有一丝云彩。无声的阳光，漫过一层层金黄色的稻浪、一块块乳白色的棉田、一片片黄绿镶嵌的树叶与红彤彤柿子、黄澄澄梨子相间的林子……

秋风可以染黄落叶松的针叶，却抹不去广玉兰、冬青、柏树的常青。隔着汽车窗户的风声，我看见一群背影，穿过无边无际的田野，渐渐地远去。

海边芦花飘荡、海鸥纷飞

秋风，依旧在吹，它那么抽象，好像是从身边悄悄溜走的时光，不声不响地让一簇簇生命展开。当我们回头时，只能捡拾一把把碎叶。

远方，点点帆影，一只只飞跃的海鸥与近处的景色构建的画面，更加生动。含蓄的秋韵，让人心底里不知不觉地荡出一拨又一拨美妙、惬意的神情。在海堤上驾车观景，这不失为人生的一件趣事。

——写于 2019 年 10 月 22 日

2008 年南通的第一场大雪

早晨起来，窗户被楼房后面车库上的雪映照得亮堂堂的，外面还飘着密密麻麻的雪花，地上的雪积了有四五厘米厚，有稀稀拉拉的几个脚印。

好多年没有下过如此大的雪了，铺天盖地的雪，纷纷扬扬，连绵不断。房子、树林、草地甚至河流都是一片银装素裹。寒冷的空气里没有了汽油味，笔直的建设路街道上没有了往日喧嚣的汽车声、摩托车声，失去了拥挤的人群，变得十分宽敞。

我常去锻炼的河边花园此刻正安安静静地享受着雪的沐浴。白雪皑皑的景色让花园安详、宁静，这漫天的飞雪迎接着即将到来的春节。我们当地有俗语说：“瑞雪丰年”“冬雪是金、春雪是银”。当前，不少地方干旱正需要下雪，雪可以给农作物保暖、保湿，可以冻死害虫。可是，我们国家是一个辽阔的大国，有的地方下雪过猛、过多，会造成灾害。雪给人以常年见不到的美景，可是雪灾却让公路瘫痪，造成许多欲回家的游子、打工者旅途的不便；造成煤电供应上的困难，使一些地方经济损失很大。

大雪中的河边花园

年年有天灾，年年抗天灾，自然规律是无法抗拒的，我辈心存忧心，但有心无力，无法阻止雪雨之灾。我们只能为受灾的地区祈祷：祝愿他们克服眼前的困难，共同度过一个快乐、平和的佳节。

春节前下雨雪，春节后就会晴朗，这似乎是一个自然规律。看来今年春节后的气候对喜欢串门的人来说，还是十分有利的。

2007 年 12 月，我在北京遇上几次冷暴，寒风呼呼地直吹，吹到脸上像针刺，风沙飞扬，弥天漫地，几乎看不清十米开外的东西，寒冷使得我无法到户外锻炼，只能在楼道里转圈儿。

2008 年 1 月，我回到南通，天还是阴冷阴冷的，半个月里见不到太阳的笑脸。每天，我坐在电脑前写作一个多小时，腿冷得僵硬起来，只得赶紧在室内踱步，走过来又走过去，蹲下去又站起来……

盼晴天，盼春归。遥望雪天，闲情引起诗兴。脑中雪花飘舞，一首小诗也飘荡起来，不由得吟道：

雪 花

纷纷扬扬的雪花，
挂到屋檐、飘到树杈，
结成晶莹剔透的水晶，
凝成玲珑多姿的玛瑙。

纷纷扬扬的雪花，
无音无语地描画，
堤柳染上了白眉，
田野罩上了银纱。

纷纷扬扬的雪花，
撒到脸蛋、飘到鬓角，
清纯洗涤尘世的秽浊，
宁静抚平心中的疮疤。

纷纷扬扬的雪花，
轻轻地飘啊！轻轻地摇啊！
飘出一个洁白的天涯，
摇出一个美丽的华夏。

——2008年1月26日写于金沙

大雪中寂静的街道

冬天里的阳光

今年冬天，南通无雪。

腊月里，我心中想到雪，想到往年雪中白皑皑的世界、雪中堆雪人、打雪仗……诸多乐趣，总觉得今年的冬天异常。

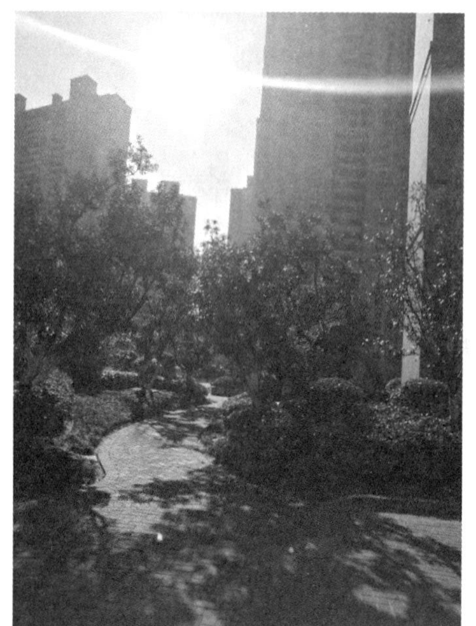

冬天里的阳光

从腊月初八起，三两天就下一次雨，淅淅沥沥的小雨，夹着凌厉的寒风，让人寒冷、厌烦。这个冬天，我总期望快一点下一场大雪，因为雪后，天肯定会放晴。

冬天里的阳光虽然没有春天的妩媚，没有夏天的热烈，没有秋天的诱人，但不会像夏天的那样刺眼，不会像秋天的那样高深。它淡淡的、静静的、温温的、柔柔的，如母亲暖呵呵的手轻轻地抚摸着我们，温暖着我们的心。

盼来盼去，许多天没有盼到晴天。连大年三十、正月初一都是阴天连着小雨天。

正月初五，天气开始转好，初六出了太阳。看见阳光，妻子忙着开窗纳光，忙着洗晒。我瞧了瞧窗外的花园，翠绿的冬青树叶在阳光下反射出生命的色彩，油亮油亮的。几只麻雀在草地上跳跃，叽叽喳喳地叫着，好像在歌颂生命对太阳的膜拜。

在电脑前创作了一阵，我觉得腿冷，有些僵硬了，便走出家门，到小区里的花园里走走。风好大啊，像有几根小针刺着脸颊，我想寻找一处避风处，可是转了几排高楼，也没有找到一个既可以避风又可以晒太阳的地方。于是，只好回去，再躲进家门。不过，外出走了一会儿，腿暖和了，又可以坐下来继续写作。

初七，又是一个大晴天。上午，我读了一阵书。憋不住，我又走出楼房去晒太阳。今日风小了一点，不过我们小区的楼房都是三十三层高，楼房间有花园，环境不错。但前排遮阴，此时，半栋楼房有阳光，半栋楼房无阳光，我们家住在底层，非得下午一点以后才能见到阳光。

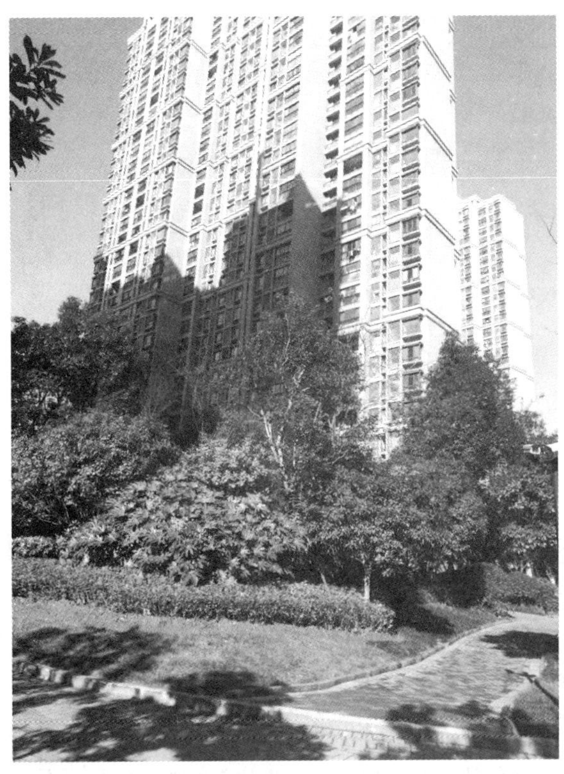

冬天阳光下的楼房

七号楼被称为“楼王”，楼前宽阔的花园里，摆放着几张铁座椅。往常小孩子们喜欢在这儿蹦跳、追逐……现在空荡荡的，我坐在朝南的铁椅子上，觉得椅子的铁皮暖暖的。我闭起眼睛，享受着阳光的沐浴。不久，太阳难以觉察地升高了，持续的热光让我整个身子暖和起来，似乎血管里流动起了活力。我想阳光没有忘记这个世界，它会带我们迎来绚丽的春天。

——写于 2020 年 2 月 1 日南通家中

四、情感汇流

陪母亲参观“第 30 届南通菊花展”

十月金秋，是赏菊的好时节。南通是闻名全国的菊花之乡，菊花在南通有着悠久的种植历史，品种数量、造型艺术在全国首屈一指。

菊花，1982 年被南通市确定为市花。父亲郭可慈一生喜爱种菊、赏菊，写过不少有关菊花的文章。我受他的影响也喜爱菊花，1981 年也在南通市市报发表过第一篇文章《郑板桥与菊》。

南通菊花展“欢乐”图景

1989 年，南通开始举办菊花展，至今为第 30 届，一届比一届水平高，游客越来越多，影响越来越大。上一届菊花展吸引了数十万南通、上海、苏州等地的游客。可惜这些年，我在社会上沉浮，在京城里奋斗，一直没有时间参观家乡南通的菊花展。每到金秋时节，想到此事我总觉得有些遗憾。

今日早晨，友人微信群里，老班长李光达发了一篇介绍南通发展变化的文章，提到十月中下旬南通市在紫琅公园举办第 30 届菊花展，称它是南通“2019 中国森林旅游节”的重头戏之一。看到此消息，我想难得今年在家乡陪老母亲，不能再错过赏菊的良机。

一早，我就对母亲说：“妈，今日周六，没有风，晴天，我带你去紫琅公园看菊花展。”母亲一听，十分高兴。于是，八点半吃完早饭，我就开车直奔紫琅公园。

紫琅公园位于南通市南部中创区，从港闸区过去有二十七八分钟路程。紫琅湖，状似一个葫芦，湖面达 89 公顷，它与景区内的几条小河相连，一片片湿地，一座座小桥，被规划成不同的景观，整个范围达三百多公顷，是南通市自 2017 年以来打造的开放式公园。

一进景区，到处飘荡着彩旗，旗上写着“迎森旅盛会，展江海菊韵，颂七十华诞”。风光旖旎的紫琅湖畔开满了风姿摇曳的菊花，湖畔小道上人潮如涌，小桥上人流络绎不绝，这是我最近看到南通人流最旺的景点了。

进入公园，第一组景点“鼓舞”映入我们的眼帘。团团簇簇的菊花，喜笑颜开，欢欣鼓舞，与背景里绿草构制的大鼓上红舞者、草丛中绿舞者及红飘带一起，渲染出一派繁华盛世、莺歌燕舞的景象。

第二组景点叫“欢乐”，花丛中点缀着各种造型逼真、形态可爱的雕塑，如南通电视台、钟楼、地球等造型，营造了一个充满欢乐的景象，展现出南通人欢庆祖国七十华诞的心情。

走到一个三岔路口，向东，离停车场会越来越远，我不知道会走多远，老人也不适宜走太远的路。站在高处上眺望，我看到向北，再向西可以回到停车场的位置。于是，决定向北走。经过一座高桥，上桥，我奋力拉着母亲的推车向上，爱人邢志玖在也后面推；下坡，我倒走，顶着推车，爱人在后面拉着推车，缓缓地向下。

第三个景点是如皋县制作的，主题名叫“如水如歌”，如皋县是全国闻名的长寿县，百花丛中有一个“老寿星”。不少人推着老人（和小车）在这儿拍照，我们等了好久，才抓住个机会为母亲拍照。

挤出人流，眼前是一片红色的花海，我看到一个大标牌“紫琅花海”。由于进入的道路窄，沙子路，高低不平，不适合推母亲过去，我们便远远地观看了一阵。

随后，我继续推着母亲来到港闸区制作的“大生码头”景点。“大生码头”是民国实业家张謇创建的大生纱厂码头，近代史上很闻名。取这个名制作景点有其特殊

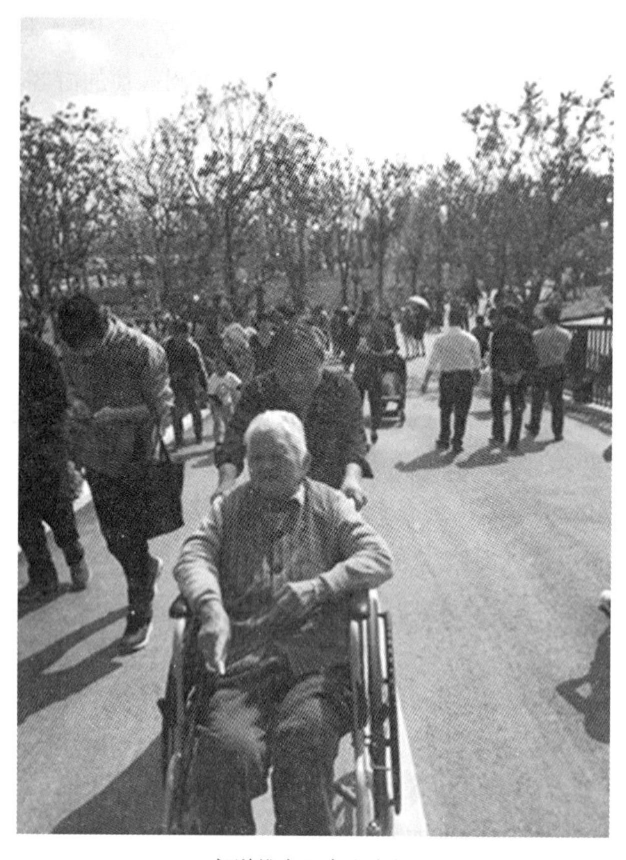
郭谦推老母亲上高桥

意义，它拉近了历史与现代的距离。

之后，我们又来到“大美崇川”“皓月”“5G时代”等景点，每一个景点都是精心布置的，造型精致，别具风味。

又推过一座小桥，我见湖对面的小岛上人影闪动不息，禁不住对爱人说：“你看那边，人好多，我们不向南走了。现在快十一点了，也参观了一个多小时，还是找个出口回去，以后再来。”爱人点了下头，我又向西推车，奔向第二座高桥。爱人给我拍了张照，由于距离近，看上去不觉得是在走很陡的上桥路，其实我推起来很费劲。

在出口处，我看到了通州区布置的“潮起金沙湾”的景点，金沙是我生活过很长一段时间的地方，看了名字就感到亲切，看了特色景点菊花，更觉得可爱。

这次菊展的菊花，有的白得像雪，有的粉得如霞，有的绿得如玉。各种色彩撒泼开来，或秀丽，或婉约，或浓烈，真是群芳争艳。而且品种繁多，高达数千种。一片片花海，有金黄色的，有紫色的，有红色的，让人看了眼花缭乱、目不暇接。这儿湖阔、水净、林郁、花美、桥曲，我想如果陶渊明来到此处，也会为这里的风采而惊叹，会想留在此处寄情山水、歌以咏志。

据说，这次菊花展摆放了上万盆种菊、艺菊，数百盆名品，以及几十万盆花草，共布置了26处景点，我们只看了一小部分，已感受到菊姿之美、菊花之香。“人人都说家乡美”，我说家乡南通美又美，美在狼山脚下，美在濠河旁，美在秋天的菊韵里。

——写于2019年10月22日

陪母亲治疗眼睛札记

如果想让生活快乐，我们平凡人必须拥有一颗平常心，耐心去做平常的事。对我这个已过花甲之年的人来说，上有 89 岁的老母亲，下有 4 岁的小孙子，我有责任去照顾老母、孙子、爱人、孩子及其他亲人。虽然有很多梦想等待我去追逐，有很多工作等待我去完成……但我觉得最需要做好的一件平常事就是孝敬母亲。

母子之情是血缘之情，是世界上最亲近的情感。服侍已入耄耋之年的母亲，报答母亲的养育之恩是做儿子的最平常的事，也是最紧要的事。

2017 年 11 月中旬，母亲得肺炎住院，我在医院陪了她 25 个夜晚。她连续发热 10 天，白天清醒，晚上一发热就糊涂，她觉得自己过不了年关。我查了网络上大量的医疗信息，给了她一颗定心丸，说用药 10~15 天就会退烧。果真第 10 天母亲病情开始好转。母亲的病治好后，12 月中旬我回京。10 天后，儿媳打电话来说小孙子感冒发热，他们门店里忙……我又从北京赶回，天天从南通送小孙子去金沙医院输液，一周后小孙子康复了。

我想冬天气温低，老人、小孩容易得病。于是决定以后冬天不再待在北京，而是回南通照顾老人、小孩。2018 年冬天我待在老家南通，老母亲、小孙子安然无恙。今年，我回家乡尤其早，9 月中旬就回南通了。我想：孝在当下，过去母亲主要靠大妹妹郭晓燕、妹夫沈亦武、小妹妹金海燕照顾。母亲已经进入高龄期，我做儿子的该尽责任多照顾她，否则她一旦有事，我会后悔一辈子。

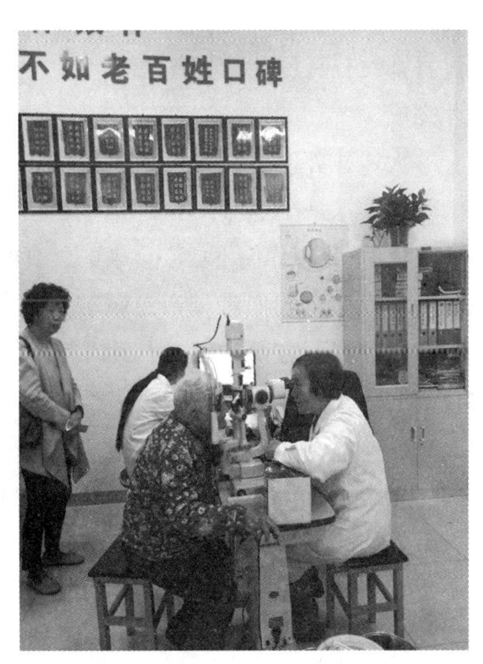

文慈医院的罗主任为母亲检查眼睛

母亲金亚男近年来，视力、听力越来越差，前年我回家站在她面前时，她看不清我，问道："你是谁？"

这一问，我好心酸。当我得知她眼睛有白内障，多次想和妹妹带她到医院做手术，但她固执地说自己是八十多岁的人了，没有几天的日子过了，不想上医院去遭罪。她想不通，我们也不能强求。

2017 年夏，我接她到南通港闸区新家住，住了一周，她说：金沙老家（通州区老师范学校）住着一帮老人，大家可以在学校操场上一块儿说说话，你这小区里没有（高龄）老人……2018 年我接她来住，硬是留她住了半个月。今年 10 月 9 日，我接她来住，第 10 天她就开始闹着要回金沙老家。

想到上个月爱人邢志玖在南通文慈医院治疗青光眼效果不错的事情，我对母亲说：“妈，金沙人民医院眼科罗舒娅主任如今在南通文慈眼科医院工作，她的人很好，你去不去她那边检查一下眼睛？”

她说：“罗主任，我知道啊！过去她把我眼睛里的一朵云摘除了，她本事好，我还记得她。她怎么到南通来啊？”我告诉她罗主任退休后又被文慈医院聘请。母亲信罗主任，说愿意去看眼病。

10 月 24 日清晨，天气晴朗，母亲吃完早饭就问我送不送她回家，她忘了治疗眼睛的事情。我对母亲说：“你儿媳妇问了罗主任，她叫你到那边去看眼睛……”

一进南通文慈医院，护士首先为我母亲测试眼睛视力，她的左眼可以模糊地看到视力表上面两格，右眼几乎看不见。然后，罗主任用仪器检查后说我母亲两只眼睛严重白内障，可以开刀治疗。

于是，那天下午我特地回金沙老家，取了母亲的身份证、社保卡。第二天一早，又带母亲去南通文慈医院办理住院手续。

南通文慈医院是南通市唯一的眼科专业医院，虽然是民营的，规模不大。但仪器设备齐全，比三级医院的眼科设备还多，如能检查眼科 B 超、A 超这些项目（我们过去都没有听说过）。检查很详细，十几个项目下来，从早上 8 点一直检查到 9 点 40 才完成。

大妹妹郭晓燕、妹夫沈亦武一早也从金沙赶来了。母亲前一天告诉他们说自己的眼科手术是小手术，不要紧，让他们在家做事。但她心里却想着他们，见到他们，笑着说：“我想你们不放心会来的，真的来了。”

检查完，我们带母亲去病房。病房在三楼，没有电梯，护士见我们推着母亲，知道她的腿不方便，问要不要人抬。母亲说：“没事，我能自己上楼。”她抓着楼梯自己向上奋力走，妹妹说：“幸亏妈这些年天天一个人摸着上下楼，今天也能自己上楼。”

母亲是一个坚强的人，一个人独自生活了十七年。她右腿半残疾，有骨刺，每天带着病痛上下楼梯……她乐观地生活着。她并不是不想儿女们围绕在身边，而是不想拖累儿女，不想影响儿女们的生活。她时时处处为儿女们着想……正是她的豁达、换位思考启迪着我如何交友、做事；也正是她的那份毅力和坚强感动我、感染我，让我在人生的曲折道路上不松懈，不屈服于任何困难，努力向前。

下午两点半，十多个眼科患者按医院要求下楼来到手术室的准备间等候手术，母亲又一次顽强地摸着楼梯扶手下了楼。我们一大堆人在前后守护着她，看着她顽强的身影向下移动，由衷地钦佩母亲的坚韧。

不过，在手术室前，瞧着一个个患者进入手术室，母亲突然伤感起来，说：“我快九十岁了，还要动手术……我好苦啊！”说着几乎要流眼泪，我看出有许多情愫在她脑中搅拌着。

幸好，这时有一位老大娘被推进来了。问了一下推者，我告诉母亲：“妈，你看这位老大娘 92 岁了，比你还大 3 岁，她也做眼科手术。而且这老人上半年还做过腿的手术。这儿已进去了几个八十多岁的老人了，医生们说经常有九十多岁的人来动手术的。你不是年龄最大的。你的白内障手术是小手术，放心吧，一会儿就好了。”妹妹也在一旁劝解。

母亲被护士送进了手术室，我们在外边等了一个多小时，焦急地瞧着一批批出来的患者，心里嘀咕：我妈咋还不出来？希望她快出来。后来有医生出来告诉我们，我母亲在里边等待张建院长动手术。

张建，中华医学会南通眼科分会委员，南通文慈眼科医院院长、文慈眼科首席专家。他从事眼科专业二十余年，积累了丰富的临床经验，对疑难眼病的诊治有独到见解，尤其擅长各类眼科手术，对白内障超声乳化术、飞秒（准分子）激光术、视网膜脱离复位术及玻璃体切割术等眼科手术，其眼科手术综合能力在南通乃至苏中、苏北地区首屈一指！

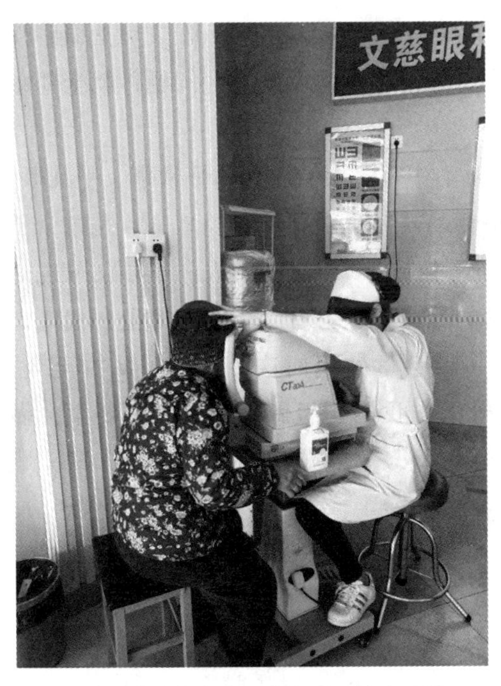

文慈医院的护士为母亲金亚男检查眼睛

母亲出手术室后，告诉我们张院长待人和气，手术水平高，自己没有感觉到一点儿疼痛，这儿的医生、护士服务水平高……看到母亲安全、愉快，我心里踏实了。

晚上，我陪着母亲住院。因为一个病房 6 个患者、6 个陪客，灯光明亮，我夜里睡不好。与陪客们闲聊时，我觉得这个医院医风非常好，不像有些医院搞小病大治，让患者多住院、多检查、多收费。同病房有的患者说他们曾经在其他医院做类似手术，住院一周，费用几万元，而文慈医院收费透明，住院观察一天就出院，费用少多了。

早晨 6 点半，医生来为患者们解除眼睛上的纱布。眨眼的工夫，一个个喜笑颜开，说：“我什么都看见了。”“嘿，我也能看到你们大伙儿了。”……

睡在母亲旁边的一个高度近视的女人说：“我没有想到，过去像个瞎子，什么都看不到，现在一下子都能看清了。”她还对我母亲说：“老奶奶，你九十岁了，身体还这么健朗，你的子女们对你轻言轻语，很孝顺，好福气啊！你老人家可要好好地活，一定能当一个百岁老人。”母亲说：“现在我能看清你的脸了，你这姑娘说话中听，你也可以活到百岁的。”那女人听了也很开心，还一再要求我们到她家附近的景点——东社镇忠孝园去玩。

早饭后，又经过一番详细的检查，医生给母亲等人开了出院手续。护士逐个给患者家属发放需带回家的眼药水、眼药膏，反复叮嘱使用方法：第一周早、中、晚和睡觉前要分四批点，每次三种眼药水，每次点一种眼药水后还要间隔十分钟……

点眼药水看起来是一件平常的小事，但却是很烦琐的任务，需要耐心。母亲起初觉得麻烦，要自己点，不麻烦我。我对母亲说：“妈，医生做好了手术，现在关键是护理。我现在就是你的护士，医院里的医生反复嘱咐家属帮助点眼药水。只要你眼睛康复，我不怕麻烦，你也要耐心一点儿。”母亲是一个通情达理的人，她说：“张院长、罗主任都来吩咐过，要小心，不能让水感染。我自己也会小心的……”

母亲自我感觉一天比一天好，她说以后左眼的白内障还要请张院长做。经过一周精心护理，31 日我们带母亲去南通文慈医院复查。罗主任检查后说：“大妈眼睛恢复得不错，一切正常，眼药水要坚持点一个月，一个月内没有其他问题，就全部康复了。”

带母亲治疗眼病、孝敬母亲……这些是生活中很多人会遇到的平常事、平凡事，但微不足道的小事能检验出一个人的基本道德品质。孝敬父母天经地义，是每个子女义不容辞的事，只有做好了这些最平凡的事才能算一个合格的人。孝顺父母也是给自己积福，我们的言行是一个标杆，自己的儿女们也会看到，我们对上一代老人孝敬，上行下效，耳濡目染，儿女们将来也就会孝敬我们这一代人。从古至今，大凡成功者，能做大事者，没有不孝顺父母的。我们要想做好事，首先要学会做人。如果人都做不好，岂能做成事？能孝顺父母，才能顺利做人、做事，即一顺而百顺。

——写于 2019 年 10 月 31 日

父亲与我的师生缘

生命好似一条大海里漂泊的小船，有了航灯，行驶才会有方向，才会有前行的动力。我的父亲郭可慈先生就是我前面的一盏不灭的航灯。

父亲郭可慈先生原来是一名教师。1950 年，十七岁的他从“中国第一师范”南通师范毕业，分配到南通县金西毓秀小学教书，两年后，调到正场小学，与我母亲金亚男同校任教，工作中产生友谊和情感，不久结婚。在我哥哥出生后，父亲于 1956 年考入苏州大学，学习俄语。1960 年，他被分配到南通师范专科学校（简称南通师专，现南通大学）创办俄语系，为南通地区培养了第一批俄语教师，两年后又调到南通地区教研室任俄语教研员。

1963 年，因中苏关系恶化，俄语在全国范围内停止教学。父亲回苏州大学进修了一年英语。重新分配时，他没有选择南通市通中，而是选择回我母亲的老家南通县，被分配到通海中学任教英语。1970 年，在干部“下放”运动中，他被下放到正场公社一大队当农民；三年后落实政策，他又被分配到正场中学任教语文、英语，1985 年，他调入通州市教师进修学校任教大专函授班英语，直至 1993 年退休，可以说他做了一辈子的教师。

中学时代，我在正场中学上学，此时，学校累积着一批名师：数学老师钱学田、工业基础知识（物理）老师唐才喜，他们十年后都调到县教师进修学校当老师；政治老师刘汉良（副校长）后来到省重点中学教历史，退休后成为当地知名的作家。

有趣的是，我的父亲郭可慈到正场中学，首先任教我们高二班的语文，成了我的老师。他教学认真，深受学生的爱戴，兴仁区还组织了七个乡的语文老师来我校，听我父亲讲语文公开课（示范课）。父亲在校，我从不占先。有一次，一个姓马的同学与我发生纠纷，他没有批评我的同学，而是把我叫到办公室里教育了一番。

1980 年春，我中师（中文班）毕业，分配到偏僻的农村学校——横港中学任教，本该教语文。因学校缺少英语教师，领导找我谈话，希望我改教英语。父亲郭可慈闻知此事，要我听从领导的决定。他花费了一周时间教我 48 个国际音标，指定我自学许国璋主编的大学英语教材，不时地给予我指点，我很快适应了初中英语教学。

后来，我钻研了十几套国内外教材，三年后，我自编了一套初中同步英语试验教材，北京师范大学李庭芗教授、华东师范大学吴棠教授、东北师范大学王武军教授纷纷来信肯定我的英语教材，江苏省教委、南通市教研室的领导也鼓励我搞英语教改，父亲也支持我的英语教改，为我审订教材。我与父亲多次一起参加南通市、省及全国的外语教学研讨会。虽然我很快在业内获得了一定的知名度，但我在外语上没有学历。1984 年，我参加南通教育学院通州班大专英语业余进修。

巧的是，我父亲也调到南通县教师进修学校当大专英语进修班老师，父亲教英语精读课程，并且还做了我们三年的班主任。因此，我与父亲再次成为特殊的师生，父子缘加上师生缘，这种缘分很罕见，也很难得。

1986 年郭可慈与外语大专函授班部分同学合照，
前排右一郭谦，右三郭可慈

我的父亲郭可慈先生不仅是一位教学水平高的教师，还是一位严谨的学者。20 世纪 50 年代他就在《人民教育》等刊物发表了不少教育论文，还翻译了俄语诗歌，并用俄语写文章发表在莫斯科《少先真理报》等刊物上。80 年代他开始在《中小学外语》等杂志上发表英语教学论文，有几篇文章在头版头条登载……

父亲是我英语教学的引路人。在英语教学研究上，我们多次合作。1991 年，我们父子合编出版了《中学英语疑难问题解答》(高中版)；1998 年，我们合编出版了《初中英语活用词典》。我们还合写了几篇英语论文。每一次合作我都受到了父亲严谨治学的精神感染，他对每一个词语都认真推敲，从不马虎。

不仅如此，我父亲郭可慈先生也是一个文史、文学作家。他的传世作品虽然不多，但每一篇文章都写得很精致。年轻时，父亲就爱好文学创作，他主要写散文游记、读书评论、有关书法和门券的感悟等随笔，他把部分发表的文学作品自编印了两个文集:《花甲文存》《十英斋偶笔》，赠送给全国各地的文友、券友。他去世后，我为他整理东西时，才发现他曾在《光明日报》《文学自由谈》《中国图书评论》《出版广角》《河北日报》等报刊发表过近百篇研究文学、文史的文章。

退休十年间，父亲从未间断过读书、写作。1999 年，父亲开始着手写《现代作家亲缘录》，他花费整整两年时间收集资料和刻苦写作。2001 年 10 月学校体检，意外地检查出他得了肝癌、肺癌，他在病床上仍然稿不离身、书不离床。他不间断地与南通师院中文系主任陈学勇教授讨论书稿的写作问题。他对文学的爱好和无止境地追求，深深地感动了我。

在文学写作停笔20年后，自2002年春起，我在网络上进入文学创作高潮。一年内我在《中国作家网》《榕树下》《黄金书屋》《白鹿书院》等网站发表诗文100余篇，许多作品被推荐到网站首页。我曾写了一首诗歌《白发之歌》发到白鹿书院网站，以表达对父亲的敬佩。

我爱我的父亲，我想尽一切办法为他治病。我陪父亲到上海、北京等地看过病。在南通医学院，他做过三次介入治疗，他以微笑对待疾病，从医院回家后不放弃写作，不放弃锻炼。可是他的病太严重了，2002年10月我和母亲陪他到北京看病，301医院专家为他做检查后，发现他的肝癌到了晚期，无法医治，劝他回家。从医院出来，他还精神抖擞地去承德和卢沟桥旅游，并到中国文联出版社谈书稿出版的事。回家后，他住进南通医学院附院，悄悄地写下了《现代作家亲缘录》修改意见稿。11月22日他吐血，两天后，他走完了人生最后的历程。

他走了，许多他的亲友、学生、同事为此伤心流泪，不相信、不愿意接受这个冷酷的事实，许多人从千里之外赶来送他最后一程。一些友人写悼文发表在《江海晚报》《旅游之星》报刊上。上海《世纪》杂志为了纪念我父亲，也特地在2003年11月发表父亲的遗作《文学拓荒者和遗孀"浪迹文坛艺海间"》。

整理遗物，我发现《现代作家亲缘录》此书选题有特色，山东《作家报》张富英主编、北京《自由撰稿人》杂志秦佃刚主编认为该书有学术价值，鼓励我立刻修改，送出版社出版。于是，我到多地图书市场买参考书，修订、扩充父亲的遗著。2004年云南德宏民族出版社出版了此书。

在父亲的精神鼓舞下，在父亲的遗著启迪下，我从大文化的角度思考文化现象。2004年开始从事《走进文化名门》丛书的写作。

《史记》一书25万字，写千年历史上几十个有影响的帝王将相；我的丛书涉猎近代百年间的文化大家族、大家庭，4本书130多万字，描写了166个家族、家庭，涉及文化名人600多人，2006年海南出版社出版了这套书，2011年崇文书局又一次再版。之后，我又写作、出版了《盛唐十大诗人交往录》《小剪花娘子魏伊平》等书。这些书在业内引起了一次次轰动，获得了一定的声誉。其实，从我的成功、成长的历程中，可以看出我父亲郭可慈的遗著为我打下了基础，他的心血没有白费。

再回想我一生的文学、文史写作，父亲的影子一直伴随我左右。插队时，我写文艺作品；中师中文班，我写小说；90年代末我搞《李白的故事》创作，父亲都给予指导，亲自看我的文稿，提修改建议，甚至对某些地方进行润色。这些铺垫了我后期创作的成功。因此可以说，父亲也是我钻研文史、文学方面的老师。

近一些年，我从事书法、绘画创作，不知不觉地成了一名书画家。追根溯源，幼年，我见父亲为镇上邻居写春联，为学校画宣传画、为有关单位写标语，及至他的书法作品参加县市展览，这些都激励我向上奋进，我曾发誓要达到父亲的水平，也要搞书画。

父亲遗留下近万本各类图书，不仅为我提供了文史、文学写作的温床，而且丰富的艺术类书籍也成了我临摹的样本，有的还成了我搞艺术创作的源泉。我经常梦里梦到父亲，他慈祥而又严厉，真挚而又宽容。每到清明，无论多忙我都一定要赶回父亲的坟前祭奠、追思和怀念。

郭氏父子合作的英语图书之一

我感恩命运给了我一个慈善的母亲，感恩命运给了我一个才华横溢、趣味众多的父亲。他们是我的榜样，也永远是推动我前进的动力。

——写于 2017 年 10 月，刊载于《中国作家百年逸事》

家风正，家庭和睦

——从妹夫为母亲剪脚指甲说起

昨日，小妹妹金海燕向家庭微信群传发了一张照片，照片拍的是大妹夫沈亦武为我 90 岁的母亲金亚男洗脚、剪脚指甲的情景。这张照片感动了我，我称赞他“大孝”。

说起妹夫沈亦武，有一大堆的话可说。为什么我妹夫会如此孝敬我的母亲？

因为，我母亲一直把女婿当儿子看待，把儿媳妇当女儿看待。并教育我们兄弟姐妹要把爱人的父母当作自己的父母一样孝敬。如果我们给父母亲买东西，她总会问有没有买东西给对方的父母。如果我们小夫妻之间有些不和谐，父母亲总是批评我们做儿女的，而从不责怪女婿、儿媳……正因为这些原因，我妹夫觉得进到我们这个家庭是快乐的，自己也把自己当我母亲的儿子看待。

妹夫沈亦武的父母对子女慈祥，待人和蔼、真诚，家教很好，兄弟姐妹也团结友爱，沈家两老都活到九十多岁的高龄。2017 年，妹夫沈亦武的母亲去世后，他对我妹妹郭晓燕说：“我们现在上面只有你母亲一个老人了，我们一定要好好服侍她。”

这话传到我的耳中，我当时就很感动，并且记在心中。古话常说：好女婿抵得上半个儿，妹夫沈亦武确实做得好，甚至比我这个儿子做得好！

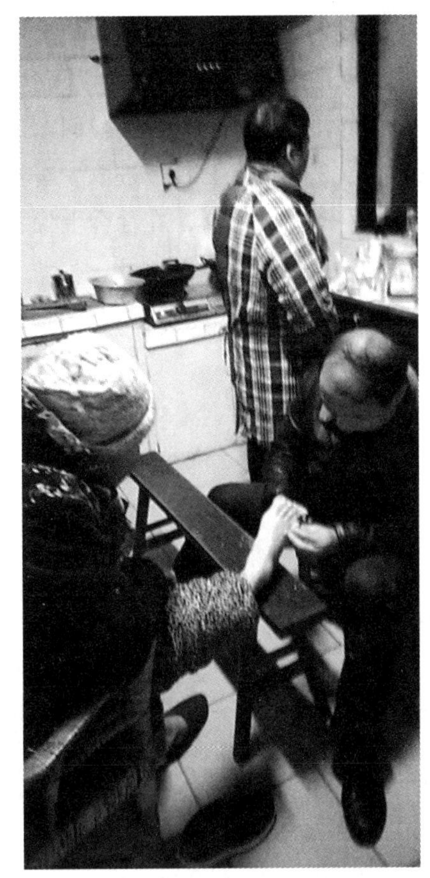
沈亦武为母亲剪脚指甲

孝敬长辈，不在于说一两句好听的话，而在于无怨无悔地、长年累月地去做。做点点滴滴的小事，来体现孝心。

2002—2016年，我在京城拼搏、奋斗，我大妹郭晓燕、妹夫沈亦武、小妹妹金海燕对母亲金亚男的生活照顾，无微不至。每天上午，大妹郭晓燕送饭菜给母亲，他们吃什么，母亲就吃什么。好吃的，或我母亲喜欢吃的东西，甚至他们不吃，也要送给我母亲。假若我大妹有事不在家，妹夫沈亦武就会给母亲送。小妹妹不仅要照顾我母亲，还要照顾婆婆，有时两个老人都生病时，她便要两边跑，而且她心中还牵挂着在深圳工作的丈夫、在上海工作的女儿。即使这两年丈夫与女儿都到苏州工作了，她也是南通、苏州两头跑，既要照顾家庭，又要照顾两个老人。

正是因为有两个妹妹和妹夫沈亦武在照顾母亲，我才免除了后顾之忧，全心开创事业，才有了这几年在文化上的成绩。我成功的背后，离不开母亲、妻子、妹妹、妹夫等人的强力支持。

兄弟姐妹之间，我们互相关怀、互相支持、互相帮助。2012年，我儿子郭超开快餐店，大妹郭晓燕、妹夫沈亦武多次借钱支持；后来郭超办批发公司，每当资金周转困难时，他们总是无私地给予帮助。特别是2014年春节前，我妹妹郭晓燕拿了一万元给我，说："哥哥，沈亦武说这几年谦谦家儿子办店、买房子、装修房子、结婚，花费了不少钱，我们知道他手上空了，你拿这些钱给他用去。"

我说："做哥哥的怎么会用你妹子的钱啊！"虽然没有收钱，但我收到了一份情真意切的情感，每当想起这事，心中就觉得温暖。

当然，对两个妹妹家我也是尽力去帮助。外甥生下来有点智力低下，我特地把他带到自己曾经工作的单位上初中，并花费了半年多时间亲自教他识字、读书、背书等；小妹妹与妹夫有一年出建筑事故，小妹妹头部受伤住在我家中，小妹夫多处骨折，住在医院，我也是两头照顾……

我们家从来没有被评为什么“五好家庭”“文明家庭”“最美家庭”等，但我想我们家的家教好、家风正，互敬互爱、勤俭节约、和睦和谐、孝老敬亲、崇尚文化，深得邻里、亲戚的好评。我们家的人工作中兢兢业业、勤奋踏实、严于律己、宽以待人、乐于助人、积极进取、奋发向上，深得同事、领导的好评。我们家是无名的“文明家庭”，其实，在社会上像我们这样无名的家庭很多，我们平凡地度过平常的岁月。我想我们可以记录一些动人的故事或情景使之传扬出来，将会有益于正能量在社会上发挥作用，这也是一种社会公德。

——写于 2020 年 1 月 17 日

友情是需要经营的

很多人不理解，自己过去亲密的同学、朋友，为什么渐行渐远，之后互不理睬。有时会责问自己：“我究竟做错了什么？他（她）怎么与我说的话越来越少……”

其实，生活在不同阶段，我们会遇到很多志同道合、情趣相投的同学、朋友。但是，以后大家各自的生活轨道不再重叠，经历、条件发生了变化，各自的家庭、工作，太多的生活琐事会困扰我们，会将我们彼此隔在时空的两端，于是渐行渐远甚至各行其道。

虽然，我们怀念同学、朋友曾经给予彼此的温暖和照顾，我们相互惦念，却没有诉说的渠道和机会，因此，心灵上的距离会觉得远了、模糊了。其实，同学情、朋友情是需要经营的。

过去交通工具落后，很难到百里之外、千里之外寻找老朋友相聚；信息交流工具不发达，难以知道同学、友人的具体情况，容易产生误解，难以持续维持和发展情谊。而现在高铁、飞机、高速公路带来了便捷，可以“千里江陵一日还”；电话、微信可以随时了解同学、朋友的情况，可以相互间关心、关注、帮助、支持对方，可以把爱心传送给对方，这样就会让友谊长存，让自己未来的中老年生活更丰富有趣。

今后，我们可以通过微信朋友圈把过去的朋友、现在的朋友、未来的朋友联系在一起，这种圈子扩张，可以让友情、同学情、亲情、爱情、乡情更浓郁、芬芳。美好的情谊会伴随着我们的生活，伴随着我们走到生命的终点。那是一种特有的幸福，一种前人与古人都得不到的幸福！

——写于 2017 年 9 月 2 日

我的母校——正场小学

母校情结，在我心中是一种挥之不去的情愫。在外漂泊的几十年里，我时常缅怀母校的岁月，思念母校的老师、同学，总想回去看看，可是太多繁杂的事物干扰着我，总不能如愿。

昨日我特地从南通回金沙，陪88岁高龄的老母亲住了一宿。听说妹妹金海燕从苏州回来了，母亲有人陪伴。我安心地在书房翻看吴冠中先生的散文集，读到了第一篇文章《我的母校》，脑中忽然起了一个闪念：今日回南通，顺道经过正场，我该去看看母校——正场小学。

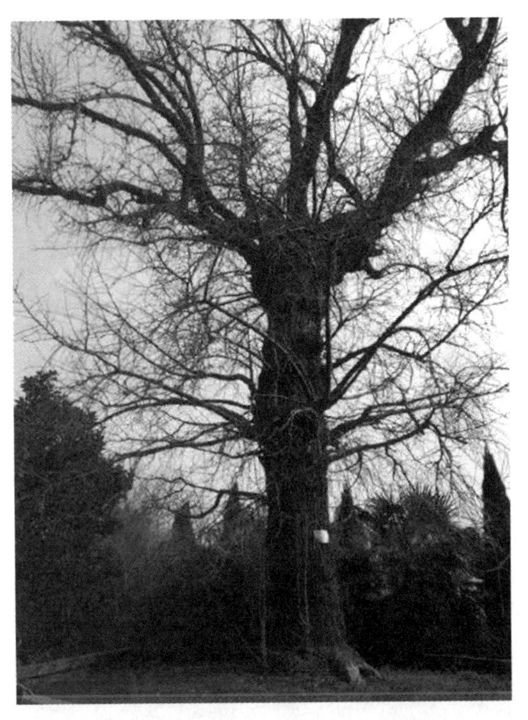

母校——正场小学校园内的古银杏树

正场小学是一个具有悠久历史的老校，出过不少名师，培育过不少地方名人，甚至还有几个全国闻名的科学家、教育家、作家。

我与正场小学的渊源很深，也很复杂。我、爱人、兄妹都是正场小学的学生；我父亲郭可慈、母亲金亚南、岳父邢光辅，20世纪50年代当过正场小学的老师。他们的学生遍布正场镇、金西；我的妻姐也曾任过正场小学的副校长……

虽然，政治运动时期，我上小学，6年里只上了3年的学，其余时间跟着“红小兵”闹革命，荒废了光阴，但儿时的学校生活还是很可亲、很可爱的。

母校——正场小学原址是单姓家庙，也叫“五圣殿”，是20世纪20年代初改建的。学校朝南大门前有一水面宽广的水塘，清澈见底，鱼儿游弋，碧波荡漾，我很喜欢和小伙伴们在水塘边用砖块“打水漂”，也喜欢在塘边柳树下听蝉鸣。

学校里有一个面积很大的庭院，庭院中间有四排长长的小瓦平房教室，教室前的走廊与西厢房相通，廊道幽静、优雅。院内南部有一片梧桐树林，小学三年级时被砍伐掉，改建为一块活动场地。东侧，有一棵巨大的银杏树，四百多岁，树干挺拔，方圆几里都可以望见；旁边一棵大榆树半腰弯曲，腰部由地上再生，枝叶繁茂。据说这棵榆树上有巨蟒，遭雷劈后，树生怪象。此树也有上百年历史，我喜欢与同学们在怪树下捉迷藏、骑树干。在我小学四年级的时候，这棵怪树被锯倒了，建了一个小房子放体育用具。暑假期间，我常常和小伙伴们一起溜进学校，爬上大银杏树，到树上掏鸟蛋。

学校大院东侧有一个小门，出门是一块大操场，学校背后（北侧）树林下有一条河，这条河环绕着学校的西北侧，它通往县城，是一条重要水道。可惜20世纪70年代整治通吕运河时，冲泥沙，河道被泥沙灌满，变成了大道，让学校失去了原先宁静的品位。

离开老家正场已有三十多年。听说原来的正场中学（正场初中）20世纪90年代被并校，消亡了。正场小学搬进中学里，小学原址改为幼儿园。有了这些变化之后，我再也没有进过母校。

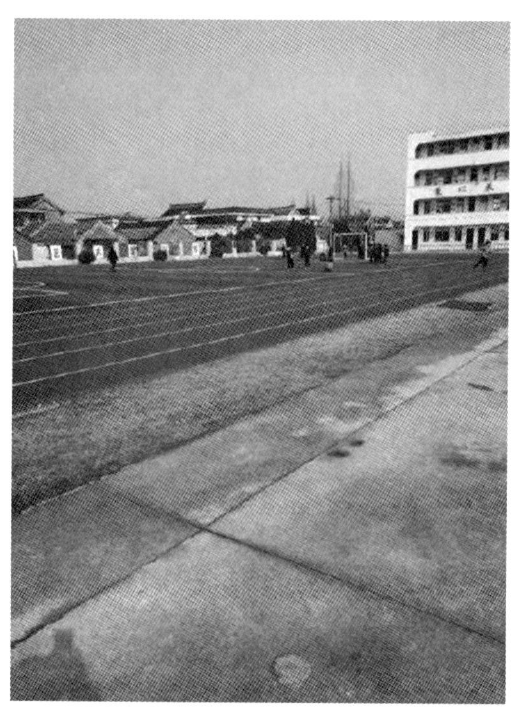

新正场小学操场

因此，我先开车找到母校原址，在正场幼儿园拍了一张古银杏树的照片，又拍了老操场上新建起的小庙“五圣殿”，还拍了用教学楼改建起来的街道办事处、养老院。

之后，我来到新的正场小学大门前，给校长季晓东打了个电话。季校长立即从学校里出来，把我接进学校参观。没有想到学校的环境很优美，比我想象中好得多。在教学楼前有一块塑胶操场，很有现代化的气派，教学楼是由老楼房改修的，粉刷一新。后面的办公楼里，有教学实验室、音乐室、图书室、会议室等，设备齐全，食堂也能容纳几百名学生用餐。季校长介绍说，现在的生源很足，硬件环境不能适应发展的需要，有关领导也在考虑新建更大规模的学校。

母校能正常生存、发展，去除了我的担忧（我怕它会在现代发展中消亡），我很欣喜。我想以后我会用合适的方式为母校的发展做一些力所能及的贡献。我觉得家乡的孩子们是幸福的，虽然与临近的学校相比硬件还差一些，但比我们小时候读书的环境好多了，可以说是天壤之别。只要校风好，学生们树立大志，勤奋学习，带着梦想进取，就可以在将来成为国家所需要的优秀人才。

带着美好的记忆从正场小学出来，我开车来到正场老街，忽地看到幼时的伙伴，从小学到高中的同学单明，我很惊喜，马上停车。打开车窗，我喊道：“明生，明生。”单明见到了我，说：“谦谦，你回来了。快下车，我们同学大家聚聚。”我说：“下午还有几件事，下次再聚吧。”这时，又一位老同学吴品芝来到我们身边，她硬劝我留下，立即打电话给几个同学，邀请大家一起过来相聚。

同学的盛情难却，老同学蔡红君、单美、吴志芳也来了，四十多年的老同学再次相见，大家从心底里感到欢喜。我们都已经是花甲之人，更怀念同学时代。边吃饭边聊天，真是人生的趣事。

小镇虽小，同学情、母校情、故乡情却像一条彩带环绕着我。我觉得自己像一叶漂泊的小舟，漂回了宁静的港湾。在这儿我得到了一种愉悦的精神陶冶。在这儿再次起飞，我觉得我会更有力量，会走得更远。

汾阳堂郭氏宗谱追寻记

“寻根”，追祖溯源。“根”包含着一种血缘关系，一种剪不断的情思。在潜意识中，经常有很多因素会唤起我寻根的需求，渴望与同姓族人联系。

一、去汾阳祭祖

八岁那年，父亲郭可慈从书架上拿出一本黄色的《郭子仪》历史故事书，对我说：“我们的祖先叫郭子仪。他很了不起，在唐代平息过‘安史之乱’……当过汾阳王，所以我们汾阳堂的子孙要努力，要有出息。”读了这本书后，我知道了先祖郭子仪戎马一生，屡建奇功，不贪不傲，忠恕宽厚，进退有节……他那忠贞爱国的优秀品质一下子在我幼小的心灵里扎下了根。

郭子仪画像

20世纪90年代初，我下海经商，在去广西的路上，遇到一位叫郭满根的上海企业家，他也是汾阳堂的后裔，我们谈到了祖先郭子仪，相约以后一起到山西祭祖。1997年夏，他打电话来，告诉我他到了山西某某博物馆参加祭祖大会，巧遇台湾企业家郭台铭……我很羡慕他，心底刹那间滋长了一丝去山西祭祖的欲望。

2002年10月，我父亲郭可慈去北京301医院治病，当时他不让我陪着去。父母从南京乘火车去北京，同一天，我从常州乘火车赴京，悄悄地住在他们宾馆的附近。我一边听二外的外语课，一边关注着父亲的治病情况。不久，得知301医院名医判定父亲病情不佳，我立即现身。第二天再陪父亲去301医院复诊，请三位名医会诊。结果名医们一致认为我父亲门静脉上的肝癌无法开刀，而且已转移，劝我父母立即回家。当天下午我先买了两张火车卧铺票。晚上父亲改主意，要坐飞机。我又去火车站退票，改买了两张飞机票，送他们坐上机场大巴，直接飞回南通。

为了给父亲治病我想尽了法子，这次进京让我绝望。忽然，脑海里产生了一个念头，我到山西的祖坟上祷告，期望祖宗显灵，保佑父亲多活几天，希望他能平安度过春节。原本，我是不信鬼神的，但那时一种奇怪的心理占据了上风。第二天上午，我去二外办理了终止听课的手续。中午，立即去北京西站乘火车（慢车）到太原。

晚上，在太原一家小宾馆里，我打听到山西博物馆电话号码。又到邮局打电话，询问郭子仪纪念堂的事，山西博物馆的负责人告诉我，郭子仪纪念堂在汾阳县，不在太原。于是，我又乘长途汽车去汾阳县。在汾阳汽车站要了一辆三轮车，车夫把我送到了汾阳博物馆。那是一个很老的院子，里边有一个三间平房的汾阳堂纪念馆。

汾阳县博物馆的张馆长、王书记很热情地接待了我这个普通中学教师，我向捐赠箱里投进了四百元（当时每月工资五百多元）。王书记向我展示了郭沫若留下的墨宝和郭台铭率领台湾郭子仪后裔访问团祭祖的系列照片等。他还拿出一本本厚重的《郭氏宗谱》，问我家的家谱情况。我说："我父亲告诉我：他10岁前离开江苏如东县马塘镇沙家庄，小时候年年随大人去宗族祠堂祭祖，族长（我爷爷郭履安）都会拿出郭氏宗谱，读一下祖训，向后辈青少年教导一番。之后，他没有回过老家，也不知自己家谱的下落了。"

王书记说："没有关系，你以后找到了，可以到汾阳来续谱。"

第二天，王书记还陪我在街上买了一些冥票，代叫了一辆出租车，把我送到县城外郭子仪墓地。那是吕梁山旁边一片荒野之地，"暖子村"（杏花村对面）村北背山朝阳的地方。我看到坟一侧有个很深的洞。王书记告诉我说，这儿是郭子仪的衣冠冢，真正的郭子仪墓地在陕西。从这个洞看，盗墓的人光顾过这座墓。

二、女郭可慈的故事

回南通不久，我父亲郭可慈就去世了。2003年，我整理、修订了父亲的遗著《现代作家亲缘录》，2004年由云南德宏民族出版社出版，请南通大学中文系主任陈学勇教授写了序言。2005年我把《现代作家亲缘录》序言和章节介绍发到博客网上，出现了一段意想不到的故事。

一天，陈学勇教授打电话来告诉我，天津有个与我父亲同名的郭可慈女教师，写信求助说：她从五十年前就发现同名的郭可慈，因为她教中文，写文章。我父亲郭可慈在各地发表散文游记等。她的同事经常向她道喜，搞得她莫名其妙，一直想找到同名的郭可慈，与我父亲见上一面。而她五十年的寻找，最终在网上得到了线索，可我父亲已经去世，她依然想与我们家人通话。

根据陈教授给我的电话号码，我拨通了天津郭可慈先生的电话，她异常地激动，呜咽地说："我找了一辈子，没有想到找到最后，还是没有能与你父亲见上一面啊……"之后，更奇妙的事情又发生了。

2012 年郭可慈（女，77 岁）与女儿在福州故居合照

天津郭可慈先生比我父亲小一岁，1934 年 8 月出生于福州市黄巷。她父亲姓郭，是郭柏荫的曾孙。她以"郭柏荫后人的博客"之名，多次到我的新浪博客上观看文章。当她得知我是郭子仪的后代时，留言说，她家有家谱，她是福建福州黄巷人，祖先郭柏荫（清道光年间进士）也是汾阳堂的后代，问我有没有家谱，我告诉了她没有看到家谱的实情。

三、苦苦寻找郭氏家谱

此后，我心里一直在想，我该如何找到我们家的家谱啊！据资料记载：沙家庄由南园、中园、北园三部分组成，南北长、东西窄，总占地约 1.5 平方千米。南北园以住宅为主，中园为商居中心。小集市店铺自西向东一字排开，小街虽不到半里长却热闹非凡。沙家庄实际以沙姓与郭姓两大姓氏为主杂居，且郭姓大户占多数。1940 年新四军东进后，粟裕、姬鹏飞、陶勇、叶胥朝常驻沙家庄。沙家庄人支持抗日，郭氏家族慷慨解囊，多次为部队解决军粮等军需物资。我老家是沙家庄中园的大户，有一个大宅院，陶勇的三纵队司令部曾多次驻扎，陶司令与我祖父郭履安交好，据嘉兴祖母说，他们还曾结拜为异姓兄弟。我祖父郭履安积极带头支持抗日，曾为如东县抗日民主政府的开明绅士代表。1958 年祖父病死时，我才一岁。父亲因忌讳家庭成分问题，10 岁以后再也没有回过沙家庄，据说他同辈的堂兄弟们都已经离开了家乡，分散到全国各地。沙家庄似乎没有熟人和亲戚了，就谈不上找家谱了。

天无绝人之路，2009 年我想到了在网上搜索。搜索到一条线索，北图（现国家图书馆）有 1920 年郭全富主修的《如皋郭氏宗谱》，对这套家谱，我不能确定是否与我们家有关系。

2018 年夏天我写有关祖父、父亲的回忆录。查到一个资料：因抗战形势变化，新四军第三纵队（后改为三旅）指挥部及领导机关驻地不固定，在掘港、沙家庄、丰利、苴镇等临时驻扎。而当时的如东属于如皋县范围，1941 年才有了如皋与如东（如皋的东乡）之分。

因此，我估计郭全富主修的《如皋郭氏宗谱》与我们家有关。2019 年春节期间，我进一步在网上搜索，又发现了另一条线索：国家图书馆古籍馆还有一套《雉水郭氏宗谱二三十卷》（郭先培主修，清光绪三十一年（1905）版本：汾阳堂活字本二十三册）。我再一查，“雉水”是如皋的别称，我想那么这套家谱也可能与我们家族有关。

这样，我心里产生了强烈的欲望，要去国家图书馆寻找“根”源。4 月 9 日回京，处理了一大堆杂事。4 月 25 日清晨 7 点，我从东六环宋庄两次转公交车，来到文津街国家图书馆古籍馆。按工作人员给的家谱工具书，找到了我欲寻找的两套家谱的编号。填表登记、等待，11 点半钟我拿到书。

我先翻阅了 16 册《如皋郭氏宗谱》，没有看到郭子仪、汾阳堂等关键字眼，觉得这不是我要找的家谱。后来，我翻开《雉水郭氏宗谱二三十卷》，一见“汾阳堂活字本二十三册”几个字，特别亲切。再读序言，郭先培多次提到丰利、马塘两个地方名。我查过地图：沙家庄位于如东丰利镇与马塘镇之间。我估计郭先培是丰利人，1905 年他修这套家谱。我祖父郭履安约在 1905 年出生，我父亲郭可慈 1933 年出生，父亲小时候看到的家谱，应该就是这套家谱，至于父亲郭可慈说他及堂兄弟名字都被写在家谱中，估计是祖父郭履安是在《雉水郭氏宗谱二三十卷》基础上的补充而已。

从《雉水郭氏宗谱二三十卷》上，我知道了在如皋的郭氏始祖叫郭君章，元顺帝兵乱时期，他曾为武将，弃官隐居如皋。从家谱第二册人物图像看历代郭氏名人：二世祖郭士贤是明朝的文官；三世祖郭本学，读书人；四世祖郭允高，明朝文官……十世祖郭龙白、郭良杰，清代读书人；十一世祖郭瑞祥，读书人；十二世祖郭楚惟、郭吉菴，读书人；十三世祖郭彬文、郭人也、郭养秋、郭斗南，或读书人，或教书先生；十四世祖郭赓堂、郭春圃、郭瑟亭、郭润齐、郭焕若、郭韵墀，读书人、乡绅；十五世祖郭绍言、郭先培，读书人；十六世祖郭枚臣，读书人；十七世祖郭楚善，读书人。

家谱里郭氏辈分有："世"字辈，"志"字辈，以及"之、大/映，全/步/启/徽、起、有/凤、必/文、如/友/诚、芝/雍/锦、和、承、鸣、元、昆、裕、继"字等辈分。父亲郭可慈，姑妈郭可青、郭霞飞、郭涵秋、郭婉香，叔叔郭寄生（郭可惠）。"可"字辈的堂伯，堂叔很多，如郭可守、郭可武、郭可剑等人。

通过进一步寻查，我知道了郭氏堂号有太原堂、华阴堂、汾阳堂、冯翊堂、尊贤堂。汾阳堂是最著名的堂号……

汾阳堂祖训：敦行孝悌，睦族和邻；上希圣贤，次作善人；勿贪财色，勿竞血气；勤业守份，徐存仁义；祖则汝福，佑汝勿替。

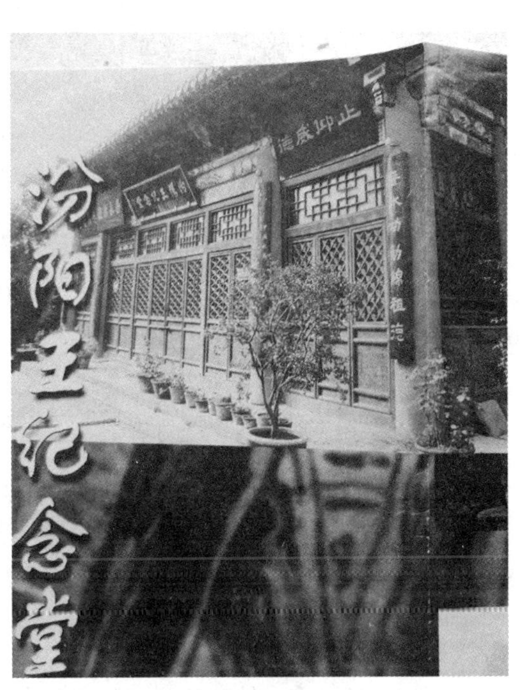

2002 年郭谦去汾阳王纪念堂

家族文化包含家谱、家训、祠堂、习俗、门风、图腾、故事传说等，寻根也是一个寻求、探索家族文化的过程，优秀的家族文化特色可以代代相传，影响后辈成长。像台湾孔子后裔到曲阜寻根，两岸的孔姓接续上后，两岸孔庙正式呼应共同祭孔，促进了孔子文化的研究和繁荣，促进了两岸同胞的交流，有益于祖国的和平统一。孔子家谱 30 年一小修，60 年一大修。无疑，对全世界的孔子后裔们的发展进步也是极大地促进和鞭策。

寻根溯源，也是为了与历史对话，与社会对话，与世界对话。个人的寻根问祖，可以找到血脉里流淌的祖先精神和元素，可以激发自己的奋斗意志及光耀祖先的决心，磨炼和提升自己，为民族、为社会多做贡献。

——写于 2019 年 4 月 30 日，此文刊登于"汾阳人家"网站

去故乡（如东）抓一把泥土

捧一把泥土，可以闻到故乡的味道；唱一首乡曲，可以追忆故乡的一片情缘。故乡如茂盛大树的根，如放飞高空风筝的线，一直牵着、系着飘荡在外的游子之心，是永久、永久地牵挂。

姑母郭涵秋手捧故乡的泥土

9 月 28 日晚上，妹妹郭晓燕打电话告诉我："哥哥，南京的姑妈郭涵秋来了。你什么时候过来？"

"噢，明天我原本计划到金沙（通州区）人民医院体检，正好去看你们。"我回答妹妹。

第二天清晨六点半，我与爱人邢志玖从南通市港闸区开车前往金沙。这天人民医院参加单位职工体检的人不多，但我们还是从七点一直到十点才检查完所有项目。然后，回老师范学校母亲家。81 岁的姑妈郭涵秋与 89 岁的母亲金亚男在唠嗑。姑妈特地来看望我母亲，她还是那样精神，像 70 多岁的人。她告诉我们，国家规定 80 岁以上的人出外旅游比较难了，没有亲属陪同，买飞机票、住宿都不行……

此时，我有了个闪念，很早我就想到父亲的老家如东县马塘凌民乡沙家庄寻根。

姑妈是个旅游爱好者，我想回老家看看，姑妈也一定会有这样的心愿。

中午吃饭的时候，我向姑妈郭涵秋提出：“姑妈，我想下午开车去马塘沙家庄，你去不去？”

“好啊！我早有这样的想法，离开家乡快 60 年了，我每次到南通总想一件事，金沙镇有没有到马塘镇的汽车？马塘到沙家庄有没有汽车？……我很想回去看看，可是交通不方便啊！”姑妈说。

我母亲说：“马塘那么远，你们去干什么？我以前去那边坐船（小轮船）要一天啊！”

我说：“那是 20 世纪 50 年代，交通不便。现在有高速公路，一个多小时应该就可以到了。”

“有那么近？”我母亲怀疑地嘀咕说。

20 年前，如东凌民中学一个外语老师告诉我沙家庄就在凌民乡，可是高德地图上查不到凌民乡乡政府，查不到沙家庄，只查到中国联通凌民营业厅、沙庄村、沙庄三组，沙家庄与凌民街道有多远？沙庄村与沙家庄是什么关系？这些成了我心中的谜。但我查到金沙镇到中国联通凌民营业厅只有 36 千米，约一小时路程。

饭后，我问姑妈郭涵秋休息不休息，她说不休息，我说：“那好，我们可以早点去早点回。”

下午大约一点，我们一行四人直接开车去凌民街道寻根。两点一刻到了中国联通凌民营业厅附近，我见旁边有个汽车修理店，站着五六个人在说话，其中有一个七十多岁的老人，我便下车过去问道：“老伯伯，我想打听一下，这儿离沙家庄有多远？”

几个人听了我的话一下子都笑起来了，老伯说：“这儿就是沙家庄啊！”见我有疑惑，便说：“凌民乡就是沙家庄。”

我又问：“老伯，据说这儿有两大姓——沙姓、郭姓，你知道哪儿有姓郭的人家吗？”

修车的小伙子指着路东街面房说：“这街道背后河的东面住着很多姓郭的人家。你要找谁？”

我说：“我爷爷叫郭履安，中华人民共和国成立前是个大地主，但抗日战争时支持过抗日，新四军的陶勇支队过去就住在我们家里，我爷爷是抗日民主政府里的开明绅士代表。”

那老人立即说：“我知道你爷爷郭履安，他是个大好人啊！这一带上了年纪的人都知道他。你去东边问，一定能问到的。”

小伙子告诉我：“你沿街向北开，在第一个向东的岔路大桥过去打听，就会问到你们老家的地址的。”

这话听上去就令人十分振奋，我回到车里告诉姑妈、我爱人邢志玖和妹妹郭晓燕，她们也一下子兴奋起来。妹妹郭晓燕开心地笑着说：“这么巧啊！你一下子就问到了。”

过了向东的大桥，我向一个五十多岁的人问路，他告诉我旁边卖电器的店里老板就是姓郭的。四十多岁的郭老板告诉我：“虽然我姓郭，但对家族、老辈的东西不懂。这儿东边有两座小桥，第一座小桥南边不远的地方都住在郭子仪的后代‘汾阳堂’的子孙，你的老家可能就在那边。而第二座桥向北，有一个姓郭的孤寡老人，他对家族、家谱似乎很懂……这一带老人提起你爷爷郭履安的名字都熟，都称赞他人好！”

随后，我向东开了约五百米，有一座向南的小桥，我见十字路口一家人家大门敞开着，坐着几桌老人在玩纸牌。我立即停车进去问道：“各位老伯伯、老大妈，不好意思，打扰你们一下，我想打听一下郭履安的事情。”

“郭履安，早死了，你为什么问？”一个七十多岁的老大娘说。

“我是郭履安的孙子，我父亲叫郭可慈，从小出外读书，后来他没有回过家乡。小时候我就想来这里看看，这儿应该是我的根，我想在老家拍几张照片……”我回答说。

老大娘指着西边一张桌子旁的一个老大爷说：“他就姓郭，你问问他。”

老大爷微笑地说：“你是郭可慈的儿子，我知道你爸郭可慈过去在南通师专做老师，你与山东（郭）可亲联系不？”我说：“我每次去山东青州，都要去看望姑妈郭可亲的。”老人又问：“那么嘉兴的（郭）寄生、婉香，你知道吗？”我回答：“知道，我去过嘉兴，看望过嘉兴小奶奶、寄生叔叔、婉香姑妈。”他接着问：“杭州的霞飞呢？”我回答：“我也去过杭州，看望过霞飞姑妈。”

这时，我姑妈郭涵秋也进屋了，我介绍说：“这是我南京的姑妈郭涵秋。”

姑妈与老大爷聊起了家常。我才知道这老人 81 岁，与姑妈同龄，他叫郭拔。他父亲叫郭军健，兄弟有郭捷、郭挺、郭焕。郭君健（郭可武）与我父亲同辈，兄妹有郭可芬、郭可芸、郭可桃、郭可鸿等。郭拔是我的远房堂哥，于是我送了一份专刊和书法留给他做纪念。也问清了我老家的地址确实在南边不远的地方，一个叫吴丛林人家的旁边。祖屋早就夷为平地了，祖坟也早就没有了，地点他不太清楚。又打听到对郭氏家族情况比较熟悉的老人叫郭必昌。

郭拔本来想不打牌了，要为我们带路。我们觉得过意不去，怕打扰了其他老人的雅兴。一个老大娘说：“我带你们去找郭必昌。”在老大娘的指引下，我开了约半里多地，到了郭必昌家门前，门锁着。隔壁的人告诉我们，郭必昌在西边不远处打牌。于是老大娘又带我们向西走了一百米，见一个屋里四个人在打牌，郭必昌老人朝南坐着。他今年 79 岁，告诉我们郭氏家谱早就没有了，但他知道我爷爷郭履安是“绪”字辈的人，我父亲郭可慈是“可”字辈，下面是“必”字辈，我也属于“必”字辈，他与我同辈，是我的宗亲堂兄。

同桌的还有一个人，叫王庭禄，他是我父亲的表姑妈的儿子。他说 1972 年他曾到过我通州区老家正场，一说起这事，我依稀记得。

真是“踏破铁鞋无觅处，得来全不费工夫”。居然还能在如东马塘沙家庄找到这么多血脉相亲、相近的人。于是我们连忙拍了一些照片留着做纪念。

郭必昌（右一）、姑妈郭涵秋（右二）、郭晓燕（右三）、郭谦（右四）

我也搞清楚了一个问题，沙家庄是一个老名字，中华人民共和国成立以后属于凌民公社、凌民乡管辖，现在叫沙庄村，为马塘镇的下属行政单位。

郭必昌请我们到他家去，我们说以后再来拜访，这次还要去老房子的地方看看。道别后，我沿着王庭禄指引的方向开，从来的第一座小桥向南开，开了约一千米，我没有注意到向东有一条岔路，一直开到一条大路（苴东线）的地方，看看有些不对，便停车问道。

一个五十岁左右的大姐听我说起郭履安、郭可慈，便问我：“你们家是不是有个人曾经在上海做过医生？这儿村委会修建公路时曾派人到上海等地找姓郭的人家，为迁祖坟，找不到啊，后来也就平了。”我说我两个姑妈在南京、杭州做医生的，她说：“不对，那好像是一个男的。”我又问她知道不知道吴丛林家，她指着告诉我就在她家东北方向。后面有一条路，直接到吴丛林家门口。

按其所说，我开了过去，终于找到吴丛林家。吴丛林闻讯，走出屋。他听说我们是郭履安的后人，便说：“你爷爷是个大个子，对人彬彬有礼，老好人啊！”

吴丛林指着右侧后方的三间平房（郭必大家）和一间向东的小厨房，说小厨房就是我爷爷郭履安住过的更棚（打更人住所）所在。我姑妈走过去想寻找老家古宅的踪迹，好像找不到任何东西了。沧桑巨变，物是人非。她露出失望的神情，我说："姑妈，我们到了这一块地方，嗅一嗅这儿的空气，闻一闻这儿的泥土，也就到了老家啊！"

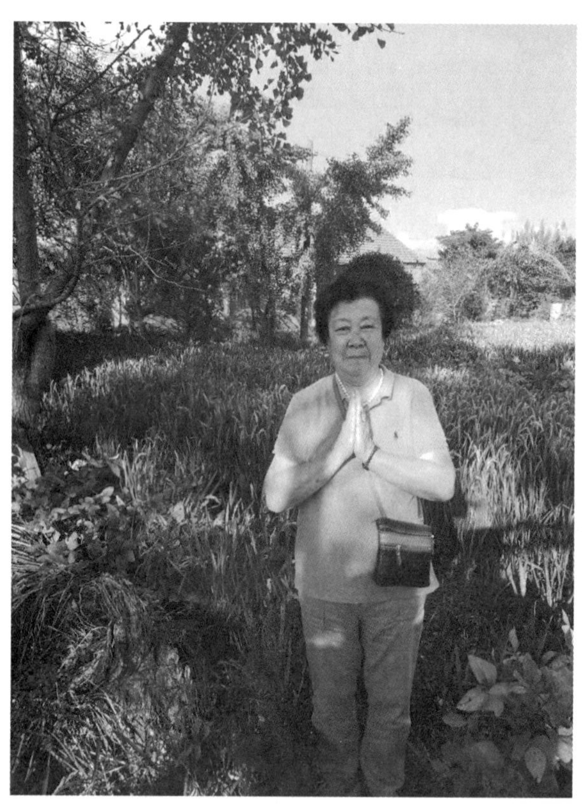

姑妈郭涵秋在故乡的稻田边

姑妈面露微笑，说："是的，家乡的水稻长得多好啊！看这儿房子旁的柿子树挂满了红红的柿子，似乎都是一张张笑脸。"

我建议说："我们抓一把泥土带回去，放在家里可以永久地闻到家乡的气味！"

姑妈郭涵秋、我爱人邢志玖真的用油纸袋装起了泥土，这时，隔壁的一对老夫妇走过来，听说了我们的想法，立即送来铲子给我们挖泥土。老家的人淳朴善良，他们的热情让我们留下了深刻的印象。

在田边，姑妈由衷地发出感叹："家乡啊，我终于又回来了，我梦里想过多少回啊！"

倦鸟归巢、落叶归根，漂泊在外的游子都渴望在故乡找到心灵的寄托。可能从我们每个人出生的那一刻开始，就和我们脚下的泥土有一种神秘的联系，这种联系是浓厚的乡情，是回忆的源头，是寄托的温室，这种情怀是时空无法切断的，是命运无法切断的。

姑妈忽然想起了老家的水井。隔壁的夫妇说："你们家老井还在那儿！"他们指着小屋左侧黄豆田里的大水缸，我们过去一看大缸围着一口水井。据他们说为了小孩安全，他们用一个坏了的大缸上半部分把井圈起来。这井里的水质很好，现在还使用着。

家乡的一砖一瓦、一口井都会给人留下美好的回忆。姑妈高兴地说："这次回家乡收获太大了，比任何旅行都有意义。"

回程的路上，姑母郭涵秋想到附近的潮桥镇找一下奶娘的儿子：付来发、付来银。也巧得很，我们没有找到在无锡带孙子的付来发（曾当过乡干部），但找到了刚从南京回来的付来银，付来银的妻子叫郭必珍，与我平辈。我还从他们口中得知，我父亲的堂兄郭可大是我国著名的医学微生物学家、医学真菌学家。在网上一查：郭可大 1912 年 11 月 26 日出生于江苏省如皋县丰利区吴陵乡沙家庄。1917—1924 年就读于如皋县和丰利小学……他曾在上海长期工作，后调入北京中国医学科学院工作……这一查，我更清楚了如皋与如东过去的关系。

不知家乡的变化，回忆的失落充满心田；不知归期，乡愁难解。姑妈捧了一把家乡的泥土，看到了老井，拍了几张照片，就找到了慰藉。

我也圆了幼时的梦，看到了爷爷、父亲曾经生活过的地方，见到了一批可亲的如东马塘家乡人，内心深处是温暖的，我对故乡南通更爱，故乡的情怀会绵长地飘动，随我走遍四方。

——本文写于 2019 年 9 月 30 日，11 月 18 日发表于《江海晚报》的《夜明珠》栏目

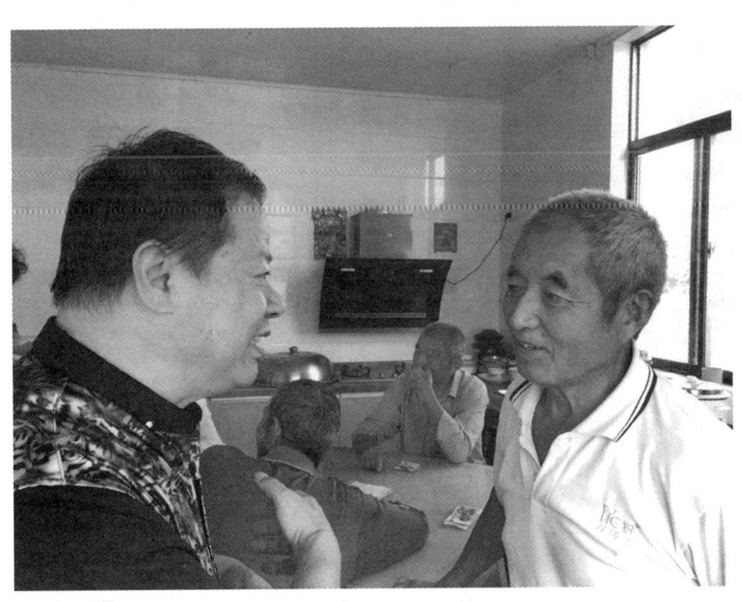

在沙家庄王庭禄（右）家，郭谦（左）喜逢表叔

五、阅读山河

平遥，让我再回童年

在漂泊的一生里，我走遍大江南北、黄河两岸不少城市。唯有去年秋天到平遥产生了一种特有的亲切感——梦回童年。

童年承载着幼时的天真、乐趣、梦想……它的美好时常在我依稀的梦里轮回。每当，我从梦中醒来时，再想想最近回过的老家——长江边的小镇（正场），无规划、无保留的建设、改造已经使我曾经生活过的家乡面目全非：喧嚣代替了宁静，奢华取代了质朴，人为的造作更改了自然之美。我找不到一条条弯弯曲曲河上的石拱桥，找不到一个个幽深阴凉的巷子……找不到我幼时抓蟋蟀的砖头堆、草场、竹林，找不回童年。由于失望，我经常逼迫自己不再想童年。

郭谦在平遥老院墙边

可是，当我踏进平遥古城的南巷，一道道风雨剥落过的院墙，一个个满面沧桑的旧院门，尤其透望到门内残破的青砖堆和穿着质朴的平遥老人，我脑海里忽地一下子冒出一串词："这是我童年生活的地方。"

平遥，虽然以前不是我的家乡，但在平遥我首先认识了好友宋吉林老师的八叔宋以斌。宋以斌大我一岁，开了一家仁厚风客栈，这家客栈是典型的北方民居，左右厢房对称，正房窑洞顶上的风水楼别具地方特色。

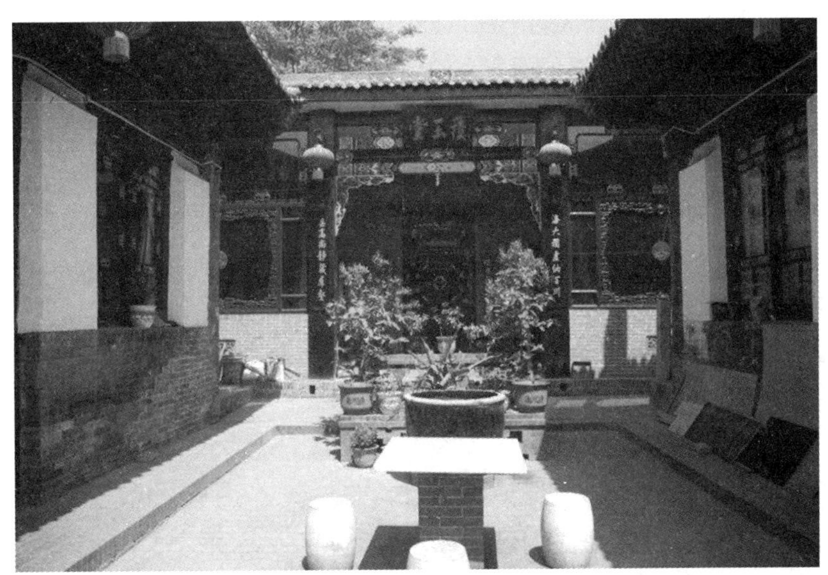

平遥“仁厚风客栈”内院

这是宋吉林老师幼年玩耍、成长的老宅，从清代流传下来已经有两百多年的历史。住在八叔宋以斌家里一周，有一次我在外办事晚上十一点多钟才回客栈，进大门的第一眼就看到八叔坐在院内的石凳上抽烟。他的眼神告诉我，他在等我回来关院门。这一幕就像我幼年的外祖母夜晚在院内等我的情景。而他几次对我说：“家里有饭，你吃过了没？”我告诉他，我已经吃过了。他说：“无论早、中、晚，你都可以回来吃，外边店里没有家里卫生。”八叔的每一个“家”字都深深地打动了我的心。

也就是在这一次，我认识了隆恒永客栈的老板武黎春。武黎春是一个带着文质彬彬气质的人，他喜欢文艺，喜欢打球，喜欢交友，待人热情。他对我说：“郭老师，你把这儿当作家，随时来，包你吃住行，你的朋友、家人你都可以在这儿接待。”他的话让我觉得温暖，整个冬天里，想起平遥，就会想起武黎春。

随后，在隆恒永客栈我见到了平遥县文化局闫振贵局长和程志峰副县长，闫局长是我三年前在京认识的老朋友，他见我的第一句话：“郭老师，你回来了。再次见到你，我真是高兴。”

今年，我两次到平遥，与他通话。他总会问我：“郭老师，你啥时回来？……”在与其他朋友讲话时，他的话里经常蹦出：“郭老师是家里人……”

程县长匆匆地来，又急急忙忙地要赶去参加其他会议，但他特地吩咐闫局长拉我到隆恒永客栈后花园里去拍照，他说：“郭老师送我的书我特别喜欢，他是真正的文化人，以后我们要做一辈子的朋友。今天认识是一种缘分，得拍照留念。”

中国的语言奇妙的地方，就是一两句纯真、朴素、简洁的话能感动人、打动心，找到归属感。确实后来，每次到平遥见到闫振贵、史炫杰等新老朋友，他们的热情让我在心里产生了一股股浓厚的回家乡的感觉。

平遥是一座有着2700多年历史的文化名城，是汉民族明清时期经济发展杰出的范例。壮观的古城墙、城楼、城池与4000多座保留完整典雅的明清古宅交相辉映，似一幅幅非同寻常的画卷。数百处体现历史风貌的城内文庙、古县衙、票号、镖局等与城外古遗址、建筑相得益彰，如一首首耐人寻味的诗词。平遥保留着历史的记忆，也保留着我童年的记忆，它给我的亲切感、亲近感是其他任何一个城市都没有的，也是吸引我的魅力所在。我爱我的童年，我也爱梦中的“故乡”——平遥。

——写于2016年7月10日

金祖山的奇石、奇树、奇泉

对很多旅游爱好者来说，金祖山是一个不熟悉的名字。但是说起大房山（九龙山），北京的驴友并不陌生。谈到“周口店”，几乎百分之九十以上的中国人都会感到亲切，因为在初中历史书里，有北京周口店猿人的章节，就会自然记住“周口店”这个名字。

周口店正是大房山脚下的一个镇。大房山属太行山余脉，为房山平原与山区间第一道屏障。秦代称大防岭，东汉时改称大防山，隋代称防山，五代时复称大防岭，金代起称大房山。这一串串地名与古代兵事有关，因其山势雄峻，且地形复杂，沟壑纵横，易守难攻。

金祖山风景区照片之一

大房山脉的云峰山云雾缭绕，气势非凡。因为有九条山脊如九龙奔腾，所以古代又称九龙山。20 世纪末随着考古的发掘，金代陵墓频现，这一地区的优美风景也进入了世人的眼帘。因此，北京市规划出这个新的风景区。由于山西、广西、广东、四川、贵州、浙江都有九龙山风景区，甚至北京的门头沟区也有九龙山风景区，为了避免名称的重复，突出追寻金代先祖的踪迹，这儿就起名叫“金祖山风景区”。

好友“315 记者摄影家网”网站主编笑琰（靳新国），在金祖山风景区设立了一个记者摄影基地，几次邀请我一起去摄影观山。前几次都因为家中来客等原因未能成行。

2017 年 11 月 7 日早晨 8 点多，笑琰打电话来，邀请我与宋庄的画家林清泉一起去拍摄金祖山秋末之景。于是我开车去老君堂《科学导报》、“315 记者摄影家网”编辑部与他们会合，一起出发。从北京东五环到周口店的金祖山风景区，开车花费了一个半小时。

进入景区，我们首先奔向国家级重点文化保护遗产，国内仅存的元代十字寺文物古迹——景教遗址。十字寺因战火的摧毁只遗留下断断续续的地基石砖、墙砖，一个大院子空荡荡的，只有两棵银杏树矗立着，诉说着历史的沧桑。

高大粗壮、具有近千年历史的银杏树在微风中细语，我似乎听到了它的声音。满地黄黄的银杏叶犹如一层金灿灿的地毯，温馨而有暖意。同来的“315 记者摄影家网”副主编李月女士忍不住地坐到地上，捧起了一大把一大把的银杏叶飘洒起来，引得另一帮前来观山的文友们好奇，他们也坐到堆满树叶的地上连连拍照。

十字寺遗址还有三块大汉白玉碑额，一为辽碑，碑正面上方横书：“三盆山崇圣院碑记。”另一为元碑，碑额顶端圆球内刻有十字，左右各有一条石雕云龙，正中刻有“敕赐十字寺碑记”，侧面刻有叙利亚文，据专家认定是“仰望他，寄希望于他”的意思。碑附近还有汉白玉雕刻的龟趺石两个，刻有葵花图案的石柱础 4 个。这些遗物在中国是独一无二的，因此其宗教文化价值、人文价值无与伦比。

中午，我们在山腰一个景点宾馆匆匆吃了工作餐。下午一点去了山的另一侧，国家重点保护遗产、金陵遗址，这是我国为数不多的少数民族皇陵。

金天德四年（1152 年），金海陵王完颜亮力排众议，毅然迁都北京、迁陵大房山。金陵经金海陵王、世宗、章宗、卫绍王、宣宗几代王营建 60 年，60 平方千米范围内葬有 17 位皇帝的大型皇家陵寝，还有一些嫔妃、大臣的墓。

过去，人们因为一些原因忽略了这一个历史文化景观带。当今，世界各种文化交融、交错，繁荣丰富了中国、世界文化宝库。对“非遗”文化的再认识，让当代人意识到少数民族文化遗产尤为珍贵。可惜，金陵遗产还处于原始保护阶段，没有明十三陵的繁华，清西陵、清东陵的热闹，在荒山野岭里呈现在人们眼前的，只不过是一堆古代墙砖平砌的地基。这儿碎石满地，秋草乍黄，飞虫扑面，白玉石碑弃之草莽。此处亦有神道，皆近人铺就，全无古意，仅南端尚余台阶数级，玻璃幕墙重重保护。一排文物施工工棚前面，竖着一块汉白玉碑，上书："睿宗文武简肃皇帝之陵。"

碑旁的路边一堆堆乱石头，有白玉石、蓝晶石、黑石、灰石，这些石头经过无数风霜雨露的磨砺让人看了心悴、凄凉，孤独中散发着怨气，好像对它们的不公表示着抱怨与哀伤。我想金陵是北京重要的文化财富，今年北京电视台已经拍摄了纪录片，把金陵与北京长城、故宫、明十三陵等一起列为"十大遗产"，它们将作为重点宣传，未来这块风水宝地将会再现繁荣。

郭谦、李月登山中

随后，我们从金祖山石牌楼进山观景。没有想到牌楼一根石柱上还有一只喜鹊迎接着我们。从人工台阶的山路上山，在我们翻过两个拦水大坝后，路开始陡起来，两边没有人工护栏，没有水泥地面。一会儿，弯弯曲曲的盘山路，让我们看不到前方的路踪。路石让我们看到风化了很多年的历史，越来越原生态的山路，自然让我有了一种不同的品味。我去过黄山、泰山、五台山、蒙山等名山，也到过龙门石窟、西安皇陵、十渡等风景区，这儿的风景与它们都不一样，这儿到处是奇石、奇树、奇泉，处处出奇，处处有景，美得令人陶醉。

这儿山上有胡桃楸林、蒙古栎林、落叶松林，旱生灌草丛、杂类灌丛，物种多种多样，十分丰富。令人惊奇的是树木与奇石交融、交错，山峰与山沟相叠，万象森罗。有的树木居然长在石板上，有的树木长在巨石的缝隙里，显示出树木顽强的生命力和倔强的精神。有的树木被石头抱住，有的树木护围着石头，展现出树木与石头之间的无限亲和。

走到半山腰，李月指着右前方惊叫："你们看那儿有一只青蛙在叫。"我顺着她指的方向看过去，真的，对面的树下有一只石蛙对着我们在鸣叫，此景象别有趣味。一会儿，笑琰指着左上方说："你们看那堆石头。"我抬头猛地看到了那堆奇石，犹如被斧头砍劈过的一样，笑琰惊叹地说："这是鬼斧神工啊！"

不一会儿，林清泉指着右侧山壁说："对面的山好像被撕裂了。"我望过去，果然不假。接着，我们又发现了一组石头似两只花脸的猴子，头依着头在探望；另一组石头像几个孪生的兄弟紧紧地抱在一起，似乎在诉说着相聚的快乐。

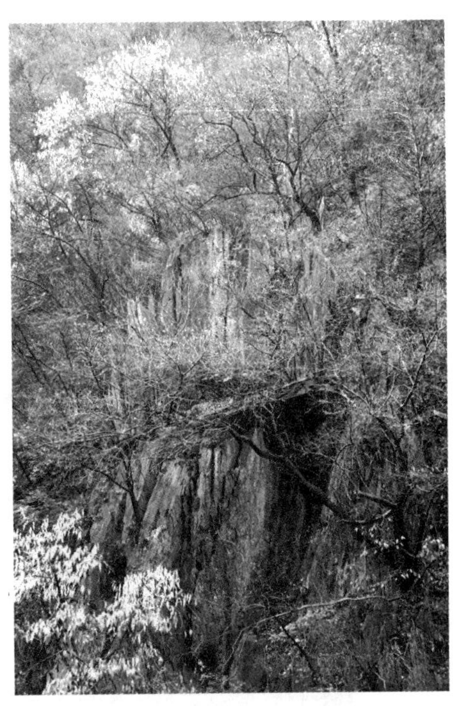

撕裂了的山峰（笑琰摄影）

在半山腰奇石林立的山沟里，我见到了一股清泉在潺潺地流，好清澈啊！我特地用手舀起，喝了一口，清凉纯净。爬到一个小山峰上，我看到对面山峰间的泉水隐隐约约地向下流动。在北方千米高处，居然有泉水千年不息地流动，长年不断，这的确称得上是奇景。

快到山顶处时，突然来了一段插曲，一个小伙子神色慌张地从上面跑下来。瞧着他变了色的脸，我问："你怎么啦？"他上气不接下气地说："吓死我啦！我从这个峰走到对面那座峰，忽然见一片黄茸茸的东西移动过来，我也不知是什么怪兽，它们追我，我赶紧向这边退回来。我的妈呀，好大的一片啊！"他扔掉了手上的石头。我说："下面不是有警示：山上有猴子！"他说："我看不像，不过这边山顶没有。"说完小伙子快速下山了。我们则继续上山。

在山顶附近望山，很多景色与山下、山腰看到的是不一样的，在山下我们看到一座山峰顶上有一张嘴像狼嚎，但到了山顶我们再望那山峰，那儿却是一个神兽，似虎头。

据好友笑琰说，他七月上山、十月上山，这儿的景色各不相同。看来金祖山春夏秋冬各有各的景色，它是一个未来有开发前途的风景区，会得到北京，甚至全国各地游客的青睐，会绽放出奇特的光彩。

——写于 2017 年 11 月 7 日，此文发表在"中华文教网"、"中华新闻文化网"、"315 记者摄影家网"等网站

临沂书法广场超级棒

文化创新是促进地方文化繁荣的根本途径。近三十年来，许多地方恢复古城、古迹，打造文化城、文化园。有些做得非常得力，如平遥古城、西安古城，他们对文化古迹的保护很成功，因而变为世界级的景点；有些地方依旧复旧，把战争等夷为平地的城镇变成了可观、有品位的新景点，如台儿庄用旧石板、石条铺设的一桥一景、一亭一景，处处是景，让人流连忘返。但是，大部分地方造出来的 ×× 帝王城、×× 旅游街、×× 文化园，商业味太浓，没有实际的文化内涵，也留不住旅客，成不了新景点。

郭谦在临沂书法广场石碑长卷前

临沂书法广场，是一个意外。各种造型书法刻石争奇斗艳，蔚为壮观，它将传统国粹——中国书法精华浓缩于石林、石碑之中，把传统书法经典作品与现代雕刻技法完美地结合起来，将古典园林造景与现代水文化、书法艺术相交融，使游人在游览中深深感受到了中国书法的神奇魅力。外地游客一到此处，心灵和视觉上就受到巨大的冲击，不得不为历代书法的精妙、设计者的巧思、刻匠们的精湛技艺等感到惊叹。临沂书法广场可以说是非常好的当代文化的现代景观，值得所有的书法家、书法爱好者、文化人来参观。

2017 年 8 月，我刚在故乡南通搞完了书画展。临沂书法家赵义成又一次邀请我到临沂一玩。临沂在我的印象里，是一个贫穷的山区，而且很多图书介绍了这儿在抗日战争、解放战争中可歌可泣的故事，就是没有什么像样的文化古迹和景点介绍。赵义成老师与我在北京相识，人很真诚，一见面就有好感，因此我愿意同他交往下去。

9 月 4 号，我开汽车回京，选择了顺道去看望他。下午一点多从南通出发，晚上七点多到临沂。在高速路上我发现临沂新城并不是脑中的破旧小城，也是灯火辉煌、高楼林立、一派生气的现代城市。与赵义成会合后，他首先问我的行程，我告诉他第二天一早要赶回北京，语文出版社等着与我签订一套文化丛书的合同，确定整套图书写作的方向等事宜。他说："那我们晚点吃夜饭，你一定要去临沂书法广场感受一下，到了临沂，如果没有到过书法广场，等于没有来过临沂。"

既然朋友这么说了，我就跟他去了临沂书法广场。在黑幕的灯光里，我看了 20 多万平方米的临沂书法广场概貌，又观看了一些石刻，三个百米长的历代书法经典长卷刻石气势非凡，给我留下了深刻的印象，很多巨石石碑也让我一饱眼福，惊叹不已：这地方太有意思了！我想如果白天来参观，也得要一天的工夫才能欣赏完一千多块石刻。这是一个可以带朋友、带孩子来参观、游览的好地方。而且，我觉得这个地方的景点不是古迹，它利用了传统文化造出了一个富有时代性的新景点，可以让后代的人看到我们这一代人的创造智慧，真是一个了不起的新景观。可惜的是，媒体对临沂书法广场的关注度、宣传力度不大，在北京宋庄我周围的艺术家们都不知道这个景点。几乎没有一个文化名家把它写进游记里在旅游网站、频道上宣传，外地知道这个景点的人也微乎其微。我很想写一篇感受文章，道一道临沂书法广场。可是那天晚上光线不好，拍出来的照片不清晰。因此，我一直没有动笔，但心里耿耿于怀，写临沂的欲望时时萦绕在心头。

2018 年 2 月 1 日，我开车从北京回南通过春节，中途我决定再去一下临沂，重游临沂书法广场。2 日中午，我从青州姑妈家出来，就打电话告诉赵义成老师，相约 5 点多在临沂书法广场见面。

见面后，赵老师说："天太冷，郭老师，还是明天上午再来书法广场吧。你先住下，吃晚饭。"于是，我们开车找了个宾馆，住在一起聊别后之情、书法界逸事、创作计划等。

赵义成在巨石碑刻下

第二天上午八点多，我就开车到了书法广场。大冬天里，偌大的书法广场一个人也没有，我们是第一拨游客。这次，我仔细地观看了历代书法经典长卷碑刻，受益匪浅。

来到气势磅礴的王羲之《兰亭序》石碑下，我觉得必须留影。前几年，我创作了几种不同的《兰亭序》书法作品，这次观看《兰亭序》石刻，我又有了新的感悟。

赵义成老师特别喜欢颜真卿的书法，以传承颜体书法为己任，他的颜体楷书写得很精致，在全国颜体优秀书家中独树一帜。他选择在颜真卿《祭侄文稿》——“天下第二行书”石碑前拍了照片。

郭谦在篆刻碑石林中

之后，我们详细观看了苏轼《寒食帖》(“天下第三行书”)、王献之《洛神赋》、智永《草书千字文》、赵孟頫《赤壁赋》等石刻。又到文化墙、篆刻林等处留影留念。临沂书法广场，这个免费向社会开放的“没有围墙的书法博物馆”，有一股特殊的韵味，散发着书墨的幽香，似一片吸引人心灵的磁场。看了两个小时，胜读十年书，我真有点舍不得离开。

闻听赵老师连续不断的咳声，我想他感冒了几天，昨日特地从床上爬起来接待我，在这风头里不能待得太久，于是我们不得不难舍难依地分别。

我想今后有机会再来临沂，我还会到书法广场参观、学习、品味，书法广场的魅力无穷，会让游客有不同的体验，一定会被当今社会、时代青睐!!

——写于2018年2月6日

沿京杭运河奔驰，游临清、台儿庄

2018 年 4 月 29 日上午九点半，我从京城东六环宋庄收费站驶入高速，直奔 218 公里外的山东聊城临清。

临清这个地名，我最早熟悉它是在 2004 年。那年，我大量研究文坛名家史料，写《走进文化名门》丛书，研究著名诗人臧克家时，发现臧先生 1934 年至 1937 年曾在临清中学任教，他在回忆录中说："临清时期，在我生命史上是'黄金时代'，在我的创作中也是一个重要的阶段。这个时期我的兴致浓，生活安定，时间有。那一团空气正适宜于诗的产生。在这古城的三年时间中，我写了自传的千余行长诗《自己的写照》，我写了《运河》《古城的春天》《大寺》《黄风》……"他在临清中学教书那几年，正是国难危重、人心悲愤的时代。虽然小县城外表安静，但爱国志士的心头却像火山口上压住了块石头，等着爆发！强烈的民族责任感促使臧先生不断向青年学生灌输先进文化和革命思想，以诗的种子播下抗日的火焰。

20 世纪 70 年代末，臧克家回首往事，专门写了一首诗《临清，你这运河上的古城》，表达了心中久蓄的感情："临清，你这运河上的古城 / 像一只飞鸿，我曾在你身边留影 / 留影也留声，我的几百首诗歌 / 就在你这块土地上产生。……孩子的天真，'大仓'的歌声 / 给了我欣喜，给了我无限诗情。……"

读了这些资料，"临清古城"四个字就深深地刻在了我的心中。临清不仅是一个有历史典故的城市，可以读到唐代哲学家吕才、明代文学家谢榛、清代奇丐武训、现代诗人臧克家、抗日名将张自忠、国学大师季羡林等人的故事，还是一个处处有历史遗迹的城市。

2009 年夏，我曾写过京杭大运河风光纪录片的策划方案，研究过运河沿线的 30 多个城市，发现临清古城一些明代建筑与京杭大运河紧密相关，是运河沿线拥有真实古迹的城市，很值得一观。

对京杭大运河，我情有独钟，在北京通州区租的第一套房子就在"运河湾小区"内，每天早晨和晚上我会到附近的"运河广场"散步、打拳，眺望河对面通州燃灯古塔（京杭大运河起点）。之后，我买房，买的是京杭大运河的第一码头张家湾（村）的民居，我时常晚上遛弯会遛到运河边码头、张家湾运河古城。即使近几年搬到宋庄，我也常去通州景点"运河公园"，去吸氧，去品味通州运河的美色。

这次"五一长假"开车回江苏前，我特地规划了自己的行程，驱车参观京杭大运河沿线城市——临清和台儿庄。

临清有十个旅游景点，我选择了三个：第一个景点是临清舍利塔。它建于明朝万历年间，与通州的燃灯塔、杭州的六和塔、镇江的文峰塔，并称"运河四大名塔"。其塔高 61 米，九级八面，楼阁式，砖木结构，塔顶呈将军盔形，属山东省内少有的古宝塔。这个景点位于郊外，没有自驾车不方便去。景区范围不大，门票价格也不贵，因为时间紧，我没有登塔。只在大门外欣赏了古塔的外部造型，感受了一下明代遗风，然后拍摄了几张照片，便匆匆离开，驶向临清古城区。

第二个景点是临清鳌头矶，它位于临清市先锋路吉士口街，在元代运河与明代运河的结合处，是一组结构精巧、古朴典雅的楼阁式建筑，也是全国重点文物保护单位。

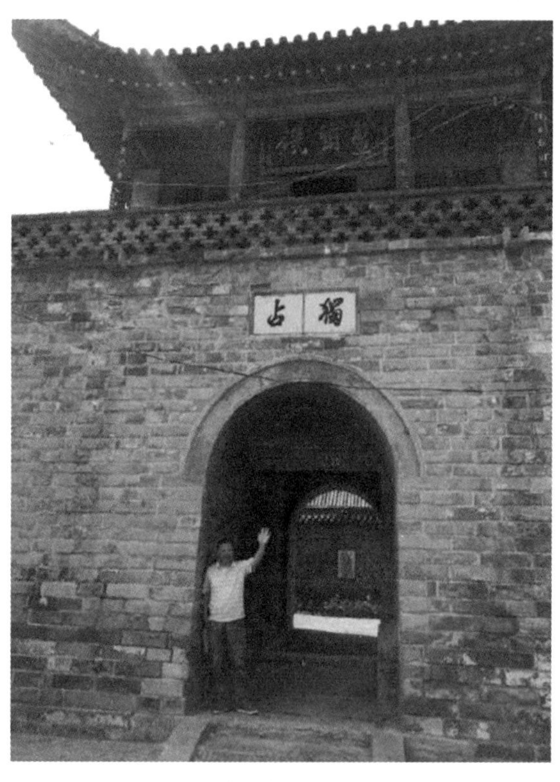

郭谦在临清鳌头矶

停车后第一眼，我看到的是观音阁底楼大门上的门匾“独占”两字。然后，我们夫妇进入大院，走上明代青砖铺垫的楼梯，上了二楼，在南楼“登瀛楼”留影，再转到东楼“观音阁”，仰头可望阁门匾上的“鳌头”两字。明代书法家元唤书写了“独占鳌头”，这四个字分成上、下两幅门匾，真富有独创意味。我没有去参拜观音，也没有时间去西殿祭拜吕祖。品味这个明代建筑群，让我如吃到一顿大餐，这儿结构严谨、布局得体，玲珑纤巧、古色古香。难怪明清两代文人骚客常会登临楼阁，眺望运河，寄情抒怀、赋诗唱和。也难怪“鳌矶凝秀”会成为临清一景。

不过临清的河道到现在已有了改变，河床缩小了，河边建了一条公路，在楼阁上不能俯身观运河，只能远看三四十米外运河堤岸柳枝飘荡。

公路上叫卖食品的小贩叫卖声让我想起一件事，我还没有吃中饭呢。肚子与脑子联动，叽里咕噜地叫了起来，于是我连忙出景点，找吃的。

景点周围没有几家饭店，有两家还贴着“关门转让”的字条，问了几家开门的，中午一点半后不供应饭菜，连面店也如此。在景区找不到吃的，这种情况真少见啊！我想大概是这个城市游客少，餐饮业不景气。我只好在一家饼店买了四个饼，在一家卤菜店买了一点本地兔子肉，喝着自家车里带的牛奶和水，解决了饥饿问题，接着再奔下一个景点。

第三个景点是临清运河钞关（收取关税之所），它距离鳌头矶景点只有七八百米，躲在一条很冷清的巷子里。它始建于明宣德四年（1429年），延存至今已有590余年的历史。现存仪门、南北穿厅、公堂、巡拦房、船料房、官邸等80余间古建筑，院内有明清碑刻。它在运河漕运史上占有极其重要的地位，是一处重要的历史文化遗存，并且是全国唯一的一处钞关旧址。万历年间，临清钞关一年征收船料商税银八万八千余两，居全国八大钞关之首，占全国课税额的四分之一。因此，2001年，它被国务院公布为第五批“全国重点文物保护单位”。

可惜的是，临清这三处景点分散着，古城区道路的路况不好，街道有些脏乱，旅游形不成氛围，也调不动游客的兴致，我也失去了游的雅致。

下午两点半，我开车直奔234公里外的台儿庄。晚上八点四十分，我到达台儿庄大桥，在桥南找了一家连锁旅馆吃饭、休息。

第二天早晨，店老板说开车五分钟就可以到台儿庄古城景区，于是，我就步行穿越千米大桥。边走边看，瞧着台儿庄宽广的大运河桥下分成三条粗细不等、蜿蜒曲折的河道，树林、亭子巧妙地融为一体，相映成趣，如诗如画。把古城配套工程做得如此之好，不由得不让我钦佩台儿庄人的创想和创造。

2011年郭谦与张富英（左二）、沈印国（左三）、王建华（左四）在台儿庄

2010年“五一”劳动节，我随《作家报》总编张富英来过台儿庄古城。当时枣庄市设计艺术家协会主席沈印国陪同我们，参观了他的个人摄影展，参观了古城一期工程。台儿庄一桥一景、一亭一景、一楼阁一景，给我留下深刻的印象，一期工程建筑可谓精细。而在傍晚的餐桌上，枣庄市旅游局李局长向我们介绍，2007年，

他们开始建造台儿庄景区，四年初具规模，刚建成的一期工程，“五一”劳动节每天接待游客达一万人。这样的速度、这样的效率真让人吃惊。而他们的投资额由三千多万元改为七亿元。所以，八年来，我一直在想台儿庄古城在抗日战争中被战火几乎夷为平地，现在白手起家，虽然引进了浙江人恢复古迹的思路，以古（古木门窗、古砖石）复古，用现代观念新创大景区，会有不错的效果。但究竟能建到一个什么水平？发展到怎样的规模？我想亲眼见一见。

这次来，我已经记不清曾走过的路，摸不到大门了。因为我前一次来的景区门只有一个，现在分成了南门、东门，而且有了景区牌楼、商业街道。我从南门牌楼走进景点约两百米，才到达景区收费站，再走上一座运河桥。这座桥才让我记起我们前一次停车的地方，那时桥外是一片荒地。

在临清旅游三个景点，我没有花费一分钱，在台儿庄我们夫妇花费了 240 元门票钱，走进景区一观，我觉得这钱花得值。古城景区的主街道第一街区我熟悉，因为来过，可是走着走着就感觉陌生了。

2018 年郭谦在台儿庄景点大门前

一条街接一条街，东西南北的石拱小桥相通，左右前后石板街道相连，小桥流水人家，河舫、小船漂荡；有时髦、喧哗、热闹的街区、广场，有古色古味的幽静小店比肩。一些不起眼的小门店里面深藏着不易见到的宝贝，令人百看不厌。

例如，“运河酒文化馆”门面不大，一楼以实景再现的方式，展示了道升酒作

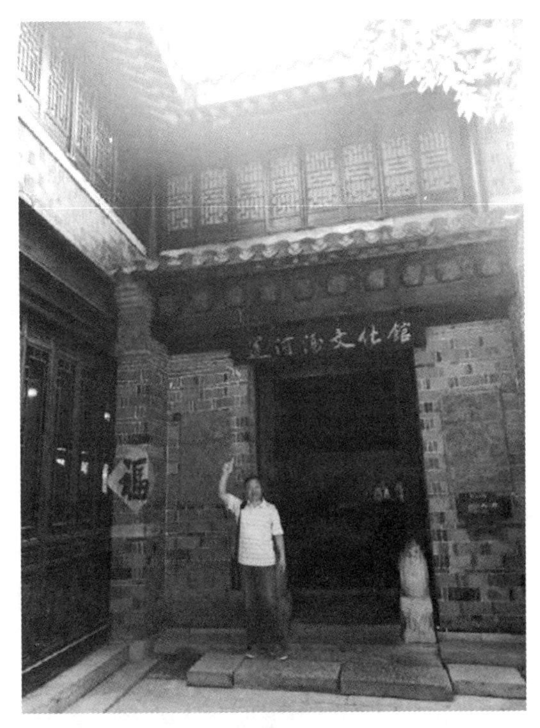

郭谦 2018 年在台儿庄酒文化馆前

坊、袁家老酒馆、忠仁堂（袁家会客厅）等场所，其中酒作坊有以古代酿酒工艺自产的原浆酒。我慢慢走进去，见有一个内店，里面全是古木桌、木凳，阴凉舒畅。坐在老木凳上，还可观看一段《刘伶醉》的故事视频。可惜我身体不行，不能喝酒。我想如果有点酒量的酒友在这儿喝一杯刘伶醉，一定会让人心醉，醉倒在一片美景里。

内店有一个楼梯，旁边写着“参观酒文化博物馆向上”。我立即来了兴致，上楼一看，我的妈呀！这儿别有洞天！几个小厅里展示着几千件不同时期的酒瓶。这些酒瓶为私人收藏，价值不菲，其中不乏精品。展品提供者李福民先生，山东滕州市人，被誉为“世界瓶王”。我从 1996 年也开始收藏瓷酒瓶、陶酒瓶玩，已经收藏了三百多件，现在跟它们比起来，真是小巫见大巫了，大开眼界。

走了整整半天，只走完景区的四分之一或五分之一，要好好在这个景区游玩，估计得两天时间。我觉得现在的台儿庄古城景点非常成熟了。人来车往，熙熙攘攘，闹中有静，别有一番风味。据我所知，这儿每天有不少于五万的游客，如此旅游规模、盛况对于一个县级市真是了不得。它会带动当地饮食业、宾馆业、旅游用品业，造福于地方各类经济，造福于后代。

景点中有一处人气旺盛的地方——台儿庄大战遗址公园，也让游客们通过观看图片、实物、影片等，心灵上受到了战争的洗礼，更加不忘那些为民族解放战斗的先烈们，而珍惜我们这个和平幸福的时代。我脑中闪过一个念头：台儿庄死难的烈士如果知道他们为之奋斗过的土地，已经成为一个自己心中曾憧憬过的美丽家园，而且有一代代人来追思、怀念，他们一定会含笑于九泉之下。

看看已经到中午时分，我想这儿超过了我原来的预想，景区范围扩大了十倍，既然游览不完，就留着以后再来品味吧。

我匆匆在城区一家饭馆吃了一碗面。中午十二点整，继续开车 228 公里回家乡南通，五点五十分到家。这次千里之行，也是一次特色游，值得永久回忆。

——写于 2018 年 5 月 2 日

黄岛的精彩聚焦在海军公园

青岛市黄岛，是一个我早就熟悉地名而又陌生的城市。2004 年我参加《作家报》琅琊台笔会时，就听说黄岛在胶州湾的西部，与青岛隔海相望，它从胶南市剥离已经成为青岛一个经济开发区，目前正在兴建，但从青岛到黄岛得坐船通行。

那次笔会结束后，我和一帮笔友乘公共汽车沿着胶州湾西海岸绕了一大圈，才到了东海岸的青岛。那时，我们沿途看到的胶南市（西海岸）是一片农村景象。我曾将这块地方与我的家乡南通的发展相比较，觉得胶南地区无论是概貌还是经济都很贫穷落后。

第一次到青岛，我被青岛城市的建筑文化深深打动。青岛老城区的建筑特色是红瓦坡顶，浓浓的欧式建筑（主要以德式为主）风味。例如，（中山路）水兵俱乐部、邮电博物馆、天主教堂、基督教堂、迎宾馆、花石楼等。它们有别于中式建筑文化风味，赋予了这个城市特定的历史气息。

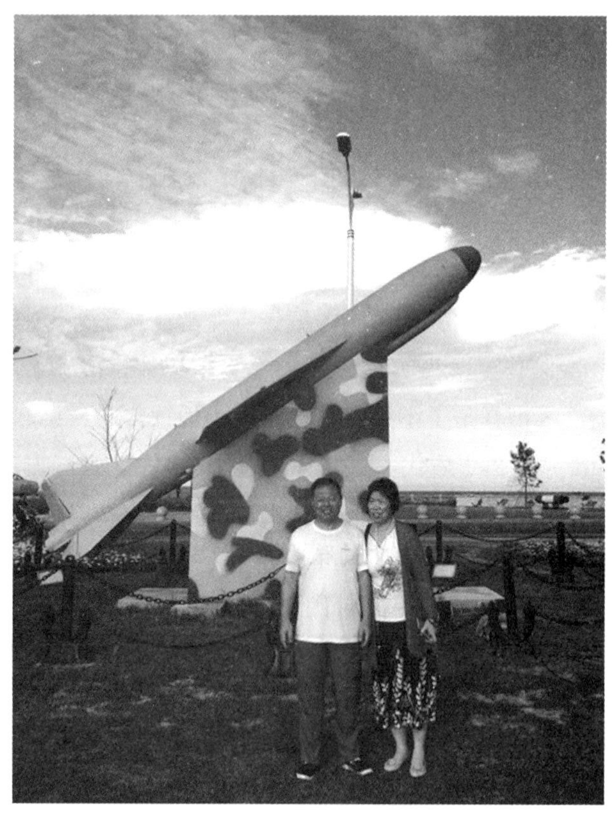

郭谦与夫人邢志玖在黄岛海军公园导弹前合影

2018 年 9 月 10 日，我从南通老家开车回京。特地到黄岛去见一个朋友——梁总。三年前，我曾随青岛的朋友穿越海底隧道，去黄岛谈事，认识了雷总、梁总等新朋友。但来去匆匆，坐在别人的车上谈事，也没有时间去品味黄岛。

这次来黄岛，梁总带我到隐珠街道附近兜风，我观看了万达茂等建筑，在海滩浴场眺望灵山岛。听他讲解，我才重新认识了新黄岛（大黄岛）。2012年国务院撤销青岛市黄岛区、胶南市，设立青岛西海岸新区。其陆域面积约2096平方千米、海域面积约5000平方千米，为全国第九个国家级新区。目前，新区发展速度快，经济总量紧排上海浦东新区和天津滨海新区之后，位列第三。

新黄岛区的各种建筑吸收了青岛原有的建筑文化优点，还从世界各地建筑文化上吸取精华，无论是大楼、桥梁，还是路边的雕塑，个个争奇斗艳，有着不同的品味，洋溢着大都市的气味。回头再比较我们老家南通市通州区的城市建筑，觉得家乡的建筑很多千篇一律，单调乏味，比不上新黄岛。

然而这次在黄岛新区观景，真正吸引我的并不是建筑。这十多年来，我国许许多多城市在建筑、道路、交通上都有了长足的发展，城市建筑吸纳西式建筑风格的大楼到处比肩而立，黄岛的一些建筑的造型我在其他城市也看到过。我的目光被独树一帜的黄岛海军公园吸引。

黄岛海军公园离我国的航母基地很近，处于军民融和地区的中心。这个公园是敞开式、免费的公益公园。而公园内入景的不是普通公园里的石头等雕塑，而是我国海军曾在20世纪五六十年代使用过的飞机、坦克、岸炮、导弹，都是一些真东西，它们屹立在海边向我们诉说着我军武器的概貌与历史。

郭谦在黄岛海军公园岸炮旁留影

对飞机、坦克、岸炮、导弹这些东西，我与大众一样，仅仅在电影、电视、图书中见到过，并没有亲眼看过、亲手摸过。如今，能站在这些武器旁边亲手摸一下，并拍个照，就有了一种亲近感、一种莫名的兴奋。我认为新黄岛的精彩聚焦在海军公园，游客站在海军公园望海，也拉近了美丽灵山岛与自己的距离。

据朋友说，站在灵山岛山顶

可以看见辽宁号航空母舰进出海港，当然望海又是另一番景象。要不是在北京还有许多事情急于处理，我真想答应朋友的邀请，去灵山岛长住一段时间。

在海军公园，我发现了一个美中不足的地方。这里有一个地砖式的文字雕刻介绍，介绍的内容是海南西沙永兴岛，旁边还有一个西沙的地图。我看了觉得这是景点的败笔，有点不伦不类。这块地面雕刻本应该介绍新黄岛，或竖立一块“黄岛赋”“灵山岛赋”的石碑，如果那样的话就会把自然景观与海军公园景点有机地结合起来，就会让人觉得更有滋味。那样不仅有利于提升城市的品格，而且可以吸引更多游客，促进旅游业发展等。也许未来有一天，海军公园进行改建时会去除这疵点，公园就会更加光彩夺目！

——写于 2018 年 9 月 13 日

唐闸老镇凸显南通古风韵

南通市古城、唐（家）闸老镇、金沙镇古街道、正场老街、石港镇老街……在我年幼时每一次靠近它们，脑海里就会烙下一道道家乡古色古香风韵美的印记，让我产生了浓浓的家乡情怀。

唐家闸古镇照片之一

改革开放以来，经济发展，城镇巨变，许许多多高楼大厦拔地而起，道路宽阔，汽车穿梭，路边绿化井然，到处散发着现代化城市的气息，展现出一片片繁荣景象。可是，绝大部分的老城老街变得面目全非，几乎找不到四十年前的场景，找不到儿时的记忆，缺少了根的感觉。在看这些新城面貌时，我常常回忆幼时的老城、老镇、老街，心里一次又一次地感到失落。

今年元宵节听说“唐闸古镇办灯会”，因下雨没有去探个究竟。目前，我家位于唐闸新区。两年前，曾有朋友请我去唐闸镇牛肉店吃牛肉，我们开车在唐闸公园附近一带转悠，没有找到我六岁时跟外婆到唐闸走亲戚的一点儿记忆，没有找到一点古镇的味道。

2019年，母亲金亚男、妻子邢志玖、小孙子在大生钟楼前

现在，忽然听说唐闸老镇在搞开发，而且成了南通旅游一景。我几乎不相信自己的耳朵，心里存下了不少疑问。3月3日星期天，孙子郭一陈不上幼儿园，我便想带他和我老母亲一起到唐家闸古镇看一看。因为母亲三十多年前到过唐家闸姨妈家，后来一直没有去过，她向孙子回忆时常常讲两个姨奶奶如何好……我带母亲去唐闸，也想满足一下她老人家的心愿。

《清一统志·通州》中记载：唐家闸“在州西北十五里。明隆庆初筑”。唐家闸简称唐闸，通扬运河从唐闸古镇中部纵贯南北，盐运文化、非遗文化（中医推拿、风筝、锣鼓阵、舞龙队、说唱杂耍等民俗），让这个老镇具备厚重的文化底蕴。作为近代史上的工业重镇，发展民族工业风情小镇已列入省旅游规划与开发项目，想来也应在情理之中。

我查了查网上有关唐闸景点的信息，根据高德导航先开车到大生码头。

1895年，我国近代民族实业家张謇受两江总督张之洞委派“总理通海一带商务”，开始筹划在南通唐闸镇创设纱厂。1899年建成投产，该厂后称大生一厂。接着，张謇又创办了大生二厂、海门三厂。他还相继在南通创办全国第一家博物馆、第一师范学校、医院、育婴堂等公益单位。唐闸古镇主要遗存有钟楼、公事厅、专家楼、清花间厂房、原棉仓库，南通纺织专门学校旧址、唐闸实业小学教学楼等。

随着大生厂的建成，数千纺织女工云集，给小镇带来了兴旺。那时，大生码头也就成为南通最早、最兴旺的货运码头。大生厂早已改名为江苏省大生集团，企业大门前有一标记——钟楼。大生钟楼建于1915年，原为大生纱厂门楼。钟楼高10余米，上下五层，长方体，第五层为钟室。从四面均可看到罗马数字标明的12小时的钟面，逢整点敲响，钟声七八里外能听到。1998年被列为南通市文物保护单位，2006年被列为国家重点文物保护单位。

紧邻这个景点的是张謇广场，广场上有张謇先生雕像。广场对面有大生厂老厂房。广场右侧是一片正在修复的老街，附近有著名的水闸"唐家闸"。

资料记载：唐闸镇旧时有座坝，地名唐家坝。明成化二十年（1484）建筑石闸，因而又以闸得名。唐家闸在南通的水利史上是很著名的，它不仅水年利于排涝，早年也可引江潮入河，以利灌溉。现在的活闸系泽声水利公司所建，仍然是排泄和引蓄兼具，为大生纱厂花纱进出运输服务。

水闸对面的大桥下，有司园博苑、文化创意园、"唐家闸古镇"牌楼等景点可参观。

在大生码头参观时，我拍到了河对岸一片古街建筑，想看个明白，于是又开车去那儿。这片老街区以"南通印象"展览馆为中心。

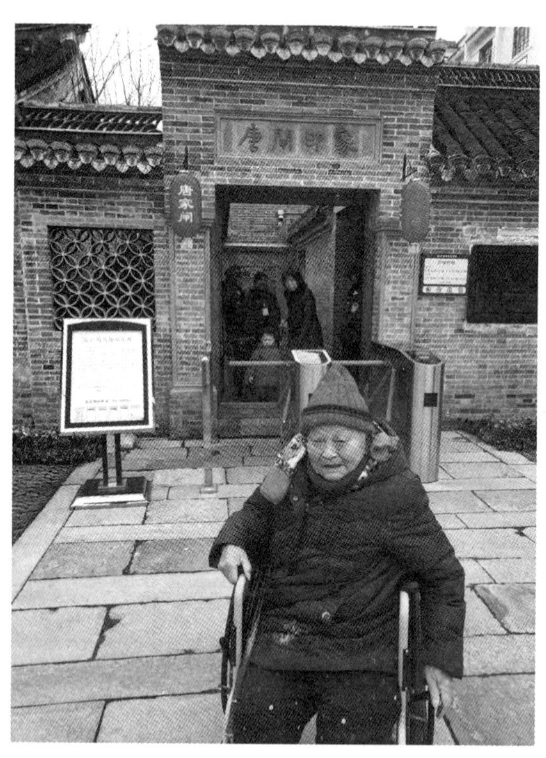

母亲金亚男于南通印象馆前留影

"南通印象"展览馆占地面积1420平方米，建筑面积890平方米，共分为"实业兴镇""商贸盛景""唐闸人家""人文撷英""老宅记忆"等8个展厅，呈现了唐闸地区百年变革，展示着"中国近代工业遗存第一镇"的人文历史风采。

该馆是一个免费开放的纪念馆，它是一个拥有多重庭院的大院子，一个小院套着一个小院，每一个小院建筑错落有致、清雅经典。自 2017 年建成开放以来就赢得了游客的青睐。

东出口处是一个由张謇先生资助修建起来的老染坊——丁家大宅。相近处有汤家大宅。这儿称为汤家巷街区，一个小巷子连着另一个小巷子，一家大院连着另一家大院，仿古店铺比肩相邻。走在石板街上，在幽静的巷子里留影不失为一种美好的记忆。

右侧有一条连通着通扬运河的小河，河边亭台楼阁与走廊相接，古树、竹林相映照，再加上石拱桥和对面的古街门店呼应，处处呈现出一片自然加人文雕琢之美的景象。走到这儿，我突然找回了幼时的记忆，家乡风韵之美让我又重回童年，有点流连忘返。

这次，因带了孩子、老人来唐闸古镇，我们就没有去参观大达内河轮船公司、南通姓氏博物馆、司园博苑、文化创意园区等景点。但我心里已经有了一份责任。我想我可以为家乡的唐闸古镇去做一些事，为它的美添一份色。我相信这个古镇在更多的文化人关注、帮助下会变得更美，一定会成为一个闻名大江南北的旅游景点，而与民族工业重要发源地之名相匹配。

——写于 2019 年 3 月 3 日

春日值得一游的宝地——常乐镇

柳遇春风，柳欲青；花遇春雨，花欲红；人在春时，喜春游。

3 月 18 日，我的书画展正在海门市文化馆举办，海门市作协主席范军先生向我发出了邀请。该市作协组织作家将去常乐镇采风写作，邀请我同行。他的邀请正中我下怀，我对常乐镇仰慕已久，很早就有了想法：要去那儿的张謇故居寻找圣人的足迹，缅怀先贤的业绩，学习其高尚的实业救国、不断公益办学和推动文化事业发展的精神。于是，我满怀感恩地答应了下来。

第二天一大早，我从南通市区开车出发，前往八十多里地的海门市常乐镇。天公不作美，早晨起了大雾，高速公路封路，我在小海高速公路收费站前的长龙里排队，苦苦地等了一个小时，没有能如约（8 点 30）到达常乐镇颐生酒厂。九点高速路开放，我十点才到达指定地点——颐生酒厂。此时，海门市作协采风团已经去了第二个游点——张謇纪念馆。

在颐生酒厂接待处，我向工作人员说明了情况。两个接待的姑娘十分热情。她们说：“没事，我们派一个人带你去参观。”

郭谦在颐生酒厂车间内留影

张謇故居就在颐生酒厂的厂内，因为这个厂是张謇先生从自己家院子里办起来的。

随着接待员的脚步，我先参观了张謇故居的旧址扶海宅。两层青瓦楼房前有一个高大的张謇先生塑像。面对醒目的塑像，只见张謇先生神态安详，目光微敛，他微笑地瞧着明媚的春光，脑中似乎在思索什么。

讲解员说："老师，我再带你去参观故居遗物展。"她引领我到了一个静雅的四合小院。这是张謇先生出生的地方"柳西草堂"，原来是前后四进院子，现在刚复建了一个小院落，正房青瓦灰墙，名叫"敦裕堂"，里边展示着实物和图片，院里还有一个不同凡响的状元鼓亭。

参观完张謇故居，讲解员带我来到颐生酒博物馆。说起颐生酒，那可是一个在世界上比五粮液成名还早的名酒。1894 年，张謇在常乐镇状元街西侧创办了一个"颐生酿造公司"，酿造颐生茵陈大曲酒。该酒以红高粱酿造的优质大曲酒为酒基，加入茵陈、佛手、红花、陈皮等十多种药草汁液，经半年以上的酿造而成。其色青黄透明，味醇清香绵柔，具有健脾胃、治风痰、舒筋骨、活血液的功效。颐生酒举世无双的酿造工艺，铸就了辉煌的历史与价值。1904 年颐生酒获得日本大阪万国博览会大奖，1906 年获意大利世博会金质奖（比"五粮液"获奖早 9 年），是中国酒类第一块世博会金奖，也是 2002 年上海世博会对外宣传的金字招牌之一，它还先后获得"中国首届食品博览会"金奖等国内外大奖。

博物馆里的几个模盘展示着酿造颐生酒的工艺流程、老厂区景象，墙壁上、壁橱里还有大量的产品实物、图片介绍。并且有一个区域展示该厂在 20 世纪 60 年代至21世纪生产的几百种酒。看到20世纪60年代的颐生酒瓶，我依稀回忆起年轻时，在一个朋友家喝颐生酒的情景，浓郁、醇厚、甘甜的酒味让我经久不忘、记忆犹新。

随后，讲解员带我参观了颐生酒厂的老厂区，看到了具有数百年历史酿造酒曲的老作坊车间，工人还在用传统的方法进行人工作业。糟糠的气味弥漫了整个车间，温柔地侵入我的鼻孔和肺腑，让我嗅到一股经久难忘的气息。

颐生酒酿造周期长，产量极低，供不应求。因此，没有像其他酒厂那样大肆进行广告宣传。不过，考虑到市场的需求，颐生酒厂已经在建新产房，将扩大销售量，未来不久人们或许可以在餐桌品味到这一心慕的美酒。

郭谦在“张謇纪念馆”门前

常乐镇还有一个游客不得不去的地方——张謇纪念馆。它位于颐生酒厂东四百米的地方，即常乐镇状元街东首，那是一处灵秀的江南园林景点。

根据当地居民的热情指引，我开车找到了张謇纪念馆，遇上了刚刚结束参观的海门作协采风团，《海门日报》姜新主任是我的老朋友，他趁其他人去党建博物馆参观时，领我参观张謇纪念馆，为我拍照留念，其友情让我感到温暖。

张謇纪念馆原称“张公故里祠堂”，其前身是建于乾隆年间的关帝庙。1936年，在张謇先生逝世十周年之际，乡人们利用庙堂改建为张公故里祠堂，陈列他的遗物供瞻仰和纪念。1986年此处建立了张謇史料陈列室，1995年扩建为张謇纪念馆，现为海门市文物保护单位。

张謇纪念馆前部景区内有张公祠堂、文化广场、小湖、碑刻长廊、状元亭等，后面景区是张謇纪念馆，其主体建筑不高，两层楼，多个展厅，展示的材料、实物非常丰富，会让游客流连忘返。

海门作协采风团参观的第三站是常乐镇官公河村九龙岛湿地公园，这儿还挂着另外一块牌子：海门知青园。这个景点特色是集小河港湾湿地、知青文化史料、农耕文化田园于一体。它是海门成陆时天然海泓的遗存，具有原始湿地的风貌。

微风里，官公河水碧波荡漾，绿树浓荫，曲径通幽。河湾曲折多变，形成一个个不同风味的湾区。北侧有竹林、桂花树林，东西两侧为大片湿地、河沟保护区，园内还有各种乔灌木 3 万多株，有名贵花卉园及名贵种狗养殖场等可观。

郭谦在海门知青实物展示区

因为我曾经插过队，所以对知青两个字特别有兴趣。我重点参观了海门知青实物展示区（海门历史长廊），这儿摆放的各式各样的旧农具。插队时，我踩过古老的水车，踩水车时需要五六个人一起用力，才能把水踩上去灌溉稻田。在这儿，我居然看到了罕见的单人手摇水车，也见到了插队时熟悉的农舍家具。可惜它们布满了灰尘，我觉得敞开式的展品会被风雨侵蚀，真担忧它们能存放、展览多长时间啊！这儿的海门知青史料馆，馆内展示的实物少得可怜，看来还需要增加征集的力度。不过，海门知青名单走廊，把几万名插队知青记载得很详细，足可以让峥嵘岁月里插过队的知青们来此处，找到熟悉的同伴名字，而回忆起那段人生不平凡的经历。

下午，海门市作协采访团将要参观常乐镇另五处景点，我因为有其他事需要回海门市区，便与范军先生、常乐镇戴镇长等人告别。中午通过交流，我知道了常乐镇正在打造江苏省 4A 级景区，未来将建立张謇文化主题公园、张謇文化学堂、颐生文创园等项目。我想圣贤之乡美景连绵，未来会建设得更加美丽，一定会成为一个吸引游客的旅游宝地，进入文化、经济、旅游的大发展、大繁荣时代。

——写于 2019 年 3 月 19 日，本文刊登于海门市文联、作协与常乐镇合编的《常乐是个好地方》文集

清明淮安、曲阜两地游

一年一年的清明，一年一年的缅怀，一年一年的扫墓，那是我家的头等大事。每到清明，再忙我也得回家。我得给父亲郭可慈先生、哥哥金斌等亲人去扫墓。

今年也不例外，4 月 1 日，我从北京坐火车赶回南通；4 月 2 日，全家出动，完成了一年一度的扫墓大事。不过，今年有点儿特别，我计划清明节这一天，把留在南通的汽车开回北京。

生活要想丰富多彩，需要自我设计。我计划回京途中去两个地方：淮安、曲阜。我想去缅怀、祭奠两位伟人。

4 月 5 日清晨，雨淅淅沥沥下着。九点，我从南通开车出发，沿途经过如皋、海安、东台、盐城。有时，暴雨敲打着车窗；有时，细雨蒙蒙，一路都是迷雾。

中午一点时分，我到了淮安。此时，雨珠噼里啪啦地暴响，它们甚至从路边的水坑里蹦跳起来，上下起舞。我倒吸了一口冷气，对爱人说："好大的雨呀！"

高德地图把我导航到淮安西长街，我在驸马巷附近的停车场停车。下了车，我和爱人邢志玖打着雨伞，走进了驸马巷 7 号周恩来故居。

令我意外的是，周恩来故居外有十几个人在排队。本以为下这么大的雨，不会有人来参观。哪知道排队进门回望身后，还是一条长长的人龙，雨中还有游客不断涌来。

故居每一个小庭院里站满了打着雨伞的人，故居小屋里也挤满了人。络绎不绝的人流源源不断像水一般地流动，使人觉得小庭院里充满了人气和生机。

瞧着雨中的人群，不由得让我想起了 3 月（悼念周恩来诞辰 120 周年座谈会）习主席的讲话："周恩来，这是一个光荣的名字、不朽的名字。每当我们提起这个名字就感到很温暖、很自豪。周恩来同志在为中国人民谋幸福、为中华民族谋复兴、为人类进步事业而奋斗的光辉一生中建立的卓著功勋、展现的崇高风范，深深铭刻在中国各族人民心中，也深深铭刻在全世界追求和平与正义的人们心中。"

郭谦雨中在周恩来故居庭院里

冒着大雨来缅怀周总理的人，一群又一群，足以证明他在人民心中的崇高地位，人民不会忘记他，历史不会忘记他。

对周恩来故居，我与其他游客感受不同，往事历历在目，有了更深的一份情。我第一次来此地，是 1962 年。那时，我五岁。父亲郭可慈带我来淮安见姑母郭涵秋、姑父华振荣。当时，我姑母在淮安县人民医院当医生，姑父在淮安县卫生防疫站工作，他们就住在周恩来故居里。这儿成了一个大杂院，分配给十几户人家住着，1978 年根据中央的决定，地方政府才收回故居办起了旅游教育基地。

幼时记忆最深的是，我坐在周恩来故居的一个小屋子门槛上，姑父给了我一个卷糖，那是我平生第一次接触糖块，那甜味深留心中。

1982 年，我跟表弟华鹏从南通来淮安。姑妈家已经搬到县人民医院宿舍楼。表弟又带我去参观刚刚开放不久的景点——周恩来故居。在一个带水井的小院子里，我依稀地想起了吃卷糖、听过蟋蟀鸣叫的情景。这儿的每一块地方对我来说，似乎很熟悉、很亲切。

不过，第二次来淮安。我的思想已经成熟。经历了不寻常的历史的洗礼，我知道周恩来先生在特殊的年代里，挽救、保护了无数革命老帅、大将，挽救了无数国宝，……他的功绩让我铭记。他鞠躬尽瘁、无私奉献精神，睿智的工作作风等，让我敬佩。他是我心中的楷模、学习的榜样。所以，我是带着一份崇敬的心情走进故居的。故居在我心底扎下了根，每逢清明，我就会想起伟人周恩来，总想再来淮安缅怀、祭奠。

没有想到隔了 36 年，我才第三次来淮安。而这二三十年间，我国发生了翻天覆地的巨变，尤其是城市建设、交通建设。淮安变了样，原来最高的地标：镇淮楼（3 层），过去从远处看，它非常气派；现在，它却淹没在周围高楼群中很不起眼。这次，导航带我围着它转了一圈儿，我都没有发现，直到导航说："目的地就在这附近"，我下了车，才从树缝隙中找到了镇淮楼。

下午四点半，我离开淮安，开车奔赴三百多里外的山东曲阜。曲阜伟人孔子是远古的先哲，他是一个伟大的教育家、思想家，他留下的精神财富不仅是中国的，也是世界的。

1997 年，我们单位曾组织员工到曲阜旅游。那时，我对祖国的古代文化、历史了解不深，也没有什么想法，只不过随团旅游，随便逛逛，也没有品出什么味来。这次再来，我想好好品味一下曲阜。

晚上，住在曲阜一家连锁店里，匆匆吃了晚餐，就睡觉休息。第二天早晨，我与爱人邢志玖买票先进孔庙参观。孔庙与故宫、承德的避暑山庄被列为我国三大古建筑群。它占地面积大，一殿一阁一景点，一亭一坊一风景；重重大院内，千百年的桧柏成荫，巨槐造型奇特；琉璃瓦金光闪闪、富丽堂皇，青灰瓦古色古香、气势非凡……这一次我是慢慢地走，细细地品，越品越觉得这儿太有趣味了。

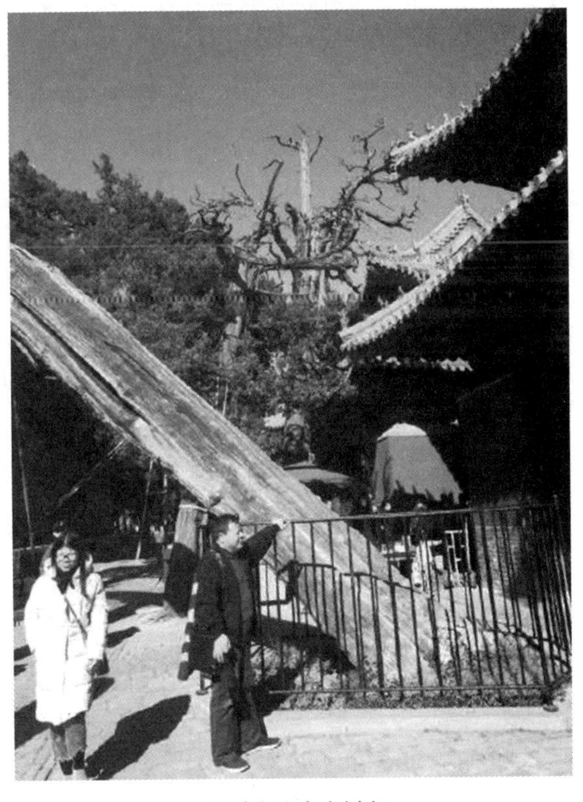

郭谦在孔庙古树旁

孔府紧邻孔庙，这儿府邸气势恢宏，"圣人门"展示着庄严，"重光门"标榜着礼仪，"大堂"显示着气派，"前上房"室内家具精美，文物古玩，琳琅满目；"后花园"假山、池水、竹林、石岛、亭台、水榭、花坞、曲桥、香坛、客厅等一一俱全……难怪会被历代称为“天下第一家”。

在孔府里，我没有像一些香客那样烧香磕头，顶礼膜拜，但在我心里，孔子的“学而时习之，不亦说乎”“温故知新”“有教无类”等名言是永久的经典，值得后辈永远学习、领悟、实践。

如今的曲阜，2014 年恢复了明代城墙，街道宽敞整洁，商店比肩林立。每天几万游客熙熙攘攘，热闹非凡，是一个全域可观光旅游的城市。这个城市虽然是县级市，却是世界性的，它的博大、深远、变化、发展，会让游客不断有新体验、新趣味。

——写于 2017 年 3 月 6 日

重生吧！洙泗书院

谈到曲阜旅游，人们会一下子想起孔庙、孔府、孔林。因为这三处是国内外著名的景观，孔庙与故宫、承德避暑山庄并列为中国三大古建筑群。孔府，厅堂楼轩，雕梁画栋，富丽堂皇，是我国现存规模最大、建筑最豪华的封建官僚贵族府第。孔林古树上千，柏桧榆槐，朴枫杨柳，品种繁多，绿树成荫，是世界上延续时间最长的家族墓地。

到曲阜，的确必须去孔庙、孔府、孔林一观。1997 年我曾随单位去曲阜旅游，参观了这三处景点。2017 年春，我从南通开车回京，特地走西线，带爱人邢志玖有意去淮安、曲阜参观。我又一次重温了孔庙、孔府的美妙景色。

相隔二十年，曲阜的变化非常大。一个偏僻的县城繁华起来了，游客们不仅把三大景点挤得爆满，还把曲阜的街道挤得熙熙攘攘的。那时，我就想：要是曲阜的景点再多一点儿，该多好啊！那会让曲阜的游人分散开，景点不人满为患，观景清静，这样才会品出滋味。

2019 年 4 月 6 日，我途经泰山，朋友刘建带我去曲阜会友。曲阜的朋友张春之，长得道骨仙风、寿眉飘逸、气度不凡。他告诉我们很多年来他一直在谋划恢复洙泗书院的事。他说这个书院是国内最古老的书院……

说来惭愧，过去我孤陋寡闻。虽然知道我国四大古书院：应天书院（商丘）、岳麓书院（长沙）、白鹿洞书院（庐山）、嵩阳书院（嵩山），偏偏对洙泗书院很陌生。

随着张春之先生的指点，我驱车前往曲阜城东 4 公里的洙泗书院。一路上，张先生给我讲：洙泗书院位于洙水、泗河交汇处，泗河发源于沂蒙山脉泗水县泉林的陪尾山麓，那是三皇之首的伏羲和虞舜生活的地方，也是东夷族群聚居之地，称得上中华古老文明的发祥地，泗河可以说是一条中华文化的母亲河。洙水发源于泰山，折道西南至曲阜城东北，又与泗水交汇……听了这些，我觉得长知识了。

不一会儿，我们经过孔林不远的地方，来到了两条河边，张先生指着河说："横着的小河是洙水，与孔林的洙水桥相连。竖着的大河是泗水。瞧！前方的院落就是洙泗书院。"

目前，洙泗书院四周都是农田，孤零零的。一条三百米长的直道通到门口。门旁有两个门卫，没有游客。拿着身份证登记一下就可以进院参观。

李长洲（右一）、张春之（右二）、
郭谦（中）、刘建（左二）、邢志玖（左一）在大成殿前

院内分前后庭院，有大门、讲堂、大成殿、两庑等。古柏参天，深幽雅静。步入这林木蓊郁、恬静幽深的古老书院，我们立即就感受到一种古朴的气息。标牌上说，孔子周游列国，返鲁后，在此删诗书、定礼乐、赞《周易》，并聚徒讲学。汉代至宋均称讲堂，元代改称洙泗书院。元初，讲堂被毁，现存的建筑均为明清重修。

在讲堂前，我沉思了一阵，脑海里闪现出一个场景：孔子与弟子们问答、抚琴，教学相长，其乐融融……我不由得说："今天，能来这儿参观。让我对曲阜这块地方有了新的认识，原来这块宝地还有很多不为人知的地方啊！"

张先生说："是啊！郭老师，你不会白来的，一会儿我带你进古城看看。"

张先生，朋友刘建、李长洲与我们夫妇一起在洙泗书院合影留念。随后，我们开车进古城。张先生带我们来到城门附近一处仿古建筑院落，他告诉我们说："这儿是城内唯一的两个仿古院落，以后政府再也不批准搞这样的建筑了。"

走近大门，我看到几个牌匾："儒商学院""全国互联网汉语教育联盟本善书院"等。走进大院，有一个典雅的大殿叫"圣德堂"。里边出来几个人，他们都认识张先生与刘建，刘建介绍其中一个人："这是汪洋副院长。"

汪洋副院长请我们进去喝茶，然后互相交流。汪洋先看了我的图书、书画专刊，后又看了我的书法长卷《诗音墨语》（26 首诗歌 26 种书体），十分震惊，期盼我多到学院指导。

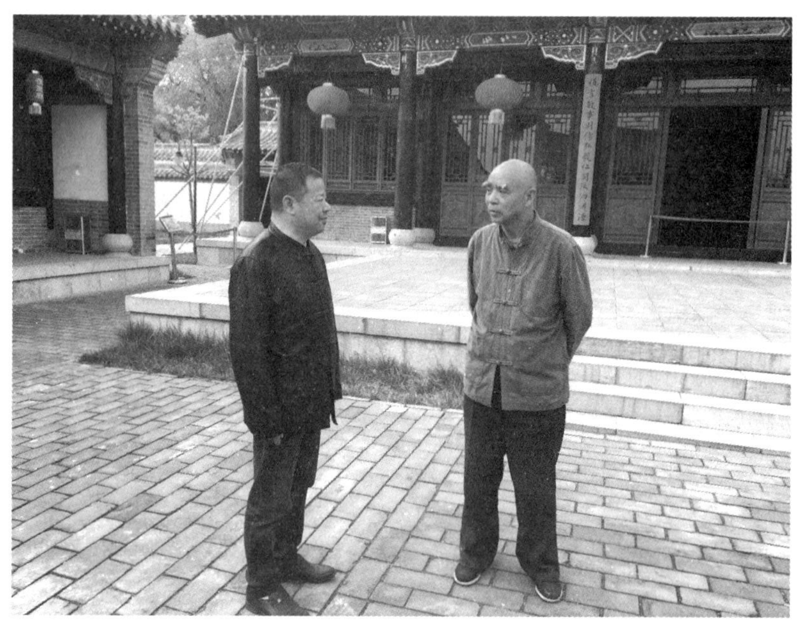

亚圣府内郭谦与张春之交流

交流了一个多小时，张先生又带我们去亚圣府。亚圣府也是最近几年修复的，修完了三期工程中的第一期，殿堂齐整，西边侧殿很大，似一个大教室，有电化教学设备，能容纳一百人。这一处地方目前不对外开放，使用频率不高，院内的负责人期望能引进一些文化项目。

这一次到曲阜，没有去孔庙、孔府、孔林，我的收获也是满满的。我希望洙泗书院能复活重生，能成为曲阜的地标和旅游品牌。

——写于 2019 年 4 月 8 日

爬泰山千年古道寻圣迹记

2019年春，我潜心研究孔学、齐鲁文化，每日在疯狂地搞齐鲁文化书法长卷创作。5月18日，朋友刘建在微信上说，他在泰山后山药乡森林公园的韩家大院，与泰济农林科技有限公司经理韩圣国策划了一个有关启动泰山孔子讲书堂文化项目，希望我前去指导与参与。

上网查了一下，我清楚了药乡森林公园、讲书堂在地图上所处的方位。孔子讲书堂，位于泰安市大津口乡牛山口村北部，与齐长城遗址相邻，三面环山，一面临谷，地势险峻，环境幽雅。

据传，春秋时，35岁的孔子带一群弟子游学齐国。他们经泰山后山的大津河口（现大津口乡），来到牛山口村，沿着古道北上，欲翻越山岭去齐国。走了十几里山路，沿途杏花满谷，花香扑鼻，流水潺潺。爬到半山腰一块平坦之处，有几家农户。山坡上有一棵高大的杏树，树下甚是阴凉。孔子就决定让弟子们休息，边赏风景边讲学。后人便把大杏树之处称为“杏坛”，山坡旁的村庄也取名为讲书堂。孔子“和为贵”的思想熏陶了山民，此地民风淳朴，子孝父慈、邻里和睦、路不拾遗，讲书堂之名也就流传下来。

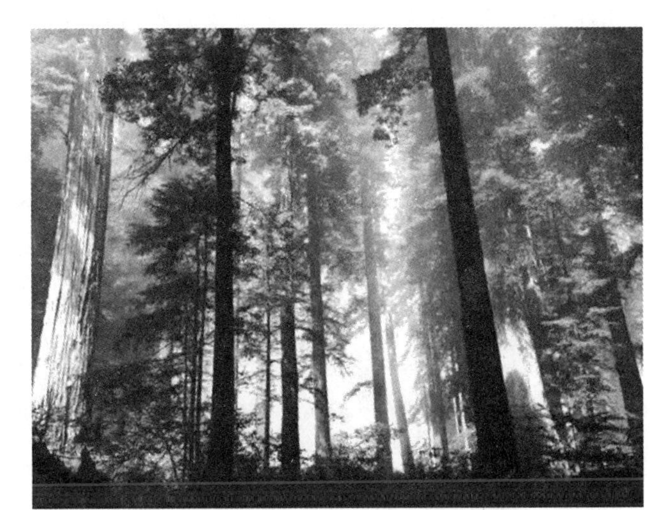

泰山后山药乡原始森林公园

山东省文化有三个核心：孔子思想、泰山精神、齐鲁文化。这个讲书堂与此都有关联。我突然兴趣大增，决定放下手中的事，第二天就去看个究竟。

5月19日早晨6点，我就从北京开车出发，直奔药乡森林公园。从京台高速到济南环城高速，再到103国道，在仲宫加油站加满了油，继续前行。起初，我觉得路况不错，平坦和缓，路边的村落绿化搞得很好，景色宜人。手机导航一段段地报路程，有几次让我误认为快到了。但走完一段，一转弯又是一段新路。

突然，我看到标牌上写着“十八盘村”，心里开始嘀咕起来：这是要我走盘山公路呀！我开惯了平路，没有开过山路！一咬牙，还是按导航继续开上去，越来越高；虽然有几处稍微陡峭的地方，但也不惊险，也能从容会车。到中午11点40，如期到达山顶，见到药乡森林公园的西门。

门卫拦住了我，说一般的汽车不可以进公园，让我打电话请里边的朋友出来接。我拨通了刘建的手机。不一会儿，刘建与老韩（韩圣国的父亲）开着摩托车来接我。

开进森林公园约一里半路，来到一处依山而建的房屋——韩家大院。大院分两个院落：一个院落由韩圣国家人居住，另一个院落是餐厅和民宿。

这一天，正巧是当地的槐花节，森林公园里在举办济南马拉松登山运动会。山上山下人流不断，韩家大院熙熙攘攘，餐厅里坐满了人，餐厅外槐树下的临时餐桌旁也坐满了人。

韩圣国有事去了青岛，他的母亲尹序俊准备了一桌菜，我们品味了特色的玫瑰花、槐花做的农家饭菜。随后，我在韩家小房间休息了一个多小时。老韩开着中巴车，带刘建、尹序俊女士和我一起下山。

从森林公园西门左转，一路开下去，坡度比我来的山路陡峭。半个多小时到了牛山口村，老韩开车返回。刘建说我们从这儿爬山，目的就是让我体会一下，从千年古道爬山的滋味。

郭谦、刘建、尹女士在药乡森林公园西门留影

尹女士带我们绕过牛山口村的文化广场，走上了一条小路，她说过去讲书堂村的人上下山都是走这条路，当地人称为北台沟。现在有了大道，她有十多年不走这条山路了。

说话间，尹女士还从路边的柴草堆里，选了一根树棍给我当拐杖。我说："我能爬山，不用吧！"

她说："郭老师，路很长，你撑着走，要轻巧一些。"她与刘建也找了两根树棍当临时拐杖。

我们向上走，四周郁郁葱葱的树木、奇形怪状的石头不少，我们看到像武士般的巨石、像蟾蜍般的怪石等，一路上惊叹不断。我们也看到古道上有几处已成废墟的牛栏和小房子，看到几片四叶参、黄精等药材的种植园地。

走走停停，景色真美。尤其来到有大瀑布痕迹的山崖，尹女士说雨季时这儿的瀑布很壮观。现在是无水季节，我们坐在瀑布下的巨石上休息，背景很美，尹女士为我拍下了照片。我想北台沟不仅有山石的自然之美，有许许多多的药物景观，也有圣人孔子留下的足迹。这一条山沟在未来可以让游客得到与别处不一样的品味。

郭谦、刘建在山谷水季瀑布处留影

而在瀑布北侧，尹女士在山崖旁拨开一个草丛，说："你们看这块大石头下有一个泉眼，这儿的水常年不枯的。"

如此之高的山沟还有自然之水，如果稍微开发一下，可以供游客在此处休息。真可以作为爬山登高的中途站。

我们从下午四点到七点，终于爬上了讲书堂村。村里有几户人家放养几百只黑山羊，有长毛的、短毛的、大耳的。泰山黑山羊"吃的是中草药，喝的是矿泉水，吸的是天然氧"，所以，它们具有药膳和滋补的功能，被当地人称为"百草丹"。

老韩早就在讲书堂村村口等我们，一见面就问我们累不累，需要不需要坐车回韩家大院。我说不累，尹女士说："我还没有带郭老师看杏坛呢，等会儿我们走回去，让郭老师再看看山顶之景。你早点回家准备晚饭吧！"

随尹女士走上侧面的一个山坡，我们来到一棵老杏树下。她告诉我这儿就是孔子讲学的杏坛。

哇塞！站在大槐树下让人胸襟豁朗！眺望四方，岱山历历在目，群山竞秀，北台沟在脚下隐隐约约，又是一番迷人的景色，怪不得孔子先师会选择这儿做讲坛。

观赏了良久，要不是天暗下来了，真舍不得离开。

我们又随尹女士高一脚、低一脚地走进树林，往山顶直奔。走到山顶，看了看山下，才知道这样直道向上，比起弯弯曲曲的山路来，省去了一半的路程。她指着下面远处的讲书堂村说："你们看讲书堂村三面是山，一边临谷，这是多好的地理位置啊！"还指着山顶的一块凹处说："这儿冬天三个多月都是厚厚的雪，这条山谷可以滑雪，滑到讲书堂村。滑雪下山别有一番趣味呢……"

她的话又勾起我另一番情趣，真想以后冬天来泰山后山，品味不同的冬景。

沿着树林，随尹女士走下山坡。她用拐杖探着草堆，选硬的地方走，三拐两转，我们就看到了对面的韩家大院。灯火一片，静雅别致。我们迅速走过去，结束了寻圣迹之旅。

——写于 2019 年 5 月 20 日

品青州古城美景

——青州博物馆、范公亭参观记

1993 年，我去临淄齐鲁石化集团搞化妆品销售时，特地到青州看望我的姑妈郭可亲。虽然未曾蒙面，但姑妈一家人非常热情地接待了我，表哥穆振铎领我参观了青州博物馆、云门山，给我留下了深刻的印象。以后，我到过青州十多次，总是匆匆地来，又匆匆地走。

今年 8 月我出版了《中国百体书法概述》一书，书中写到了青州市潍坊工程职业学院历史系张明堂教授。同时张教授也是中国传媒大学、人民大学书法指导教授，他不仅是一位知识渊博的历史学者，也是一位具有创新精神的书法家。他独创的"铁笔隶书"，是一种新书体，而且字体系统化，让自己特色书体具有法度、法规、法则，可以传承、教学，并被北大方正公司看中，将列入国家字库。

我大表妹夫牛守祯是学院中文系教授，与张教授同事数十年，相交甚密。因此，9 月 8 日我从北京回南通时，特地去学院送书给他们。在张教授工作室，我巧遇了青州博物馆杨华胜馆长，与他一见如故，相谈甚欢。

第二天上午，大表妹夫牛守祯、小表妹夫李慕远来宾馆问我："表哥，青州景点有云门山、驼山、古城……二十多处，你想去哪儿玩？"我说："我最想去的地方是青州博物馆。"

"好！"牛守祯说，"那我们就先带你去博物馆，再看看范公亭公园，下午带你去云门山。”

从范公亭西路 53 号出发，到青州博物馆，开车只不过十几分钟。一到青州博物馆门前，我一下子蒙了。曾经熟悉的地方，被二十六年流逝的岁月如水一般地冲淡了我的记忆，使我觉得陌生。不过，高大雄伟的建筑群，金碧辉煌的琉璃瓦，呈现了一片民族建筑的风韵，又让我感到亲切。

郭谦与表妹夫牛守祯、李慕远在青州博物馆前

青州博物馆虽然是一座县级综合性地志博物馆，2008 年却在全国八十多家入选博物馆中脱颖而出，被国家文物局评选为唯一的国家一级博物馆。北楼一层有青州简史文物展厅，二层有龙兴寺佛像精品展厅，西楼二层有古字画陈列厅，南楼一层有石刻雕塑展厅、石刻碑碣展厅等十个展厅。

小表妹夫李慕远带我重点参观了龙兴寺佛像精品展厅。这个厅有青州龙兴寺遗址出土的窖藏佛教造像 400 余尊，分别为石灰石、汉白玉、花岗岩、陶、铁、木、泥塑七种质地的佛像，佛像包括佛、菩萨、力士、供养人、罗汉、飞天等几种类型，以高浮雕的背屏式造像和单体圆雕造像为主，造像上的贴金彩绘保存完好。

李慕远指着几个佛像让我细看，这些南北朝时期的佛像雕工精细，造型精美，装饰华丽，慈祥生动，给人以典雅、高贵的感觉。我们连续拍了很多照片留存，李慕远还在南楼二层过道处，指着两百多米远处的墩子说：“那儿就是古龙兴寺遗址！”

石刻雕塑展厅里，一排高大的石雕像吸引着我的眼球，给我留下难忘的印象。青州博物馆收藏着数万件文物，有数千件国家珍贵文物，也有一些举世罕见的国宝，展出的文物只是馆藏的小部分。因为我还想到范公亭去看看，只能走马观花地看，但这次两个多小时的参观将会让我永久铭记。

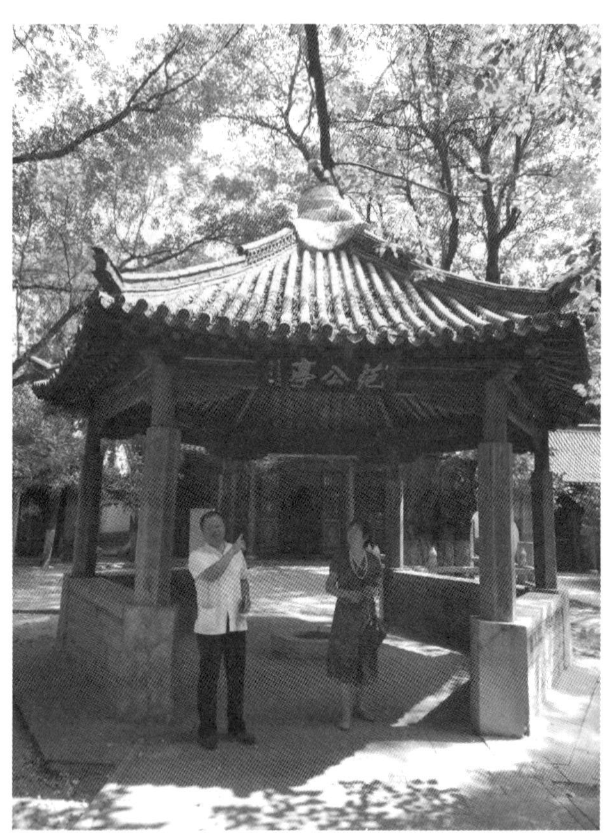

郭谦夫妇在范公亭内

范公亭公园在青州博物馆的北侧，一走进公园，这儿绿树成荫，楼台参差，湖水潋滟，花木隐翳，溪流蜿蜒，古木交叉，竹柳翩翩，曲径通幽，天然有趣。我忍不住地说："青州气候宜人，真是一个好地方啊！在这个公园里散步、晨练、休闲，会感到很舒适的。"

因为已接近中午，李慕远带我从李清照故居、青州非遗文化博览馆门前匆匆而过，直奔三贤祠。三贤祠内有范公亭，亭为六角飞檐，顶开圆孔，与井泉上下相对，阳光下射，水光潋滟。亭的柱子上木下石，别具风格。

三贤祠的取名，是因为历史上有三位名声显赫的官员欧阳修、范仲淹、富弼曾来青州担任过知府，这一处是知府的府第。顺治年间青州知府夏一凤重修了这一处建筑。

院内有数棵唐楸、宋槐，老干虬枝，有两棵需要几人合围。这千年的古树造型奇特，枝繁叶茂，生机盎然，特别养眼。拍了几张照片，我们走出三贤寺，向南翘望，翠竹千竿，清静幽雅。古寺、竹林、清溪构成了一幅景色优美的画面。

沿着溪水河道前行，我们观看了溪边原汁原味的古城墙，又仰看了翻建的高大新城墙，两种品味、两样的境地。但它们都和谐地融为范公亭公园里耐看的景色。我想到青州旅游的人必须到青州博物馆，来品味青州的古今文化；必须到范公亭公园，来品味青州的宜人景色。

郭谦夫妇与姑妈郭可亲、表哥穆振铎、表妹穆玮玮合影

中午，我回到姑妈家，与姑妈郭可亲、表哥穆振铎、小表妹穆玮玮、小表妹夫李慕远一起吃了个简单的便餐。因为朋友们热情招待，连续吃了几个大餐，所以我肠胃有些不舒适。表哥原来要带我去饭店，我一再说希望吃一次家庭便餐，养养肠胃。饭后，又和姑妈留影，然后回宾馆休息。

下午三点，大表妹夫牛守祯开车来宾馆，接我们夫妇去龙兴寺参观。龙兴寺位于风景如画、群山环抱的驼山南麓。站在龙兴寺大门广场，可远眺对面云门山的美丽风景。回身四望，处处是景，美不胜收。

龙兴寺原址处建的是青州博物馆，龙兴寺遗址出土的石刻佛教造像在海外华人中引起了巨大反响。美籍华人夏荆山参观后，被我国古代佛教文化深深吸引，为了发掘和弘扬佛教文化，他出资重建龙兴寺。

新龙兴寺 2006 年开始建造，主要建筑有大雄宝殿、弥勒殿、观音殿、地藏殿、钟楼、鼓楼，还配套建设了放生池、僧房、居士楼、佛学院、画院、斋堂等，整个龙兴寺建筑群气势磅礴，里边的塑像精美，多姿多彩，既突出体现了唐代风格，又巧妙地结合了现代元素，可称为 21 世纪的经典工程。

牛守祯告诉我说："龙兴寺不仅是青州人文景观的新亮点，外地游客都喜欢到此上香朝佛。而且它与云门山、驼山、东夷文化生态园、瀑水涧河观光带连为一体，形成了集宗教文化、人文景观、园林艺术和旅游休闲于一体的旅游风景区。”

一天下来，我只不过匆匆观看了青州二十几处景点中的三个，我就觉得青州是一个有历史品味、文化品味、绿色品味的城市，值得我以后常来欣赏它的优美风光。

——写于 2019 年 9 月 10 日

去南通蔷园，找张謇墓，鞠躬！

姑妈郭涵秋小时候离开如东老家沙家庄，到南通实验小学、南通中学读书，1956 年考入医校，后分配到淮安人民医院当医生三十多年，又调入南京市省武警医院工作。她对南通有着深厚的情感，尤其对张謇先生充满着敬意和缅怀之情。

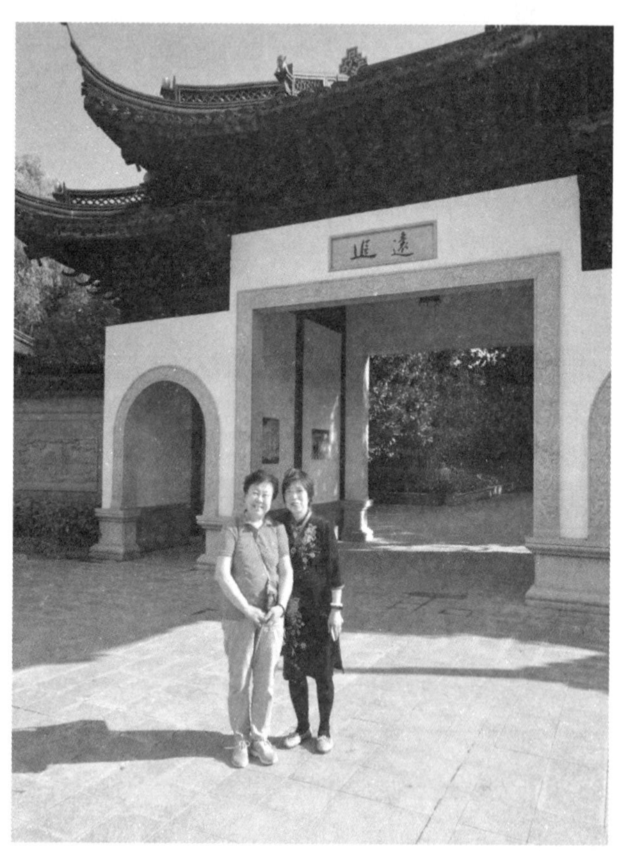

姑妈郭涵秋与爱人邢志玖在崇门追远留影

今年国庆节，她来看望我母亲。恰好，我人在南通，并且已把北京的车开回南通。我想姑妈是我亲近的老人之一，该好好地陪她，带她到南通那些曾经熟悉的地方去转转，该是她内心的愿望。9 月 29 日，我与她一起回了故乡如东老家沙家庄，她十分开心。10 月 1 日中午，在金沙镇全家人聚会时，我问：“姑妈，你现在还想去哪儿？”

“我最想去的地方是张公祠。去那儿有多远？怎么走？你告诉我。”她急切地说，“我自己乘公交车去，不麻烦你了。”

“哪能让你去乘公交车？”我笑着说，“当侄子的该陪你去的。我来查一下。”

小时候，我就听说过张公祠，本地人也称蔷公墓。它建于 1924 年，是张謇先生的墓地。我依稀记得年轻时曾从正场骑车去狼山，返回途中经过那儿，但没有进去。现在叫什么名字，我也不知道。于是用手机百度查询，得知蔷公墓现在叫蔷园。高德导航显示金沙到蔷园三十多公里，四十多分钟路程。我便对姑妈郭涵秋说：“明天，我请大家到南通（港闸区）吃饭，下午带你过去看看吧。今天下午我想带你去海门常乐镇，去参观张謇先生故居、张謇纪念馆，可好？”

因为听说海门的景点与张謇有关，她便点头同意了。出乎她的意料，张謇纪念馆景点在她眼中很美。她连声称赞：“这个景点不错呀！静雅、大气，有文化内涵，还免费让人参观。我跑遍国内外数百个地方，这还是很少见的！”

我告诉她，此地是海门市爱国主义教育基地。张謇先生出生在海门，为了实现“实业救国”“教育救国”的理想，他一生创办了几十家实业、370 多所学校，创造了许多中国第一，第一博物馆、第一师范学校……真了不起。要了解我国的近代民族工业、民族教育发展史必须到海门常乐来。

在参观的过程中，姑妈在张謇先生创办的学校名单中，看到了她所上的城北小学（后改名南通市实验小学）的名字。她惊讶地说：“怪不得我上小学时，清明节学校年年要组织我们学生去张公祠，缅怀张謇先生，原来他是办学的人啊！”在常乐镇，姑妈还参观了张謇故居、颐生酒厂，对张謇先生有了全面的了解，也解开了她心中的谜团。

回程时，她对我说：“郭谦，这次我回南通，真不虚此行啊！”

10 月 2 日中午，在北城小灶用完餐后，我侄女郭金珠、妹妹郭晓燕等人各奔东西，各自处理自己的事情，我和爱人邢志玖又一起陪姑妈去参观蔷园。与其说陪她，还不如说我们自己也想去，因为我们俩也没有去过蔷园，也想去蔷园瞻仰张謇先生的墓。

按照导航开过去，才知道原来蔷园在现在的南通大学主校区（蔷园路 9 号）南侧。这是一处景色优美的植物园，占地六百多亩。一进西大门，只见各种树木林立，空气清新。看了一下游览图，范围很大。一些年轻人租赁三四人骑行的自行车骑来骑去，我原本也想租一辆，姑妈说：“这地方那么大，年轻人绕着园子游玩，需要骑车，我们主要去张謇先生的墓地。墓地离大门不远，我们还是走过去吧。”

走了一百多米，我们到了崇门，门楼写着“追远”两个字。姑妈记起来了，说：“这儿就是我小时候来过的大门。”

一进大门，院内古木参天，环境优雅，景色宜人。这儿有苍松、翠柏等常见的树木，也有珙桐、台湾杉等珍稀树种200多种。全园树木总数达万余株，是南通最大的植物观赏园，空气质量良好，称得上是一个大“氧吧”。

按照院内的指示牌，从弯弯曲曲的林荫小道走进去，我们来到“涵碧”小桥。姑妈说：“我特别喜欢这座小桥，小时候常在这座桥边玩。”我微笑了一下，姑妈名字中有“涵”字，因此她爱屋及乌。

路边有不少石刻，其中一块刻着张謇先生的名言：“下走之为世牛马，终岁无停趾。私以为今日之人，当以劳死，不当以逸生。”张謇先生勤奋探求一生，克己奉献，为社会留下了巨大的遗产和财富，我心内感触很深，我说：“这条名言对我鞭策很大，也将是我的座右铭。”

走了不久，我们就看到了一块写着“张謇墓”三个字的石碑，右侧有一处四合院，古色古香。我们走了过去，只见院子大门写着“张氏飨堂”。飨堂是设于陵墓旁用于对墓主祭奠的场所，指陈设酒食供逝者享用。这儿青砖粉墙，瓦格围墙。走廊内挂着张謇照片和他收藏的字画。从月牙门洞进去，见中堂房内陈列着张謇画像，两侧玻璃柜内，一边展示着各界人士的祭奠诗文、书法、挽联等，一边展示着大量研究张謇的图书。房内，还陈列着张謇生前使用过的红木家具。

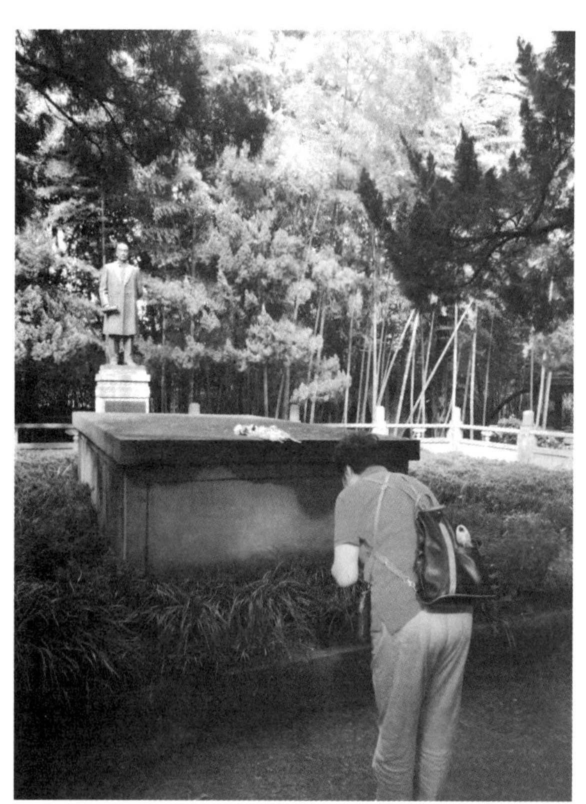

姑妈郭涵秋向张謇铜像鞠躬

向工作人员询问了一下去张謇墓的路后，我们走出“张氏飨堂”。我们先看了飨堂右侧的“憩厅”。这是张氏后人1956年建的房子，据介绍郭沫若曾题写“张季直先生纪念馆”匾额相赠，此匾在历史动乱中失落。如今此厅被辟为专室，以珍贵的历史图片简明扼要地展示张謇奋斗的一生。

沿途走过去，我们先见到了张謇儿子张孝若的墓，他曾是民国四公子之一，有名的实业家，曾担任淮海实业银行总经理、大生纱厂董事长、私立南通大学校长等职。1935 年，他在上海遭人暗杀，时年 37 岁。

姑妈立即说："你们看，左边的墓就是张謇先生的墓了，我小时候看到的铜像！"

果真，庄严肃穆的铜像前，有几束鲜花。我想我们没有时间出去买花，那么表达对张謇先生敬意的最好方式就是鞠躬致礼！姑妈赞成我的主意，带头向张謇先生深深地鞠了三鞠躬。

张謇墓前，"憩厅"后有一条小溪。因张謇生前喜爱养鹤，故溪内雕塑着几只形态各异、生动富有灵气的白鹤。距鹤雕不远的水榭，称为"松鹤轩"，这儿十分雅致。它应该是文人雅士聚集、吟诗作赋的好地方。可惜，现在却冷冷清清的。店内的老板说，过去来喝茶的人不少，这一年特别冷清，没有多少客人光顾。

蔷园，我觉得是南通的好去处，除了南通濠河、狼山景点外，它应该是南通第三景点。人气不足大概是宣传不够，需要南通的文人多写相关诗文，需要南通的媒体多关注，南通的文化单位多组织相关的活动，它就会成为人们心中的一个好景点、好去处，也会成为一个爱国主义的教育基地。

——写于 2019 年 10 月 2 日

家庭旅游团首游水绘园

江南园林：南京的煦园、瞻园，上海的豫园，苏州的拙政园、留园、网师园，

家庭旅游团进入水绘园时留影

扬州的个园、何园，嘉兴的烟雨楼，绍兴的沈园……景色优美，特色鲜明，中外闻名。在长江三角洲这一群出类拔萃的园林中，不能缺席的是南通如皋的水绘园。

水绘园位于如皋城东北隅，曾是明末清初的大才子冒辟疆和秦淮名妓董小宛隐居的地方。当时，水绘园高雅瞩目，名士钱谦益、吴伟业、王士祯、孔尚任、陈维崧、戴本孝等纷纷前来如皋。冒辟疆与他们在园中诗文唱和，游觞啸咏，盛极一时。因此，这处园林以水为贵，以园言志，以园为忆，融诗文、琴棋、书画、曲艺等为一体，是一座饶有历史书卷气的“文人园”。

对水绘园我心慕已久，只是多年来匆匆路过如皋，未能去参观它而已。今年9月中旬，我就从北京回通，想多陪陪89岁的老母亲金亚男。正巧，南京姑妈郭涵秋来通看望我母亲，北京的侄女郭金珠一家人也从北京回来看望祖母。

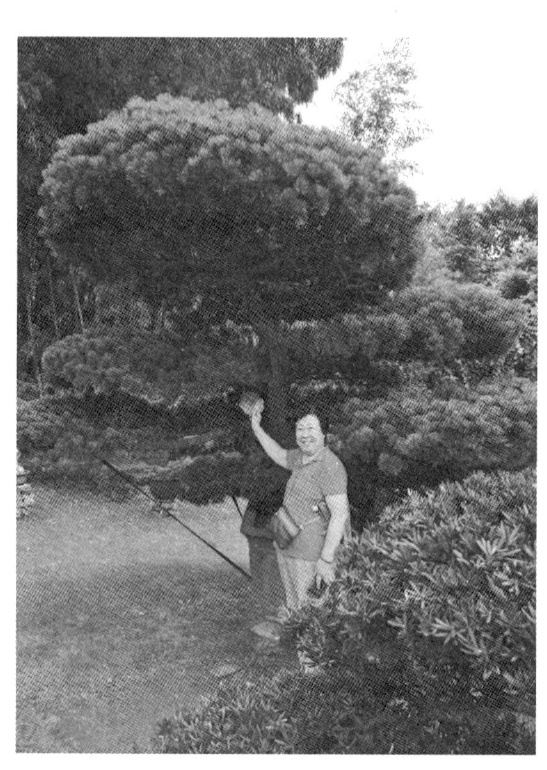

姑妈郭涵秋在盆景园留影

10月1日中午全家人聚会时，侄女郭金珠就提议3日全家人陪我母亲金亚男到如皋水绘园参观。在场的男女老少四代，16个人都齐声赞成。郭金珠当过北京国家出版社的副社长，现在是北京一家文化交流单位的总经理，当仁不让地担任了我们家庭旅游团的团长。她在网络上给大家订水绘园景区的门票和如皋的餐食地点。

3日上午10点半，我按照家庭群内出发的信息。从南通港闸区开车出发，前往如皋百岁缘酒楼。五十分钟到达了目的地，一看百岁缘酒楼就在水绘园景区一侧。

水绘园景区由水绘园、水明楼古建筑、如派盆景园（古澹园）、匿峰庐、逸园、如皋长寿博物馆、灵威观、动物园、游乐园等景点组成，是国家4A级景区，很大的一片古色古香的建筑群。国庆节期间，人群熙熙攘攘，车流滚滚，热闹异常。

中午吃完饭，我们推着老母亲前往景区售票处，侄女郭金珠要了几个人的身份证，便去排队办理团队票，我们集中在入口处等待。一会儿她拿来一把门票，还专门请了一个导游。

随导游从古石桥上下来，我们见桥下一池细长腰身、大脸荷叶在微风中轻轻摇摆，那粉红打底的乳白色荷花，点缀在翡翠一般的荷叶中，婀娜多姿、亭亭玉立、清香四溢，惹人喜爱。

导游先带我们去参观如派盆景园（古澹园）。这个园是冒辟疆的好友、福建莆田人佘仪曾根据家乡壶岭自然景观而建造的。它与水绘园为邻，俗称佘氏壶岭园。乾隆年间，扬州八怪之一的郑板桥路过此地，他根据冒辟疆与佘仪曾“淡泊明志”的情操，题名为“古澹园”，并赋诗一首：“隔水名园问范家，秋清雨过好烟霞。谁将玉笛三更弄，吹开葭芦一片花。”

郭金珠夫妇在水绘园留影

如派盆景艺术为我国七大盆景艺术流派之一，屡获大奖，蜚声海内外。园中珍藏着宋代以来大量的如派盆景代表作品，如柳浪闻鹂、钵池鼓楫、亭亭浴月、土冈松风、石桥怀古等。名盆景尚存，尤以东篱所存的宋柏“蛟龙穿云”、元柏“灵山华盖”、明柏“龙腾虎跃”，以及清初巨型五针松盆景称著。这儿素有“唐宋元明清，从古看到今”之誉。

宋柏“蛟龙穿云”为古澹园盆景的重中之重，树龄一千多年，是北宋理学家和教育家胡瑗（安定先生）后人捐赠，1985 年，上海第一届全国盆景评比博览会上获得过一等奖。

导游带我们从题写“竹苞松茂”牌匾的圆门洞穿过，进入水绘园景点。水绘园里有佳境：妙隐香林、壹默斋、枕烟亭、寒碧堂、洗钵池、小语溪、鹤屿、小三吾、波烟玉亭、湘中阁、涩浪坡、镜阁、碧落庐等。我们只看了一部分，因为有时人多，有时因拍照等原因，也没有听全导游讲解。

水绘园一亭一阁一桥一池，处处是景，景里藏境，境中有趣，趣里有味。我们在壹默斋停留的时间最长，这儿的客流量大，导游们分别岔开所带的团队，交叉讲解着。

好不容易等人流少了一点儿，我们全家来到冒辟疆、董小宛赏月的平台，侄女郭金珠和侄女婿马富新一起拍下了一张值得纪念的好照片。

母亲金亚男、妹妹金海燕等参观水明楼

导游带我们观看的第三个景点：水明楼。水明楼建于清乾隆二十三年（1758），由盐运副使汪之珩恢复而建。楼建成之后，汪夜间登楼赏景，见月光倒映于洗钵池水面，不禁想起杜甫诗句："残夜水明楼"，遂定名为"水明楼"。

水明楼由南而北，前轩、中轩和楼阁以九曲之弯的回廊相衔，很像一个船舫式的建筑，它与水绘园相辅相成，浑然翕合。楼内琴几、琴台系当年董小宛遗物。

得全堂内还有冒辟疆与董小宛的画像，看画像游客会以为他们是老夫少妻，其实这画像都是逝世时的遗容，董小宛27岁去世，冒辟疆82岁去世，所以两人年龄似乎相差很大，其实不大。

这次，我们全家人陪89岁的老母亲来如皋旅游，主要就是希望她老人家开心，能活到百岁。母亲真的是很高兴，不断要求给她在得全堂拍照。在澹古堂，她也和外孙马瑞泽拍了张照片。

可惜，大家走了半天很累，没有去水绘园景区其他景点，如长寿博物馆、灵威观等参观。但我想来日方长，水绘园是一处旅游好景点，以后在客流低峰时，可以来慢慢地游，仔细地品，一定会有更多的趣味。

——写于2019年10月3日

绍兴鲁迅故里是免费的旅游胜地

从中学时代，我就读鲁迅的小说、杂文，再到后来读鲁迅文集。鲁迅在我的心中是文字英雄，他在现代文坛一个世纪里影响了几代人，他的小说里阿Q、祥林嫂、孔乙己等生动的人物形象，充分暴露和抨击了旧社会的黑暗；他把杂文练就成一把把匕首、刀枪刺向腐朽势力，他的写作水平是世界罕见的……

郭谦在鲁迅故里鲁迅肖像下留影

20世纪二三十年代，鲁迅领导、支持了"未名社""朝花社"等文学团体，主编了《国民新报副刊》《莽原》《语丝》《奔流》《萌芽》《译文》等文艺期刊；热忱关怀、积极培养了一批青年作者；大力翻译外国进步文学作品和介绍国内外著名的绘画、木刻；编著《中国小说史略》《汉文学史纲要》，整理《嵇康集》，辑录《会稽郡故书杂录》《古小说钩沉》《唐宋传奇录》《小说旧闻钞》等古典文学。他的一生，对我国文化事业做出了巨大的贡献。

12月3日清晨，我从南通开车去福州参加第三届世界遗产主题文化展览会。途经嘉兴，看望了姑妈郭婉香、小叔郭寄生夫妇，表妹吴燕、堂妹郭洁留我们夫妇在嘉兴玩。我说："嘉兴离福州还很远，我想往前赶路，到绍兴休息。明天就可以少开两个小时的车，尤其我想到绍兴看一看鲁迅的故居，这是我多年的梦。"

吃完中饭，辞别了嘉兴的亲人们，我按照高德导航向绍兴鲁迅故里开去。嘉兴到绍兴只有一个半小时的路程，一见到"鲁迅故里"四个字就觉得亲切。我先在故里的鲁迅画像下拍了一张纪念照片。然后走入“进口处”。鲁迅故里，无论男女老少都不用买门票，只需要拿出身份证扫一下，就可以进去参观。

我们先进了一个四进四出的大院落，这是鲁迅祖辈们世居的地方，称为周家老台门，清代古建筑。整个建筑坐北朝南，由台门斗、大厅、香火堂、后楼共四进组成，东西各有厢楼。鲁迅少年时期，每当节庆或祖先忌日，必去老台门行礼、拜访。

出了老台门，我抬头看见小河对面的“三味书屋”牌匾，立即想到鲁迅的散文《从百草园到三味书屋》：“出门向东，不上半里，走过一道石桥，便是我的先生的家了。从一扇黑油的竹门进去，第三间是书房。中间挂着一块匾道：三味书屋……”

于是，我和爱人邢志玖就过小桥，进了三味书屋。它是清末绍兴城里著名的私塾，一个三开间的小花厅，本是私塾先生寿镜吾的书房。寿镜吾是鲁迅的塾师，他在这里坐馆教书达60年。鲁迅12—17岁在此地读书6年。目前，从房屋建筑到室内陈设以至周围环境，基本保持着当年的原貌，给人一种原汁原味的感觉。

郭谦在鲁迅纪念馆前留影

出门时，我问了一个景点服务人员，百草园在哪儿？他告诉我向西走。没有走几步，我们看到富有绍兴特色和时代气息的现代化展馆——绍兴鲁迅纪念馆。

走进去一看，纪念馆非常气派。上、下两层，陈列厅由序厅、南北主展厅、辅助展厅、名人文库及休闲区组成。主要展出鲁迅在南京、日本、绍兴、北京、厦门、广州、上海等地的生平事迹，并展示着大量的实物、手稿、照片、书信、图表、模型等展品。

从鲁迅纪念馆出来，我又向西走，看到一个又长又大的院落，门牌还写着“鲁迅故里”，我以为是我参观过的。哪知道再向西走，问当地人百草园在哪儿？他们告诉说就在我刚经过的院落里。

一个服务员带我经过七转八拐的楼堂，来到后面的大院子，院里有一块石头上写着“百草园”。这儿的草木可以让我想象到鲁迅幼年玩耍的场景。

邢志玖在百草园留影

随后，我搞明白这一处地方是周家新台门，新台门规模、结构与老台门基本相同，坐北朝南，青瓦粉墙，砖木结构，六进院落，还有戏台等，占地面积很大。不少游客感叹地说：周家真是大户人家啊！鲁迅在这里度过了他的童年和少年，他的文章里也给人们留下了许多可寻的踪迹。

一条窄窄的青石板路，一溜粉墙黛瓦，一个竹丝台门……小河里的乌篷船在水面上晃晃悠悠……此情此景不由得让人联想起鲁迅的作品。

跑了全国近百个景点，我觉得绍兴鲁迅故里不仅免费惠民，是一个内容十分丰富、耐人寻味的好景点，值得一来，而且周边还有沈园、周恩来祖居、兰亭、会稽山大禹陵等景点，绍兴文化韵味浓郁，是一个可以细细品味的城市。虽然来去匆匆，但绍兴却给了我美好的记忆，当然我以后还会来第二次、第三次……

——写于 2019 年 12 月 4 日

到福州，必去三坊七巷

到了南京如果不去夫子庙，就如同没有到过南京。同样，到了福州，如果不去三坊七巷，就如同没有到过福州。

第一次到福州，自然我想去三坊七巷，因为我十多年前就知道了这个地名。而且在三坊七巷里，我知道有一个同族名人郭柏荫。

郭柏荫是郭子仪的后裔，父亲叫郭阶三，清嘉庆年间的举人。大哥郭柏心，道光年间的举人。郭柏荫，是道光十二年的进士；三弟郭柏蔚、四弟郭柏苍、五弟郭柏芗，都在道光、咸丰年间纷纷中举。郭柏荫之后，郭氏四代又连续出了五个进士。郭柏荫四子郭传昌，光绪二十年（1894 年）进士；郭柏荫孙子，郭式昌的长子郭曾炘、次子郭曾准、三子郭曾程，都是光绪年间的进士；郭曾炘的长子郭则沄也是光绪二十九年（1903 年）的进士。郭氏一门，连连中举，“五子登科”的故事在福州广为流传。郭家大宅子被人称作“侯官黄巷郭家”，也是到福州三坊七巷旅游的人必到的景点之一。

郭柏荫的曾孙郭则道，有一个女儿叫郭可慈，与我父亲郭可慈同名同姓。女郭可慈的故事，我在前面《汾阳堂家谱追寻记》一文里写过了，这儿不再重复。前年，我曾想去天津拜访她，在网络上一查，她已经仙逝。她的博客上留有一篇文章“我与黄巷”，写了她回黄巷寻根的故事，这给我留下了深刻的印象。

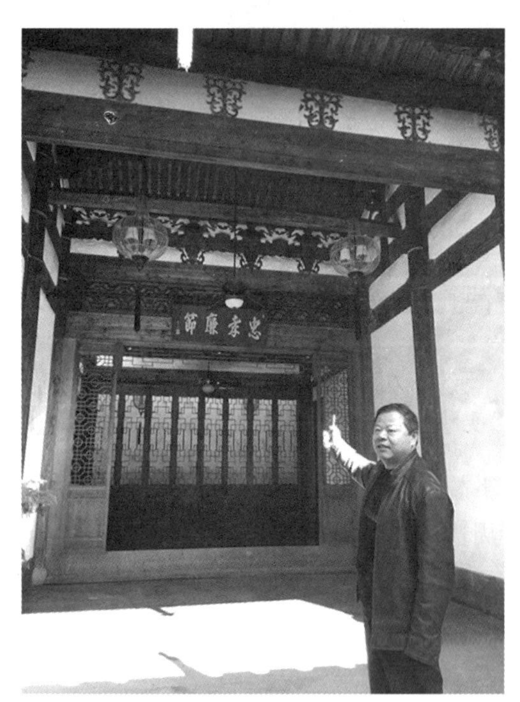

郭谦在郭柏荫故居第三进院子留影

话说回来，这次我从南通来福州参加第三届世界遗产文化主题展。12 月 7 日，我抽时间带爱人邢志玖游福州，当然先游三坊七巷。上午 8 点，我们从福州宁宇宾馆步行一千米，到了葫芦阵地铁一号线，坐地铁到东街口站，出站右拐，第一眼就看到塔巷。

从门楼望进去，巷子很幽深。石头街，满条街的房屋都是明清的格调和味道。走了约三百米，到巷口，我看到南后街路牌，回头看塔巷的牌楼上有一个宝塔。据说五代时，闽王部属琅琊安远使在此募缘建造了一个木塔，称育王塔。

塔巷里有一个景点叫黄楼，景点

处有一个牌子写着三坊七巷里的景点：严复故居、水榭戏台、小黄楼、林聪彝故居、郭柏荫故居、谢家祠、林则徐故居等，我立即问景点服务员："请问郭柏荫故居怎么走？"她告诉我，出塔巷到南后街，左拐到黄巷，进黄巷两百多米就到了。

按照她所说，我很快就找到了郭柏荫故居。故居里的服务员听说我姓郭，便说："欢迎你们郭氏后人来探访，您可能有60岁，可以享受半价优惠了。"20元的门票半价，他的提醒令人很温馨。

郭氏民居因为是清代大户，每道门槛特别高。每一层院子大堂上都有气势雄浑的牌匾，不过没有其他实物。前堂改成了福州历史影像展览馆，里面摆放了加拿大华侨李共青收藏的130余幅老福州影像照片，这让游客可以看到福州百年历史的变迁。

目前，一般游客只能进前后三堂，不能进后院。我们很幸运，在后堂时，一位保洁人员听说我们姓郭，便让我们进后院观看了花园和卧室等处。府第深深，雕梁画栋，格扇槛窗，古色古香。我眼前飘过一片景象，仿佛隐隐约约地再现了那曾经的辉煌历史。

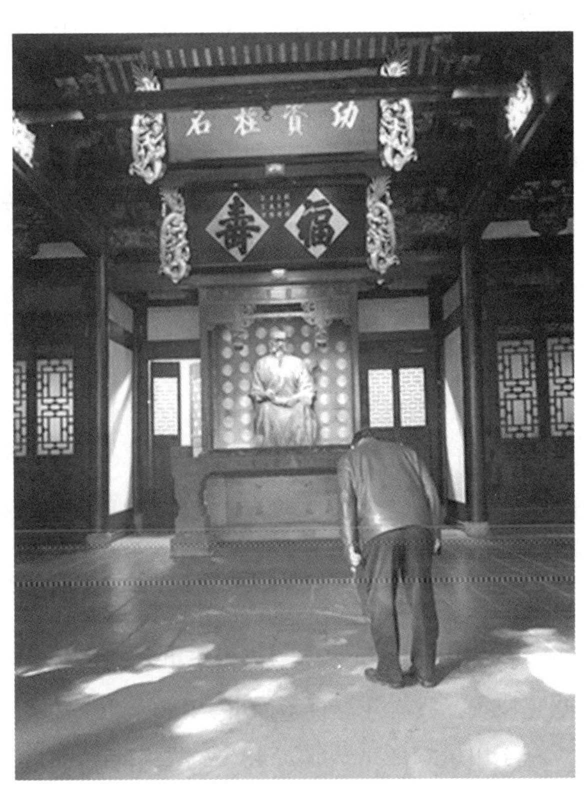

郭谦向林则徐塑像鞠躬致敬

从黄巷返回到南后街，我看到衣锦坊的牌子，于是走进去，这儿有一处景点叫水榭戏台。始建于明万历年间，原为郑氏乡绅宅第，由正落（主座）、中落（别院）和侧落（花厅园林）三座建筑自西向东毗邻排列。别院由书斋、佛堂等构成。再往东是通花厅园林。其特色是水榭、戏台，水池里水汽缭绕，池内有鲫鱼、金鱼。池外两侧有酒楼，酒楼后有假山、雪洞，戏台正面有楼阁，坐北向南，前廊后堂，为穿斗式木构架，单檐歇山顶。墙头灰塑、屋脊等均精工细作、独具风格，这是福州市保存最好的水榭戏台。

参观完水榭戏台，我便寻找严复故居。当地人指引我找到官郎巷，走进去一百多米，我见一帮年轻人正在门口拥挤着照合照。

严复，近代思想家、翻译家、教育家，曾担任过京师大学堂译局总办、上海复旦公学校长、安庆高等师范学堂校长等。他翻译了《天演论》，创办了《国闻报》等报刊，对近代中国产生了深远的影响。我的《影响中国的文化世家》一书里专门写了他的家族。所以，我怀着长久的敬仰之情，自然要到他晚年的居所来看看，这儿有很详尽的图片、实物展览，可以怀古思幽。

我参观的第四处景点是林则徐纪念馆，馆址原为林则徐专祠。它创建于清光绪三十一年（1905），占地面积很大，内有仪门厅、御碑亭、树德堂、南北花厅、曲尺楼、竹柏轩等主要建筑物，是典型的江南园林。该馆展览以反映林则徐一生事迹为基本内容。展品中有林则徐亲笔书写的对联、条屏、立幅、扇面、信札、文稿、笔记等 120 多件；还有他使用过的印章、残墨、印盒、政书雕版等遗物。林则徐是我幼年心中的民族英雄，我崇敬他的爱国精神与气节，因此在他的塑像前深深地鞠了一躬。

我走了半天的路，有些疲累。但我对三坊七巷有了比较深的了解。三坊七巷包括衣锦坊、文儒坊、光禄坊；杨桥巷、官郎巷、塔巷、黄巷、安民巷、宫巷、吉庇巷。其历史可以追溯到晋朝，在唐朝扩建，到了明清时期达到鼎盛。至今仍然保留着非常丰富的文物古迹和一批历史文化名人的故居及明清时代的古建筑。同时，三坊七巷人杰地灵，林则徐、沈葆桢、严复、陈宝琛、林觉民、林旭、冰心、林纾等大批近现代历史名人，皆出自于此。所以，这处景点充满了历史文化气息，非常值得游客去参观、学习、感悟。因此，我说到福州必去三坊七巷，到了三坊七巷才算到过福州。

——写于 2019 年 12 月 7 日

福州于山、西湖景色怡人

12 月 8 日，第三届（福州）世界遗产主题文化博览会于上午十二时结束，中午吃完快餐，我就开车直奔福州于山风景区。

于山风景区是开放式 4A 级景区，全天免费开放。于山不高，海拔只有 52.2 米。但地处城市中心，是一个老景点。它形似巨鳌，最高点为鳌顶峰。山上怪石嶙峋，林木参天，景色秀丽。主要景点有平远台、戚公祠、九仙观、天君殿、大士殿、报恩定光多宝塔（白塔）等。山上有自宋代以来的摩崖石刻 100 多处。还有不少小巧玲珑的亭榭，如万象亭、吸翠亭、补山精舍等。这些亭榭依岗峦起伏，隐约在松竹花卉之间，风景清幽，引人入胜。

从于山宾馆停车处向上登高，道路平缓易走。我们拾级而上，迎面是峙立于悬岩的吸翠亭，亭东有廓然台。接着我们走进了戚公祠，戚公祠是福州重点文物保护单位。

祠厅建在石岗上，旁有五株苍松，前为平远台，岗台之间跨有天桥。厅东怪石叠垒，中有一石如榻，上镌“醉石”二字，相传为戚公醉卧处。石畔为醉石亭，亭北有蓬莱阁，又有榕寿岩、补山精舍诸胜。祠正厅塑有戚继光坐像，厅两侧壁上悬挂“海疆倭患”“率兵援闽”“激战三捷”“平远庆功”四幅历史画卷，歌颂了戚继光抗倭的功绩。坐像边陈列着记功碑残片真迹。两边陈列着戚继光将军入闽的实物、文献资料和仿制兵器，详细描述了戚将军带领戚家军屡战告捷的作战业绩。这为来于山的参观者提供了瞻仰之地，以便能让戚继光的爱国精神永远传承下去。祠旁有一块岩石刻有现代文学家郁达夫的《满江红》题刻。

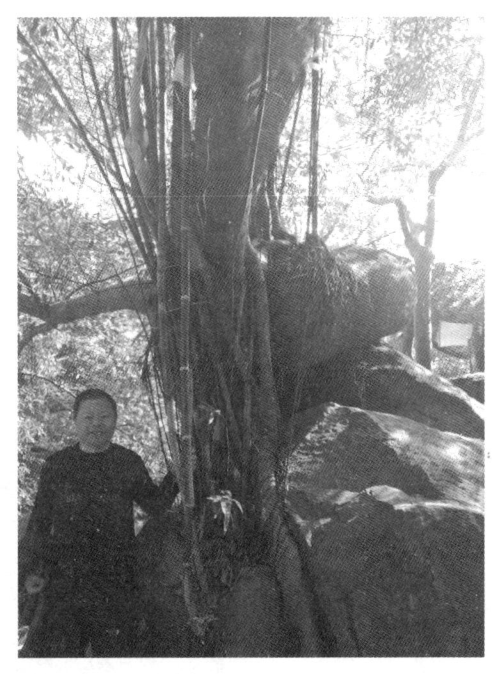
郭谦在戚公祠内树竹奇观处留影

说起郁达夫，我很熟悉。我父亲郭可慈与我合著的图书《现代作家亲缘录》，专门描写了郁达夫一家人以及其文化成就和历史。戚公祠内有一栋小楼，楼内有郁达夫的史迹专展。

郁达夫，浙江富阳人，现代著名文学家。他对戚继光的爱国精神非常敬仰，1936—1938 年，在福州工作期间，郁达夫曾多次来于山祭拜戚继光。他有感于报国无门，激情满腔地写下了《满江红》等诗词，这也是他投身抗日救国行列的开始。展览共分为“前言”“爱国一生”“入闽事迹”三个部分，展现了郁达夫爱国抗战的一生。

出戚公祠后，我们向东北攀山，走向最高处九日台。在九日台音乐厅留影，在倚鳌轩望远，一览福州城市东北部的风光，景色宜人。

之后，我们又从平缓的山路下行到平远台，品味了九仙山赋。于山，又叫“九仙山”“九日山”。相传战国时有一支“于越族”迁居于此，因而将这座山取名为“于山”。传说汉代有何氏九兄弟在山上修道炼丹，又名“九仙山”，山上还有相关的古迹，如九仙洞、九仙观、炼丹井等。

于山的景点总体来说不大，但里边的内涵很丰富，不仅众多的历史人文景点接踵而至、琳琅满目，而且每一处景点耐人寻味，可以围观，可以触摸；人与景可以融和，可以拍照。尤其是树木古朴，怪树奇景不断。我在戚公祠拍下了树竹石三位一体的奇景，在半山腰又与奇妙的大榕树留影。这棵大榕树无数的树须垂挂下来至地成根，一些树须与大树干融为一体，让你分不出是老树干还是新树干，而且它顶上的大树冠蔚然成荫，新老树干共同支撑着头上一大片绿色的天空。这样的景观对我来说，可谓难得一见，非常迷人。

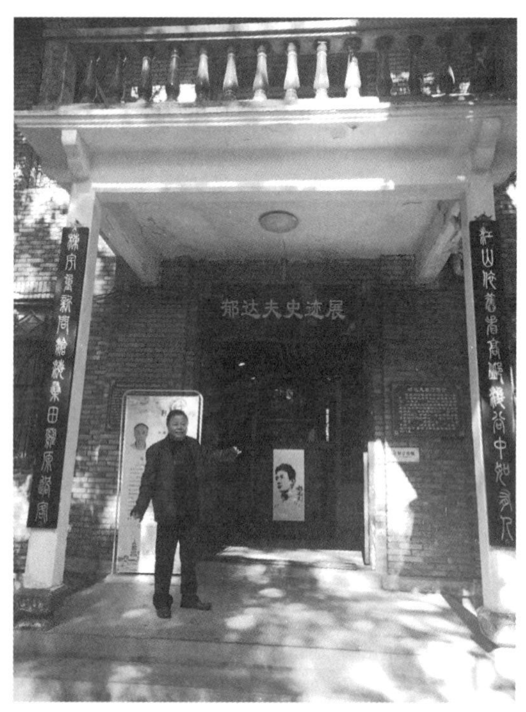

郭谦在于山郁达夫史迹展留影

游完于山风景区，见时间还早，我又驱车去福州西湖公园。因为“西湖”在我脑中是杭州景点的专有名词。没有想到查百度“福州景点”时，“西湖”映入眼帘，引起了我的好奇。我才决定去看一看，比较一下福州西湖与杭州西湖有什么不同。

高德导航带我到了福州西湖南部，沿湖路边没有停车点，我转悠到了西侧，从一条道路开进去，忽然见单行道标志，前面是学校，禁止通行。在路口不远处的路边，有小汽车停着，我也就停在它们后边。其实，进了这条路有可能被拍照罚款，我不能再继续前行，前面还有两处摄像头。

怀着忐忑的心理，我和爱人邢志玖走进了福州西湖公园，在柳堤上瞭望，见湖面不大，比不上南京的玄武湖，更没法与杭州西湖相比。但它也有 1700 多年历史，是福州保留最完整的古典园林。据史载，晋太康三年（282），郡守严高在福州城墙西筑湖，以灌溉农田，故称西湖。五代时，闽王在湖滨辟池，建水晶宫，造亭台楼榭，西湖便成了花园，此后渐成游览风景区。宋淳熙年间（1174—1189），南宋福州知州赵汝愚又在湖上建了澄澜阁，并题“福州西湖八景”：仙桥柳色、大梦松声、古堞斜阳、水晶初月、荷亭唱晚、西禅晓钟、湖心春雨、澄澜曙莺。之后，历代文人墨客对西湖美景赞叹不止，留下不少佳篇。

我们走进了西湖书院，虽然有不少游客在西湖游逛，但院内不少房子是空荡荡的，旁边的小亭子里却热闹异常。七八个老年人在拉二胡、吹笛子伴奏演唱，歌声优美，琴声悠扬，让游客感到赏心悦目。

出了西湖书院，在梦山阁前一块空地上，我忽然看到了一棵巨大的榕树。榕树下有一群老人在玩牌，悠然自得。

这棵巨树有许多树须挂到地上，纵横交错，密如蜘蛛网，似山洪泛滥，又像瀑布飞泻，树干与须根形成了独树成林的景观。因为它的树冠高大，枝叶繁茂，树干粗壮；更因为它的树枝上长着根须，上上下下的棕色须根，长长的，粗粗细细的不等。微风吹起，长须摆动，美丽婆娑，十分壮观，给人一种沧桑感。这是只有亚热带雨林区才有的奇观啊！我看得目瞪口呆，惊叹不已！

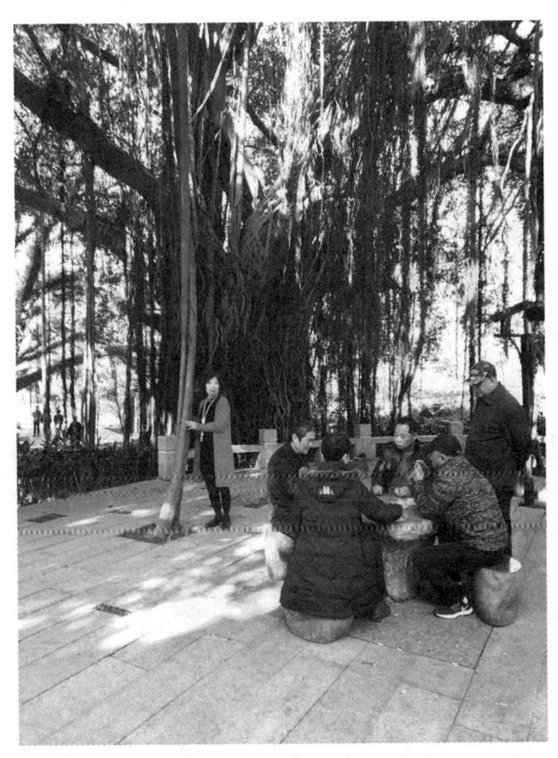

福州西湖大榕树下的打牌老人

虽然我从西湖浏览图上看到西湖里还有福建博物院、开化寺、诗廊、鉴湖亭、盆景园等景点，因为自己的汽车停车可能违规，心不安，我们便匆匆离开了福州西湖。但半天的游览让我心满意足，我觉得福州是一个不错的旅游之地，以后可再找时间来品味。

——写于 2019 年 12 月 8 日

天台山寻觅李白踪迹

1998 年，我写《李白的故事》一书，研究发现：意气风发的李白，青年时期怀着四方之志，第一次仗剑出蜀。在江陵，他巧遇从京都回天台山的国师司马承祯。李白的《大鹏赋》一文得到司马承祯的肯定和赞誉，从此，李白信心满满地走上游历之路。后来，李白以诗歌成名于京城西安，因不适应官场的斗争，而辞官漫游半生，足迹遍及大半个中国。他曾到天台山去寻觅司马承祯的踪迹，想学习司马承祯坐忘修真，得道升仙。虽然他在华顶峰筑室读书，但心系国家，不久还是离开了。几次到天台山，李白写下了《天台晓望》《琼台》等脍炙人口的诗篇。在他的其他诗歌里，经常出现“国清”“赤城”“华顶”等词语，足见李白对天台山一往情深。这个故事在我心里藏了二十多年，“天台山”三个字在我脑海里留下了深深的烙印。

12 月 9 日，我从福州回南通，中午曾在温州楠溪江景区稍作停留，又驱车前行，傍晚到台州市天台县东方假日酒店休息。第二天一早，吃完早餐，我就用手机上网查询。天台山有国清寺、赤城山、琼台玉阁、石梁等景点，我选了最近的景点赤城山。

郭谦在赤城山山腰的亭子里留影

八点十分，我开车到赤城山景区，售票处没有人。景区大门敞开着，我随一部红色小车开进了停车场。

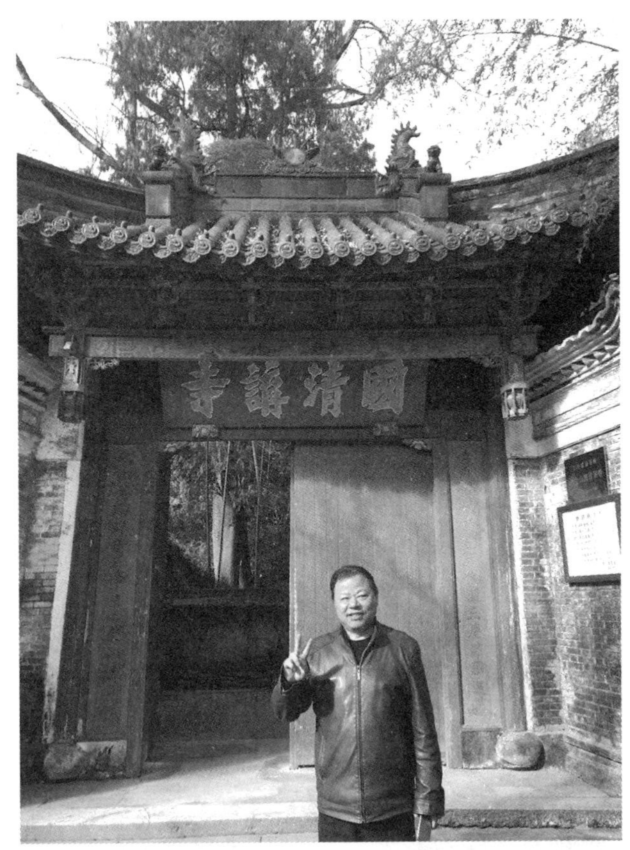

郭谦在天台山国清寺门口留影

抬眼望，赤城山层层叠叠地向上，满山赤石如 道大屏障，又如 道城墙。它是水成岩剥蚀残余的一座孤山，是天台山中唯一的丹霞地貌景观。每当旭日东升或夕阳西下，云雾缭绕山腰，霞光笼罩，光彩夺目。元人曹文晦有诗曰：“赤城霞起建高标，万丈红光映碧寥。美人不卷锦秀缎，仙翁泻下丹砂瓢。”赤城栖霞为天台八景之一。

赤城山上山的路是20世纪八九十年代捐资建起来的，每走几步就是一个小平台，因此人走上去感觉平缓舒坦。半山腰有一个五十个台阶的陡峭处，登上去很费劲。我走得气喘吁吁，稍作休息，再向上爬，又上行了二十多米，才到了东济公禅院。

东济公禅院是1996年建的，没有古色古香的味道。不过，站在禅院的大殿门口极目远眺，错落有致的村庄、星罗棋布的农田、蜿蜒起伏的山峰以及天台山县城的全貌，一览无余，令人心旷神怡。

因为时间紧，就没有去西济公禅院和山顶的梁妃塔，下山直奔第二个景点——国清寺。

国清寺是隋代古刹，为佛教天台宗的发源地，现存建筑是清代时重修的。从古桥过去，走近古寺，刹那间，我就嗅到了一股烟火的味道和肃穆的气息。

走进古寺门，只见三五成群的香客们在大雄宝殿香炉前烧香、磕头，一些香客还在搬桌子，似乎要在此大办法事。

国清寺依山而建，层层递高，按四条南北轴线布列六百多间古房屋，正中轴由南而北依次为弥勒殿、雨花殿、大雄宝殿、药师殿、观音殿；还有放生池、钟鼓楼、聚贤堂、方丈楼、三圣殿、妙法堂等，大雄宝殿正中设明代铜铸释迦牟尼坐像。西轴线为安养堂、三圣殿、罗汉堂（文物室）、妙法堂（楼上为藏经阁）。东一轴线为聚贤堂（僧众餐厅）、方丈楼、迎塔楼。东二轴线为里客堂、大彻堂和修竹轩。大佛像的背壁，有以观音像为中心的慈航普度群塑，殿两侧列元代楠木雕刻的 18 罗汉坐像。山门外还有隋塔、寒拾亭等。

匆匆看了一下古刹之景，我们就返回了游客中心。我感到赤城山与国清寺景致不错，都是李白曾到过的地方，但是没有一块李白诗歌的碑刻，没有一点儿李白的踪迹，有点儿遗憾。

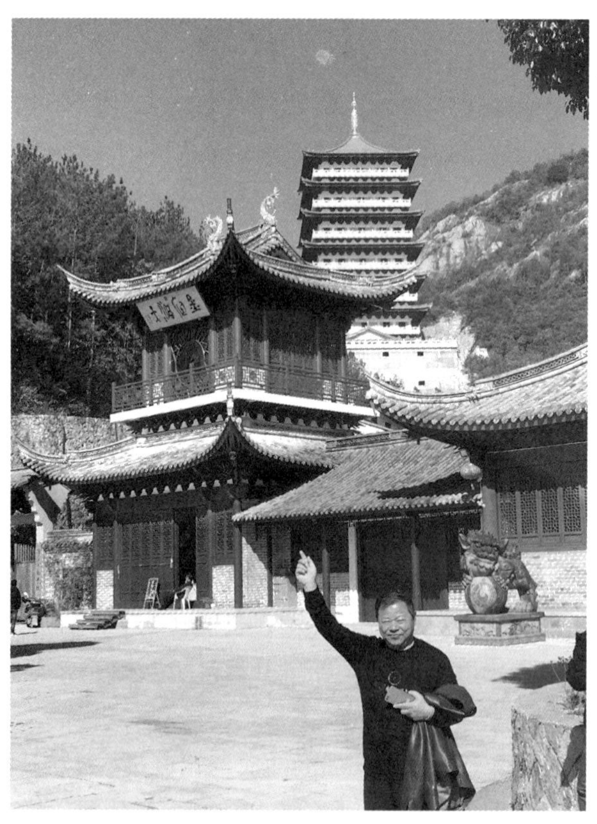

郭谦在桐柏宫新观内留影

此时是上午 10 点 40，我想还有时间去寻访李白、司马承祯的踪迹。查了一下手机网络，玉霄峰是司马承祯隐居地，山高路险。桐柏观（桐柏宫）是司马承祯创立的，为道教全真派的祖庭。桐柏山被称为仙山，有卧龙、玉女、紫霄、玉霄、莲花、翠薇、玉泉、华琳、香琳九峰环列，状如城郭，桐柏宫在九峰之中心，秀丽奇绝。

于是，我就开车前往桐柏山寻找桐柏观。国清寺距离桐柏观二十多千米，虽然是盘山公路，但路面好，开起来并不费劲。导航指引我到桐柏山观望台就终止了。我问观望台百货商店的老板："请问老板，桐柏观在什么地方？怎么看不到啊？"

他说："你要看老观还是新观？"我说："老观。"他告诉我开车左拐一千米，前面的山梁就到了。我不再用导航，看着路边有"桐柏宫"的指示牌向前开，开了一千米，经过一座水库大桥，水库里的水清澈澄明，水波在微风里荡漾，犹如高山上美丽的湖泊。

根据指示牌，又开了五六千米，我才到了桐柏宫。可这是个年代不久的新建筑——新观。琼楼玉阁雄丽，清净庄严，环境优雅。中心大殿为紫阳真人殿。我问了一下观里的道士："这桐柏宫是不是唐朝司马承祯创立的？"他回答说："是的"。我再问："老观在什么地方？"他告诉我在水库的桥边。

为了寻觅司马承祯、李白的踪迹，我又返回原来经过的道路，在水库大桥上我遇到一个保安，再询问老观，他指引我在桥前第二个路口拐弯向上。我开车上去，见到一个规模不大的道观。

观前有一块牌子写着"鸣鹤观"，观内有一个老殿，侧旁有一栋三层楼的新建筑，几个年轻的道士和道姑在聊天。我便问："这儿，是不是唐朝司马承祯的修道处？"他们回答说："是。"可我进殿内并没有看到什么古迹。

我带着遗憾下山，驱车回南通。

回到家后，我从电脑里寻看相关资料和文章，我才知道：1959 年天台山县修建桐柏水库，1973 年建成蓄水，桐柏观沉于水下，部分建筑和文物移往鸣鹤观，鸣鹤观大殿是清代建筑。我这才除去了疑惑。

鸣鹤观与新桐柏宫地处天台山绝佳的地理位置，有人记叙："九峰环抱，碧溪前流，连山峨峨，四野皆碧，茂树郁郁，四时恒青，大岩之前，横岭之上，双峰如阙，中天豁开，长涧南泻，诸泉合漱，一道瀑布百丈洒流，望之雪霏，听之风起。"这儿一年四季，各有各的风韵，或绮丽，或迷蒙，或明朗，或神秘……雨季雾气缥缈，犹如一缕仙气飘在山间，仿佛是人间的仙境。

初冬时节，我们到了这块宝地，天高气朗，阳光明媚，能看到树木郁郁葱葱，每一个山头风景各异，秀丽无比。但是人在山中不知山外有山、有景，不在雨季品味不到天台山别样的风景。无论怎么说，天台山还是值得一览的好地方。

——写于 2019 年 12 月 13 日

六、文坛交往录

文坛三个眉心有黑痣的人

——邂逅名作家罗珠

2007年2月2日，我到山东济南去落实《博客世界》报的试刊号。3日下午7点，我在排版公司校对好样刊，觉得一身轻松，但脑子开始发蒙，一种疲劳感油然泛起。

《作家报》张富英总编一边开车一边打电话，打完电话对我说："今天晚上，我们去罗珠那儿，请他吃饭，他的画现在珍贵得很，我要请他画一幅。"我问："罗珠是谁？"副总编王建华说："我们济南的名作家。"

来济南虽然很多次，但那些弯曲复杂的街道和里弄经常搞得我晕头转向，分不清东南西北，尤其晚上，我更分辨不清方向。走了半个多小时，张总的车子开上了一个山坡（郎茂山），转了几圈，开进了一个弄堂，王总连忙说："不是这个道口，是前边一个。"

车子开进了一个住宅区，在一栋老楼房旁停下来。下了车，王建华拿了一本2006年度的《作家报》合订本上了楼，张总说："我们在下面等，罗珠住在五楼。"

过了一刻钟，王建华带着一个面容消瘦、富有艺术家气质的男人下了楼。张总喊道："老太婆，我每次到你家都要走错路，你这儿真不好找。来介绍一下……"

我与罗珠握手，他上了车。小汽车下山转过两条街道，来到一个富丽堂皇的酒店门前。我们进店，张总让罗珠和我先点了两道菜，然后又补充了不少菜。张总问罗珠："今天，你喝什么酒，啤酒还是小二？"

"还是来瓶小二吧。"罗珠说。

服务员为罗珠拿了一瓶二两的烧酒并打开了，又为张总、王总和我斟满了啤酒。

开始，罗珠与张总、王建华不停地谈话，我在旁边听明白了，张总称罗珠为老太婆，是因为罗珠有个家族“传统”，五十多岁牙齿就掉光了，一开口就像个七八十岁的老太太，关不住风。罗珠的未来夫人正在新房子搞装修，因此没能来相聚……

罗珠与郭谦在书房合影

后来，话题转到了文学、书画，谈到了文坛人物。罗珠告诉我：他曾在北京住过很长的时间，他与贾平凹等人是好朋友。说到贾平凹，罗珠问张总、王建华：“你们知道我一看见郭谦就像见到了老朋友，我们是很有缘的。你们猜为什么？”

张总、王总望了好一阵，不知所指。罗珠笑着说：“你们注意到郭谦的左眉心有个黑痣了吗？”

“噢，真是一个特征啊！我们还没有注意到。”张总带点儿惊讶微笑着说。

“你看，我的左眉心也有个黑痣。我与贾平凹投缘，是因为他的眉心也有个黑痣。现在文坛又多了一个有黑痣的人啦！”罗珠开怀地笑着说。

不说还不觉得，我没有见过贾平凹本人，但对贾平凹肖像照片印象很深，确实记得他的眉心也有个很浓的黑痣。

王建华这时提议：“我们为你们文坛三个有黑痣的人干杯吧！”

罗珠又要了一个小二，他喝起酒来具有山东大汉的那种豪爽劲儿，不停地与我碰杯，一饮而尽，我被他的热情、友情感化，这个晚上也喝了不少啤酒。

王建华在席间告诉我，罗珠的长篇小说《黑箱》在1994年出版后引起过文坛的轰动，居全国图书排行榜前三名。他看过罗珠的不少作品，也特别喜欢《黑箱》。而我90年代时“下海”到合资企业，当时不太关注文坛，因此对《黑箱》很陌生，而近年来我对文坛的研究主要偏重于文化家庭人物、诗歌和散文，故而对罗珠这样文坛重量级人物不太了解。但我觉得与罗珠谈话很投缘、很畅快。

酒尽兴后，张总准备买单。罗珠却坚持说："今天我认识了郭谦这个朋友，我来买单。"他付款那个较真样子，让张总无奈，耸了耸肩，却让我很感动。

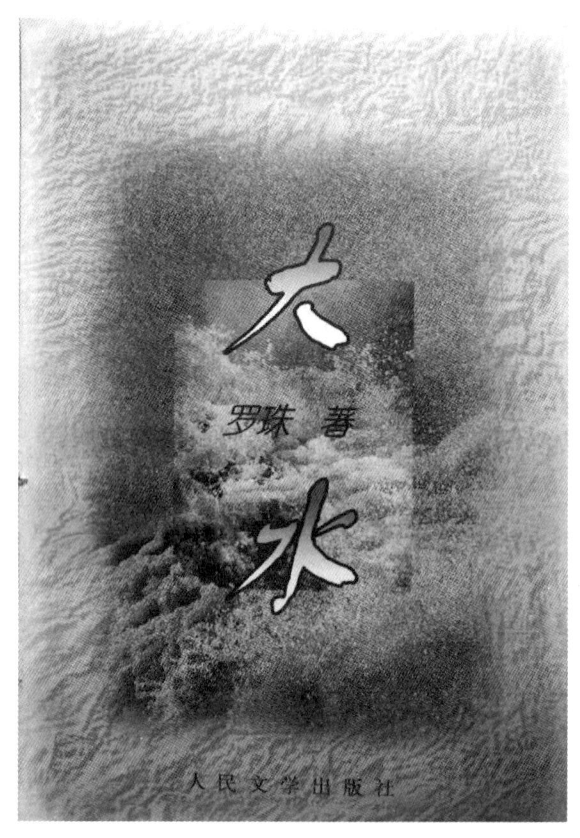

罗珠著作《大水》封面

张总开车送罗珠回家，见罗珠有几分醉意，我拉着他的手上楼，他紧紧地握住了我的手。

罗珠的居室不大，到处是书。在书房里，我们合了影。罗珠随后拿出了一大堆的书，《黑箱》有十多个国内外版本，他平日都是让朋友随意拿、随意挑的，自己手中不少版本已经没有复本了，因此弥足珍贵。我很想得到一本《黑箱》，但见他找了好一阵也没有找到复本，我就拿了一本《大水》，让他签了名。

张总靠近我的耳朵说："罗珠今日见了你，喝了四瓶烧酒，多了一些，以后我们再来请他画画，我们走吧，让他早点儿休息。"我点了点头向罗珠告别，他一个劲儿地要送我下楼。我不得不几次请他在门口留步，他才依依不舍地与我挥手分别。

回到老家南通，在春节闲暇的时候，我打开了罗珠的小说《大水》，读了起来。《大水》是一部反映清朝治理黄河的历史小说，此书如一曲悲歌，文笔细腻、自然而流畅，人物栩栩如生，情节不复杂，写得却十分生动，我用了一个下午读完。

我特地打开电脑上网，搜寻罗珠的资料，看到了几段关于罗珠的介绍：

罗珠，原名刘化民，山东济南人。1991 年毕业于济南大学。1982 年参加工作，历任济南市郊区文化局干部，济南市文联《当代小说》编辑，专业作家。1998 年加入中国作家协会，现为济南市作家协会副主席。1976 年开始诗歌创作，发表短诗两千余首、长诗两部、诗剧一部，出版诗集三部；1983 年开始小说创作，发表《黄河纤夫》等中短篇小说百余篇，出版《黑箱》《大水》等长篇小说七部；出版散文随笔集《静夜煨茶》等；创作过电影《黄河纤夫曲》、电视剧《最后的苦楝树》的剧本等。《黑箱》这部 26 万字的长篇小说以 18 岁少女夏天的人性与心理为线索，通过触及几个人心理的波澜与焦虑，向读者展示了一个奇幻却令人思考的世界。新版图书插入了著名版画家、藏书票画家陈济生先生为此书所作的五六十幅富有特色的精美图画，使《黑箱》更加生动可读。……著名作家罗珠的长篇小说《黑箱》在 1994 年中国文联出版社初版时就曾引起过相当强烈的反响。2005 年 6 月，由作家出版社新近推出的长篇小说《黑箱》再版，再次引来读者关注。

由此可见，罗珠是个在文坛成名很早的多才艺作家，对我一见如故，他没有一点架子，没有一点夸张的语言……看起来是那么平实、朴素。邂逅罗珠是我的一种幸运、一种机缘，我为拥有罗珠这样的朋友而感到快乐……

我记得罗珠在酒席上说，目前他的创作进入了第二次高潮期，他正在酝酿写作又一部重大历史题材的长篇小说。罗珠不仅在长篇小说上冲击文坛，而且在诗歌上也不断探索。我在他的家里翻读了他的几本诗集，他的诗歌豪气万丈，富有李白飘飘欲仙的风格。例如，《作家报》连载的《罗珠诗歌专栏》已经刊登了罗珠的诗歌 27 首。他的诗歌里透出一股酒香，有一种潇洒、一种飘然涌入眼帘。例如，第 27 首《天仙子》："人可同醉不同醒，舟可同行不同停。寂蝉自语几时痴？一盏灯，一只影，一个酒杯空对空。饮酒赋诗爱兰亭，戈钓山溪影对影。红玉抱琴诉衷情，卧沙听，又酩酊，狂呼蒲翁献菊茗。"

春节后，3 月份我又到过山东一次，本来想再次拜访罗珠，因北京有许多杂务要处理，留下了一套《走进文化名门》的丛书请张总转交，便匆匆离开泉城。后来，张总来京告诉我："罗珠收到你的书十分高兴，他心里也念叨着你，说下次到北京一定要来看你。"

每每想到山东，想到罗珠，我的心里就有一股亲情、友情，也有一种受感召的暖流在胸中奔涌，我想我也要不断地奋进，努力为当代文化事业做出力所能及的贡献，这也不枉费罗珠大哥对我的看重，我期待着与罗珠大哥的重逢。

——写于 2007 年 4 月 8 日

飘逸在山峰之间的灵鹫

——二访名作家罗珠

你登过高山吗？如果你登过高山，在峰下仰望，你会被山之巍峨、雄壮、绮丽吸引、震撼；在攀登之途，你会在山腰间品味远方山峰美景的同时，感受山之陡峭、艰险，步履的艰难；在峰顶，你会在观赏云海里时隐时现的蓬莱仙景之后，感叹似近非近缥缈的山峰是那么可望而不可即，真恨不得变成一只灵鹫飞跃，化艰险为平坦，化艰难为平易。

可谁能变成灵鹫啊？那只可能是一种奇迹，不！在这世间真的有这样的奇迹，只不过你没有看到和发现罢了。我二访罗珠时，谈话的中间片刻，眼前忽地一个闪念——罗珠变成了一只飘逸在山峰之间的灵鹫在飞舞……

一、朋友在朦胧里结识，友情在清晰里裂变

今年2月3日，我去济南办《作家报》副刊《博客世界》报第一期。晚上，张富英总编开车带我去郎茂山，朦胧的夜色里与罗珠第一次握手，还没看清楚他的面孔我们就上了车，去饭店；因前一夜在火车上的未眠与连续的劳顿，头脑一片空白，模模糊糊、朦朦胧胧的，而酒又放大了我的朦胧感觉。

郭谦与罗珠第二次见面合影

在餐桌上，我主要是听众，起初对罗珠是干什么的？张总为什么要请罗珠吃饭？

罗珠画什么样的画？等等。我都一概不知。对话间，我才逐步了解罗珠是90年代初就享誉文坛的著名作家，成名作是《黑箱》……罗珠对我的情况可能也一样朦胧，只听张总简单地介绍“这是我们网络版总编郭谦”，但凭我的眉心有一颗黑痣，他就觉得有缘，认下了我这个朋友。他豪爽地喝酒，热情地抢着买单。他的爽直、大气让我的心灵深处感动，脑子清醒了一会儿，他的形象清朗起来。可在他书房里，我们拍合照，因为书房光线暗淡，拍出来的照片朦胧一片，都无法印制。

春节在家，我曾翻看了他送给我的小说《大水》，此书描写清代一个囚犯在押解去京城的途中，遇到黄河发大水，大水让他与差人无法前行，大水逼着他参加了抗洪的队伍。因为他有过人的胆识和勇气，很快成了治理大水的高手，被委任为管理黄河的官员，自此他一辈子守护黄河。小说的故事情节并不复杂，书名也很平淡。但我读了几页就被迷住了，书中的人物自然生动，词语优美，语境是那么地有历史味，描绘的场景（洪峰涌来、抗洪情节）气势磅礴、壮烈，我几乎是一口气读到底的。《大水》让我叹服，让我明晰，脑中的罗珠与名作家之间有了等号。不过，我对罗珠的了解，还是局部清晰，整体朦胧。

4月在北京，张总告诉我，他已经把我的《走进文化名门》丛书转送给了罗珠，罗珠也看到了我写的《文坛三个眉心有黑痣的人》一文，说来北京一定要看望我这个小弟。5月中旬的一天，罗珠真的来了北京，我也想去再见他。可那天为了帮助张总处理事务一直忙到晚上8点多，张总问我去不去市里见罗珠，从我们住地东六环开车到市里要一个多小时，第二天我还要去深圳，想了想，抑制着欲望说：还是等下次机会吧。

8月4日，我又到济南办《博客世界》报第四期，晚上排版公司的贾主任说，印刷厂星期六休息，星期天我拿不到报纸，不能回北京。要等到星期一才可以拿到报纸，我必须耽搁一天。星期天我该做什么呢？我忽地想到要见罗珠大哥。

美美地睡了一觉，早晨起来一看8点多了，吃了早饭，我试着用手机发了个信息，询问罗珠是否在家，是否有空见面。没多久，他就回信息，在家，欢迎我去。我问《作家报》办事处吴主任有关罗珠家的住址，她不熟悉，拿了小灵通给我直接打电话。

问清了地址，我打的去了郎茂山。

罗珠先烧水泡茶，我们攀谈了一会儿，了解了各自的近况，已近中午12点。便从山腰往下走，来到我们第一次喝酒的地方。

酒是艺术的产物，酒是为有艺术气质的人准备的圣物。艺术的人喝酒，并不是为了喝酒而喝酒，而是把神奇的幻象勾引起来飘飞，让思想的潮流相互去碰撞，去激起诗的浪花。

这次见面是在晴朗的阳光下进行的，我看清了大我几岁的罗珠是一个相貌富有活力的男人，是一个谈吐富有离奇思想又有深度的男人。

请服务员拍了两张清晰的合照，我们的话盒子一下子打开了，精彩频频闪现。我们从小说谈到诗歌，从文学谈到绘画，从写作谈到人生，从目前做的事情到长远写作目标、计划……

畅谈间，我搞清楚了罗珠的文化脉络和走向，他以长篇小说《黑箱》《大水》成名，在许多人放弃对诗歌的追求，诗歌在报刊、书业暗淡的时期，他反向地走进诗歌界，到目前为止他写作了现代诗歌和古体诗歌2千余首，出版了3本诗集、一本散文集。而他还着手进行国内外新田园诗歌的研究、翻译、推介等工作，其新田园诗歌理论上的研究文章已被许多报刊关注和刊登。作家祁人感叹着说："写出精彩小说的罗珠，就像一个谜，对读者充满着诱惑。然而，罗珠的诱惑，远不至于此。他似乎总在人们看得见的地方突然失踪，又突然在意想不到的地方出现。"

罗珠说："人登上了一个山峰，不能自高自大，而需要继续前行，去攀登另一个山峰，这样才能保持青春的活力和创作的冲击力。"言语间我深深感受到他是一个不断超越自己、完善自己的作家。

罗珠是济南市的作协主席，有一些官场杂事缠身，可他既要写小说、诗歌，又要作画，还要进行理论研究，每天忙得不可开交。我庆幸周日他有时间与我相见。

罗珠告诉我，他读了我的《走进文化名门》丛书，为我的特色文史写作点赞……席间，罗珠告诉我，七月他曾到北京学习（我回家乡南通了），北京的朋友很多，一周里每天晚上他经常要赶赴两处地方。几次，他在官场上的餐桌上匆忙离去，而跑到远处见一帮文朋志友；有时放弃大的场面，而与一个朋友躲在一个小餐馆里谈诗论文。

这次他给我讲了不少文坛趣事。其中有一个是他去导演田壮壮家做客，艺术家于蓝与儿子田壮壮住在同一幢楼不同的单元，田壮壮要忙着招待罗珠，饭菜都是于蓝亲自下厨做。于蓝做好菜，就摇铃，挂篮从一个窗台传送到另一个窗台……

另一个是他跟张总去见北京作协电影公司总经理毕云琪，张总刚介绍："这是罗珠。"毕总就扑过去抱着罗珠说："这是名作家罗珠，我的恩人啊！"当时罗珠惊呆了，张总发蒙了……后来，罗珠才回忆起，十多年前他曾帮助过毕总，推荐稿子，请他吃饭……他没有想到自己的举手之劳改变了别人的命运，他从来不记得这样的事，不图回报。

罗珠的人格、人品在这些描述中清晰起来，友情又爬上一个山坡。

二、相知在交往中，相敬在书里书外

喝酒喝到下午三点半，罗珠像第一次那么豪爽，喝了三瓶小二（六两烧酒），又要了两瓶啤酒。他承认第一次喝多了，我劝他这次少喝一点。可他说："见到你我很高兴，我们是酒逢知己千杯少。"他举起杯，口吐李白的酒诗，飘飘然然地似醉非醉地朗诵着《将进酒》……突然，电话铃响，一个搞美术的朋友说过来了。罗珠又向服务员要了四瓶啤酒。搞美术的朋友不太喝酒，我再次破例开怀喝酒，不知不觉也喝了两瓶多。其实我们不仅喝酒尽兴，谈话更尽兴，友情散发的芬芳让人陶醉和快乐。

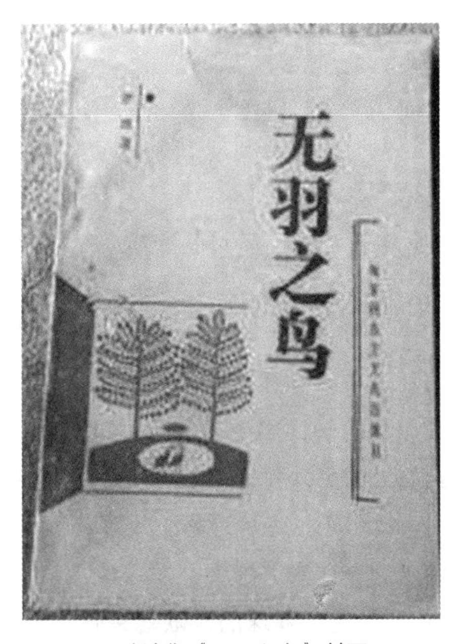

罗珠诗集《无羽之鸟》封面

告别罗珠，回到《作家报》办事处，我找出罗珠关于新田园诗歌的思考文章再次阅读、了解。罗珠正在倡导一种文学概念，鼓动诗歌的一种变革和创新，其意义深远。

晚上，我拿出他送我的诗集《无羽之鸟》，读了起来。读后耳目一新，其自序《漂亮的溺水者》是一篇精致、优美的散文，书中124首诗歌富有哲理性，语言简练，又如一幅幅图画，而其独特的风格吸收了西方诗歌的色彩元素，飘逸、灵动、先锋，我真难以找到恰当的语言去形容。

过去我读的诗集能在我心中引起震撼的只有一两首，《无羽之鸟》是第一本整体让我震撼的诗集，如他的诗歌《你的手里始终握着一个惊吓》："黑色的时间 / 从你的左手 / 跳到你的右手 / 你捕捉着她 / 却捕捉到一把 / 刚刚焚化的纸袋 / 还有一缕青烟 / 你的手腕一抖 / 一枚硬币掉到地上 / 你弯腰捡起 / 伸开手掌时 / 手里却握着一只死鼠。"

这首诗歌简短、语言明快，却奇峰迭起，有远有近，富有动态的生动形象，其幻想又发人思考。

单一系统上的准则

阿普利亚史前坟墓
两根立柱
粗浑地
　　支
　　撑
　　着
沉重的
一块巨石

阿普利亚史前坟墓

存在着最简便
最通俗的准则里
生
与
死
既互相制约
又互相准守

阿普利亚史前坟墓

这首诗歌无论从形式与内容上，都让人眼前一亮，静态的场景具有立体感，立柱举石的画面引诱人浮想联翩。诗不在长，有生动的意境就金贵。语不在多，有恰到好处的美妙就迷人。

《无羽之鸟》诗集124首，就是124幅画。记者孔燕采访罗珠时提到他的《先锋永远在途中》一文，罗珠说："我的大部分小说和诗歌是在读画的过程中产生的灵感。"因此，罗珠的诗歌就是画，画对他来说就是诗歌。在《作家报》专栏里，罗珠的古体诗歌、田园诗歌与他诗集中的先锋诗歌风格不同，但诗就是画，这个要素是相通的。

受他的诗歌集感染，我回北京后专门抽时间急切地读了他的小说《黑箱》。《黑箱》1993年由中国文联出版社首版，不久后三环出版社出了第二个版本，1997年中国电影出版社出了第三个版本，2005年作家出版社又出了第四个版本。罗珠赠送给我的就是作家出版社出的第四个版本的《黑箱》。翻开图书我首先就看到了七幅彩色版画，著名版画家陈济生读《黑箱》，在充分理解原著精神和神韵的基础上精心制作的，全书增加了近60幅版画，这是这个版本与其他版本最大的区别所在，版画让《黑箱》增添了一种朝气、一种迷幻、一种诱惑力。

我用了一整天时间读《黑箱》，前后不断翻阅，仔细地品味，罗珠曾对我说他的《黑箱》与《大水》是两种不同风格的作品，确实《大水》是一部叙事式史诗般的历史小说，故事起伏的情节清晰，人物明朗，没有虚幻激烈的武打场面，而波澜壮阔的抗洪场景也摄人心魂，引人入胜。而《黑箱》是一部描写现代人的心理的小说，其主人翁诸多的梦幻展示着悸动、复杂的心理和人性，折射出世界的一角。情节简单，却具有抒情散文的风味。国内描写心理的小说在市场也时常出现，但成熟的心理小说鲜有。

《黑箱》里的主人翁：夏瓦士、戴茜、夏天、黑熊，都是一个个孤寂的灵魂、封闭的世界，如一个个神秘的黑箱。他们自我迷恋、自我矛盾、自我迷幻，精神世界之间的冲突让小说波浪起伏。《黑箱》脱离了一般小说故事的发展逻辑，人物行为怪异浪漫，投射出90年代人们激动不安的精神状况和文化特征。

《黑箱》小说无论是语言、风格，还是人物形象都给人奇幻高雅的感觉，它是探讨现代主义艺术的作品。小说里有许多画面般的场景，而令人吃惊的是《黑箱》这部小说是罗珠读杜尚的《下楼梯的女裸体》画作时，产生了创作灵感而写下的作品。他是在一种肆意挥洒幻想、寻找绮丽斑斓的内心世界过程中向某种写作领域的迈进。

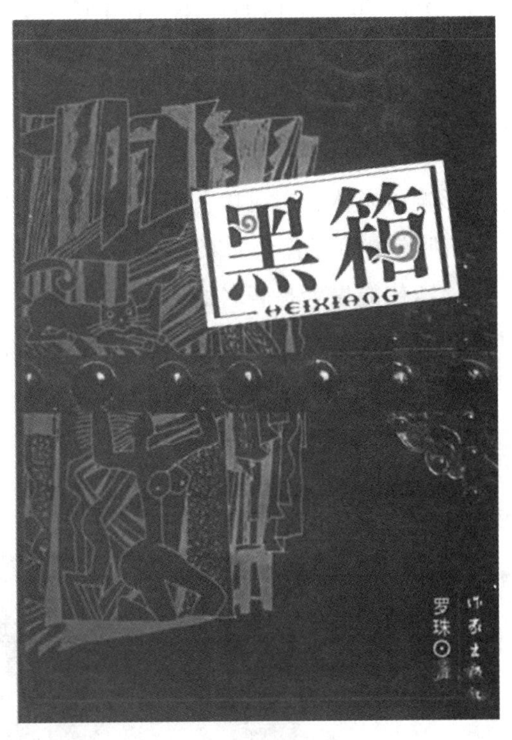

罗珠著作《黑箱》封面

许多书籍在图书市场转瞬即逝，留不下一点历史痕迹。《黑箱》不单在90年代进入国内畅销书图书榜，又被翻译成多国文字，拥有一批国外读者，如今在21世纪被作家出版社再版，它有不忘情的老读者，又会获得一批新知音。

好书是良友，良朋是知己。认识罗珠是一种幸运，读罗珠的书是一种快乐、一种幸福。

文人相轻、相诋，是一种恶习，是一些小肚鸡肠的文人的可悲。文人相近、相敬，是优良的传统，是一些胸怀远大、才气横溢的文人流芳千古的秘密。例如，李白与杜甫、王维与孟浩然，苏轼与秦少游、唐祝文周、扬州八怪等历代文人都是在相近、相敬中互相促进、互相提高的。我相信罗珠大哥与我的友谊也会在相近、相敬中不断发展，我们的创新也会在友谊的海洋里激荡出五彩的浪花。

——写于2007年8月11日

艺术是热情、青春常在的源泉

——著名作家、画家孟伟哉访谈记

2008 年 5 月 13 日中午，在电脑上处理完杂事后，我顾不上吃饭，匆匆坐车赶往丰台区方庄。因为我与孟伟哉先生约定下午两点至两点半到他家去采访。无论做什么事情，我喜欢为自己留一定的时间，以保证守信诺。在路上啃了两个韭菜饼，行车通畅，从通州土桥坐车到大北窑，再换 37 路车到方庄，只花了一个半小时。为了不影响孟老休息，我在下车点附近转悠了半小时。看看时间差不多才进了小区，稍一打听就找到了孟老的家。两点钟我准时敲门。

孟伟哉先生是著名的作家、画家、出版家，是名震文坛数十年的前辈。我仰慕已久，一直想找机缘去认识他。恰巧，在我准备第九期《博客世界》报《文化名人版》时，得到了他的手机号码。在与孟老通话时，我简要地介绍了一下《作家报》《博客世界》报，孟老便同意我去采访。

一进门，我万万没有想到孟老家是那么简朴、平常，客厅里放着普普通通的家具，到处堆满了书……我先说明了《作家报》复刊五周年、《博客世界》报创刊一年多的基本情况、我们目前办报的思路等。我送了一套自己的近著《走进文化名门》丛书给孟老，他也送了一套印制着他的国画、油画的明信片和一本台历给我。

2008 年郭谦在孟伟哉家中

孟老比较细致地翻阅了我带过去的《作家报》和《博客世界》报，立即对版面设计与安排进行了指导。他认为《作家报》首页的新闻版面要注意报道文化部、中国文联、作协主要大事，不要面面俱到；要设立专一的作品版、文学评论版，为不同的文学实验模本、文学观点提供“百花齐放，百家争鸣”的舞台；要避开主流媒体炒作的人物（一流作家）、（畅销）作品，走自己的路，为有特色的作家、被人忽视和遗忘的作者（二三流作家甚至文学爱好者）提供发表话语和作品的机缘，建立好自己的作者网络和读者群体……

随后他谈了对文化艺术等诸多方面的看法和想法，然后着重介绍了他的书画创作的历史和现状。孟老不是书画科班出身，他当过兵，大学学的是中文，原先主要从事文学创作，曾任《当代》《现代人》杂志主编、人民文学出版社社长，1988年调任人民美术出版社社长后，觉得工作需要自己去体会笔墨情趣和绘画的艰辛，从而开始自学、自悟绘画艺术。

他无师无派无宗，画的作品既非传统的国画，又非西方流派的洋画，而是一种具有个性特征的画作，他把自己对生活、生命、哲学的思想、感悟融入了作品，让其体现出他的丰厚情感。他的许多作品富有深刻的思想性、鲜明的时代性，具有很大的历史收藏价值。

有的作品在他的脑中酝酿已久，似久存在地窖中的佳酿，一出世就散发出浓郁的香气。例如，80年代他去过青海、西藏，那儿的山山水水如幽灵在脑海里不时地回荡，二十多年后，他才动手画出《彩色西藏》。

孟老从书房中搬出了一些藏而不露的精品，创意的书法、令人耳目一新的国画、油画，让我大开眼界。我特别感兴趣的是他的牦牛画，有的笔墨浑厚，有的气势恢宏，狂奔的群牛充满了力度和向上精神……他告诉我为什么不画牦牛的耳朵、眼睛、腿，他实验了许多年，反复推敲，画全了牛的各种器官，反而呆板，缺乏生气。不求形似而求神似让他的作品进入了新的境界。

不知不觉就谈了三个多小时，我们似乎成了忘年之交。他不断地给我添茶水……他的平易、坦荡、敏锐、风趣、睿智在我脑海里刻下了深深的痕迹。

在我离开时，他问我："有什么需要我为你们报纸做的吗？"

我提出请他为我们报纸题几个字，他爽快地说："行，没问题。"便进入了书房，先题了四个字"博客世界"，又写了一幅带有期望的书法作品——"文学应与世界的宽广和人类生活的丰富多彩成正比。"他说世界是宽广的、无限的，世界有多宽广，文学就有多宽广；人类的生活是丰富的、多彩的，生活有多丰富，文学就有多丰富。文学是我们的传统、我们的遗产、我们的利器，希望《作家报》《博客世界》报肩负更大的历史使命，做出更大的成绩。

孟老头发苍白稀疏，在耄耋之年充满了热情、激情，很精神，富有青春的活力，如一棵不老青松。谈话间他数次说道："艺术给了我第二次生命。"从他的艺术作品中，我也感受到了这一点。

带着崇敬、激动而来，带着愉快、收获而去。这一天是我与孟老的第一次接触，也是一个给我启迪和难忘的日子。

——写于2008年5月15日

采访齐白石孙女

今年5月为了修订出版我的著作《走进文化名门》丛书中的《影响百年中国的文化世家》一书，我四处与文化世家传主和后代联系，采访他们，请他们提供新资料、新图片。

5月24日，我在江苏常州见了谢玉岑的孙子（谢伯子之子）谢建新；5月29日，我见了北京吴祖光之子吴欢（名作家、画家），并通过吴欢先生找到齐白石的孙女齐慧娟，与她通了电话，约定见面采访。

6月1日上午七点，我从通州区土桥出发到南四环九宫育龙家园。在地铁里换乘了四次，走了两站地，在约定的十点钟前到了她家。

齐慧娟个人照

门铃响后，开门人令我大吃一惊。我没有想到齐白石的孙女那么年轻、漂亮。因为所查资料印象里，齐白石第三代都在六七十岁。吴欢告诉我她是齐白石最小的儿子齐良末的女儿，我想也应该有50多岁了吧。

哪知道，齐慧娟看上去只有30多岁，长得甜美秀丽，仪态庄重，谦逊随和，颇有大家闺秀的气质。从她侃侃言谈中显露出良好的文化素养。屋里布置得十分清新、舒适。

见面先说明来意，我告诉她：我的《走进文化名门》丛书，2006年由海南出版社出版。过去写这套书时，靠的是资料。因为当时，我人在江苏，没有名气和渠道，无法联系文化世家的传主和后人。现在，我在北京的《作家报》工作，有了一定的信息渠道，所以这次出版社要再版时，希望我多见一些传主和后代，请大家提出修改意见，提供一些新的图片和资料，以便完善这套丛书，更好地弘扬优秀的文化家庭精神，宣传典范的文化家族和家庭，让社会大众学习和构建自己的家庭文化模式。

听了介绍，她觉得我的丛书很有意义，表示全力支持，立即拿了一些资料给我。我瞧了一下，这些可以帮助我完成《齐白石五代世系简谱》。她又把自己的书画作品介绍资料和各类报刊宣传资料给了我，让我对她有了一个清晰的了解：齐慧娟是一个不断进取的画家，她在传承齐派艺术上勇于创新和实践，已经取得了不菲的成绩。

一个小时采访结束了，我感到十分愉快。最后，齐慧娟送了一幅四尺开三的画作给我，我送了一套《走进文化名门》丛书（4册）给她。另外，我还拿出两幅小楷作品让她选，她选了我的《梅花赋》。她还不好意思地说："你的小楷可比我的作品费气力了。"

带着一份愉悦，我与她分手道别。我想我会以最快的速度修改她们家族的文稿，尽快出书，不辜负她的帮助，等书出版后，找适当时机再送书给她。

——写于 2011 年 6 月 3 日

诗坛伉俪　晚霞璀璨

——王耀东、刘荔夫妇访谈记

2017 年 9 月 4 日，我从故乡南通开车回京。中途去看望潍坊老友王耀东、刘荔夫妇。

这对夫妇是 2005 年 7 月我在北京认识的老朋友。记得那年夏天，我随《作家报》总编张富英第一次坐地铁到通州，在通州北苑地铁站下车，打的到三元村。那时三元村周围还是一片农田，道路坑坑洼洼的，很不好走。三元村的几栋普通楼房看起来很不起眼，可现在此地却是北京通州区的中心，热闹非凡。

走进一个姓赵的朋友家，高朋满座。有《中国文艺》杂志社社长温文和王耀东夫妇等人。这次印象最深的是，王耀东夫妇给我们演唱了王耀东作词、刘荔谱曲的歌《啊！壮阔的沂蒙山》：

高高的沂蒙山，三百里松涛轰响，
你耸立的身躯，是沂蒙人不屈的脊梁。
你用你的神奇，你用你的豪放，
为历史创下，一代代辉煌……

歌声激越、豪迈，歌词感人、动听。这对夫妇真是琴瑟相和，给了我无限的惊喜。我虽五音不全，不会吟唱，但从小就喜欢听堂舅金志刚、舅舅金绍男拉二胡，听母亲金亚男哼民谣，看地方文工团演戏。与王耀东夫妇这样富有才艺的人交往肯定是很有趣的，因此，我为结识良朋而高兴。

后来，《作家报》张总向我细说了王耀东先生及其家庭情况，令我感慨万分，又生了敬佩之情。王耀东先生，原名王德安，中国作协会员，山东省作协理事，出版过诗集《在历史的眼睛里》《逝去的彩云》《不流泪的土地》《插翅膀的乡事》、长篇小说《好一朵玫瑰花》、散文集《走在故土》、电视剧剧本《郑板桥传奇》等。他是乡土诗的代表人物，在全国文坛有一定的知名度。而他的岳父艾砂、岳母马乙亚，是解放战争时期东北著名诗人、作家、报人。王耀东与他们是忘年交，2003 年王耀东妻子因病去世，艾砂为了安慰离殇的朋友王耀东，把自己的爱女刘荔（也离婚不久）托付于他。真没有想到命运之神眷顾这对夫妻，让他们在悲伤之后获得了梦寐以求的爱人。爱情之花催动了他们的文学写作，近几年王耀东新作连绵不绝；刘荔原来是一位音乐教师，爱好文学，结婚后也开始了自己的诗歌创作。

从那次见面之后，我经常与王耀东夫妇一起参加北京的文化活动，交往频繁，友谊日深。2010 年 8 月，我专门去南四环艾砂先生的家拜访。那时王耀东夫妇照顾艾砂、马乙亚两位老人，并帮助老人办北京海淀区文联《稻香湖》诗刊。我采访了他们一家，写了一篇文化家庭传记《群星闪灼的诗歌之家——艾砂、马乙亚、王耀东、刘荔》，发表在《作家报》上。

2011 年我策划并组织了“长星杯”全国百杰书画家艺术大赛。8 月，在颁奖典礼上，我见到过王耀东先生。他不仅写作，从 2008 年开始，他也搞书画创作，还搞文学创作，并组织文化活动。面对这位长我 17 岁的老大哥，见他精神抖擞的神情，我想将来我也得像他一样，用不老的青春多写、多画、多活动，活出人生的精彩。

活动之后，我们一别 6 年，虽然时常通信息，几次阴差阳错，未能重逢，彼此很挂念。前年喜闻他正在新编岳父艾砂先生的遗著《中国百年作家轶事》，他要我写一些文坛趣闻的稿件，以增添这部书的内涵，我奉命写了几篇，又选择了一些我的文化史记《走进文化名门》重点书稿发给他。今年 8 月下旬，我在南通搞书画展、捐赠、图书研讨会等活动，其间，王耀东先生来电，告诉我《作家轶事》图书已经出版，问我的邮寄地址，我突然有了一些想法，就与他约定，回京时途经潍坊去拜访他，与他面谈。

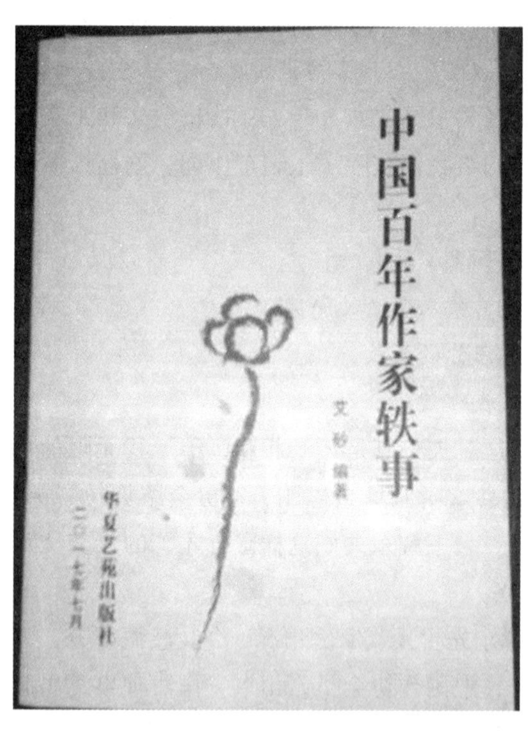

王耀东编辑的《中国百年作家轶事》

下午 1 点，我从南通出发，连续开车 7 个小时，8 点 10 分到潍坊学院北门。王耀东、刘荔夫妇把我送到了对面的速 8 酒店，在附近匆匆吃了一碗面。我们进行了简单交流，我送给他们《甘泉清音》《盛唐十大诗人交往史录》和我的书画专刊，他们送给我《作家轶事》、刘荔的新书《诗歌画集》。

晚上分别后，我虽然有点疲倦，但也拜读了一阵他们的新书。《作家轶事》50 多万字，内容丰富精彩，这为现代文坛添加了一部杰出的文化史书。刘荔的《诗歌画集》也是一本不错的书，她用一种纯真笔调写出了真实丰富的生活，抒发了细腻厚重的情感。很多诗歌语言很美，耐读。刘荔大姐不仅写诗、谱曲，也开始画画，有些画也画得像模像样的。

第二天早晨，我继续读他们的书，脑海里忽然浮现出一片晚霞的图景，我觉得这对老人身上闪耀的光芒似乎比晚霞还要璀璨。

郭谦夫妇与王耀东夫妇（右 1 刘荔，右 2 王耀东）合影于潍坊

9 点多钟，王耀东夫妇与潍坊作家张乐生来了，他们说："到了潍坊，不看潍坊的年画、风筝就等于没有到过潍坊。"张乐生开车带我们去潍坊"中国杨家埠民间艺术大观园"参观，先到了东门，只见道路两旁青色瓦房和小院，古典优雅，街道两侧风筝和年画店铺林立，城市的特征特貌映入眼帘，很有趣味。可惜我有事要赶回北京，不能在这儿细细品味这个城市的风貌人情。

大观园东门暂时不开放，我们又转到了正门——南门。首先参观杨家埠风筝博物馆。这个博物馆珍藏了明清时期的风筝数十个，尤其是人物风筝，画像精美，造型奇特。而且还有各地来参加潍坊国际风筝节的参赛风筝，各色各样，相互斗奇。国外的一些风筝，不仅奇特，而且民族风味感很强烈。看实物与看图片是不一样的，这种真实感让人觉得参观是一种享受。

随后，我们又参观了杨家埠木板年画博物馆，在那儿我们了解了杨家埠年画制作的历史、工艺及现代发展辉煌的业绩。我们也走进年画制作坊，观看了工艺师的年画制作，并在附近一株有 600 多年历史的大槐树下合影。大槐树历经沧桑，疤疤点点都在向我们诉说一种凝重深沉的神圣，让人流连忘返。

不知不觉到了中午，我们回速 8 酒店附近找了一家小饭店进餐。潍坊另两位作家、《齐鲁文学》杂志总编张京明也闻讯赶来聚会。文坛朋友聚会喜欢谈天说地，天南海北，无话不谈。王耀东夫妇在聚会上又一次唱起了《啊！壮阔的沂蒙山》，我们跟着鼓掌，打拍子，欢乐一堂。

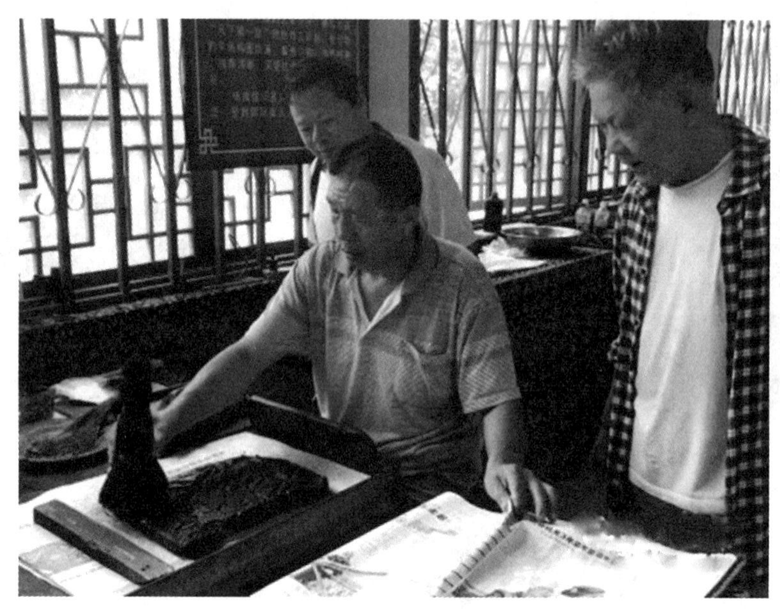

王耀东（右）、郭谦（左）观看年画制作

情义浓浓，终有一别。临别时，张乐生老师怕我走错，特地开车陪我到北海路，以便沿东营方向上高速。

一路上愉快的心情萦绕在我的心头，从潍坊开车到北京有 500 多千米，到达北京，我一点儿也不觉得疲倦和劳累。真诚的友谊是人间最美好的东西，愿友谊之手越握越紧，友谊之花越开越灿烂，友谊之树越长越强壮。

——写于 2017 年 9 月 6 日，10 月发表于《齐鲁文学》杂志

网络奇遇交友录

互联网是新世纪、新时代的科技杰作，它让无数人有了各种各样的奇遇，诞生了前所未有的新型奇遇故事：一段段悲欢离合，一段段坎坷曲折，如诗如歌，令人回忆起来辗转难眠、激动澎湃。

2002 年，45 岁时，我开始在网络上进行文学创作，在中国作家网、榕树下、黄金书屋、白鹿书院等网站上疯狂地发表诗歌、散文随笔。因为那时网上发文是一种人生的新体验，过去写文学稿件，邮寄给报纸杂志编辑部，要等待两三个月才能知道稿件采用不采用；不少稿件有去无回，石沉大海，杳无音信。

而此时，在网站注册一下，就可以自由发表文章，从是否能推荐到首页或网友评论栏，即可看到是否被网站编辑赏识，是否有网友来关注你。我连续写了一年多，几乎每天读一本书，写一篇诗歌或文章发到网上。2003 年上半年，我从两百多篇网文中选了一些邮寄给报刊，有 30 多篇相继发表。这两年，是我的第一次文学写作高潮。

此后，我把写作重心转移到文史上。我对父亲郭可慈的遗著《现代作家亲缘录》进行整理、扩充，次年夏出版。之后，我又撰写了《走进文化名门》丛书。2005 年秋，北京同乐文化公司与我签订了出版合同。

2005 年是“中国博客元年”，9—10 月，新浪的“中国首届博客大赛”、搜狐的“首届全球中文博客大奖赛”和博客网的“第二届全球中文博客大赛”先后拉开帷幕。10 月中旬，我在新浪网开博，很快名列大赛情感组第二名，继而为第一名。11 月被新浪网选入“秀博客秀生活——爱情类”版面的优秀博客，我的博客名“沙漠骆驼”开始在网上走红。

心浪沙龙博客圈（简称心浪圈）图标

博客文学联谊会图标

月底，同列大赛情感组前茅的“粒粒风尘”博客（山西某中学教师）在 QQ 上与我交流，告诉我：一个名叫“巴山夜雨”的博客（山东肥城电视台一名记者），希望与我一起开天辟地地组建一个博客写手圈——“心浪沙龙博客圈”（简称心浪圈），由我担任电子刊物“心浪圈”文学版的主编，我同意了。不到半个月，我们组建起这个圈子，聚集了五百多各种类型的写手，有写文学的、写财经的、写军事的、搞摄影的等。

博客是一个自媒体平台，我们写博客，相互串门，广交朋友，诗歌唱和，品诗论文，在网上好不热闹。一帮爱好文学、兴趣相投的写手们聚集在我的周围。2006年1月，我发起组建了一个文学博客群——“博客文学联谊会”，树起了一面博客文学大旗。我们群策群力创办《博文》电子会刊，创建“博客文学网”（一年）。以后“圈”“群”的概念推广到微博、微信上，成了时髦的词语，那是我们始料不及的。

《博文》电子会刊第二期封面

“心浪圈”“博客文学联谊会”被新浪网博客频道、论坛频道常年推介。一年里“心浪圈”扩张到1500多人，“博客文学联谊会”扩张到500多人。联谊会聚集了大批诗人、作家和优秀网络写手，如董桄福（云南诗人、作家）、周瑟瑟（北京诗人、作家）、蓝狐（任东升，辽宁作家、媒体人）、刘值荣（天津专栏作家、媒体评论员）、少木森（福建诗人、作家）、李存章（河北作家）、童牧野（上海小说家、股市专栏作家）、吴淑平（福建作家、学者、媒体人）、张天福（河南作家）、周碧华（湖南作家、媒体人）、王远洋（深圳诗人、作家）、苏兰朵（本名苏玲，辽宁作家、诗人）、罗西（福建专栏作家）……这500多人中的一些人，后来在2008年新浪网发起的“圈子”运动中，各自成了几万人文学圈的圈主，他们都聘请我当他们圈子的顾问。

其中不少博友，我们不仅网络上交往，还在线下见面交流，我曾到北京见过诗人刀、卓儿等博友，到辽宁抚顺见过蓝狐，到深圳见过远洋、南岭红，到上海见过秦潮等人；山月小筑、水中仙子、淡淡的月光也纷纷来北京与我会面。每次博友相见都称得上是一次奇遇，有一段可追忆的故事。

两年多时间里，联谊会不仅搞了50多期《博文》电子会刊，还在博啦网站创办文学专栏，在《作家报》2006 年创办《博客文学》专栏一年；2007 年，王天齐、蓝色海洋、淡淡的月光、枫林听雪等人相继赞助我创办了《作家报》副刊《博客世界》报。我帮助一些博友在报刊上发表作品，帮助他们出版小说、诗歌集，带领一批人对博客文学现象、形式进行了理论的探索，还主编了一本《博文精品文选》；策划并组织了《作家报》与新浪网博客频道举办的“母亲节”文学大赛（两万多网络写手参与）。而“心浪圈”周刊、《博文》会刊的一帮编辑们（电子技术高手）与新浪博客频道合作，不断打造出多种吸引人气的新页面，也成为网红；2007 年 6 月，山西三晋都市报记者陈丽红对我与流潋紫（网红）进行了网络采访，该报 26 日搞了一期我们两人谈网络文学的专题报道；我创办了北京博客文化公司，组织了龙庆峡文化座谈活动……这些不寻常的经历是我人生的一次次新体验，又是一次次新历程、新奇遇。可惜，电脑更新换代得快，过去几千个博友交往名单、通信地址、电话，我保存在软盘里，2012 年以后，软盘成了过时的物品，再也没有电脑能打开软盘了，那些东西随着时光逝去而消失，只留下了一段遗憾。

博客世界
博客，改变了世界
海外中文书及其他
说不清道不明的
日本情结

《博客世界》报纸剪影

在我创办“博客文学联谊会”时（2006年年初），新浪网聘请了一批名作家上网开博，如虹影、陆天明、柯云路、韩石山、洪晃、徐静蕾、韩寒、郭敬明等人。这年春，作家白烨写了一篇《80后的现状与未来》，文中提到了韩寒及其作品。随后，韩寒在博客上发表了《文坛是个屁，谁都别装逼》一文，以此反驳。一场“韩白之争”在文学圈上演。作家陆天明站出来为白烨说话，结果遭到韩寒和其粉丝们的攻击；陆川导演看到父亲陆天明被骂，也站出来炮轰韩寒……网络、博客上争斗愈演愈烈，吸引了人们的眼球，到网上论战和看新鲜的人越来越多；“心浪圈”“博客文学联谊会”大批写手的精美文章也引人注目，大众的阅读兴趣在这一年发生了彻底改变，过去视“网络文学”为垃圾的观念扭转了，许多企业到我们的圈子、博客上刊登广告，回馈是出资帮助博客写手出版博文小说、文集等，博客进入了火红的年代。

为了巩固与发展联谊会和《博文》电子会刊，我也与虹影、陆天明、韩石山、叶永烈、柯云路、李霁宇、刘醒龙、赵德发、雷达、王剑冰、解玺璋、陈雅丹、逍遥白鹤（郑小川）等文化界名人在博客上交流不断。虹影、陆天明、韩石山、叶永烈、柯云路、李霁宇、刘醒龙等人支持我办“博客文学联谊会”、办电子刊、办《作家报》的《博客文学》专栏、办《博客世界》报，他们都成为我们联谊会的顾问。韩石山先生写了一幅书法送给我，李霁宇先生画了一幅骆驼画送给我。可惜我用了6年的雅虎邮箱，雅虎邮箱于2013年终止服务，我与这些名家交往的电子信件全部失去，令人痛心，后悔不已。不过，2006—2008年，我与这些文化名人的三年交往，也是一段网络的奇遇、一段精彩的人生。

2010年后，博客向微博转变，新浪网微博频道主编曾专门找我当推手，因为我当时的精力主要用于办艺术刊物和进入京城艺术圈，没有再参与。2014年微博发展到微信，我开始落伍，变成了旁观者。过去的博友，由于通信方式的变更、兴趣的迁移等，大家渐行渐远。我对他们依旧有一份思念之情，而王天齐、水中仙子等人则成了我永久的朋友，我们不断碰撞，产生着新的火花，走上各自不同的奇异道路。

总之，开博、写博的前两年让我进入了文学写作的第二次高潮，交了一批文坛益友，提高了写作水平，出了一批散文随笔精品，包括入选语文出版社诵读教材的《竹赋》《骆驼精神颂》等。2008年后，我主要的精力转为办艺术报纸、研究书画艺术、策划和组织文化活动等，写博疏懒了，偶尔才写一下，一年只写了七八篇。2017年夏，我开始组建微信圈，逐步掌握了博客自媒体与微信平台转换、联动的技术，又涌动出第三次文学创作潮流，这次写作不温不火地持久而坚定……每月我平均写出七八篇博文，并转送到微信圈，与微友们良性互动……我觉得博客依然是一个不错的自媒体平台，将会长久地支撑、鞭策着我去写作，让我与时俱进，开创新的未来。

——写于2020年2月5日

办报奇遇交往录

人的一生，有几百上千种可能。如果安于现状，处于一隅，不敢勇敢地去遇见，不敢勇敢地去闯荡、漂泊，就不会有绮丽的人生。只有打破循规蹈矩的桎梏，追梦逐影、策马挽风，才会在凝视世界时，让世界凝视自己；才会在遇见知音、志友时，发现自己、认识自己……在崎岖曲折的人生路上，发生一连串的邂逅、奇遇，走出一段光彩。

2002 年，我在网络文学高潮时，遇上《作家报》复刊。我发文章给《作家报》，《作家报》刊登了我的散文《黄山的云》，《尘封集》刊登了我的散文《可以出口阳光的地方》。

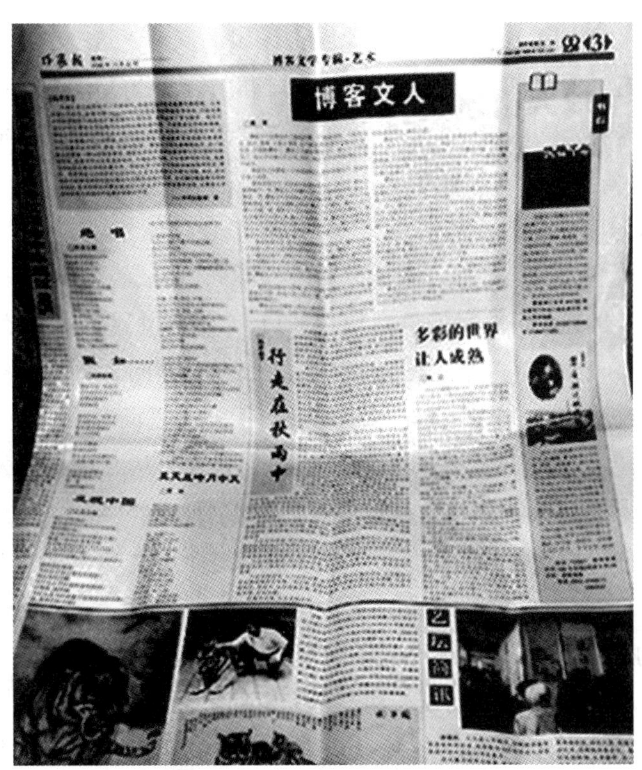

博客文人

多彩的世界
让人成熟

行走在秋雨中

《作家报》的《博客文学》专栏

2003 年 7 月，我特地到山东济南见《作家报》总编辑张富英，张富英待人真诚、做事踏实、交友诚挚。我带着三本书，有散文集、诗歌集和我父亲郭可慈先生的遗著《现代作家亲缘录》。看完目录，他直言说："我搞了那么多年文学，接触了文坛许多名家。凡是写作的人，都会写诗歌、散文，你要出这方面的书，肯定每本需要花费五千元。而《现代作家亲缘录》这本书，太有文史价值了。我过去知道某某名家，看了目录才知道他（她）与另一个名家是父子，是兄弟姐妹，是夫妻。这本书有市场价值，你送出版社出版会有稿费的。”

一听这话，我乐了。我又奔北京，见自由撰稿人协会主编秦佃刚，秦主编与张富英的想法相同。于是我花费了一年精力修改、扩充《现代作家亲缘录》，北京几家出版社和文化公司都很感兴趣，最后我选了北京一家文化公司，2004 年春该书出版，文化公司给了我两万元稿费，四百套书。我认定了张富英这个朋友，就送了两百套书给《作家报》报社，《作家报》也对我们父子的新书进行了宣传，从此，我与《作家报》的关系密切起来。

2006 年 2 月，我在新浪网创办了“博客文学联谊会”、《博文》电子会刊、博客文学网站等。我想把传统媒体（报刊）与网络媒体结合起来，帮助提高博友们的写作水平和知名度。于是想在《作家报》创办《博客文学》专栏。我的想法得到了许多博友的支持和赞助，也得到了《作家报》张富英总编辑的支持，这一举动是多赢的。随着博客文学群的兴起，需要扩大版面，我又想尝试办一份专业的博客文化报。

办报说起来容易，办起来难。首先要有刊号，要有订户，要有稿源，要有办报经费，要有版面编辑、美工，还要有三审三校、运输、邮寄等。别人办报刊，往往是一帮人，而我只有一个人，如何办？当然困难诸多。

在《作家报》总编辑张富英、好友王天齐等人的支持下，我一一克服了困难，在 2007 年上半年办起了《作家报》副刊（月刊）《博客世界》报，随旬刊《作家报》配送全国的订户和赠送给“博客文学联谊会”成员、顾问。每期报纸定稿后，为了节省经费，我专门从北京坐车到济南，坐在排版公司里面与美工一起排版、校对、定版，报纸出来后，我再随长途汽车押运报纸到北京，从北京再分发邮寄，其中的酸甜苦辣、辛劳，普通人难以想象，也难以去做。

别人办报刊目的大多是盈利，而我办报是为了促进文学发展，为了公益——促进“博客文学联谊会”成员的友谊，方便博友在传统媒体发表文章和扩大影响等。有人资助，我办；没人资助时，我就自掏腰包办，办法总比困难多。办报让我最大的收获是交了几拨不同类型的朋友，朋友是人生的最大财富。

通过《作家报》这个平台，我陆续认识、交往的朋友有：山东名作家罗珠、王耀东、苗得雨、张伟、周习等人；北京诗人、作家李文朝，沉沙，北塔，石英，张守仁，刘虔，毕云琪等人；《作家报》长期合作的数百名专业作家和业余作家，如胡松夏（北京）、咆哮（山东）、袁银波（陕西）、三石（江西）、韩进林（湖北）、江城（山东）等人。

不久，我的朋友圈由文坛扩大到艺坛。为了稳定第四版稿源，获得一些版面费，我在北京、山东、南通不断拜访书画艺术家，与萧宽、崔然琳、黎明等人交起了朋友。南通画家刘冠清、曹长圻教我画虾、画竹，宋吉林、闫银柱面传书法（笔法、墨法、创作等）经验；徐鸣远、秦汉、张迎、孙更俊等人现场的艺术创作让我得到了当面学习的机会，王伟平、韩宝华不仅毫无保留地传授我山水画、工笔画的经验，还常常点评我的习作，鼓励我，鞭策我。没有想到我从2008年开始由业余书画爱好，发展到2014年后的专业艺术创作。没有艺术界的朋友帮助，我脑子再灵，自学能力再强，也走不上艺术之路，也无法达到今天的境界。回忆起来，与每一个艺术家的交往，都是一段有趣的故事，都是一次奇遇和缘分。

2007年，我办了十期《博客世界》、一期《星星作家》；2008年上半年，我主编了《中华财富报》四期，2009年年底至2010年上半年，我接手主编了《作家报》副刊《艺术世界》四期，虽然办报，办办停停。但每一种报纸的办报对象、宗旨等不同，每一次都是人生的一种新体验。这一段段历程让我了解了办报人的辛酸苦甜。我是一个乐观者，坎坷、波折磨炼了我，使我成长、成熟。

2010年10月在滨州文学研讨会上，张为（右，山东省作协主席）、郭谦（中）、张富英（左）合影

虽然，2011年以后，我不再办报，重点从事《作家报》的文化活动。2014年，我开始从事专业书法、国画创作，搞文化史、艺术评论、传记、文学写作。但我还兼任着《作家报》副总编辑，还不时地参与《作家报》的活动及策划。我与《作家报》渊源悠长，必将一起向前奋斗和开拓新局面。

生命会一天天老去，回忆往事带有一份份甜蜜，拾掇起一段段往事犹如捡起一片片枫叶，把它们夹在“岁月”的书中，可以慢慢翻阅、慢慢品味。穿梭时光的隧道，又见朝阳，可以拥抱未来。

——写于2020年2月5日

七、文史拾翠

“状元郎”为刺绣艺人撰书

在民族工业发展史上，张謇是一个不可不提的人物。1894 年，张謇考中清朝光绪年间的（末代）状元。他对当时康有为、梁启超的维新运动，虽不尽赞同，但也主张废科举、兴学堂，因而翌年，他加入了强学会，撰写《变法平议》。他曾先后主持崇明瀛州书院、江宁（南京）文正书院、安庆经古书院，振兴新学，引人瞩目。1901 年，他为两江总督刘坤一制定并颁布初等小学、高等小学和中学的课程，翌年在家乡南通创办了我国第一所师范学校。

张謇肖像

与此同时，张謇开始实施实业救国的思想。1899 年，创办南通大生纱厂，这是他一生工业的基础；1901 年，他创办原棉生产基地——通海垦牧公司。接着他又创建了我国最早的博物馆——南通博物苑，组建全国农务联合会，办理江淮水利公司、江浙渔业公司等。

清宣统皇帝曾命他出任农工商大臣，他坚持未就。辛亥革命南京临时政府成立，任命他为实业总长，他亦未就职，而坚持在故乡南通经营他的民族工业和教育文化事业。

1913 年，张謇一度入熊希龄内阁任农林、工商两部总长兼全国水利局总裁。1914 年，他率实业团访美，并参观旧金山博览会。1915 年袁世凯即将称帝时，他辞去政府要职，回到故里，继续从事自己的事业。相继创办了南通中学、南通大学、女子师范、商业中学、盲哑学校、女红传习所、保姆传习所（幼儿师范）、银行传习所，政治讲习所、镀镍讲习所、国文专修科、伶工学社（戏剧学校）及图书馆、印书局等实业。

张謇一身兼有状元、资产阶级改良运动领袖、地方自治实践家、政府高级官员和资本主义企业创始者的身份，享誉中外。他名声显赫，却礼贤下士，曾专门到江南“三顾茅庐”，请刺绣艺人沈寿来通担任女红传习所所长兼教习。

沈寿，原名沈云芝，字雪君，号雪宦，别号“天香阁主人”。1874年生于著名的苏绣之乡——苏州。她从小受家人影响，8岁就开始学绣，因天资聪颖，16岁即小有名气，20岁时她嫁给浙江绍兴举人余觉。余觉出身书香世家，能书善画。婚后夫妻俩一个以笔代针，一个以针代笔，画绣相辅，相得益彰。

沈寿肖像

光绪三十年（1904年），慈禧太后的七十寿辰。清政府谕令各地进贡寿礼。余觉得知消息后，决定绣寿屏进献。他从家藏古画中选出《八仙上寿图》和《无量寿佛图》作为蓝本，勾勒上稿，沈云芝亲自绣制，历时三个月完工。慈禧见到《八仙上寿图》和另外二幅《无量寿佛图》后，大加赞赏，称为绝世神品。她亲笔书写了“福”“寿”两字，分赠余觉夫妇。从此，沈雪芝更名为“沈寿”。

随后，清政府委派沈寿去日本考察。回国后，命她为京都绣工科总教习。一边为宫廷贵族子女传授刺绣技艺，一边为清政府绣制礼品，同时任国绣审查官，监审各地送验的绣品。

1909年，沈寿绣制意大利皇后像，在意大利世界万国博览会获金奖。意大利皇帝亲笔函谢清政府，赞叹中国工艺美术之精湛，并回赠清政府最高级圣母利宝星一枚，并颁赠沈寿贴有皇家徽记的钻石金表一块。

作为苏绣艺术的传人，沈寿在继承民间传统针法的基础上，独创“散针”和“旋针”两种新针法，并借鉴西洋油画和摄影艺术的光和影的原理，运用到自己的绣艺中，独创了“仿真绣”，形成了独有的风格。

在南通女红传习所，沈寿培养了许多苏绣人才。南通的绣品也逐步形成了“细”“薄”“匀”“净”的风格，在国内外打开了销路。可是，沈寿积劳成疾，张謇“惧其艺之不传”，便延请名医为沈寿治病，其间，他征得她的同意，亲自动手记录整理沈寿的刺绣艺术经验。在沈寿的病榻边，张謇耐心地做了几个月断断续续的记录，最终完稿后，又进行了一番整理和修改，终于为沈寿撰写成一部书稿——《雪宧绣谱》。

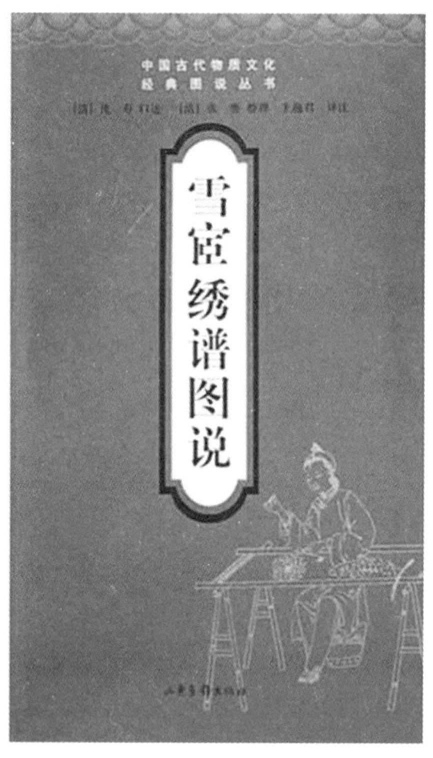

《雪宧绣谱》封面

此书分为绣备、绣引、针法、绣要、绣品、绣德、绣节、绣通，共八章。从线与色的运用、刺绣的要点到艺人应有的品德修养，以至保健卫生，都有比较完整的阐述。该书是我国刺绣史上第一部系统而完整的理论著作，影响很大。

1919年，张謇在南通翰墨林书局投资出版了《雪宧绣谱》。在绣谱的序言中，张謇说：“积数月而成此谱，且复问，且加审，且易稿，如是者再三，无一字不自謇书，实无一语不自寿出也。”1927年，武进陶氏涉园又刻印了《雪宧绣谱》。

没有张謇，就不会有《雪宧绣谱》的问世，而一个状元出身的官员，肯潜心凝思，甘愿为一个刺绣艺人记录整理一部书稿传世，其高风亮节不得不让后人钦佩和感动。

——写于2003年3月

梁启超、林长民对“五四”的贡献

众所周知，“五四”运动不仅是一场青年爱国主义的街头运动，也是一场社会改革和文化运动，它唤起了大多数民众的爱国热情，影响了近代中国的走向。这场运动创造并留下了值得让后世青年学习和自豪的“五四”精神——爱国、进步、民主、科学。

影响、支持这场运动的展开和取得成功有多种因素和多种力量，在这场伟大运动的背后，我们不应该忘记两个具有特殊贡献的人：梁启超、林长民。

提起梁启超，人们自然会想到维新变法。梁启超是戊戌维新运动的主要领袖之一，是近代史上著名的政治活动家、启蒙思想家、资产阶级宣传家、教育家、史学家和文学家。梁启超很早就对中日两国将在世界大战结束后的和平会议上展开外交交锋有所准备。1915 年中日“二十一条”交涉之际，梁启超就发文提醒外交当局注意防范日本的阴谋。

梁启超（右）、林长民（左）肖像

1917 年梁启超主张加入协约国，共同对德宣战，以提高我国的国际地位，并解决一系列外交悬案和国内的政治问题。1918 年 11 月，第一次世界大战结束，巴黎和会即将召开。梁启超为我国参加和会做了多方面的策划。他向当时总统徐世昌建议成立总统府外交委员会，负责和会特定期间的外交事务。他又筹措了 10 万元经费挑选了一批著名学者和专家作为随员，年底动身前往欧洲游历考察。

1919 年 2 月 11 日，梁启超一行抵达伦敦，开始了他在欧洲的国民外交活动。2 月 18 日，梁启超等人至巴黎。他作为中国参加和会代表的会外顾问，先后会见了美国总统威尔逊及英法等国的代表，请他们支持中国收回德国在山东权益的立场。他发现不仅威尔逊等对中日交涉的内情不甚了解，连自己也被北京政府蒙在鼓里，对 1918 年 9 月段祺瑞政府与日本签订的秘密借款合同和关于山东问题的换文一无所知。他发现这次会议的实质是帝国主义列强宰割弱小民族、进行分赃的“强盗会议”。他立即发电报给林长民，林长民是他的密友，后来是亲家翁（林长民女儿林徽因为梁的长子媳妇）。

林长民，字宗孟，闽县（今福州）人。其父林孝恂，为光绪十五年（1889年）进士，先任翰林院庶吉士，后改任浙江海宁、石门、仁和知县。林长民少年时，在杭州林氏家塾读书，受业于林纾，与教新学的塾师林白水互称友朋。他是光绪二十三年（1897年）秀才，文章书法俱佳。宣统元年（1909年），林长民毕业于日本早稻田大学。回国后，任福建省谘议局书记长、法政学堂教习及教务长。而后，自办私立法政学堂，任校长。1912年南京临时政府成立，林长民任内务部参事、法典委员，参与制定《临时约法》。1913年任北京全国众议院秘书长。自1914年起，历任北洋政府国务院参议、法制局局长、段祺瑞内阁司法总长（三个月）、总统府外交委员会委员兼事务主任、国联同志会理事等。

“五四”运动现场照片

林长民获知《巴黎和约》，日本与英法密约把德国在山东的权益直接交给日本，听到此消息，他非常愤慨！林长民于1919年5月2日率先在《晨报》发表《外交警报敬告国民》的新闻，揭露内幕，惊呼“山东亡矣！”激发国人关注。北京爱国学生原定5月7日游行，闻知，提前三天举行，爆发了一场震惊中外的“五四”运动。

当时的总统徐世昌指责林长民、熊希龄、汪大燮等政治家唆使“放野火”，召林到总统府严加训斥，并解散总统外交委员会。一些卖国者在国内还掀起了一场针对梁启超的谣言风潮。

5月4日，北大学生集会游行并火烧赵家楼胡同曹宅。此后，有32名学生被捕。梁启超闻讯即发回电报：

汪、林总长代呈大总统钧鉴：闻北京学界对和局表义愤，爱国热诚，令策国者知我人心未死。报传逮捕多人，想不确。为御侮拯难计，政府惟有与国民一致。务祈因势利导，使民气不衰，国或有瘳。启超叩。九日。

这时，被捕学生已由林长民、汪大燮、王宠惠三人担保放出。梁启超之弟梁启勋根据哥哥的指示，赠金千元给被捕的学生，以作为安慰。

从以上历史事实，我们可以看出，梁启超、林长民点燃了“五四”运动的导火索。他们不仅是“五四”运动的促成者，还是积极的支持者和同情者。

为了使青年继承和发扬“五四”运动的光荣传统，1939 年，陕甘宁边区西北青年救国联合会规定 5 月 4 日为中国青年节。中华人民共和国成立后，1949 年 12 月 23 日，中国人民政府政务院正式规定 5 月 4 日为中国青年节。在“五四”青年节这个假日到来之际，我们缅怀梁启超、林长民等对中国历史发展有特殊贡献的先辈们，这是有特别意义和价值的！

——写于 2015 年 2 月，在博客上发表后引起中央 9 台的关注，曾请郭谦到现代文学馆拍摄“五四”史料讲座，后因多种原因未播

曾氏父子共同开辟“真美善”天地

（曾朴、曾虚白）

文章提要：在中国小说史上，《孽海花》是一部当之无愧的文学名著。它的出版，曾于 20 世纪初期的文坛引起轰动，在不长的时间里，先后再版 10 余次，“行销 10 万部左右，独创纪录”（范烟桥《孽海花侧记》）。这部小说在中华人民共和国成立后也赢得了一代又一代读者的广泛兴趣，以至一版再版。作者曾朴不仅是现代小说家、文学翻译家，还是出版家。他与儿子曾虚白创办了真美善书店，父子俩不仅有了施展文学才华的宣泄口，而且成为二三十年代文人聚会的场所、文化交流的阵地。真善美书店给现代文坛留下了一段佳话。

曾朴肖像

曾朴，字孟朴，笔名东亚病夫。1872 年出生于江苏常熟。他 19 岁中秀才，次年中举人。1892 年赴京参加会试，以墨污考卷而出场。其父曾之撰为他捐了个内阁中书留京供职，经常出入其岳父的好友户部尚书翁同龢的门下。

甲午战争期间，他支持翁同龢抗御外侮的主张。戊戌变法前夕，他在上海筹办实业，与维新派谭嗣同、林旭、唐才常、杨深秀等交往密切，慷慨议政，赞助维新派主张。不久，变法失败，谭、林诸君殉难。曾朴闻讯不胜惊恐，迅即由沪返乡。

在乡下，他与开明士绅丁祖荫、徐念慈、张鸿等人倡导新式教育，他们冲破了顽固势力的百般阻挠，创办了常熟第一所小学。

1903 年，曾朴曾在上海经营蚕丝业，后改营出版业。第二年，他与徐念慈等人创立小说林书社，发行小说。同年，开始长篇小说《孽海花》的创作。

《孽海花》的始作者为金天翮，他先写了 6 回，在留日学刊《江苏》杂志上发表了第 1、2 回，后将原稿寄给曾朴所办的小说林书社。曾朴读后，认为“是一个好题材”，对小说提出了一些修改意见。金天翮觉得自己本人是诗人、学者，“究非小说家”，于是与曾朴共同商定，改由曾朴续写。曾朴接手后，“一面点窜涂改，一面进行不息，三个月工夫，一气呵成了二十回”。

曾朴刚写完，自己用毛边纸誊成两册，准备交小说林社出版，不料波浪顿起。岳父沈梅荪老先生发现了这本书的稿本，一看小说中抨击朝廷黑暗、科场腐败，宣扬自由与革命，还把“戊戌六君子”称作义士，并歌颂清政府通缉的“重犯”孙中山、陆皓东等人。沈老先生急了，他想这若是让清政府知道，是要满门抄斩的呀。他气急败坏，把曾朴这部手稿没收了，锁在箱子里，严令女儿沈香监督曾朴的行踪，以免无妄之灾。

为此事，曾朴虽与岳父论理了一番，但也不敢过分冲撞长辈。过后，他让爱妻悄悄取来钥匙开锁，偷出书稿，连夜将书稿送往日本东京翔鸾社印刷，上海小说林发行初集和二集两册。出书的广告是这样说的：“吴江金一原著，病国之病夫续成。本书以名妓赛金花为主人，纬以近三十年新旧社会之历史，如旧学时代，中日战争时代，政变时代，一切琐闻逸事，描写尽情，是小说界未有之杰作也。”

1907 年年初，曾朴创办了《小说林》杂志，共出版了 12 期。《孽海花》又继续发表至 25 回。这一时期，他与民主革命派交往甚从，对革命持同情态度。当时清政府拟借英款筑沪杭甬铁路，苏浙绅商合力反对，曾朴与马相伯等人发表拒借外资，召集民股的演说，予以支持。

民主革命战士秋瑾被浙江巡抚张曾敭杀害，浙江省民众发起驱张运动。清政府将张调往江苏，曾朴等联名电请清政府收回成命，形成江苏拒张风潮。这引起了清政府的注意，将曾朴列为密电捕拿的三人之一。

1910 年，小说林书店因资金困难歇业。次年，曾朴再入政界，在两江总督端方幕中任财政文案，后以候补知府去浙江，任宁波清理绿营官地局会办。辛亥革命爆发，江苏宣告独立后，他被选为江苏省临时议会议员，后任江苏官产处处长。1915 年袁世凯称帝期间，曾朴与蔡锷等反袁人士密切往来，并资助陈其美、钮永建等人的反袁活动。此后，他又任江苏财政厅厅长、政务厅厅长等职。他避行恶政，并反对军阀之间的战争。

1926年，曾朴再度离开政界。次年，56岁的曾朴决定用二三十年来宦囊积攒的10万元资金，在上海开办一家出版社，名为“真美善”书店，并让在天津办《庸报》的长子曾虚白辞职，全权经营管理书店。

“真美善”三字原是法国浪漫主义文学运动标榜的口号，是针对文学的内质、表现形式及目的而言的。在书店出版的《真美善》杂志创刊号上，曾朴对它们分别加以阐述，这是他们父子创作翻译的取向，也是这家父子书店出版图书所依据的一种标准。由此三字也可简单追溯曾朴与法国文学的因缘。

早年，曾朴在京师同文馆学习过一段时间法文，后来曾自研法国文学。曾虚白在《曾孟朴先生年谱未定稿》中追忆说：

说起先生研究法文的苦功，真是少有人及得到的，在同文馆所学到的那一点点，事实上只是启蒙的程度。他自学法文，初步工作是翻字典，把读本上的字，一字一字地翻出来，注上红字，死命地强记。写在书上记不牢，他用一块黑板挂在必入必经的地方，把要记的生字写在上面，闲着时就望着它记。生字渐渐记多了，然后读文法，研究造句。

1898年，经友人介绍，曾朴结识了在法国侨居多年的陈季同。陈氏曾与法郎士等一流作家交往，深谙法国文学真谛，还撰写过几部法文著作。通过陈季同，曾朴“发现了真正的法国文学光辉”，并认定法国文学“是他灵魂所饥渴地期望着的食粮”。在1928年3月16日致胡适的信中，曾朴还颇有兴味地说起昔年的迷情：“我因此沟通了巴黎几家书店，在三四年里，读了不少法国的文哲学书。我因此发了文学狂。”二十多年后，曾朴和其子创办以出版法国文学图书为大宗的真美善书店，正是这段早年迷情的结果。

尽管曾朴从不曾踏上过法国的土地，他不懈地在书店居室里创造自己的法国世界，企图把出版社办成一个法国文学的图书馆，还想把它变成一个文化沙龙，他把他的朋友和门生召集起来，一起探讨他喜欢的法国作家：雨果、法朗士、乔治·桑。

曾虚白回忆说：

我家客厅的灯不到很晚是很少会熄的。我的父亲不仅特别好客，而且他身上有一种令人着迷的东西，使每一个客人都深深地被他的谈话所吸引……谁来了，就进来；谁想走，就离开，从不需要繁文缛节。我的父亲很珍惜这种无拘无束的气氛；他相信，只有这样，才能处处像一个真正的法国沙龙。

曾朴书店沙龙的客人和朋友都成了亲法分子。其中像李青崖、徐霞村、徐蔚南成了著名的翻译家；另外多数是作家、诗人和出版家，像邵洵美、徐志摩、田汉、郁达夫、卢梦殊；还有美学家傅彦长、朱应鹏和张若谷等人。

郁达夫回忆说：

我们有时躺着，有时坐着，一面谈，一面抽烟，吃水果，喝茶。从法国浪漫主义名作家谈起，谈到《孽海花》本事，谈到老先生少年时候的放浪经历，谈到了陈季同将军，谈到了钱蒙叟与杨爱的身世及虞山的红豆树，更谈到了中国人的生活习惯和个人的享乐程度与界限。先生的一种常熟口音的普通话，那一种流水似的语调，那一种对于无论哪一件事的丰富的知识与判断，真教人听一辈子也不会讨厌。(《忆曾朴先生》)

开办真美善书店，使曾朴积蓄的热情和才华找到了一个颇为畅快的宣泄口，他和儿子曾虚白主编的《真美善》半月刊（后改为月刊和季刊），每期都有他的诗作、翻译、小说或者文艺评论之类的文字，若将曾虚白的作品算在内，《真美善》可以说是1/3的“父子杂志”了。曾朴运用自己所吸收的西欧文化，融合我国固有的优美艺文，然后凭熟练的技巧和细腻的描写，写出长篇小说《鲁男子》，并在创刊号上亮相。《鲁男子》是一本自传体小说，讲述了曾朴与林杏春一段情恋故事。

故事发生在曾朴21岁赶赴北京应顺天乡试的那一年。曾朴住在米字胡同常昭会馆，恰巧对面胡同徐观察的寓所里住着一个叫林杏春的扬州女子。曾朴被林的美貌吸引，爱心萌发。林杏春见曾朴，头戴一顶乌绒西瓜帽，身穿一件马褂，罩一件紫酱团花长袍，风流倜傥，一见钟情。每天傍晚，他们相约于窗前，灯影下谈话，坠入爱河，不能自拔。这件事，被会馆的长班告诉了曾朴的父亲，曾父十分焦急，再三催促儿子速速南归。碍于慈亲之情，曾朴含泪告别林杏春，束装南下。待到第二年春天，他又进京，住在常昭会馆，去徐公馆寻访林杏春。不料徐家已将宅屋卖给他人，他获知林杏春在他离开北京当年的冬天害痨病死了。这使得曾朴哭了好几天，不断自责，心头从此留下一个永久的遗憾。因此，他在《鲁男子》小说中表露了“恋爱上没世难忘的创痛”。“他永远隐忍着，直到五十多岁创办真美善书店时，才借着《鲁男子》第一部《恋》，以小说的形态，尽情宣露了出来。”（曾虚白语）

曾朴著作《孽海花》封面

这之后不久，曾朴着手改写、续写《孽海花》，从第21回起，同时刊载，陆续发表至第35回。1931年以后，曾朴又将《孽海花》30回合为一册重行出版。1962年中华书局出版增订本，将31回至35回作为附录。

《孽海花》是近代小说中思想和艺术成就都比较高的一部。原拟由旧学时代、丙午时代、政变时代、庚子时代、革新时代到海外运动为止。但全书没有写完，只写到甲午战后戊戌变法之前。书中描写了从同治初年起到甲午战败为止的约30年间“文化的推移”和“政治的变动”。从中可以看到中法战争、中日战争重大历史事件的爆发，帝党、后党的激烈斗争，在此过程中，顽固派、洋务派、改良派、革命派等政治势力的消长演变，以及与之相伴随的思想、学术、文化的变化。小说揭露了帝国主义的侵略野心、清政府的无能与腐败、封建士大夫的昏庸与堕落。全书写了200多个人物，从最高统治者慈禧、光绪，到官场文苑的达官名士，到下层社会的妓女、小厮，涉及朝廷宫闱、官僚客厅、名园文场、烟花妓院直至德国的交际场、俄国虚无党革命等，反映的社会生活面相当广。有些人物如傅彩云、李纯客、大刀王二、夏丽雅等写得颇为生动，使当时的读者耳目一新，影响很大。散文大家张中行在《负暄絮语》中说：“近来新撰小说，风起云涌，无虑千百种，固自不乏佳构。而才情纵逸，寓意深远者，以《孽海花》为巨擘。”

《孽海花》先后由北京宝文堂、上海文化出版社、中华书局、上海编辑所、上海古籍出版社等出版，它已经成为文学史上的名著。

在外国文学翻译上，曾朴也表现出不凡的才能。1927年他除出版《法兰西悲剧源流》外，最为人瞩目的是他翻译出版了《嚣俄（雨果）戏剧全集》第3种《欧那尼》、第6种《吕克兰斯鲍夏》、第9种《吕伯兰》。接着又先后出版了全集的第8种《项日乐》和《钟楼怪人》《笑面人》《九十三年》等著作。曾朴对雨果情有独钟，次子曾耀仲在德国留学时，曾以一千美元的廉价替他购买了一私家的全部藏书，其中就有初版的《嚣俄戏剧全集》和《茶花女戏剧全集》等多种法国戏剧珍本。曾朴还翻译了雨果、左拉、莫里哀等人的诗歌、小说、剧本多种。翻译家李青崖不禁感叹：

病夫先生（曾朴）于继续撰著《孽海花》之外，还把禹戈（雨果）的作品翻译了许多到中国读者的跟前，初期是禹戈的小说，后期是禹戈的戏剧，以及法国其他的浪漫主义作家的作品——当然我还没有说到莫利哀的喜剧，这样地从系统上翻译西洋文学书，到这几年还是不多见的！然而当日倡这种议论的，却是我们这位年近花甲的病夫先生。（引自《呜呼，东亚病夫先生》）

曾朴的其他著作有戏曲《雪昙梦》院本、《补〈后汉书·艺文志〉》《补〈后汉书·艺文志〉考证》等。诗文集及读书札记多种，均未刊印，已发表的单篇散见于《小说林》《真美善》杂志及《曾公孟朴纪念特辑》等。

再说曾虚白，原名曾焘，字熙伯，出生于1894年。上海圣约翰大学毕业后先在上海青年会中学（浦光中学）任教，不久到长沙湘雅医学院、雅礼大学任教。后又任直隶交涉公署科科长、交通部秘书、江苏省公署秘书等职。

曾虚白肖像

自从他与父亲一起创办真美善书店，曾虚白在文学写作上收获不少，先后有三十余篇小说问世，长篇小说有《德妹》《魔窟》《潜炽的心》《三棱》，他的小说以心理描写见长。另有未结集的众多杂评。1928年他与父亲用半年工夫合译了《阿弗洛狄德》(《肉与死》) 在他们的书店出版。曾朴在1928年9月11日的日记中有这么一段记载：

鸿儿（曾虚白乳名）对于文学上的确进步不少。开始的几篇，我不大满意，我想替他改的，后来一想，这个不好，开始你给他一改使他自信力降低，结果原有的力量多保存不住，不如放任让他自己去发展。现在越做越有劲了，将来我这一套衣钵有了继承人了。这是我近年来最快慰的一件事。我的真美善书店一大半是这个目的，让他有个发展的机会。如果去当《庸报》的编辑，决不会有如许的成绩，就拿了二三百元薪水，做几篇一弊即过的论文，有什么意味。

看得出曾朴希望儿子能继承自己的衣钵，为此而努力创造一种有利于儿子发展的环境，也能看得出做父亲的良苦用心。只是后来曾虚白偏离了他父亲指示的方向，埋头干起了他以前干过一阵子的新闻事业。

由于真美善书店主要目的不是做生意，再加上一些外埠书商批贷不付款，因此好景不长，店务在1930年冬就开始走下坡路，编辑部不得不从法租界的小洋房里搬到小沙渡路松寿里的平房。1931年秋，书店关门。曾虚白因受聘为金陵女子文理学院中国文学系主任和教授。1931年上海《大晚报》创刊，曾虚白任经理兼总主笔。

1935年，曾朴接受家人劝告，回老家常熟，潜心园艺，游憩养病。自此之后，他再未发表过任何著译。因为他苦心经营的精神栖息之地被吞没了，所以那种飘荡似火的热情也就熄灭了。当年6月23日曾朴病故。去世后，南社名人徐蔚南送了一挽联，似能概括曾朴的一生：

岂真东亚病夫是鲁男子，热情奔放到老要翻完嚣俄全集；

不愧一代文宗写孽海花，笔力雄健至今已传遍震旦词坛。

在这前后，曾虚白曾任金陵女子文理学院教授兼中文系主任，长沙湘雅医学院、雅礼大学教授。一度从政，任直隶交涉公署科科长、国民党交通部秘书、江苏省公署秘书等职。抗日战争爆发后，曾虚白在武汉参加全国文艺界抗敌协会，任国民党中央宣传部国际宣传处处长，兼政治学校新闻学院副院长。1949 年赴台湾，翌年任“中央通讯社”社长。他主要从事杂文写作与学术研究，以及进行翻译工作。他主编的《中国新闻史》是台湾在通史方面的代表作。散文、随笔专集有《晨曦漫步触感》《击楫中流集》《旧酿新焙》《美游散记》《世变建言》《屐痕心影》《老兵记往》《上下古今谈》；专著有《美国文学 ABC》《英国文学 ABC》《1929 年汉译东西洋文学作品编目》；译著有《鬼》《人生小讽刺》《色的热情》《娜娜》《欧美名家小说集》《目睹的苏俄》《英雄与英雄崇拜》《断桥》等。还有《革新刍议》《谈天下事》等时事评论集。曾虚白 1992 年病逝于台湾，终年 98 岁。“曾虚白新闻奖”是中国台湾新闻界最荣耀的奖项，已经颁发了 30 多届。

曾朴、曾虚白父子合影

虽然曾朴、曾虚白父子的名字已经被大陆青年一代淡忘，但他们在现代文化史上的探索留下了光彩的痕迹，历史是不会遗忘他们父子在文学、翻译、新闻出版上的成就的。

——发表于上海文史馆《世纪》杂志 2006 年第 4 期

宋氏父子驰骋文坛百年，独领风骚

（宋春舫、林以亮）

文章提要：上海戏剧学院教授叶长海在学术随笔《愚园私语》中有一篇《论剧毋忘宋春舫》的文章。《辞海》中将宋春舫列为“戏剧家”。其实他不仅是我国现代剧坛上最早研究和介绍西方戏剧及理论的学者、剧作家，还是海洋科学家、藏书家。宋春舫的儿子林以亮（宋淇），也是一位卓有成就的文学批评家、翻译家、诗人和编辑家，他在文学乃至文化领域里建树甚多，在20世纪中国文学史特别是香港文学史上，他占有不容忽视的一席之地。

一、新文化运动中独树一帜

辛亥革命以后，新文化运动兴起，文化界的思想变革来得非常猛烈，戏剧界也是这样。许多接触西方文明的知识分子，主要是留学生对中国旧戏曲持完全否定的态度。鲁迅的小说《社戏》对旧戏的形式、内容、演员都给予了无情的讽刺、嘲笑。在《新青年》上，周作人说“旧戏有害于‘世道人心’”；“凡中国戏上的精华，在野蛮民族的戏中，无不全备”。（《论中国旧戏剧之应废》）钱玄同的杂感题目便是《要中国有真戏非把中国现在的戏馆全部封闭不可》等。

宋春舫肖像

而北京大学教授宋春舫却认为我国传统戏曲与新剧并行不悖，主张改善旧戏，永久保存，与新戏并茂。这样的论调，若干年后，洪深在《现代戏剧导论》中说：“主张中国的旧戏可以保存的，只有宋春舫一个人。”

但宋的主张并不为当时文化界所接受，如洪深在《现代戏剧导论》中指责：“宋氏这种议论，是忘记那从事新文学运动的人介绍翻译西洋剧本的本来意义了”；他“竟是劝人弃置西洋的‘问题剧’而去采用那西洋专为赚钱而写的热闹曲折的‘善构剧’了……”时间能冲刷或淡化汹涌一时的激浪和狂焰。今天，人们冷静地阅读和思考宋春舫的观点，觉得可取。

具有独特个性的宋春舫，究竟是一个什么样的人物呢?

宋春舫，生于1892年，浙江吴兴（今湖州）人。13岁考取秀才。1911年入上海圣约翰大学学习。1914年，留学瑞士，遍访欧洲诸国，通晓多门外语。他攻读的专业是政治经济学和法律，但最爱的却是戏剧，所到之处，特别注意研究各国舞台艺术。他频频地出入大小书肆，广泛收集各类戏剧书籍。

1916年，宋春舫在日内瓦获得硕士学位后回国，历任圣约翰大学、清华大学、北京大学、东吴大学教授。在北大期间，他开设“欧洲戏剧课程”，这是西洋戏剧作为一门学科，正式进入中国高等学府之始。

同年，他撰写发表了《西洋新剧谈》一文，系统介绍欧美新戏剧，主张保留和改革旧戏（指传统戏剧）的同时，提倡发展新剧（话剧）。两年后，他在《新青年》上发表《近世名戏百种目》，选了当时西洋的经典话剧介绍到国内，大大开阔了国人的眼界。后来剧坛的研究专家李健吾、赵景深等都认为宋春舫的文章是他们学习戏剧的教科书。

当时，宋春舫介绍戏剧——话剧的文章很多，散见于各报刊，结集出版的时候，书名就叫《宋春舫论剧》，先后共出版有5集。30年代他同时创作剧本，出版有《一幅喜神》《五里雾中》《原来是梦》及《盲肠炎》等，后合编为《宋春舫戏剧集》。唐弢说：“喜剧作者，丁西林外，春舫也可说是卓然的一家。”

本来，宋春舫对中国戏剧还可做出更大的贡献，但是因1923年他骑马摔伤，经常缠绵在病榻上，这就影响了他的戏剧活动和创作。宋春舫《话剧的将来》一书，2001年由中国戏剧出版社出版。

二、创建中国第一个海洋科学研究所

第一次世界大战初期，当时的北洋政府宣布中立，而日本政府则对德宣战。一个月后，日本攻占青岛，德军宣布投降。日本参战之初，照会中国，说攻下青岛后交还中国。但是，占据之后，日本拒不交还，又提出了全面划山东给日本的“二十一条”。第一次世界大战后，我国也是战胜国。于是派代表团参加在巴黎凡尔赛举行的和会。宋春舫是我国代表团的秘书，全程参加了会议。经过多次谈判，1922年12月，青岛回归祖国。

德国占据青岛期间，在小石头山上建了一座大型观象台，这座山也称作观象山。20世纪，青岛观象台曾是远东三大观象台之一。北洋政府收回青岛后，蒋丙然任观象台台长，他是宋春舫的好朋友。

1928年7月，宋春舫应蒋丙然的邀请到青岛避暑，住在蒋丙然的家中。他参观

宋春舫在青岛时的留影

了观象台，游览了青岛，领悟到当年德、日帝国主义为什么都要占据青岛。在欧洲时，他见到沿海各国积极开展海洋科学研究，开发、利用海洋资源，而我国却还没有意识到研究现代海洋科学的意义。他认为青岛环抱胶州湾，是研究海洋科学的最佳城市，于是撰写了一篇《海洋学与海洋研究》的文章，发表在上海的《时事新报》上，引起了人们的注意。蒋丙然特地将此文送给青岛督办赵琪看。文章中谈到，我国海岸线很长，真正滨海的城市不多，建议在青岛建立海洋研究所。赵对宋春舫的远见卓识极为赞赏，但一时间还难以办研究所，便决定先在青岛观象台设“海洋科”，鉴于宋春舫的真知灼见，赵聘他为海洋科科长。于是，宋春舫辞去了北京大学教授的工作来到青岛。当年 11 月 15 日，海洋科正式成立。以后，专家们认为由此掀开了中国现代海洋科学史的第一页。

不久，北洋政府倒台，建海洋研究所的工作搁置起来。1929 年，南京国民政府接管了青岛，设为中央直辖市，这期间政府官员大多更迭，而观象台作为专业科学机构，蒋丙然的台长、宋春舫的科长都留任，1930 年宋春舫兼任青岛观象台图书馆主任，并一度代理过观象台台长。

这一年，中国科学社在青岛开会，蔡元培、李石曾等学者云集青岛，宋春舫向与会人员力陈建设海洋研究所的意义。会后，蔡元培、李石曾、蒋丙然、宋春舫向当时的政府共同签名上书，建议在青岛建立海洋研究所。

在教育部、实业部、山东省政府及个人捐款（宋春舫捐六百元大洋）的赞助之下，青岛在 1932 年 5 月 8 日先建成了青岛水族馆。蔡元培称：“当为吾国第一矣。比年国家多故，百事尽废，独此水族馆，得二三君子之努力，以底于成，于此可见事在人为。”这“二三君子”中宋春舫起了主要的作用。

又经过五年的努力，1937 年夏，宋春舫等人终于建成了我国第一个海洋研究所。可是，好景不长。抗日战争爆发后，青岛沦陷，敌伪把海洋研究所的场馆改办了山东产业馆。中华人民共和国成立后，又把它改为海产博物馆。但同时，中国科学院在青岛建立了海洋研究所，实现了宋春舫生前的愿望。

三、开办我国第一家戏剧图书馆

宋春舫喜欢藏书。他的藏书以戏剧图书为主。1916 年，他从国外带回了一批书，回国以后又在国内外广泛收集中外戏剧图书。1930 年，他在青岛开办了一个私人戏剧专业图书馆，叫“褐木庐”。这三个字取以世界三大戏剧家 Gomeille、Moliere、Racine 汉文音译的首字。宋春舫聘请朱祖佑担任“褐木庐”图书馆馆长，地址在福山支路。

宋春舫“褐木庐”藏书票

“褐木庐”里藏有中外文戏剧图书九千余册，是我国当时最大的戏剧专业图书馆，在国际上也很闻名。宋春舫被列入世界三大戏剧专业藏书家之一，被邀参加全国图书馆学会。

当时在青岛的戏剧家、翻译家，如洪深、章铁民、张友松、孙大雨……都是“褐木庐”的读者，也有外地读者来此阅读，甚至有外国读者写信来借书。

20 世纪 30 年代，胡适到青岛组织梁实秋等四人翻译《莎士比亚全集》，梁实秋到“褐木庐”的次数最多。梁说：“我看见过的考究的书房，当推宋春舫先生的褐木庐为第一，在青岛的一个小小的山头上，这书房并不与其寓邸相连，是单独的一栋。环境清幽，只有鸟语花香，没有尘嚣市扰。《太平清话》：李德茂环积坟籍，名曰书城。我想那书城未必能和褐木庐相比。在这里，所有的图书都是放在玻璃柜里的，柜比人高，但不及栋。”

远在上海的戏剧家李健吾，慕“褐木庐”之名，专门写文说：“我‘梦自己有一天飞到青岛，飞进他的书库，在那些栉比的书架中翱翔’。”

“褐木庐”的藏书每本都贴有一枚藏书票，上书“褐木庐”三个字及图案，图案由一本打开的书、墨水瓶、羽毛笔组成。六十多年后的1992年上海图书馆举办“藏书票展览”，“褐木庐”中一张昔日的藏书票被评为第一。

对自己的“褐木庐”，宋春舫怀有深厚的感情。1936年，他曾以“褐木庐”的名义出版了话剧本《原来是梦》。此书仅印了50册，是作者用了送人的私印本，如今成了收藏界人士寻求的珍本。

宋春舫精力充沛，爱好广泛，他还在青岛开办了一家万国疗养院（兼旅馆）。万国疗养院经营了几年之后，宋春舫把他的藏书分别捐赠给了北平和上海的图书馆。

在上海，宋春舫还与英国人弗里茨夫人创办了“万国艺术剧院”，首次用英语演出京剧《王宝钏》，引起了上海观众极大的兴趣。在杭州西子湖畔，宋春舫与他的好友朱润生共同建造了“春润庐”，它成为一座不挂牌的北京大学招待所。蔡元培是“春润庐”最早的房客，谭熙鸿、马寅初、徐宝璜、蔡尚文、林风眠等人都把“春润庐”当作家去住。他们在这儿隐居，做学问研究。宋春舫豪爽的气概和广泛的学识在当时的学界，赢得很高的声誉。

1937年，宋春舫离开生活了十年的青岛，去了上海，但第二年就病逝了，终年46岁。

宋淇与妻子邝文美

四、另辟天地的林以亮

宋春舫的英年早逝，确实是文化界的一大损失。由于家学渊源，他的儿子林以亮先继承父业，从事戏剧研究。后又在文化上另开辟一番新天地，取得了令人瞩目的成就，这也可以让宋春舫含笑九泉。

林以亮生于1919年，原名宋淇，“林以亮”是宋淇常用的笔名之一，此外，他还使用过宋奇、宋悌芬、欧阳竟、唐文冰、余怀等笔名发表作品。

他先读于上海光华大学，后转学到北平燕京大学西语系学习，毕业后留校任助教。抗日战争期间他在上海从事话剧和学术活动，编有舞台剧《皆大欢喜》，与傅雷、钱锺书等过从甚密。1948年他移居香港，先后担任电影懋业公司制片部主任、邵氏影业公司编审委员会主任等职。他主编过颇有影响的《美国诗选》《美国七大小说家》《美国文学批评选》等，创作了脍炙人口的电影剧本《南北和》等，是香港作家中“触电影”最早的人。1972年，他创办《文林》杂志。1968—1984年，专任香港中文大学校长特别助理，兼翻译中心主任，主持学校出版的《译丛》（Renditions）中译英半年刊，他还是香港翻译学会发起人之一。退休以后，林以亮仍勤于阅读、笔耕不辍，直至1996年谢世。

林以亮是一位诗人和诗歌理论学者。他于大学时代开始写诗，有几十首诗作收在《林以亮诗话》《昨日今日》两部书中。诗歌理论著作有《林以亮诗话》（台北：洪范，1976）、《诗与情感》（台北：六林，1980）、《更上一层楼》（台北：九歌，1987）等。

“五四”以来，林以亮对“新诗”早有自己的看法。20世纪40年代，他创作了一些非常理性且形式感极强的诗作，推崇新古典主义诗歌，与滥情主义、感伤主义诗歌有着深刻的分歧。这种分歧最早呈现于他的理论批评中，如1953年他在《人人文学》上发表的《诗与情感》一文，对夏侯无忌的观点进行批驳。他指出：“五四以来，中国的新诗走的可以说是一条没有前途的狭路，所受的影响也脱不了西洋浪漫主义诗歌的坏习气，把原来极为宽阔的领土限制在（一）抒情性的，（二）高度严肃性这两条界限中间。”“根本忽略了中国文学的特殊性质、构造和音乐性。”

这是50年代初，对20世纪国内主流诗歌最直率、最激烈的批评。虽然早在20年代，闻一多就提出过新诗中的滥情主义问题，梁实秋也对新文学中的浪漫主义弊端进行过尖锐的指责，但他们的论述，并未在后来的大陆批评界得到回应，而林以亮在诗歌批评中把他们的观点进行深入，获得了诗界的认可。

林以亮对新诗浪漫主义弊端的清算，主要集中在感情狭隘性和表现简单化两个方面，而他批评的出发点则是我国文字的特殊性。他指出：“中国的文字是象形的方块字，在排列起来和印出来后，每个字所占的空间是相同的”，由于这是各自独立而非粘连的文字，因此它的语法非常灵活，“我们要看了某一个字的位置和上下文后，才能判定它是名词或动词，是形容词或状词”。所以它决定了中国诗的特色：“从容不迫，含蓄不尽，信手拈来；情感既不致奔放，意境也容易开阔。”

正因为林以亮分别从语言、修养、写诗态度、诗与传统的关系四个方面提出了自己的建设主张，他的新诗批评显示了其有力的锋芒和诗学价值。林以亮的新诗批评，最有特色的部分在 20 世纪 50 年代中、前期，其中还包括极有见解的《论散文诗》一文，以及记录自己《喷泉》一诗创作经过的文章《一首诗的成长》，这篇文章被夏志清誉为“中国新诗史料里一篇重要的文献，可以说与梵乐希、泰特、史班德同类的诗人自述媲美”。

60 年代，林以亮还发表《诗与胡说》《译诗散论》《论读诗之难》《再论读诗之难》等论文，以及《文思录》等诗学随笔，也很有见解，但这时林以亮的兴趣已转向古代的诗歌经典，形式上趋近传统诗人的“诗话”。林以亮的诗歌批评，反映了一个长期被中外一流诗歌作品浸染，趣味很高，造诣很深的中国知识分子的诗学理想。

五、涉足多个领域

林以亮是一个翻译家，主要翻译作品有《美国诗选》(编选，香港：今日世界，1961 年)、《美国文学批评选》(编选，香港：今日世界，1961 年)、《美国七大小说家》(林以亮等译，香港：今日世界，1967)。还有翻译评论著作《林以亮论翻译》(台北：志文，1974)。《林以亮论翻译》既是翻译中“信、达、雅”问题讨论，又是东西方文化差异和文化矛盾的揭示，体现出其很深的修养和抽丝剥茧的功力。

林以亮是一个文学批评家，他的批评涉及文学、电影等各种文类。他的电影批评方面的论文《中国电影的前途》、小说评论《私语张爱玲》等，极有见解。当然，最值得注意的还是他对“五四”以来诗歌的批评。它不仅典型体现了一个边缘诗歌批评家对主流文学的观察与分析，所提出的问题发人深思。

林以亮也是一个“红学”家，关于《红楼梦》的论述甚丰。早在 20 个世纪 70 年代初，他就发表了一系列研究论文，如《新红学的发展方向》《论大观园》《论贾宝玉为诸艳之冠》等，每一篇文章在红学研究领域都产生了较大影响。2004 年 11 月，中国书店出版社将林以亮历年来的红学论文结集出版，名曰《红楼梦识要——宋淇红学论集》。他研究《红楼梦》的一个基本出发点，就是认为《红楼梦》是一部文学作品，是小说，因此他十分注重对《红楼梦》的文学成就、艺术特色、人物形象及在世界文学史上的地位的研究。例如，他论大观园，认为曹雪芹不论将大观园写得如何生动，如何精雕细琢，终究是空中楼阁、纸上园林，因为“作者利用大观园来迁就他创作的企图，包括他的理想，并衬托主要人物的性格，配合故事主线和主题的发展，而不是用大观园来记录作者曾见到过的园林”。他认为文学的批评更可以使人们认识《红楼梦》的伟大价值，特别是运用比较文学的研究方法，更能使《红楼梦》在世界文坛上堂堂正正地与任何伟大作家一生一世的心血结晶分庭抗礼。林以亮的观点是值得重视的。另外，他还有一本有名的著作《〈红楼梦〉西游记——细评〈红楼梦〉新译英》(1976 年，台北联经出版公司)。

红学家们对林以亮严谨的治学态度和扎实的研究方法给予极高评价时，还认为其在吸收外来文化方面堪为楷模，全无哗众取宠之风。在《红楼梦大辞典》一书中，他与蔡元培、王昆仑、俞平伯等一起被列为20世纪8位著名红学家。

《红楼梦识要——宋淇红学论集》封面

长期以来，林以亮（宋淇）的名字与张爱玲紧紧联系在一起。很多人都知道他是张爱玲的好友，他推荐张爱玲的作品给台湾皇冠出版社出版，他担任张爱玲的遗嘱执行人，写过不少回忆和研究张爱玲的妙文，可称张爱玲学研究专家。

1998年3月，辽宁教育出版社出版了林以亮的《文思录》；又出版了宋春舫1933年所写游记《蒙德卡罗》（它曾与邓以蛰的《西班牙游记》、徐霞村的《巴黎游记》合为《欧洲三记》）。

1997年，林以亮的亲属出资委托香港中文大学中国文化研究所翻译研究中心设立“宋淇翻译研究论文纪念奖”。至今，已经举办了22届。宋春舫、林以亮父子在文化领域里建树甚多，在20世纪我国文化史上占有不容忽视的一席之地，将会被人们永久的纪念。

——上海文史馆《世纪》杂志2008年第2期以“宋春舫青岛自创‘褐木庐’”为题发表本文部分内容

以诗为人生的胡氏父子

（胡征、胡宽）

今日中原那不知，愿藏畎亩作为痴。
谁明天下多时定，小小儿童学作诗。

此诗是著名诗人胡征在 8 岁时写下的。胡征，1917 年生于河南罗山县。1935 年开始发表作品。1936 年主编诗刊《春潮》。1938 年奔赴革命圣地延安。先在“抗大”学军事，后毕业于“鲁艺”文学系。在“抗大”时，他与同学魏巍、侯亢等参加了何仲平的“抗歌社”，将诗歌作为武器，为“七月派”著名诗人。

胡征肖像照片　1953 年

抗日战争时期，胡征曾任八路军 115 师某团技术书记、“鲁艺”教务处科长。1945 年秋，他离开延安，任晋冀鲁豫边区文联研究员及《北方杂志》编辑。他深入群众生活，写出了反映农村生活的诗歌《主席台》和表现战争题材的诗歌《战汤阴》等。

两年后，胡征任晋冀鲁豫野战军随军记者，随刘邓大军转战南北，开始了戎马生涯。在西安家中，胡征回忆当年，“铁马冰河”的经历重现眼前：“担任随军记者期间，我和广大指战员朝夕相处，他们的勃勃英姿和高贵品质使我感受很深。作为一名文艺战士，我有责任将他们记录下来，宣传出去。”

中华人民共和国成立后，胡征先任《解放军文艺》编辑组长，后调《延河》任编辑部主任。他在 20 世纪 50 年代初，利用业余时间思考和回忆战争的风云岁月，相继写出了《七月的战争》和《大进军》两部长诗。这是他的代表作品。

长诗《七月的战争》由十一首诗歌组成，每一首均标有序列，并各有诗题，如第一首《出发》、第二首《破天险》等。其中第八首与诗集同名，也叫《七月的战争》。其中有这样的句子：

叫我们的小号兵
站在桥头上吹号
调来那些流星
参加七月的战争

每一句话，都带着浓烈的硝烟。这长诗，不啻是献给刘邓大军的颂歌，也剖明了心迹和反映了他们的真实生活。

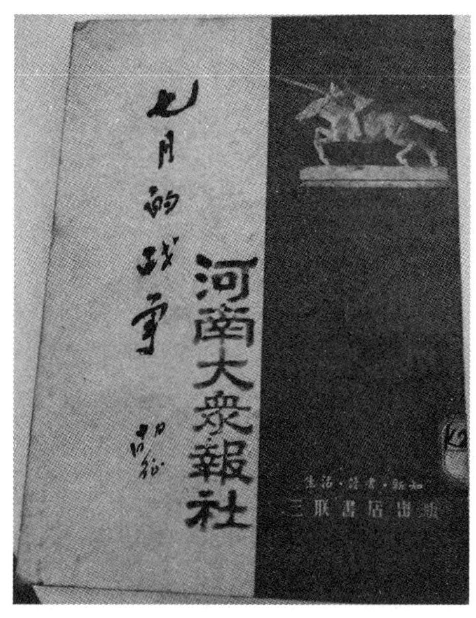

胡征《七月的战争》封面

《大进军》长诗四章：第一章《醒着的夜》(1. 前奏；2. 望南方；3. 打出去；4. 暴风雨)、第二章《跨过泥海》(1. 泥巴的海；2. 不能前进；3. 硬要前进；4. 前进)、第三章《战汝河》(1. 英雄桥；2. 强攻大雷岗；3. 大战之前；4. 纵血战到追赶)、第四章《向淮河挺进》(1. 宿营和前进；2. 一面打一面前进；3. 强渡淮河；4. 尾声)。在《前奏》中，他明朗地写道：

大进军的夜，
是醒着的夜。

一九四七年八月的夜，
风风雨雨，
轰轰烈烈，
夜是醒着的。

夜是醒着的……
敌人迷糊了，
我们醒着；
敌人在做梦，

我们在行军。

……

诗中，胡征以质朴自然而饱蘸激情的笔触，描写了刘邓大军的战略战术和作战场景，是一首能反映我军卓越战斗的史诗。

《七月的战争》和《大进军》两部长诗出版后，获得邓小平和贺龙签发的西南军区文学创作一等奖嘉奖令。《大进军》出版时，刘伯承元帅还亲笔为书题词。

这是胡征诗歌创作的鼎盛时期，也是尾声。此后不久，胡征被牵连进一桩文坛冤案，中断写作25年之久。1980年平反后，胡征调陕西省社会科学院任研究员。他又进入了一个新的创作高峰期，相继出版论著《诗的美学》、诗歌集《胡征诗选》、长篇纪实文学《鲁西南会战》、散文集《文心集》、小说集《红土乡》等十余种。胡征说："对于我，诗就是人生，战斗的人生。""只要生命允许，我不会停下手中的笔。"陕西省社会科学院、陕西省作协先后数次召开"胡征创作研讨会"，并出版胡征研究论文集《胡征论》《胡征论续集》。2007年1月，胡征因病在西安去世，享年90周岁。

胡征的妻子徐孟文，40年代毕业于北方联合大学文学系，曾任《戏剧报》编辑。他们有两个儿子，即胡胆、胡宽。长子胡胆走上了从政道路。20世纪90年代出任陕西省畜产进出口公司总经理，进行企业改革……1999年惨死于家中！

次子胡宽，1952年出生于重庆，一生主要在西安度过。童年时代开始命运坎坷，初中毕业后他没有再上学，先是下乡插队，后来参军，复员后分配到西安郊区电影放映站当放映员。

胡宽的第一首诗《冬日》写于1979年的冬季：

欲望的树，朝向慵倦的天空，
摇动着枯萎的手：
够了，够了，这厌烦的日子，
永无休止的单调，
我已经不愿再默默地忍受。……

1984年，他干过零散的装修活儿，为了赚钱，写过影视剧本等。尽管他"病魔缠身，终身未娶"，但他从来都没有中止诗歌创作，在20年创作生涯中，他留下了二百多万字未曾发表过的文学手稿。他曾满怀希望地给刊物投过稿，但其作品只在西安的《当代青年》发表过一次，那还是通过了熟人关系。1988年，他自费印了本诗集《开山鼻祖》，也没有引起明显的反应。就其状况而言，他像是处在地下的地下，边缘的边缘——正如他的一位好友指出的那样："他的默默无闻主要是自我埋葬的结果。"1995年，胡宽因病逝世于旅行途中。1996年胡宽的朋友集资出版了《胡宽诗集》（广西漓江出版社），收入长短诗一百首。

在胡宽的诗中，有很多动物，如"猴子""大狗熊""土拨鼠""猩猩"等，在他的

"动物"世界里，最有代表性的就是"土拨鼠"。在土拨鼠身上，集中了人身上许多悖谬的特性：乖僻、癫狂、神经质、胸怀大志、多愁善感、自傲而又自卑、健忘而又敏感、务实而又超然等。胡宽叙述了土拨鼠的各种行为和奇思怪想：

土拨鼠盯着你／你盯着土拨鼠／……你感觉到了对方冰冷的目光／你心潮起伏／你悔愧难当／你们的暧昧友谊可以追索到古生代……

你说土拨鼠恶贯满盈吗　你说／你说　土拨鼠贪得无厌吗　你说／你说　土拨鼠声名狼藉吗　你说／你说

土拨鼠利欲熏心吗　你说／你说　土拨鼠背信弃义吗　你说／你说　土拨鼠十恶不赦吗

你说／……土拨鼠盯着你／你咬着舌头和他对峙目前不想退缩土拨鼠和你僵持／不下／土拨鼠提出要去拳击场决一雌雄／你想打开煤气炉划根火柴和这狗日的同归于尽／……土拨鼠看看你／你看看土拨鼠／你们俩都会心地笑了

（胡宽《土拨鼠》，1981 年）

《胡宽诗选》封面

这首诗中，"你"跟土拨鼠之间无疑有一种同一性、一种镜像关系。因而，"你"无权做道德评判，甚至无权怜悯。土拨鼠就是"你"的"内在的咳嗽"，或者"你"就是土拨鼠"内在的焦虑"。

《胡宽诗选》与胡宽一样寂寂无闻，甚至在诗歌圈中都很少有人听说过胡宽，所幸的是这并不影响胡宽的诗歌生存和流传。胡宽的诗歌秉承惠特曼和马雅可夫斯基的开放诗风，相对于最近几十年在我国诗坛盛行的矫揉造作的语言实验，胡宽的语言充满锐气、力量和勇气。胡宽的全部诗篇成功地勾画出一个心灵异化的现代人形象。他也是一位描述梦魇的高手，这个梦魇如此形象、具体，甚至充满野兽的生气，令人不寒而栗。我想在未来的世纪，胡宽的诗歌会被更多的人认识，也许会有很多的追随者或粉丝。

——写于 2008 年 9 月，修改于 2019 年 11 月

邹氏两代作家，灵魂中灌注诗意

（邹荻帆、邹静之）

文章提要：邹荻帆是著名的“七月派”诗人，一生虽然也搞过翻译，写过长篇小说，但他的主要成就还是在诗歌上，他出版过 20 多部诗集，1993 年 10 月荣获“斯梅德雷沃国际金钥匙奖”，成为迄今获得此项奖的 8 位国际著名诗人之一。他的儿子邹静之也爱诗，写了许多诗歌后，成了名气不小的诗人，但他兴趣广泛，还写了 10 多部散文、小说集，最后编影视剧，被誉为中国“第一编剧”。他的影视作品《琉璃厂传奇》《康熙微服私访记》《铁齿铜牙纪晓岚》《五月槐花香》等，曾风靡全国。邹氏父子以不同的角色震撼过现代文坛，当然不会被人轻易忘记。

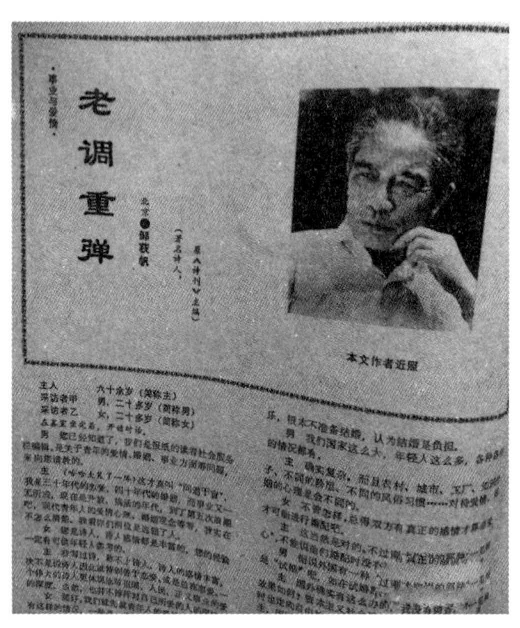

·事业与爱情·

老调重弹

北京 邹荻帆

（著名诗人，原《诗刊》主编）

本文作者近照

主人　六十余岁（简称主）

采访者甲　男，二十多岁（简称男）

采访者乙　女，二十多岁（简称女）

1986 年邹荻帆在《时代青年》杂志上发表的文章

1917 年，邹荻帆出生于湖北天门一个贫穷的木工之家。童年，他是“在苦水中泡大的”，家乡的皮影戏、渔鼓、敲碟子、打莲湘等民间艺术给了他极大的乐趣。那时候，邹荻帆最喜欢的是到义河边的茶楼去看皮影戏。没有钱，老板不让进门，邹荻帆便为茶馆的茶灶扇炉火，借此看戏。看后，他模仿戏中“花鼓调”“渔鼓调”，有板有韵地唱给伙伴们听。殊不知，正是这些曲调帮助了他后来写诗。

1934—1935 年，邹荻帆在应城中学读书，他接触了新文艺，受到鲁迅、郭沫若、茅盾、巴金、冰心等人的影响，开始写新诗。

1937 年 4 月，经巴金介绍，他的第一部长达 800 行的叙事诗《没有翅膀的人们》，发表在《中流》第八期上，同年他又写了另外一部报告文学式的长诗《在天门》，这些诗反映了当时的黑暗统治及民众的悲惨生活，因而均遭到查禁。他家乡的黑帮人物还扬言，他再返回天门就要打断他的腿。而在此时，他结识了胡风，并在胡风办的《七月》杂志上发表了诗作《江边》。

翌年7月，邹荻帆从省师范毕业后积极参与抗日救亡运动，他与臧克家等人在大别山组织了“文化工作团”。在烽火战地，他目睹了前线的战士英勇杀敌，深受感染，诗兴迸发，写下了大量歌颂抗日战士的诗篇。其中有一篇名为《他们将为受难的人们而斗争》400多行的诗作，在沦陷的上海发表，引起了轰动。那时，他写的抗战诗，大部分被巴金收进《尘土集》。

大别山文化工作团解散后，邹荻帆于1938年9月参加了“上海救亡演剧第二队”，并随队到抗战一线进行慰问演出。在此期间，他到过桂林、香港等地，并同袁水拍、戴望舒等有过交往，又写下了不少抗日诗篇。

1940年，邹荻帆考入复旦大学外文系。皖南事变后，他与复旦大学的几位诗友创办了《诗垦地》丛刊，发出了追求光明，要求自由、民主的呼声。后来，曾卓、绿原等人先后加盟。当时，成都、重庆、延安的进步诗人纷纷给丛刊写诗。《诗垦地》前后共出了6期，还在重庆一家报纸上出了25期副刊，在大后方产生了一定的影响。复旦读书期间，邹荻帆推出了两本个人诗集《意志的赌徒》《雪与村庄》，均被胡风选入《七月诗丛》，邹荻帆也因此一步步成为“七月”诗派的代表人物。

1942年，邹荻帆翻译出版了托尔斯泰的《爱情！爱情！——克罗采长曲》。1944年大学毕业，他到了成都，参加“战地服务部”继续为抗战呼吁，并被选为文艺界抗敌协会成都分会理事。抗日战争胜利后，邹荻帆来到了武汉。此间，他与曾卓、伍禾、绿原等出版过两辑丛刊：一为《沙漠的喧哗诗》专辑，二为《荆棘文丛》第一辑《大江日夜流》小说、散文、诗辑，团结了不少本地的进步作者，在荒凉的武汉文艺界吹起了一阵清新的风。此后，他又随部队到中原解放区进行宣传，并写下了《宣化店之春》三首诗，发表于胡风编的刊物《希望》上。他还在上海大公报上写了《大城》一诗，对当时的黑暗现状进行了猛烈抨击，再次受到国民党政府的迫害。1948年年初，邹荻帆不得不远走香港，开始流浪，其间，他当过飞机修理厂的杂工，做过新闻记者、翻译、中小学教员，在香港主编《华商报》文艺副刊。

尽管颠沛流离，邹荻帆始终不忘用手中的笔战斗。他写下大量揭露反动政权、阴谋腐败的讽刺诗，还自费出版一本名为《恶梦备忘录》的诗集。另外，他也写下了不少为迎接解放的颂扬诗，如《中国学生颂歌》《致家乡》《朗诵给北平听》等诗篇。

中华人民共和国成立前夕，邹荻帆到京，被安排到文化部对外联络局工作。工作之余，他继续写诗，讴歌与赞美新社会、新生活，又结集出版了诗集《祖国抒情诗》《走向远方》。1958 年，邹荻帆和陈敬容合译出版了巴基斯坦诗人伊克巴尔的诗选。后来，“胡风集团”案闹得沸沸扬扬，邹荻帆不可避免地受到牵连，二十年间，他经受了各种打击，沉寂了。

20 世纪 80 年代中期，邹荻帆先后出任《文艺报》编辑部主任、《诗刊》副主编和主编，他焕发了青春，积极培养诗坛新秀。他为《中国新文艺大系》（1976—1982）主编《诗选》，并主编了《少女的声音》《月照波心一颗珠》等系列诗集。他还于 1983 年创办了全国青年诗歌函授学院，培养了一大批青年诗人。1993 年，在 24 届南斯拉夫斯梅德雷沃国际诗歌节上，邹荻帆荣获“斯梅德雷沃国际金钥匙奖”。1995 年湖南文艺出版社出版了邹荻帆长篇小说《苦涩的罗曼史》，一年后，邹荻帆病逝于北京。他一生共出版诗歌集 24 部、长篇小说 2 部、散文集 2 部、论文集 1 部，并编有外国诗选 3 部，在诗坛留下了深深的足迹。

让邹荻帆泉下欣慰的是，他的儿子邹静之受他的影响，从小就喜欢读诗、写诗，后来在文学的道路上另有一番成就。

邹静之，1952 年出生于南昌，排行老七。青少年时期，生活很不如意。他喜欢音乐，曾经想当唱京剧的武生，想当歌唱演员，还梦想当画家，由于种种原因的影响都没有成功。

1968 年，邹静之先到北大荒插队，后又转到河南农村劳动。1976 年，他回到了北京，并考上了电大。1982 年开始发表诗歌、散文作品。1987 年邹静之被调入《诗刊》杂志做编辑。他对诗歌情有独钟，他的诗写得很美、很有意境。例如：

一个念头

夏天，大群的鸟在麦田起落
我想应该扎几个草人
分布四野
只要我每天
调换草人的位置，鸟
就不会对危险陌生
我先用两根树杈
扎成十字，然后
用旧的衣服来穿戴
可以把它们做成
君王和修女
让它们在田野的角落日夜相望
……

他在自己的诗集后记中写道：“在那儿你无法绕开，你想躲开她奔跑，不行。诗人是被诗抓住了的人，诗的产生更多是诗的主动，不是人力所及……我从三十岁开始真正意义上的写诗……”

邹静之除了写诗之外，也写小说、散文。他著有长篇小说《琉璃厂传奇》《康熙微服私访记》《铁齿铜牙纪晓岚》，诗集《幡》，小说诗文集《骑马上街的三哥》，散文集《美人与匾》《一地景象》《风中沙粒》《知青咸淡录》等。其作品曾获 1992 年《萌芽》文学奖、1993 年《人民文学》小说奖、1994 年《人民文学》小说新人奖。部分作品被译为英、法、意、西等国文字。所创作的歌剧《夜宴》已在英国、法国、荷兰、比利时、澳大利亚、中国香港、美国等地上演。

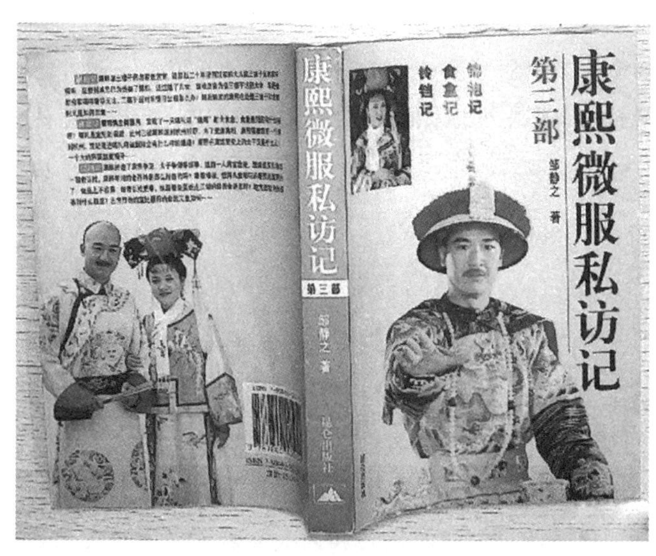

邹静之的《康熙微服私访记》封面

1995 年，已成为著名诗人、作家的邹静之出于一种偶然的冲动，把小说《琉璃厂传奇》编写成电影剧本，没想到一下子成功了。这之后他对剧本的创作一发不可收拾。他编写的电视剧《康熙微服私访记》《五月槐花香》《铁齿铜牙纪晓岚》和电影《千里走单骑》《赤壁之战》等红遍了大江南北。

邹静之的电视剧被公众看好的主要原因是台词精致凝练，其实这该归功于邹静之早年的诗歌创作生涯。他自己也说：“诗写得多了，你就会感到语言也像音乐一样有美妙的节奏，后来创作剧本的时候，就会自然而然地把诗歌的韵律移植到电视剧中，所以我特别感激那段日子对我的训练。”“写话剧就像写诗。诗歌是语言的盛筵，话剧中大段的对白也是诗句，写起来非常过瘾。”可以说，诗的基因已经渗透到了邹静之的灵魂。他的所有作品几乎充满了诗的意味，飘荡着诗的仙气。

邹静之自称是一个注重文学、注重结构的人，包括对一些语言、人物塑造都特别注重文学因素。他曾说：“写纪晓岚，其实我们也是注重文学，很多观众爱看里面的对联，我们写了很多包括古诗词、对联这些东西，希望中国几千年文化发扬光大。”

2011 年 5 月，邹静之担任歌剧《赵氏孤儿》的编剧；10 月，他与赵大陆共同创作的传记书籍《十八岁》出版，该书首次披露了邹静之从 18 岁开始写的兵团日记；2013 年 1 月，他编剧的动作片《一代宗师》成功上映，该片入围第 8 届亚洲电影大奖最佳编剧奖，获得第 33 届香港电影金像奖最佳编剧奖；2014 年 4 月，他出版了戏剧剧本集《邹静之戏剧集》，该剧本集包含 4 部话剧剧本和 3 部歌剧剧本；5 月，他编剧的文艺片《归来》入围第 51 届台湾电影金马奖最佳编剧奖、第 30 届中国电影金鸡奖最佳改编剧本奖；2016 年，他担任历史片《大唐玄奘》的编剧，该片获得第 8 届“中国影协杯”优秀电影剧本奖；2018 年 6 月，他编写的电影《进京城》，获得第 21 届上海国际电影节电影频道传媒关注单元最佳编剧奖。这十多年来，他编写的大片不断，精彩纷呈，真是当之无愧的“中国第一编剧”。相信未来，我们还可以品赏到他更多的佳作。

——写于 2008 年 11 月，修改于 2019 年 12 月

丁家父女——不一样的文化道路

（丁景唐、丁言昭）

文章提要：丁景唐是我国著名的出版家，30 年代起在上海编辑《蜜蜂》文艺半月刊、《小说月报》等刊物，中华人民共和国成立后曾任上海文艺出版社社长兼总编辑，主编《中国新文学大系》；他也是一个名诗人和作家，创作了诗集《星底梦》及大量散文作品享誉文坛，著有《学习鲁迅和瞿秋白作品的札记》等。他的 7 个子女都很优秀，有的是作家，有的是编辑，有的是研究员，特别是老三丁言昭传承了父亲的文史研究嗜好，写出了一系列的女性作家传记，而引起读者的追捧和文坛的注意。

丁景唐（1920—2017），浙江镇海人。7 岁那年，父亲不幸得病去世，家庭十分贫困。二姑母丁瑞顺曾带丁景唐到宁波上幼儿园，到上海上小学。1934 年，丁景唐越级考入上海基督教青年会中学初中读书。课余，他阅读《小说月报》《语丝》《创造月刊》《新月》等新文学杂志。以后，他常去申报图书馆、蚂蚁图书馆阅读“左翼”作家文学作品。

卢沟桥事变后，丁景唐参加了上海学生界救亡协会（简称“学协”），任“学协”刊物《学生生活》的通讯员、发行员和“学协”中学区干事，组织开展抗日爱国活动。他和同学王韬（烈士）合办了一份《蜜蜂》文艺半月刊，出版了两期后停办。他开始用金子、唐突、姚里的笔名，在上海《联声》上发表了《迎着太阳》《夕阳

会》《夜会》等作品。

翌年秋，在姑母丁瑞顺的资助下，丁景唐考入东吴大学，在校内编辑学生刊物《东吴团契》。1940 年，他与同乡同学王汉玉结婚。是年冬，编辑上海基督教学生团体联合会的刊物《联声》。1941 年 9 月该刊停刊。在停刊号上，丁景唐发表了一首长诗《远方》，该诗写出了民族的屈辱、苦难和追求，昭示着我国人民将克服艰难，走向远方，争取民族解放胜利的信心。当代文艺评论家陈思和说："在当时乌云压城的'孤岛'环境下，无论从诗的深刻意向，还是艺术上的悲壮气氛，都是一篇难得的好作品。"

1988 年 10 月 21 日丁景唐父女在上海辞书出版社门前留影

太平洋战争爆发，日军侵占上海租界。在白色恐怖下，丁景唐受命坚持地下斗争。他转学沪江大学中文系，三年级开始写出了关于诗经、秋瑾、陆游、朱淑真、巴金等人的研究论文。

1942—1945 年，丁景唐曾用丁英、歌青春、丁大心等笔名在《小说月报》《译作文丛》《上海诗歌丛刊》《碧流文艺丛刊》《莘莘月刊》等刊发表诗歌、散文、杂文和学术性文章。1945 年，他的第一本诗集《星底梦》由上海诗歌丛刊社自费出版。

抗日战争胜利后，丁景唐与沈惠龙、袁鹰等编辑出版《新生代》，与张朝杰创办《时代文艺》，帮助圣约翰大学阮冠三、成幼殊等人创办《时代学生》，配合国统区学生开展各种进步活动。

此时，《小说月报》改刊为《文坛月报》，魏金枝任主编，丁景唐负责具体编辑、印刷、校对等工作。该刊较好地体现了文化统一战线，促进了上海作家与解放区作家的广泛合作，但出版三期后停刊。投稿的作家有魏金枝、蒋天佐、王元化、戈宝权、杨朔、周而复、刘白羽、陈荒煤、艾芜、沙汀、胡风、路翎等。

不久，丁景唐与郭明、廖临、袁鹰、杨志诚等组织成立了上海文艺青年联谊会，创办了文艺青年联谊会刊物《文艺学习》，广泛团结青年，培养文艺新人。在此刊上，丁景唐发表了《上海青年联谊会的诞生与成长》《上海文坛漫步》《上海诗坛漫步》等文。

1947 年春，丁景唐被列入黑名单，组织上通知他离沪隐蔽。他先到江苏嘉定朋友家中，后到岳父家乡镇海岭隐蔽。之后，岳父安排他去香港、广州谋职。他和夫人王汉玉一起南下香港、广州，寄居在香港一家建筑公司，又在广州一家洋行里就业。隐蔽、流亡期间，他仍不断收集民歌资料，进行文学创作。

次年夏，丁景唐应沪江大学邀请，自港穗返沪任中文系助教。年底，调到宋庆龄领导的中国福利基金会任第三儿童福利站站长，兼任上海临时联合救济会儿童救济小组负责人。

中华人民共和国成立后，丁景唐到宣传部门工作，历任上海市委宣传部科长、副处长，文艺处处长，宣传处处长，新闻出版处处长。20 世纪五六十年代，丁景唐积极参与了我国现代文化史上两项重大的出版工程：

第一项是文化部 1957 年开始策划的《申报》影印工作。《申报》是我国历史最悠久的报纸，相当于一部“近代百科知识宝库”。丁景唐主管过这项工作，并提出了编制《申报索引》的补充意见，不遗余力地参与了此项意义重大的工程。

第二项是 1957 年开始的《辞海》修订。1961 年，丁景唐受《辞海》编辑部之托，与李俊民、杭苇带队去全国征求《辞海》（16 卷本未定稿）的意见。先后三次去广州和北京汇报《辞海》修订稿工作，参与座谈会等，为《辞海》的修订、出版做出了积极的贡献。

1958 年，丁景唐策划并参与了上海文艺出版社出版《中国现代文学史资料丛书（甲、乙种）》。与此同时，丁景唐与方行、孔罗荪主编《中国现代文艺资料丛刊》。1961 年，丁景唐受中央文化部出版局的委托，主持并组织上海各出版社编印《工农通俗文库》。

60 年代中期，受运动波及，丁景唐被批斗、抄家，下放到奉贤“五七干校”服劳役。1975 年，他被遣到上海人民出版社“七・二一”业余学校工作。

1979 年，60 岁的丁景唐出任上海文艺出版社社长兼总编辑，后又任鲁迅研究学会理事、现代文学研究会理事等职务。他恢复了创作热情，出版个人专著《刘伯承回忆录》，他与王保林合著出版《鲁迅和瞿秋白合作杂文及其他》。他用业余时间重点研究瞿秋白，相继发表了《瞿秋白同志住在上海紫霞路的时候》《从〈鲁迅日记〉看鲁迅和瞿秋白的友谊》《书评写作的一个范例——读瞿秋白对邹韬奋编译〈文豪高尔基〉的评介》《略论瞿秋白在中国现代文学史上的贡献》等文章，编撰了《瞿秋白文学活动年表》《有关瞿秋白同志及其著译的参考资料目录》《瞿秋白著译系年目录》和《学习鲁迅和瞿秋白作品的札记》等书。

丁景唐父子研究瞿秋白的图书封面

丁景唐是一个蜚声中外的诗人，他的诗集《星底梦》里的诗歌被许多诗集、文集收录。1987 年 11 月 30 日，日本的中国文学研究者太田进在大阪经济大学的研究会上，专门做了《上海孤岛文学之一面——诗人丁景唐》的学术报告。

几十年来，丁景唐孜孜不倦从事“左联”研究工作，取得了丰硕成果。他与瞿光熙合编《左联五烈士研究资料编目》印刷四次；他与陈长歌合著《诗人殷夫的生平及其作品》，又编辑《殷夫集》、柔石小说散文选《为奴隶的母亲》等书。在京沪学术刊物上发表的“左联”研究论文有《左联成立前后的郑伯奇》《左联成立前后的柔石》《殷夫——革命家和革命诗人》等。他的“左联”研究成果，不但使国内的年轻学人受益多多，而且还名扬海外。日本一些研究中国“左翼”文学的专家经常上门向他请教，他总是毫无保留地回答他们的提问，为他们提供资料。日本的电视台曾几次做专访、拍摄丁景唐写文章及日常生活的镜头，介绍给日本读者……对于丁景唐在研究“左翼”文化上的努力和贡献，茅盾在 1980 年病重时也曾赞誉：

左翼文台两领导，瞿霜鲁迅各千秋。

文章烟海待研证，捷足何人踞上游。

丁景唐对 1989 年建立的“左联”纪念馆十分关心。从纪念馆陈列方案的设计到多次无偿捐赠书刊、资料、文物，都得到他的切实帮助和指导。他是“左联”纪念馆名副其实的顾问。

在文化上，他的重大贡献并不在于《申报》影印和《辞海》修订的两项工程上，也不在于文史研究和写作上，而在下面的两件大事中：

一是影印“左联”时期的文艺刊物。50年代中期，丁景唐在从事鲁迅研究的过程中，见到了上海鲁迅纪念馆有一批谢旦如捐赠的30年代鲁迅等主编的“左翼”文艺刊物，其中一些是罕见的珍本，如1931年编印的纪念“左联”五烈士的《前哨》和《文学导报》。丁景唐为了使这些珍贵史料能得到妥善的保存和广泛的传播，他“利用职务之便”，向新文艺出版社（上海文艺出版社）建议广泛征集中国现代文艺书刊，影印“左联”时期的文艺刊物，并会同有关编辑一起制订了影印计划，亲自为影印刊物撰写“出版说明”。1958—1963年，陆续印出了《前哨》《文学导报》《萌芽月刊》《拓荒者》《太阳月刊》《北斗》《文化批判》等“左联”文艺刊物40多种。这一工程对中国现代文艺研究功德无量，在国外都引起了强烈的反响。

《中国新文学大系》100卷

二是主编皇皇巨作《中国新文学大系》第二辑。《中国新文学大系》第一辑（1917—1927，10卷本）是由出版家赵家璧主编的，它为“五四”以来的新文学保存了重要资料。后来由于战争等原因没有编下去。1983年，丁景唐把这件惠泽后代的大事接过来。他集中了上海文艺出版社的人力、物力，投入《中国新文学大系》第二辑编撰工作。在这一庞大工程中，他们查阅了1927—1937这十年间的重要期刊和书籍，精心挑选了大批“左联”作家的作品与论文，同时挖掘了一些长期被人遗忘或有争议的作家、作品。短短两年内，丁景唐南来北往，奔波于京沪之间，拜访了叶圣陶、巴金、周扬、夏衍、聂绀弩、艾青、吴组缃、于伶、芦焚等前辈作家，邀请他们担任分卷主编并为《中国新文学大系》作序。历经6年艰辛，这套20卷、1200余万字的《中国新文学大系》第二辑终于在1989年出齐。该套书在1992年获第六届中国图书奖一等奖。

1990年，71岁高龄的丁景唐，主编《中国现代著名编辑家编辑生涯》一书，并为该著作序，该书由北京展望出版社出版。1996年，上海文艺出版社同人约丁景唐编订自己的六十年文集，丁自拟集名《犹恋风流纸墨香——海沫文谈六十春》出版。1998年，上海有线电视台《寻常人家》专题节目播放了以丁景唐和自学成才的儿子丁言模的记事。21世纪初，丁景唐近九十高龄，仍在读书、研究、写作之中，他的踏实精神感染了下一代。

丁景唐与妻子王汉玉生了7个子女：丁言文、丁言仪、丁言昭、丁言穗、丁言模、丁言伟、丁言勇。长女丁言文原在上海食品研究所做研究工作，已退休；二女丁言仪是上海民族乐团扬琴师、音乐家，已退休；四子丁言穗原是《中国陶瓷》杂志编辑部编辑，已退休；五子丁言模是《新普陀报》副刊编辑，也是一位作家，他与父亲丁景唐曾经一起编著出版了《瞿秋白印象》一书，与陈福康编著出版了《杨之华评传》，与兄弟丁言伟编著出版了《百年商旅：宁波帮》，自己独立编著出版了《左儒右贾——安徽帮》《山西帮——中国商帮传奇》《齐鲁商雄》和《肖邦》《米开朗琪罗》《瞿秋白与杨之华》《张太雷研究新传》《穿越岁月的文学刊物和作家》等书，他在瞿秋白研究上辛勤耕耘，成果突出；六子丁言伟是《中国矿工》杂志主编；七子丁言勇为机电设备工程师。

在七兄弟姐妹中，最值得称道的是三女丁言昭。丁言昭生于1946年，1972年毕业于上海戏剧学院戏剧文学系，在上海木偶剧团从事编剧工作达20多年。她创作、上演的剧本有二十多个，木偶剧《迷人的雪顿节》《怪怪的梦》等在全国和上海市获奖。

丁言昭从小就受到父亲的影响，爱好文学和文史研究。80年代，她开始文学写作，在全国报纸杂志已经发表的评论、散文、剧本等数百篇。起初，她每篇文章都要请父亲审看，父亲对她的文章写作要求很严格，反复指点她修改。父亲说："你的写作只能得70分。"后来，由于丁言昭的勤奋和敏捷，父亲不仅满意，而且客人来访时，他还会拿出丁言昭出版的书，与客人一起分享。

丁言昭和父亲丁景唐曾合写了一些文章，有一个温馨的笔名：胡元亮，即谐音"父女俩"。在报刊上，丁言昭也陆续发表了许多写父亲的文章，如《我们的弄堂》（1989年，《联合日报》）、《丁景唐与赵丹》（1991年，《郑州日报》）、《爸爸的多功能房间》（1992年，《社会科学》）、《希望之孕——记丁景唐编辑生涯50年》（1992年，《新文学史料》）、《爸爸的宁波话》（1992年，《上海家庭报》）、《爸爸的衣着》（1995年，《新普陀报》）、《丁英是谁？》（1996年，《文汇报》）、《爸爸的毛巾何其多》（1999年，《上海家庭报》）、《父亲、导师、偶像》（2018年，《文汇读书周报》）。由此，我们可以看出这对父女情感深厚，而且父亲对丁言昭各个方面的影响很大。

丁言昭曾随同父亲去湖南桃花源参加“丁玲文学创作国际研究会”，去常州出席瞿秋白纪念会，陪同父母去探望关露、萧军等老作家……由于她能直接采访和就教于许多名人名家，一个个栩栩如生的人物在丁言昭的脑海里涌动，促使她不断写作，先后出版了《谍海才女》（关露传）、《在男人的世界里——丁玲传》《爱路跋涉——萧红传》《萧萧落红情依依》《王映霞自传》（整理）、《许广平的故事》（合作）和《微生有笔曰如刀——曹聚仁传》等。她的著述主要集中在现代女作家传记写作上，形成了自己独特的写作特色。

例如，《谍海才女·关露传》。丁言昭写作重心没有放在“才”字上，而是突出关露的坚贞品行。萧红传《爱路跋涉》《落红萧萧情依依》，丁言昭着眼于“爱”，落笔于“爱”，收束于“爱”，充分展现了萧红在坎坷曲折的生命中对“爱”的憧憬和追求。

《在男人的世界里——丁玲传》一书，丁言昭巧妙地选取了9位在丁玲人生和创作道路上有影响的男性人物，或是丁玲人生的伴侣，或是曾经恋慕的对象，或是有过友谊、纷争与矛盾的人物……丁玲与他们之间的人生故事总有缺憾，从而向读者展示了丁玲波澜壮阔的一生，真实地折射出当时的社会和历史。

丁言昭的现代女作家传以详尽的注释说明材料出处，或介绍不同说法，史料出之有据，尤其难得的是入传的一手资料，即作者与传主本人或知情人的访谈及书信电话记录等，字里行间凸现着女性作者周密细致的风格特色。用她自己的话说是“人无，我有；人有，我新；人新，我优；人优，我特”。

2007年丁言昭与郭谦在上海合影

就传记文本而言，丁言昭对几位传主的投入也是不同的：对萧红，用功、用情最深；对丁玲，资料多、角度新，剪裁有魄力，断事有谋力；对关露，有情有义，花了很大的气力和工夫；对林徽因，角度独到，描写细腻。2000 年，随着电视连续剧《人间四月天》的播出，丁言昭的传记文学《骄傲的女神·林徽因》一版再版，广为流传，丁言昭随之声名鹊起。

丁言昭现为上海市作家协会会员、中国戏剧家协会上海分会会员。除上述段落里陈述的著述以外，2005 年 8 月，她与余之为漫画家张乐平出版了《张乐平笔下的三十年代》一书。2006 年 8 月出版了《在现代与传统中挣扎的女人——徐志摩的原配夫人张幼仪》。2008 年出版了《悲情陆小曼》（画家），2013 年 1 月出版了《安娥传》（作家、诗人、戏剧家、社会活动家）。我们有理由相信她会创作出更多的文化女性著作，而丰富我们的文化生活。

备注：2010 年 7 月，笔者在《世纪》杂志编辑张鑫的介绍下，有幸认识丁言昭女士，采访了她。她送笔者部分资料和图书，笔者也送了专著给她。相谈甚欢，随后，笔者写出此稿。2020 年 1 月再次修订。

敲锣的诗人、打鼓的小说家

（苗得雨、苗长水）

文章提要：苗得雨是我国一位土生土长、努力学习、全面发展、有独自特点并在理论上有创见，受广大读者持久喜爱的诗人、作家、文学理论家。他的儿子苗长水继承家学，喜好文学，是当今有名的军旅作家，擅长小说创作。父子俩在当今文坛各有特色、尽显风流。

苗家庄是沂蒙山沂河边上的一个村子，这个村庄虽不大，却有完整的围墙和东西南北四座大门，还附有梢门。从前有苗、邱、刘、陈等 18 姓。中华人民共和国成立前，苗家庄在方圆百里内很出名。三面环河，土地肥沃。庄内有两个烧锅（酒厂）、两个油坊（油厂），当铺、点心铺、药铺各一家。阴历初一、初六逢集，几十里之外的人都会赶来，所以热闹异常。据说苗姓的先辈是挑着一担花篓从山西大槐树底下走来的。相传元朝末年为避红巾之乱，苗姓老祖从江苏淮安来到沂河中游（沂南县）建立苗家庄。后来，苗姓子孙发展到临沂、沂水、蒙阴等地。苗家庄这一支延续到现在有十九代人，出过文人有：四世苗尚弟，清授征士郎；六世苗庚，清授修职左郎；八世苗桐，清太学生；九世苗际隆，清授迪功郎；十二世苗文桓，为清太学生；十三世苗文桓之子苗延相，清太学生；苗文桓之侄苗延杰清授登士郎。

到了十四、十五世开始衰落。令苗姓家族的人始料不及的是到了现代，他们族人中居然会出两个大文人，而且还是父子：苗得雨与苗长水。

1932 年，苗得雨出生在苗家庄。太祖父苗廷扬是教书先生，祖父苗秀霖因好赌输钱而三次离家闯关东，每次都空手而归。父亲苗广顺 1939 年参加抗日队伍——沂南抗战自卫团。1940 年冬因多次要求去抗大学习而未成等原因离开部队，也去闯关东，1945 年再次参加东北解放军，与家庭失去联系十多年。因此，家庭就由祖母高秀英与母亲胡梅兰拉扯着苗得雨，妹妹苗得云、苗得荣成长。幸亏有太祖父苗廷扬教书谋生，还能支付苗得雨上私塾的每年五块银圆费用。之后，祖父苗秀霖与太祖父苗廷扬相继过世。家里只能靠祖母高秀英与母亲胡梅兰纺线、编斗笠、卖鞋及做农活艰难生活。

在私塾里，苗得雨先学《三字经》《百家姓》《千字文》等启蒙书，后学《论语》《大学》《中庸》。因日本鬼子时不时来扫荡，苗得雨学学停停。因为生活枯燥乏味，苗得雨与其他“皮猴子”编顺口溜：“人之初，性本善，麦子煎饼卷鸡蛋，不给吃，俺不念……”“人之初，狗上屋，扒驴草，找师父，师父吃得饱饱的，教的徒弟好好的……”来捉弄老师。后来，他开始读杂书，如《五言日用杂字》《国语读本》《三个聪明的笨人》《京戏大观》等。

1943 年，他转入抗日小学就读。在漫长的冬夜里，他最喜欢听老人讲故事。祖母很迷文艺，尤迷说唱文学。她不仅能唱听来的戏文，还会把真实的事情描说得似讲故事一样，让孩子们入迷。这对苗得雨早年发散性思维的培育影响很大。

说来也巧，这年冬，鲁中老四团的八路军一个侦察连连部住在他家里，几个侦察员都喜欢与孩子们玩儿，常常一边唱一边扭。苗得雨想：真有意思，世上还有一边唱一边扭的歌啊！

翌年春天，苗得雨就开始尝试着写一些民歌体的短诗了。这年，他当上了儿童团团长，参加了站岗放哨、捉奸除害等抗日工作，与团员们自编自演话剧《参军保地》、小歌舞剧《支援前线》等，还出任了村黑板报的小主编。1946 年，年仅 14 岁的他担任了区通讯站副站长，开始把文艺作品作为新闻稿投向报社。

从 12 岁到 14 岁，他写出了不少像《旱苗得雨》那样的民歌体的短诗，在《苗得雨诗选》中就有《陈老三》《贺喜》《唱丰收》《我送哥哥上战场》《走姑家》等。

《鲁中大众》报社社长宫达非从编辑部一批未用的稿件中偶然发现一些稿子，写得一笔一画，标题多用红蓝铅笔衬着装饰，有的还附着图画，他为出自一个少年的这种不是一般新闻稿的诗歌小调而欣喜不已，指示编辑部的编辑们注意培养这个孩子。于是，苗得雨的处女作——短诗《生产曲》发表在《鲁中大众》报上。编辑牛玉华也被这个文学少年火一般的创作激情感动。她写了一篇通讯《十四岁的孩子诗人——苗得雨》，见诸《大众日报》及当时影响极大的延安《解放日报》。1949 年，她再次撰写了长达一万多字的专题评论文章《介绍从通讯员到孩子诗人的苗得雨》，在《浙江日报》上刊登后，扩大充实成书，由华东人民出版社出版。苗得雨在解放区、在诗坛赢得了“孩子诗人”的美誉。

1949 年，苗得雨被调到《鲁中南报》工作，翌年，他又奉调进省城济南担任《大众日报》的子刊《农村大众》报编辑、记者。他深知“学然后知不足”的道理，为了给自己不断“充电”，他主动自学唐诗、宋词、明清小曲和“五四”以来的中国新诗。1951 年，苗得雨被调入山东省文联工作。

1953 年，华东文联批准他到北京参加中央文学研究所（不久改名为中国作家协会文学讲习所，简称文讲所）第二期学习。当时的所长是著名诗人田间，与苗得雨同期学习的就有玛拉沁夫、邓友梅、张志民、和谷岩、孙静轩等，他们后来都成为成就卓著的作家、诗人。给他们讲课的有丁玲、艾青、田间、张天翼、赵树理、马烽、刘白羽、严文井、光未然、宋之的、陈白尘等早已蜚声海内外的文学大家和一些学者游国恩、黄药眠、冯雪峰、李何林、王瑶等。

在文讲所学习的两年里，苗得雨记了 20 多本听课笔记并写了 20 多本观感式的笔记。在文艺理论方面进步很大，学习期间他在山东大学《文史哲》杂志上发表了一万多字的理论文章《关于宋江》。

1957 年苗得雨回家乡照。前排为苗得雨父母和小长水，中为苗的祖母，后排中为苗得雨，左为苗妻，右为苗二妹

1956 年，苗得雨加入中国作家协会。同年，被任命为《前哨》（后名为《山东文学》）副主编。50 年代，他以家乡沂蒙山的精神作为自己的底蕴，用诗歌来热情讴歌劳动人民，反映他最为熟悉的朴素的农村生活，表现中国农村翻天覆地的巨变及

各个时期可歌可泣的斗争。他的诗歌语言朴实无华，感情真挚纯朴，生活气息浓郁，有着鲜明的民歌特色，极易为人们所传播。例如，他在《青春辞》中写道："我们这一代啊！生得最美丽，因为是英雄的儿女；我们这一代啊！生得最结实，因为吮吸的是党的乳汁。我们这一代啊！担子也最重，因为是革命的后继。"

1959 年，苗得雨兼任了山东省作家协会的负责人。1959—1961 年，他在报刊发表了许多文艺随笔，对当时的文艺创作开始论说，进行理论上的探讨，还对某些不良的创作倾向坦诚地表明自己的不同观点。1961 年，他从中选出了 42 篇，用《文谈诗话》为名结集在山东人民出版社出版。

苗得雨《文坛诗话》封面

苗得雨的书生气太浓，20 世纪五六十年代，我国的政治运动频繁，《文谈诗话》被上纲上线，扣上了"资产阶级文艺思想"的帽子，列为批判的重点。这一批判、斗争就是十余年。70 年代末，苗得雨所受的错误批判得到平反。他被任命为《山东文艺》编辑部领导，1977 年正式恢复原有职务。他如"旱苗得雨"，重新焕发了青春和写作热情。1979 年，他在《金星》诗中兴奋地说："太阳即将冒红，彩霞即将飞升，雄鸡在喔喔啼叫，万物正在苏醒。人们向东边天瞭望，寻找那颗闪耀的红星，其实，那就是你呀，你这时的名字叫'启明'。"他的诗歌如激昂的锣声不断，激励人重启生活之航。

人到中年的苗得雨开始进行反思，他不是一味地否定过去，而是主张把过去的教训变为财富，避免从一个极端走向另一个极端。在《以往，不全是丢失》这首诗里，他说：

不要老是惋惜、懊恼，
不要总把往日絮叨，
那些遭难与吃亏的岁月，
不光向我们提供一种思考。
……
世上凡甜都自苦中来，
天下没有悲痛，
便没有欢笑，
不要老怨恨那不愉快的日子，
它给我们的失多，
得也不少。
我们今天何以这样聪明？
我们眼前的生活怎如此美好？
最佳天气总出在最劣天气之后，
用血汗换来的教益，
金银也买不到！

20世纪八九十年代，苗得雨因为各种活动，在全国各地跑的机会很多，还出国访问了几次，他写下了许多游记型的诗歌。人们可以从他的诗里看到他的踪迹，也可以看到他的哲理思考等。例如，他的诗歌《沙》：

世界上好像——
只有沙最不值钱
然而，最宝贵的东西——金，
就在它的里面。

苗得雨不仅是著名诗人，而且是优秀的文学理论家。1981年，他的《文谈诗话》增订本出版，1988年，《赏诗谈艺》出版；1991年，第三本文论集《苗得雨文谈诗话新编》出版，用他的话说这也是他30年文思的沧桑记录。

自1980年起，苗得雨担任山东省文联副主席、省作协副主席等职，1994年退休后，他被聘为省文联特邀顾问、名誉主席。还曾任中国新文学学会副会长、中国解放区文学研究会副会长、山东省大众文学学会会长等职。百忙之中，他始终笔耕不辍。尤其六十岁以后，他的读与写简直到了废寝忘食的地步，几乎每月都有六七处地方发稿。亲友、家人一直劝他休息休息，别再拼命似的写东西了，可谁也劝不住。他按自己认定的生命模式活着，劝急了，他就会说：“我不写了，生命就终止了。”“作品是千秋万代的事，就是自己读着也高兴。”

在60余年的文学创作生涯里，苗得雨硕果累累、著作等身，共发表诗作4000

余首，其他文学作品、文章400余万字，出版各种诗文集有41种（约600万字）。有诗集《青春辞》《沂蒙春》《解放区少年的歌》《衔着春光飞来》《怀揣祖国地图》《心音集》《情洒南北》《闪亮的心愿》、诗文论集《探艺集》、散文集《沂水情》《苗得雨散文集》（1~4集）、剧本《保卫大翻身》等。诗《旱苗得雨》被列入《抗战名作百篇》，《走姑家》收入战时小学课本，《燕》《波登村窘情》收入当代文学教材读本。

“作家——坐家，潜心写作，就得坐得住。”苗得雨认为作家是社会人，还得以社会为家，应该参加一些社会活动。不过社会活动——“外事活动”似乎越来越多，恐怕忙于奔波中，难以保证充足的时间来读写。于是他对“外事活动”采取了三条减法：一是分出重要与不重要的；二是分出应有发言稿和只即兴演讲；三是凡能推辞的尽可能推，凡是能减的尽可能减——包括发言的“减”与“短”。而且每次活动，他发言后就逃饭局。一位老同事说：“你遇到吃饭就跑，都得回家吃，你家老伴做的饭是不是比宴会上好吃。”他说：“开一上午的会就够累的了，再吃个兴奋饭，下午什么也不能干了。”

20世纪90年代苗得雨全家照，苗得雨居中，苗长水居最左侧

苗得雨的作品与他的人品一样，朴实憨厚、感情真挚。由于有雄厚的生活基础并善于不断勤奋学习，因而他的作品题材广泛、手法多样，常给人耳目一新的感觉，受到读者的持久喜爱，被誉为文坛的“长青之树”。

苗得雨与妻子矫永生有五个孩子，三男两女：苗长水、苗长伦、苗洪峰、苗晓霞、苗惠。苗得雨常常感叹老二苗长伦、老三苗洪峰很有绘画和语言天赋，却走进了银行和建筑业。老四苗晓霞、老五苗惠很有音乐与文学基础，却和艺术沾不上边。当然他的这几个子女都非常优秀。例如，老四苗晓霞在农场当过知青，回城后，先在《山东文学》做编辑，后来到香港某出版社当编辑、记者。她翻译出版的图书有《哥伦布》《考古》《情迷巧克力》等。老五苗惠聪明而勤奋，在上海第二军医大学读完本科考入北京解放军军事医学科学院，做院长的博士研究生，毕业后又到了瑞典皇家医学科学院读博士后，现在是美国研究细胞生物学的专家。

在五个兄妹中，苗长水智商只能算中等。当兵以后，似乎做指挥员不够，做严格一点的工作也不行。他顺着一条不知不觉的路子走进了文学圈。有人问苗得雨："作家不遗传，你出了个作家儿子，你是怎么培养的？"

苗得雨说："儿子成为作家我一点儿也没有想过。我给很多青年作者谈创作，对儿子却没有谈过。在他少年走向青年的时光里，我正在倒霉，被批斗。可能是受到父母爱好文化的影响，也是'无心插柳柳成荫'。"

苗长水，1953 年 3 月生于济南，1986 年毕业于解放军艺术学院文学系。1970 年应征入伍，当过炮手、炮班长、高炮营营部书记，1973 年被调入师报道组，开始为军区报纸写新闻报道。1975 年《解放军文艺》10 月号杂志，发表了父亲苗得雨一组诗作，也刊出了苗长水的文学处女作。之后，他连续发表《净土》《有一条这样的河》《间奏曲》等短篇小说。后来，苗长水到《前卫报》任文艺编辑，不久调入原济南军区创作室任创作员。苗长水说：父亲"他对我的影响主要是在生活上面。他读的书和我读的书的范围也不一样，他读的书比较杂，对西方的一些理论上的东西不大读。我后来开始接受很多西方的东西，开始确立将写小说作为自己的方向"。（见《长长的流水　脉脉的温情——苗长水访谈录》）

20 世纪 80 年代后期，当一批青年作家纷纷以《红高粱》式的叙事方式描写自己"心中的战争"时，苗长水悄悄地从《季节桥》开始了向沂蒙山的文学跋涉。经历过《冬天与夏天的区别》和《犁越芳冢》，他以洞幽发微的艺术慧眼写出了《染坊之子》《非凡的大姨》《战后记事》等沂蒙山系列中篇小说和长篇小说《终极美貌》。他用真挚而深沉的爱心去感知、发现和创造最苦难、最严峻的战斗岁月中的诗意。他以朴实自然的低调叙述和绵密细腻的情感流露，委婉细致而又反复坚定地向读者展现了在历史的黑暗时刻中，中华儿女人情、人性美的花朵的生命形态和缓缓开放的自然过程。当代著名评论家雷达说："苗长水的出现是一个奇迹，他的尝试为文学拓宽了路子。"

苗得雨评价儿子苗长水说："他是个很珍惜水准的作者，从来没有一篇作品是靠名气凑付的。他记性好，写作有灵气，稿子都是一篇出，清清楚楚，字也写得一笔一画，读他的原稿，首先见了字就喜欢。他不人云亦云，随波逐流。但也从不锋芒毕露，很能和人相处。家中的有些故事，都是不露声色、漫不经心地捡去的，

什么时候在作品中‘漏’出来，我们才发现。”（见苗得雨散文三集《这次，写一写儿子》）

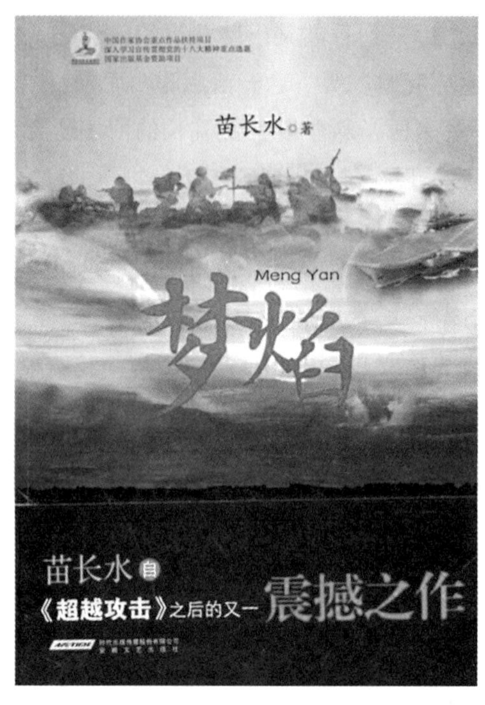

苗长水小说《梦焰》封面

苗长水著文说：“我写的有关沂蒙山作品，爸爸和妈妈都是绝对的好顾问。有些故事我不用问，他们就自己讲出来，我遇到问题，一边写着一边打个电话，爸爸和妈妈轮流说着，这也是我作品细节好的得天独厚之处……我能感觉到，父亲现在很多事都是做榜样给我看的，为的是让我在文学上更为专注……”（见苗长水文章《爸爸的兴致》）

苗长水的作品曾获得 1987—1988 年全国优秀中篇小说奖、1992 年度中国作协“庄重文文学奖”、第三届“冯牧文学奖”、《十月》文学奖、《青年》青年奖、山东省首届“齐鲁文学奖”等，多次获《解放军文艺》《山东文学》《时代文学》等优秀作品奖。自 1992 年起，他任原济南军区创作室主任、山东省作家协会副主席。苗长水还出版了长篇小说《等待》《我们稍息立正》、散文评论集《心灵的种子》等，他与陈杰合作采写的长篇报告文学《往来香港的军车》在 2002 年由《中国作家》与作家出版社同时发表、出版，并且全国十余家报刊转载。2007 年年底，长篇小说《超越攻击》荣获由国家新闻出版总署颁发的第一届中国出版政府奖提名奖，也是本届中国出版政府奖获奖作品中，唯一一部由部队出版社出版的文学类作品，并获第六届中国人民解放军图书奖。

如果从题材上划分，苗长水的小说属于“革命历史题材”。这类题材不知被多少作家耕耘过，一般来说，没有经历过战争的当代青年作家轻易不愿再触及这类题材，可苗长水却知难而进，他深入研究时代和人物，不仅给作品中的人物赋予特定的“政治”特征，还挖掘其人情和人性之美，使现代读者能体验到真实、可信。

苗长水的小说好读、耐读，质朴无华的语言，娓娓叙述着往事，如一首无字的歌，含着忧伤，带着记忆，缓缓流到人的心田。作家李国文曾在一篇文章中说：“也许太热闹了反而渴望清静，看腻了重彩浓绘、华丽斑斓以后，说不定淡淡几笔水墨，更觉别致。我们从长水的小说世界里，领略了清纯的美。有如经历了凡尘闹市的喧嚣之后，觅得一片幽静所在，清泉淙淙，木叶飒飒，凉风习习，该是多么心旷神怡呀！”

苗长水为人为文都在追求一种高远的境界。他所有的小说都向真向善，格调清新，他是个有艺术责任感和社会良知的军人作家。自 20 世纪 90 年代以来，他又捧出了《等待》《我们稍息立正》《超越攻击》等长篇，不断地敲击出时代的鼓点，在文坛引起轰鸣。我们相信苗氏父子为 21 世纪一定能奏出更动听的锣声和鼓点的。

2010 年 7 月郭谦在济南采访苗得雨先生

备注：2010 年 7 月，笔者去济南采访了苗得雨先生，苗老赠送了大量图书、资料给笔者。随后，笔者写出此文，2018 年 11 月，收录于《中国百年作家轶事》（华夏艺苑出版社）一书中。

群星闪烁的诗歌之家

——艾砂、马乙亚、王耀东、刘荔

诗，是美的遐想，是灵感的闪光，是心境的伊甸园，是时代的心声。诗人洒向自然社会的应是他生活中味的芳馨，是诗人思路的隽永。

——摘自艾砂《读诗随想》

诗，是人类文化的精华，是记载人类文明史的结晶，是人生岁月的赞美、反思、鞭策、激励，是个人心灵的悲喜、爱恨、福祸的凝聚点……是诗人的精神，诗人的生命。

当今，爱写诗的人有几百万，而能在诗坛做出杰出成就的，真正拥有诗人称号的并不多；而一生为诗而生，为诗而歌的诗人只有寥寥几百；而一个家庭里人人都喜欢诗歌，人人都写诗歌，并出了三个在诗坛具有重大影响的诗人，同时被收入《2009 年中国作家协会会员词典》，这样的家庭在现代文坛上是很罕见的。这个家庭在 70 多年的战争风云、政治风波中历经磨难，他们每一个人依然在闪动着不灭的光芒，依然在用诗歌发出铮铮的响声，这个家庭是中华民族优秀文化家庭的缩影，无疑值得世人尊敬。他们坎坷、离奇的故事值得现代文学史书写和歌颂。

2010 年郭谦与艾砂、马伊亚夫妇及他们的女儿刘荔在京合影

一、文学牵梦，苦难励志

在文学的舞台上，艾砂跳了五十多年的牛步舞，他的舞步很不规律，但很潇洒。牵着他跳舞的不是耀眼的金钱、财富、权力，而是饥饿的鞭子、生活的期望和一盏指路的明灯——文学。

艾砂，原名刘沙，学名刘树春，生于1923年8月，一个北京土生土长的农家子弟。曾祖父刘德利在门头沟背煤时，为了“保清灭洋”当过矿井的义和团首领，但最后被清王朝追杀，躲进了深山，了却了残生。祖父、父亲都是本本分分的农民，他们从先辈的遭遇里明白：穷人要翻身，只有让后代读书，升官发财，才能光宗耀祖。

父亲刘万成除了会种田外，还能拉二胡、吹笙，周围十里八村办红白喜事，都会找他去吹拉。艾砂从小就对父亲的本领羡慕不已，可自他懂事起，父亲不仅不教他管弦乐器，还不准他摸一笛一弦。而是不断叮嘱他要好好念书，长大后才有出息。然而，艾砂上小学时读《四书五经》，觉得枯燥乏味，学习并不用功，气得父亲经常喝闷酒。于是祖母过来跟他说悄悄话，给他讲“甘罗十二岁当宰相”等故事，让他明白父亲“恨铁不成钢”的心事。艾砂受到启发，开始勤奋，很快成了学校里的“尖子生”，但他却成了富家子弟奚落打击的对象。一次，艾砂去井边挑水，几个富家弟子就一路跟着他，唱着顺口溜讽刺他：“小山猫，真能干，鸭蛋压成瘪鸡蛋。”“山猫挑水扭三扭，长大像个吹鼓手。”这些嘲笑声深深刺痛了他的心，他暗暗发誓：“一定要好好学习，出人头地。”

1937年七七事变后，日本侵华战争的硝烟弥漫进校园，同村同学有的被抓去当伪军，有的被抓去东北当劳工。父亲害怕了，忙托人给他找工作。十三岁的艾砂读书梦破灭了，被迫去粮栈当学徒。一年后，粮栈被日本洋行吞并，他先被转到张家口分行继续当学徒，日本经理什么样的杂活、累活都让他做，连倒尿壶、刷马桶的事也要他干，还时常打骂他。后来，他又转到运输公司当食堂管事，一次被日本总务科长欺侮。他曾想买刀杀那些日本人，一个食堂师傅和他说：“这可使不得啊！你准备与那些人同归于尽，可你的家人怎么办啊？忍吧，中国人让日本鬼子杀了多少啦！你一个人报得了仇吗？”他惊醒了，思索着，最终明白了一个道理：民族仇恨不是一个人豁出性命就能报的，不能做无谓的牺牲，要留着身子和日本人斗，把他们赶出中国去。

在极端困苦的日子里，艾砂仍保持着一种爱好——读书。小时候，他喜欢读闲书，如《三国志》《红楼梦》《水浒传》《七侠五义》等，他羡慕那些侠肝义胆的英雄。后来读“五四”新文化运动的书，如鲁迅、郭沫若、茅盾、郁达夫、蒋光慈、冰心、胡风等人的作品。他逐渐接触到外国文学，开始被高尔基、契诃夫、别林斯基、托尔斯泰、果戈里、巴尔扎克、雨果等的作品吸引，他企图从文学里寻找生活的答案。从这些人的著作中，他不仅掌握了认识真理，为真理而奋斗的钥匙，而且产生了文学创作的冲动。16 岁那年，处女作散文《遐想》发表在《蒙疆新报》副刊上。

不久，艾砂考入了《蒙疆新报》社编辑部，1943 年年末至 1944 年夏，他先后发表了短篇小说《虹》、中篇小说《动荡》《蠢流》《马族的悲哀》和一些散文、诗歌、评论。那些具有爱国思想的文章，很快引起日伪特务机关的关注，把他打入了“抗日危险分子”的黑名单。幸亏有同胞掩护，他才逃脱了魔掌。从张家口跑到涿鹿县，再到山西永济县，他走进晋南中条山，参加了共产党领导的条南民众自卫队。

1945 年春，经过游击司令部批准，艾砂过黄河，到了国民党抗战时期的后方——西安。经朋友介绍考入西安《正报》编辑部，担任校对员、助理编辑、副刊编辑，结识了一批进步文化活动人士。在那里，他看到了延安的刊物，思想上更加进步。他相继发表了中篇小说《大洋河上的人们》、短篇小说《泥土之歌》《干涸的河流》和一些散文、诗歌。由于文章中反内战、成立联合政府等主张明显，又被列入了特务抓捕的名单。1946 年夏，艾砂被迫离开西安，经北京到沈阳，在国民党市政府秘书处当了个三级科员。

在沈阳，艾砂接触了共产党地下党曹清、江南、王际强等人，他与曹清等人利用《沈阳日报》副刊创办了一个《诗战线》，刊登了进步诗人臧克家、李白风、李广田、徐放及艾青、田间等解放区诗人的作品。当时的好诗，被历史上称为战斗的号角、人民的心声，社会影响力极大。《诗阵线》借用诗歌痛斥当局反民主的政策，反映劳动大众的呼声，并组织成立“中华全国诗歌朗诵协会”沈阳分会，团结人民群众，进行民主斗争。四个多月时间里《诗战线》出刊了 12 期，由于旗帜鲜明，很快被国民党当局勒令停刊检查，《沈阳日报》副刊编辑部支持《诗战线》的编辑也遭解雇。

反动派的汹汹气势没有吓倒英勇无畏的战士，艾砂接受地下党的指令，利用国民党第六军资助的沈阳《前进报》副刊，办了新的诗刊《诗哨》。再次以《诗哨》作为阵地，发表全国各地进步诗人、作家的诗歌作品，宣传民主和平思想。《诗哨》发行到七八期后，又引起反动当局注意，派人来查。于是，《诗哨》被迫停刊。艾砂与战友们没有因此而停下脚步，又利用沈阳的《新新日报》办起了《诗阵地》副刊。为了防止无谓的牺牲，更好地隐蔽，地下党要求他们结束在诗歌战线上的艰苦搏斗，转而从事党的群众工作。

除了办新闻刊物取得了不菲的成绩外，艾砂在诗歌写作上也取得了可喜的成就，他与曹清出版了二人诗集《星火集》《野草集》。

由于经受了这段时期的考验，地下党在 1947 年 11 月吸收艾砂加入了中国共产党。1948 年春他潜入国民党军 207 师做兵运工作。1948 年 6 月，又潜入沈阳兵工厂做工运工作。

二、沧桑情重，伉俪诗香

在文坛上，艾砂由于诗歌的牵引，他的独舞有了品味。而一段浪漫的爱情，一个美丽的女人成了他的舞伴，陪伴他从豆蔻年华起舞到两鬓霜白，他们的双人舞，舞姿优美，光彩照人。他们动人的舞曲穿越了枪林弹雨，映红了林海雪原，浸润了难忘的岁月，成了千古绝唱的经典故事。

艾砂，受地下党委派潜伏到沈阳兵工署第 90 工厂，该厂敌特势力很大，控制也很严。地下党特地派人打入敌人内部争夺武器、设备、人才。艾砂在兵工厂训育科任《东塔月刊》编辑。他遵照上级指令，领导工人暗地里对敌人的迁厂采取“蘑菇”战术，以消极怠工等办法保护兵工厂。在这期间，艾砂有幸认识了兵工厂图书管理员马乙亚。

马乙亚，又名马乙雅，1925 年 3 月出生于辽宁省葫芦岛，幼时在沈阳读小学，在铁岭读中学，她曾根据蒙古族老奶奶讲的故事写过一些诗歌、散文，在同学中传阅，有的在当地副刊发表，还创作过《草原的足迹》长诗，被人们誉为“小作家”。毕业后，她被招进她父亲所在的兵工厂工作。聪明伶俐、文静温雅的马乙亚进厂后，很快就成了“厂花”，追慕她的小伙有一大帮。

由于工作需要，艾砂常在图书馆与地下党员曹清会面。在这期间，曹清看出了艾砂对马乙亚的好感，便借机撮合他俩。马乙亚爱文学、会写诗，曹清总不忘交代艾砂带些进步文学书刊给马乙亚看。从此，艾砂就成了马乙亚的活书柜。艾砂的诗让马乙亚迷恋，特别是艾砂读书的眉批让她感受到深邃的思想和丰厚的才华。他们以诗为媒恋爱上了。在黎明前的黑暗中，他们的爱情浪漫里暗藏着风险，传奇中显露出真诚。为了躲开特务的眼线，公开场合他俩装作素不相识。

在艾砂、曹清的影响下，马乙亚负责图书管理和刻印厂刊，在厂刊上她有意刻印鲁迅语录，向工人们推荐进步书籍，暗地里统计敌人生产的弹药数量，为地下党掌握兵工厂做前期准备。虽然她不是地下党员，却也是地下党的活动骨干。在这期间，艾砂等人组织了“解放服务团”“工人护厂队”，负责维持厂内秩序和安全。艾砂还忙着起草《告工人书》《告全市人民书》，制作红袖标等。艾砂、马乙亚还一起将印制的传单、标语拿到街上偷偷散发……在这种秘密频繁的工作接触中，他们的爱情在相互理解、支持中不断升温。

不久，沈阳解放了，本来这对为共和国付出了无限艰辛的恋人应该从“地下”走向阳光，携手放歌。哪知道因为马乙亚在护厂期间，为了躲过特务的威胁和纠缠，曾撒谎说自己担任过国民党妇女会书记长的事，而某些领导一不调查，二不研究，因此就把马乙亚清除出兵工厂，致使她在历史问题上老是被误会、伤害，受挫折。马乙亚是一位有追求、有奋斗精神的人，虽然被开除出厂，她却以优异成绩考上了东北大学。不久，组织上批准了他俩的婚姻。1950 年 5 月 10 日，在中共中央原东北局机关里，组织上为 27 岁的艾砂和 25 岁的马乙亚举行了热烈而简朴的婚礼。

中华人民共和国成立后，艾砂被任命为东北军区《军工报》《军工》杂志、《红旗报》主编兼副社长，兼东北第二机械工业部工会宣传部部长，成为一名领导干部。马乙亚也来到《红旗报》任编辑。

1950 年 6 月 17 日艾砂与马乙亚结婚纪念照

他俩的婚姻是幸福的，但生活的道路却非常坎坷。1954 年春，东北大区被中央政府撤销，《军工报》也被撤销了。艾砂被调到哈尔滨任《黑龙江林业报》副刊部主任。马乙亚相继担任《森林工人演唱》《林业演唱》刊物主编。就在这时，“胡风事件”出现了，艾砂莫名其妙地被训、被审。之后，运动接运动，他不断被批、被斗。经历磨难十多年，在带岭一中当教师的马乙亚也受到牵连，她几乎不能忍受那样的日子，几次想自杀，但一想到丈夫和孩子，她又放弃了。过度的担忧、惊吓、恐惧等使她多次住进精神病医院，经受着一次又一次炼狱般的折磨。直到后来落实政策平反，她的病情才慢慢痊愈。

1980 年春，艾砂获得了彻底平反，被委任为伊春市办公室主任和带岭区副区长，兼《带岭区志》副主编。马乙亚则被重新安排到中学教书，1987 年退休。

1986 年，艾砂离休，又被返聘主编伊春市《带岭区志》。他兢兢业业，一干又是几年。到了晚年，才向组织提出“叶落归根”，返回故土——北京市海淀区苏家坨镇后沙涧村。

回到后沙涧村不久，艾砂走南访北，收集、整理了大量的民间资料，花费了多年时间试图编写一本《后沙涧村志》，作为一种文化资源留存。在此期间，他琢磨着创办一本民间诗刊。他对老伴马乙亚说：“咱俩从相识、相恋到长相守，都是以诗传情，以诗为伴，诗歌是我们生命的一部分啊！现在我们有的是时间，还是继续写诗吧！我们再办一个诗刊，为繁荣诗坛做点儿小贡献，如何？”马乙亚含笑颔首。于是，他们以家乡的《稻香湖》为刊名筹办起诗刊来，很快得到诗坛臧克家、贺敬之、聂索、徐放、牛汉等人的支持。

说来难以置信，艾砂虽然离休，但工资微薄，时至21世纪艾砂每月仅有三千多元的退休工资。马乙亚的历史问题虽然真相大白，但相关政策未落实到位，每月只有一千多元，他们属于北京低收入阶层。但为了自费办诗刊，他们勒紧腰带，省吃俭用，决意不买新衣、不添家具。屋内的书架、桌椅也都是从旧货市场淘来的。儿女们见了心疼地说：“苦了一辈子，你们何必还这样苦自己呢？家里这些破破烂烂，来个朋友多难看啊！”

艾砂风趣地说：“为了诗的事业，该舍就得舍，曹雪芹举家食粥米，常赊，我们隔三岔五还能吃上一点肉，此生足矣。”他们每天要接收数百封稿件，审稿、改稿、排版、校对、发行、邮寄，什么活都干。为节省开支，他们出门办事，近处骑自行车，远处挤公交车。一次，艾砂骑车去邮局，由于邮包太沉，摔了个人仰车翻。回到家马乙亚见他满脸污血，又是心痛又是埋怨。艾砂却轻松地说：“你放心，马克思还不忍心招我去。”艾砂几次留“遗言”给老伴，说：“我要是真的乘鹤西去了，再难，你也要想办法把诗刊办下去。”

《稻香湖》编选坚持精、短、新原则，以发表名家、推荐新人为主，老中青结合，传统诗词与新诗、散文诗结合，团结了一大批老诗人，推出了一批有造就的中青年诗人，故诗刊质量日益提高，声誉日隆。

艾砂夫妇在后沙涧家门前留影

这对诗人伉俪不顾耄耋之年，不顾囊中羞涩，自费创办《稻香湖》诗刊的事迹感动了国内外许多诗人和读者，得到了他们的热情支持，也感动了北京海淀区政府和区文联，决定出资助刊。这样，最近几年在文联主席卫汉青的大力支持下，基本解决了诗刊一些印刷、邮寄费用，走出了一条民办公助的发展道路。新疆一位叫阿那尔·向吉甫的诗人，将《稻香湖》诗刊视为自己晚年的精神寄托。在弥留之际，他已无法执笔，口头向孙女叮嘱："我死后，艾砂就是你爷爷，马乙亚就是你奶奶！"

诗歌没有国界，《稻香湖》诗刊像信鸽一样，忠实地传达着海内外华人情牵祖国的情义。常给诗刊来稿的队伍中有香港的王一桃、曾敏卓、张诗剑、文榕、晓帆、犁青，台湾的老诗人台客、金筑、麦穗、涂静怡、许其正、王禄松，美国塞遥、荣惠伦、于中、刘耀中、满锐、谢青，新加坡的泊雁，菲律宾的王勇、施素月，加拿大的洛夫，德国邱秀玉等400多位诗人。现在《稻香湖》已发行海外二十多个国家，受到大批海外华人的喜爱。

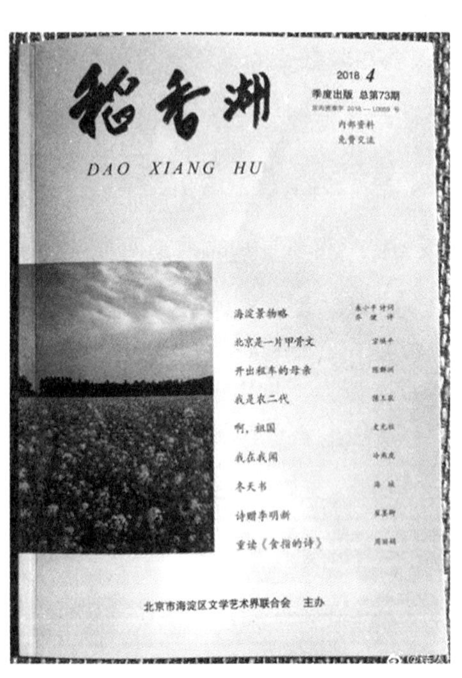

《稻香湖》杂志封面

《稻香湖》诗刊一年4期，至今出版了近50期。辛勤的耕耘换来丰硕的果实：《稻香湖》诗刊获得由北京炎黄艺术馆颁发的特别贡献奖；在纪念抗战胜利60周年之际，艾砂被中国作协授予"抗战功勋诗家"称号。

十几年来，艾砂与马乙亚在办刊的同时，自己的诗歌创作也进入了历史高峰期，他们相继推出了伉俪诗集《梦园情》《南国情》《不了情》《凹凸情》和文集《一滴水流动的声音》等。艾砂的《一滴》一诗，被收入《感动中学生一百首诗》中，2007年被刊登在诗人国际诗网上，成为"全球爱诗同好都有拍响赞赏掌声"的一首诗。马乙亚在编辑诗刊之余也翻译出版了日文中长篇小说《靓女历险记》，受到广泛好评。他们的业绩被收入多家名典。

《凹凸情》是他们的代表作，是一部熔爱情、乡情、友情、爱国情为一炉的生命交响曲，是一曲用苦难和爱谱写的炼狱圣歌。

在其中《烫手的石头》一诗里，诗人用自传般的语句写道："在人世间/我这个背朝天的俗儒/曾经上过刀山/下过火海/顺顺溜溜地吃尽了人间苦头。"这是诗人对自己个体生命的诗性总结，也是对自己坎坷命运的诗性阐述。可以想象，当诗人用亦庄亦谐的语言来铸造这些饱含着人生苦难的诗句时，能不感慨万千、老泪纵横吗？！然而，尽管如此，诗人没有放弃对祖国的赤子之爱，在诗的结尾，诗人将自己喻为“共和国北墙角的一块不变色的石头 / 您　摸摸它，也许五百年后还能烫手”，昭示他们积极的人生态度和壮心无悔的爱国豪情。

《叮咛》一诗中，诗人写道：“离家的时候，妈妈 / 依靠巷口的大槐树 / 叮咛，反复叮咛 /‘走路要稳，脚不踏空 / 瞄准人间正途 / 既不避风，也不怕雨’// 升官的时候 / 妈妈函示 /‘心里装着大地的苦难 / 眼里盯着咱老百姓’……”读到这里，人们会不由得想起中唐诗人孟郊的《游子吟》，也会闪现出“岳母刺字”的感人情景。

诗人爱自己的家乡，爱生息繁衍在那片土地上的父老亲人。在《祖父》一诗里，诗人用十分生动形象的语句将祖父比喻为一支不倒的“铁杆庄稼”，“让您唱了九十年、一百年 / 风弯了，雨也拙了 / 您的身子骨比先辈更曲更蜷 //……您一辈子也没挣出半壶酒钱 / 一碗苞米粥 / 一碟小咸菜 / 把您打发得乐乐呵呵归了天”。这首诗读起来，让人觉得沉重，颇耐人寻味。诗里“祖父”的形象不仅是诗人自己祖父的命运的写照，也是勤劳善良的广大劳动人民的命运写照。

艾砂、马乙亚两人因诗而爱、因诗而悲、因诗而苦，也因诗而再度辉煌。他们相濡以沫、甘苦与共，他们一起走过了五十多个春夏秋冬的风风雨雨，无论何时何地，无论在什么境况下，这对夫妻都忠贞不渝地如同河与岸一样地相互厮守。正如他们在《河岸》一诗中写道的：“紧紧相连 / 日日相依 / 你没有抛弃过我 / 我没有疏远过你 // 我们远 / 如天之涯　海之角 / 我们近 / 你头枕着我 / 我胸贴着你 // 一个喧哗　咆哮 / 一个沉默　无语 / 天天互相抚摸握手 / 一万年也要合枕共眠。”

《一滴》一诗写道：“珍惜一滴情 / 挽生民之涂炭 / 珍惜一滴血 / 去喂磅礴的河山 / 珍惜一滴水 / 润活干涸的古楼兰。”《一滴》写出了一种付出，写出了人生的奉献精神，也写出了两位老人的无私情怀。因之成为名篇。

艾砂、马乙亚两位老人是现代诗歌的探索者，也是现代诗歌的举火者。只要诗歌存在，人们就不会忘记他们的名字、他们的作品、他们的业绩。他们是现代爱情的捍卫者，也是现代爱情的典范。2006 年，他们当选由湖南岳阳市人民政府和中国妇女报社联合举办的“情满洞庭湖　爱溢君山岛”2006 中国当代十大爱情故事人物，获得组委会颁发的特别奖。中央电视台、湖南电视台、人民日报等媒体进行了广泛的宣传。

三、姗姗婚姻，绚丽无休

“有心栽花花不开，无心插柳柳成荫。”艾砂、马乙亚没有想到自己办诗刊，不仅培养了全国一批中青年诗人，还感染了自己的子女，使得三个女儿中的两个走进了诗歌的队伍，连外孙女高鹿原从小学三年级就动笔写诗，还获得了三次全国文学大奖。

大女儿刘荔是值得笔者大写一笔的人。由于父母受“胡风案”的牵连而被双双发配到小兴安岭劳动改造，一去就是三十年。做子女的跟着父母，自然吃了不少苦头。刘荔从小就在其父母身边，小时候就跟着父亲，在深山老林里伐木砍柴，她写的《扛木头》一诗，真实地记录了她的童年："爸爸 / 把一个家庭的重量 / 选了一个小头 / 放在了我的肩上 // 他喊了一声 / 起 /——于是 / 我便开始了 / 摇摇晃晃地走路。"在她《赠父母》的诗里写道："你们被历史打入地狱 / 我一降生 / 成了一个负罪的人 / 长大了 / 学会了背叛 / 成了一个自由人。"

十三岁那年，刘荔刚上初中。父母蹲在牛棚，她因之也被赶出校门"接受再教育"。每日，她要抱着妹妹、领着弟弟，挂着眼泪去给父母送饭，回来还被逼着写批判父母的文章。她把好吃的让给弟妹、让给父母，自己时常用萝卜缨子当菜，有时还挨饿。她瘦得皮包骨头，用剩下的两只大眼睛面对着灰色世界。

刘荔从艺术学校毕业后，当过音乐老师，在弹琴、唱歌、作曲等方面有不俗的表现。为了照顾二老，她也从黑龙江来到北京，在一所大学做过几年班主任。父母让她帮助《稻香湖》诗刊做一些文字校对、编写工作，耳鬓厮磨，她也爱上了诗歌，经常代表《稻香湖》诗刊编辑部参加各种诗歌笔会、作品研讨会，逐渐成了合格的记者、编辑，并且诗歌的写作数量也日益增多。她的诗写得很朴实、自然，如《沙漠上的流沙》："细沙…… / 小米一样的金黄 / 游动起来 / 波浪似的 / 一层层向前推 // 推过了宋 / 推过了唐 / 推过了秦汉 / 甚至更远 / 更远…… // 细细的沙 / 就这样 / 从历史的昨天 / 又推到今天 // 我从浩茫的沙漠中 / 从流沙走过的足迹上 / 看到了人生 / 确立的坐标。"

诗歌语言简练、意境深远，淡淡几笔就活脱活现了千里沙原，从恒古的文化变迁挖到了今天。刘荔在 2007 年出版了个人诗集《大地诗旅》，艾砂、马乙亚为此书作序"找准坐标，走自己的路"。刘荔的诗文精短，富有韵味，不断在美国、越南等海外网站转载发表，还有不少评论。在业余时间里，她还写写歌曲，她写的《奥运雄风》获得了奥运歌曲大赛奖，她写的《高高沂蒙山》被选为临沂市的市歌，近几年她写的一些歌曲还成了电视剧的插曲。从刘荔的成长经历可以看出，父母对子女的正确引导多么重要。我们不得不信服这一道理：家庭文化是育人的摇篮。

说到刘荔，自然又要谈到另一个诗人，就是她丈夫王耀东先生。王耀东，原名王德安，1940 年生于山东临朐县，曾任过潍坊群艺馆副馆长，主办过《鸢都报》《大风筝》诗刊，后供职于潍坊市文学艺术界联合会创作室。1990 年加入中国作家协会，曾为山东作家协会理事、山东大众文学学会副会长。出版诗集有《在历史的眼睛里》《逝去的彩云》《不流泪的土地》《王耀东诗选》《插翅膀的乡事》等 14 部、散文集《走在故土》《梦里寻他千百度》2 部、论文集《走向辉煌之梦》、电视文学剧本《旋转的山林》《郑板桥传奇》等 15 部。短诗《农村三曲》1981 年获山东省文学奖，诗集《在历史的眼睛里》1989 年获首届泰山文艺奖，长篇小说《好一朵玫瑰花》获华东图书一等奖，广播剧《郑板桥传奇》1986 年获全国优秀剧目创作奖，《插翅膀的乡事》获 2002 年山东省齐鲁文学奖。

王耀东的名作《乡事》在文坛很有地位，曾引发文坛很长久的讨论。但该诗巧妙地运用形象载体传达美妙的诗意，无疑是一首耐读的好诗："纷沓如云的事 / 沿着血缘的脉管 / 流注，或激湍奔突 / 或缠绵如雨 / 明月依然是 / 那副样子，姗姗地 / 总是来迟，她无声 / 心却听得真切 / 在她那里 / 相思的柳丝未必都是白发 / 唯有那段盟约依然 / 绿绿地遮满记忆 / 路上，偶然一个回眸掀翻目光 / 乃是一次梦的错误 / 窗前的踟蹰的脚步 / 已经远去，金秋却如约而来 / 心是一只漂荡的篷船 / 无法标定泊的驻处 / 只有疏星朗月下的远山 / 黑黝黝地站在那里 / 似在倾听我不改的痴情。"臧克家先生评价王耀东的乡土诗说："写得很用功，有生活气息，很质朴，有真情。"

在新乡土诗的前沿，王耀东的《乡事》《他要挺起的》等作品得到了《五十年中国文学史》的好评。他的诗一步步出现新的锐角与活力，心态也更为豪放大气，脚步也就更为扎实。美国比较文学学者、文学评论家刘耀中在研究他的诗后，与美国的无冕桂冠诗人弗罗斯特的田园诗做了比较，发现王耀东在热爱大自然，对乡土的真诚、朴素方面与弗罗斯特有惊人的相似，于是认定王耀东虽然"位于山东，却是中国的弗罗斯特，弗罗斯特在美国佬中有很强的生命力，我们中国人也不弱"。日本当代著名诗人川谷俊太郎认为王耀东的诗，不少写乡土、写人生，并有朴素美丽的表达。1999 年到中国访问期间，川谷俊太郎曾专门拜会王耀东。斯洛伐克专门研究中国诗的学者苏珊珊于 2002 年也曾到中国拜会王耀东，进行了有关乡土诗的专题采访，事后她写有文章在欧洲发表。人民大学、解放军艺术学院、山东大学、江苏师范大学等高校先后召开过王耀东乡土诗讨论会。

2004 年第 4 季度，美国旧金山出版的《美华文学》发表题为《他在向谁挑战——记一场围绕王耀东新乡土诗的十年论战》一文，编者按指出："20 世纪末，21 世纪初，中国诗坛上发生了一场乡土诗与现代诗的论战，论战是由王耀东的一首《乡事》引起的。这种正视东方文化自己、正视诗坛本身、正视大众的自我调正，应该说是对西方文化的一种挑战，对中国诗的发展是积极的、有益的。""王耀东是中国新乡土诗的重要代表人物之一。"

王耀东与艾砂家结缘，得益于《稻香湖》与《大风筝》诗刊相互间的交流。艾砂聘王耀东为《稻香湖》编委，王耀东觉得这份民间诗刊定位准确，有个性，朴素雅致，不落俗套，而且团结了一批中老年知名诗人，具有名人效应，值得学习、借鉴，多次与《大风筝》诗刊的同人研究过、探讨过。他也不断地向《稻香湖》投稿。一次，艾砂在给王耀东的诗中说："您的布谷鸟又叫了 / 不流泪的土地山舞云笑 // 您赏给'稻'太多太多 / 我这山雀回敬太少太少。"王耀东从诗中感受到前辈诗人对自己的厚爱和期望，如沐浴春风而清醒、而振奋。

2003年，王耀东的前老伴患了癌症，他用了大量的时间陪她在医院里度过。老伴告别人世后，他的心情十分悲痛，他写信给诗友艾砂，以发泄排解自己内心的悼念、悲痛等复杂情绪。忽然，他接连不断地接到全国各地诗朋文友的慰问电话，关切、寻问、友好的暖暖情感让他既感到宽慰，又感到惊讶。他们是怎么知道我的家事的呢？

收到了新一期《稻香湖》杂志，他恍然大悟。原来，艾砂老人把他的信作为散文诗发表了。他深切体会到《稻香湖》像是诗人心灵天平上的一杆秤，称着诗人的友谊和祝福。不仅使他的灵魂得到了安慰，而且平添了对生活的信心和力量。

2004年6月，王耀东被邀请参加北京《新国风》诗刊召开的屈原诗歌节大会。趁此机会，他去后沙涧梦园，拜访他心中久仰的老诗人艾砂和马乙亚。艾砂不善言辞，但温和善良宽厚；马乙亚优雅淡静亲切，在他们家里能感受到一种说不出的舒适、温暖。他们一起谈诗、谈办刊、谈人生，说话十分投机、和谐。就是这一次，得以见到艾砂的大女儿，刚刚离婚不久又温柔贤淑的刘荔。她勤快、爽朗，说话得体，声音动听，给王耀东留下了极好的印象。

2010年郭谦和王耀东在首都图书馆画展上的合影

王耀东这次进京不虚此行。一来二往，艾砂、马乙亚进一步了解了王耀东，更欣赏他为人忠厚、踏实的品性。刘荔曾有过失败的婚姻，父母对她总有牵挂。现在，通过与王耀东的交往，觉得这是一个值得托付女儿终身的人。于是，在王耀东到家拜访期间，马乙亚主动向他挑明了这桩婚事。在他们相互有了情感的的基础上，于2005年在潍坊喜结良缘，并随后到北京，开始了人生新的跋涉。

姗姗来迟的婚姻，似乎是一种前世修来的姻缘。王耀东、刘荔夫妻双方在文学艺术上也进入一个新的开拓期。2005年春，笔者第一次在北京通州区三元村认识王耀东、刘荔伉俪时，一个朗诵诗歌，一个唱歌，有一首歌打动了在座的朋友们。歌词是王耀东写的，曲是刘荔谱的。他们的歌声豪迈激昂，欢快悦耳，琴瑟相和，令人羡慕不已。

近五年来，笔者先后得到了刘荔的诗集《大地诗旅》，王耀东的文学评论集《躲在天堂里的眼睛》、新诗集《北京诗篇》。他们真是一对以诗为恋、以诗为趣、以诗为乐、以诗增情的文人伴侣。王耀东在《北京诗篇·珍视那一瞬》的诗里写道："于万千人之中/就那么一个回首/就认准了你/命运之神　就让我们在一瞬间/彼此相遇彼此相识/毫无防备地/融入怀中……短暂的人生/匆匆的时间/只有灵魂在一个制高点上/此尽情地相融/高贵的霞光/装扮出我们奇丽的人生……"他们的情爱相融，确实拥有着永恒的欢乐、永恒的美丽。

王耀东先生已近古稀之年，但他身上时时刻刻都散发出青春的活力，显得十分有创造力，除了写作、办报纸杂志、组织文化活动外，他还把少年时做书画的意趣重新捡拾起来。他把写诗的美学理念，熟练地运用于书画创作中，将诗画融为一体，让想象的翅膀大胆飞翔，使之变成一种意象新奇、浑然天成的绘画艺术，他的字拙朴自然，想象空灵，成了别具一格的新书体。海内外不少华人报刊刊登了他的书画作品，许多文朋好友来向他索要、收藏。最近洛杉矶作协在美国为他举办了一次成功的画展。

笔者在王耀东的身上，时常感受到一种向上的气息，促人奋进，从容不迫，不畏艰难，而敢于超越自己。他的一首诗鲜活地再现了这种人生的乐观精神："人生之路是哭着冲出来的/谁能把泪串起来/那是最透明的诗句/庄稼人总是蘸着汗水写辉煌。"

备注：2007—2009年，笔者在《作家报》的活动上，多次遇见艾砂、马乙亚两位文坛前辈，2010年7月初，笔者特地到北京南四环艾砂老人家，采访艾砂、马乙亚、王耀东、刘荔四人，随后写出这篇家庭传记，此文于2010年8月2日发表在《作家报》上。

陆小曼的爱是另一道风景

“陆小曼是一道不可不看的风景。”——胡适

“小曼是一位曾震动20世纪20年代中国文艺界的普罗米修斯。”——郁达夫

“她一双眼睛也在说话，睛光里荡起，心泉的秘密。”——徐志摩

近代著名诗人徐志摩与才女林徽因在20世纪二三十年代演绎了一幕又一幕动人的故事，但最终没有结果。而他与才女陆小曼结婚，却留下了令人惋惜的疼痛。

陆小曼，江苏人，1915年就读于法国圣心学堂，她18岁就精通英文和法文。师从刘海粟、陈半丁、贺天健等名家。1926年与徐志摩结婚，1931年徐志摩乘飞机失事去世，她内心孤苦，虽然饮酒、吸鸦片、交际，但她依然坚持画画，不时地写下一些诗文。1941年在上海举办了个人画展。

徐志摩

陆小曼曾经是风采照人的女子，也是一个被千夫所指的女子。她的前半生，是一只美艳的蝶，肆意炫耀着自己光彩照人的外表。她的后半生，是一只平凡的蝶，安宁、平静。

提起陆小曼，人们乐道的是她的婚恋事，其实历史可记载的却是她的才情！陆小曼笔下的功力超凡，不仅古文基础很好，写旧诗的绝句清新俏丽，颇有明清诗的特色；写文章，蕴藉婉约，很美，又无雕琢之气。而她写的新体小说则诙谐直率。

1947年夏天，她接受著名女作家、编辑家赵清阁的约稿，创作一部约两万字的小说《皇家饭店》(原名《女儿劫》)。赵清阁赞扬《皇家饭店》:“描写细腻，技巧新颖，读之令人恍入其境，且富有戏剧意味。”

陆小曼擅长工笔花卉、人物和淡墨山水，颇见宋人院本的传统。董桥先生欣赏小曼的画，说:“小曼的字画，碰到一幅要一幅的。”他说，陆小曼画的扇子很多。他见到过一幅扇面，是陆小曼为李仙根画的《秋林散马》。

李仙根曾经任孙中山的秘书，民国中山县县长。陆小曼画花鸟山水见多了，但是画马还是第一次。那幅扇面是模仿唐代画家裴宽的秋林散马，陆小曼在题记上说:“偶朹一过，略得大意。仙根大兄方家法教，陆小曼于沪上望秋草堂。”董桥说，美人画骏马少见，陆小曼的画“用色淡淡的，用笔细细的，那是陆小曼天生的本事，再配上小型楷字字带骨带肉，题字又古又秀”。

陆小曼对徐志摩的爱，情真意切，是爱情史上的另一道风景。1933年清明，陆小曼独自一人来到硖石，给徐志摩上坟，眼泪忍不住夺眶而出，写下：

“肠断人琴感未消，此心久已寄云峤。年来更识荒寒味，写到湖山总寂寥。”

1932年，徐志摩的追悼会，陆小曼没有参加，她为亡夫送了一幅挽联：

多少前尘成噩梦，五载哀欢，匆匆永诀，天道复奚论，欲死未能因母老；

万千别恨向谁言，一身愁病，渺渺离魂，人间应不久，遗文编就答君心。

她的《哭摩》一文，更是把至真至切的爱推到了高处。

徐志摩致陆小曼的情书集《爱眉小札》封面

哭摩

我深信世界上怕没有可以描写得出我现在心中如何悲痛的一支笔。不要说我自己这支轻易也不能动的一支。可是除此我更无可以泄我满怀伤怨的心的机会了，我希望摩的灵魂也来帮我一帮，苍天给我这一霹雳直打得我满身麻木得连哭都哭不出来，混（浑）身只是一阵阵的麻木。几日的昏沉直到今天才醒过来，知道你是真的与我永别了。摩！……你从前不是说你我最后的呼吸也须要连在一起才不负你我相爱之情吗？你为什么不早些告诉我是要飞去呢？……

她内心悲伤的情怀跃然于纸上，点点滴滴让人读了心酸。

——写于2016年8月12日

八、图书评论

高举爱的旗帜的诗翁——雁翼先生

本月26日从江苏老家回到北京，进屋第一眼就看到沙发儿上有一个包裹，打开一看是一本新书《爱的旗帜》。作者雁翼，名字好熟。忽地想起《作家报》的顾问名单上有他的名字。我与雁翼先生素不相识，虽知道他是个名家，但一直无缘读到他的书。

《爱的旗帜》标题很吸引人，我连续三个晚上翻看它，无意识间进入了一个精彩的世界，对雁翼先生及其作品有了一个清晰的感知。

雁翼照片

雁翼先生出生于1927年，原名颜洪林，河北省馆陶县人。1942年加入八路军，1949年开始写诗，曾任《星星》诗刊、《四川文学》主编。近60年里，雁翼共发表和出版著作70多部，有长短诗集《东平湖的鸟声》《紫燕传》《雁翼抒情诗选》《雁翼儿童诗选》《雁翼诗选》《花之恋》《爱的思索》等数十部；诗歌理论集《诗的信仰》《诗与美随笔》；小说散文集《范蠡与西施》《子夜灯影》《作家的童年》《黄河红帆》《囚徒手记》等十部；多幕话剧本《风雪剑》《船在风浪中》两部；电影文学剧本被拍摄成电影的有《十月风云》《元帅与士兵》《古越轶事》《黄河少年》《开山的人》《灯》《山城雪》《洁白的雪野》八部。其作品被选入40余种文集内，部分作品被翻译成9种文字，在14个国家出版，获得国内外文学诗歌奖项20多次。

雁翼先生以杰出的文学成就引起了整个世界注目，其事绩、作品评论被国内数百种报纸杂志刊登，被载入英国剑桥《世界杰出名人传》《世界名人录》和美国的《世界优秀名人传》，并获英国剑桥国际名人传记中心授予的“世界杰出文学家”证书及金质奖章。

雁翼现为中国作家协会会员、中国电影家协会会员、世界华文诗人协会会长。八十多岁高龄的他，一直在文学上探索、奋进，令人不得不佩服其生命常青的精神——活到老、学到老、写到老，生命不止，创新不息。

诗集的第一首诗歌与书同名《爱的旗帜》：

诗歌微笑在爱的旗帜上
飘展在历史每一个角落

由于权欲的煽动，美丽的地球
在互相厮杀中挣扎着自救
血染泪浸的脚步，艰难地
追索人神共求的和平

宽容是一种智慧
友善是一种财富
信任是一种勇气
交流是一种滋补
大海的无畏是由
一小朵一小朵浪花编织

灾难在仇恨里繁殖
和平在友爱中成熟

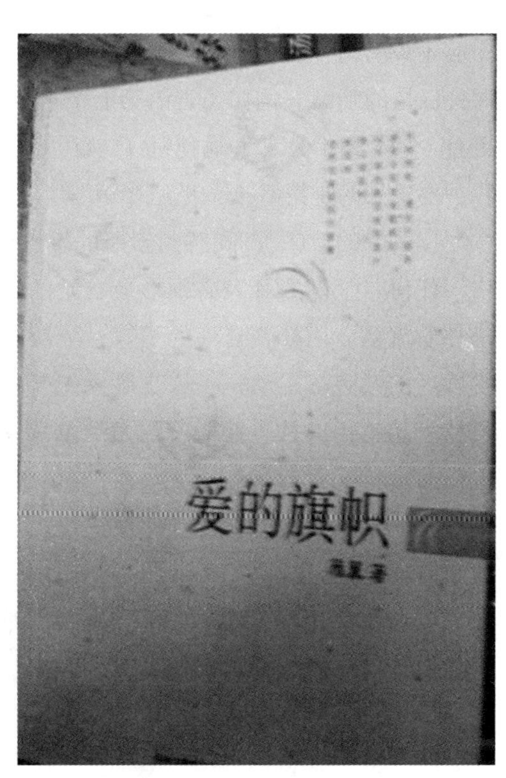

雁翼诗集《爱的旗帜》封面

宽容、友善、信任是多种串联爱的色彩丝线，和平是一条可以牵连全世界民众心的纽带，此诗很自然地用爱的色彩丝线编织了一面和平的旗帜，来弘扬人类共同的心声、人类的追求。

爱的旗帜在风中飘荡，爱的呼唤在天空里激荡，微笑流淌在每一个品味诗歌的人的脸上。这首诗歌，雁翼先生在 1995 年第 15 届“世界诗人大会”上朗诵之后，迅速被译为多种语言在世界上流传，影响深远。

雁翼先生爱和平，爱世界。他足迹遍布亚欧美非澳五洲，人走到哪儿，诗歌就写到哪儿。《爱的旗帜》诗集 73 首中，有《游走柏林》《柏林墙》《西柏林机场》《梦走莫斯科》《画的新加坡》《马尼拉偶感》《悉尼歌剧院》《大英博物馆之思》等 24 首诗歌是他在游览世界各地风景时写下的。他的诗歌不仅融入了各地风景的美，还把自己深深的哲思发挥得淋漓尽至。例如《马来西亚手语》：“有一种语言不需要翻译 / 痛哭 / 喜泪 // 吉隆坡迎我的 / 两座直直的 / 破云而亲近天宇 // 像两株大树 / 如两峰山，不不 / 是马来西亚两根手指头 // 食指和中指 / 直直地竖起来 / 并成一个大大的 V 字 // 是赞许 / 是呼唤 / 是招示 // 雄性的自信 / 母性的多情 / 一种倔强的手语。”

有人称雁翼先生是一位用诗发言的思想家，我从读《爱的旗帜》诗集里，真正体会了这句话，也赞同这样的说法。雁翼先生以爱铸造诗魂，以思想炼诗心。他的作品不仅有对生活的热爱、人生的思考，更有对社会、对世界的忧思，和诗人内心深处激情的呐喊。例如《寄语第七个千年》：“也许我真的老了　老得 / 扛不动岁月的更替 / 七十多年天灾人祸搅乱了 / 日月升降的次序 / 人人都说要进入第三个千年 / 而我，要进入的是第六十一世纪……”

读《爱的旗帜》，我感到丰厚的思想性是雁翼先生的诗歌特点，也是他的诗歌风格。任何一个好的诗人必须形成自己的诗歌风格。诗歌的风格不尚隐晦曲折，而在于朴质流畅。用朴素自然的语言、疏淡的笔法表现宽广思想境界和深厚的意蕴，引发读者的共鸣、感动……这是雁翼先生的高明之处。他的诗歌是爱的旗帜，超越了民族、超越了时代、超越了国度，必将赢得更多的读者，影响和促进诗歌、文学、文化的发展。

我还要感激雁翼先生，他在送给我的诗集上写了这样一段话：“敬送博客世界！敢于迎难而为的创业人！”

雁翼先生通过《作家报》及副刊《博客世界》了解了我，主动以送书的形式鼓励我们这些后辈之人，其善行、友行，我将永远记住，并化为动力鼓励我前行。

——写于 2008 年 2 月 28 日

读《漂泊岁月》诗集有感

当今许多公办文学、诗歌报刊经受不住市场经济大潮的冲击，走向了颓废、低落、萧条，似乎走到了绝境。但透过表象看，文学、诗歌在互联网上方兴未艾、热火朝天。像榕树下、红袖添香、白鹿书院、黄金书屋、中国作家网等大型文学网站每天刊载着数千篇新文学稿件，而博客网站每天有数十万文学博客更新着自己的文学新文章。因此，可以说文学、诗歌的春天在网络上，文学、诗歌的希望在网络上。

近几年，我读过网络上零零碎碎上万首诗歌，各种流派、各种风格、各种题材、各种时代的诗歌五彩缤纷、百花齐放。像大多数网民一样，在网络上阅读已经成了我的一种习惯。不过网络尽管发达、兴旺，但不适宜长时间阅读，有条件的限制与束缚。适量地读一些铅体字印刷的书可使我们的精神生活得到更好的弥补。

最近一年里，我读了罗珠、雁翼、孙更俊等人风格不同的精美诗集，获得了如沐春风的感觉。我佩服这些名家的诗词语言简练、意境丰富……没有想到，偶然认识济南画家、作家、诗人崔然琳，她赠送了一本诗集《漂泊岁月》给我。读后，我感受到了震撼。

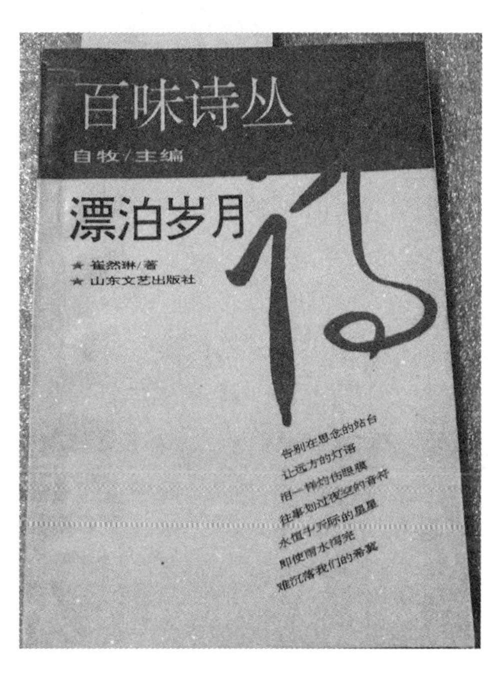

崔然琳的《漂泊岁月》封面

猛然间我觉得文学、诗歌是我国优秀传统文化，爱好者不下于数千万人，真正能称得上诗人、作家的也有几万人之多。虽然，有些人的作品还没有得到有关媒体的关注，没有得到出版社的宣传和广大读者的青睐。但是，他们的诗歌集是美妙的文化大餐，如果你有幸读到，无疑会走进一个崭新而精彩的精神世界，随着诗花激荡，随着诗风飞舞。

崔然琳是一个水平很高的画家，她的画中有诗，而诗中亦有画。她笔下的景物诗不是传统的写实诗，而是气象万千的意念诗。例如《白杨树》:“太阳依偎着白杨树 / 倾听它叶尖的故事 / 那躯干里丰满的年轮 / 一圈圈撩拨着岁月 / 火自根延伸到叶脉 / 燃烧了许多许多年 / 吮吸了土地乳浆 / 在风中成为帆、成为旗帜 / 越过黑暗、走向黎明 / 讲给天空的故事 / 装满了恢宏的个性。”

读此诗，画景顿生，眼前流动的不仅是一幅静止的画面，而且是一组动态的幻象，耐人寻味。

崔然琳在自己的工笔画前留影

不少诗歌，崔然琳写得十分简洁明快，它们的标题甚至简练到只有一个字。例如《怕》：“每当走进春天的房间 / 心被太阳剥得透明 / 迷离的双眼 / 蹒跚的脚步 / 在面对面中　他和我 / 像陈述一件故事 / 没有了漫漫长夜的感觉 / 只有不拒绝的港湾 / 让帆船漂过 / 不知是谜 / 还是浸落水中的月 / 在我的记忆中 / 成为最好的礼物。”

诗歌看上去短小，内在却深藏着生动、鲜亮的情感，能让读者心灵产生共鸣，并由此而感动。

崔然琳能文会画善武，曾多次参加省市武术比武大赛，她的诗歌集里也不乏豪气不让须眉的诗歌。如《龙凤双剑伴我舞》：“如燕穿林 / 如鹏展翅 / 十八岁刺向太阳的季节 / 碎片父爱多少往事 / 一次又一次串联起 / 深入高山密林 / 拜师求艺 / 做无数回腾挪闪跳……”

这些诗歌呈现出了作者多才多艺的生活，她用剑雕刻着生命，用笔刺绣着人生，令人读后感想联翩。

《漂泊岁月》这部诗集成稿于 1993 年，出版后又于 2001 年、2002 年进行了修订。一百多首诗歌可分为四类：一是山水风物诗，记录了作者为寻求美，四处漂泊的踪迹；二是情感诗，描述了作者对爱人、父母、孩子深沉、细腻的爱；三是哲理诗，阐述了作者对社会、人生、生命的思考；四是友情诗，表述了作者与文坛朋友互动的友谊与情感。

这部诗集不厚，虽然在编排分类等上还有某些不足，但它富有深厚的内容和特色，能感动读者，称得上是一部好诗集。崔然琳是一个从不放弃追求的人，在知天命之年依然每日辛劳地绘画，不断地写作。她出版过长篇小说、散文集和画册，相信不久的将来，她还会让我们读到和看到更多精美的诗歌、小说和画作。她会穿越巍峨，闪出更光亮的色彩。

——写于 2008 年 5 月 3 日

艺坛驾凌云　诗海扬心帆

——《蒋义海选集·诗歌卷》读后感

诗是心中的歌，它可以抒发人们心中的喜怒哀乐。

诗是胸中的画，它可以折射出社会的万千景象。

诗是脑中的火花，它可以体现出人的哲思和智慧。

诗是现实与历史的写照，它可以歌颂英雄，反映时代风貌。

诗言志、抒情、叙事……诗是语言的艺术，是表达情感最好的利器。数千年来，诗歌沿着楚辞→汉乐府→魏晋南北朝民歌→唐代新乐府（五言、七言、绝句）→宋词→元曲→“五四”后现代诗（浪漫抒情诗、朦胧诗、乡土诗、叙事诗、政论诗……）的轨迹发展，潮起潮落，诗歌曾辉煌、鼎盛，成为一个个时代文化繁荣的特征。而在当今经济、科技高速发展的时代，诗歌是繁华了呢，还是没落了呢？

许多公办的文学刊物、诗歌刊物订数直线下降，有些朝不保夕。诗不再是走向政坛的敲门砖，诗人头上的光环已然消失……有人悲叹当代的诗歌没落了。前一段时间社会上出现了数起恶搞诗歌、诗人的事件，一些所谓当代诗人代表——“梨花体”“废话派”的下半身诗人以裸体去“捍卫”诗歌，而适得其反。许多人为诗歌感到悲哀，总觉得诗歌没落了。而笔者从网络和民间文学刊物上发现当今诗歌是历史上最繁华的时期，诗人人数达几百万之多，中国作家网、榕树下、红袖添香、白鹿书院等数百个网站和数百万文学博客每天发表上万篇诗歌，不少诗歌图文并茂、精美绝伦。许多民间刊物也不断刊载各种旧体诗歌和新体诗歌，在北京现代文学馆、徐悲鸿纪念馆、宋庄、山东泰山脚下、南京梅林等地，不时有诗人、作家、画家、文学爱好者自发举办诗歌朗诵会，个人自费出版的诗歌集如雨后春笋，遍地生发……优秀的诗歌日日都在产生、在显露。只不过需要时间去淘洗，需要人们去分辨，需要媒体去宣传。

《蒋义海选集·诗歌卷》封面

收到《蒋义海选集·诗歌卷》，我仿佛得到了一瓶美酒，似乎窥探到一股甘甜的泉水。该选集诗歌卷于2007年8月由中国文联出版社出版，448页，共计52万字。

封面精美，内页编排合理。

蒋义海先生是江苏省文联的专业书画家、国家一级美术师，现任南京国际梅花书画院院长、南京名人艺术研究院院长。国画工人物、山水、花卉，尤擅长画梅花、钟馗、达摩和高士等。因其画在传统的功力上充满了创新张力，个性鲜明，简洁概括，风格独特，自成一体，业内人士称其画为“蒋家法”，有“中华一枝梅”“金陵梅王”“扬州九怪”之誉。许多作品为欧美、澳大利亚、日本、中国港澳台等国家及地区纪念馆、博物馆、政府机构和收藏家收藏。他数十次参加国内外各种类型书画展览、大赛，并获奖众多。

除国画、书法外，蒋义海先生在漫画、诗词、散文、文艺理论、语法修辞、民间文艺等方面，也做出了不少成绩。至今他已出版了《蒋义海中国画集》《蒋义海梅画集》等20余本著作及画集。1989年，他编撰的《漫画知识辞典》是中国第一部漫画辞书。1996年，他主编了大型画谱式美术工具书《画海》，著名画家黄养辉先生称：“可与语言学术界中巨著《辞海》相媲美。”

继2005年12月《蒋义海选集·传记卷》出版后，2007年8月《蒋义海选集·诗歌卷》又出版了。今后8年内还将有蒋义海散文卷、评论卷、漫画卷、小品卷等14卷本著作出版。蒋义海先生真可谓是当今书画界一位难得的精通书画又酷爱文学的人才。研究、探讨《蒋义海选集·诗歌卷》有利于对当代诗歌发展趋势进行正确的判断、认识和评价，有利于弘扬真善美，让诗歌发出新时代的强音。

一、诗为画魂，画增诗艺

在蒋义海先生的《系日斋杂记》里，有这样两段警句：“‘诗中有画，画中有诗’，佳也；诗中无画，画中无诗，劣矣；诗人有画家的眼力，画家有诗人的激情，其作品，善哉。”“诗是画之魂，书是画之骨，不懂诗与书，画岂能算艺术？”

蒋义海先生国学造诣深厚，不仅绘画风格独特，含意深远。其书法宗“二王”，学怀素，融板桥，自成章法。而对人生、社会的理解也颇有真知灼见。他的国画作品，总要书写上一首朗朗上口、意境优美的诗歌，真正做到诗书画三位一体，而让其作品显示出极强的艺术魅力。例如2006年7月10日，他在寓所“系日斋”，先作墨梅一幅，赋诗道：

横拖竖抹枝干出，不上颜色韵味殊。
点点圈圈又添笔，画梅仅是此一路。

随后又画红梅一幅，再作诗歌一首：

新枝老干两相映，着手挥毫重又轻。
画到入神全忘画，梅魂化作我之情。

前一首把梅花画技融入诗歌内，后一首又活脱脱地展现出画者的神态、心境，让人读起来趣味盎然。

蒋义海先生擅长作梅花，又擅长作钟馗、达摩、高士等人物画。人物画同样以诗辅景，如《钟馗画》自题诗：

（一）

声名赫赫一英雄，自古专来净世风。
佩剑搜寻邪恶鬼，人间安太颂君功。

（二）

公正无私斩恶魔，忠肝义胆保山河。
舍身为得真理在，保国安民重任荷。

（三）

吾依君剑得安宁，事业年年有大成。
满座高朋钟馗论，吟诗赠画友情深。

这三首诗歌的语言有如熟手烧焊一样稳固、准确、有力，读后人们可以感受到作者的激情和正气，更能理解画意。诗歌艺术是词语与情感的最佳冶炼厂，这可以从蒋义海先生不同的诗作中得到验证。

二、诗歌是思想上的奔放

诗歌，需要的是思想上的激情。一首好的诗歌作品，在文字形式上应该让读者读出一种昂扬的激腾，随后会引导读者陷入汹涌澎湃、延绵而至的思索中去。我崇拜艾青、席慕蓉等人的诗歌作品，因为他们把飞迸的感情及思想的价值取向通过朴实无华的文字流畅自如地表达。例如艾青的《我爱这土地》：“为什么我的眼里常含着泪水，因为我对这土地爱得深沉。”读这些名句，可以与诗人的心灵共鸣。

蒋义海先生的诗歌在思想上也是极具有深度的。例如：

真理（外三首）

为了你，有的人，
铁幕中发誓：
“我以我血荐轩辕。”
为了你，有的人，
赴刑场高吟：
“砍头不要紧。”
为了你，有的人，
在人妖颠倒下，
坚信写好历史的是人民，
忍辱负重，战斗一生……

为了你，我曾经流泪、伤心。
因为你一度被人
深深地埋进黑黑的地层……

读这样的诗歌，我们脑海里禁不住地会浮现出一代又一代的英烈悲壮又激昂的画面，止不住地会想为了真理我们应该无所畏惧。

哲理诗，用鲜明的形象和生动的细节，表现超人的发现和深邃的思想。其篇幅短小，但寓意深刻。写起来很有难度，若掌握不准，往往会失去哲理本来的情趣，从而影响读者的审美享受。蒋义海先生的诗歌卷中有数十首哲理诗，读起来却新颖生动。例如《戒骄篇》（三首）中：

母鸡

母鸡生了一只蛋，
就拉长脖子高声唱：
“个个大……个个大……”
它得意高唱，叫人快来看。

不过，
我还是想把母鸭夸赞。
它的蛋比鸡生得又多又大，
却从来不到处吹嘘，大言不惭。

大鼓

人们在使劲地敲，
我却忍不住地笑。
不是为节日的热闹，
不是因红红的捷报。
笑你妄自高傲——
老是重复“懂懂懂……”
实则腹中空了。

在写事中抒情，让读者从诗中体味到的不仅仅是情，而主要的还有理。潜“理”于景、渗“理”于景，这是写哲理诗的一种技巧。采撷哲理并非易事，这就要求作者是一个勤观察、细体验、深思考的人，对事物有入木三分的审视力，然后，才有希望捞取到哲理的珍珠。可以说，唯时代的智者，同时又是诗歌艺术的高手，才有可能写出精美的哲理诗。

三、诗歌是呈现历史的窗口

诗歌不仅是艺术的、审美的，是现实生活交织思想的产物；也是历史的，它是历史记录的一种方式。历代诗歌往往可以作为一个个历史的窗口，可以窥探到不同时期、时代的变故、变革及转变。

能够经得住历史和时间检验的诗歌才是文学上具有真正意义的好作品，它的语言具有永恒的文学魅力。在《蒋义海选集·诗歌卷》中占篇幅最大的是两首叙事长诗《妈妈的故事》和《路》。

《妈妈的故事》描述了在解放战争中参加革命的农民丫头杜玉芳，领导穷人闹翻身，在战争烈火中历经艰险，磨炼成长的故事。中华人民共和国成立后成为县委书记的杜玉芳，与群众打成一片，领导人民发展经济，受到人民的爱戴。可是特殊的政治风云年代，她又成了囚徒，受尽摧残，她为了真理而斗争，最后迎来了曙光。杜玉芳的经历曲折，坎坷悲壮。诗歌起伏跌宕，将奇异而敏锐的感觉置于一个个历史事件转折之间，既模糊又清晰，既广大又细致。该诗对苦难的描写有独特的视角，现场细节的白描有力度，震撼人心，富有一定的历史感与节奏感。

《路》重点描写了苦大仇深的英雄马俊血泪斑斑的家史，在抗日战争、解放战争中与黑暗搏击的事迹和战斗精神，讲述了中华人民共和国成立后他身残志不残，为改变农村旧貌奋斗及与巧巧真挚、动人的爱情故事。作者借鉴了民歌信天游与古典诗歌里描绘人物的手法，增强了长诗的艺术效果。这首诗歌长达213页，20余万字。在现代诗歌史上是难得一见的长诗。

当今诗界，长篇叙事诗越来越少见，而反映革命传统和斗争的叙事诗更少。这两首长篇叙事诗虽然是蒋义海先生三十多年前写成的，但现在读来依然能感受到其中丰富的情感和内涵，让人看到历史发展的轨迹。

有的诗歌语言很美，意境也很深远，不过内容贫乏，那就缺少了一种穿透力、一种刻骨铭心的力量。一首真正的好诗最重要的品质还是内容，内容需要将现实性和历史性相结合，也就是主题要富有现实意义和历史意义，这就是诗的精神实质。

好的诗歌就像松香一样，给人以清新、敏锐的刺激。蒋义海先生的诗歌与那些喧嚣浮浪的诗大相径庭，它们未必十分完美，但它们以独特的语言贴上了自己个性的标签。它们就像松树在生长中分泌的松香一样，活过，生长过，最后也可能就腐烂了，但松香却留了下来，它带着松树的生命的强烈而真实的气息，这气息令人清新。

备注：2008年4月，笔者两次到南京采访蒋义海先生，蒋先生送了一些图书资料给笔者，两人相谈甚是投机。随后笔者写出此文，2008年7月在《名人艺术研究院》杂志上刊载发表。

张富英《倾听与注视》跋

本周花了两天时间，读了一本《倾听与注视——张富英文学作品选集·散文随笔卷》打印稿。

从2002年始，我与张富英先生相交。由于他性格豪放爽直、气质粗犷大度、才思敏捷坦诚，对事业高度的热情与专注。我为他的才华、才学、才情、才气所吸引，交往日益频繁，与之成为无话不谈、贴心贴肺的挚友。

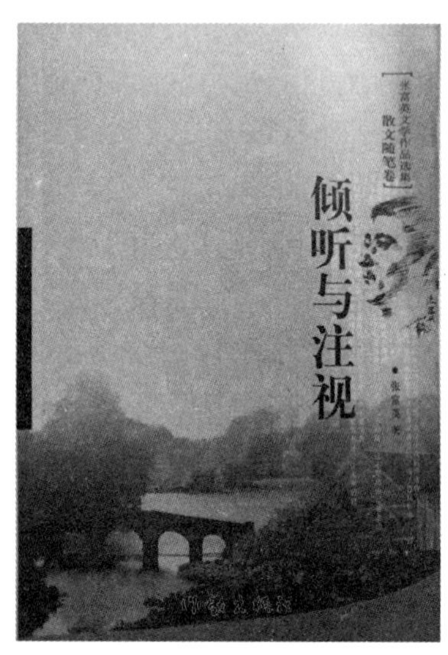

《倾听与注视——张富英文学作品选集·散文随笔卷》封面

可是，这些年来我读到他的文章却屈指可数，仅《作家报》上发表的几篇而已。我知道他喜欢写诗歌，参加了不少全国性的诗歌研讨会，在会上他也经常朗诵作品。他是一个很忙碌的人，要主持头绪繁杂的《作家报》日常事务，要组织编辑大型文集，要策划富有特色的文化活动，每年还要去全国几十个城市参加各种类型的文化交流会议，或去颁奖，或去剪彩……著名诗人王耀东先生称他是一个出色的文化活动家，曾对我说："富英的诗歌写得不错，我知道他近年来很忙，没有时间写作。"

忽闻张富英先生要出版文学作品选集的喜讯，这让我惊喜交加。毫无疑问，喜的因素大于惊，我由衷地为朋友取得的成就而高兴与庆贺。

手捧此本《倾听与注视——张富英文学作品选集·散文随笔卷》文稿，我嗅到了漫卷的书香，从字里行间，我窥视到了张富英先生成长的足迹和藏而不露的文才。他善于思索，一百则《思想碎片》凝聚着他的智慧和哲学思想。语言精美，字字珠玑。例如第53则："谁狂妄，谁浅薄。一时狂妄，一时浅薄；一事狂妄，一事浅薄；一生狂妄，一生浅薄。狂妄与浅薄，相伴相生。"在读到如此经典的语段时，我不禁连连拍案叫绝。

此书涉及面很广，有记述名人间友情的交往录，有因凡人小事而触发的感受文章，有书评和时事评论，有精练的游记散文，有观点鲜明具有说服力的议论文。观书如观人，此书展现了张富英先生细腻的文风、深邃的思想。

读一本好书，会让心灵与心灵对话，会让人得到意外的启迪。

《倾听与注视——张富英文学作品选集·散文随笔卷》，是他前期散文写作的最好总结，是他文学创作道路上竖立的一块里程碑，它可以照亮别人，更可以鞭策自己跃马扬鞭，获取更大的成就。相信将来不久，张富英先生还会给我们更多的惊喜。

——写于2007年12月12日，收录于《倾听与注视——张富英文学作品选集·散文随笔卷》

妖窈迷人的情感圣女　撒不尽的情感彩圈

——水中仙子小说集《情劫》序

在网络世界里，爱情小说是一大亮点。有的情感细腻、缠绵、动人，有的欢快与悲情交叉起伏……爱情是千古永恒的话题，爱情的表现形式如世人的面孔一样千奇百怪，无一相同，因而许多人的爱情故事在不同的时代都有其新的内涵和特色。无疑，它是文学发育的生长点，也有自己新时期的“题材史”。

《情劫》图书封面

早期网络上的爱情小说在写作技巧上较为幼稚，粗陈梗概。大多用说明文式浅显的叙事语言，交代出情节的进展，勾勒出故事的框架。有的内容低俗化、庸俗化，片面地突出性在爱情中的地位，仅反映爱情的阴暗、晦涩、悲苦，而不能呈现爱情的欢乐、明快、幸福，不能引发人深思而走向成熟。虽然20世纪90年代也出现过一些不错的网络小说，但总体水平低，没有被文学界认可，在读者心目中其品味也不高。

随着网络科技的发展，博客出现了。它在网络上掀起了一次革命。所有的写手都能拥有免费的、自我控制后台的网站——个人博客。它可以存储个人各类文章，朋友间可以进行文学讨论，如此等等，其优势吸引了越来越多的专业作家、业余作家和文学爱好者，把大批优秀的爱情小说推上了网络，使网络爱情小说有了质的变化。水中仙子正是在博客大潮涌起的时候浮现出水面的一个优秀网络作家。

认识水中仙子纯属偶然。2005年10月新浪网举办第一次博客大赛，新浪网请了名作家虹影、陆天明、白晔、叶永烈、余华等人开博，担任评委。我带着好奇，也参加了博客大赛情感类角逐。每天我会注意与我一样进入情感类别前十名的人情况，也会去拜访、观摩他们的博客。

水中仙子正是前十名中的一个，一次，我走访她的博客，被她的中篇小说《都是情欲惹得祸》吸引。她的爱情小说章节短小，情节发展处处扣人心弦，语言精练，主体思想健康，特别是她的小说能以情感人。我在网络上搜索了一下，发现她在博客网站为情感类知名专栏作者、热点作者，还被博客网站的博客大赛作为情感类点击率最高的博客赛手，后来她在那次大赛里被评为“2006年度十大博客人物”之一。

因读她的爱情小说，而与水中仙子交往，从而关注她的爱情小说。她的小说一篇又一篇地出现在博客上，每篇小说都有鲜明个性的人物、新的情感角度。离奇的开头结尾，紧紧抓住了读者的心理，让其无法从“爱情旋涡”中逃脱，驱使着他们一个章节一个章节地读下去，一篇又一篇地读下去。有的人成了她的小说迷，有的把她当作朋友、当作大姐、当作偶像。

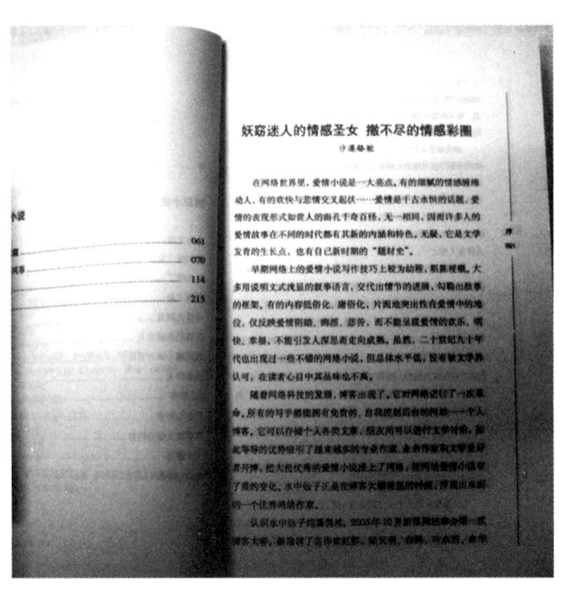

妖窈迷人的情感圣女 撒不尽的情感彩圈

在网络世界里，爱情小说是一大亮点。有的细腻的情感缠绵动人，有的欢快与悲情交叉起伏……爱情是千古永恒的话题，爱情的表现形式如世人的面孔千奇百怪，无一相同，因而许多人的爱情故事在不同的时代都有其新的内涵和特色。无疑，它是文学发育的生长点，也有自己新时期的“题材史”。

早期网络上的爱情小说写作技巧上较为幼稚，粗陈梗概，大多用说明文式浅显的叙事语言，交代出情节的进展，勾勒出故事的框架。有的内容低俗化、庸俗化，片面地突出性在爱情中的地位，仅反映爱情阴暗、晦涩、悲苦，而不能呈现爱情的欢乐、明快、幸福，不能引发人深思而走向成熟。虽然，二十世纪九十年代也出现过一些不错的网络小说，但总体水平低，没有被文学界认可，在读者心目中其品味也不高。

随着网络科技的发展，博客出现了。它对网络进行了一次革命。所有的写手都能拥有免费的、自我控制自由的网络——个人博客。它可以存储个人各类文章，朋友间可以进行文学讨论。如此等等的优势吸引了越来越多的专业作家、业余作家和文学爱好者开博，把大批优秀的爱情小说搬上了网络，使网络爱情小说有了质的变化。水中仙子正是在博客大潮涌起的时候，浮现出来的一个优秀网络作家。

《情劫》图书内页

要写好爱情小说，其实也离不开生活的磨炼。现实生活中的水中仙子是情感的追求者、探索者，经历过各种离奇爱情的磨砺，也听闻过许多“迷”向她倾诉自我爱情的隐私。因此，她掌握了很丰富的爱情写作素材。

其实，许多人并不缺少爱情生活，关键是缺少对爱情生活的仔细观察、思考和感悟。水中仙子之所以能写出这本内含3部中篇小说和21部短篇小说的爱情小说集，源于她个人的勤奋，源于她情感的体验和思索，源于她温暖如火的热情、激情。

我一直很欣赏水中仙子的爱情小说，也曾为她的小说进行了几次推荐，但因多种原因从2006年拖到现在她的书才得以出版。水中仙子的小说集是由我们“博客文学联谊会”推荐、帮助出版的第一本文集。它的出版是水中仙子个人的大事、喜事，也是我们博文会的大事、喜事。相信水中仙子的小说集会赢得更多读者的喜爱，会得到文学界专家的好评，会受到出版界的青睐和再版。

在水中仙子小说集出版之际，以此为序，记录我对她作品的推崇，陈述与她交往的起因、过程，见证水中仙子的成功。

一个漂浮在情感大海里的仙女，会被东升的阳光照耀得更加绚丽多彩，她撒出的情感飘带会旋转出更多迷人的彩圈。

——写于2007年6月28日，收录于水中仙子小说集《情劫》一书中

流淌宝贵真情的《美家家书——与友书》序

鸿雁传书，在中华民族已绵延了两千多年。古往今来，游子浪迹，朋友异处，骨肉分离，关山远隔，天各一方。不同的梦里有着共同的主题，不同的信里有着共同的情爱。家书传情，情长纸短，一封封带着体温、夹着泪痕的文字，是人们内心最柔软的倾诉与期盼。一封封平凡而又平实的家书是一个年代、一个社会、一个阶层的原始记录。它们反映了社会上人们的所思所想，反映了客观生活等，可以说是历史的缩影。

现代著名诗人艾青曾说："在书信里，可以看到纯真的友情和炽热的爱情，那里面，有真知灼见的心灵对话，有畅所欲言的坦荡胸怀。千里的思念，万般的情怀，羞于直言的絮语难于面叙的心迹……唯有书信才是直接毫无掩饰地表达个人心灵感受和道德情操的最好方式。"

《美家家书——与友书》此书的作者姚美家女士是我父亲郭可慈先生的学生。巧的是，她的大哥姚兆邦、二哥姚星也是我父亲的学生。他们兄妹与我父亲年龄上差距不大，关系大于一般师生关系，如朋友，如兄弟姐妹。因此，我从小就称姚兆邦、姚星为"叔叔"，称姚美家为"阿姨"。我们老家同住在一个镇上，从我家穿过一个小胡同就到了他们家，他们的母亲我称"祝奶奶"。

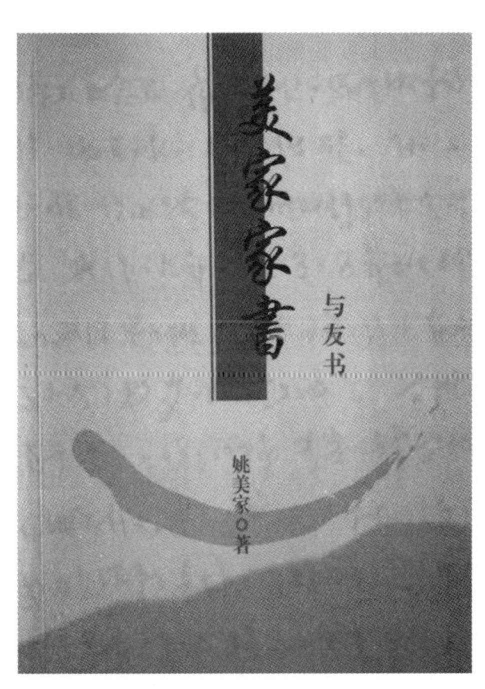

《美家家书——与友书》封面

几乎每年姚美家回家总要来探望我的父母亲，我们家就会来一大帮父亲的学生，也是我称为叔叔阿姨的人来聚会。他们海阔天空地谈文论诗、引经考史、伤古怀旧……每每让我惊讶、惊喜而向慕他们的才华，不时地为我父亲有这样一帮学生而高兴、而自豪。

上个月，姚美家阿姨打电话给我，说编辑了一本书，请我看看提一些修改建议。五一劳动节期间，我特地抽时间读了《美家家书——与友书》。这本书每一个章节都让我心灵受到震撼，发生共鸣。无论是老信封、老照片、老信笺，都让我感受到了尘封的历史依旧鲜活、依旧生动。

尤其是信的内容，忠实地记录了姚美家阿姨60年代的生活、工作、思想和周围的人事情况及社会动态。信里全是真情、真话、真人、真事。

姚美家本人和她两个哥哥、一个弟弟的情感生活、社会波折，我小时候就零零星星从父母的闲谈中听到过，现在这本书一下子把我脑中记忆的片段串联起来，它们特别清楚、清晰与亲切。我似乎又回到了那个曾经熟悉的年代。一本书能引起读者思想上的共鸣，无疑是一本好书。我想它会让姚美家阿姨的亲友们看了后感慨、感动，也会让其他人有所领悟、有所受益。

当电话和互联网闯进我们的生活，书信逐渐落寞，这是科技发展的必然结果，谁也没法逆转。但家书有现代通信手段无法取代的功能，“个性化表达”就是其中之一。在这本书中，我读到很多经典的片段，如 1970 年 6 月 17 日信中说：“不知你近来身体可好？十分挂念。你的‘炎’真多，而令人不满和担忧的是你太‘哈’，自己一点也不知道爱护身体，有了病也不急于医治，医治后又不很好地休息。恐怕不遵医嘱，不肯服药的老毛病还未改罢？”一个‘炎’字，一个‘哈’字用得非常现代，当代网络里最时髦的语言也不过如此。

再如 1969 年 10 月 26 日信中说：“两封信的介绍，对你的生活现状的了解有了个概念，不大放心，你在造（遭）罪！尽管你乐为，但你的虾儿身体，特别是那个窝囊胃，我是知道的。你只有想办法改善这种状况，要设法少麻烦，少劳累，不要养胖了小丫子，劳瘦了娘老子！”这段话幽默风趣，特别能体现姚美家书信语言的风格，使人能感受到其文字的魅力。

著名哲学家、历史学家任继愈说：“家书写的时候不是为了发表，也不是为了给别人看的，所以讲真话的多。因此，家书整理工作，至少对学术界、文化界提倡讲真话，对社会风气都有好处。”

姚美家阿姨整理、出版家书，只想把这面灵魂的镜子送给她家属的同辈和小辈，让大家共同来回味她们曾经的岁月，共同分享她的人生体验；让小辈知道老辈曾经如何做人、做事，从老人的故事中领悟一些对自己有用的东西。我感到这个善良的本意是肯定会达到的。真挚的家书维系情感的力量是绵长深厚的，往往会超越家庭的局限，因为其可读性，因为其真实性，因为其历史性，它完全可能被大众传播，而成为社会文化的一部分。

——写于 2011 年 5 月 3 日，收录于《美家家书——与友书》（序言）

彩虹一道映满天

——读夏家骏《我不是包公》有感

《我不是包公》是一部采用纪实文学为体例的自传，它没有环环相扣、引人入胜、催人泪下的戏剧性故事，没有华丽、纤细、优美的文字。但是由于内容是在长期写日记的基础上汇聚而成的生活写实，因此详尽、真实、可信。加之作者是一位史学家、法学家、全国人大代表，他见证了我国改革开放30多年来法律完善的历史，亲历了成千上万的法律案例，虽然本书主体是描写作者个人生活，但却能折射出社会各个层面上各类人物的真善美品性，能看出时代的进步，所以每个篇章都耐人品味。可以说这是一部具有传奇色彩的个人史书，是一部内容丰富而值得一读的自传。

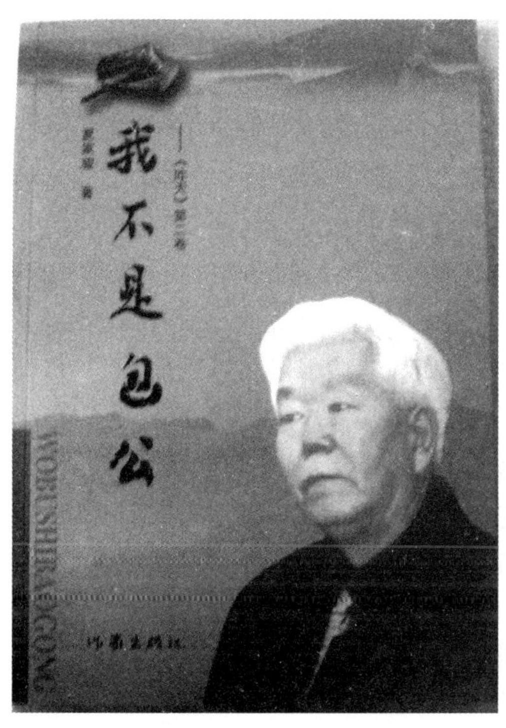

《我不是包公》图书封面

书中的主人翁——夏家骏先生被许许多多群众、媒体称为“布衣青天”“布衣委员”“平民法学家”“平民书法家”等，甚至也被一些人称为“包公”。其实，夏家骏是一介书生，他从事了数十年的历史与法学研究，从事了多年高校的法学教育工作。在史学、法学研究上做出了突出的成绩，由于他敢于为民上书、勇于为民办事，认真、耿直，一次又一次莫名其妙地被戏剧般地罩上了一道道光环：“民进市委”“全国人大常委”“全国政协常委”等，获得诸多荣誉称号和职务。

令人惊讶的是，夏家骏把荣誉称号和职务看作一种道义、一种责任，是国家对他的信任。为了纠正成千上万宗错案、冤案，从当上全国人大常委、全国政协常委的20年间，他常常夜以继日地接待各地上访群众，不辞辛劳、千里奔波协助各地政府、法院处理案件，平息事件；他不畏权贵，为民代言，与不正之风做斗争。他名副其实地行使了人民赋予他的权利，他是真正的人民代表。

夏家骏不是法官、不是大臣，手中没有权力，当不了包公。可老百姓口口相传他的事迹，信任他，有了苦难不仅到办公室去找他，还半夜到他家里去诉说。有的人因为找不到他而失望，几乎自杀。他不是包公，没有尚方宝剑，但他想尽了各种办法去帮助老百姓昭雪冤案、平反错案，解人忧患于失望之时，救人痛苦于危难之间，难怪太多的人称呼他为“夏青天”。

作为一个法学专家，夏家骏不仅为民请愿，伸张正义，他的很多意见和建议在我国一些法律的立法过程中被采纳，为完善我国的法制建设尽了一个代表、一个委员、一个常委应尽的职责。

此外，夏家骏还关心身边发生的一些小事。夏家骏说：“在做小事的同时就意识到在做大事。有的同志提出，你做人大常委、政协常委的怎么管小事呢？我就不同意。难道哪一条法律、理论告诉我人大代表、人大常委、政协常委不该管小事吗？凡是能管的事就该管。”

北京市海淀区双榆树小区的居民至今还记得，20 世纪 90 年代初，小区的天然气管道已铺设了好几年，但迟迟不通气，居住在这个小区的居民，常年使用煤气罐，有的甚至还点着蜂窝煤，过年也吃不上天然气煮的饺子，大家意见很大。夏家骏知道这事后，为了让小区天然气尽快开通，奔波了好些天，协调了不少部门，最终使问题得到了解决。

其实不管大事还是小事，不管是身边事还是全国事，在夏家骏的心里，只要是人民群众的事，他总是义不容辞。1996 年，广西某市政府承诺卖给湖南一农民企业家 148 亩地，当场收了这位农民企业家 2300 多万元。收了钱之后，该市政府将钱挪作边贸生意，全亏了。农民企业家没有得到地，就去要钱，要了 6 年也没有结果。夏家骏知道后，几次亲赴广西讨说法，结果被广西某单位挡了回来。

夏家骏说：“回来当天，我就给国家领导每人写了一封同样内容的信。当天通过人大转过去，一个月后问题解决了。”政协委员、人大代表是人民群众与政府之间的桥梁和纽带，传递政府的声音，传递群众的声音，这样社会才会更加安定。夏家骏做小事，就是做实事。小事也渗透着大道理，产生着大影响。

夏家骏的背后不仅有无数的群众爱戴他、信任他，而且上上下下有一大批好干部支持他、鼓励他。在本书许多案件中，我们可以看到国家领导人的身影。例如，黑龙江鸡西市政府长期拖欠黑龙江省国际工程技术合作公司数千万元工程款，其中被拖欠的民工工资一共 1160 多万元。2003 年 12 月 18 日，被村民围讨工资的小工头董洪喜喝敌敌畏自杀未遂。2004 年 1 月，夏家骏写信向国家领导人反映此事，温家宝总理对信件做了批示。温总理批示后，鸡西市政府向国务院提交了一份虚假报告，谎称并无此事。夏家骏深入调查取证后，再次给温总理写信，直到中央派调查组到鸡西，谎言才被揭穿，后来包括市委书记在内的多名官员被“双规”。

在另一些案例中我们又看到许多地方领导也悄悄地支持夏家骏。例如，1996 年河南新郑市一个农民在自己承包的土地上建了一个鱼塘，不料被乡里修马路破坏了，他多次要求赔偿都没有解决，朋友拿了一张《北京日报》给他说："去找夏家骏吧，他一定能给你解决。"夏家骏自己不认识那边的任何一个干部，瞧着充满忧伤的农民，还是决定冒昧地写一封信给新郑市的市长。信很快起了作用，该农民的问题得到了妥善解决。其实，许多地方干部礼贤下士，也在努力维护着国家的形象。从这本书中我感受到了光明、正义的合力。

在家庭里，妻子、孩子百般地支持夏家骏搞研究和工作。尤其他的妻子志芬陪伴他经受了许多年的风雨摧残，为成就他的事业默默抄写资料，为分担他的辛劳接待四面八方的上访者，为治疗他的疾病四处求医求药……可他多次在妻子生病时，仍旧出远门办事。夏家骏是一个情感十分丰富的人，他不是不知道应该去照顾家庭、照顾妻子，而是权衡轻重时，总把他人的利益、国家利益放在前面，把自家的利益、个人利益放在后面。他具有大智大爱，是有理想的青年效仿的榜样。

夏家骏是一个多才多艺的人，他是一个很优秀的史学家、法学家。1974 年，他出版了《清代中叶白莲起义》一书。在黑龙江省社科院工作期间，他著有《清朝史话》《中国人与酒》两部著作。1986 年进京之后，又有 10 余部专著和译著问世，还有《乾隆削冗评议》《乾隆惩贪述评》等百余篇论文见诸报刊，并参加了《中国官制史》《中国法律史大辞书》《清代法制史》等权威著作的撰写。他从小就练习书法，晚年退休后，书法成果斐然，在全国各地举办了几十个展览，出版了精装本《夏家骏书法》一书。他曾经被日本的《读卖新闻》称为天才书法大家。他的书法自成一体，独具风格，行、草、楷、篆诸体俱佳，被中国书法家协会吸收为会员。但他不以书法谋取私利，对人是有求必应，并且做过很多次赈灾义卖。他把书法作为一种传播文化的工具，而不把它作为赚钱工具，他的书品与人品一样值得称誉。

读《我不是包公》一书，我心灵深处一次又一次受到震撼。我惊愕、我敬佩、我仰慕夏家骏先生。我也阅读了许多报纸杂志、网站有关夏家骏事迹的报道和专题文章。我认为夏家骏先生是我们这个时代的传奇，犹如宋朝出了个包公、清朝出了个海瑞，他清廉公正，是全国各级人大代表、政协委员学习的楷模。夏家骏身上有一种为民办事执着的精神，就像雷锋为人民服务的精神那么宝贵。

有的人活着像惊雷，有的人活着像闪电，有的人活着像流星，他们给不同时代不同的光亮；而我觉得夏家骏先生常怀平民之心，心系布衣百姓，为民请命，疾恶如仇，刚正不阿，淡泊名利，他一成不变的朴素情怀似一道彩虹，把他的生活经历染成了七色，使他的才艺闪现出七色。彩虹高悬，美在当代，功在千秋！

——写于 2012 年 10 月 19 日，收录于夏家骏《我不是包公》一书（作家出版社出版）

简练而生动，短小而精美

——塞遥《禁区》诗集读后感

在当今文坛上，很多人一直悲叹，认为文学、诗歌在走下坡路，不吃香了，没有希望了等。其实不然，那些抱怨的人只看到了过去80年代诗人、作家满身的光环、被人崇拜的狂热气氛，看到的仅仅是一种表象，那个时期是社会政治长期压仰下爆发出来的一段必然的繁荣。

因为20世纪80年代，人们厌倦了政治运动，以热烈的态度拥抱改革开放带来的西方文化和中国传统文化的回归，各种文学、诗歌的探索带来的新气息给人以如沐春风的感觉，人们欢呼“春天的到来”。所以，诗人呀、作家呀，在社会上由“臭老九”变得很吃香，甚至有了自己的“粉丝”。许多青年走进了文坛，写诗歌、写文学，而他们的写、他们的读、他们的爱，是为了追逐时尚、追逐名利。例如现在一些年轻人喜欢“超女”“快乐男生”那样的歌舞，他们喜欢上电视台去露脸，喜欢被人称为“美女”“帅哥”。

说白了，80年代是文学、诗歌复苏的春天，现在才是枝叶茂盛、繁花似锦的夏天。虽然现在的诗歌、文学没有过去那么吸引人的眼球，没有过去那么火爆，文学刊物数量减少、发行量下降，但现在真正写诗歌、搞文学的人数不少于3000万，人数之庞大、众多是任何一个历史时期所没有的，全国5000多种报刊上所发表的诗歌、文学作品数量也是历史的几何倍数。而更多的人在网络上写作、在博客上写作。无法统计数量，无法统计人数。

2005年以前，网络文学确实糟粕很多，但随着博客这种载体出现，很快就发生了巨大的变化。许多高水平的业余作者与专业作家都加入了博客队伍，写出来的图文并茂的诗歌、文学作品让人目不暇接、美不胜收。

我与塞遥先生同感，许多人在博客上、网络上默默写作，不为时尚所左右，不为金钱、权力所诱惑，不在乎名气，不在乎“话语权”。我们不在当代文学、诗歌的圈子里，不为媒体所关注。

我们这群人写诗歌、写文学作品，就像塞遥说的那样：“他（她）们很平静，不争，不吵，为了‘写’的过程，简单地激动着，快乐着，在视野之外，在诗意以内。这让我感到温暖和欣慰。或许，他（她）们才是主流！才能体现汉语诗源远流长的精神面貌。”可以说，诗歌不需要人去拯救，文学不需要拯救。当今的诗歌、文学必然在新的社会环境下以独特的形式融合着、生存着、发展着。

当今诗坛、文坛，呈现了一种百花齐放、百家争鸣的态势，什么样的的流派也不能独大，什么样的体裁、风格都可以尝试、可以试验。因为一部好的诗歌、文学作品都必须内含真善美三个基本要素；离开了真善美，无论如何吹捧都没有任何价值。

说实话，对塞遥先生我很陌生，因为我的文学、诗歌写作起源于网络，发展于博客。在网上看的诗歌比报刊、书籍上多，写作仅仅为了快乐、为了交友，不参加任何文学流派，不关注《诗刊》《星星诗刊》等主流媒体。现在，我自己的写作计划很多，没有时间去读我不认识的诗人、作家的作品，更没有时间去读时尚作家的畅销书。我承认自己的不足，确实对当代的诗人、作家了解不多。但一旦我熟悉了某个诗人、作家我会深入研究，长期观察。

8 月 5 日，《作家报》张总给了我一本塞遥先生的诗集《禁区》，要我参加老朋友王耀东先生组织的研讨会，并发言。因此，我当作任务，抽出时间专门反复读了这本诗集，我还在网络上查看了塞遥先生的新浪博客。读了相关文章，对塞遥先生有了进一步了解，也开始喜欢上了塞遥先生的诗歌。

在《禁区》这本诗集里，我读到了不少杰出的作品，如短诗《钟表店》《2006 年最后 10 秒》《禁区》、组诗《树》《寂寞的天堂》《睡吧，天使》等。塞遥先生擅长运用简练的语言来反映对时空关系与生存状态的体验和思考。例如《寂寞的天堂》十：

从这里走过去，十三步
从那边走过来，也是十三步
春天来到我的后院的时候
我正仔细测量着我那正方形的孤独……

这首诗歌短小精美，语言通俗易懂，意境深远，耐人寻味。读这首诗歌时我不由得想起了李白流传千古的诗歌："床前明月光，疑是地上霜。抬头望明月，低头思故乡。"好的唐诗，能流传的东西似乎都有一个共性：通俗易懂。现代一些诗人写朦胧诗、印象派诗，故作高雅，晦涩怪癖，让人读不懂。别人都读不懂，怎么还会欣赏他作品中的美呢？

我认为好的作品，是在流传过程中确立其历史价值的。当代一些先锋派"梨花体"诗人写作出来的东西无病生吟，"无力的梦呓"，如一杯白开水没有情感、没有意境、没有一点回味余地，只能表明他（她）说了一句话，不能称为诗。而"下半身"的写作扭曲社会主体，以肮脏的文字毒害读者的心灵，其诗没有诗品、诗德。这些脱离了真善美的基本原则的东西，是诗坛的垃圾，只能被人厌恶，被时代看低，被历史遗弃。正是因为现代诗坛出现了这些乌七八糟的垃圾，而影响了诗歌本来在人们心中的美好形象，诗歌的低迷，不被人普遍看重，其根本原因之一可以说是"垃圾"诗歌造成的。

我由塞遥先生的精美短诗扯到了唐诗、现代诗，把佳品与垃圾对比起来分析，其实目的就是说我们要弘扬正气，宣传好的作品。而塞遥先生《禁区》诗集里还有

很多短小精美、通俗易懂的诗歌。例如《一张裸照》:

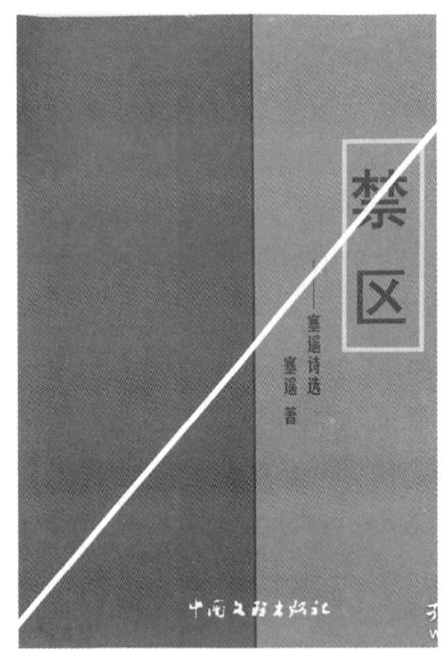

塞遥诗集《禁区》封面

这是一个六七岁的女孩
她的背景是一片荒芜的村庄
光秃秃的，寸草不生
硝烟弥漫的天空，无遮无拦
一朵云彩也没有

除了全身上下，她的眼睛
也惊恐地，裸着
只有她的双手还紧紧地
握着一对细小的拳头

卡娜对我说，这是一座屠杀后的村子
在卢旺达，一个被死神遗弃的女孩

1994年的卢旺达大屠杀造成了800万无辜平民的死亡，酿成了自第二次世界大战结束以来最惨绝人寰的大悲剧！2002年，联合国卢旺达战争罪法庭对这场种族灭绝罪行的主犯进行审判，引起了全世界的关注。在这一背景下，诗人于2002年9月在纽约写下了这首诗。在《一张裸照》这首诗里，诗人只用了很简练的几个词语“荒芜的村庄”“硝烟弥漫的天空”就衬托出一个恐惧着的、全身上下裸着的小女孩，而这个女孩悲愤着，紧紧“握着一对细小的拳头”。诗歌借小女孩的形象抒写出卢旺达大地的灾难与人民的悲愤和激怒，以此表现诗人对罪恶战争的鞭挞。无疑，这首诗歌是倡导世界和平的生动教材，值得世人品读。

塞遥曾说：“诗歌是语言的艺术，也是一种生命的艺术。”90年代以来，他对诗歌不离不弃，一直在探索着用意象性的语言、生猛新鲜的语言及简练的形式来表现超然的人生境界和胸怀，从而反映出真善美的本质，形成自己的诗歌风格。他一直反对文字的“体制性”写作，在语言表达变种上不断尝试新东西、新方式。因此，我们在他的诗集中可以感受多种诗体带来的多种感官冲击以及不同的韵味，不同的文字气象。我相信在将来还会领略到他诗歌里更多的风采。

——写于2013年11月4日，收录于《中国百年作家轶事》一书

好书，赋予世界更多的智慧

——《浩子的智慧》序

浩瀚历史，悠悠长河，汹涌激荡过无数智慧的浪花，每一朵浪花都是一串智慧故事汇聚的结晶；大千世界，纵横古今，风起云涌过无数圣贤哲人，每一位圣贤都留有一些智慧哲言——启迪人生，修养心灵，提升智慧，从而帮助了许多人改变人生，改变命运，成就伟业，胸怀天下。

古有大智大慧的圣贤孔子、老子、庄子、孟子、墨子……今日忽闻“浩子”一名，你可能惊讶、疑惑……浩子真名王天齐，是当今美国华人世界里具有大智慧的才子、怪人。网络上相识五年来，我深深钦佩他的才智。

《浩子的智慧》封面

浩子出生于藏龙卧虎的巴山蜀地，磨难于农村乡野，喂猪、放牛、挑粪……练就了一副好身板；浩子奋斗于20世纪80年代，因受政治运动影响，导致农村教育条件差、师资水平低、基础教育不牢固，这让浩子吃尽苦头，高考屡屡失败，人生几乎没有方向。可浩子不屈不挠地向上追求，一心想让自己这只农村里的“草鸡”变成金凤凰。勤奋、坚毅、笃志让他成功，他实现了三级跳：由农民的儿子到西南大学农学学士，由学士到中国科学院理学硕士，再到美国普渡大学哲学博士……众多的生物科学研究成果使他成为一位名副其实的科学家。

浩子受益于李白、杜甫的诗风，不是诗人，但从未放弃吟诗放歌的嗜好，从未放弃对文学艺术的研究，随笔、散文、小说、评论及油画、摄影等，什么都能玩一把，涉猎之深、之广非常人所能及。浩子除了杂学于儒、释、道及西方宗教与哲学之外，还深入研习易经、八卦、风水等奇门之术，可以说无所不通、无所不晓。人的智慧既存于言语之中，又藏于行为之中。浩子的智慧在他的奋斗史上闪光，在他的科学成果上闪光，在他的博客文章里闪光……

唐代大诗人李白出蜀时曾有“天生我材必有用，千金散尽还复来”的豪言壮语，他也曾出手救济过不少人，但自己不懂经营商业，不肯“摧眉折腰事权贵”，结果官场失落，到老年只能靠朋友接济过活。今浩子壮志如云，行事侠义。他曾多次资

2005年作者及夫人[illegible]博士与麻州州长朗尼在一起

好书，赋予世界更多的智慧

郭 谦

浩瀚历史，悠悠长河，汹涌激荡过无数智慧的浪花，每一朵浪花都是一串智慧故事汇聚的结晶；大千世界，纵横古今，风起云涌过无数圣贤哲人，每一位圣贤都留有一些智慧哲言——启迪人生，修养心灵，提升智慧，从而帮助了许多人改变人生，改变命运，成就伟业，胸怀天下。

古有大智大慧的圣贤孔子、老子、庄子、孟子、墨子、[illegible]子……今日忽闻浩子一名，你可能惊讶、疑惑……浩子真名[illegible]，是当今美国华人世界里具有大智慧的才子、[illegible]人。网络上相识五年来，我深深钦佩他的才智。

浩子出生于藏龙卧虎的巴山蜀地，磨难于农村乡野，喂猪、放牛、挑粪……练就了一副好身板；浩子奋斗于上世纪八十年代，因受文革影响，农村教育条件差、师资水平低、基础教育不牢固等因素让浩子吃尽苦头，高考屡遭失败，人生几乎没有方向。可浩子不屈不挠地向上追求，一心想让自己这只农村里的"草鸡"变成金凤凰。勤奋、坚毅、笃志让他成功，他实现了三级跳跃：由农民的儿子

2005年作者在四川家乡捐款成立教育奖学金

《浩子的智慧》序言内页

助家乡办学，办文化事业。四川汶川大地震期间，他在美国发动募捐，然后远渡太平洋回国，冒着余震之险，深入蜀地，亲手把募捐的钱款发放给灾民和学校。他还默默无闻地救助过一些流浪儿童、老人，资助过一些作家、画家及文化刊物，他不求回报，不求闻达，其内心存有大慈大爱。浩子虽富有经营头脑和能力，可并不是美国的富人、富商。他在大学时代就开始尝试经商，在美国也曾办过商业公司，主要精力还是用于科学研究、思想探索、讲学等。手中有了钱，他就放在慈善的大爱上，有时自己的世界之旅缺少钱了，还不得不借助研究得来的赌技去“赌一把”来筹款，浩子真可谓是可敬可爱的巴蜀奇人。

今年3月中旬，我收到浩子先生从太平洋彼岸邮寄过来的《浩子的智慧》一书。过去，一本20万字的书，我三天可读完，这本书，我却品读了半个多月。这本书里有智慧培养与发展的理论，也有智慧发展的实践，内容充实、丰富，耐读。每读到精彩之处，我不由得为之鼓掌、喝彩：“太妙了！”

《浩子的智慧》以优美的文字呈现出深厚的人生感悟，以精彩的故事映射出一片智慧的光芒！《智慧厅里的“九宝”》《心灵的思想艺术》《人生的方向》等篇章从智慧的理论角度指点人修养心灵，吮吸智慧清泉。人生的技艺、创业与投资等篇章从智慧的实践方面指点人运用高效的方式去从事创业、投资和生活。有关浩子逸事的篇章可以让人看到“圣贤”浩子的另一面——平凡、风趣，而让人享受智慧的快乐。

人的智慧可分为低级、中级、高级、高超四个阶段。一般的人只能随年龄的增长、阅历的增加而自然发展，并经过控制性的学习提高语言表达能力等，由低级达到中级。而成功的人可以由智慧的自然发展阶段、控制性发展阶段进入探索发展阶段——高级阶段，他们在艰难困苦的磨砺中坚毅地探索、前进，自主性地洞察、分辨事物，形成独立的思想观点、行为方式等，从而利用智慧的潜能发展事业，成就辉煌的人生。通常能进入高超智慧阶段的人很少，是那些具有系统思想的大圣贤所

为，非常人能追求的目标。不过，浩子的人生轨迹与智慧思想告诉我们，人的智慧是需要发展的。只有智慧发展了，思想才会成熟，人的一生才会圆满。成熟性的智慧可以“三思而后行”“运筹帷幄之中，决胜千里之外”，可以减少行动中低级愚昧的错误和曲折，提高办事效率，获取更大成就。

智慧虽有天分的因素，但主要靠自我培养与发展。智慧的培养与发展离不开学习和思考。一本好书，一些好书，往往可以让人觉悟、觉醒。《浩子的智慧》无疑是那样的好书。

2009 年 9 月《浩子的智慧》新书首发式暨研讨会
在北京中央电视台“老故事频道”餐吧召开，由郭谦主持

笔者认为《浩子的智慧》一书深化于哲学、诗化于文学、雅化于艺术、俗化于科学技术和民间生活，可以指导实践、生活。读者从《浩子的智慧》一书中可以体会纯净与美好，领略真知与感动，收获启迪与智慧；品读《浩子的智慧》，情操可以得到陶冶，智慧可以滋润心灵。从此，豁达地看人生万象，坦然地化解困难、矛盾，掌握生活的主动权，走上一条让自我智慧发展、发光的快乐人生大道。

——写于 2010 年 4 月 7 日，收录于王天齐《浩子的智慧》一书（中国文联出版社出版）

《教育的积极力量》发人深思

——凌宗伟新书发布会记

2018 年 9 月 9 日上午 9 点，南通市通州书城四楼举办了一场别开生面的新书发布会，作者凌宗伟是我 1978 年海师中文班 40 年的老同学、密友。我们这届高考制度恢复后的首届学员，是 1965—1977 年 12 届学生中的“龙凤”，是千军万马中挤出来的人才，虽然由于多种原因让我们这批本该上一本大学、重点大学的人，误入中师。但在我们这 50 多位学员中，出了县局局长、大镇镇长、书记 20 多人，还有地级市领导 3 人。也出了很多优秀的中学语文、英语高级教师、中学校长，也出了教育专家——华东师范大学博士生导师朱晓映，出了全国著名语文特级教师凌宗伟。

凌宗伟新书发布会现场照片

凌宗伟比我小两岁，今年 60 周岁，刚退休，他当过多年省重点中学、县教师进修校副校长、两个本地很有知名度的中学校长。退休本是人生画句号，走下坡路的开始。可对凌宗伟来说却是一个新的开始，是一个发挥积极教育力量的开始。

近两年时间里，他在四川、重庆、海南、北京等地做专题教育演讲、报告 41 场次，他把他的教育文化理念、教育方式方法、教育的哲学思考等传遍全国。他曾出版过不少书，如《你也可以成为改变的力量》《好玩的教育——学校文化重建五讲》《阅读打开教育的另一扇门》《有趣的语文，一个语文教师的另类行走》《语文教师的使命》等，近年来每年都有新作出版。

大部分中小学教师是教学型教师，思维仅限于教学范畴内；少部分是教研型教师，除了教学之外，也学习研究教育学、心理学，研究教法和学法。罕见的是教育专家型的教师，读书广泛，涉及国学、天文地理、历史、哲学等诸多方面，并且思考有力度、有深度，有独特的视角，大到教育哲学和教育文化思想、创新理念，小到教育技法，都与众不同，别出心裁，自成一法，能著书立说，写出完备的教育理论著作。凌宗伟就是这样的一位教育理论型专家。

8 月 28 日，凌宗伟发微信给我，邀请我参加他的新书发布会。原来我计划在 7 月、8 月老家南通休整后，9 月 3 日回京。听了他的喜讯后，深深的、浓浓的同学情让我想分享他的成功和快乐，我立即改变回程计划，决定 9 日参加凌宗伟的新书发布会，10 日回京。

今天早晨 8 点 45 分，我提前来到通州书城新书发布会现场，我们同班同学曹子超、崔锦堂、张艳、黄晓鑫、沈默、马群生陆续到来。参加活动的还有南通市原教委领导，凌宗伟的其他时期的同学、同事、学生、家人，共 60 多人。

前排：凌宗伟（中），女同学张艳、沈默，
后排：郭谦（右起）、曹子超、崔锦堂、王晓鑫

这次新书发布会本来主角应该是凌宗伟，但他只担任了本次活动的主持，讲话的中心转移到参会的几位教育界专家身上。大家从不同的角度高度肯定了凌宗伟在语文、教育理论上的探索和成就。会场上谈笑风生、指点迷津，还有询问与讨论的环节，自始至终，气氛轻松而愉快。

在听别人讲话的同时，我从头到尾地浏览了一下这本图书。发现这本《教育的积极力量》融汇了教师学、教育哲学、教育学、心理学、校园文化、教育史等内容，是一本很精彩的书，既有教育理论深度，又通俗易懂。这本书回答了读者“什么是教育的积极力量？”“如何形成自己的教育力量？”“怎么发挥教育的力量？”等问题。

我曾经当过二十多年的教师，下过很多功夫，读过不少教育理论专著，尤其是在1987—1989年，我在南京师大学习学校教育本科专业，更注重教育学、教师学、心理学的思考，写过一些相关文章。但我最近十五年专注文学艺术研究，不再从事教育方面的探讨。这次看到这本书，我觉得同学凌宗伟已经站到时代的高度，写出了富有这个时代气息（新的思考、新的观念）的教育理论著作，丰富了我国教育理论的宝库。

这本著作适合中学教师、学校校长阅读，也适合有一定文化修养的家长阅读。它是一本值得阅读和收藏的好书。

——写于2018年9月9日

萤火虫漫舞天空的风景

——读田宇诗歌集《萤空》有感

20世纪70年代初，我高中毕业从学校走向社会，下乡插队。人生的迷茫、焦虑与农活的辛劳、汗水、泪水搅拌在一起，内心在徘徊。读诗、写诗，用诗抒发着自己内心世界的种种情绪。但那时文化水平不高，可读的东西少得可怜，我沉陷在自我的小圈子里。写的东西完全是自说自话、自我欣赏而已。

2019年8月《萤空》图书讨论会嘉宾合影

后来，我参加了高考，学习中文，做老师时又改教英语，很快就没有了诗意、诗境，也就写不出诗歌来了。2002年因家里有了电脑，我触“网”了。忽然，产生了用中文写作的欲望，我每天几乎要读一本诗歌集或一本散文集，因为那时家里有几百本古代诗、现代诗，各种文坛大家的散文集、诗歌集，像鲁迅、郭沫若、徐志摩、舒婷、顾城、余光中、席慕蓉等，每天我快速翻览，可能其中有一首诗、一段话、一句话吸引了我，就会让我心灵产生共鸣，激发起我的思索，激发起我写作的激情。

二十多年在社会上坎坷奔波，有血有泪，苦难、艰辛的摸索压抑着我的心灵。忽地，泉眼被捅破，我的心潮汹涌磅礴，一下子往外流，那时我整整写了一年多，写出了两百多首诗歌、散文。2003年下半年我写文化史著作，一直到2005年冬天，我因新浪网博客大赛，又写了一些诗歌，但后来主要写散文、杂文、文艺评论，2007年后我开始学习绘画、书法，搞文化史研究。

我从小爱走向了大爱，由肤浅的思索层面走向了纵深和宽广，人生开始精彩。我把自己写诗、写文章、搞研究的经历说与田宇分享。因为这是我读田宇的诗歌集时的闪念，他的诗歌里有不少我年轻时书写的诗句，那么，我想我就可从自己写诗历程说起，然后再说读他的诗歌的感想。

第一遍读完田宇的诗歌集《萤空》，我觉得眼前有一群萤火虫，在闪闪地发着微光，在星空里飞舞，是一道静瑟的夜晚美丽的风景。田宇诗集里的诗歌都是抒情诗。虽然不是格律诗，但是很多诗歌有韵脚，富有韵味和节奏，读起来让人感觉较顺畅。

当我反复读他的《一家亲一家人》，读到“在心中种下生命的不凡”的诗句，我就知道他是个有理想、有抱负的青年。他的诗歌《与生活为敌》：“与生活为敌，把命运当作你的仇人。征服它，战胜它，你，就是幸运的胜利者。”从这些诗句里，我感受到他是一个敢于挑战命运、敢于奋进的青年。

从他的《走着，走着，累了》的诗歌里，我看到了漫长道路上一个探索者的身影，优雅而自信，坚定而沉稳。从《来过》一诗中：“留下足迹以证明，我来过，你来过。抛开有限的以往，放下沉重的包袱，漫步。”我感受到他有一种拿得起、放得下的思想理念。他的《智慧》诗歌，从春夏秋冬、高树矮草、太阳月亮星辰、尘土、巨火、流水、栀子、玫瑰多个视角谈“智慧”，给人一种新鲜感，也体现出他的思维具有发散能力。从他的《山河》《中国梦，春天的梦》《世纪之晨》等诗歌里，我能体会出他眷眷的爱国情怀。从他的《让爱传递》《相信幸福，幸福就在这里》《王屋前的铁锄》《太阳颂》《重生，覆灭，再重生》《左脚边光明》《接受人生》《想》《星流》《人生之路》等诗歌，我觉得他的诗歌富有哲理，内含正能量和正气。

他的诗歌语言上比较优美，从细腻的情感描述里可以看到他内心思想的丰富。这本诗歌集是他人生的一个写照和总结，是一本不错的诗集，不过这本诗集没有很好的分类，是一种缺憾。有些内容写得没有厚度、深度，因为他还年轻，人生才刚开始……

世无完人，金无赤金。我相信他以后出书会编排得更好。我认为田宇年纪轻，有理想，有抱负，只要多读书、多思索、多探索，一定能不断超越自我，取得更大的进步。

——写于 2019 年 8 月 23 日（作者在《作家报》组织田宇诗歌探讨会上的发言）

走在快乐路上的歌者

——读李修平《人生路上》有感

我们每个人的面前都有各种各样的路，大路通着小路，小路岔着山路，山路伴着水路。有时路坦荡宽阔，有时路险峻难走。走着走着，有时顺畅，有时迷糊，只有有抱负、有理想的人才知道路之终点——目的之处，只有心境豁达、开朗的人才不会畏难、不会孤独，只有具有探索精神的人才会在荒芜的草丛里辟出道路，只有胸怀大志、有智慧的人在沙漠里不会迷途，才能不断创新，不断超越过去的自我，前进一步又一步。

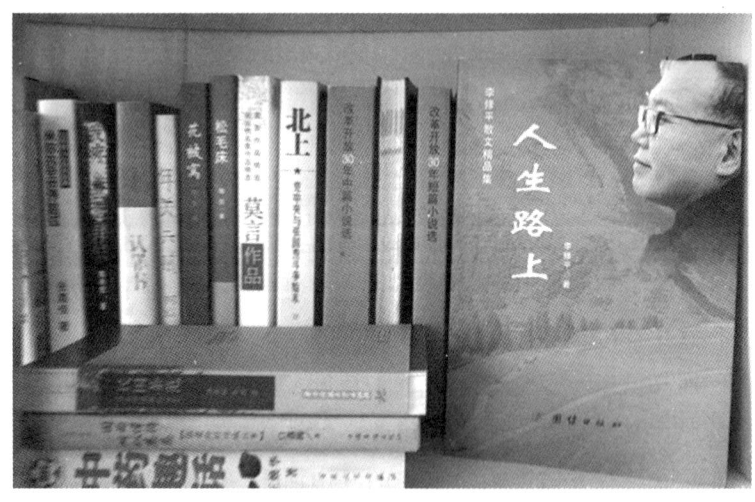

李修平散文集《人生路上》封面

从简历上看，我知道了李修平先生的一生，他一直走在自我奋进、自我超越的路上。从他这本书的开篇词《今天》一文里，我们听到他在路上的吟唱：“从今天起，不再消极，活出精气神儿。从今天起，迈开步，每天行走一万步。从今天起，读书，练字，养花，写文章，珍惜光阴……”连续八句道出了他自己未来的人生哲学、人生方向。他是人生路上的行者，是一个快乐的歌手。他的眼睛已经展望到未来：“2050 年，中国成为世界一流现代化强国”，能亲眼见到祖国伟大繁荣的景象，我想我们这辈子就没有白活。虽然九十岁是耄耋之年——古稀之年，但我们只要看到那繁盛的景象，人生就有价值。《今天》一文真是传递出一种生活自信、文化自信的理念，让人一开始就乐意读他的文章。

在第一章《文心逆旅》的一组散文里，我感到他的文笔很朴实、自然、幽默，像他所说“我就是我”，朴实的文风是他的文字符号。《我的自画像》一文，以很幽默的笔调，没有矫饰地讲述自己的个性、自己的长相、自己的心灵，读起来甚是有趣。因为他的心很平和、坦然和充实，所以他在写《自题小照》这类文章时就像一股股清流，很顺畅地流动，有生气和活力，有文字的魅力。

在《文学信徒》一文里，他用细腻的文笔，进行了自我心灵的剖析，迷茫、矛盾、痛苦、挣扎，不断回忆，不断思索，不断自我重塑，最后战胜自我，而坚定信念和追求，使他内心成长为一个强者、一个时代的歌手。正是因为他有坚定的信念和不断追求，不断地写，才活出了一种新境界，成为现在文学上成功的李修平。

《人生路上》图书讨论会嘉宾合影

从第一章到第二章《眷眷家事》、第三章《远村遗风》、第四章《家山履痕》，李修平先生写出了很多有深度、有情感的好文章，描述浓浓的爱情、亲情、友情、乡情和爱国之情，一篇篇文章文笔清秀，耐人寻味，值得以后细读。他的家庭是一个文明之家、书香之家，当地有名的典范之家，他的女儿叫“超超”，我的儿子也叫“超超”，可能我们这代人都希望自己的子女以后事业有成，超过自己，我祝福他的家庭幸福和谐永久，也祝福他的女儿事业有成。

因为时间的关系，我就结束今天的讲话，我相信以后我与李修平先生会有更多的交流，大家互相学习、促进，共同进步、发展，走向更大的成功。

——写于 2019 年 8 月 23 日（作者在《作家报》组织的李修平散文随笔集研讨会上的发言）

探求中寻找突破　创新中填补空白

——孙敦秀《汉简书法入门指南》序

在我国数千年历史长河里，汉朝国家统一，军事强盛，文化昌明，经济发达，国威远播。文景之治、汉武盛世，促使汉朝形成了以儒家思想为核心的大一统的封建文化，《史记》《汉书》、汉乐府、造纸术等伟大的著作与发明相继出现，并与汉服、汉碑、汉砖、汉瓦当等融合成特有的“大汉气象”。

自汉朝之后，华夏民族被称为汉族、汉人，中国文化被称为汉文化，书法文化也在这个时期蓬勃发展。秦代的官方书体为小篆，虽然规范工整，但书写速度缓慢、难识，不符合社会发展的需求。因此，汉朝大力推广隶书。隶书对大篆、小篆加以省略、简化，结构单纯了许多，作为日常生活书写工具，不啻为一大进步。隶书的出现也奠定了现代汉字字形结构的基础，它是古今文字的分水岭。

两汉以来，整个社会对书法的重视超过了前朝，人们进一步认识到书法不仅有实用价值，而且富于审美价值，表明人们开始更加主动地欣赏、追求和研究书法的美，预示着书法艺术的发展将进入一个更高的阶段。史书记载，汉代出现了一批开拓性的书法名家，如曹喜、杜度、王次仲、崔瑗、张芝、蔡邕、刘德升、梁鹄、钟繇。他们不仅擅长篆隶，而且是楷书、行书、草书的奠基者。

盛世刻碑颂德，社会流行碑刻。汉代留下了《乙瑛碑》《史晨碑》《礼器碑》《张景碑》《华山碑》《曹全碑》《孔宙碑》《鲜于璜碑》《张迁碑》等数百通碑，有的方整，有的流丽，有的奇古。风格上或雄强，或秀美，或飘逸，或凝重，或古朴，或优雅……可谓千姿百态。书体形态的多样性让汉字由形象美转向意象美。汉代的石刻书法绝大多数出自无名氏与普通工匠之手，这也说明汉代书法开始大众化，书法激发了全民性的创新高潮。

在书法史上，汉碑的作用极大，它是历代书家吸取养分的摇篮。尤其在清代，学界大兴“汉学”和“尊碑研帖”之风，篆书、隶书都到了崭新的诠解、创新时代，再次复兴，并达到了新高度。

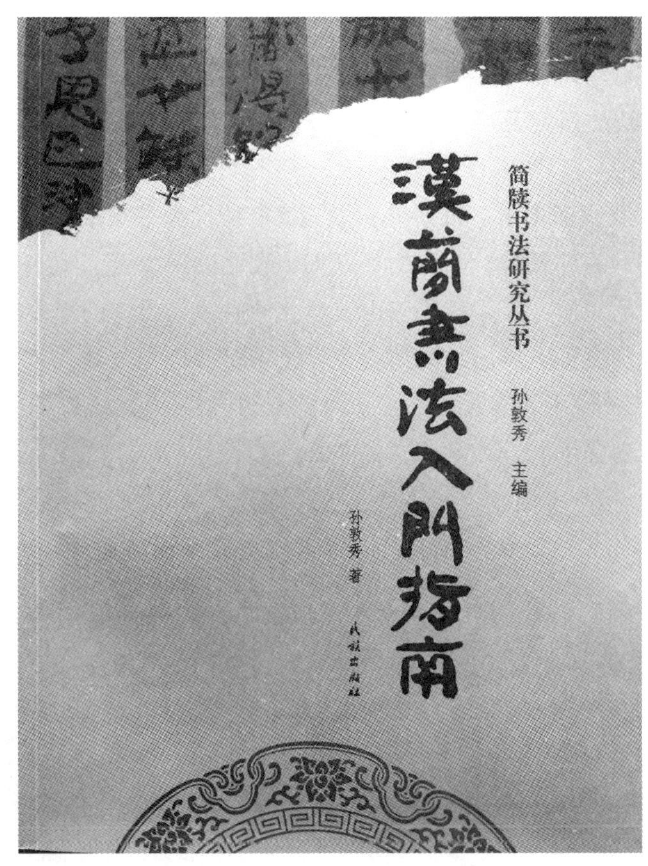

孙敦秀《汉简书法入门指南》图书封面

中华人民共和国建立70年以来，考古成就硕果累累。1959年，甘肃武威县汉墓出土了一批简牍，1971年，甘谷汉墓又出土了一批简牍，学术界立即形成了研究热潮。人们把20世纪初发现的《敦煌汉简》《居延汉简》与《武威汉简》《甘谷汉简》列为四大汉简，视为重要的文化遗产。直到汉简的出土，我们才真正见到了汉朝人当时使用的书体墨迹，这不能不说是考古工作者的一大贡献。几万片神采各异的简牍再次证明汉代书法文化平民化，书体和书风的多样化显示出人民群众是艺术创新的永恒动力。

1975年，文物出版社出版了《武威汉代医简》，1991年，中华书局出版了《敦煌汉简》，2001年，文物出版社出版了《银雀山汉简文字编》，2005年，中华书局出版了新版《武威汉简》，2008年，重庆出版社出版了《甘肃武威汉简》。这些珍贵的图书资料，引起了书法界的重视，如同甲骨文被发现以后引起书法界浓烈兴趣一样，成为书法家们研究的新课题。

汉简资料展现出汉代书法浓烈的书写意兴，灵动活泼、率意挥洒、轻松自然的运笔，以及横生奇态的笔姿。加之汉简竖长的简形、竖写的顺序、偏扁的字形、趋横的字势，形成了它竖为贯通，横为联络，既为均齐，又置错落的独特格局。汉简的文字，篆隶真行草诸体兼容。它不仅为书法实践提供了多种多样的新模式，而且为书法理论、书法史研究及汉文化提供了新的材料。学习、研究汉简对传承和发展传统文化意义非凡。

21 世纪初，我国涌现出一批研究和书写汉简的优秀书法家，如甘肃的赵正、陕西的陈建贡、北京的孙敦秀、上海的吴颐人、湖北的田生云、山东的孙玉才、江西的毛国典、湖南的何俭、天津的贾玉山、河北的赵恒、台湾的李萧锟等人。大批汉简书法作品在各类展览上展出，被博物馆、艺术馆等机构收藏，被收藏家、书法爱好者青睐。

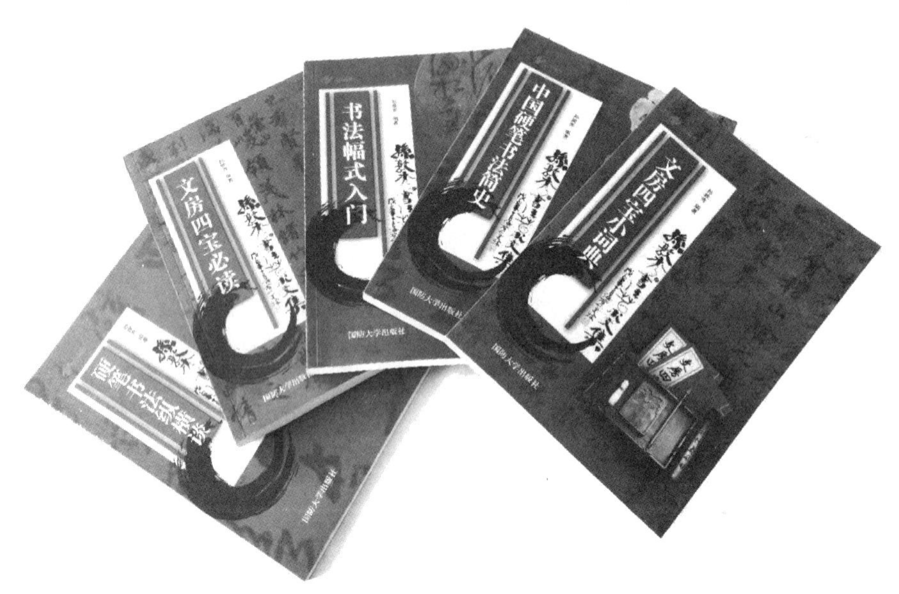

孙敦秀出版的图书书影

汉简书法既是一种传承，也是一种穿越。它成了当今书坛一道亮丽的风景线。但是，如果要让汉简像汉碑那样在书法领域里发挥更大的作用，不仅需要众多的书法实践去展现汉简书法的风姿，更需要丰厚的汉简书法理论去指导更多的人便捷入门，让更多的人在汉简书法理论的养育下成长。由书法实践到书法理论，再由书法理论到书法实践，反复循环，不断攀升，才能形成蔚为壮观的书学新景象，并使汉简书法成为一个完备的学科。

孙敦秀先生不仅是一个书法实践的名家，而且是一个长期扎根书法理论研究的行家。20世纪80年代，他编撰了一本《书法小词典》，由北京出版社出版，总销量达到15万册之多。该词典不仅是解决书法学习实践问题的工具书，当时也填补了历代书法论著的空白点，而且对推动我国书法文化在新时期复兴起到了积极作用。

之后，孙敦秀先生相继出版了《中国文房四宝》《书法幅式百例》《书法幅式入门》等书法理论著作。《书法幅式入门》被国家新闻出版署列为当时全国农村图书室的优秀读物，在国内发行达60万册之多。1997年，时事出版社出版了孙敦秀先生的《中国硬笔书法史》一书，不仅填补了我国硬笔书法史的空白，而且为完善我国书法史系列图书增添了新内容。难怪，2011年国防大学出版社再次出版了孙敦秀先生的《中国硬笔书法简史》。

这次，孙敦秀先生花费了两年多工夫写出了《汉简书法入门指南》一书。这本书内容深入浅出、通俗易懂，是一本好教材。同时，它弥补了汉简书法理论的缺憾，填补了空白。读了他的书法研究历史资料，我不由得为他孜孜不倦的探求精神所感动，而要为他的开拓创新精神和研究成果喝彩！他真是当今书坛值得大家学习的楷模。

《汉简书法入门指南》一书，五章，一百页。从汉简概述、技法（笔法、写法）、结体、偏旁部首到名简的选择，条目详细清晰，图例典型多样，文字通畅简练，它会成为开启汉简书法学习之门的一把金钥匙。但愿更多的书法爱好者在孙敦秀先生的指引下，走进华夏书法文化艺术的殿堂。

——2019年仲夏写于北京通州甘泉斋，收录于孙敦秀《汉简书法入门指南》一书

下卷

众家评说郭氏父子及著作选

一、众人眼中的郭氏父子

可慈先生与我

陈学勇

我书柜上有两长排笔者题签的赠书，而著者自费编印的几本书我特别看重。其中一本是郭可慈先生的《花甲文存》，那是他六十岁寿辰时给自己的贺礼。

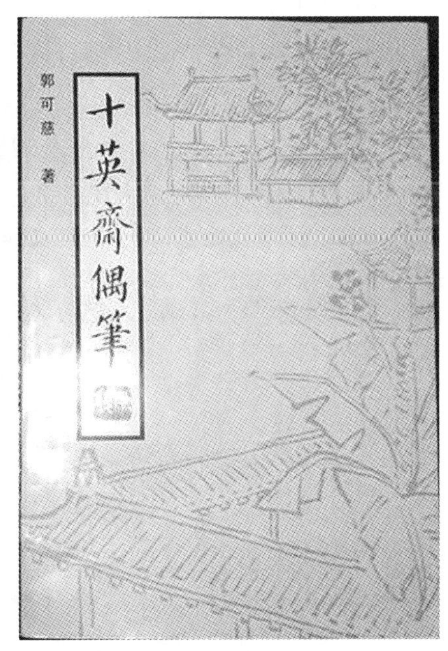

郭可慈文集《花甲文存》《十英斋偶笔》封面

可慈先生是我的长辈，我当随妻称呼他为表姨夫。但我们二十多年的往来中我从未如此叫过他，辈分会疏远我们的亲密关系。我们的关系更像是志趣相投的书友，见面有说不完的书人书事，还有写书评书话的体会，我多得益于他的勉励。头七八年，可慈先生任教于小镇，我每到小镇岳丈家度假，唯一串门之处便是可慈先生的小屋。那是三间红瓦平房，院子里，篱墙边、墙角窗下尽是红红绿绿的花草。坐在堂屋的藤椅里，托一杯清茶，偶尔也吸一支烟（我俩都不算会吸烟），说说书界新闻，望望门前的花草，一派陶然。

可慈先生原先学的是俄语，后来教了一辈子英语，出过好几种英语辅导读物，在当地教坛颇具声望。然而他于文史兴趣尤浓。周围上了年纪的人，以钓鱼、养鸟、打牌、看戏自娱晚年，可慈先生自娱的方式是阅读，因而满肚子的知识和掌故。他的文史素养连一些专业的年轻教师亦自叹不如。兴致来时写点短文，文笔简约，意趣盎然，多给别人拾遗补阙。文章虽短，但读必有获。可惜写得太少，荒废了文采。因此，我竭力鼓励他多写，并主动为他向与我有联系的报刊荐稿。这本书里有些文章是经过我手付邮出去的，我很为此高兴。

由于上面说的缘故，这一本《十英斋偶笔》发排时，可慈先生命我为序。无论从哪个角度说，我当然都不够这个资格，然而无从推卸。最后说句题外话，我的另一个长辈，知我与可慈先生过从不疏，脱口说道：“和郭可慈相处，放心。”这位长辈口讷，尤不轻易许人。这口吻旁人不太经意，我却体量出分量，深以“近朱者赤”为荣。我国素有人品文品为第一的传统，那么，这话就不算题外话了。

——写于 1999 年 9 月，此文为郭可慈《十英斋偶笔》序

（作者简介：陈学勇，南通大学原中文系主任、教授，上海《书城》杂志专栏作家，著有《才女的世界》《浅酌书海》《老萌夜读》《林徽因寻真》《旧痕新影说文人》，并编有《凌叔华文存》《林徽因文存》等。）

你是一片白云

杨汝权

我是从2002年12月4日《江海晚报》上的一篇悼念郭可慈先生的文章中，才知道可慈先生飘着云，踏着海，去了。当晚我给郭夫人去信，后来才知道，可慈先生于2002年11月24日13时50分面带笑容地走了。可慈先生1933年10月生，江苏如东人，1960年毕业于苏州大学外语系。退休前是通州市教师进修学校高级讲师。他一生淡泊名利，专心学术研究，著作甚丰，编著出版了十本英语词典和英语辅导读物，并对文史、旅游和门券收藏兴趣尤浓，发表了大量文章，堪称券界的才子。

白云图片

久闻可慈先生的大名，但我与他相识，还是前年在扬州召开的江苏省第五届旅游门券收藏展期间，我们一见如故。那天晚上，我俩一直聊到深夜，相见恨晚。从扬州回家后没几天就收到他热情洋溢的来信，并赠我他刚出版不久的大作——《十英斋偶笔》一书，阅后更觉得他知识渊博。以后，我们通信不断，并相互交流门券。

可慈先生从1998年步入集券行列，集藏门券万余枚，品位都很高，他特别喜欢收藏古今文化名人券、民居券、风景点券等。对门券收藏有着执着的追求，有时为了集到一张精美的门券，不惜在景点“泡”上几个小时，他还写了不少文字优美的游记和集券方面的文章，在券刊和报刊上发表，这是可慈先生集券的一大特色。

可慈先生和全国各地的券友都有广泛的联系和交流，他在《十英斋偶笔》一书的文章中写道："收藏门券是一种高尚的业余休闲活动，可以寻找过去的足迹，可以增知益知，可以交友……在全国一股收藏热中，但我只收藏旅游门券。"

一年前，他在学校例行的体检中，查出了肝癌，并已是中晚期，但他是一个与病魔抗争的斗士。赴通、去沪、进京，一次次化疗，疼痛早已置之度外，内心仍很乐观。病中他仍坚持读书、写作、集门券，并关心券友间开展的交流活动。去年 6 月他住院期间，输完液还和老伴登剑山，集到两张剑山的磁卡门券，还特意寄一张给我，8 月 14 日他给我来信还说，请罗老（罗敬平）出面组织南通地区的券友活动，并望我促成此事。

可慈先生爱书如命，同时笔耕不辍，他在查出肝癌后的十三个月中，还是书稿不离身，并发表了几十篇文章，我见到他发表的最后一篇文章是在 6 月 27 日的《江海晚报》上。可慈先生还喜欢藏书票，他在给我的一封信中写到，我至今尚未有一张自己的藏书票，后来我请我的一位好友顾先生给他石刻了一张藏书票，他收到后十分喜爱，并请我将他的《十英斋偶笔》一书转赠给顾先生表示感谢。他知道我外孙女在读高中，还特意寄给我两本他编著的《高中英语活用词典》和《高中英语疑难问题解答》。

我本打算天气凉后去看他，但因盲肠炎的干扰而耽搁下来，想不到可慈先生竟走得这么突然，现在已是后悔莫及了，我为失去一位挚友而悲痛。

可慈先生走了，除了表示深切悼念之外，我会永远记住他，他的《十英斋偶笔》等作品将伴随着我。可慈先生，有人说你像一叶远航的白帆、一片飘游的白云，但白帆随水远去。白云仍留在天际，可以遨游祖国的壮丽河山，券友们都会见到你。

（作者简介：杨汝权，启东人，郭可慈的券友、好友，此文 2003 年 1 月发表在《旅游之星》报。）

水流云在——悼郭可慈先生

蒋益民

怀念故人图

初冬，下午。

冷风嘶哑，掠过金沙殡仪馆屋顶的每一片瓦当，呼呼作响。

不绝如缕的《天鹅曲》，像一片忧伤的云，在蓝色的天空中流淌；又像是一叶孤独的白帆，随着水波越行越远。郭可慈先生就在这片云中，就在这叶白帆中，远行去了。

红色的玫瑰、黄色的玫瑰，它们被摘成花瓣雨，纷纷飘落，它们覆盖着那个平静的躯体，成为他的披肩与霓裳，显着他的白净与儒雅，就这样，可慈先生飘着云、踏着海，去了。

得知可慈先生的噩耗，离他的追悼会不到十分钟，我怅然若失，不能自已。年近七旬的可慈先生算是一个同病魔做抗争的斗士，一年前学校例行体检，查出他已是肝癌中晚期，癌开始扩散。他并没有被吓倒，赴通去沪，一次次化疗，早已将疼痛置之度外，因为倾注了他几年心血的《现代作家亲缘录》一书即将杀青，还有几个人物选题资料不全，尚未写就。一个月前，我在市政府门口遇到可慈先生，他骑着自行车，看上去仍很精神。他告诉我，第二天他将去北京，再一次由专家会诊，据说北京某医院已成功进行了几例他这种病症的手术。他还准备到有关出版社，就《现代作家亲缘录》一书的出版事宜进一步商洽，先生的脸上写满了阳光。当他说已预订招待所住半个月，如果会诊失败，权作是到北京的一次旅行时，我心中不知为何竟掠过一丝忧虑。这一个月中，我杂事缠身，忘了向他询问北京之行，谁会想到可慈先生会以这种突如其来的方式告别大家。

可慈先生大学学的是俄语，后来改行教了一辈子英语，而他于文史兴趣尤浓，最佳的自娱方式是阅读。同传统文化人一样，他追求的是读万卷书，行万里路，先生编著了10本英语词典和英语辅导读物，稿费却大多花在买文学书籍和旅游上。

可慈先生不仅勤奋读书、写作与郊游，而且对提携后学十分热心。我毕业分配与可慈先生成为同事时他刚退休，因为都热爱文学的缘故，我们成为忘年交。他的书斋，是我们交流的最佳场所，书人书事、文人逸事、风土人情，他娓娓道来，家乡的报刊也常见他撰的书评书话，让人增长不少见识。

那几年，我了解了不少文坛旧事，还有图书装帧文化。两年前我工作调动，与可慈先生接触少了，偶尔见面，问我读何书，最近可曾发表文章，我常常汗颜。先生总是语重心长地说，文章可以不写，书不可不读啊。三四个月前，他还将南京凤凰台书友会的入会申报表放在我信箱中，附信说该书友会的会刊《开卷》品位高，不可不读。仔细想来，在我读书和写作的路上，无处不留有可慈先生关怀嘉勉之心血。

可慈先生走得太快，没有能等到《现代作家亲缘录》散发出墨香。我后悔，这两年没有能与可慈先生多见上几面，多谈论几次，但已后悔莫及了。韩愈有祭友文说："白头如新，倾盖若旧。顾意气之何如，何日时之足究。"寄寓他们之间清淡而深的友谊，我想亦可移来寄托我对可慈先生的深切悼念。

白帆随水远去，白云仍在天际，我还是看见了他。

（作者简介：蒋益民，原南通通州市教师进修学校教师，郭可慈的同事，此文2002年发表在《江海晚报》。）

祭郭可慈同学文

洪汉清

亲爱的可慈学兄，两个月前我们还兴高采烈地合了影。十多天前大家到附院探望你时，你对大家说："我心态平和，比较乐观，2005年我一定和48届的全体同学大聚会。"你是多么地留恋生活，注重友情，直到停止呼吸前的最后时刻，还抱着强烈的生存愿望。大家听了很高兴地说，只要你好好休息，配合治疗，在你身上一定会出现奇迹的。想不到啊！想不到啊！今天你却不言不语了。

噩耗传来，我们同窗，十分震动，非常惊愕，万分悲痛，泪如泉涌。想不到啊！想不到啊！一病遽伤！病奇斯人，人奈奇何？天若有情，天亦悲怜！

你的一生，生活俭朴，为人耿直，待人诚恳，使人乐于与你相处；你勤奋好学，刻苦钻研；你对教学工作精益求精，造诣很深；你兢业勤奋数十载，披星戴月为师生。你走完了70年的人生历程，留下了一串闪光的足迹，你始终是我们学习的楷模。

现在，你睡着了，永远地睡着了。可是，我们的耳畔依然回荡着——回荡着你清晰的声音；我们的眼前依然浮现着——浮现着你老实、忠厚的形象。你来不及留下——留下一句向我们道别的话语。这——这当然不会留下隽字片语，因为——因为你不想走、不愿走、不想远去……

现在，当我们——你的老同窗伫立在你灵前的时候，我们猛然痛苦地感到，你已经走了，匆匆地走了。我们的行列中又少了一位好同学、一个挚友。这，怎能不使人潸然泪下！这，怎能不使人黯然神伤！

今天，我们来到这里，想对你说，老同窗、挚友——让我们再呼唤你一声，可慈兄，你就放心地去吧！你的单位、你的同事、你的爱妻、你的子女、你的亲友、你的同学，还有一切了解你、知道你、认识你的人们，一定会让你安静地长眠——长眠在绿树成荫、鲜花盛开的地方！

待到明年清明时，我们再上你的坟头，添一把土，献一束花，洒一杯酒，燃一炷香，对着沉睡的你，我们会轻轻地把你呼唤，轻轻地把你——呼——唤！

——1948届南通师范同学联谊会筹备组全体同学

（作者简介：洪汉清为郭可慈同班同学。）

老师，你还记得吗?

梦里风荷

晚上坐在电视机前，观看中央电视台的教师节特别节目《好大一棵树》，深情的女声朗诵：“老师，你还记得吗？”

这一句话一下子就打开了我的记忆闸门：老师，你还记得吗？初次见到郭谦老师是在初二的第一节英语课上，老师一口流利的英语自我介绍让我大为惊叹，洋洋洒洒的一段话，懵懂的我只听懂了“My name is Guo Qian”和那句“How do you do”，暑假里的学习让我意识到这是老师在和初次见面的我们打招呼，于是很自然地接了一句“How do you do”，可能这是教室里唯一的声音，老师的目光扫了过来，带着温和的微笑和几许的赞赏，我一下子羞红了脸。

课后，郭老师特意找到了我，了解我的学习情况，当得知我没有很好地预习新课时，他语重心长地告诉我：“像你们这样的孩子，学习还不错的孩子，学习是应该走在老师前面的，只有走在了老师的前面，你们才能学得更快、学得更好！”

老师，你可知道，你的这段话虽然不长，但是对我的学习起了多大的作用！在以后的任何一个人生阶段，我都是很积极主动地去学习，无论是初中阶段，还是在后来的专业学习中，以至于后来工作时的继续教育，我成为我们区乡村医院里第一个自考本科毕业生，老师，谢谢你！

2017 年 8 月金北初中 88 届学生吴克英夫妇在郭谦书画展留影

老师，你还记得吗？在英语自习课上，同学们要求你给我们唱一首英文歌，你不好意思地笑着解释，唱歌真不是你的强项，但是为了不让同学们失望，你还是教会了我们那首简短的英文歌“Sing sing，together，marry，marry sing”。当浑厚的歌声响起，老师，你可知道，你教会我的不仅是一首英文歌，更教会了我乐观、豁达。当然，在以后的岁月里，跑调大王的我经常借着这首英文儿歌挑战一次次的自我，老师，谢谢你！

老师，你还记得吗？在那个离别的夏天，在我们的毕业典礼上，你声情并茂地朗诵了你自创的小诗：“去吧，去吧！远方在向你们招手，青春在向你们召唤！”至今仍在我的耳边回响、心头荡漾。这不仅是毕业典礼的讲话，更是老师你深情的嘱托、梦想的延续……老师，你可知道，在离开你的日子里，你的嘱托一直激励着我，仿佛母亲看着即将远去的孩子，那份不舍，那份期望，而你的才华也深深地触动了我……老师，谢谢你！

老师，你还记得吗？当前年联系上你的时候我的那份激动吗？当电话里传来你熟悉的声音时，我真的激动不已。老师，你可知道，离开你的岁月多少次午夜梦回，耳旁还是你温和的话语，尤其是有一段时间听说你身体不太好，而事业又落入了低谷，好想好想来看看你，我敬爱的老师，看看一直在努力拼搏的你，只是不知道如何能联系到你，直到前年筹备同学会的时候，辗转联系到了你，而此时老师的成就已经足以令我惭愧！

老师不仅在文学有了很大的成就，在书法、绘画等领域也大有成就。老师，你可知道，你的成就和你在同学会上的留言：“人生需要拼搏，搏得精彩！”又给我上了生动的一课，老师，你不仅说了，而且你自己做到了，你给我们又一次展示了“学高为师，身正为范”，这就是榜样的力量。

前不久，你在家乡（南通）成功地举办了你的个人书画展。站在你的一幅又一幅的作品前，老师，学生真心地为你点赞！就像今天节目的主题，好大一棵树，老师，你就是这样的一棵树：头顶一个天，脚踏一方土，风雨中你昂起头，冰雪压不服，好大一棵树！任寒风狂呼，绿叶荡出多少故事，有乐也有苦，洒给大地多少绿色，那是爱的音符……

老师，谢谢你！

——写于 2017 年 9 月 11 日，刊载于博客日记

（作者简介：梦里风荷，本名吴克英，1988 届南通市通州区金北初中毕业生，郭谦的学生，现在通州区二院工作。）

文化学者郭谦多领域成功的三大原因

——兼谈老师的印象和书画实践

李志丹

首先，致谢海门各界。

郭谦老师是我初中三年的英语老师，也做了我两年班主任。初中毕业35年了，我们这几年一直有些联系，下面谈谈我对郭谦老师及其书画实践的三点印象。

一、敢闯敢为的胆气

在最近和郭老师的交谈中，我才弄明白，我的英语原来是语文老师教的。郭老师是师范中文专业毕业，工作后教初中英语。凭着从事教育工作30多年以来的体会，我觉得80年代初期，郭老师英语教得有模有样。记得我在中考时，努力按照郭老师教授的内容和方法来作答英语试卷，虽然很遗憾，没有拿到满分（100），只得了98分，但现在看来，对于当时的农村学校办学条件来说，这恐怕已经是极限了。

2019年李志丹在海门市文化局举办的“文化学者郭谦、李志丹捐赠仪式”上讲话

大约是2007年的一天，郭老师突然来找我，让我大吃一惊的是，他是从北京回南通，专程给我送来厚厚的四本著作的，即《感动百年中国的文化家庭》《影响百年中国的文化世家》《震撼百年中国的文化伴侣》《闪耀百年中国的文化星座（兄弟姐妹）》四册文化系列丛书。据郭老师讲，这四本书是他花了两年时间完成的。从一名普通的中学老师，突然变成一名“北漂”的作家，还有着《作家报》副刊主编的头衔，办了一份《博客世界》的报纸，着实让我刮目相看。郭老师还告诉我，他常游学于北京的文化圈子，结识了不少书画名家，知道我平时爱写写字，他还特地要了两张字画赠送给我。

后来，郭老师告诉我，他已经开始学习书法和绘画了。他听说齐白石50岁才学画画，画到94岁，画成了一代宗师。他要学习齐白石，50岁学画画，然后55岁开始还要学习书法。事实上，与齐白石20多岁就开始学习画画并练就了一身熟练的基本功不一样，郭老师在书法和绘画上没有多少功底，完全是凭着一股胆气和冲动开始的，这种胆气和冲动也是他长期浸淫在北京的文化圈子里，自然萌发出的对书法和绘画的兴趣，并立志成为一个有一定影响力的书画家。

我总以为，那也许是郭老师的一时冲动，而让我想不到是，郭老师不仅将写字、作画坚持下来，创作出了大量的书画作品，还办了大大小小许多回展览，向各种机构捐了几回作品。

“风物长宜放眼量。”虽然我总觉得郭老师的许多书法作品还不那么完美，但对于郭老师这种敢于追梦、勇于实践的胆量和勇气，不能以纯粹专业的眼光去挑剔作品中的瑕疵，而是要放开眼量，去综合衡量他的这种文化实践。

二、剑走偏锋的书画

郭老师还是年轻小伙子的时候，在他执教英语课不久，就自编了一套五册的初中英语教科书，并在我们班上开展教学实验，取得了较好的效果，充分显现了他独特的创新求异的人格。

从郭老师编写的四册文化系列丛书中，也可以看出，郭老师的确具有独到的眼光和跨界融合的思维，不同于一般正统的学者。

而就郭老师的书法而言，我以为完全是脱离传统意义上的书法实践，更多的是从文字学的角度，将民间俚俗书法融入他的百体书法创作之中，不仅积累了丰富的百体书法作品，还从理论上对“百体书法”进行了梳理。

关于“百体书法”一说，我和郭老师有过一番激烈的讨论，我一直觉得郭老师研究和实践所谓“百体书法”并非真正意义上的书法，而是文字史学意义上的字体变异研究，当然包括真、草、隶、篆等各种字体的变异，也包括古代的和现代的有着非常明显装饰意义上的美术字体。而郭老师坚持认为，这种广泛意义上的“百体书法”是可以自圆其说的，也是有根有据的，不仅有着丰富的历代典籍作为佐证，而且全国有不少书法家和书法爱好者在实践。这让我想起另一件相关的事，自从有了电脑以来，电脑中文字体从常用的黑、楷、宋、仿宋四体，演变到现在几百种极富个性的字体，这大概就是现代意义或者未来意义上的“书法”吧。

艺术创作史上最多的就是独树一帜、极富个性的人物，历史也常常给这些“怪人”留下一笔。我所理解的郭老师的书法和绘画活动，大概就是一条剑走偏锋、不落常规、以奇求胜的实践路径，虽然缺少足够年份的基本功作为支撑，但作为学生，还是衷心祝愿郭老师再创辉煌，多多汲取传统书法艺术的营养，厚积而薄发，在书画世界里快意江湖，潇洒走一回。

三、坚定不移的自信

习近平总书记讲，我们要坚定中国特色社会主义的四个自信，即道路自信、理论自信、制度自信、文化自信。

与郭谦老师接触多了，我越来越觉得，郭老师在书画世界里的道路自信、理论自信、文化自信是我所远远不及的。

首先是书画道路自信，郭老师能独辟蹊径，走别人不走的路，也许能更容易走出自己的路。

其次是书画理论自信，郭老师总能找到支撑他的书画实践的理论系统，如他即将出版的百体书法研究方面的专著。

最后是郭老师以无比的文化自信，从文化学者的视角，开展丰富的书画创作实践。他创作的作品很多，每幅作品后面都有着故事和想法，也都能道出其渊源。他总是娓娓道来，往往让人忽略其作品本身的艺术水平和价值，而是对作品背后的故事更感兴趣。

这就是我印象中的郭老师，他是一个不断追求理想、不断突破自我和不断实现自我价值的作家，是一个非常可爱也非常可敬的学者，也是一个执着于书画艺术和文化事业的追梦人。

——本文是 2019 年 2 月在“文化学者郭谦、李志丹向海门江海博物馆捐赠仪式”上的讲话稿。

（作者简介：李志丹，诗人、书法家、教育学者，郭谦的学生，曾为南通教育网主编、南通电化教育馆副馆长、南通教学研究院副院长等职，现为南通考试院副院长。）

萧三匝如是说之，史存于野

萧三匝

有南通郭谦者，在博客网读书专栏里发表了几篇文章，是他和他先父郭可慈先生合著的《现代作家亲缘录》里的部分篇章。他发帖的目的，是希望海内外同好共赏，并有寻觅知音之意。郭先生在文后附言，如有对他父子拙著感兴趣者，可与他联系索求。我随即给他发了电邮，表达我极愿拜读他的著作的意思。他很快就回了邮件和手机短信，表示很愿意和我结交，并告诉我他很快就要到北京与出版公司商讨其他书籍出版事宜，到时候会带一套著作赠我。于是，昨天（2005 年 11 月 26 日），我们就在北京大栅栏龙晓饭店相识了。

郭先生个子不高，风霜刻面，说话时常带着笑容，给人很质朴的感觉。听说苏北人性格和山东人相似，这回真是得到了实证了。郭先生自言其一生经历跌宕，曾做过知青、教师、商人、编辑。与其先父一样，他的本业是搞英语教学的。因郭老先生一生好文，生前曾写作《现代作家亲缘录》中大部分篇章，郭老先生过世后，郭谦先生继承老父遗志，补齐修订了该书，并寻机予以出版了。哪知一旦涉足文学史，他的兴趣激增，简直是欲罢不能了。除已出版的这套《现代作家亲缘录》外，眼下正在写作的是《现代文化名门》丛书、《盛唐诗人年谱合谱》等多种。郭先生思路很好，按他的计划，就是要为中国文人及其家族流变著史，准备写一个大系列出来。郭谦先生现年49岁，46岁才真正捉笔成文，要完成如此宏伟的计划殊为不易，仅此即可令后生小子感佩不已。

中国自古有著史的传统，但近代以来，或因社会不断转型，至今未完成版图归一，故正史不昌，斯文中断。但中国从来就不缺乏敢于成一家之言的史家，如郭谦者，虽身为平民，而能效法太史公自著历史，这不正应证了史不出于王宫，即出于四野吗？

现代史学大师钱穆在《中国史学名著》里曾指出，史家当有史才、史学、史识，有考史、著史、论史，并因此推重《春秋》《史记》，而批评《左传》《汉书》。钱穆认为，有史才、史学容易，而独具史识则难。司马迁敢于将孔子写进世家，将项羽写进本纪，确为见识高超，非考据家所能为。《现代作家亲缘录》虽个别处史料或有讹误，但究竟资料宏富，文才也好，独对所有文学世家相同视之，在篇幅上既不分繁简，在评价具体人物的人品、成就上也有依传统意识形态成例之病。故郭先生父子于史识上略显不足，论史也稍欠精当。当然，我知道，由此苛求郭先生，未免太过。毕竟，郭先生不是专业的史家。况且，郭先生也表示，他的书一定会不断修正的。

我对所谓专家名家，从来腹诽颇多，但出版社对之却趋之若鹜，而对像郭先生一样的未名作者，很少看重，其主要原因，当然是基于发行的考量。但是，蔡元培当年执掌北大时，敢于延请只有中学学历的梁漱溟到北大任教，其胸襟之开阔，其识人之明，当下的出版界又有几人可以比附呢？

——2005年11月27日，发表于萧三匝新浪博客与博客中国网专栏

［作者简介：萧三匝，1975年生，学者、作家、资深媒体人。著有《左右为难——中国当代思潮访谈录》、《民国遗脉》（萧三匝、陈曦合著）、《中国反围堵——迎接即将到来的产业战争》（萧三匝、何伊凡、白益民合著）］

面对文化名人于丹与郭谦

浩思天地

谈起文化名人，许多人都心有余悸，不敢多声张。其中原因有三：不想谈、不敢谈、不多谈。不想谈文化名人，是因为忌妒，怕把别人的名声大振；不敢谈，是因为肤浅，谈得不好会闹笑话；不多谈，是因为能力与知识有限，谈多了会露马脚。

近日从四川汶川地震灾区归来，途中参观了古都西安与古城曲阜，不但领略了秦始皇的风骚，也见证了孔子的遗风。巧合的是，经过北京时，与著名文化名人郭谦先生见了一面；回到波士顿，又在哈佛大学聆听了于丹女士的演讲。这些事情，正像一道道好菜端上来，再与酿造良久的心得联系起来，如茶道酒仙——爽！而读者也许会问，为什么要把于丹与郭谦放在同一篇文章里介绍，且看下文。

2008 年 7 月，郭谦向王天齐赠书、签名

郭谦，笔名：文心、汾阳后谦、大千茗风、沙漠骆驼。现为中国传记文学学会会员、中国教育家协会会员、世界中文作家协会会员，《作家报》网络版总编、《博文》丛刊总编、《博客世界》报总编。郭谦曾在报纸杂志发表诗歌、散文近百篇，著有诗歌集《五彩的烟花》、散文集《心潮》《美文如虹七彩飞》，2004 年与父亲郭可慈先生合著出版《现代作家亲缘录》45 万字，2006 年出版《走进世纪文化名门》（共四册，130 万字）等。近年来，他还加强了国画方面的涵养。仅此简介，读者不难得出结论，郭谦者，诗、书、画、史于一身也。目前，郭谦正忙于帮助年轻作家出书，也在帮各大画家筹办画展等，将文化名人之功效推进到文明的饥渴之处。见过如佛

裹身的郭谦，你会觉得离儒、释、道那么近，离完美不远了。

说起儒、释、道，当下最应该想到的一个人，那就是北京师范大学的于丹教授了。曾经获得中国古代文学硕士、影视学博士的她，现任北京师范大学艺术与传播学院院长助理、影视传媒系的系主任。于丹还在大学教授《中国古典文学》《影视学概论》《电视理论思潮》等课程，参与大型理论工程——《北京师范大学影视艺术学科基础教程系列教材》和《中国影视美学丛书》的编著工作。她曾经获得1996年度北京优秀教学奖、2001年度中国宝钢教育基金优秀教师奖、2001年度北京师范大学励耘奖、北京师范大学十佳优秀教师奖等多种奖项，出版《形象品牌竞争力》《于丹〈论语〉心得》等多部专著。作为古典文化研究与传播者，2006—2007年在中央电视台《百家论坛》上讲自己对《论语》《庄子》的心得而一举成名。2008年7月22日，作者有幸于美国哈佛大学聆听了于丹的讲座，感觉颇为深刻，尤其有感于她对儒、释、道进行的旁敲侧引，配合其自身感受与流利的演讲能力，赢得大家阵阵掌声。于丹站在演讲台上，看她就像看一座会说话的观世音菩萨。

郭谦的《走进世纪文化名门》图书四册插放在王天齐的书架内

既然不是夫妻，又不是朋友，甚至性别也不同，之所以把郭谦与于丹放在一起来谈，从上文已经露出端倪了，我把郭谦比喻为活佛，把于丹比喻为观世音菩萨，一男一女，一活佛一观音，也许就是我认为应该把握的完美之处。由于时间的巧合，认知的巧合，儒、释、道相联系的巧合，现实与历史的巧合，我把郭谦与于丹放在本文一起评论，但愿这些线索作为读者认真了解这些关系的开始。如果大家仔细看，会注意到在我的文史类书架上，郭谦与于丹的著作已经与《史记》《汉书》并排了。收藏郭谦与于丹的著作是一种享受，正如阅读其中的文字与心得一样。

有趣的是，孔子那么多弟子，竟然没有一位女弟子，谁知2000多年后，出现了一位阐述《论语》的于丹，也证明孔子的高明之处，因为他告诉弟子说：“非知生，焉知死？”前几日，文化部（现为文化和旅游部）前部长王蒙关于80前后作家的谈话，引来一场“当下”与“历史”的辩论，如果了解了郭谦与于丹的作品，大家就没有必要辩论了，因为，二者均兼备。

如果要尊重知识，尊重人才，那么我要说：我敬佩郭谦，也深感于丹。

——写于2008年7月30日，发表于浩思天地博客

（作者简介：浩思天地，本名王天齐，笔名浩子，美国籍科学家、作家、企业家、收藏家，美国亚洲艺术院院长。出版《浩子的智慧》等书。）

远方有一条大鱼在等着我

刘伯毅

《老人与海》图片

8月中下旬，郭谦在南通市文联举办了书画展览、馈赠及散文作品研讨会，得到了许多领导专家的肯定，南通众多新闻媒体给予连续报道。郭谦现为《作家报》副总编，长期在京工作，在文学、文史、书画等领域成果丰硕，出版专著10多种。他回乡举办一系列文艺活动，也是南通及通州文学艺术界的一件盛事。

我和郭谦是一条正场街上长大的孩子，我们两家是世交。郭谦能成为一位有名望的文化学者，受到人们的仰慕，我觉得有三点原因：

目标远大：郭谦年长我几岁，我 21 岁那年南通师专毕业做老师时，就听说郭老师已经是教改先锋。他在横港初中教英语，所用的课本是自己编的，效果很好，外省市也有几个学校试用，反响很大。后来，郭谦从事文学书画创作，也有那股精气神，在文人聚集的京津地区，很有建树，很受赞赏。这不是一般人的做法，一般的业余作者，在市级媒体上发文章，然后就想办法调工作、提拔，就大功告成，相当满足。

勤奋努力："一年之计在于春，一生之计在于勤。"郭谦现在的定位是文化学者，既写作，又绘画，也曾是英语权威，可谓是通才。全国散文知名作家石英赞誉郭谦的散文集，"涉笔广博，见地深刻，文采斐然"。而这些成绩的背后，肯定是自身的勤奋及超出常人的努力。郭谦的母亲过去和我也说过，郭谦常常熬夜，做教师时基本都在 11 点以后睡，这一点完全继承了郭谦父亲郭可慈先生的刻苦。

特立独行：和一般文化人相比较，郭谦老师应该说是多面手，熟悉社会，懂得社交。他高中毕业以后插队，在生产队里劳动过，在学校做老师后又做过校办工厂、合资企业的管理人员，以后又在京津地区加入了文化圈，担任了多家报纸的总编、副总编。根据我的了解，那些报纸大多是民营的，自负盈亏。在这些过程中，郭谦老师似乎没有想过要把过多的精力用在政府扶持项目申报题材补助这一类上，有文人自身的傲气。

郭谦老师的经历及成就，让我想到了《老人与海》中那位老渔夫，相信"远方有一条大鱼在等着我"。当然有人成功，有人失败，但郭谦是成功的，这种自信和闯劲，应当对通州文化人有激励作用。

——原载于《通州日报》2017 年 8 月 30 日第 7 版

（作者简介：刘伯毅，南通市作协理事、通州区作协主席，出版散文集《掀起一片涟漪》《走过四季》《梦想路上》。）

从骆驼到一匹黑马

——贺《平凡家庭不平凡的岁月》出版

沉　沙

沙漠骆驼图

人民教师郭谦是从世纪初网络博客热中走进作家群的一匹沙漠骆驼，如今，他摇身一变，又成为一匹闯进宋庄和艺术家群落的黑马。

郭谦自取笔名为沙漠骆驼并非言过其实。他最早开创博客世界，像一匹在沙漠上默默前行的骆驼走出了粉丝无数的探索之路，成为影响全国的著名博客写手。这匹骆驼没有沉浸在浮华的虚荣里，而是走进一个更大的历史、思想和艺术空间，埋头写作。几年过后，他向读者奉献了包括《走进世纪文化名门》丛书——《影响百年中国的文化世家》《感动百年中国的文化家庭》《震撼百年中国的文化伴侣》《闪耀百年中国的文化星座（兄弟姐妹）》在内的近10部中华历史上影响卓著的文化艺术世家传记。

郭谦的乡贤、中国人民大学教授陈传席的《画坛点将录》论人以知识分子的文品衡之、论画以优美的散文笔法出之，一时轰动艺坛。郭谦的这些洋洋洒洒逾百万字的非虚构文史作品与陈传席“专事臧否人物”不同，其构思独特，文切家学渊源这条精神线索，多侧面、多方位地展示出一百多个家庭、近千位名人的精彩人生，散点透视般地呈现了震撼中国的文化名人之人生经历，以及他们对中国文化的历史性贡献。其中既有钱基伯、钱锺书、钱锺韩、钱穆、钱伟长、钱易家族等名垂青史的思想家、哲学家、文学家、科学家等，又有诗书耕读传家的诗人和画家。著名哲学家冯友兰先生有个提法："照着讲"和"接着讲"。冯先生说，哲学史家是"照着讲"，如康德是怎样讲的，朱熹是怎样讲的，你就照着讲，把康德、朱熹介绍给大家。但是哲学家不同。哲学家不能限于"照着讲"，他要反映新的时代精神，他要有所发展、有所创新。人文学科的新的创造必须尊重古今中外思想文化的经典创造和学术积累，必须从经典思想家"接着讲"。可贵的是，郭谦对文化世家及对文学、文史、文字学、书画艺术的研究，由冯友兰先生提出的"照着讲"走向了"接着讲"。"接着讲"，使他由一个文化学者走进了书画艺术世界。

10 年前，郭谦在继续文史研究、文学创作的同时，拿起画笔挥毫泼墨。2016 年第三届中国艺术品产业博览会分会场大巢艺术区群展成功举办，一百多位艺术家的一千五百多幅高水平作品参展，成为当年宋庄艺术节中影响力最大的展览，这次活动的策展人之一就是郭谦。

2016 年 11 月，"郭谦向中国现代文学馆捐赠图书、书画作品仪式"举办，郭谦将"自写、自画"融文学性、思想性、艺术性于一体的颇具当代新文人画特色的十幅精美书画作品捐赠给了中国现代文学馆。去年 8 月，"当代文化学者郭谦书画展暨捐赠仪式"又在南通成功举行。

大巢艺术群落展和郭谦两次画展暨捐赠善举既体现了一个学者、艺术家的时代责任和担当，也成为他跻身于秉承艺术语言的独创性、艺术精神的独立性的宋庄艺术家群落之中的探索者的重要标志。郭谦创作、展出的《古词风韵图》百幅宋词水墨画、系列唐诗绘画及书法长卷《诗音墨语》26 种书体书写 26 首古诗等书法作品，向人们展现了当代艺术的另一种可能：以文入画，融文学性、思想性于绘画、书法之中。

郭谦一只手挥毫泼墨，另一只手记录着他的文学性的想象力与思考，于是就有了又一部非虚构文学作品《平凡家庭不平凡的岁月》家族传记的问世，和今天"当代文化学者郭谦书画展暨《平凡家庭不平凡的岁月》新书发布会"以及"中国百体书法"座谈会（中国百体书法论坛筹备会）隆重举行。

近年来，非虚构文学成为文坛备受瞩目的文学现象。2013 年，著名作家阿来《瞻对》获人民文学奖"非虚构"大奖。2015 年，以创作非虚构文学作品《我是女兵，也是女人》等为主的白俄罗斯作家斯维特兰娜·阿列克谢耶维奇获诺贝尔文学奖，颁奖词为"她的复调式书写，是对我们时代苦难和勇气的纪念"。郭谦的《平凡家庭不平凡的岁月》无疑是当代文坛非虚构写作的新收获，具有深刻的现实意义。这部作品既是刘振儒家族三代人的故事，也是一部红色文化、长城文化、京味文化的百年故事，同时它又是典型的中国故事。

比起《平凡家庭不平凡的岁月》的出版，人们更期待郭谦讲述中国书法故事的集大成之作《中国百体书体概述》的问世。自太昊庖牺氏获景龙之瑞，始作龙书；炎帝神农氏因上党羊头山始生嘉禾八穗，作八穗书；仓颉写鸟迹为文，中华书法5000年历史源远流长，甲金篆籀隶楷草数百多种书体流传，但现在很多书体面临失传的危机。郭谦在书体研究上勤奋耕耘，我们期待他的《中国百种书体概述》这一书体演变史早日完成，同时期待他由一匹黑马兑变成一匹书画艺术的神马，与时俱进，马到成功！

——写于2018年11月为宋庄“《平凡家庭不平凡的岁月》新书发布会暨郭谦书画展”上的发言

（作者简介：沉沙，本名姚汝金，诗人、作家、文艺评论家，曾任《中国青年科技》执行主编、中国教育电视台编导等。现为《中国海洋报》副刊主编、《作家报》特约主编，著有《海的感觉》《鸟是鸟的梦》《7诗人诗选》等。）

跨界骄子郭谦转身不断，让人炫目

李　玉

在北京文化界有一个传奇人物——《作家报》副总编郭谦。他称得上是教育家、作家、书法家、画家、策划家等，几乎每三四年就会从一个领域跨进另一个领域，变化令人意料不到。从事一个行业，做好，做精，就很不容易，而他每一次跨界，都能很快成为这个行业内的佼佼者，令人不得不叹服他的才气、他的悟性、他的勤奋、他的成就。

一、从外语到文史，一浪高一浪

2003年，我从内蒙古赤峰师专中文系毕业到北京一家图书出版公司当编辑。公司总经理刘兴元介绍我认识了他的朋友郭谦先生。郭谦是全国外语教学界的知名专家，出版过许多英语教学法著作、词典、教辅图书。那时，我们公司正在为四川、河北等省外语中小学新教材配套教学辅导资料。公司请他编写了几本教学辅助资料，他编写能力强，速度快，别人要花费几个月的时间才能完稿的书，他半个月左右就能一稿通过。

闲暇时，我问过他，除了英语教材教辅写作外，还在做什么。他告诉我正在修订一部他父亲郭可慈先生的遗著《现代作家亲缘录》，他父亲写了20万字，几家出版社有意出版，但需要添补一些材料。但他父亲2002年年底得肝癌去世了。他为了实现父亲的遗愿而搞文史写作。对他的孝心和敢于跨入新领域的闯劲，我既惊讶又钦佩。

没有想到2003年他写作了5本外语教学辅导资料，还完成了45万字《现代作家亲缘录》全书的修订工作。2004年7月云南德宏民族出版社出版了《现代作家亲缘录》。他送来了新书给刘兴元总经理和我，我们问他下一步将干什么。他又说出了让我们更吃惊的写作计划。郭谦说：他计划写一套一百多万字的现代文化史记丛书，他父亲留下一千多本相关图书，他又到北京、上海、南京、武汉等地图书市场买了一千多本，半年里用电脑写了近一百万字，每天写作8~12小时，每天码7000多字。人到中年，他还如此勤奋，我听后觉得他的精神值得人学习。

2005年李玉（左一）、剪纸艺术家魏伊萍（中）、郭谦（右）在高碑店留影

2005年他对我说不再接外语教辅书了，他要集中精力完成文化史记丛书的第二稿、第三稿，然后交付给出版社。第二年秋天他给我们送来了海南出版社出版的《走进世纪文化名门》丛书：《影响百年中国的文化世家》《感动百年中国的文化家庭》《震撼百年中国的文化伴侣》《闪耀百年中国的文化星座（兄弟姐妹）》，4本书130多万字，叙述了160个文化家族、家庭，涉及660多个著名文化人物。皇皇巨作，珍贵的现代百年文化史料工具书，真是惊世骇俗。

二、耕耘博客文学，创办“群”“圈”

2016 年现代文学馆举办的郭谦捐赠活动照

2006 年 1 月，郭谦先生告诉我他又在网络上折腾了。2002 年，他在文学创作停笔 20 年后，触网写散文和诗歌，写了 200 多篇；2003 年，在十几家报刊上发表了 30 多篇，这是他的文学创作的第一次高潮。后来写文史书，暂停了文学创作。这时他参加新浪网博客大赛后，与网友创办了“心浪圈”“博客文学联谊会”（挂到新浪网博客频道、论坛频道首页），组织了一千多写手搞精品写作，办“博文”电子丛刊、博客文学网等。他的第二次文学创作高潮，不仅仅是个人的写作，而是组织群体进行搏浪，进行探索。由于受他的感染，我始终关注文坛。工作之余，我也上网去点击他的博客和他们的圈子、群的博客页面，读一些精美文章，提高自己的修养。他们的博客文学搞得风生水起、人气旺盛。

2017 年 8 月南通市文联举办的郭谦捐赠、书画展照片

不久，我又听说他主办了《作家报》的《博客文学》专栏，编辑博客文学书籍，

帮助博客写手出书，还策划组织了《作家报》与新浪博客频道的“母亲节文学大赛”。第二年又创办了第一份博客文学报纸——《作家报》副刊《博客世界》。

2018 年 10 月在北京宋庄郭谦书画展、新书发布会现场照

2008 年，新浪网按照郭谦他们办群圈的成功范例，开始了大规模的圈子运动，即所有的博客写手都可以按照喜好来办“某某圈子”，他又创办了 6000 千多人的“博客文学圈”，还当了许多文学圈的总顾问。因为我注意他的动向，所以常去他下面的圈子、群转悠。网络在他们一大帮优秀写手的推动下，净化了，热闹了。上网的网民越来越多，读网络文章开始成了时尚。2010 年，新浪网开始搞微博，他告诉我他没有接受微博负责人的邀请，此时他的精力用于办《艺术世界》报纸、艺术评论写作等上。而后来微博又发展到微信，“群”“圈”有了更多新功能和作用，被全国人喜爱，这也是他没有想到的事。

2019 年 8 月北京通州图书馆接受郭谦捐赠照片

连续几年，他带头写“博客文学”的精美文章，还写出了一系列有关博客文学的理论研究文章。他的几十篇博客文章写得很精彩，被许多大网站转载。例如，《我与池莉谈结婚》《驳董路的超女论》等曾被网络疯传。2013 年，他的《竹赋》《骆驼精神颂》被语文出版社选入诵读教材，这使他迈上了文学的高峰。2014 年他从 400 多篇博文中选了 80 多篇精品文章，第二年结集出版了散文随笔集《甘泉清音》。读他的散文，著名作家石英说：“这是一部涉笔广博、见地深刻、文采斐然的散文随笔集。”2016 年 10 月，北京宋庄中国第三届艺博会分会场举办了“郭谦书画展暨散文集新书发布会”。2017 年 8 月，南通市作协举办了《甘泉清音》研讨会，大批专家在学术上都给予了很高的评价和赞赏。

三、书画探索新途径，令人耳目一新

郭谦先生不仅写文学作品，写文史著作，还出版了唐代文学研究专著《盛唐十大诗人交往录》《小剪花娘子魏依平传》《平凡家庭不平凡的岁月：刘振儒家族传记》等书，写了数十个书画艺术家评论文章，从一个领域写到另一个领域。这些已经让人感到精彩、炫目。没有想到，他有更大的动作。

郭谦国画作品——秋山

2008 年夏，我与刘兴元等友人创办了一家文化公司，他送来一幅书法作品致贺。告诉我这是他第一幅送人的书法作品，来表示一种特殊的庆贺。说实话，那时他的作品一般。他看出了我的表情，说他从小喜欢书画，但是没有接受过美术教育，也没有拜名师。只不过想体会一下笔墨情趣，以后更好地写艺术评论。

好家伙，自此以后，我隔几个月去见他一次，每次他拿出的书画作品都令我吃惊，觉得与过去的作品相比又高了一个层次。就是这样连续十多年的努力，他的书画作品不断让我惊讶、振奋、喜悦而羡慕。2016 年 11 月，他在中国文学馆举办捐赠书画、图书的活动；2017 年 8 月，他在江苏南通市举办捐赠、书画展；2018 年 10 月，在宋庄举办书画展、新书发布会；2019 年 2 月，在江苏海门市举办捐赠和书画展，同年 8 月在北京通州区图书馆举办图书、书法捐赠活动，一次次公益捐赠和展览，让北京文化界、南通文化界震撼。

他绘画的创作重点是文人书画，一是摹古文人画，读古诗词，一诗一画，一词一画，努力做到诗中有画、画中有诗；二是现代文人画，对于他自己的诗歌、文章，他说“我写我画，我思我画”，把思想性、文学性与艺术性融为一体，形成自己的艺术创作特色。

郭谦国画小品——雪地牦牛

2014 年，他根据 100 首宋词画了一个 75 米长卷，似连环画而非连环画，是国画又似版画，其特色让专业画家郝风林老师等人赞不绝口。2015 年，他创作了 26 首唐诗、26 种书体的 20 多米长卷，不仅有传统的真草隶篆、铁线篆、甲骨文、汉简书等书体，还有从国家艺术字库里吸取营养而创新的彩蝶体、相思体、黛玉体、黑棋体、白棋体、卡通体。在它们的基础上既有传承又有创新。他站到中国书法书体研究的前沿，成绩斐然。

郭谦百米古词风韵长卷局部

2016年，他创作了40首古诗40体篆书长卷；2017年，他创作了125种书体的“百体千字文”。我认为他能搞通那么多种书体令人不可思议。他告诉我中国书法的书体学习与研究，关键在于掌握每一种体的笔画要领，领悟各种书体的运笔特色，触类旁通，举一反三，就可能在很短的时间内掌握新的书体。2019年8月他的《中国百体书法概述》一书由黑龙江美术出版社出版，再次填补了历史的空白，展现了中国书法的博大精深，他再次让文化界朋友们刮目相看、惊讶无比。

记得在中国现代文学馆举办的郭谦捐赠活动上，我曾讲了一段话：“郭谦老师与我交往了十多年，我们亦师亦友，他是我学习的榜样，每次与他接触，都会被他的勤奋、他的成果、他的创举感动、感染。他的文章写得有骨有肉，文采斐然，我读他写自己家庭的文章几次流泪，他写亲情的文章写得十分的好。他的成功与他的家庭有关，他的父亲是一个学者，他的母亲很贤惠，教子有方，他的家庭的点滴事情都能感动我们。”

像著名作家沉沙说的那样：“郭谦老师是一个具有很高境界的人，思想境界高尚，艺术境界高深，文化境界博大，他在各个文化领域都很优秀，已经走进了文化大师的行列。他走在了我们的前面，值得我们永远学习、效仿。”

——本文于2019年10月发表于搜狐网、一点资讯、今日头条、中外艺术网、现代生活、河北视窗等70多家媒体

二、名家评述郭氏父子图书

寻绎作家脉络的宝典

——评郭可慈父子的《现代作家亲缘录》

赵　朕

由知名学者郭可慈、郭谦父子共同编著的《现代作家亲缘录》在我国出版史上可以称得上是一本别开生面的著作。说它“别开生面”，首先是这本著作介入了一个人们鲜为人知的领域，解开了我国现代作家的亲缘关系，这是以前研究作家或文学创作的人鲜少涉猎的。这本45万字的著作，收录了98组作家的亲缘关系，涉及文学世家14组、父子作家13组、父女作家7组、兄弟姐妹作家18组和夫妻作家46组。虽然说还没有将现代作家的亲缘关系“一网打尽”，但一些在文学史上留有雪泥鸿爪的作家基本上都收入书中了。如果说这是一部寻绎作家亲缘关系的宝典，那也是毫不为过的，一书在手，群星灿烂，大开眼界，受益匪浅。

对于文学圈内人来说，似乎对作家间的亲缘关系并不大惊小怪，但也并非尽人皆知，熟知其详；可是对于广大读者来说，这些作家的亲缘关系无异于是打开了一个隐秘的世界，不由得不让人惊叹：“哇！原来他们是亲属呀！”这些亲缘关系不只可以满足人们的好奇心，增加阅读兴趣，开阔人文视野，更重要的是人们能够从这些亲缘关系中深入了解作家的人生及创作经历和思想倾向，加深读者对作家多方位的了解。

其次是这本著作为作家的“成才学”，给读者提供了宝贵的资料。作家是一个特殊的群体，虽然不乏被编辑手把手地帮助成为作家的人，但也应看到更多的作家是适时地开发天赋的结果。除了因为文学的共同事业而结合的夫妻作家外，大多数父子、父女或兄弟姐妹作家，都是先天天赋与后天影响及机遇和谐适应的结果。

郭氏父子《现代作家亲缘录》图书封面

作者在《后记》中指出："亲缘是一种纽带。生活在一个家庭里，长幼之间、兄弟姐妹之间，耳濡目染，浸润熏陶，相互影响是不可避免的，故作家事业的传承赓续不乏其人。"诚然，作家的成才与家庭影响是有着重要关联的，但也不可忽视社会的因素。从"叶氏文学世家"来看，这是个家学渊源的文学世家，叶圣陶、叶至善、叶至诚、叶至美和叶兆言及叶子，四代为文，都是由于家庭的熏陶而爱好写作，进而通过自己的努力而荣膺作家桂冠的；可是客观环境也经常与人们的家学开玩笑，叶老的三个子女从小都得到过父亲的嫡传，可是社会环境却使得他们都没有直接从事文学创作，延续父亲的事业，到了第三代叶兆言，则由于环境的宽松，如鱼得水，隔代传承，成为全国很有影响的青年作家，其成绩胜过了父亲叶至诚。而叶兆言的女儿叶子，在 17 岁就出版了两本散文集，使得叶家文脉不断。

从另一个角度看，著名民间文学家贾芝与著名学者贾植芳是一奶同胞，由于兄弟俩的性格不同，而导致经历有异。哥哥贾芝一生道路平坦，在自己喜欢的民间文学和外国文学方面做出了自己的贡献。而弟弟贾植芳却命运多舛，不仅住过国民党的监狱，还在政治运动时期入狱，被折腾了半个世纪，直到 1980 年重返教席，才有机会发挥才智。梳理清楚这些作家成才的经验以及他们的经历，会使人们对作家内在和外在的世界有更深刻的理解。有了这些资料，对人们研究作家的成才规律，对理解作家营构的艺术天地是大有裨益的。

这部著作也雄辩地证实了亲缘关系的影响，这是一部凝结着父子两代学者心血的著作。本书的第一作者郭可慈老先生退休后花费了两年的时间，收集作家的亲缘资料，并刻苦写作。当时他在体检时发现了绝症，但并没有因此而放弃写作，而是像鲁迅先生说的那样“赶快做”，在“病床上仍然稿不离身，书不离床”，但在与这个世界依依惜别时仍没有完成这部心仪的书稿。为了完成父亲的遗愿，儿子郭谦中断了自己的文学创作，对父亲的20多万字遗稿进行添补和修订，又增加了20多万字，并配发了部分作家的照片，终于使这部著作得以付梓，用以告慰其父的在天之灵。假若说，儿子不能子承父业的话，恐怕老先生的夙愿就不能实现，我们的读者也就不能大饱眼福了。这也从写作实践上证实了作家的成才与家庭的影响是分不开的。

当然，金无足赤，人无完人，任何著作都是遗憾的艺术，这部著作也不是完美无缺的。这部著作的软肋窃以为是对某些作家亲缘关系的介绍有点平面化，立体感不足。譬如有的作家，作者只是平行地介绍了各自的经历及其成就，缺少鲜活的事例，亲缘的关系是述说清楚了，但是彼此间的影响、交流却没有生活实例加以佐证，因而显得立体感有点欠缺。再就是，书中附载了很多照片，这是极为难得的，遗憾的是照片尺幅太小，显得不够大气。如果能以合适的尺幅附载更多的作家交往照片，那将是更令人满意的事。

——2005年本文发表于八斗文学网

（作者简介：赵朕，生于1938年12月，河北省唐山市人。曾为《唐山师院学报》常务副主编，编辑部主任、教授。兼职为中国作家协会会员、中国解放区文学研究会副会长等。出版专著《台湾与大陆小说比较论》《面对艺术的馈赠》《心灵解锁》《尺水兴波的情愫》《认同文化的结晶》，主编有《中国当代文学题解》《写作漫话》《给教师的新建议》等，并参与编写《晋察冀文艺史》《台湾散文鉴赏辞典》及编选高校中文系全国通用教材及辅助教材十五种。）

读郭谦《现代作家亲缘录》之一

《封建叛逆营造了世纪文学宅院》

郝雨缤纷

前几天我收到了作家郭谦的书——《现代作家亲缘录》，郭谦是中国传记文学学会会员、中国教育家协会会员。我刚看了几篇，值得细细品读。

郭谦的《现代作家亲缘录》像地图一样，让你看清了作家的来龙去脉。就像你要看《红楼梦》，别人给你一个红楼梦家谱一样，他理顺了人物的关系，让人想顺藤摸瓜地看下去。

读好文章，真的是让人如沐春风，十分自在，是一种真正的享受。

当我第一次读郭谦的《现代作家亲缘录》，时不时地发现惊奇，有一种与密友晤谈般的快乐。

对于巴金这位活了100多岁的作家，我是耳熟能详的，他的三部曲有激流三部曲《家》《春》《秋》、爱情三部曲《雾》《雨》《电》。

我很想知道巴金是怎样走上文学之路的，在郭谦的文章中，我得到了答案，1922年，巴金在上海《时新报》副刊《文学旬刊》（郑振铎编）第44期上发表新诗《被虐（待）者底哭声》（共12首），这是他最早的有目共睹的一批文学作品。

这是我想要的答案，一般文学青年早期作品均是诗，青年本就是一首诗，巴金先生也是这样的。巴金不仅是作家也是翻译家，在上海，巴金加入了世界语学会，并任上海世界语函授学校的教员。1944年5月，巴金收获了他的爱情，之后他又写抗战三部曲《火》和中篇小说《憩园》等。

通过读郭谦的这本书，我知道了我非常喜欢的电影《英雄儿女》就是根据巴金从抗美援朝前线采访归来后写的小说《团圆》改编成电影的。

我很想知道巴金和爱人萧珊的婚后生活，因为每个人都是一本书，而巴金这本书一定是精装的书。但在这篇文章中不可能找到非常详细的答案，读者可以在巴金的《怀念萧珊》《再忆萧珊》《一双美丽的眼睛》来寻找他们的真爱，他们的一往情深的感情，与大文豪苏轼在爱妻死后，留下了“十年生死两茫茫，不思量，自难忘。千里孤坟，无处话凄凉”的千古绝唱相似。

巴金的女儿——李小林是《收获》的副主编，她为父亲编著过几本书，如《巴金萧珊书信集》等。巴金的儿子李晓更有才华，李晓的处女作《机关逸事》在《上海文学》发表，1992年他的《小镇上的罗曼史》《继续操练》和《天桥》三部作品获得该年度庄重文学奖。另一个让我吃惊的是，我看过的电影《摇啊摇，摇到外婆桥》是巴金的儿子李晓的小说《门规》改编的电影，由著名导演张艺谋执导。

巴金的侄子李致也是一名作家，主要作品有《往事》《回顾》《昔日》。2003年11月，他写的《我的四爸爸巴金》成了当年热门的畅销人物传记。

我要感谢作家郭谦赠书给我，同时感谢郭谦的文章。

——写于2007年10月26日，发表于郝雨缤纷的博客

（作者简介：郝雨缤纷，本名蔡雨艳，省职院校副研究馆员，辽宁省作协会员，辽宁散文家协会、当代微篇小说作协理事。著有散文集《咬月牙儿》。）

开启传记文学写作新思路

陈晓飞

中国自古以来就推崇“家和万事兴”，家庭文化是家庭和谐的重要方面，也是社会和谐的基石。当今，在中央大力提倡建设和谐社会的大背景下，由海南出版社推出的《走进世纪文化名门》丛书无疑有着重要意义。

郭谦的《走进世纪文化名门》丛书书影

“家学渊源”四个字，是记者在采访这套丛书的作者郭谦时，他说得最多的。他说，写这套书的目的是强调父子、母女、兄弟姐妹、夫妻之间的亲情、爱情、友情在文化传承上的巨大作用。

一、“家学渊源”一条闪光的文化纽带

饶有趣味的是，郭谦和他的父亲之间也有着家学渊源。他说，自己曾经是外语教师，一直专注于英语教学和研究，20 年间没有专门写过文学作品，在此之前连他自己也不会想到，日后会和写作结缘并把它当作生活中很重要的一部分。

据郭谦介绍，他的父亲曾经也是外语教师，将一生大部分精力献给了外语教学与研究，虽然写了不少关于外语教学与研究的论文专著，但个人偏爱文学，一生在文学方面用功颇多，集几十年的研究想要完成一本现代作家亲缘关系的文学传记，终因患病去世，生前未能如愿。父亲去世后，留下了大量的资料和未出版的稿件。这促使他去完成父亲未竟的事业。在此基础上，他整理出版了 45 万字的

《现代作家亲缘录》。

家学渊源、中文专业出身的背景，使他能够涉足写作领域，而且很快有了不错的成绩。在整理父亲遗作的过程中，他强烈感受到家庭成员在文化传承方面所起到的巨大影响作用，这不仅表现在文学方面，在我国各地、各领域的世家名门也屡见不鲜。其中有些文化家族在近百年中对中国的文化、政治、思想等方面的发展起到了巨大的推动作用。这使他萌发了写作《走进世纪文化名门》丛书的念头。

这套丛书是传记文学里的新品，从新颖的视角写出了文化名门各成员的文化学术成就、人生历程、文化品位及学术追求，透视了其独特的文化名门精神，以及可以模仿、参考、学习的家庭教育模式，它会引发读者在许多方面的思考。

据郭谦介绍，他在写作过程中尽量避免演绎一些复杂的人际关系，着力围绕“文化纽带”这一核心，对于人物的隐私尽量不去涉及，这也是和市面上很多传记图书的一个重要区别。

丛书各册虽然围绕一个主题，但各有特点，侧重点不同。《影响百年中国的文化世家》描述了22个对中国100多年文化史有着极其重要影响的家族，这些家族至少有三代人或三代以上的人在现代中国思想、哲学、文学、书画、影视艺术、新闻出版等领域做出过重要的贡献。《感动百年中国的文化家庭》描述了38个两代名人的家庭。《闪耀百年中国的文化星座（兄弟姐妹）》描述了36对在百年文化史上取得了杰出成就的兄弟姐妹，讲述了他们相互促进、相互影响的亲情关系。《震撼百年中国的文化伴侣》论述了40对文化名人夫妇在相濡以沫的人生旅途中最生动、最精彩的人生片段和可歌可泣的事迹，演绎了他们与中国百年历史的悲欢离合。

二、文化世家并非天生

这套丛书虽然取材于声名显赫的文化家族，而且着力强调家学渊源关系，为读者勾勒了闪耀在世纪文化天空的一条条文化纽带、一个个文化星系，如梁启超、俞平伯、叶圣陶、陈寅恪、齐白石、冯友兰、刘半农、吴祖光、金庸、启功等人的家族，代代相传，无不表现了家学传承的力度，但是，这些世家并非是天生的，其中不乏从平民百姓中产生然后传承下来的。

采访中，郭谦也一再强调这一点。他说，特别是齐氏家族的出现，更可让人去思考：齐白石曾是一个放牛娃，但是他勤奋学艺成为雕匠，又在无意间自学绘画成为“齐美人”，最终成为杰出的画坛大师。而且，在他成名成家之后，他又精心培养11个子女，其中9个子女成了画家；还隔代相传画艺，又使第三代中有20多名画家走向了世界，第四代画家也在逐步崭露头角。这就说明，文化世家的形成不仅是家学渊源带来的，也是普通人可以去创建的。

梁启超也出身寒微，自谓不过是“中国极南之一岛民”，但他的文章影响了中国的历史，且从他这一代开始，家中人才辈出，如梁启勋、梁思成、梁思永、梁思礼等，都在自己的领域做出了卓越的成就。

还有江阴刘氏家族。延续刘氏家族香火的刘宝珊，从小被人收养，他先后培养了著名文学家刘半农及音乐大师刘天华、刘北茂。而这个家族的后辈中还有翻译家刘小蕙、建筑专家刘育毅、钢琴家刘育和、小提琴家刘育熙等人。

从这些家族兴盛的现象上，我们可以感受到创建文化世家对每个家庭的重要意义，也更应该明白，强调家学渊源并非意味着文化世家是天生的。

三、传记文学中的学术“快餐”

这套丛书涉及 136 个家庭，600 余位名人，是传记文学中的“快餐”，适应了目前人们需要快节奏地吸取知识的需求，相信会受到喜爱传记文学的白领阶层、文史爱好者和大专院校中文系师生的欢迎。

在问及是否真的对这么多的家庭进行过采访时，郭谦很诚恳地说，虽然和约三分之二的家庭进行了联系，但有的家庭成员分散在世界各地，联系起来非常困难。尽管如此，还是有近三分之一的家庭通过 E-mail 或书信与他取得了联系，并为他提供了家谱和相关资料等。他说，如果再版时书中涉及的人物能和他联系，对其中不足的地方，他一定尽力修改。

采访中，郭谦还透露了该书出版背后的一些鲜为人知的事。他说，当他寻找出版社时，很多出版社都不愿意四本成套出版，只有北京同乐图书文化公司有先见之明，对此如获至宝，愿意成套出版。后来，之前的出版社大多后悔了。目前，此套书首印就达到了两万套，仅在 9 月底举行的北京图书节期间就卖了上千套。

由此可见，这类写作角度新颖，既为读者着想又有着严谨写作风格的传记文学作品是大有市场的。

“诗书传家远，忠厚继世长。”有了一个又一个优秀的文化家族，自然就会有优秀的民族文化和民族精神，而这个民族就具备了屹立于世界民族之林的坚实根基。记者也衷心希望这套丛书能够如作者所愿，给读者提供美好的精神食粮，对建设和谐社会有所启发。

——此文刊于《新华书目报》2006 年 10 月 28 日第 15 版

（作者简介：陈晓飞，女，《新华书目报》记者。）

“诗书传家远”

——评郭谦的《走进世纪文化名门》丛书

赵 朕

传统意义上的传记，是指记录某人生事迹的文字。它的界定范围是某位个体的人的人生经历，即使涉猎到其他的人，也只是由于某件事的勾连而牵出，似乎不宜平行地写到家族、家庭的其他人。然而，郭谦先生的《走进世纪文化名门》丛书，却勇敢地颠覆了这个传统的文化概念。它以独特的视角，别开生面地从家庭这个社会的细胞介入，抓住“家学渊源”这条精神线索，多侧面、多方位地展示出136个家庭、600多位名人的精彩人生，散点透视般地勾勒了震撼百年中国文化名人的文化成就、人生经历，以及他们对百年中国的社会贡献。

郭谦的著作书影

这套《走进世纪文化名门》丛书，共有四本，即《影响百年中国的文化世家》，描述了22个对我国100多年文化史发展有着重大影响的家族，这些家族有三代或三代以上的人在现代中国思想、哲学、文学书画、戏剧、电影、新闻、出版等领域做出过重要的贡献；《感动百年中国的文化家庭》，描述了38个两代名人的家庭，它们对中国的百年文化做出了杰出贡献，起到积极的影响；《闪耀百年中国的文化星座（兄弟姐妹）》，描述了36组在中国百年文化史上做出卓越成就的兄弟姐妹，讲述了他们耳濡目染、相互促进的亲情关系；《震撼百年中国的文化伴侣》描述了40对夫妇在相濡以沫的人生旅途中最生动、最精彩的人生片段和可歌可泣的事迹，演绎了他们与中国历史百年的悲欢离合。作者撰写这套丛书的目的，是受到已故父亲的影响。他父亲生前曾收集大量的资料，着手撰写《现代作家亲缘录》，但因天公无情，其父驾鹤西归。为了完成父亲的遗愿，他子继父业，在父亲遗稿的基础上进行增补和修润，并将其付梓。在整理父亲遗作时，他强烈地感受到家族在文化传承上的巨大影响，因而萌生了写作《走进世纪文化名门》丛书的念头。为此，他设计了“文化世家”“文化家庭”“文化伴侣”和“文化星座”四个领域，旨在借助这些文化名门的成员在家族的文化土壤里孕育成长的过程，家族的精神文化对家族成员的影响，以及他们在特定的历史帷幕下的进取、拼搏、人生历练和文化业绩。这既是对《现代作家亲缘录》的延伸和拓展，又更加丰富多彩地拓展了传记文学的新领域。

这套丛书扩大了传主的范围，突出了家族“诗书传家远”的影响力和传承力。这样说并不意味着这些文化名人都是遗传因素使然，而是突出强调了文化世家所构筑的人文环境、家族文化对其成员潜移默化的相互激励、相互影响的积极作用。仅以“文化世家”来看，每个世家的祖辈几乎都是很普通、很平凡的，只有在有人出人头地之后，才逐渐形成了文化家庭和世家。被誉为“江阴刘氏三杰”的刘半农、刘天华、刘北茂三兄弟，是我国的现代文化名人。他们是江苏江阴澄江镇人。“刘氏三杰”出生在一个贫寒的城镇居民家庭。他们的祖父英年早逝，祖母夏氏很年轻时就守寡。夏氏孤单一人，从丈夫的堂兄膝下过继了一个男孩，取名刘宝珊。几年后的一个冬天，夏氏外出时，从河边捡到一个未满一个月的女弃婴。这个女婴长大后，就成了刘宝珊的童养媳。又过了几年母亲给他们圆了房，刘宝珊夫妇先后生养了三个儿子，长大后都成为教授级的名人——刘氏三兄弟。这个家族的后辈中还有翻译家刘小惠、建筑专家刘育毅、钢琴家刘育和、小提琴家刘育熙等人。这个家族的崛起雄辩地证明，是后天的相互影响和文化传承造就了这个文化家族，是家庭的精神文化，如家庭信仰、价值观念、家庭情趣、道德风尚等激励着子女积极向上，在不断进取中创造了自己的文化业绩，也影响着同辈人或晚辈人殚精竭虑地延伸家族的事业和进取精神。从这个角度看，这套丛书对于建构和谐文明的家庭文化很有参阅价值，对于后代人的成长和培养都是大有裨益的。此是其一。

其二，开拓了传记文学的新范例。这套丛书打破了传记文学以单个传主为核心的写作模式，而是将家族、家庭、同胞手足、夫妻分别连接在一起，以新的视角加以表述。这种写法，既突出了主要成员的人生经历和业绩，又附带牵出与其有关的家族或家庭成员，使得读者得以走进文化名门，观赏其秀美、绮丽的风光。读者从这一个一个名门所观赏到的，不只是其家族、家庭、手足、伉俪的丰富的经历、闪光的才华、曲折的人生，更为重要的是领略到名门洋溢着的文化精神。

其实，名人与普通人在生理上并没有明显的不同，他们的喜怒哀乐都是共通的。可是，名人之所以成为名人，就在于他们有一种非同一般的进取精神，善于抓住机遇，发挥所长，善于在互相激励与影响中兼收并蓄，展示才华，这就是名门的文化精神。这套丛书将名门的家族、家庭、手足、伉俪，主次分明地展开介绍，便于展示各个名门的摇曳多姿的风采，从而使读者从各个名门的风采中，体悟到人才培养与教育，不在于经济付出的多寡，而在于如何创建家庭的文化精神，形成一种潜移默化的文化氛围，给予孩子自由驰骋的天地。

其三，扩大了知识视野。这套丛书所介绍的136个家庭、600多位名人，囿于行业的制约，并不是尽人皆知的。甚至对某某两位名人较为熟悉，却不知他们是父子（女），是手足，是夫妻，特别是某些作家、艺术家使用笔名或艺名，人们对其真实姓名不知其详。在读了这套丛书之后，读者会觉得豁然开朗、茅塞顿开，了解到很多名人的“奥秘”。

譬如，对于钱基伯、钱锺书、钱锺韩、钱穆、钱伟长、钱易等名垂青史的大家，可以从名人辞典中查询到他们都是江苏无锡人，却难以了解到他们的宗族关系。他们都是从无锡小七房桥走出来的名人。被誉为“中国二十世纪最伟大的国学大师”的钱穆与著名的教育家、语言文学家钱基博，在无锡钱氏望族中是同宗不同支的兄弟；钱穆与著名物理学家钱伟长是叔侄关系；环境工程学家钱易是钱穆的女儿；尽管他们都是名人，但由于他们所从事的职业不同，很少有资料披露他们家族的内幕，证实他们之间的关系。而读了这套丛书之后，这类问题就迎刃而解了，使读者了解到很多不为人知的内容。这种阅读的收获，使读者开阔了视野，丰富了知识，增长了识见，于休闲的阅读中得到惬意的享受。

——2008年3月本文发表于八斗文学网

“诗书传家远”

——读《影响百年中国的文化世家》

陈凯丽

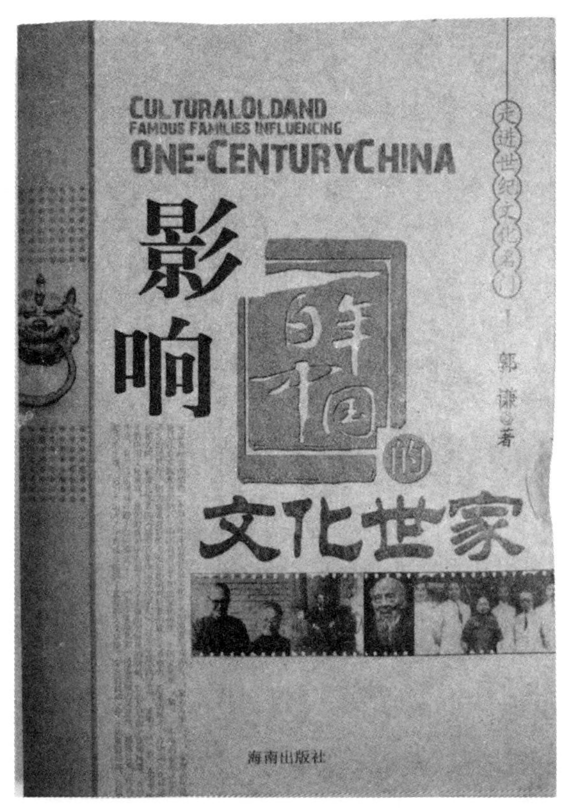

郭谦《影响百年中国的文化世家》崇文书局 2011 年版封面

很多时候听人介绍某一成功人士时，总会同时津津乐道他父亲、祖父、曾祖父甚至远祖的成就。言中之意就是说，此成功人士之所以能成功，除了自身努力之外，还有长辈对他的影响。意思也就是说家学渊源很重要。我每每听到此类说法时，总生羡慕之情，同时暗暗给自己加油，像我这样的出身，一非书香世家，二非巨贾豪门，要想有出人头地之日，不付出比他人加倍的努力能行吗?

最近，买了一本书在读，书名叫《影响百年中国的文化世家》，郭谦著，海南出版社出版。读着读着，我发现压力越来越大的同时追求成功的动力也越来越大，我感觉读到了一本好书。这到底是本什么书呢？我认为，简而言之，就是一本讲家学渊源故事的书。因为此书描述了新会梁氏（梁启超、梁启勋、梁启雄、梁思成、梁思永、梁思礼）、德清俞氏（俞越、俞陛云、俞同奎、俞平伯、俞润民）、义宁陈氏（陈宝箴、陈三立、陈师曾、陈寅恪、陈美延），以及我省的长沙章氏（章士钊、章含之、洪晃）和湘潭齐氏（齐白石、齐子如、齐良迟、齐良末、齐佛来、齐灵根、齐秉正）等 22 个对中国 100 多年文化史有着极其重大影响的家族。这些家族至少有几代人在现代中国思想、哲学、文学、书画、影视等领域做出过重要的贡献。

例如俞氏家族，自俞樾的祖父开始逐渐孕育家庭读书的氛围，至俞樾终开花结果。俞樾不仅是清道光三十年进士，后主持杭州诂经精舍三十余年，治子、小学，而桃李满天下，著《春在堂全书》，凡 250 卷。尽管两个儿子没能子承父业，但孙子俞陛云终于以探花而名扬天下，没辜负俞樾的精心栽培；随之，“7 岁开始每晚跟曾祖父学写字”（《俞平伯的后半生》一书作者王湜华语）的俞平伯更是以诗人、散文家、学者而闻名天下，继承了家族衣钵。此正谓授受有源。

其实，写这些成功人士的传记类作品多矣，如介绍齐白石的，除他本人的《齐白石自传》外，还有林浩基的《齐白石传》、王文治的《清气满乾坤——齐白石传》、周迅的《齐白石全传》等多种。另外，我省不少媒体也不止一次从文化寻根的角度策划报道过这些文化家族，如《影响百年中国的文化世家》中未写及的我省的双峰曾氏、湘潭黎氏等，但像此书具体考察这些名门家族的家世家风、家学渊源、家族流变演化的，尚不多见。这无疑给我等读者找到了一个有趣的窗口。在这个认识上，我完全赞同书之序者谢明洲先生的观点，他说：“（读者）可以领略每个家族里几代文化名人的人生风采、文化品格、学术追求、治学方法，以及彼此间复杂的联系（相互影响、相互传承），可以增进有关文化史和学术史的历史知识，可以了解不同风格的家族文化精神和家庭教育的特色。”但我读此书时，还收获了更多的正能量，特别是齐氏家族的成功，让我认识到文化世家的形成不仅只有家学渊源这一原因，普通的人也可以去构建和创造。

齐氏家族的发轫者齐白石从一个放牛娃开始，在学木匠之后通过勤奋学技成了一名雕匠，同时迷上了画画，遂自学绘画，成了“齐美人”。他四处寻访名师学画、学诗，终成画坛大师。在成就自己的同时，齐白石还精心培养 11 个子女，其中 9 人成了有名画家；还隔代相传画艺，又使第三代中 20 多人继承了衣钵；现在，第四代画家也登上了画坛。此正谓累世相传。

中国有句古训：“诗书传家远，忠厚继世长。”我想，《影响百年中国的文化世家》一书的出版就有着这种“家学渊源”的希冀在里面吧。

——本文发表于《湖南工人报》2013 年 12 月 20 日第 7 版

瑰丽，源于生动的镶嵌

——读郭谦和他的《走进世纪文化名门》丛书

蓝 狐

一直以来，我总是在努力想见这样一个时空：那些文化的、学术的、炫目的世家名门，他们所流脉而成的璀璨动人的光斗，可否也会像高俊、浩漫的银河一般，一经感知，即刻便会叫人心生叹喟、意绪翩跹呢？

之所以要这样的想见抑或追问，实在是因为在坚持了较长岁月的阅读之后，我开始感到，我所在的国度乃至它所承袭的历史的、文化的、家族的抑或人文的内涵和熏陶，竟是这般的温婉、厚重、绵延、妙曼，不仅启人心智，而且催人追索。

2006 年 10 月郭谦与蓝狐在抚顺留影

有学者曾就此所做的概括可谓简洁明了。

其云："在中国古代漫长的历史上，文化学术方面的世家名门可谓屡见不鲜。"

由此，我们参阅经典古籍可以发现——

东汉著名史学世家班氏（班彪、班固、班昭）家族、宋代著名文学世家苏氏（苏洵、苏轼、苏辙）家族、明清之际的学术世家万氏（万泰、万斯同、万经）家族、清代朴学世家王氏（王安国、王念孙、王引之）家族等，所有这些都可称为是其中的显要代表。

之所以这样认为，根本的原因在于，上述不同的人生感沛、繁杂情境，一俟交糅渗透进中国古代辉煌的文化学术史上，也便日益闪耀出了别样的动人光辉，及至今日，已然成为一道耐人寻味的独特的文化景观。借此，原本属于名门之后的陈寅恪先生曾在其中古史研究中强调："学术文化与大族盛门不可分离。"

文化之于名门，抑或名门悄然演绎的文化景象，如今已越来越引起人们的广泛关注、揣摩、传承和盛赞……

一

手头一部四卷本的《走进世纪文化名门》的鸿篇巨制，颇讨人喜爱。好友郭谦在驱车千里后，将这一套由他编纂的精美典籍交与我手中的瞬间，我仿似觉得已然捧过了整整一个文化名门的"星系"，陡然感到眼前和心头即刻已是星光璀璨。

郭谦向我介绍说，这一部130余万言的《走进世纪文化名门》系列传记，单单创作便持续了近两年时间。"如果加上收集和研究资料，接续不断地采访和整理素材，前后应该有十几年的时间。"

我们可以编缀出这样一组画面：一个孤独的文化学者，一介单薄的文化旅人，时常地游走在浩如烟海的文化学术的典籍岸畔，以心灵的渔网精心捕捞着文化学术海洋中的动人鱼虾，珍贵珠贝，精美流沙。尔后，他还要在那鱼虾中用心地一一发现，在珠贝间精确地一一甄别，在流沙里动情地一一分拣。

执着、艰辛、无悔和虔诚，在郭谦矢志认定了的创作走向中，已然成为一种倔强、一种使命。诚如郭谦所言，《走进世纪文化名门》丛书中的每一位名人，在近百年的历史中对中国的思想、文化、教育等领域里都产生过重要的影响，他们要么是著名的思想家、文学家、音乐家、出版家、教育家，要么是画家、记者、编辑等。虽然他们中不少人的名字早已为妇孺所知，但是人们对他们的家庭却相对陌生，不知他们的家学渊源，不知每一个家庭里究竟包容着多代多个名人，更不知他们鲜为人知的事迹……"那么我所做的，就是发现并梳理出这其中的悲欢故事、跌宕人生，从而使读者得以对这些文化名人乃至家庭的'背后故事'进行一番更加深入的了解之后，能够有所启发、有所借鉴。"

"苦是难免的。"郭谦说，"可是苦过之后，发现已经有一个文化学术的星空被自己镶嵌而成，忽然又觉得心里是那样的甜！……"

二

李乔说："'文化名门世家'不仅有家的含义和文化的底蕴，还折射着文化个体与家族群体，与时代文化关联着的历史。它是一个迷人的文化传承现象。"

值得注意的是，这一现象在近年来日渐活泛。

有所不同的是，在以往，类似的所谓"名门传记"，大体上多是把相对显要的文化流脉中的大家，诸如新会梁氏——梁启超家族、常熟翁氏——状元门第帝师世家，以及德清俞氏——俞樾、俞陛云、俞平伯等给予了浓墨重彩，而对虽则个性但却相对“稍逊风骚”的更其宽泛的其他文化的、学术的“名门世家”，却多少显得落笔寡淡、目光闲散。

这恰恰给我们提出了一个耐人寻味的问题，既然认知并且推演“文化名门世家”堪称是“一个迷人的文化传承现象”，那么，其传承的主体到底是多多益善为妙，还是乏善可陈为好呢？要回答这个问题，想必我们无疑应该把诸多名门世家的“内核”与当今文化关联的要义加以比较才是，但凡有所裨益、值得镜鉴者，自然值得推崇、广泛传扬。

李乔在谈及现代文化名门世家时曾有论述，在他看来，一百多年以来，中国由清朝经民国而至中华人民共和国，在向世界开放和探索现代化的过程中，经历了亘古未有之巨变，因此这一时期每一个世家名门家庭关系的演化，家风门风的形成、传递，乃至每个成员文化学术道路的选择等，便自然打上时代的烙印，凝聚着不同以往的更加丰富的文化意蕴和历史内涵。在这一意义上可以说，这一独特的文化现象对今天的影响和启示还是很深远的。

中国社会科学院近代史研究所研究员罗检秋也谈到，家族文化仍然积淀在社会的深层，挥之不去。这里既有精华，又有糟粕。就家族主义的转化而言，文化家族是较之政治、经济家族最少落后性的遗传。它不以追求权势、财富为目的，而以学术砥砺、精神创获为职志。文化史研究不应摒弃“家族文化”，而应认识它、剖析它，从中获得教益和启示。

中国人民大学清史研究所教授黄兴涛同样在论及“家族文化”时认知深刻，他曾感叹，这里的确是一片丰富多彩的世界。具体考察这个世界的各个文化名门世家，无异于为透视和了解近代以来的学术文化发展，寻找到一个个有趣的窗口。透过这些窗口，人们可以领略文化名人与学术巨子的人生风采、文化品格、学术追求和治学方法，可以增进有关文化史和学术史的历史知识，可以总结学术研究和文化建设的历史经验，乃至获取关于家庭教育的有益启示。

有人说，一个家族要建立起一种足以影响家风的家学渊源，往往需要几代人的努力，它可以形成一种类似于物理学中的“场”那样的环境，使得家族的下一代人能在不知不觉中得到熏陶。这也就是说，那些来自“文化名门”的文化的、学术的“场效应”，在今天来看，仍然不失为一种启迪人生、开愚睿智、导引家风、和谐世相的温和的共振、巧妙的串联。

自然，场的效应，理应是一个与之相关相连的矢量，唯其最大，也才更易于产生裂变，形成更加惊人的当量。由此，比较而言，郭谦的《走进世纪文化名门》系列丛书应该可以称为“一记重磅”。

三

说《走进世纪文化名门》是“一记重磅”，原因在于它关联的“文化名门”乃至个中蕴含可谓宽泛而翔实。

通过阅读，我们大致可以从中总结出这样几个特征：整套丛书包容了136个家庭的600多个文化名人的“最精华、最有趣、最生动的故事”；揭示了名人与名人：父子、母女、兄弟姐妹、夫妻之间的亲情、爱情、友情；写出了文化名门各成员的文化学术成就、人生历程、文化品位及学术追求；透视了其独特的文化名门精神；提供了可以模仿、参考学习的家庭教育模式。

尤其需要提及的是，丛书在内容分布上可谓是颇费了一番心思。其中，《影响百年中国的文化世家》描述了22个对中国100多年文化史有着极其重大影响的家族，这些家族至少有三代人或三代以上的人在现代中国思想、哲学、文学、书画、影视艺术、新闻出版领域做出过重要的贡献；《感动百年中国的文化家庭》则描述了38个两代名人的家庭，它们对中国的百年文化做出了杰出贡献，起到积极的影响；《闪耀百年中国的文化星座（兄弟姐妹）》描述的是36组在百年文化史上做出令人赞叹杰出成就的兄弟姐妹，讲述了他们耳濡目染、相互促进的亲情关系；至于在《震撼百年中国的文化伴侣》中，作者的笔墨却全然凝结在了40对知名文化伴侣在相濡以沫的人生旅途中最生动、最精彩的人生片段和可歌可泣的事迹之上。

从影响到感动，因闪耀而震撼，在我看来，这不仅是身为文化学者的郭谦在用心梳理了130余个文化家庭、600多个文化名人之后，陡然所生的敬意、尊重和感叹，更是他在深切感知进而生动镶嵌了这些撩人的星盏之后由衷发出的一份祈愿。那便是，让愈发多的人们都来充分领略这已然集合了的暖人的文化光谱，直至让每一个心胸、每一个家园变得日益丰盈、充实、瑰丽、璀璨！

——2006年11月18日刊载于《抚顺晚报》第11版，刊载在《作家报》2006年11月30日第2版

（作者简介：任东升，笔名蓝狐。辽宁《抚顺日报》编辑、记者，辽宁省作家协会会员。）

静听清音　如饮甘泉

——读郭谦散文集《甘泉清音》有感

梁天明

在当代十分活跃的散文作家当中，郭谦是极具个性的一位。读他的散文不难发现，作家拥有丰沛而高超的拥抱生活和表达内心的能力，出自其笔下的散文集《甘泉清音》，或打捞难忘的记忆，或抒发铭心的感怀，均系情真意切、笔酣墨饱之作。不过，在更长时间里或更多情况下，一种知识型、学者型作家特有的精神视野、文化储备和思维习惯，让其创作毅然超越个体的经验世界，进入了缤纷浩瀚的艺术王国。这时，在作家笔端，除了依旧鲜活的情致与感受外，又多了透辟的思想、敏锐的识见和厚实的学养。它们融为一体，相得益彰，通过亦情亦理的纵横挥洒，最终化作气象万千而又花团锦簇的艺术景观。平心而论，这在当下的散文创作中并不多见。

郭谦散文集《甘泉清音》封面

这部散文集分为八个部分，共收录作品 83 篇。第一部分中，作者主要阐述自己对自然的体会；第二部分描写旅途经历和感悟；第三部分是对生命的思索；第四部分是对内心情怀的抒发；第五部分是名家评论和杂谈；第六部分是讴歌四季；第七部分是歌颂亲情；第八部分阐述了自己对当今文学的理解和观点。应该说，全集难能可贵的是在当今人文环境中对于正直人格与高贵情操的倡扬。许多文章读起来颇能感受到作者对真善美追求的挚切，全书题材广泛、写法多样，结构自由，不拘一格，寄托了作者对自然、对生活的看法和体会。

盘点历史，叩问沧桑，是不少散文家的题材选择，也是郭谦散文的重要内容。不过，同样是在历史长河里寻幽探胜，他的散文没有像一些同类作品那样，更多追求物象的完整性或话题的系统性，而是恪守“文以意为主”的古训，让文字在思想的引领下，与特定的人物、事件和场景结缘，就中展开体现时代高度的“故”事“新”说，努力激活历史潜在的生命力。

请看《圆明园里散着豪气的石头》，作家在废墟上伫立，心中除了无尽的悲愤、伤痛与追思之外，使他永远忘不了的还是那“直立着的、横躺着的、仰卧着的、斜倚着的石头，像一块块骨头，像一条条脊梁，依然散发着凛然的豪气，散发着千古不息的光芒”。作家的笔墨所至，不仅清晰地勾勒出圆明园的流变沉浮，以及它在中华文明上的意义所在；更重要的是透过这种流变沉浮，凸显了中国历史上一段流光溢彩的文化风景。显然，圆明园这一番文化奇观浸透了作家的热烈憧憬和由衷激赏。能够感受到圆明园里的石头散发着豪气，便证明了感受者的豪气，能够视废墟中的石头是民族的脊梁，那便充分证明作家具备这样的“骨头”。换句话说，作家浓墨书写稷下风流，实际上是在深情呼唤中国文化传统固有的自由而高蹈的精神创造与构建能力，呼唤知识者应有的社会担当性和历史责任感。

还有《登泰山，小群山，小天下》，作家不仅是肯定了他对泰山的总体感觉——小群山、小天下，我更赞赏他有别于许多人的专注点，以充满敬意地描述了爱国将领冯玉祥在泰山的遗踪“平民生，平民活，不讲美，不爱阔”……通篇作品所传递的不仅是华夏文明的源远流长，惊艳“他者”，同时还有作家从容坚定的文化自信。

郭谦的散文注重营造历史与现实的对话关系，但不曾因此就忽视历史自身的厚重感与多面性。事实上，对历史景观做深入发掘或崭新解读，也是他散文重要而稳定的追求，且同样收获了独异与精彩。譬如《我是骆驼我是歌》《屈原的崇拜者也有我》《从上士宋应星的故事说起》等篇章，除了语言修辞上的多彩和审美风格上的刚健清新之外，最为卓尔不群也最让人刮目相看的，是一种自觉摆脱文体束缚，大胆凿空文体壁垒，积极探索散文写作的创新意识。在郭谦笔下，鲜有某些散文常见的程式化、套路化的手法与技巧，取而代之的是一种自由舒展的“意在笔先”和灵活机动的随物赋形——只要表达需要，各种文学乃至艺术样式的标志性元素，如诗歌的意象提炼、小说的场景描摹、报告文学的直抒胸臆，还有哲学的睿智说理等，均可信手拈来，为我所用，化为作品的血肉。

——在南通市作协举办的“郭谦新书《甘泉清音》研讨会”上的发言

（作者简介：梁天明，南通市作协副秘书长、影视协会主席，先后在《当代电影》《电影文学》《文艺报》《光明日报》、香港《二十一世纪》等各大报刊发表电影理论和评论文章三百多篇近百万字，被中国人民大学书报资料中心收藏复印约五十篇，出版电影理论专著《电影文化精神》。）

《中国百体书法概述》展现出中华文化的博大精深

杜海义

2014年10月15日，国家主席习近平在京主持召开了文艺工作座谈会，并发表了重要的讲话。他指出，文艺是时代前进的号角，最能代表一个时代的风貌，最能引领一个时代的风气。文艺工作者要高度认识文艺的地位和作用，认识自己所担负的历史使命和责任，坚持以人民为中心的创作导向，努力创作更多无愧于时代的优秀作品，弘扬中国精神、凝聚中国力量，鼓舞全国各族人民朝气蓬勃迈向未来。

郭谦的《中国百体书法概述》书影

文化学者郭谦先生是一位富有历史使命和社会责任感的作家、艺术家，自从认真学习了习主席文艺工作座谈会的讲话后，他更加精心地创作文史图书和书画。尤其在文学和书法上，他撰写了大批体现中华文化精神有筋骨、有道德、有温度的散文诗歌作品，进行了大量的百体书法（包括历史上优秀的诗文和自己诗文的）单幅作品创作，让优秀的思想与艺术观赏相统一。每年还要花费半年多时间精益求精地创作出一个由几十种或上百种书体组成的书法长卷。例如18体《孔子名言》、26体《诗音墨语》、36体《古篆新韵》、125体《百体千字文》等书法长卷。这些长卷举世无双，堪称国宝。

五年来，他阅读了大批书法理论和书法史著作，从新的视角审视书法史。他找到了书法史上的空白，发现书体分类史至今无人涉猎。于是，他花费了两年时间撰写《中国百体书法概述》一书。

他研究发现，楷隶行草篆五大书法已经形成完备的五大书法体系。例如，楷书书系包含欧颜柳赵四体、瘦金体等 10 种书体，篆书书系包含龙书、鸟书、虫书、鱼书、梅花篆等 40 多种书体，行书、隶书、草书都各有 10 多种历史上认可的书体。加上一百多年来，因考古发现而产生的甲骨文、金文、汉简、楚简、中山王篆等书体，因非遗文化挖掘而产生的水书、女书等书体就高达百种书体。

郭谦书法中的图腾体

在新著《中国百体书法概述》第二章中，他首次提出“五大书法体系”或简称“五大书系”。在第三章中，他又首次系统分析、总结一百多年来成千上万新书体探索者的足迹和现状，为具有创新精神的现当代书法家立言树碑，目的是促使更多的书家在书法艺术上大胆探索和创新。

他认为中国书法是一种独特的文化形式，包含了许多精彩的艺术基因和艺术创作形式，是各族人民在不同历史时期不断创新、添补而共同创造的结晶。因此，他首次系统阐述了东巴文、水书（民族书法）的发展史，以唤起更多的人去保护和抢救非物质文化遗产。

在大量的文献史料研究中，他整理出三百多种书体名称、两百多种书体的图例。根据书法的书写性、艺术性、科学性，他有舍弃、有保留地选择了其中一百种书体确定为“新百体书法”，构成了图文并茂的第四章。

与郭谦先生接触的十年中，我觉得他的书法史著作成功出版靠的是一种认真踏实的探究精神，一种奋发有为、昂扬向上的精神，靠的是一种生逢盛世、把握历史机遇不断进行创造的思想境界，一种努力为书法事业繁荣发展，为实现中华民族伟大复兴的中国梦做贡献的历史使命感和责任感。

他的书法史著作无愧于我们这个时代，从新的广角与视角，一方面启迪当代书家正确对待历史上书体的传承，即传承有序、代有传人、代代相传、流传不绝；另一方面，告诉了当代书家，活在当下，与时俱进，不断创新，才能脱颖而出，让中国国粹——中华书法保持常青常绿，永远鲜活，富有生气与魅力。他的《中国百体书法概述》既是一本填补书法史空白的书，又是一本丰富世界文化宝库而为中国文化争得更大荣誉的书，也是一本值得大中学校美术系学生必读的教科书、一本专业书法家必备的参考书、一本书法爱好者必须收藏的宝书。

——2019 年 8 月，本文发表于公益在线、世界导报在线、环球文化网、315 记者摄影家网、中国现代文化网、搜狐网、网易、简书、新闻快报 CCNN 新闻文化快报、创新网等三十多家网站

（作者简介：杜海义，系《人民日报》（海外版）编辑、中国公益在线副总编、百体书法网常务总编。）

《中国百体书法概述》三大亮点

悠然（百体书法网记者）

2019 年 8 月初，黑龙江美术出版社出版了文化学者郭谦撰写的百体书法史图书《中国百体书法概述》，这本书有三大亮点：

亮点一：本书首次把篆隶楷行草五大书体比喻为如泰山、华山的山系，泰山不是一座山，而是几百座山峰组成的山系。而五大书法也是如此，经过数千年的历史演化，已形成形态各异而芬芳夺彩的书法体系，如楷书书系含有欧颜柳赵四体、瘦金体等 10 多种，篆书书系由鸟书、龙书、龟书等 40 多种书体组成……在书体分类学上是一次创举。

郭谦书法中的“蝴蝶体”

亮点二：本书首次以历史文献陈述了百体书法演化的历史，增强了“百体书法”概念的历史和科学依据。这些历史文献在当代书法界鲜为人知，它们的系统呈现不仅会给广大书法家、书法爱好者强烈的视觉冲击，也会吸引和启迪他们重视历史经典，真正去学习、传承古典传统文化。

亮点三：本书首次系统总结了一百多年来书法界成千上万中国书法书体探索者的足迹和现状，为现当代具有创新精神的书法家立言树碑。以便促进更多的书家在书法艺术上进一步创新。

此书其他的精彩地方，可以细看序言、目录和图书。

——2019 年 8 月发表于环球文化网、中国人物榜、中华新闻文化网、中国现代文化网、中华文教网、百体书法网、315 记者摄影家网、广东省文化 E（驿）站

一部书法创新宝典

——读郭谦《中国百体书法概述》随感

王耀东

郭谦，著名的作家、书法家，笔名沙漠骆驼。他曾是《作家报》副刊《博客世界》主编。现为百体书法网总编、《作家报》副总编。近年来，他出版了不少图书。他写的《现代作家亲缘录》《走进世纪文化名门》（丛书）等几部书影响国内外，他还写了一些文学、散文方面的专著。不久前，还在北京和海门举办过“当代文化学者郭谦书画展”。我在北京期间，和他合作举办过多次文学艺术方面的活动，他对文化的执着追求是多侧面、多角度的，令我十分敬佩。于是，我们结下了难分难解的友谊。

郭谦所出版的图书书影

最近，他寄给我一本新著《中国百体书法概述》，让我十分吃惊。我知道他近几年在书画方面做出了新的创作与奉献，特别是在书法创作和理论上有不少独特的建树，这是文学艺术界少有的现象。当我细读了这本《中国百体书法概述》之后，发现这本书对百体书法的探索与解密性极强，是中国书法史上一个新的里程碑。书中对我国历史上的百种书体，从血缘与发展的关系方面，进行了全面的总结与精彩的论述，为当代书法的创新与发展，打开了一个无限璀璨的空间，这是一本书法爱好者深入学习和研究的知识宝典。

我对中国的书法也曾有过多年的执着与爱好，在不少书体的创新上，也花费了不少心血，但往往很难打破习惯性的格局。所以，我认为要想使笔精入神，达到书法创作的极致，在不动声色之中能够使笔法具有潜气内转，气象雄浑，如秋空行云之势，达到书法创作上的韵味无穷，就必须要勤学苦练，但我总感到气力不足。有时甚至认为，眼前的美好与欠缺，就只差一步之遥了。但这次看了此书，我才发现自己在创作上，在书法理论的根基上，在通其意、明其理、悟其道上，还缺乏不少的知识性的功夫。

书法，实际是中华民族的文字学，它与中国的艺术美学是形神兼容的。特别是要研究今后要如何承传我国古体书法的精粹，如何能在字体上触摸出古人生命的脉搏，真是一种“易”中的不“易”。

“变体”是中国人最美的灵思与技巧，中国书体是从象形上产生的，目前已呈现出了它的成熟与勃勃生机。如何能寻找出它内在的意蕴与情感，抓住它的时隐时现，似乎成了中国艺术史上的一个千古之谜。要明白，中国变体书法在历史上走了几千年，今天人们还在不停地研究、仿作，就是为了挖掘它无穷的新知。实践告诉我们，历史上每一次的创新和飞跃，都必须要回到汉字的源头上，从源头出发找到它创新的灵感。这种回旋式的发现与创新，启示着人们要守住源头，抓牢经典，这才是获取艺术生命新的生机，是点燃艺术创新火焰的最佳敏感点。

2016 年 10 月 2 日，著名书法家董正义、大巢艺术区董事长傅占鹉参观郭谦百体书法长卷之一《诗音墨语》

书法是反映生命的一种艺术，是表达美感的一种载体。要想写出它的个性、特色，必须要到未知的领域寻找新奇，找到它内在的潜在原理。这本书的特色就在这里，此书从书法的溯源上写起，然后重点写了百种书体的开创史、演变史、发展史，特别是对当代新书体的变革与创新做了详细的解密。中国大量的汉字、书体是从象形、指事、形声、会意上产生的。它的美与奇是经历了图画、文字及各种书体漫长岁月的磨砺而成熟的。它能吸引人去探索、研究、创新，并能够指导书法艺术家打开新的视野，就是有了这种特殊的艺术结构和各种不同体的演变，通过实用性和艺术性的完美结合，才显示了它无尽的价值。此书以秦国“八体文”开篇，展示的字与书体，均采用象形的、多变的形态，展现着人们的生活起居、行为举止，包括大自然现象、花草树木、虫与鸟兽，传达出了汉字的生命信息，造就出了中国书法的宝贵元素，显示出了智慧魅力与艺术的超强魔力。

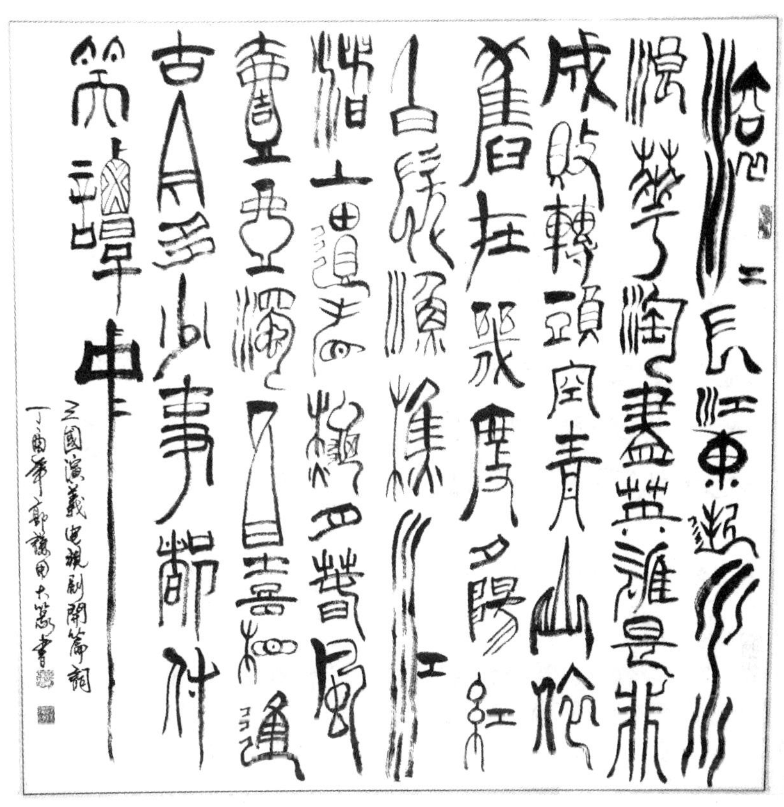

郭谦书法中的大篆：《三国演义》电视剧开篇词

我国书法书体的玄妙与精粹，是世界文化史上的神奇现象。它用我们民族的形体，显示出了先人的独特创造和审美见解，看似是各种形体的符号，实际是中华民族心性的反映。每种艺术形式的出现，都是对人性的超越。书体的多变，产生出的神秘力量，更是妙不可言。今天我们站在它的肩上，登高望远，会进入一种博大精深的神灵空间。多变的书体，有的像人，有的像鸟，有的像虫，表面看起来是不动的，其实它内在具有神气。有一种物体的飞升与动感，闪耀着不同的飞翔要素，不停地呼吸着、跃动着，对历史进行着一种引领风骚的交流与呼唤。先人虽然把它刻在石块上、符节上，却像是一盏盏指引灵魂前行的小灯。所以，作为现代书法家，要想写出好的书法，必须要打开自己的眼睛，用独特的眼力进入书体的深处，识别艺术的内在精粹。

当你痴迷地进入一种新书体时，眼前会突然出现变幻莫测的景象。而智商高者会发现，它赋予你手中笔墨出奇的技能和神力，还能让你感受到各种书体的音乐韵律与变奏，线条与线条之间会进入一种辽阔的时空感。所以说，我们今天来认知这些多变的书体，就是认知这些艺术的空间性、艺术的科学性和时代性，它会告诉我们艺生道，道生美，从而会达到一种寻幽探胜的效果。古人说："字为心画"，也就是说，心是艺术的灵感、气质、情操的发源地。书法就是这样由外形转为内心创造，再由内心创造出艺术的新、奇、异的道路。

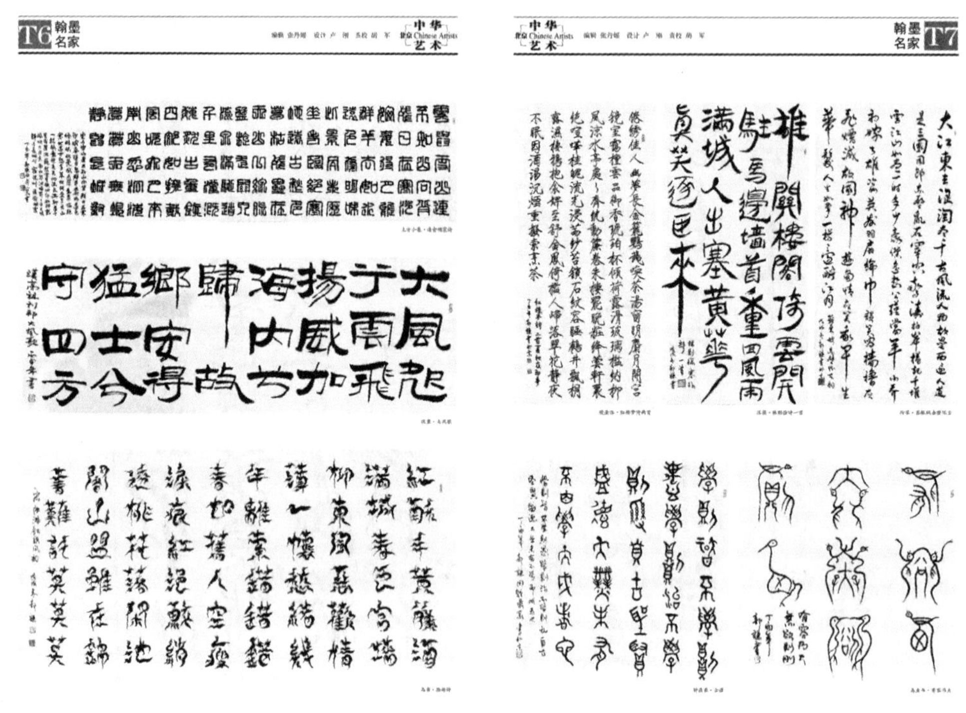

《中国艺术家》杂志郭谦百体书法专辑第 4 页

这本书的奇特之处，还在于它能唤醒我们对艺术的视觉与敏感性。人生在天地之间，你抬头看天，天象时刻在变；你再看地，层层色调起起伏伏；眼前的道路，断而复连，穷尽了地貌的曲线，有深堑、有奇观，突兀着意想不到的奇山异水。有了天地之间这种阴阳莫测的变化，就产生了一个个精彩的镜头。此时，你再来看眼前的各种书体，宁静的线条就会出现天地之灵气，还会颤动起美妙的琴弦，拨动着你的心灵，展示出艺术的风度、威势、高贵与美丽。这就是我们研究这些古体书体、现代书体的神秘力量。从现实的书法创新实践看，有不少书法大家都具有这种风度，但也有不少书法家，视野受一些局限，字在天天写，却很难达到一种高度。

从历史的经验角度看，任何书法家，只有打开自己的敏感区域，找到对某种艺术风格的焦点，才能提炼出比一般创作更加深刻的要素，这是非常重要的一点。看来，作为一个真正的艺术家，要确定好自己的艺术方向是非常重要的。有比较才有鉴别，一个成熟的书法艺术家只有阅览过各种各样的书体，精读细研，烂熟于心，书思才能纷沓而来，才能使手中的字体，向着自己艺术追求的深度和广度发展。

《中国百体书法概述》这本书，展示出了我们平常很难见到的新奇元素。书在中间部分，重点写了五大书法体系的演变史，看了这些演变史，就会明白这么多的书体是如何夸张、新异、虚幻的。总之，它们是在不停地将结构脱离常规，不断地创造它的奇趣。纵观几千年的文化史，留给我们的书体，不要认为它们是一成不变的。例如篆体，它起源于象形文、甲骨文、金文等多种文体，因此才形成了在我国五千多年历史上，使用最长的，最为历史所认可的书体，实际它具有汉字母体的因素。有了这个篆体，才产生了大篆和小篆，逐步形成中国汉字书体上的各种书体。小篆与大篆相比，线条比较圆匀，字体是长方形的，于是才奠定了汉字的方块基础。从大篆变为小篆是中国文字史上的划时代性的变革，有了它的变革才有隶体字的出现。隶书从篆体上删繁就简、去粗存精，是字形结构的一大飞跃。隶书较之篆书更有助于辨识和书写，比小篆字形有了更显著的变化。它很快在小篆的基础上又创造出了楷书，楷书始于汉末盛行于魏晋，这种字体更趋于简便、易认、易写，并且很快成了官方确认的字体。意想不到的是到了汉代，在楷书的演变中它又孕育出了行书和草书，从此在中国的书法史上出现了光照千古的行草与大草，产生和出现了“书圣”王羲之、“亚圣”王献之、“书神”颜真卿等一座座高峰。

我们必须明白中国书法艺术的成熟，有着几个重要的发展创新时期：一是殷商至汉的萌发时期，二是晋与南北朝至隋唐的明朗时期。在这些时期我国书法分别进入一个又一个新的境界，同时涌现出王氏、卫氏、谢氏、庾氏书法大家族，出现了欧阳询、颜真卿、柳公权、张旭、怀素等历史上显赫的大名家，正是这些名家及家族，开创了书法文化的意趣之道。

这本《中国百体书法概述》告诉我们，作为一个艺术家如何进入一种神秘的艺术创新之路。那就是要真正地认知眼前的汉字，拥有一双能认识世界的眼睛。一旦你懂得了文字是如何变化的，书体是如何演变的，那你就步入了艺术之门。

譬如，汉字中有一个“找”字，“找”字就是对任何事物的探秘，如果在“找”字上方多加一个点，这个“找”字就变成了“我”。如果我们研究这本百体书法概论时，也同样加上一个“我”字，即注入一种自我的意识，也就是在你书写自己的字体时，有了个性的特色，也许你会在一瞬间超越自我，而成就一个书法新高峰。历史的新书体不断产生，走向繁荣，造就了中国书法成为世界上最伟大的艺术。我国书法文化广采博取，承上启下，多体并存，显示出其厚重悠远、博大精深。

这本《中国百体书法概述》的出版发行，是当下书法界的一件盛事，也为当代书法爱好者提供了一本难得的创作导书。我们可以在自己前行的基础上，以此书为鉴赏，多融、协调、破壳，多炼提纯，广学博取，从而可以进一步打造出自身书法艺术的新与奇，开拓出一个崭新阶段，这才是走出固境转入澄明之境之举。

我对此书的阅读、探求，心中具有的，不仅是一种使命感，更重要的是出现了一种不可思议的快乐感。在此，除了敬佩作者渊博的学识之外，还要向作者付出的劳动表示感谢。一位书体大家说过："明窗净几，笔砚纸墨，皆极精良，亦自是人生一乐。"这种心态是对内心的一种开掘，一种使命的担当。我相信只要书法同行们不停地提升自身的审美意向，遵循艺术的规律，果敢前行，气质与快乐就会激励我们创新不断、成果不断。我希望郭谦老友，同书界一起，再接再厉，高举百体书法艺术大旗，"会当凌绝顶，一览众山小"，走向最高端的艺术巅峰！

——2019 年 10 月刊登于百体书法网、315 记者摄影家网、中国现代文化网、315 消费文化网、今日头条、搜狐网、人民号、中国人物榜等十多家网站，发表于《齐鲁文学》杂志、美国《亚省时报》

（作者简介：王耀东，原名王德安，中国作协会员、中国书协会员，山东省作协理事。著有诗集《在历史的眼睛里》《逝去的彩云》《不流泪的土地》《插翅膀的乡事》等 12 部，长篇小说《好一朵玫瑰花》，散文集《走在故土》等两部，论文集《一步之间》等两部，电视剧本《郑板桥传奇》等。）

三、附录：
郭谦系列图书新书发布会、研讨会

北京《甘泉清音》新书发布会
暨郭谦书画展新闻通稿

2016年10月2日，为了给第三届中国艺术品产业博览会添彩，为了给“宋庄大巢艺术区首届展览‘67位艺术家迎国庆67周年精品展’”增色，由《作家报》报社、北京正信正念国学研究院、北京大巢文化公司、北京人文在线文化公司主办，中华艺术家杂志社、环球热点网协办，郭谦散文随笔集《甘泉清音》新书发布会暨个人书画展在北京宋庄大巢艺术区举行。

出席活动的嘉宾有：社会人士：《作家报》社长张富英、北京大巢文化公司董事长傅占鹉、北京雯华堂文化公司董事长李路、中国物流行业协会副会长柳国荣、人民日报文艺部高级编辑刘虔、北京远方热点文化传媒公司董事长远方、中央电视台教育频道《七彩栏目》总策划刘兴远、北京正信正念国学研究院秘书长李月、《中华艺术家》杂志总编胡建军、梦乡网总裁赵良峰、中华姓氏文化艺术园总裁姚锋、《人民日报》（海外版）编辑杜海义；著名艺术家：当代水墨工笔首创者吴东奋、彩墨机理冰雪画创始人王伟平，野稻谷画派创始人雷甲寿，清秀太行妙手孟多昕，著名画家潘晓云、马在新、韩文忠、傅志明、墨岚、郝风林；著名书法家：董正义、宋吉林、闫银柱、韦建光；著名文化策划人：李玉；著名作家：温文、沉沙、马金星、王平华、刘献武等京城名流人士共一百多人参加了本次活动。

本次活动主要程序有作者签名送书、兑奖、参观奇异书画长卷、新书发布会及研讨座谈会。来宾对郭谦在文史、文学、书法、绘画、艺术评论及文化策划等多方面取得的较大的成就给予了高度的评价。

2016 年北京《甘泉清音》新书发布会集体合影

本次活动嘉宾在留言册留言：

张富英：“郭谦先生文如其人，其文如清音甘泉，清泉美思，甘泉益智，如此成就了其别开洞天——跨界骄子的快意、诗意人生。”

刘虔说：“人啊，你要走出自己的路，走出更远的路，走出更高的路……人啊！要永远在路上——贺郭谦。”

远方说：“你是生活的有心人。”

刘兴元说：“让跨界艺术再铸造新的辉煌。”

赵良峰写诗祝贺：“甘甜樽举文人泪，泉水洄流映月媚。清风飞卷叶上尘，音韵昆仑陈五味。”

李月写诗祝贺：“沙漠甘泉汩汩，清音萦绕添神韵。城郭君子谦谦，雅艺纷呈耀大巢。”

杜海义写诗祝贺：“郭老仁学为艺忙，谦和君子无国殇。礼仪忠信人生路，赞竹咏兰清音长。”

吴东奋说：“提高书画艺术质量为人生目标！”

王伟平说：“(他)是思想家、评论家，对艺术热爱，有很大的高度。”

孟多昕说：“谦和、勤奋、艺精、真诚。”

董正义说："郭谦先生为人正直、真诚，待人诚恳热情，工作能力强，策划水平高，策划了众多大型活动和展览。他的书作水平高、可读性很强，书法和绘画水平也达到了很高境界。"

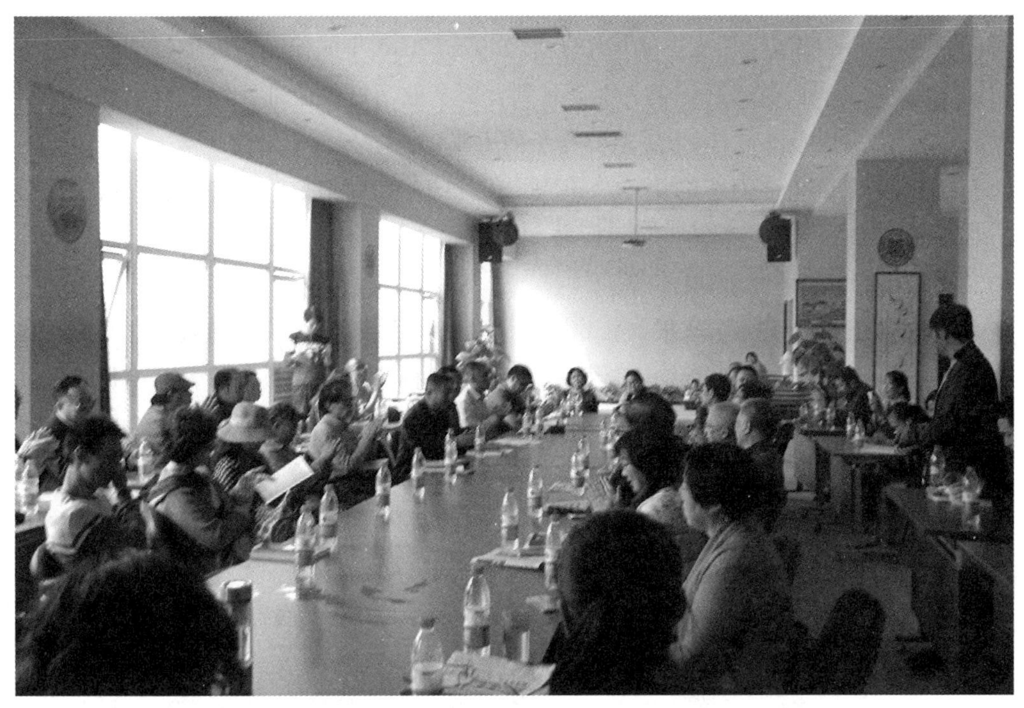

座谈会现场照片之一

马在新说："希望郭老师多写大巢有成就的艺术家。"

宋吉林说："做事有高度，从艺有深度，为人有厚度。"

李玉说："亦师亦友，精神引领。不懈追求，永攀高峰！"

温文说："德贤品谦，甘泉清音。"

沉沙说："骆驼走完沙漠，前面就是绿洲。恭贺《甘泉清音》走进更多人的心灵。"

王平华说："心灵纯美，艺技高深。"

著名作家中国文联《神州》杂志毛晓春、《中国书画家报》主编李浪木、著名书画家中国文学基金会办公室主任（小）沈鹏、北京人文在线文化艺术有限公司总经理潘萌、中国诗歌网总编祝雪霞等朋友，从外地发来了贺电、贺信。

2016年10月2日座谈研讨会，郭谦致答谢词

首先我感谢各位朋友、大家，你们从百忙之中，不辞辛劳地来到宋庄大巢艺术区参加我的新书发布会和书画展！

我这本新书散文随笔集主要集中了我2002—2015年的作品。我插过队，当过中学语文、外语老师，1992—1997年下海到合资企业当过供应部、销售部经理，销售副总，也创办过企业，后来为了培养儿子而上岸。

2002年是我文学创作的第一次高潮，45岁时我在网络上写散文、诗歌，狂写一年，我每天几乎读一本书，写一篇散文或诗歌。写了两百多篇诗歌、散文、随笔。第二年在几十个媒体发表30多篇。

2003年，我认识《作家报》张富英社长，原来计划出版散文诗歌集，但他看我手上有一本父亲遗著《现代作家亲缘录》，认为题材特别，出版价值大，于是我把父亲郭可慈先生的遗著由20万字扩大到45万字，2004年，由云南德宏民族出版社出版。之后，我又写大文化传记：《影响百年中国的文化世家》《感动百年中国的文化家庭》《震撼百年中国的文化伴侣》《闪耀中国的文化星座（兄弟姐妹）》130万字的丛书，2006年由海南出版社出版，2011年由崇文书局再版。

郭谦在座谈会上致答谢词

2005年年底，我参加新浪网博客大赛，这是我文学创作第二次高潮。当时上网的网民只有两千多万人。新浪网请了一批文坛名作家，如虹影、陆天明、韩石山等人。我组织了新浪博客文学联谊会、“心浪圈”上千名文学写手，带头写精美散文随笔，也在《作家报》开辟了博客文学专栏，在新浪网搞电子会刊，继而创办《博客世界》报纸，组织《作家报》与新浪网联办母亲节文学大赛。新浪网火了，网络红了。新浪网微博频道请我去当推手，我没有参与，后来微博发展到微信，我好像落伍了。此时，我的主要精力用在与艺术家们接触上，去宣传他们。后来由文学评论、影视评论、时事评论转为艺术评论。2007年，我

开始学习绘画；2010 年，我开始学习书法。边学边研究多年，我逐步有了自己的创作路子——文人书画：摹古文人画和现代文人画。摹古文人画是按诗词的意境创作，去年，我创作了一词一画，100 幅作品约 75 米的长卷，今年按唐诗，一诗一体的创作，26 首唐诗即 26 种书体的长卷。现代文人画主要是我用书法绘画张扬我的诗歌和散文，即我写我画；还有我对社会各种群像的思考，即我思我画。探索把文学性、思想性有机地结合艺术性创作新的作品。我在摸索、学习的过程中，以后还请各位多多指教。

我借这次机会感谢几个人，首先感谢爱我的女人们。我的母亲金亚男造就了我的父亲和我的成功，我的散文集有很多文章写了她，这儿不细说。我的母亲 86 岁了，她在老家不能到现场。我感谢的第二个女人，是我的爱人邢志玖，她默默无闻地站在我的身后，与我同甘共苦，一起迈过了很多坎坷，她不慕虚荣，不贪钱财，默默地支持着我的发展。在这里我说声谢谢！还有我的妹妹郭晓燕、金海燕，十多年她们精心照顾母亲，让我能全身心地在北京打拼。我的家庭很和睦，包括我的姑母、舅舅等其他亲人都是我的力量之源。我的散文集里也写到了他们，也就不再细说。

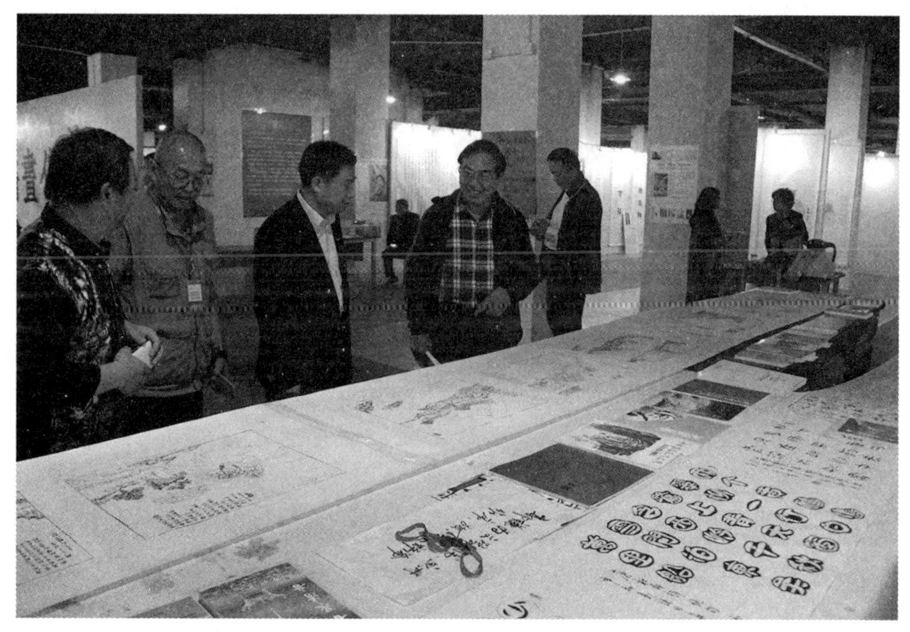

2016 年北京郭谦书画展现场照之一

下面我要感谢爱我的男人们！生活里，我是一个普通平民，没有多少钱财，但我有巨大的财富之一就是朋友。无论哪个时段我都有一批好朋友，《作家报》张总与我相处十多年，互相支持、协作，书里有相关文章进行了介绍，我不再细说。著名画家王伟平、徐鸣远、墨岚、郝风林等人是我绘画的老师，书法名家董正义、宋吉林、闫银柱等是我的书法老师，在他们身上我学到了很多。李路、王爱红、刘兴元、温文、沉沙、李玉、罗大勇等都是我十多年的朋友，在文化活动策划上都给了我很多教益和指点，近几年我交了孟多昕、胡建军、杜海义等朋友，他们让我的人生多了新的光彩。

我要感谢大巢傅占鹉董事长，他建立了一个很好的平台。在艺术区这个平台上，我认识了著名艺术家吴东奋、雷甲寿、潘晓云、马在新、傅志明等先生。我相信在未来我有了更多的学习机会，我们会有更多的合作机会。我在书画上会长进，我们会一起建设大巢，完美大巢。大巢会有绚丽的明天。

再次感谢大家！

2017 年《甘泉清音》南通研讨会新闻纪要

2017 年 8 月 25 日，当代文化学者郭谦散文随笔集《甘泉清音》研讨会在故乡南通市举行。

举办地点：南通市文联会议室。

主持人：南通市作协主席储成剑。

出席本次活动的专家学者、作家有：南通市作协原主席（著名作家、书法家）张松林，市作协名誉主席（著名诗人）冯新民，市作协副主席黄俊生，南通大学文学院副院长、教授（作协副主席、文艺评论家）范钦林，原南通广播电视报总编（作家、诗人）蔡起泉、南通大学文学院教授（文艺评论家）李建东，原南通市作协秘书长（著名作家）黄步千，市作协副秘书长（江海晚报副刊中心主任、作家）朱一卉，市作协副秘书长（市影视艺术家协会秘书长）梁天明，市作协副秘书长（作家、诗人）钱雪冰，通州区作协主席（散文作家）刘伯毅，作家包晓冲，画家兼作家石瑞礼，南通金太阳广告公司经理（散文作家）冯金林，散文作家熊益军，海安作家程宏宇。

会议开始，储成剑主席说："郭谦先生是我们南通籍文化学者，现为《作家报》副总编，长期在京城工作。他在文学、文史、文字学、书画等诸领域成果丰硕，最近在我市成功举办个人书画展、捐赠仪式等活动。今天我们举办郭谦先生的近作散文随笔集《甘泉清音》图书研讨会，目的在于促进他与本市作家之间的交流，进一步推动本市文学创作活动。"

郭谦介绍了《甘泉清音》散文随笔集创作的缘由，他说："我的文学创作始于 20 世纪 80 年代初，从海师中文班毕业出来先教语文，写了几篇散文发表于《南通市报》。后来根据学校需要改教英语，之后二十年不写中文，只写外语教研文章和著作。2002 年触'网'，狂写散文、诗歌一年，2003 年在《南通广播电视报》《江海

《甘泉清音》南通研讨会现场照之一

晚报》《作家报》等刊物发表文章30余篇，以后几年专注写文史书，2006年在新浪网参加‘博客大赛’，组织博客文学联谊会，创办‘心浪圈’，办电子《博文》会刊、《作家报》博文专刊及副刊《博客世界》等，组织一千五百多文学写手进行博客文学的探索，并且带头写美文，促进网络文学向优秀文化的转变，在2006年至2008年创作出一批好的散文，其中《竹赋》《骆驼精神颂》2013年被语文出版社选入8年级诵读教材。2016年在450篇博文中选出80余篇文章形成这本散文集。去年10月在北京‘第二届中国艺术品博览会宋庄分会场’举办了新书发布会，11月在中国现代文学馆举行了图书、书画捐赠仪式。这次回通搞活动，意在向家乡父老、亲友、领导汇报，向同行学习，以吸取更多营养，更好地奋进，并把南通学人孜孜不倦的勤奋精神、精细打磨的文风带到全国，为文化事业的繁荣尽自己的绵薄之力。”

随后，在座的各位专家、学者、作家谈了对《甘泉清音》一书的评价。张松林说：“郭谦老弟有才气，能文会画会书，他是在困苦的环境中拼搏出来的，是靠后天努力闯出来的，很不容易。他的文章与画有激情、有思想，是文学作品上的多面手。这本文集有散文、散文诗、随笔，书画作品似小品画，有生活情节。他的文章《母亲站在父亲与我的身后》《感动在潮水涌动的时候》，一个个细节，语言简练，但描写生动，就像朱自清说的文章有味儿……”

冯新民说：“郭谦的文集主要是抒情、随笔、回忆三类。有不少文章一韵到底，采用的是诗歌般的语言。他不仅抒情，而且有激情，文章内含积极向上的精神。他擅长把抽象的东西具象化，如《生命的思索》一文，他把生命比喻为似火花、春水、云朵、灯，形象化地从多维度诠解生命的意义，比那些无病呻吟或口号式的呐喊有力度。许多文中警句多多，耐读耐品味……”

黄俊生说：“郭谦先生是一个涉猎广泛的艺术家，我与他有共同的爱好，以后可以多交流。他的散文集最吸引我的是游记部分，我也喜欢写游记。《可以出口阳光的地方》文章不长，抒情适度，对景物描写有真情实感，有内有外，把人的行为进行隐形的描述，描述精妙。尤其，最后的语言：‘这透明的水让我把海穿在身上，如同身上穿上了棉衣，好温暖啊。我想海南的南海可以向世界出口美丽，出口阳光，出口海滩。’把文章推到最精妙之处，耐人经久回味……”

《甘泉清音》南通研讨会现场照之二

范钦林说：“郭谦的文集图文并茂，文字有磁力。让人读了喜欢，看了感动。书中的书画看了舒服。很多优点我不重复，历史上的有名作者的文章各领风骚有的数年、数百年、数千年，我希望他进一步提炼作品，对每一个文字用学者研究的心态研究，像曹丕说的那样：‘文章是经国之大业，不朽之盛事。’在人心浮躁的今天，文学是一块净土。谁还在坚守，谁就拥有一片湛蓝的天空，谁就在饮一杯甘纯的净水……希望郭谦更多的文章能不朽。”

蔡起泉说：“我与郭可慈、郭谦父子都熟悉，不少稿件在我手上编发。郭谦文集里的《读书的乐趣》《江海平原的清秋》最早在我们报纸刊载，我很欣赏其文字的精美。这次读他的文集，我觉得他写母亲、父亲的文章，人物形象的描写以平实见长，这是他的写作特色。我建议他多写一些江海学人……”

李建东说：“郭谦老师这本书，我觉得最可贵的是当代文学精神。他把屈原、巴金、池莉等文学名家放在一个单元里写。尽管一介文人的力量有限，但文人的正气和傲骨还是要发声。他对池莉有关爱情的观点进行剖析、批驳，敢于叫板名家，敢于对敏感问题发出自己的声音，这就显示出其独特的思索和观点，也增加了书的分量……”

黄步千说：“郭谦先生的《甘泉清音》像一组玲珑精巧的红木小件，很文气雅致。作者以极大的热情，唱响了生活之歌，全书充满了阳光，充满了正能量，也充满了作者的文化自信。读《讴歌自然的吟唱》篇章，面对竹兰菊梅四君子，气平了，心静了，性淡了，身轻了。董仲舒说：‘天亦有喜怒之气，哀乐之心，与人相副，以类合一，天人一也。’道法自然，天人合一。在这个人心浮躁、世风失范的时刻，出这种书是一种功德。它应该进校园，入教科书。书中自有黄金屋，书中自有颜如玉，书中更应有真善美。他的作品有一个特点就是短平快，短小、平常、明快，顺应了现代人的阅读状态。但其短小精悍，警句多多，有些像随思录、心灵鸡汤，养目、养性、养气，并不失文学性、思想性、思辨性。作品的文笔干净利落，不枝不蔓，不拖泥带水，这是一个作家的功底……光大健康、美好人性，是一个道德良知，我为郭先生鼓掌！”

梁天明说：“在当代十分活跃的散文作家当中，郭谦是极具个性的一位。读他的散文不难发现，作家拥有丰沛而高超的拥抱生活和表达内心的能力，出自其笔下的散文集《甘泉清音》，或打捞难忘的记忆，或抒发铭心的感怀，均系情真意切、笔酣墨饱之作……”（见本书第 431 页《静听清音　如饮甘泉》一文）

刘伯毅说：“郭谦与我在同一个镇上长大，我们两家是世交，对他的了解比较多，但近十多年他在京城拼搏成为一个有名望的文化学者，受到人们的仰慕，我知之甚少。我谈几点书题之外的事情，他的成功有三个特点：一是目标远大……二是勤奋努力……三是特立独行……”（见本书第 388 页《远方有一条大鱼在等我》一文）

熊益军说：“诸位专家、学者谈了很多有关郭谦先生《甘泉清音》图书内容的评论，因为时间关系我不再谈相同的观点。我曾与他是同事，我所知道的郭谦，一身正气，在学校有声望，教学水平高，出版过许多外语书，后来他出中文书都会送我。他的人格魅力影响了我，我从他身上吸取了人格的力量。他做一行，爱一行，专一行，在每个领域都做到极致，做好最好的自己……”

石瑞礼说：“读《甘泉清音》，我看到一个真正文人的浪漫情怀，有所思，有所悟，有所得。发而为文，直抒胸臆。尤其郭谦先生作为一个画家、一个书家，有着比一般人更为敏锐的审美，对身边看似平常的物事有着更为深邃的感悟与见地。例如开篇的《竹赋》，首先，作者善于画竹（画得有味道、有个性，有自己的阐述语言）。……把竹的风貌写得高雅脱俗、不同凡响。实质是借竹而言志。可谓文图并茂，相得益彰。继之兰菊梅诸篇，亦是用相同的比兴手法，借物而抒发自身的人生感受和对真善美的求索之心。作者以梅兰竹菊四君子开篇，我相信并非偶然，而是借历代文人推崇的精神象征，来表达心迹，传递内心的好恶向背。这正是中国传统文化以物陈情的曲笔，也是借书画文章以畅怀移意的精神递进，在这里，读者得到的是心境的洗礼和寂心的关怀……"

冯金林说："这本书，一是书名好。清越的声音悦耳动听，甘甜的泉水舒展身心，读起来不落俗套。二是篇名好，8 章 82 篇，篇章名、文章名都简洁明白，让读者从字面上就能品出作者的行文意向，既不晦涩做作，又不失精致，还有不少妙语精辟之处。例如《可以出口阳光的地方》《圆明园里散发着豪气的石头》等篇名，就能让我一再品味。三是作者语言文字底蕴深厚。他曾每天写一文一诗，写了整整一年，真是厚积薄发……本书虽然是文集，但图文并茂，可读性强，观赏性甚为出众。他不仅是一个优秀文学作家，也是一个书画大家，我只能高山仰止……"

会议室室外下着瓢泼大雨，室内热情洋溢的讲话声、掌声不断，原计划下午 3 点到 5 点的会议一直延长到 6 点才结束，但是人们依然余意未尽，这让人感慨地感受到一本好书，它是一片浪花，可以不同凡响，不是曲高和寡，而是知音众多。作家的历史使命就是要对自己的文字负责，对社会负责，对历史负责，用最美的文字讴歌和反映社会正能量的气息、物象，才无愧于这个时代。

备注：本次活动有作家网、中华人物榜、中华文教网、315 记者摄影家网、中国现代文化网、百姓文化网、南通网、南通江海明珠网、《作家报》《江海晚报》等 20 余家媒体进行了宣传报道。

北京郭谦书画展暨《平凡家庭不平凡的岁月》新书发布会新闻纪要

2018 年 10 月 20 日上午 10 点，当代文化学者郭谦书画展暨《平凡家庭不平凡的岁月》新书发布会在北京市通州区宋庄镇隆重举行。本次活动由《作家报》报社、中国文化信息协会民族民间文化专业委员会事业发展部主办，北京正心正念国学文化研究院协办。

《作家报》总编张富英主持了本次活动，首先宣读了参会嘉宾名单：郭谦艺术道路上的老师：著名艺术家王伟平、徐鸣远、墨兰；新书中的主人翁刘振儒先生、张秀兰女士及其子女；北京中关村科技园区新城镇中心的领导，通州区、宋庄镇有关领导，以及郭谦所在的大巢艺术区傅占鹉董事长；《人民日报》（海外版）网站编辑、中央电视台《书画中国》栏目组编辑王红研，《中华艺术家》杂志总编胡建军，环球文化网主编、艺术评论家王绍军，人民艺术家网副主编马金星，以及作家网编辑等媒体嘉宾；本次策展人杜海义特邀的嘉宾：中央国家机关书法家协会主席团成员，清华大学艺术学博士后孟云飞教授；中国妈祖画院院长、河北省当代画院副院长董科灵，著名书法家李金泰、柏青，著名画家李海雁，简牍书法艺术研究院副秘书长魏增宇，研究部主任岳俊喜，常务理事董武等书画界同行；郭谦的作家报同事，《艺术世界》执行主编刘利刚，办公室主任房荣丽，书法家、诗人、文艺评论家蒋江；郭谦的亲属，爱人邢志玖，侄女（国家级出版社原副社长）郭金珠，以及侄女婿（某通信公司总经理）马富新，学生代表张春红女士，以及其他好友和家属。

郭谦在致答谢词

文化部文化进万家工作委员会主任武振江，中央电视台《诗画中国》栏目组主任、315 新闻网总编笑琰，新华社记者马亚茜，中国国际文艺出版社总编温文，著名策展人李浪木、王爱红，艺术评论家刘北南，北京通州区原文委副主任，清华大学简牍高研班导师孙敦秀，北京人文在线文化艺术有限公司总经理潘萌等朋友从外地发来了贺电贺词。

郭谦在致答谢词中说：他举办本次活动的目的有两个：一是他钦佩骆驼那种不畏艰难，不畏风沙，踏踏实实一步一个脚印地向前走，走向绿洲，走向希望，骆驼的精神让他从教育走向文学、文史、书画等领域，取得了一个个成功。这是他成功的秘诀，举办展览让大家分享他成功的经验，目的是宣传一种精神，弘扬一种正气。二是宣传一个时代英雄、一个可效仿的家庭……（见本次活动郭谦讲话稿）

随后，郭谦带着崇敬的心情向刘振儒先生赠送了书法“康宁福寿”，祝愿革命老前辈身体健康、长寿。

著名画家徐鸣远在发言中说：“我认识郭谦老师十多年了，他是一个勤奋的作家，又是一个多面手，书法很优秀，绘画能把自己的思想、诗歌、文章融于创作中，形成了别样的创作风格。他能自写、自书、自画，而且是高产作家、书画家，令人惊讶和钦佩。《平凡家庭不平凡的岁月》这本书是真实历史的记载与还原，有情节、有故事，耐读，是一本好书，值得我们去读，更值得我们学习书中的人物和家庭。

宋庄镇宣传部部长李晓英讲话

宋庄镇宣传部部长李晓英在讲话中说：“这次活动令人惊喜，我们欣喜地看到在京城奋斗十几年的郭谦先生，他在文学、文史、书画艺术、教育诸多领域里取得了一个又一个成功。我们分享了他的成功经验，骆驼精神促使他一步步走上高度，这种精神非常可贵，值得大家学习。

“宋庄是全国闻名的文化高地，聚集了成千上万的艺术家，藏龙卧虎，郭谦先生是其中的佼佼者。我们宋庄正需要像郭谦先生这样具有思想高度，具有社会责任感和历史担当的文学艺术家，如果这样的文化人才增多，我们宋庄的文化就会更繁荣。郭谦先生的新书《平凡家庭不平凡的岁月》，真是一本很好的图书，老革命前辈刘振儒先生一生经历了许多生死战斗，为中华人民共和国的成立及建设做了很多可歌可泣的事，讲好我们身边的故事，学习身边的英雄，也是我们这个时代的需求。”

《火花》（半月刊）执行主编、诗人、美术评论家王爱红有特殊事情不能来到现场，特地让张富英总编在会场宣读了他的微信贺词，贺词中说：“我衷心祝贺当代文化学者郭谦书画展暨《平凡家庭不平凡的岁月》首发式隆重举行。郭谦先生是一位勇于进取、不断求索的文化学者，是我学习的榜样、尊敬的兄长。在文学艺术界他已经取得辉煌成就，并且得到大家的肯定，卓成一家，我相信他的书画艺术比他的文学著作更能直观地给大家美的享受，陶冶情操，催人进发。祝郭谦先生青春永驻，更上一层楼。”

著名诗人、作家沉沙闻说这个活动后，立即在湖北写了一篇贺文，请《艺术世界》执行主编刘利刚代读，贺文中说：“郭谦兄一只手挥毫泼墨，另一只手记录着他的文学性的想象力与思考，于是就有了又一部非虚构文学作品《平凡家庭不平凡的岁月》家族传记的问世和今天‘当代文化学者郭谦书画展暨《平凡家庭不平凡的岁月》新书发布会’的隆重举行。近年来，非虚构文学成为文坛备受瞩目的文学现象。郭谦的新书无疑是当代文坛非虚构写作的新收获，具有深刻的现实意义。这部作品既是刘振儒家族三代人的故事，也是一部红色文化、长城文化、京味文化的百年故事，同时它又是典型的中国故事。”（见本书第 390 页《从骆驼到一匹黑马》一文）

著名文化学者孟云飞教授讲话

中央国家机关书协主席团成员、清华大学艺术学博士后孟云飞教授在即兴发言中说："今天虽然是我第一次见到郭谦先生，但对他却是早有耳闻。他在文学创作上取得的成就大家有目共睹，我没想到的是他在书画创作及研究方面也有着很深的造诣。今天观看的他的书法，很令人震撼。他兼擅多体，不但功力深厚，而且风格丰富多彩。在他这里，文学、书法、绘画等众多门类的艺术互相交融、相互促进，都达到了较高的水平。他的确是一个修养全面的、有情怀的艺术家，值得我们学习！"

活动的第二程序：郭谦展示他创作出的三个国宝级书法长卷其中之一：第一卷《诗音墨语》，26 首古诗 26 种书体。这个长卷把古诗词与中国书法两大国粹优美地糅合在一起，形成了文字、书法共美的景象，震撼了在场所有的来宾，人们纷纷站到长卷前面拍照留念。

新书发布会活动现场照片之一

之后，全体参会人员与老革命前辈刘振儒先生、郭谦先生及各路嘉宾合影留念，接着又去附近的郭谦书画展第二展厅参观，郭谦先生有一批精致小画、小书法作品，让大家再次分享了不同艺术表现形式的美。

整个活动内容丰富多彩，大家都觉得这是一次艺术的洗礼、精神思想的熏陶，收获多多，不虚奔波之行。也希望以后能再次参加郭谦类似的文化活动，祝愿他的艺术道路越走越宽广。

备注：宣传本次活动的百家媒体有四类：一是综合网站：中国国家艺术网、搜狐网、网易网、新浪网、腾讯网、今日头条等30家；二是文化艺术网站：中华文化新闻网、写意中国网、当代中国画网等27家；三是其他行业网：中国企业新闻网、中国调查网、农村新闻网等22家；四是省市新闻网：北京时间网、上海东方都市网、武汉新市民网等9家媒体，另有中国众识网、作家网、315记者摄影家网手机版也进行了专门报道，《作家报》《中华艺术家报》《中国美术》杂志等传统纸质媒体也进行了宣传。

北京郭谦书画展暨《平凡家庭不平凡的岁月》新书发布会郭谦答谢词

尊敬的各位嘉宾、领导、亲朋好友：

首先，我感谢各位在百忙之中来参加我的书画展与新书发布会，谢谢大家到会莅临指导！敬请大家多提宝贵意见。

《骆驼精神颂》《竹赋》是我的两篇经典散文，2013年入选语文出版社诵读教材。骆驼不畏艰难、不畏风沙，踏踏实实一步一个脚印地向前走，走向绿洲，走向希望，它的精神让我从教育走向文学、文史、书画等领域，取得了一个个成功。举办本次展览的目的是让大家分享我成功的经验，目的是宣传一种精神，弘扬一种正气。

我出了很多书，写作艰苦的要数2004年我撰写的大文化史记丛书《走进世纪文化名门》，这套丛书130万字，包括《影响百年中国的文化世家》《感动百年中国的文化家庭》《震撼百年中国的文化伴侣》《闪耀百年中国的文化星座（兄弟姐妹）》，涉及160多个家族、家庭，是660多个名人的传记总集，那一年我疯狂写作，每天写作8~12个小时，三易文稿，实际一年写作了两百多万字，每天码七千多字。这使我的眼睛严重受伤，不能在电脑上长时间写作，故而以后十多年改成半天写作，半天书画。

今年3月我开始采访革命前辈刘振儒先生的家庭，写《平凡家庭不平凡的岁月》的传记。从3月到6月，我一直在电脑上写作，读资料，30万字的书，我读了600万字的史料，八次采访，三易文稿。天热，屁股上生了痱子，我就站着写，每天坚持写作8~12个小时。

2018 年北京新书发布会郭谦致答谢词

再次疯狂写作是因为我每采访一次就获得一种新感受、新刺激、新教育，这个家族里有很多感人的事迹，很多令人肃然起敬的革命前辈，一种历史责任感、社会责任感驱使我要尽快地写出来，去告诉更多的人，谁是这个时代最可爱的人、最值得崇敬的人？

是像刘振儒先生一样冲锋在解放战争硝烟里的战士，是他们在枪林弹雨中流血才创造了新中国；是像他一样的铁道兵战士，在默默无闻中用汗血书写了中国的铁路发展史；是像他一样的边疆建设兵团战士，改造了荒漠，塑造了祖国的美丽；是像他一样的医护人员，在唐山大地震中救死扶伤，谱写了中国的抗震救灾的赞歌；是像他那样淡泊名利、恪尽职守的白衣战士，平凡而伟大……刘振儒先生一生很奇特，在枪林弹雨中经历过许多次生死，在社会风风雨雨中见过很多大场景、大人物，他的一生与国家很多大事件捆绑在一起，所以他的故事奇特、有趣，值得我们去读、去讲、去宣传。他的家风可以概括为 8 个字：孝敬、踏实、和谐、奋斗，所以他们家族里英才辈出，这样的家庭值得学习、效仿。

这本新书出版的目的，是宣传一个时代英雄、一个可学的家庭。也向大家诉说一个道理，我们每一个人都可以平凡生活，但我们应该有梦想，我们的梦想是中国梦的有机组成部分。我们要不断追求，才能不断实现一个个小梦想，这些小梦想会像滚雪球一样变大、变强，千里之行始于足下，只要我们在平凡里踏实做事，做好每一件事，再不断发展，就会不断成功。中国的发展、时代的发展需要我们这样做，只要我们耐心做，就一定能够做好，就一定能超越前辈，超越自己，走向希望，走向辉煌。

我的发言完了，再次谢谢大家！

北京通州举办郭谦图书捐赠暨《中国百体书法概述》新书发布活动新闻纪要

2019 年 8 月 15 日下午 3 点，北京市通州区图书馆举行了“文化学者郭谦图书、书法作品捐赠仪式暨《中国百体书法概述》新书发布会”活动。

主办单位：通州区委宣传部、通州区文化和旅游局、《作家报》报社。

承办单位：通州区图书馆、北京人文在线文化艺术有限公司。

出席活动的主要嘉宾有：通州区文化和旅游局党组书记、副局长王立生，宋庄镇宣传部部长李晓英，《作家报》报社总编辑张富英，通州区图书馆杨馆长、魏馆长，北京人文在线文化艺术有限公司总经理潘萌。

《中国百体书法概述》新书发布会现场照之一

书法界专家有：著名书法家、书法理论家孙敦秀，楚简书法研究专家李金泰，甲骨文研究专家笑琰，著名书法家柏青、大畅；文化活动策划专家：文化和旅游部文化进万家工作委员会主任武振江，《中华国粹》杂志社社长李浪木，诗人、小说家、纪录片导演周瑟瑟，雯华堂美术馆馆长李路，CCTV-7 台军事科技编审孟峻颖，环球文化网主编王绍军，北京尚铭轩文化有限公司总经理罗大勇，书画评论家吴马，《书画艺术报》主编孙振山，宋庄大巢艺术区艺术总监、著名画家傅志明，大巢艺术区办公室主任武家惠，中国妈祖画院院长董科灵，著名画家李海雁，著名图书策划家李玉，医学专家、北京长安医院院长王章立，诗人、记者、宋庄最美读书会会长黄丽，书画家孙兆河、李宗原，通州新媒体记者李艳波，文化学者郭谦及夫人邢志玖及其他朋友，共六十多人。

《作家网》总编赵智、中国作家网编辑超侠、《中国艺术家报》主编胡建军、《人民日报》(海外版)编辑杜海义、北大书法和鉴赏教师赵君教授、北京科技大学书法教师李云飞教授、中国传媒大学书法教师张明堂教授、著名书法家孟云飞教授、中央电视台新农村建设栏目组主编刘北南、著名作家沉沙等人在外地发来了贺信、贺电。

《作家报》总编张富英主持了本次活动，他首先介绍了参加本次活动的嘉宾。接着副主持宋庄最美读书会会长黄丽介绍了捐赠者郭谦文化创作的基本情况。

第一个议程：郭谦向通州区图书馆捐赠两套图书，共24本。之后进入互动环节：郭谦和与会嘉宾一起捐赠书法作品——六幅书法作品六种书体。八尺书法作品，600字《通州颂》是郭谦前几天创作的散文，由最美读书会理事小杜进行了朗诵。美的文章、美的书法再通过美的朗诵，让活动达到了高潮。

接着通州图书馆杨馆长向郭谦颁发了捐赠证书。

通州区文化和旅游局的王立生书记在讲话

第二个议程：通话区文化和旅游局党组书记、副局长王立生讲话说：“文化学者郭谦2006年入驻通州，十多年来他在文学、现代文化史、唐代文学研究、书画、书法史、艺术评论等诸多方面勤奋创作，硕果累累，已经出版了各类文化专著12本，创作了一批精良的书画作品及举世罕见的百体书法长卷，被京城文化界誉为跨界骄子，得到了数百家媒体连续多年的追踪宣传。

“郭谦先生是一位有历史责任感的作家、书画家，还是一位具有爱心和公益精神的文化人。2016年以来，他相继向中国现代文学馆、南通市图书馆和档案局、江苏省江海博物馆和海门市图书馆进行了图书、书画作品捐赠。他的善举得到了社会的广泛好评。郭谦先生是江苏省南通市通州区人，现在常住北京通州宋庄大巢艺术区，他把北京通州视为自己的第二故乡。所以他特地对我们通州区图书馆进行图书、书法作品的捐赠活动。爱家、爱故乡、爱国的情怀让他的人生不断放出异彩，他是一个具有正能量的文化艺术家代表，我们特地对他的善举称赞、支持和喝彩！感谢他对通州的捐赠！”

北京书法名家孙敦秀在讲话

书法名家孙敦秀先生讲话说：“我和郭谦是十多年的老朋友，每次见面，他都送新书给我，让我年年有惊喜。在如今这个浮躁的年代，他能静心搞研究，在多个领域取得丰硕成果，我很佩服他的精神和成就。这次，他的《中国百体书法概述》是一本填补书法史空白的图书，非常有价值。他不断创新，为时代讴歌，创作富有时代性的精品，是一个有责任感的作家、书法家，值得我们大家学习……”

著名艺术评论家、活动策划家李浪木讲话说：“我与郭老师交往了十多年，近几年没有时间见面，我没有想到他在书法史研究上会达到如此高的高度。他从一个新的视角对书法做了深入的研究，写出了一本非常有学术价值的书，而且我读了几章，觉得他的文笔深入浅出，让读者愿意读他的书……”

北京文化活动策划家李浪木在讲话

通州区图书馆杨馆长讲话说："我们有幸收藏到文化学者郭谦的 24 本精品书籍和一批宝贵的书法作品。我们一定放到精品中心，让通州更多的人去分享他的研究，学习他的图书。"

郭谦致答谢词说："……这十几年里，喝北京通州甘甜醇厚的水，呼吸通州浓重的文化气息，我心中自然滋长出一股第二故乡的情怀。我时常在想，我在通州沉淀，我在通州探索，我在通州发展，我在通州成功，我该对通州做些什么，该如何回报新通州人民的培育之恩。本人没有什么其他技巧，只会写写画画，因此只能以文报国，以文济世，以图书、书画捐赠做公益活动……"（见本次活动郭谦致答谢词）

这以后，全体参会人员拍照留念。

会议结束后，百体书法专家、文化活动策划家、图书策划家、媒体专家留会，又一次召开了百体书法座谈会。著名书法家李金泰、柏青、笑琰，文化活动策划家武镇江、李路，书法评论家吴马进行了精彩的发言，从几个方面肯定了新书，赞扬郭谦先生的开创性，表示回去后认真学习研究这本书。

著名书法家大畅还在座谈会记录本上留下了一段话："古人云：'操千曲而后晓声，观千剑而后识器！'所以说要想懂得一个行业的核心精要，必须通晓这个行业的总体内容。书法亦然，我国书法源远流长、百花齐放，郭谦先生以文人的视角，以史学的态度，以大爱的情怀，以历史的责任发掘、整理，撰写了这本《中国百体书法概述》，他尊重历史事实与出处，还原历史真实，充满着正能量，为当下书法爱好者、创作者提供了一本值得认真拜读的好书。我认为读百体而可知书法，此书会让人眼界开阔，脑洞大开，而了解我国灿烂的书法文化！”

大家依依不舍，在下楼的路上依然在讨论。这本书给大家很强烈的冲击，扩大了对传统文化的认识，这本书似乎给了每个人新的启发、导向，有了研究和探索的动力。大家纷纷表示，会像郭谦一样去学习、去研究、去创造。

备注：当天晚上，北京著名画家潘晓云教授在宋庄大巢艺术区一家人微信圈留言致贺：“郭谦先生的《中国百体书法概述》一书既有史料性，又有学术性，也有参考价值，好书值得拥有哦！”

无锡部队干部黄益明在金北同学（郭谦学生）微信圈留言致贺：“郭老师百体书法创意研究是对中国书法的传承和发展，郭老师能够在文化领域长期耕耘，具备滴水穿石的功力！这本书反映了郭老师对传播中国传统文化的责任感和使命感！这种钻研精神值得我们学习！”

南通曹子超在师范学校同学微信圈留言致贺：“一个被称为‘家’的人自有其值得被称道之处。而被称为家后还能不忘初心反哺社会，这就更显可贵，值得称道！愿郭谦同学再接再厉，百尺竿头更进一步！”

诗友孙忠恕在郭谦友人微信圈留诗致贺：“文坛名匠郭谦君，垮界学者抖精神，天智勤奋融一起，低调做人无不尊。”

北京好友范继义在冰耘《我娘我心》读者群微信圈留诗致贺：“甲骨传世书法兴，篆隶真草群花争。气形风神颜展尽，今日骆驼聚一笼。”（郭谦笔名沙漠骆驼）

2019 年 8 月 15 日活动，郭谦致答谢词

尊敬的各位领导、文化界名家、媒体界同人、亲朋好友：

大家上午好！

首先我由衷地感谢大家在百忙之中抽出宝贵的时间来参加我的图书、书法捐赠仪式和新书发布会！

2006 年，是我生命里最重要的一年。带着追求，带着梦想，我来到北京，与通州结缘。我租房住进了运河家园，每天早晨从小区到运河文化广场，散步、打太极拳，在运河河畔，眺望古老的永通桥、燃灯塔，思幽怀古。源远流长的河水把我的心境引向深远，宽阔的场地和舒畅的空气打开了我的胸襟，我的思绪得到了升华，从小爱走向了大爱，人生的追求和梦想有了更高的目标。

这一年，我与几个朋友在新浪网组织了第一个朋友圈——“心浪圈”，组织了第一个群——博客文学联谊会。从此，“圈”和“群”在网络上时髦，在网络上发展，也就有了现在的微信群与圈。我相继创办了《博文》电子会刊、博客文学网、《作家

报》的《博客文学》专栏，我组织了一千多名写手进行精美文学写作，树起了博客文学大旗，发扬了网络文学的正能量，从此网络阅读成了大众的基本需求。我每天不间断地写作，写博客日记，写散文、诗歌，我写出了《骆驼精神颂》《竹赋》《仰望星空》等数十篇精美文章，后来不少文章被报刊刊登，有的还被选入语文出版社诵读教材，得到了许多粉丝的喜欢。

2019 年 8 月活动郭谦致答谢词

2006 年海南出版社出版了我的 130 万字的文化史巨著《走进世纪文化名门》丛书，共四本，即《影响百年中国的文化世家》《感动百年中国的文化家庭》《震撼百年中国的文化伴侣》《闪耀百年中国的文化星座（兄弟姐妹）》。这套书从文化家族、文化家庭、文化伴侣、文化兄弟四个方面写了 160 多个家族、家庭，对百年中国的文化从一个新视角进行了系统的总结，弘扬宣传了良好的家风和文化家庭模式，受到文化界众多专家的一致好评。这套书被一些大学列为学术研究的基础书目被人称为当代文化史记（2011 年，这套书被崇文书局再版）。2006 年，我正式进入《作家报》团队，从此有了作家的头衔。

2007 年，我买房住进了张家湾太玉园，陆续接触了艺术名家韩宝华、宋吉林、闫银柱、王伟平、张迎、徐鸣远等人，受他们的感染，50 岁的我拿起毛笔，开始学习书法、绘画。我接触了李浪木、李路、王爱红等著名文化活动策划家，受他们的启蒙和影响，开始搞艺术活动、艺术宣传，并搞艺术评论，扎进艺术圈越来越深。

“十年磨一剑。”2016 年夏天，我与张富英先生策划、组织了全国作家、艺术名家走进古城平遥的采风；秋天，我与傅志明、武家惠、徐鸣远策划、组织了“第三届中国艺术品产业博览会大集分会场展览”。我自己也举办了散文集《甘泉清音》新书发布会和书画个展。

这一年，中国现代文学馆主办了我的图书、书画捐赠会。我的书画艺术逐步走向成熟，得到了不少同学、朋友的支持、点赞，而且连续几年在南通、海门、宋庄举办了捐赠和书画展。

这十几年里，我出版了不少图书，如散文集《甘泉清音》、艺术家传记《小剪花娘子魏依平传》、革命老战士刘振儒家族传记《平凡家庭不平凡的岁月》等。尤其是2014年，我出版了重要著作《盛唐十大诗人交往史录》，把李白、杜甫、王维、高适、王昌龄、孟浩然等十大诗人进行横向联系，揭示他们之间相互影响、相互帮助、相互促进的关系，并描述了他们与同时代的文化名人颜真卿、张旭、怀素、李阳冰等五十多人的酬唱和交往，如一幅清明上河图，揭示出唐代文人之间频繁交往及文化圈的热闹景象。这是一本唐代文学横向研究著作，填补了唐代文学研究的空白，被人称为扛鼎之作。在图书策划专家李玉的鼓励下，我于2017年撰写了《百体书法史》专著。今年8月初，由黑龙江美术出版社出版了我的《中国百体书法概述》，这是一本填补书法书体分类史空白的图书，全书展现了中华文化的博大精深，因此也是一本可以为中国书法在世界上争得更大荣誉的图书。

这十几年里，喝通州甘甜醇厚的水，呼吸通州浓重的文化气息，我心中自然滋长出一股第二故乡的情怀。我时常在想，我在通州沉淀，我在通州探索，我在通州发展，我在通州成功，我该对通州做些什么，该如何回报新通州人民的培育之恩。本人没有什么其他技巧，只会写写画画，因此只能以文报国，以文济世，以图书、书画捐赠做公益活动。

繁荣昌盛的和平时代让我们能安心创作、创造，温暖、可爱的通州让我们有很好的文化艺术交流、创作的氛围。再次感谢主办方：通州区宣传部、文化和旅游局、《作家报》报社，承办方：北京通州区图书馆、北京人文在线文化艺术有限公司，谢谢你们给了我捐赠图书及书法作品的机会，给了我感恩的现场。再次谢谢大家的到场，谢谢你们对我的关爱、支持和帮助，我会继续奋发努力，继续创造更多的文化精品，我的路会走得更远，我的山会攀登得更高，我将争取更大的辉煌，不辜负这个时代，不辜负朋友们的期望，不辜负通州——我的第二故乡！

备注：本次活动得到300多家媒体的宣传与报道，具体媒体可分为五类：一是政府网站，北京市人民政府网、通州区人民政府网、中国菏泽网、中国张掖网、中国酒泉网、中国十堰政府网等二十多家；二是全国性文化艺术网，作家网、今日头条、搜狐网、新浪网、中华新闻文化网、人民资讯网等一百余家；三是各省市新闻网站，青海新闻网、呼和浩特新闻网、沈阳新闻网、贵阳新闻网等一百余家；四是市县新闻网站，百科网、信息网、便民网、资讯网等一百多家；五是传统媒体，《作家报》《中国书法家报》《今日文教》等十多家纸质媒体开辟了专版宣传。